채털리 부인의 연인

KB143015

Lady Chatterley's Lover
David Herbert Lawrence
1928

채털리 부인의 연인

데이비드 허버트 로렌스 | 유혜영 옮김

책읽는수요일
Books on Wednesday

차
례

ㅇ 본문에서 고딕체 부분은 원서에서 저자가 이탤릭체로 강조하여 쓴 부분입니다.
ㅇ 본문에서 이탤릭체 부분은 원서에서 저자가 더비서 사투리로 쓴 부분입니다.

1장

우리 시대는 본질적으로 비극적이어서 우리는 이 시대를 비극적으로 받아들이려 하지 않는다. 엄청난 격변이 일어나 폐허의 한가운데에 서 있는 우리는 새로운 터전을 마련하고 작게나마 새로운 희망도 품어본다. 그런데 이는 상당히 어려운 일이다. 미래로 가는 순탄한 길이 이제는 없기 때문이다. 그러나 우리는 돌아서 지나가든 기어올라 넘어가든 장애물을 지나고야 만다. 하늘이 무너진다 해도 어떻게든 살아나가야 하는 것이다.

콘스턴스 채털리도 대략 이런 처지에 놓여 있었다. 전쟁으로 인해 그녀는 머리 위로 천장이 무너져 내리는 경험을 했다. 그러면서 사람이란 살면서 몸소 겪어가며 배워가야 한다는 사실을 깨달았다.

그녀는 1917년에 클리퍼드 채털리와 결혼했다. 그가 한 달간 휴가를 받아 집에 돌아와 있을 때였다. 두 사람은 한 달 간 신혼 생활을 했다. 그리고 그는 다시 플랑드르*로 돌아갔다. 여섯 달 뒤 그는 다시 영국으로 후송되어 왔는데, 부상으로 온몸이 거의 산산이 부서진 상태였다. 그 당시 아내인 콘스턴스는 스물세 살, 그는 스물아홉 살이었다.

삶에 대한 그의 의지는 놀라웠다. 그는 죽지 않았고, 만신창이가 된 몸은 서서히 회복되는 듯했다. 2년 동안 의사에게 치료받은 뒤 완치되었다는 판정을 받고 일상생활로 다시 돌아올 수 있었지만 하반신은 영영 마비되고 말았다.

이때가 1920년이었다. 클리퍼드와 콘스턴스는 클리퍼드의 고향이자 가문의 '영지'인 래그비 저택으로 돌아왔다. 클리퍼드는 돌아가신 아버지의 뒤를 이어 준남작인 클리퍼드 경이 되었고, 콘스턴스는 채털리 부인이 되었다. 두 사람은 몹시 황량한 채털리 가문의 저택에서 그리 넉넉지 못한 수입으로 살림을 꾸리며 결혼 생활을 시작했다. 클리퍼드에게는 누나가 한 명 있었지만 이미 오래전에 출가했고, 그 외에 가까운 친척

---

* 벨기에 서부, 프랑스 북부, 네덜란드 남부를 포함한 북해 연안 지방.

은 아무도 없었다. 형은 전쟁터에서 사망했다. 영구히 불구가 된 클리퍼드는 앞으로 아이를 가질 수 없다는 사실을 알고 있었지만, 할 수 있는 한 채털리 가문을 지키기 위해 연기가 자욱하게 깔린 중부 지방의 고향으로 돌아온 것이었다.

그는 실제로 전혀 의기소침해 있지 않았다. 스스로 휠체어를 움직일 수 있었고, 작은 모터가 달린 의자를 운전하며 천천히 정원을 돌아다니거나 쓸쓸하면서도 운치가 있는 수렵장을 둘러볼 수도 있었다. 그는 그 수렵장을 내심 자랑스러워했지만 겉으로는 대수롭지 않게 여기는 척했다.

그는 너무 많은 고통을 겪은 탓에 어느 정도는 고통에 무감각해져 있었다. 이상할 정도로 밝고 활기찬 그는 누가 봐도 쾌활한 사람이었다. 얼굴은 혈색이 좋고 건강해 보였으며 연한 파란색을 띤 호기 있는 눈은 맑고 또렷했다. 어깨는 떡 벌어지고 단단했으며 손은 거칠고 힘이 셌다. 런던에서 값비싼 옷을 맞춰 입었고 본드 가*에서 구입한 근사한 넥타이를 맸다. 하지만 그의 얼굴에 깃든 불구자 특유의 경계하는 모습과 공허함만은 여전히 감출 수 없었다.

거의 죽다가 살아났기 때문인지, 그는 남아 있는 삶을 너

---

* 영국 런던의 고급 상점가.

무나도 소중히 여겼다. 불안하게 반짝이는 눈에서는 엄청난 충격을 받은 뒤에도 살아 있다는 사실에 그가 얼마나 큰 자부심을 느끼는지가 훤히 드러났다. 그러나 너무 큰 부상을 입은 탓에, 그의 내면에서 무언가가 사라져버렸다. 여러 감정들이 사라져버린 것이다. 감정이 사라진 자리에는 무감각한 공허만이 남아 있었다.

그의 아내 콘스턴스는 혈색이 좋고 시골내기처럼 보이는 여자로, 부드러운 갈색 머리에 몸이 튼튼했으며 느릿느릿한 동작에는 아직 발산하지 못한 활기가 가득 찬 듯했다. 큼지막한 파란 눈은 놀라서 휘둥그레진 듯했고, 목소리는 부드럽고 상냥했다. 그녀는 이제 막 고향인 시골 마을에서 올라온 사람처럼 보였다.

그러나 사실은 전혀 그렇지 않았다. 그녀의 아버지는 한때 유명했던 왕립 미술원의 회원인 맬컴 리드 경이었다. 그리고 어머니는 라파엘 전파*의 전성기 시절에 페이비언 협회**에 소속된 교양 있는 회원이었다. 예술가들과 교양 있는 사회주

---

* 19세기 중엽 영국에서 일어난 예술운동으로 라파엘로 이전처럼 자연에서 겸허하게 배우는 예술을 표방한 유파.
** 런던에서 창립된 점진적 사회주의 사상 단체.

의자들 사이에 있었던 콘스턴스와 그녀의 언니 힐더는 이른바 미적인 면에서 인습에 얽매이지 않은 교육을 받으며 자랐다. 그들은 부모를 따라 파리와 피렌체, 로마를 다니며 예술의 숨결을 들이마셨고, 한편으로는 헤이그와 베를린에 가서 대규모 사회주의자 총회에 참석하기도 했다. 연설자들은 매우 세련된 언어를 구사했고, 누구도 그런 말에 당황하지 않았다.

그래서 두 소녀는 어릴 때부터 예술이나 이상적인 정치사상에 조금도 위압감을 느끼지 않았다. 그들에게는 그런 분위기가 자연스러웠다. 그들은 세계인이자 지방 사람으로서 순수한 사회주의적 이상과 더불어 예술의 세계주의적 지방성을 품고 있었다.

열다섯 살 때 그들은 드레스덴으로 가서 음악과 여러 가지를 공부하게 되었다. 그곳 생활은 매우 즐거웠다. 학생들과 어울리며 자유롭게 생활했고, 철학, 사회, 예술에 대해 남자들과 토론하곤 했는데 그들은 남자들 못지않게 뛰어났다. 아니 오히려 여자여서 더 나았다. 그들은 기타를 둘러멘 건장한 청년들과 숲 속을 걸어다니기도 했다. 팅! 팅! 기타를 튕기며 반더포겔* 노래를 부르고 자유를 맘껏 누렸다. 자유! 그것은 실로 위대한 말이었다. 광활한 세상 밖으로 나와 아침 숲 속을 거닐며 멋진 목소리를 지닌 활기찬 청년들과 어울려 하고 싶은 대로 할 수 있는 자유, 무엇보다도 하고 싶은 이야기를 할 수 있는 자유. 이들에게 가장 중요한 것은 바로 대화였다. 열정적으로 이야기를 주고받는 것, 이것이 가장 중요했다. 이런 대화에 비하면 사랑은 그저 사소하고 부차적인 것에 불과했다.

힐더와 콘스턴스는 둘 다 열여덟 살이 되기 전에 잠시나마 연애를 경험했다. 그들과 함께 매우 열정적으로 이야기를 나누고 활기차게 노래를 부르며 나무 아래서 아주 자유롭게 야영을 했던 청년들은 당연히 사랑의 결합을 원했다. 두 처녀는 망설였다. 그 당시에는 사랑의 결합이 널리 회자되고 있었기에 매우 중요한 일처럼 여겨졌다. 더군다나 그 청년들은 매우 겸손한 태도로 너무도 간절히 바라고 있었다. 이러니 처녀가 여왕처럼 행동하며 자신을 선물로 주지 않을 이유가 있을까?

그리하여 두 자매는 각각 가장 친밀하고 민감한 이야기까지 속속들이 나누었던 청년에게 자신을 선물로 주었다. 논쟁이나 토론은 실로 위대한 일이었다. 반면 성행위나 육체적인 결합은 일종의 원시적인 퇴행이었고 흐지부지하게 끝나버리는 행위에 불과했다. 사랑을 나눈 뒤 그 젊은이들에 대한 자

---

* 1897년 독일 청년운동의 일환으로 베를린에서 창설된 단체로, 독일어로 '철새'라는 뜻이며 철새처럼 산과 들을 돌아다니며 심신을 다지는 일을 목적으로 한다.

12

매의 사랑은 식어버렸고, 자매는 그들을 조금 싫어하기까지 했다. 마치 그들이 사생활과 내적 자유를 침범하기라도 한 듯이 말이다. 젊은 여자에게 완전한 존엄성과 삶의 의미란 절대적이고 완벽하며 순수하고 고귀한 자유를 달성하는 데 있었던 탓이었다. 젊은 여자의 삶에 그 밖에 어떤 의미가 또 있을까? 낡고 더러운 결합을 떨쳐내고 종속적인 삶에서 벗어나는 것 말고 말이다.

그러나 아무리 감상적으로 보려고 해도 성관계 문제는 가장 진부하고 더러운 결합이자 종속 중 하나였다. 성관계를 예찬한 시인은 대부분 남자였다. 여자들은 이보다 더 훌륭하고 고귀한 것이 있다는 것을 언제나 알고 있었다. 특히 이제는 예전보다 더욱 명확하게 알고 있었다. 여자의 아름답고 순수한 자유가 그 어떤 성적인 사랑보다 한없이 더 훌륭하다는 사실을 말이다. 다만 남자들이 이 문제에 관해선 여자보다 훨씬 뒤떨어져 있다는 사실이 안타까울 뿐이다. 남자들은 마치 개처럼 성관계를 요구했다.

그러면 여자는 이에 따라야만 했다. 남자란 욕구로 가득찬 어린아이와 같아서 여자는 남자가 원하는 것을 주어야만 했다. 그러지 않으면 남자는 대체로 어린아이처럼 화를 내고 몸부림치며 매우 즐거웠던 관계까지 망치려 들곤 했다. 그런데 여자는 남자에게 자신을 내주면서도 자기 내면의 자유로운 자아를 지킬 수 있었다. 성에 대해 이야기하는 사람이나 시인들은 이 점을 충분히 고려하지 않은 것 같았다. 여자는 진정으로 자신을 내주지 않고도 남자를 받아들일 수 있었다. 분명 여자는 남자의 지배하에 자신을 두지 않고도 남자를 받아들일 수 있었다. 오히려 여자는 남자를 지배하기 위해 이러한 성관계를 이용할 수도 있었다. 여자는 성관계를 할 때 자신을 억제하며 절정에 이르지 않은 채 남자가 관계를 끝내고 알아서 스스로 소진하도록 내버려두기만 하면 되기 때문이었다. 그러면 이후에 여자는 남자를 단순히 도구로 삼아 관계를 연장시켜 오르가슴과 절정에 도달할 수 있었다.

두 자매 모두 연애를 경험했을 즈음에 전쟁이 발발했고, 그들은 서둘러 집으로 돌아왔다. 그들은 먼저 말로 아주 가까워지지 않으면, 즉 서로 이야기를 나누며 깊이 흥미를 느끼지 않으면 사랑에 빠지는 법이 없었다. 매우 똑똑한 젊은 남자와 몇 달 동안 매일 몇 시간씩 열정적으로 이야기를 나누는 일은 놀라울 정도로 심오하며 믿을 수 없을 정도로 짜릿한 쾌감을 주었다. 이는 그들이 실제로 겪어보기 전에는 깨닫지 못했던 것이었다. "그대에게 이야기를 나눌 남자를 주리라!"라는 천국의 약속은 들어본 적이 없었다. 그 약속은 그들이 알아차리기도 전에 이미 이루어져 있었다.

이렇게 생기 넘치고 영혼을 깨우는 토론을 나눔으로써 서로 친밀해져 섹스를 하는 일이 불가피하다면 자연스럽게 맡기면 되는 일이었다. 섹스는 한 단원의 말미를 뜻했다. 물론 섹스는 짜릿한 쾌감을 주기도 했다. 이것은 몸 안에서 묘하게 떨리는 전율이자 손에 땀을 쥐게 하는 마지막 말처럼 자기 의견을 주장하는 마지막 경련이었고, 한 단락의 끝과 주제의 전환점을 보여주기 위한 한 줄의 별표 같았다.

자매가 1913년 여름휴가를 맞아 집으로 돌아왔을 때 힐더는 스무 살이고 코니는 열여덟 살이었다. 아버지는 딸들이 연애를 경험했다는 것을 쉽게 알아챌 수 있었다. 누군가는 이렇게 말했다. '사랑이 그곳으로 지나갔네(L'amour avait passé par là).' 그러나 아버지는 그 자신 역시 경험이 풍부했기에 흘러가는 대로 자연스럽게 내버려두었다. 살 날이 몇 달 남지 않았던 신경이 쇠약한 어머니는 딸들이 '자유로운 삶'을 살며 '자아를 실현'하기를 바랐다. 그녀 자신이 결코 자신답게 살 수 없었기 때문이었다. 그렇게 사는 삶이 허락되지 않았던 것이다. 그녀는 나름대로 자기만의 수입이 있었고 자기가 하고 싶은 대로 살 수 있는 사람이었기 때문에 그 이유는 아무도 알 수 없었다. 그녀는 남편을 탓했지만 사실은 자신의 마음이

나 영혼에 남아 있는 권위라는 낡은 흔적을 지울 수 없었기 때문이었다. 결국 그렇게 살았던 것은 맬컴 경의 탓이 아니었다. 맬컴 경은 원래 자기 생각대로 사는 사람이었고, 신경질적이며 적대적이고 고상한 아내가 마음대로 좌지우지하도록 내버려두었기 때문이다.

그래서 두 자매는 '자유'를 누렸고, 음악과 대학, 청년들이 있는 드레스덴으로 돌아갔다. 그들은 각자 자신의 연인을 열정적으로 사랑했고, 정신적으로 매력에 사로잡힌 청년들도 정열을 바쳐 그녀들을 사랑했다. 청년들은 자신의 연인을 위해 온갖 멋진 것들을 생각하고 표현했으며 글로 써 내려갔다. 코니의 연인은 음악을, 힐더의 연인은 공학을 공부하고 있다. 그러나 두 청년은 그야말로 자신들의 젊은 연인을 위해 살았다. 연인의 마음과 정신적인 흥분을 위해 살았던 것이다. 그러나 두 청년은 알아채지 못하는 사이에 다른 면에서 어느 정도 거절을 당하기도 했다.

역시나 그들이 사랑, 즉 육체적인 경험을 했다는 건 분명하게 드러났다. 육체적인 경험이 남자와 여자의 몸 안에서 미묘하지만 명백한 변화를 일으킨다는 것은 신기한 일이다. 여자는 좀더 활짝 피어나고 미묘하게 농익어가며, 어리고 모난 구석은 부드러워지며 표정은 불안해 보이거나 의기양양해진

다. 반면 남자들은 더욱 조용해지고 내성적으로 변하며, 어깨와 엉덩이의 형태는 소극적으로 변하면서 좀더 머뭇거리는 모습을 띠었다.

실제로 몸 안에서 성적 쾌감이 일어나면 자매는 남자의 이상한 힘에 거의 압도되었다. 하지만 재빨리 정신을 추스르고 성적 쾌감을 하나의 감각으로 받아들이며 계속 자유로울 수 있었다. 반면에 남자들은 성 경험에 대해 고마워하며 자신들의 영혼까지 모두 내주었다. 그러고는 나중에는 본전도 못 찾은 사람처럼 굴었다. 코니의 남자친구는 약간 언짢은 듯했고 힐더의 남자친구는 비아냥거리는 태도를 보였다. 그런데 남자들이란 이렇다! 고마워할 줄 모르고 도무지 만족하는 법도 없다. 사랑을 받아주지 않으면 받아주지 않는다고 미워하고, 또 받아주면 뭔가 다른 이유를 들어 미워한다. 아니면 그저 불만을 품은 어린아이와 다름없이 아무 이유 없이 미워한다. 여자가 뭘 해줘도 정작 자신들이 얻는 것에 만족하지 못하는 어린아이처럼 말이다.

그런데 전쟁이 터지고 말았다. 힐더와 코니는 이미 5월에 어머니의 장례식을 치르러 한 차례 집에 다녀왔지만 서둘러 집으로 다시 돌아갔다. 1914년 크리스마스가 오기 전에 독일인이었던 두 남자친구는 사망했다. 자매는 그들을 열렬히 사랑했기에 많은 눈물을 흘렸다. 하지만 마음속에서는 이미 그들을 잊은 뒤였다. 그들은 더 이상 존재하지 않는 사람들이었다.

자매는 실제로는 어머니의 소유였던 켄싱턴에 있는 아버지의 집에 살면서 케임브리지 출신의 젊은이들과 어울렸다. 이 젊은이들은 '자유'를 표방했고, 플란넬 바지와 목 부분이 트인 스포츠 셔츠를 입었으며, 좋은 집안에서 자랐지만 감정적으로 혼란스러운 부류였다. 웅얼거리는 목소리로 속삭이며 말했고 극도로 세심한 태도를 보이기도 했다. 그런데 힐더는 별안간 자신보다 열 살이나 많은 남자와 결혼했다. 함께 어울렸던 케임브리지 모임의 선배 회원으로, 재산이 상당히 많고 정부와 관련된 안정된 일을 맡고 있는 집안의 남자였다. 그리고 그는 철학 평론을 쓰기도 했다. 힐더는 웨스트민스터에 있는 자그마한 집에서 남편과 함께 살았고, 최상류층은 아니었지만 **진정한** 지식 계급이거나 앞으로 그렇게 될 사람들이 모인 훌륭한 사교계로 진입했다. 이들은 자신이 무슨 말을 하는지 알고 말하는 사람들, 혹은 적어도 아는 것처럼 말하는 부류였다.

코니는 힘들지 않은 전시 부역을 하면서 플란넬 바지를 입는 케임브리지 출신들과 어울려 지냈다. 여태껏 모든 일을 지

그시 얕잡아보며 비타협적인 태도를 취해온 이들었다. 코니와 '친구'가 된 클리퍼드 채털리는 독일의 본에서 탄광 전문 기술을 공부하다가 집으로 급히 돌아온 스물두 살의 젊은이였다. 클리퍼드는 전에 케임브리지에서 2년간 보낸 적이 있었다. 지금은 괜찮은 한 연대의 중위로서 제복을 입고 있었기에 모든 것을 비웃기에 제격이었다.

클리퍼드 채털리는 코니보다 상류 계급이었다. 코니는 부유한 지식인 계급에 속했지만 그는 귀족이었다. 그리 대단한 가문은 아니었지만 그래도 귀족이었다. 그의 아버지는 준남작이었고 어머니는 자작의 딸이었다.

그러나 클리퍼드는 코니보다 더 좋은 가문에 '상류층'이긴 해도, 사람 자체로만 놓고 보면 좀더 편협하고 소심했다. 그는 협소한 '귀족 상류층', 즉 지주 귀족 사회에서는 편안해했지만 대다수의 중하층과 외국인으로 이뤄진 다른 넓은 사회에서는 겁을 내고 두려워했다. 사실 자신과 같은 부류가 아닌 중하층과 외국인들로 이뤄진 큰 무리에 대해 다소 공포감을 느꼈던 것이다. 그는 특권 계급으로서 모든 보호를 받고 있으면서도 왠지 모르게 무방비 상태라고 느끼면서 마비되어 있는 듯한 기분에 사로잡혔다. 기이한 일이지만 우리 시대의 한 현상이었다.

그래서 그는 콘스턴스 리드라는 아가씨가 보여주는 부드 럽고 자신감 넘치는 태도에 매료되었다. 혼란스러운 바깥세 상에서 그녀는 클리퍼드보다 훨씬 더 자유롭고 주체적인 사 람이었다.

그렇지만 그 역시 반역자였다. 심지어 자신이 속한 계급에 대해서도 반역자였다. 아니 반역이라는 표현은 너무 거창할 지도 모른다. 지나치게 강한 표현일 수 있다. 그는 단지 관습 과 권위라고 할 만한 모든 것들에 저항하는 그 당시 젊은이들 의 세태에 휩쓸렸을 뿐이었다. 아버지 세대는 우스꽝스러웠 다. 특히나 그의 고집 센 아버지는 더욱 그러했다. 그리고 정 부도 우스꽝스러웠다. 두고 보자는 식으로 관망하기만 하는 정부의 행태는 특히 그러했다. 군대는 말할 것도 없었고, 늙 고 무능한 장군들도 마찬가지였다. 특히나 불그스레한 얼굴 의 키치너*는 그중에서도 제일 심했다. 전쟁도 우스꽝스럽기 짝이 없었다. 이 우스꽝스러운 전쟁으로 많은 사람들이 죽었 지만 말이다.

사실 모든 것은 정도에 차이만 있을 뿐 우스꽝스럽기는 마

---

* 영국의 군인. 1차 세계대전 중 육군 대신으로 임명되었다. 독일군에 맞설 대규모 군대를 소집하라는 특명을 띠고 모병 캠페인을 펼치기도 했다. 군사 회의를 위해 러시아로 가던 도중에 군함이 격침되어 사망했다.

찬가지였다. 정부든 군대든 대학이든 상관없이 권위와 연결된 모든 것은 어느 정도는 분명 우스꽝스러웠다. 통치한다는 구실로 지배계급이 무엇을 내세우든 우스꽝스럽기는 마찬가지였다. 클리퍼드의 아버지 제프리 경은 아주 심하게 우스꽝스러웠다. 자신의 나무를 베어 바치고 탄광 사람들을 추려내 전쟁터로 밀어 넣고, 정작 그는 자신의 안위를 돌보며 애국자로 남았던 것이다. 더구나 자신이 가진 것보다 더 많은 돈을 나라에 쓰면서 말이다.

당시 중부 지방에서 런던으로 내려와 간호사로 일하고 있던 에마 채털리는 제프리 경과 그의 단호한 애국심에 그저 조용하면서도 현명하게 말했다. 맏아들이자 상속자인 허버트는 자신의 나무들이 참호의 버팀목이 되기 위해 잘려나가는 와중에도 거리낌 없이 웃어댔다. 그러나 클리퍼드는 거북한 듯 미소만 살짝 지을 뿐이었다. 모든 것이 우스꽝스러웠고, 그건 사실이었다. 그렇지만 그런 일들이 너무나 가까이에서 일어나고 자신마저 우스꽝스러워진다면……? 적어도 다른 계급 사람들, 코니 같은 사람들에게는 진지한 구석이 있었다. 그들에게는 믿고 있는 무언가가 있었다.

코니와 같은 부류들은 병사 문제, 징병제의 위협, 아이들을 위한 설탕과 토피 사탕이 부족한 상황에 대해 진지하게 고민했다. 물론 이 모두가 어리석은 정부 당국이 잘못하고 있는 일들이었다. 그러나 클리퍼드는 그런 일들에 통감할 수 없었다. 그가 생각하기에는, 정부 당국이 토피 사탕이나 병사 문제 때문에 우스꽝스러운 게 아니라 처음부터 우스꽝스러웠기 때문이었다.

그리고 정부 당국은 우스꽝스러운 생각을 하는 것도 모자라 조금씩 우스꽝스러운 방식으로 행동했고, 이 모든 것은 한동안 미친 모자 장수의 다과회*처럼 혼란스럽게 돌아갔다. 그러다 저쪽에서 상황이 심각해지자 이쪽에서 로이드 조지**가 나서서 상황을 수습하려고 애썼다. 그러자 상황은 지금까지의 우스꽝스러움을 능가하는 지경에 이르렀고, 경박한 젊은 이들조차 이제는 더 이상 비웃지 않았다.

1916년 허버트 채털리가 사망하자 클리퍼드가 상속인이 되었다. 클리퍼드는 이러한 상황조차 두려워했다. 그러나 제프리 경의 아들이자 래그비 저택의 자손으로서 자신의 위치가 얼마나 중요한지는 타고나면서부터 마음에 깊이 박혀 있던 것이라 절대 벗어날 수 없었다. 그는 거대하게 소용돌이치

---

* 《이상한 나라의 앨리스》7장에 등장하는 우스꽝스러운 다과회.
** 영국의 정치가이자 수상으로 키치너가 죽은 뒤 그의 뒤를 이어 육군 장관이 되었다.

는 세상의 눈으로 보면 이것 역시 우스꽝스럽게 보인다는 사실을 알고 있었다. 이제 그는 상속인으로서 낡은 래그비를 책임지게 되었다. 어찌 두렵지 않을 수 있을까! 그러면서도 굉장한 일이지 않은가! 동시에 전적으로 우스꽝스러운 일인지도 몰랐다.

제프리 경은 우스꽝스러운 일은 딱 질색인 사람이었다. 창백하고 긴장한 얼굴로 자기만의 생각에 빠져 있었던 그는 나라와 자신의 지위를 지키겠다고 굳게 결심했다. 그렇게 결심한 그에겐 로이드 조지든 누구든 상관없었다. 그는 자신의 생각에만 푹 빠져서 진짜 영국과 단절하고 모든 접촉을 끊어버려 제대로 판단할 수 없었고, 호레이쇼 보텀리*조차 좋게 생각하기도 했다. 그는 자신의 조상이 영국과 성 조지**를 지지했듯이 영국과 로이드 조지를 지지했다. 그런데 그 둘이 다르다는 것을 전혀 알지 못했다. 그래서 제프리 경은 나무를 베어내 로이드 조지와 영국, 영국과 로이드 조지를 지지했다.

제프리 경은 클리퍼드가 결혼해서 상속자를 낳아주기를 바랐다. 클리퍼드는 자신의 아버지가 시대에 뒤떨어진 사람

---

* 영국의 실업가·저널리스트·하원의원으로 사업 때문에 모집한 자금을 상환하는 데 실패하여 실형을 받았다.
** 영국의 수호 성인.

이고 구제 불능이라고 생각했다. 그렇다면 자신이 아버지보다 나은 점은 무엇인가? 모든 것을 우스꽝스럽다고 여기고, 무엇보다 자신의 처지가 엄청나게 우스꽝스럽다고 느끼며 질색하는 일 말고 말이다. 그 자신 역시 좋든 싫든 준남작이라는 지위와 래그비 저택을 별다른 고민 없이 받아들이지 않았는가?

전쟁에 대한 들뜬 흥분은 모두 사라졌다. 아니 죽어 없어졌다. 그 자리에는 수많은 죽음과 끔찍함만이 남았다. 남자에게는 자신을 지지해주고 위로해줄 존재가 필요했다. 안전한 세상에 내릴 닻이 필요했다. 남자에게는 아내가 필요했다.

채털리 가문의 두 형제와 누이에게는 친척들이 있었지만 그들은 이상하게도 래그비에 틀어박혀 고립된 채 살았다. 이러한 고립감 때문인지, 작위와 땅이 있음에도 불구하고, 아니 어쩌면 이 때문에 더욱 약화될 수 있는 가족 간의 유대감, 취약한 지위, 방어력을 강화시킬 수 있었다. 그들은 그동안 살아왔던 산업 지대인 중부 지방과도 단절된 상태였다. 그리고 아버지 제프리 경의 음울하고 완고하고 답답한 성격 때문에 자신들이 속한 계급과도 단절되어 있었다. 그들은 그런 아버지를 우스꽝스럽다고 생각하면서도 한편으로는 그의 마음을 세심하게 헤아리려고 했다.

세 남매는 언젠가 함께 살 거라고 늘 말하곤 했었다. 그러나 허버트는 이미 죽은 뒤였고, 제프리 경은 클리퍼드가 결혼하기를 바랐다. 제프리 경은 워낙 말이 없는 사람인지라 결혼에 대해 말을 꺼낸 적은 거의 없었다. 그러나 반드시 결혼을 해야 한다는 수심 어린 무언의 강요 때문에 클리퍼드는 아버지의 뜻을 거역하기가 힘들었다.

그러나 누나인 에마는 "안 돼!"라고 말했다. 클리퍼드보다 열 살이 많은 그녀는 클리퍼드의 결혼은 지금까지 집안의 젊은 자손으로서 지지해온 것들을 버리고 배신하는 행위라고 느꼈던 것이다.

그럼에도 클리퍼드는 코니와 결혼했고 한 달간 신혼 생활을 했다. 그때가 바로 끔찍했던 1917년이었고, 그들은 마치 침몰하는 배에서 서로 힘을 합친 사람들처럼 친밀하게 지냈다. 결혼 당시 숫총각이었던 그는 섹스에 그다지 큰 의미를 두지 않았다. 그 문제를 제외하고는 그들은 사이가 매우 가까웠다. 코니는 섹스나 남자의 '욕구 충족'을 초월하는 그러한 친밀함이 매우 좋았다. 여하튼 클리퍼드는 많은 남자들과 달리 '욕구 충족'에만 급급하지 않았다. 아니 그들의 친밀함은 섹스보다 더욱 깊고 좀더 개인적인 것이었다. 섹스는 단지 우연이거나 부차적인 것이었다. 기이하고 쓸모없게 된 신체 기관의 작용 과정에 불과하여, 그 어설픈 행위가 지속되고는 있지만 반드시 필요한 것은 아니었다. 그렇지만 코니는 아이를 원하기는 했다. 시누이인 에마에게 맞서 자신의 입지를 다지기 위해서라도 아이가 필요했다.

그러나 1918년 초 클리퍼드는 온몸이 으스러진 채 후송되어 돌아왔고, 아이는 가질 수 없게 되었다. 그리고 제프리 경은 화병으로 세상을 떠나고 말았다.

2장

1920년 가을, 코니와 클리퍼드는 래그비 저택으로 돌아왔다. 동생의 변절을 여전히 혐오하고 있었던 에마 채털리는 집을 떠나 런던에 있는 작은 아파트에서 살고 있었다.

길고 나지막한 형태를 이룬 래그비 저택은 갈색 돌로 지은 낡은 집이었다. 18세기 중반에 지어진 이래 증축을 거듭해 지금은 별다른 특색 없는 토끼 사육장 같은 집이 돼버렸다. 저택은 참나무가 무성한, 꽤 근사하고 오래된 수렵장 안 언덕에 있었다. 그러나 슬프게도 근처에 증기와 연기를 자욱하게 내뿜는 테버셜 탄광의 굴뚝이 보였고, 저 멀리 습기가 차고 안개가 낀 언덕 너머로는 개발되지 않은 테버셜 마을이 제멋대로 흩어져 있었다. 수렵장 입구에서 시작되는 마을은 그야말로 끔찍할 정도로 볼품없는 모습이 1마일가량이나 길고 으스스하게 이어졌다. 모서리가 날카롭게 튀어나오고 초라하게 때가 찌든 자그마한 벽돌집들이 시커먼 슬레이트 지붕을 얹은 채 즐비하게 늘어선 모습에서는 공허함과 황량함이 묻어났다.

코니는 켄싱턴이나 스코틀랜드 언덕, 서식스의 낮은 구릉 지대에 익숙했으며, 이런 모습이 그녀가 줄곧 생각해온 영국의 모습이었다. 코니는 냉철한 젊은이답게 석탄 및 철로 유명한 중부 지방이 전적으로 삭막하고 볼품없는 모습을 하고 있다는 것을 한눈에 알아보았다. 그 모습을 있는 그대로 받아들였다. 믿기지 않았지만 연연할 만한 것도 못 되었다. 래그비 저택의 약간 우중충한 방에 있으면 탄광에서 석탄을 거르는 체가 달그락거리는 소리, 밧줄을 감아올리는 엔진에서 증기가 훅 뿜어 나오는 소리, 탄광 화차들이 선로를 바꾸며 덜컹거리는 소리, 탄광 기관차가 요란하게 삑삑거리는 경적 소리가 들렸다. 테버셜 탄광 갱구에서는 수년 전부터 불이 타오르고 있었는데, 불을 끄는 데 많은 돈이 드는 터라 계속해서 타게 내버려둘 수밖에 없었다. 게다가 바람이 종종 집 쪽으로 불어오는 탓에 저택은 대지의 배설물이 연소하면서 나오는 유황에서 풍기는 악취로 가득했다. 그러나 바람이 불지 않는 날에도 늘 유황, 석탄, 철, 산 같은 지하의 광물질로부터 불쾌한 냄새가 배어 나왔다. 최후 심판의 날에 하늘에서 검은 만나*가 떨어지듯이 성탄꽃**에도 믿기지 않을 만큼 끈덕지게 석탄 가루가 내려앉았다.

글쎄 그곳은 그랬다. 다른 모든 것들처럼 그 또한 운명이리라! 그건 조금 끔찍한 일이었다. 하지만 걷어차봐야 무슨 소용이 있을까? 걷어차 없앨 수도 없었다. 그렇게 계속될 뿐이었다. 우리도 마찬가지였다. 모두가 그렇듯이 삶도 멈추지 않고 계속될 수밖에 없었다. 밤에 구름이 어둡고 낮게 깔리면 붉은 반점들이 지글지글 뜨겁게 타오르며 고통스러운 화상 자국처럼 빨갛게 부풀어 오르다가 가라앉았다. 그것은 용광로였다. 처음에 코니는 용광로를 보고 오싹한 기분이 들면서도 매료되었다. 마치 지하 세계에 살고 있는 기분이었다. 그녀는 그것들에 차츰 익숙해졌다. 그리고 아침이면 비가 내렸다.

클리퍼드는 런던보다 래그비가 더 좋다고 공공연하게 말했다. 이 지방에서는 특유의 굳은 의지가 느껴졌고 사람들은 배짱이 있었다. 그러나 코니는 그것 말고 또 뭐가 있는지 의

---

* 이스라엘 민족이 40일 동안 광야를 방랑하고 있을 때 하나님이 내려주었다고 하는 양식.
** 크리스마스 무렵에 피는 미나리아재비속의 식물.

아했다. 확실히 안목이나 지성 같은 것은 아니었다. 사람들은 시골 풍물처럼 볼품없고 초췌하며 침울한 데다 그다지 우호적이지도 않았다. 단지 낮고 굵직한 목소리로 웅얼거리는 사투리와, 일터에서 집으로 무리 지어 집으로 돌아갈 때 아스팔트 위를 걸어가는 징 박힌 장화에서 나는 소리에 오싹하면서도 신비스러운 기운이 깃들어 있을 뿐이었다.

젊은 지주를 위한 환영 인사는 어디에도 없었다. 축하 파티를 열거나 사람을 보내 인사하는 것은 고사하고 꽃 한 송이 주는 이도 없었다. 다만 자동차를 타고 어둡고 눅눅한 길을 따라 우울한 숲을 가로지른 다음 축축한 회색 양들이 풀을 뜯고 있는 수렵장 비탈길을 지나 저택의 어두운 갈색 정면이 보이는 언덕에 이르자, 가정부 부부만이 대지 위를 불안하게 떠도는 소작인처럼 서성이다가 몇 마디 환영 인사를 더듬거리며 건넬 뿐이었다.

래그비 저택과 테버셜 마을 사이에는 교류가 이루어지고 있지 않았다. 사실 전혀 없었다. 가볍게 모자를 들어 올려 인사하는 사내도, 무릎을 굽히거나 머리 숙여 인사하는 여자도 없었다. 광부들은 그저 빤히 쳐다보기만 할 뿐이었고, 그나마 상인들은 코니에게 마치 아는 사람에게 인사하듯 모자를 들어 보였고 클리퍼드에게는 어색하게 고개를 까딱했다. 그러나 그게 전부였다. 그들 사이에는 건널 수 없는 심연이 있는 데다가 서로 무언의 적개심을 품고 있었다. 처음에 코니는 마을에서 이슬비처럼 조금씩 천천히 뿜어 나오는 적개심 때문에 고생했다. 그러다 점차 어느 정도 단련되어갔고 나중에는 오히려 일종의 강장제처럼 받아들여, 맞서 살아갈 수 있는 자극으로 삼았다. 그녀와 클리퍼드에 대한 평판이 나쁜 것은 아니었다. 다만 그들은 광부들과는 다른 부류에 속한 사람들이었다. 건널 수 없는 심연, 말로 표현할 수 없는 불화가 있었고, 이런 것들은 트렌트 강* 남쪽에는 아마 존재하지 않을 것이다. 그러나 중부 지방과 북부 산업 지대에는 건널 수 없는 심연이 존재했고 교감이란 게 전혀 이뤄질 수 없었다. '당신은 당신 일이나 잘하시오. 내 일은 내가 알아서 할 테니!' 뭐 이런 식이었다. 그것은 이상하게도 같은 인류로서 공유하는 맥박을 거부하는 것이나 다름없었다.

그러나 마을 사람들은 추상적으로는 클리퍼드와 코니에게 교감하는 면이 있었다. 그런데도 살과 피로는 서로 '간섭하지 마시오!'라는 식이었다.

예순 살 정도 되는 목사는 성직자의 직무에 충실한 친절

---

* 잉글랜드 중부의 강.

한 남자였지만, '간섭하지 마시오!'라는 마을의 암묵적인 분위기 때문에 목사 개인으로서는 보잘것없는 존재로 전락해 있었다. 광부의 아내들은 대부분 감리교 신자였지만 광부들에게는 종파 같은 것도 없었다. 그러나 목사는 성직자 제복을 입는 것만으로도 그가 보통 사람들과는 다르다는 사실을 보여줄 수 있었다. 그렇다. 그는 애시비 목사님으로 기계적으로 설교하고 기도하는 존재였다.

코니는 처음에는 고집 세고 본능적인 마을 사람들 때문에 매우 당황스럽고 난처했다. 마을 사람들은 '당신이 채털리 부인이라 해도 우리 역시 당신 못지않아!'라고 말하는 듯한 인상을 풍겼다. 광부의 아내들은 그녀가 말을 걸면 기이하고 수상쩍은 태도를 보이며 겉으로만 상냥하게 대했다. 그리고 그들이 아양 떨듯 콧소리를 내며 말하는 것을 듣다 보면 '이런! 채털리 부인이 내게 말을 걸다니. 내가 대단한 사람이라도 된 것 같네. 하지만 그렇다고 해서 저 여자가 내가 자기보다 부족하다고 생각할 이유는 없지!'라는 듯한 묘하게 공격적인 태도는 참을 수가 없었다. 이겨낼 수도 없었다. 그것은 무례하고 공격적인 비국교도* 같은 태도였다.

———

* 영국 국교인 성공회 이외의 개신교를 믿는 신자들.

클리퍼드는 그런 마을 사람들을 내버려뒀고 코니도 그러는 법을 배웠다. 그녀는 그들을 쳐다보지도 않고 지나다녔고, 그들 역시 그런 그녀를 걸어다니는 밀랍 인형인 양 빤히 바라보았다. 클리퍼드는 그들을 상대할 때면 짐짓 거만하고 경멸하는 태도를 보였던 터라 이제는 더 이상 사이좋게 지낼 수도 없었다. 사실 그는 자신과 같은 계급에 속하지 않은 사람은 누구든지 얕잡아보며 경멸했다. 그리고 사람들과 잘 지내보려는 시도를 전혀 하지 않고 자신의 위치를 굳게 지켰다. 사람들은 그런 그를 좋아하지도 싫어하지도 않았다. 마을 사람들에게 그는 단지 탄광 갱구나 래그비 저택처럼 사물의 일부일 뿐이었다.

그런데 불구가 된 클리퍼드는 실제로 극도로 소심하고 자의식이 강했다. 그는 휠체어나 바퀴가 달린 의자에 앉아 있어야 하는 처지여서 시중드는 하인 말고는 누구도 만나고 싶어 하지 않았다. 그럼에도 예전처럼 런던에서 맞춘 값비싼 옷을 신경을 써서 차려입었고 본드 가에서 산 아끼는 넥타이를 매고 있어서 상반신만 보면 전과 같이 말쑥하고 멋져 보였다. 그는 현대에 등장한 여성스러운 젊은 신사와는 다른 부류였다. 오히려 혈색 좋은 얼굴에 딱 벌어진 어깨를 지녀서 시골 젊은이 같았다. 그러나 매우 조용하고 머뭇거리는 목소리와,

대범하면서도 겁이 많아 보이고 확신에 찬 듯하면서도 불안해 보이는 눈에서 그의 본성이 드러났다. 그는 종종 지나치게 거만한 태도를 보일 때가 있었지만, 또 한편으로는 온화했고 자기를 내세우지 않으면서 대체로 소심했다.

코니와 클리퍼드는 서로에게 애정이 있었지만 현대적인 방식으로 다소 거리를 두고 초연하게 대했다. 그는 불구가 되면서 큰 충격을 받아 깊은 상처를 입은 나머지 느긋하거나 태평스럽게 굴 수가 없었다. 그는 상처받은 존재였다. 코니는 그런 그를 받아들이고 성의를 다해 그에게 충실했다.

그러나 그녀는 클리퍼드가 사람들과 관계 맺는 일이 거의 없다는 것을 느끼지 않을 수 없었다. 어떤 의미에서 광부들은 그가 거느리고 있는 사람들이었다. 그러나 그는 광부들을 사람이 아니라 사물로 보았다. 즉 생명체의 일부가 아니라 탄광의 일부로, 더불어 살아가는 인간이 아니라 원래 그대로 있던 현상처럼 보았던 것이다. 그는 어떤 면에선 그들을 두려워했는데, 불구가 된 지금 그들이 자신을 바라보는 것을 견딜 수 없었기 때문이었다. 더군다나 그들은 묘하게 거친 남자다움을 지니고 있었는데, 그런 남자다움이 그에게는 고슴도치처럼 너무도 생소했다.

클리퍼드는 먼발치에서 관심을 갖고 바라보았지만 이는

A DEMI - VIERGE
Corpus Delicti

현미경을 들여다보거나 망원경을 올려다보는 것과 같았다. 직접 접촉하지는 않았던 것이다. 사물이나 사람과 실제로 접촉하는 일은 없었다. 기껏해야 전통적으로 내려온 래그비와 접촉하고, 가족을 지키려는 폐쇄적인 유대감으로 에마와 만나는 정도일 뿐이었다. 그 외에는 그 무엇과도 접촉하지 않았다. 코니는 자신조차도 그와 진정으로 접촉하고 있지는 않다고 느꼈다. 결국 그녀도 그에게 다가간 적이 없었고, 아마도 궁극적으로 그에게 다가갈 수는 없을 것이었다. 그저 인간적인 접촉에 대한 부정만이 있을 뿐이었다.

그렇지만 클리퍼드는 코니에게 절대적으로 의지하고 있었다. 언제나 코니를 필요로 했다. 그는 몸집이 크고 건장했지만 무력했다. 물론 스스로 휠체어를 몰고 다닐 수 있었고, 모터가 달린 바퀴 의자를 타고 모터 소리를 내며 수렵장 주변을 천천히 돌아볼 수도 있었다. 그러나 혼자서는 길 잃은 사람이나 다름없었다. 코니가 곁에 있어야만 자신이 존재한다는 것을 확인받을 수 있었다.

그럼에도 그에게는 야망이 있었다. 그는 자신이 알고 있던 사람들에 대해 이상하면서도 매우 사적인 이야기를 단편 소설로 쓰는 것을 좋아했다. 재치 있지만 꽤 짓궂은 면이 있는, 왠지 묘하게 무의미한 이야기들이었다. 그의 관찰은 색다르고 특이했다. 그러나 거기에도 접촉, 실질적인 접촉은 없었다. 마치 인위적으로 만들어낸 세상에서 모든 일이 일어나고 있는 것 같았다. 그런데 오늘날의 삶이 대개 인위적으로 조명을 비추는 무대에서 펼쳐지는 것과 같아서인지, 그가 쓴 단편소설은 이상하게도 현대의 삶, 다시 말해 현대의 심리에 딱 들어맞았다.

자신이 쓴 이야기에 대해 클리퍼드는 병적으로 민감하게 굴었다. 모든 사람들이 그 이야기를 좋다고, '더 이상 능가할 수 없는' 최고의 작품이라고 생각해주기를 바랐다. 그가 쓴 글들은 가장 현대적인 잡지들에 실렸고, 일반적으로 그렇듯이 찬사를 받기도 하고 비난을 받기도 했다. 그러나 클리퍼드에게 비난은 칼로 찌르는 것 같은 고문이었다. 그의 존재 전체가 그의 이야기 속에 들어 있는 듯했다.

코니는 자신이 할 수 있는 한 최선을 다해 그를 도왔다. 처음에는 그녀도 짜릿한 흥분을 느꼈다. 그는 단조롭고 끈질기게 지속적으로 모든 것을 이야기했고, 그녀는 온 힘을 다해서 응해주어야만 했다. 그녀의 영혼과 육체, 성 전체가 깨어나서 그의 이야기 속으로 들어가야 하는 것 같았다. 이는 그녀를 황홀할 정도로 흥분시켰고 푹 빠져들게 했다.

그들은 육체적인 면에서는 할 일이 별로 없었다. 코니는 저택을 관리해야 했다. 그러나 가정부는 여러 해 동안 제프리 경을 모셔왔던 사람이었고, 식사 시중을 드는 하녀는 마르고 나이가 많았으며 매우 똑 부러지게 일하는 성격으로 이 저택에서 일한 지가 40년이나 된 사람이었다. 그녀는 잔심부름하는 하녀라든가 여자라고 부르기도 힘들었다. 다른 하녀들도 더 이상 젊지 않았다. 얼마나 끔찍한가! 그러한 곳에서 무엇을 할 수 있겠는가! 그냥 내버려두는 수밖에 없었다! 아무도 사용하지 않는 무수한 방들, 틀에 박힌 중부 지방의 일상생활, 기계적인 깨끗함과 기계적인 정돈! 클리퍼드가 고집해서 런던에서 그의 시중을 들었던 노련한 여자를 새로운 요리사로 데려오기도 했다. 그 외에 이곳은 기계적인 무질서에 따라 돌아가는 듯이 보였다. 모든 것이 매우 훌륭한 질서, 엄격한 청결함, 시간 엄수, 심지어 정직함까지 매우 엄격하게 지켜지는 가운데 돌아가고 있었다. 그러나 코니의 눈에는 체계적인 무질서 상태였다. 그 모든 것을 유기적으로 관계 맺게 해주는 따뜻함이 느껴지지 않았다. 저택은 인적이 없는 거리처럼 황량했다.

그저 내버려두는 것 말고 그녀가 무엇을 할 수 있겠는가! 그래서 그녀는 그대로 내버려두었다. 클리퍼드의 누나인 에마는 이따금씩 들러서 아무것도 변한 게 없다는 걸 알고는 귀족적인 갸름한 얼굴에 의기양양한 기색을 띠곤 했다. 그녀는 동생과 나누던 정신적인 교감을 빼앗은 코니를 결코 용서하려 들지 않았다. 클리퍼드와 함께 이 이야기들, 이 책들을 만드는 사람은 에마 자신이어야 했다. 바로 채털리 가문의 이야기들, 세상에 없던 새로운 것을 담은 책들 말이다. 채털리 가문 사람들이 세상에 내놓은 새로운 것, 이것만이 중요했다. 다른 기준은 없었다. 이전에 있었던 생각이나 표현과는 유기적으로 아무 관련이 없었다. 오직 세상에 없었던 새로운 것, 전적으로 개인적인 채털리 가문의 책들이었다.

코니의 아버지가 래그비에 방문했을 때 딸에게 은밀히 이런 말을 했었다. "클리퍼드의 글 말이다. 멋지긴 하더구나. 그런데 그 속에 든 게 아무것도 없어. 오래가지는 못할 거다!" 코니는 평생 호사를 누리며 살았던 건장한 스코틀랜드 훈작을 물끄러미 바라보았다. 그녀의 커다랗고 호기심 어린 파란 눈이 멍해진 듯했다. 아무것도 든 게 없다니! 도대체 **아무것도 든 게 없다는** 말이 무슨 뜻일까? 비평가가 칭찬하고 클리퍼드는 유명세를 떨치며 돈까지 벌어들이고 있는데, 아버지는 무슨 뜻으로 클리퍼드의 글에 아무것도 든 게 없다고 하신 걸까? 다른 무언가가 있을 수 있단 말인가?

코니는 젊은 사람들의 기준을 따랐다. 그 기준은 바로 매

순간 존재하는 것이 전부이고, 그 순간들은 각각 서로 관련이 없다 해도 이어질 수 있다는 것이었다.

그녀가 래그비에서 두 번째 겨울을 보낼 무렵 아버지가 말씀하셨다.

"코니야. 난 네가 상황에 떠밀려서 생과부로 살지는 않았으면 좋겠구나."

"생과부라니요!" 코니가 멍한 표정으로 대답했다. "왜요? 그러면 왜 안 되는데요?"

"물론 네가 좋아서 그러는 거라면 괜찮지!" 아버지는 서둘러 덧붙였다.

아버지는 클리퍼드와 단둘이 있을 때 그에게도 같은 말을 했다.

"코니가 **생과부**로 사는 게 잘 맞지 않는 것 같아 걱정이 되는군."

"생과부라니요!" 클리퍼드는 자신이 제대로 들었는지 다시 확인하려는 듯 장인이 프랑스어로 한 말을 영어로 바꿔 말하며 대답했다.

그는 잠시 동안 생각하더니 얼굴을 붉혔다. 불쾌하기도 하고 화도 났다.

"어떤 면에서 코니와 맞지 않는다고 하시는 건가요?" 그는 딱딱하게 물었다.

"애가 점점 말라가잖나. 뼈만 앙상하게 남았어. 그 애와 맞지 않아서 그런 게야. 그 애는 가늘고 기다란 정어리 같은 여자애가 아니야. 생기 있고 통통한 스코틀랜드 송어 같은 아이라고."

"물론 반점은 없는 송어겠지요!" 클리퍼드가 말했다.

클리퍼드는 나중에 그 생과부 문제, 현재 생과부로 살고 있는 그녀의 상황에 대해 코니에게 뭔가를 말하고 싶었다. 그러나 자신이 직접 그 이야기를 꺼낼 수는 없었다. 그는 그녀와 매우 친밀하면서도 그다지 친밀하지 않았기 때문이다. 그녀와 마음은 잘 맞았지만 육체적으로는 서로에게 실제로 존재하지 않는 사람이나 마찬가지였고, 두 사람 다 문제의 실질적인 주체인 육체에 대해 언급하는 것을 견딜 수 없어했다. 그들은 매우 친밀했으나 살을 맞대며 접촉하는 일은 전혀 없었다.

그러나 코니는 아버지가 클리퍼드에게 어떤 이야기를 해서 클리퍼드가 뭔가 마음에 담아두고 있음을 짐작했다. 클리퍼드가 알게 되거나 목격하지 않는 이상 그녀는 자신이 생과부든 화류계 여자든 상관하지 않을 거라는 사실을 알고 있었다. 눈으로 보지 못하고 머리로 알지 못하는 것은 그에게는 존재하지 않는 것이었다.

　코니가 래그비에 온 지도 거의 2년이 다 되어가고 있었다. 코니는 자신을 필요로 하는 클리퍼드와 함께 그의 작품에 몰두하며 막연한 삶을 살고 있었다. 특히 그의 작품에 더욱 집중하고 있었다. 작품에 대한 그들의 관심은 끊긴 적이 없었다. 창작의 고통 속에서 함께 이야기를 나누고 글을 쓰느라 한창 씨름하고 나면 공허 속에서 정말로 뭔가가 이루어지고 있는 듯했다.

　여태까지 삶이 그랬다. 허공에 떠 있는 삶이 있었을 뿐 나머지는 존재하지 않았다. 래그비가 있었고 하인들도 있었지만 모두 유령 같을 뿐 실제로 존재하는 것은 아니었다. 코니는 수렵장과 수렵장과 이어진 숲 속을 산책하며 고독과 신비로움을 즐겼고, 가을에는 낙엽을 발로 차고 봄이면 앵초꽃을 꺾기도 했다. 그러나 이 모든 것이 꿈만 같았다. 아니 현실을 비추는 환영 같았다. 참나무 잎은 거울에 비쳐 나부끼는 모습을 보는 것 같았고, 그녀 자신은 누군가가 읽은 책에 나오는 등장인물이며, 단지 그림자나 기억이나 낱말에 불과한 앵초꽃을 꺾고 있는 것 같았다. 그녀에게 실체란 없었다. 접촉도 교제도 없었다. 클리퍼드와 함께하는 인생은 꾸며낸 이야기들로 거미줄을 치는 것이나 다름없었다. 맬컴 경이 그 속에는 아무것도 없다고, 오래가지 않을 것이라고 한 이야기들을 이렇게 의식에서 끊임없이 세세하게 뽑아낼 뿐이었다. 그렇지만 그 이야기들 속에 어째서 뭔가가 들어 있어야 하고 어째서 지속되어야 하는가? 한날 괴로움은 그날에 족하다*고 하지 않았는가! 이 순간 현실로 보이는 것이 현재에 족하면 충분한 것이다.

클리퍼드에게는 친구, 정확히 말하자면 아는 사람이 제법 많았다. 그는 그들을 래그비로 초대했다. 비평가나 작가, 그의 책을 칭찬해줄 만한 사람들이었다. 그러면 그들은 래그비에 초대받은 사실에 우쭐해하며 찬사를 늘어놓곤 했다. 코니는 그런 사람들의 속내를 속속들이 알고 있었다. 그런데 그러면 어떤가? 어차피 이런 일은 거울에 잠깐 비쳤다가 어느덧 사라지는 수많은 모양 중 하나일 뿐이다. 그러니 뭐가 잘못이란 말인가?

코니는 안주인으로서 대부분 남자인 이 손님들을 대접했다. 또한 가끔씩 클리퍼드의 귀족 친척들을 대접하기도 했다. 코니는 상냥하고 혈색 좋은 시골내기처럼 보였다. 주근깨가 살짝 있고 커다란 파란색 눈과 갈색 곱슬머리, 부드러운 목소

---

* 〈마태복음〉 6장 34절.

2장 · 43

리, 튼튼한 편이면서도 여성스러운 허리를 지닌 그녀를 사람들은 약간 구식이지만 '여성스러운' 여인이라고 생각했다. 그녀는 납작한 가슴에 조그만 엉덩이를 가진 소년 같은 정어리과의 물고기가 아니었다. 그녀는 멋지다고 말하기에는 너무 여성스러웠다.

그래서 남자들, 특히 더 이상 젊다고 할 수 없는 남자들은 그녀에게 매우 친절했다. 그러나 코니는 조금이라도 남자와 시시덕거리는 기미가 보이면 가엾은 클리퍼드가 얼마나 괴로워할지 알고 있었기에 남자들의 호감을 부추길 만한 행동은 전혀 하지 않았다. 그저 조용하고 무심한 태도를 취했으며, 그들과 전혀 접촉하지 않았고 그러려는 생각도 하지 않았다. 클리퍼드는 이를 자랑스러워했다.

그의 친척들은 코니에게 매우 친절하게 대했다. 그녀는 그들이 자신을 두려워하지 않기 때문에 친절한 태도를 보인다는 것을, 자신이 두려움의 대상이 아니면 그들이 전혀 존중하지 않는다는 것도 알고 있었다. 그러나 그녀는 그들과도 전혀 접촉하지 않았으며 그저 그대로 내버려두었다. 그들이 자신을 친절하게 대하면서 업신여기도록 내버려두었고, 그들이 언제든 칼을 뽑아 들 준비를 할 필요가 없다고 느끼게끔 했다. 그들과 진정으로 연결된 것은 전혀 없었다.

시간이 흘렀다. 무슨 일이 있었든지 간에 실제로는 아무 일도 일어나지 않았다. 그녀가 정말 훌륭할 만큼 어떤 접촉도 하지 않았기 때문이었다. 그녀와 클리퍼드는 자신들의 생각과 그의 작품 속에 파묻혀 살았다. 저택에는 늘 사람들이 끊이지 않아서 그녀는 그들을 접대하며 보냈다. 일곱 시 삼십 분이었다가 어느새 여덟 시 삼십 분을 가리키듯이 시간은 그렇게 흘러갔다.

3장

그러나 코니는 점점 불안함을 느꼈다. 단절된 생활을 하면서 생긴 불안감은 광기처럼 그녀를 사로잡았다. 그래서 움직이고 싶지 않을 때에도 제멋대로 팔다리에 경련이 일어났고, 등을 펴지 않고 그저 편하게 쉬고 싶을 때에도 갑자기 누군가 홱 잡아당기듯 등이 꼿꼿이 세워지기도 했다. 그 불안감 때문에 몸속, 자궁 속 어딘가가 떨리며 전율이 온몸을 휩쓸었고, 물속으로 뛰어들어 수영이라도 해서 그런 느낌으로부터 벗어나야 할 것 같았다. 미칠 듯한 불안감이 엄습해왔다. 그 때문에 아무 이유도 없이 심장이 세차게 뛰었고 그녀는 하루가 다르게 말라갔다.

단지 불안감 때문이었다. 코니는 클리퍼드를 내버려둔 채

황급히 수렵장을 가로질러 달려가 고사리 덤불 위에 엎드려 있곤 했다. 집에서 벗어나기 위해서였다. 그녀는 집과 모든 사람들로부터 벗어나야 했다. 숲은 그녀에게 피난처이자 안식처였다.

그러나 그곳은 진정한 피난처나 안식처는 아니었다. 숲과 그녀를 이어주는 연결 고리가 전혀 없었기 때문이다. 숲은 단지 그녀가 다른 것에서 **벗어날** 수 있는 장소일 뿐이었다. 그녀는 결코 진정으로 숲 자체의 영혼에 접촉하지 못했다. 터무니없는 말이겠지만 숲에 그런 영혼이 있다면 말이다.

코니는 자기 자신이 허물어져가고 있다는 것을 어렴풋이 알았다. 막연하게나마 자신이 세상과 전혀 연결되어 있지 않다는 것, 즉 실체가 있고 살아 있는 세상과의 접촉을 잃어버렸다는 것을 알았다. 오직 클리퍼드와 그의 작품만이 존재할 뿐이었다. 그것도 진정한 존재가 없는, 속에 아무것도 들어 있지 않은 작품들이라니! 끝없이 이어지는 공허함. 그녀는 막연하게 깨닫고 있었다. 그러나 깨달았다 한들 바위에 머리를 들이받는 것과 같았다.

그녀의 아버지는 한 번 더 충고했다. "코니야, **애인**을 한 명 찾아보는 게 어떻겠니? 살면서 재미있다는 일은 다 해보는 것이 좋단다!"

그해 겨울 마이클리스가 며칠 동안 래그비에 머물렀다. 미국에서 희곡을 써서 막대한 돈을 벌어들인 젊은 아일랜드인이었다. 훌륭한 사회극을 쓴 덕에 런던의 일류 사교계는 한동안 그를 열정적으로 환영하며 받아들였다. 그러나 그 후 일류 사교계는 초라한 더블린 거리에서 배회하는 쥐새끼 같은 비열한 인간의 손에 자신들이 놀아났다는 사실을 점차 깨닫게 되었고 곧 그를 혐오하기 시작했다. 마이클리스는 결국 야비하고 천박한 인간으로 낙인찍혔다. 그가 반영국적인 사람이라는 것이 드러났으며, 이를 밝혀낸 계급의 사람들에게 이보다 더 끔찍한 범죄는 없었다. 그들은 그를 철저하게 난도질해 죽였고, 그의 시신은 쓰레기통에 내던져졌다.

그럼에도 마이클리스는 런던의 메이페어*에 아파트를 소유하고 있었으며, 신사인 듯 본드 가를 활보했다. 아무리 대단한 일류 양복점이라 하더라도 돈을 내는 한, 비열한 인간이라고 해서 손님을 거절할 수는 없기 때문이었다.

클리퍼드는 서른 살인 그 젊은 남자를 래그비로 초대했다. 그 당시 마이클리스는 경력상 불운한 시기였지만 클리퍼드는 주저하지 않았다. 마이클리스에겐 아직 그를 신뢰하는 수

---

* 런던의 하이드파크 동쪽에 있는 고급 주택 지구.

백만 명의 독자가 남아 있을지도 몰랐다. 게다가 철저하게 외면당해 아무런 가망도 없는 신세로 전락한 이 중차대한 시점, 즉 상류사회 사람들로부터 무시당하고 있는 바로 그때 래그비에서 자신을 초대해준 사실에 분명히 감사할 것이다. 감사한 나머지 그는 저 건너편 미국에서 클리퍼드에게 '도움'이 될 만한 일을 해줄 것이다. 명성! 무엇이 됐든 많은 사람들 입에 오르내리게 된다면 큰 명성을 얻을 수 있다. 특히 '저 건너편'에서는 더욱 그렇다. 클리퍼드는 신진 작가였고, 놀랍게도 그는 널리 알려져 주목받고 싶은 본능이 매우 강했다. 마침내 마이클리스는 연극에서 클리퍼드를 아주 훌륭하게 묘사했고, 그는 소위 대중적인 영웅이 되었다. 클리퍼드가 자신이 조롱거리가 됐다는 사실을 알고 반발하기 전까지는 말이다.

코니는 유명해지고 싶어하는 클리퍼드의 맹목적이고도 절박한 모습을 보고 조금 놀랐다. 그는 자신이 잘 알지도 못하는 정체 모를 거대한 세상에서 작가, 그것도 최고의 현대 작가로 알려지고 싶어했다. 심지어 그 세상을 불안해하고 두려워하면서도 말이다. 코니는 나이가 많지만 아직까지 원기 완성하고 허세를 부리는 아버지 맬컴 경이 성공한 모습을 보면서, 예술가도 스스로를 광고해야 하며 작품이 호평받도록 힘껏 노력해야 한다는 것을 알고 있었다. 그러나 아버지는 그림을 파는 다른 왕립 미술원 회원들이 이용하는 기존 경로를 이용했다. 반면 클리퍼드는 홍보할 수 있는 온갖 종류의 새로운 경로를 찾아냈다. 그는 자신의 품위를 떨어뜨리거나 하지는 않았지만 온갖 부류의 사람들을 래그비로 불러들였다. 하루빨리 자신에 대한 기념비적인 명성을 세우기로 결심한 그는 유용하기만 하다면 한낱 잡석이라도 잡히는 대로 이용했다.

마이클리스는 운전기사와 하인을 거느리고 아주 멋진 차를 타고 시간 맞춰 도착했다. 그는 완전히 본드 가 그 자체였다. 그러나 그를 보는 순간 '지방 명문가' 출신인 클리퍼드의 영혼은 왠지 자꾸 움츠러들었다. 마이클리스는 실제 모습과 자신이 외모로 드러내고 싶어하는 모습이 정확히 일치하는 사람이 아니었다. 아니 사실은 전혀 다른 사람이었다. 클리퍼드는 최종적으로 그렇게 판단을 내렸고 그것으로 충분했다. 그렇지만 클리퍼드는 그를 매우 정중하게 대했다. 아니 그가 거둔 놀라운 성공을 정중하게 대접한 것이었다. 성공이라는 암캐 여신*이 겸손하면서도 거만한 마이클리스의 발뒤꿈치 주변을 보호하듯 으르렁거리면서 맴돌았고 클리퍼드를 위협해 기를 죽였다. 왜냐하면 클리퍼드 역시 받아주기만 한다면

---

* bitch-goddess, 윌리엄 제임스가 세속적, 물질적 성공을 빗대어 부른 말.

그 성공이라는 암캐 여신에게 기꺼이 자신을 팔고 싶은 사람이었기 때문이다.

마이클리스는 런던의 최고급 지역에 있는 양복점과 모자점, 이발소, 구둣가게에서 산 명품으로 치장해도 분명 영국 사람은 아니었다. 그렇다. 그는 명백히 영국인이 아니었다. 넓적하고 창백한 얼굴이나 태도, 그리고 불만을 품은 모습은 영국인과는 달랐다. 그는 원한과 불만을 품고 있었다. 그 모습은 진정한 영국 신사라면 한눈에 명백하게 알아볼 수 있는 모습이었다. 진짜 영국 신사는 그런 원한과 불만을 자신의 태도에 노골적으로 드러내는 것을 수치로 여겼기 때문이다. 가엾은 마이클리스는 지금까지 수없이 걷어채여왔던지라 지금도 겁먹은 개가 다리 사이로 꼬리를 말아 넣듯이 다소 기가 죽은 모습이었다. 그는 순수한 본능과 철저한 철면피로 무장하여 애쓴 끝에 자신이 쓴 희곡으로 연극 무대에 진출했고, 정상에 이르렀다. 그는 대중을 사로잡았다. 이로써 걷어채기만 하는 시절은 끝났다고 생각했다. 하지만 슬프게도 그 시절은 끝나지 않았고 앞으로도 결코 끝나지 않을 것이었다. 어떤 의미에서는 그가 걷어차이기를 자초했기 때문이다. 그는 자신이 속하지 못했던 곳, 영국 상류사회에 발을 들여놓기를 갈망했다. 그런데 상류사회 사람들은 그에게 닥치는 대로 발길질을 해대며 얼마나 즐거워했던가! 그리고 그는 그런 그들을 얼마나 증오했던가!

그럼에도 불구하고 마이클리스는 하인까지 대동하고 아주 멋진 차를 타고 이곳에 왔으니, 역시 어쩔 수 없는 더블린의 잡종개였다.

그런데 마이클리스에게는 코니가 마음에 들어하는 점이 있었다. 그는 자기 자신에게 허세를 부리진 않았다. 자신에 대한 환상이 전혀 없었기 때문이다. 그는 클리퍼드가 알고 싶어하는 모든 것에 대해 합리적이고 간결하게, 그리고 실질적으로 이야기해주었다. 과장하거나 자제력을 잃고 멋대로 말하는 법이 없었다. 그는 자신이 쓸모가 있어서 래그비에 초청받았다는 것을 알았기에, 연륜이 있고 상황 판단이 빠른 거물급 사업가처럼 거의 무심한 태도로 질문을 받았고 가능한 한 감정을 허비하지 않고 대답했다.

"돈이란 말이죠!" 그가 말했다. "돈은 일종의 본능입니다. 돈을 버는 것은 인간에게 있어 일종의 타고난 본성입니다. 사람이 돈을 벌기 위해 어떤 행동을 하거나 수법을 쓰는 것이 아닙니다. 소위 본성에서 비롯된 우연한 행위가 영구적으로 지속되는 것입니다. 일단 돈을 벌기 시작하면 계속 돈을 벌면서 나아가는 겁니다. 어느 지점까지는요."

"그렇다면 일단 시작을 해야 한다는 말이군요." 클리퍼드가 말했다.

"아, 그렇습니다! 일단 **안으로** 발을 들여놔야 합니다. 계속 밖에서 서성대기만 해서는 아무 일도 할 수 없습니다. 어떻게든 안으로 밀고 들어가야 합니다. 일단 그렇게 한다면 돈을 벌 수밖에 없어요."

"그런데 당신은 희곡을 쓰지 않았어도 돈을 벌 수 있었을까요?" 클리퍼드가 물었다.

"아, 아마도 벌지 못했겠죠! 좋은 작가일 수도 나쁜 작가일 수도 있지만 지금 바로 내가 작가, 희곡 작가인 건 분명하죠. 희곡 작가가 될 수밖에 없었어요. 그 점은 확실합니다."

"그렇다면 당신은 인기 있는 희곡 작가가 되어야 한다고 생각했나요?" 코니가 물었다.

"네, 그렇습니다!" 마이클리스가 그녀 쪽으로 갑자기 고개를 홱 돌리며 말했다. "사실 별거 없습니다! 인기라고 해봐야 진실한 건 하나도 없어요. 마찬가지로 대중도 다 거짓이죠. 내 희곡에도 진짜로 인기를 **끌 만한** 건 아무것도 없어요. 희곡에 뭔가가 있어서 그런 게 아니에요. 그저 날씨와 같은 거죠. **한동안 일어날 수밖에 없는**……, 그런 거죠."

마이클리스가 깊이를 알 수 없는 환멸감에 빠져 있던 커다란 눈을 코니에게 돌리자 그녀는 몸이 조금 떨렸다. 그는 너무 늙어 보였다. 대대로 축적되어온 지층처럼 환멸이 겹겹이 쌓여 그에게 내려앉은 듯이 늙어 보였다. 동시에 버림받은 아이처럼 보이기도 했다. 어떤 의미에서는 버림받아 의지할 곳 없는 사람이었지만 쥐새끼처럼 용감하게 필사적으로 달려들기도 했다.

"적어도 그 나이에 당신이 그만큼 해낸 건 대단합니다." 클리퍼드는 잠시 생각하다가 말했다.

"내 나이 서른입니다. 그래요, 이제 서른 살이네요!" 마이클리스는 느닷없이 날카롭게 말했다. 그러고는 공허한 듯 의기양양하면서도 묘하게 씁쓸한 웃음을 지었다.

"그런데 혼자세요?" 코니가 물었다.

"무슨 뜻이죠? 혼자 사느냐고요? 하인이 한 명 있습니다. 아내가 없는 남자라면 하인은 꼭 있어야 합니다. 하인은 본인 말로는 그리스인이라고 하는데 무능한 편이에요. 그렇지만 그냥 계속 데리고 있어요. 그런데 전 결혼은 할 거예요. 그럼요. 결혼은 해야죠."

"마치 머리를 자를 거라는 말씀처럼 들리는군요." 코니가 웃으며 말했다. "노력해야 하는 일인가요?"

그는 감탄스럽다는 듯이 그녀를 바라보았다.

"글쎄요, 채털리 부인. 어느 정도는 필요할 거예요! 그리고 실례되는 말씀이지만, 전 영국 여자와는 결혼할 수 없을 것 같아요. 아일랜드 여자와도요."

"그럼 미국 여자로 찾아보는 건 어떤가요?" 클리퍼드가 말했다.

"오, 미국 여자라!" 그는 공허한 웃음을 지으며 말했다. "아니에요. 하인에게 터키 여자나 동양인에 가까운 여자로 찾아봐달라고 부탁했어요."

코니는 엄청난 성공을 거뒀으면서도 묘하게 우울해 보이는 이 남자가 진심으로 놀라웠다. 그는 미국에서만 1년에 5만 달러를 번다고 했다. 때때로 그는 잘생겨 보이기도 했다. 그가 곁눈질을 하거나 아래를 내려다볼 때 그의 얼굴 위로 불빛이 비칠 때면, 커다란 눈과 아치 모양으로 묘하게 흰 짙은 눈썹, 움직이지 않는 꽉 다문 입을 지닌 그는 상아로 조각한 흑인의 얼굴처럼 조용하면서 영속적인 아름다움이 깃들어 있는 듯했다. 그것은 순간적으로 드러나는 부동의 모습, 부처가 목표로 삼고 때때로 흑인들이 의도치 않게 드러내곤 하는 부동의 자세와 영속적인 모습으로, 오랫동안 종족을 순순히 따라온 어떤 것이었다! 영겁의 시간에 걸쳐 각자 저항하지 않고 자신의 종족에게 주어진 운명에 순종하다가 칠흑 같은 강에 사는 쥐처럼 헤엄쳐 다니는 모습이었다. 코니는 불쑥 그에게 이상한 연민이 들었다. 동정과 역겨움이 뒤섞인, 사랑에 가까운 감정이 요동쳤던 것이다. 이방인! 이방인! 그것도 모자라 막돼먹은 상놈이라고도 불렀다! 클리퍼드가 훨씬 더 천박하고 독단적인 사람인데 말이다! 그야말로 훨씬 더 어리석은 사람이 아니던가!

마이클리스는 자신이 그녀에게 꽤나 깊은 인상을 주었다는 사실을 단번에 알아차렸다. 그래서 그는 완전히 무심한 듯한 표정을 지으며 약간 튀어나온 커다란 옅은 갈색 눈으로 그녀를 바라보았다. 그는 자신이 준 인상이 어느 정도인지 가늠해보았다. 영국인과 함께 있을 때면 무엇을 하든, 심지어 사랑을 할 때도 그는 영원히 이방인일 수밖에 없었다. 그러나 여자들은 이따금씩 그에게 빠져들곤 했다. 영국 여자들도 마찬가지였다.

그는 클리퍼드와의 관계에서 자신의 위치가 어디쯤인지 정확히 알고 있었다. 그 둘은 이질적인 개들처럼 서로를 도저히 용납할 수 없는 사이였다. 그러니 서로 으르렁거리는 게 당연했지만 마지못해 웃을 수밖에 없었다. 그러나 코니와의 관계는 확실하지 않았다.

아침식사는 각자 방에서 먹었다. 클리퍼드는 점심 전에는 전혀 모습을 드러내지 않았고 식당은 약간 음울한 분위기였다. 커피를 마신 뒤, 가만히 앉아 있지 못하는 성격인 마이클리스는 무엇을 할까 생각하고 있었다. 래그비의 11월 날씨치고는 화창한 날이었다. 그는 음울해 보이는 수렵장을 바라보았다. 세상에! 정말 황량한 곳이구나!

마이클리스는 하인을 보내 채털리 부인에게 도와줄 일이 있는지 물었다. 그는 마침 차를 몰고 셰필드로 갈까 생각하고 있었다. 채털리 부인은 괜찮다면 거실로 올라오라는 답변을 보내왔다.

코니의 거실은 저택의 중앙 맨 위층인 4층에 있었다. 클리퍼드의 방은 물론 1층이었다. 마이클리스는 거실로 올라오라는 채털리 부인의 초청에 우쭐한 기분이 들었다. 그는 무턱대고 하인을 뒤따라갔다. 도중에 물건을 눈여겨보거나 주위 물건을 건드리지 않았다. 그녀의 방에 들어가서 르누아르와 세잔의 섬세한 독일 복제화를 멍하니 훑어보았다.

"여기는 매우 쾌적한 곳이군요!" 그는 묘한 웃음을 지으며 말했다. 마치 웃는 것이 고통스럽기라도 한 듯 이를 드러내 보이며 웃었다. "맨 위층에 자리 잡다니 현명하시네요."

"네, 저도 그렇게 생각해요." 그녀가 말했다.

그녀의 방은 저택에서 유일하게 화사한 현대식 방으로 래그비에서 그녀의 개성이 조금이나마 묻어나는 유일한 장소였다. 클리퍼드는 이곳에 와본 적이 없었고, 그녀가 이곳으로 사람을 초대하는 일도 극히 드물었다.

코니와 마이클리스는 벽난로 앞에 마주 앉아서 대화를 나누었다. 그녀는 마이클리스에게 그 자신과 그의 부모 형제에 대해 물었다. 그녀에게 다른 사람들은 항상 궁금증을 불러일으키는 대상이었고, 그녀는 연민이 들기 시작하면 계급은 전혀 의식하지 않았다. 마이클리스는 자신에 대해 매우 솔직하게 털어놓았다. 비참하고 무심한 떠돌이 개와 같은 영혼을 꾸밈없이 그대로 드러내면서, 한편으로 자신의 성공에 대해 원한에 사무친 자부심을 한 가닥 보여주었다.

"그런데 당신은 왜 그렇게 외로운 사람처럼 지내나요?" 코니가 물었다. 그러자 그는 뭔가를 살피는 듯한 커다란 옅은 갈색 눈으로 다시금 그녀를 바라보았다.

"원래부터 그런 사람들도 더러 있죠." 그가 대답하더니 스스럼없이 비꼬는 투로 물었다 "그렇다면 당신은요? 당신도 외로운 사람처럼 보이는데, 아닌가요?"

코니는 조금 놀라며 그 말에 대해 잠시 생각하더니 대답했다.

"어떤 면에서만 보면 그렇죠! 하지만 당신처럼 완전히 그렇지는 않아요!"

"제가 완전히 외로운 사람이라고요?" 그는 치통이라도 앓고 있는 사람처럼 묘하게 이를 드러내고 씩 웃으며 물었다. 희한하게 일그러진 모습을 한 채 그의 두 눈은 조금도 변함없이 우울하거나 태연한 듯했고, 아니면 환멸을 느끼거나 두려운 듯했다.

"왜요?" 그를 바라보면서 그녀는 숨이 약간 막히는 듯했다. "그렇잖아요. 아닌가요?"

그녀는 그에게서 뭔가 무서운 매력이 뿜어져 나오는 것을 느꼈다. 그 매력 때문에 하마터면 평정을 잃을 뻔했다.

"아, 당신 말이 맞는 것 같네요!" 그는 고개를 돌리더니 오늘날 이곳에서는 거의 찾아볼 수 없는, 오래된 종족의 묘하고 갑작스러운 부동의 자세로 비스듬히 눈을 내리깔았다. 바로 그 표정 때문에 코니는 거리를 두고 그를 바라볼 힘을 완전히 잃어버렸다.

마이클리스는 모두 다 보고 모든 것을 새기고 있는 듯한 시선으로 그녀를 올려다보았다. 그와 동시에 한밤중에 우는 아기처럼 가슴속에서부터 그녀를 향해 울부짖었고, 이는 그녀의 자궁 바로 그곳에 영향을 미쳤다.

"저를 이렇게나 생각해주시다니 당신은 정말 좋은 사람이군요!" 그는 짧으면서도 의미심장한 말을 내뱉었다.

"당신을 생각하면 안 될 일이라도 있나요?" 그녀는 말하기 힘들 정도로 숨이 막혀 큰 소리로 말했다.

그는 순간 쓸쓸한 듯 웃음을 피식 흘렸다.

"아, 그런 의미였군요! 잠시 손을 잡아도 될까요?" 불현듯 그가 물었다. 그는 최면에 걸린 사람처럼 물끄러미 그녀를 바라보며 그녀의 자궁에 바로 영향을 미치는 매력을 발산했다.

그녀는 그만 정신이 아득해져서 꼼짝도 못하고 그를 바라보았다. 그는 그녀에게 다가가 옆에 무릎을 꿇고 그녀의 두 발을 두 손으로 감싸 쥐더니 그녀의 무릎에 얼굴을 파묻고는 가만히 있었다. 그녀의 정신은 완전히 흐릿해졌고 그녀는 몽롱했다. 그의 얼굴이 자신의 허벅지를 지그시 누르는 것을 느끼며 부드러운 그의 목덜미를 놀란 눈으로 내려다보았다. 자신도 깜짝 놀랄 정도로 몸이 달아오른 그녀는 다정하고 연민 어린 손으로 무방비 상태인 그의 목덜미를 쓰다듬고 말았다. 그러자 그가 갑자기 몸을 흠칫 떨었다.

그러고 나서 그는 타오르는 커다란 눈에 간절히 애원하는 듯한 표정을 담아 그녀를 올려다보았다. 그녀는 도저히 거부할 수 없었다. 그녀의 가슴이 응답이라도 하듯, 그녀는 말할 수 없을 만큼 그에게 끌렸다. 그녀는 그에게 무엇이든 다 줄 수밖에 없었다.

그는 묘하면서도 다정다감한 연인으로, 걷잡을 수 없이 몸을 떨면서도 아주 상냥하게 대했고, 동시에 무심한 듯 거리를 두고 밖에서 나는 모든 소리를 의식하고 있었다.

그에게 자신의 몸을 맡긴 코니는 이제 아무것도 중요하지 않았다. 그리고 한참 지난 후에 그는 더 이상 몸을 떨지 않고 가만히, 아주 가만히 누워 있었다. 그러자 그녀는 연민 어린 아련한 손길로 자신의 가슴에 놓인 머리를 쓰다듬었다.

그는 일어서서 그녀의 두 손에, 그리고 부드러운 가죽 슬리퍼를 신은 두 발에 입을 맞추고 방구석으로 조용히 걸어가 등을 돌린 채 서 있었다. 잠시 동안 방 안에 적막이 감돌았다.

그러더니 그는 돌아서서 다시 그녀에게 다가갔다. 그녀는 벽난로 옆 자기 자리에 앉아 있었다.

"이제 당신은 나를 미워하겠군요!" 그는 당연하다는 듯이 담담히 말했다.

그녀는 바로 그를 올려다보았다.

"내가 왜 미워해야 하죠?" 그녀가 말했다.

"여자들은 다들 그러니까요." 그가 갑자기 하던 말을 멈추었다가 덧붙였다. "그러니까 내 말은……, 여자들은 그럴 수밖에 없다는 거예요."

"지금은 당신을 미워할 수 없을 것 같은데요." 그녀는 화가 난 듯 말했다.

"저도 알아요! 안다고요! 그럴 거예요! 당신은 제게 **참 지독하게** 잘해주는군요." 그는 비참한 듯 울부짖었다.

그녀는 그가 왜 그렇게 비참해하는지 의아했다.

"좀 앉으시겠어요?" 그녀가 말했다.

그는 문 쪽을 흘깃 쳐다보았다.

"클리퍼드 경!" 그가 말했다. "그가, 그가 혹시 알게 되면……?"

그녀는 잠시 생각에 잠겼다.

"그렇게 될지도 모르죠!" 그녀는 그를 올려다보며 말했다 "난 클리퍼드가 알게 되기를 바라지 않아요. 의심하는 것조차 원치 않아요. 그가 알게 되면 많이 힘들어할 테니까요. 그러나 이 일이 잘못이라고 생각하진 않아요. 당신은요?"

"잘못이라니요! 절대 아니에요! 당신은 제게 너무나 한없이 좋은 사람이에요. 견딜 수 없을 정도로요."

그는 옆으로 돌아섰다. 그녀가 보기에 그는 금방이라도 흐느껴 울 것 같았다.

"클리퍼드가 알게 할 필요는 없어요. 그렇지 않나요?" 그녀가 간청했다. "알게 되면 크게 상처**받을 거예요**. 하지만 그 사람이 전혀 모른다면, 그리고 의심하지 않는다면 아무도 다치지 않을 거예요."

"물론 나한테서는!" 그가 거의 격앙된 목소리로 말했다. "나한테서는 아무것도 알아내지 못할 겁니다! 두고 보면 알게 될 거예요. 내가 스스로 탄로나게 하다니요! 하하!" 그는 그럴 리가 없다는 듯 공허하게 웃었다.

그녀는 놀라서 그를 쳐다보았다. 그가 그녀에게 말했다.

"당신 손에 입 맞추고 이만 가봐도 될까요? 셰필드로 가볼까 생각 중이에요. 가능하다면 거기서 점심을 먹고, 차 마시는 시간까지는 돌아올 겁니다. 당신을 위해 뭔가 해줄 일이라도 있나요? 당신이 저를 미워하지 않는다고 믿어도 되겠죠? 그리고 **앞으로도** 미워하지 않을 거라는 것도……?" 그는 절망적인 듯 어렴풋이 냉소를 띠고 말을 맺었다.

"그럼요. 당신을 미워하지 않아요!" 그녀가 말했다. "전 당신이 괜찮은 사람이라고 생각해요."

"아!" 그가 격하게 대답했다. "저를 사랑한다는 말보다 그 말이 더 좋군요! 정말 많은 의미가 담겨 있으니까요! 그럼 오후까지 잘 지내요. 그때까지 생각할 게 많군요."

그는 그녀의 두 손에 공손하게 입을 맞추고 떠났다.

"그 젊은 친구 말이야. 도저히 못 봐주겠더군." 점심식사 때 클리퍼드가 말했다.

"왜요?" 코니가 물었다.

"허울만 좋을 뿐 실제로는 천한 작자에 불과해. 그저 언제든 우리에게 기어오를 기회만 엿보고 있어."

"내 생각에는 사람들이 그에게 너무 매정하게 굴었어요." 코니가 말했다.

"당연한 거요! 그럼 그가 잘나갈 땐 다른 사람에게 호의라도 베풀었을까?"

"난 그가 어떤 면에서는 너그럽다고 생각해요."

"누구에게 너그럽다는 거지?"

"잘은 모르겠어요."

"모르는 게 당연해. 아무래도 당신은 염치없고 부도덕한 모습을 너그러운 모습으로 잘못 본 것 같군."

코니는 잠깐 말을 멈추었다. 그녀가 잘못 봤다고? 그럴 수도 있었다. 하지만 마이클리스의 염치없고 부도덕한 모습은 그녀에게 어떤 매력으로 다가왔다. 클리퍼드가 소심하게 살금살금 몇 걸음 걸어갈 때 마이클리스는 거침없이 마음껏 가보았다. 그는 그 나름대로 세상을 정복했고, 그것은 바로 클리퍼드가 하고 싶어했던 일이 아닌가. 수단과 방법이 틀렸다고? 마이클리스의 수단과 방법이 클리퍼드보다 비열했다고 할 수 있을까? 불쌍한 이방인이 몸으로 부딪치며 뒷문으로 들어와 밀치며 앞으로 나아간 방식이 자신을 스스로 광고해서 유명해진 클리퍼드의 방식보다 더 나쁘다고 할 수 있을까? 성공이라는 암캐 여신을 수천 마리의 개들이 혀를 축 늘어뜨린 채 헉헉거리며 쫓고 있다. 맨 먼저 그 암캐 여신을 잡은 개가 개들 중에서도 진짜 개다. 성공을 기준으로 본다면 말이다! 그러니 마이클리스는 꼬리를 한껏 치켜들 수도 있었다.

그런데 이상하게도 마이클리스는 그러지 않았다. 그는 차를 마실 때쯤 제비꽃과 백합을 한 아름 들고 예전과 똑같이 버림받은 비굴한 표정을 지으며 돌아왔다. 코니는 그 표정이 때때로 상대를 무장해제시키기 위한 일종의 가면이 아닐까 하고 생각했다. 왜냐하면 그 표정은 지나칠 정도로 거의 변하지 않았기 때문이다. 그는 정말로 그렇게 슬픈 걸까?

저녁 내내 마이클리스는 자아가 소멸되어버린 슬픈 개와 같은 모습을 보였지만, 클리퍼드는 여전히 그의 내면은 뻔뻔스럽다고 생각했다. 그러나 코니는 그런 면을 느끼지 못했다. 아마도 그 뻔뻔함은 여자들을 향한 것이 아니었기 때문일 것이다. 오직 남자들만을, 그리고 남자들의 건방지고 거만한 태도를 향하는 듯했다. 남자들은 그들이 보기에 변변찮은 남자가 내면에 품고 있는 그 무너질 줄 모르는 뻔뻔스러움 때문에 마이클리스를 매우 싫어했다. 그가 아무리 예의 바른 태도로 가장해서 감추려 해도 그의 존재 자체가 상류사회 남자들에게는 치욕이었다.

코니는 마이클리스를 사랑하게 되었다. 하지만 그녀는 앉아서 자수나 놓으며 남자들끼리 이야기하도록 내버려둔 채 아무 내색도 하지 않았다. 마이클리스는 그야말로 완벽했다. 전날 저녁과 조금도 다름없이 침울함에 젖어 초연하게 경청하는 젊은이의 태도로, 주인 부부와 상당히 거리를 두었다. 그러면서 적당히 필요한 정도까지 그들에게 맞장구를 쳐주었을 뿐, 단 한 순간도 그들에게 그 이상 가까이 다가가지는 않았다. 코니는 그가 그날 아침 일을 잊은 게 분명하다고 느꼈다. 하지만 그는 잊은 것이 아니었다. 단지 자신의 위치, 바깥 세상에서 이방인으로 태어난 사람들이 원래 있었던 바로 그 자리에 있다는 것을 알고 있었을 뿐이다. 그는 코니와 나눈 섹스에 대해서도 개인적인 의미를 부여하지 않았다. 섹스를 나눴다고 해서 달라지는 건 아무것도 없다는 것을 알고 있었다. 황금 개목걸이를 찼다는 이유로 모두에게 시샘받는 주인 없는 개에서 안락한 상류사회의 개로 변하지는 않는다는 것을 말이다.

결정적인 사실은 마이클리스가 영혼 맨 밑바닥에서부터

Certains sont siffles
D'autres consacres
Certains ne se remèdent jamais

이방인이자 반사회적인 사람이라는 점이었다. 바깥세상에서는 본드 가에 어울리게 화려하게 꾸미고 다니지만 그 역시 내심 그 사실을 인정하고 있었다. 상류사회 사람들과 조화롭게 잘 어울리는 체하는 **모습**이 그에게 꼭 필요한 것처럼, 고립감 역시 그에게 없어서는 안 되는 것이었다.

그러나 이따금 찾아오는 사랑은 위안을 주고 마음을 달래 주었기에 좋았고, 마이클리스는 이를 고맙게 여겼다. 그는 마음에서 자연스럽게 우러나온 친절함에 가슴이 사무칠 정도로 열렬히, 거의 눈물을 흘릴 만큼 감사했다. 환멸이 가득한, 변함없이 창백한 얼굴 아래 숨겨져 있는 그의 아이 같은 영혼은 여자에 대한 고마움으로 흐느껴 울고 있었고, 그녀에게 다시 다가가기를 갈망했다. **실제로는** 자신이 그녀를 피할 것임을 버림받은 그의 영혼은 알고 있었지만 말이다.

홀에서 촛불을 켜고 있을 때 그는 그녀에게 말을 걸 기회를 찾았다.

"당신에게 가도 될까요?"

"내가 당신한테 갈게요." 그녀가 말했다.

"아, 좋아요!"

오랫동안 기다린 끝에 그녀가 왔다. 사랑을 나눌 때 그는 떨면서 흥분하다가 금세 절정이 찾아와 끝이 나버리는 부류였다. 그의 벌거벗은 몸에는 신기하게도 아이 같은 무방비 상태의 모습이 있었다. 마치 어린아이가 벌거벗은 상태로 있는 것 같았다. 그가 자신을 지키는 힘은 재치와 교활함, 바로 그 본능적인 교활함에 있었다. 그러나 그런 것들을 사용하지 않자 그는 두 배로 벌거벗은 듯 다듬어지지 않은 부드러운 육체를 지닌 듯했고, 어찌할 바를 몰라 발버둥 치는 어린아이 같았다.

그는 그녀에게서 격렬한 연민과 열망, 열정적인 육체적 욕망을 일깨웠다. 그러나 그 육체적 욕망을 만족시켜주지는 못했다. 그는 항상 너무 빨리 절정에 도달해서 금방 끝내버리고 말았다. 그러고는 그녀의 가슴에 움츠러들며 축 늘어져 있다가 얼마 안 있어 뻔뻔스러움을 되찾았고, 그러는 동안 그녀는 멍하니 누워 상심한 채 자포자기의 심정에 빠져들곤 했다.

그러나 코니는 곧 그의 절정이 끝났을 때 그를 붙잡아 자신의 몸 안에서 유지시키는 법을 배웠다. 그러면 그는 너그럽게 응하며 신기할 정도로 단단함을 유지했다. 그는 그녀 안에 단단히 머무르며 그녀에게 모두 맡겼고, 그녀는 격렬하면서 열정적으로, 그리고 적극적으로 몸을 움직여 절정을 맞았다. 그리고 그가 마치 복종하듯 단단하게 발기된 상태를 유지하고 있는 동안 그녀가 극도로 흥분하며 만족감에 도달하고 미친 듯이 기뻐하면 그는 이상하게도 자부심과 만족감을 느꼈다.

"아, 너무 좋아요." 그녀는 떨리는 목소리로 속삭였다. 그러고는 그에게 몸을 붙인 채 잠자코 있었다. 그러면 그는 홀로 고독에 빠진 채 자부심을 느끼며 누워 있었다.

마이클리스는 고작 사흘 동안만 머물렀다. 그는 첫날 저녁과 다름없이 클리퍼드를 대했고 코니에게도 마찬가지였다. 외관상 그는 전혀 흐트러짐이 없었다.

마이클리스는 코니에게 여전히 애처롭고 우울한 어조로 편지를 남겼다. 때로는 재치가 넘치기도 했는데, 이상하게도 성적인 감정은 배제된 다정한 편지였다. 그는 그녀에게 희망 없는 애정을 느끼는 듯했고 본래 느끼던 거리감도 여전했다. 그는 마음 깊은 곳에서 희망이 없다고 느꼈고, 희망이 없기를 바랐다. 오히려 희망을 싫어했다. 그는 어딘가에서 '무한한 희망이 대지를 휩쓸고 지나갔네(Une immense espérance a traversé la terre)'*라는 구절을 읽고는 다음과 같이 덧붙였다. '그리고 그 희망은 소유할 가치가 있는 모든 것을 물속에 빠뜨려 몰살시켜버렸다.'

코니는 결코 마이클리스를 이해하지 못했지만 그녀 나름

---

* 프랑스 시인이자 극작가인 알프레드 드 뮈세의 시구.

대로 그를 사랑했다. 그리고 그가 절망감을 느낄 때마다 그녀 자신도 절망감을 느꼈다. 그렇게 희망 없는 상태에서 그녀는 제대로 사랑할 수 없었다. 그리고 희망이 없는 그는 도저히 누군가를 사랑할 수 없는 사람이었다.

그들은 한동안 편지를 주고받으며 이따금씩 런던에서 만나 관계를 지속했다. 여전히 그녀는 그의 짧은 절정이 끝나면 자신이 적극적으로 움직여 육체적으로 성적인 쾌감을 얻길 원했다. 그리고 그도 여전히 그녀에게 그것을 느끼게 해주고 싶어했다. 그것은 두 사람을 계속 이어주기에 충분했다.

그리고 그 관계를 통해 코니는 미묘한 자신감이 생겼고, 맹목적이면서 약간 오만한 기분까지 들었다. 그 자신감은 그녀 자신의 대담한 행위에서 비롯된 기계적인 반응에 가까웠고 그녀를 굉장히 쾌활하게 만들었다.

그녀는 래그비에서 놀라울 정도로 쾌활해졌다. 그리고 그녀는 자신에게 생긴 명랑함과 만족감을 클리퍼드를 자극하는 데 모두 사용했다. 그래서 클리퍼드는 이때 최고의 작품을 쓸 수 있었고, 이상하게 걷잡을 수 없이 행복한 기분에 빠져 있었다. 마이클리스가 코니의 몸속에서 아무런 저항 없이 발기된 상태를 유지해준 덕분에 그녀가 얻어낸 관능적인 만족감이라는 결실을 실제로 수확한 사람은 클리퍼드였던 셈이다.

그러나 클리퍼드는 물론 그 사실을 전혀 알지 못했고 알았다 해도 고맙게 여기진 않았을 것이다.

그러나 그러한 커다란 즐거움과 자극이 사라지고 나서 시간이 제법 흐르자 그녀는 우울해지고 점점 짜증스러워했다. 클리퍼드는 그녀가 다시 쾌활함을 찾기를 얼마나 갈망했는지 모른다! 그가 모든 사실을 알았더라면, 그녀가 다시 마이클리스와 만나기를 바랐을지도 모를 일이었다.

4장

코니는 사람들이 보통 '믹'이라고 부르는 마이클리스와의 연애에 희망이 없다는 것을 늘 예감하고 있었다. 그러나 다른 남자들은 그녀에게 아무런 의미가 없는 것 같았다. 그녀는 클리퍼드에게 애정을 품고 있었다. 그래서 그녀의 삶에서 그가 원하는 많은 것을 주었다. 그러나 그녀 또한 남자의 삶에서 원하는 많은 것들이 있었는데 클리퍼드는 그것들을 주지 않았다. 아니, 정확히는 줄 수 없었다. 이따금씩 마이클리스를 만나 격정적인 사랑을 나눴지만 그녀는 곧 끝이 찾아올 거라는 사실을 예감했다. 믹은 어떤 것도 **지속할 수 없는** 사람이었다. 어떤 관계든 끊어내야 했다. 그라는 존재는 매여 있지 않고 혼자 고립된 채 철저히 외로운 삶으로 다시 돌아가야 했다. 그에게는 그러한 삶이 가장 필요했다. 물론 그는 늘 "그녀가 날 버렸어!"라고 말했지만 말이다.

세상은 가능성으로 가득한 것처럼 보이지만 각자의 개인적인 경험으로 한정해보면 대개 그 가능성은 극도로 좁아진다. 바다에는 좋은 물고기가 아주 많을 것이다! 그런데 그 거대한 무리들은 고등어나 청어처럼 보이고, 자기 자신이 고등어나 청어가 아니라면 바다에서 좋은 물고기를 찾기란 극히 힘든 법이다.

클리퍼드는 점차 명성을 쌓아가고 있는 데다 돈도 벌어들이고 있었다. 그를 만나러 래그비로 사람들이 찾아왔고, 코니는 거의 언제나 누군가를 맞이하곤 했다. 그러나 그들은 고등어나 청어였고, 때때로 메기나 붕장어도 있었다.

그런데 꾸준히 찾아오는 남자들이 몇 명 있었다. 클리퍼드와 함께 케임브리지에서 학창 시절을 보낸 이들이었다. 그들 중에는 군대에 남아 여단장이 된 토미 듀크스가 있었다. "군대에 있는 덕분에 생각할 시간을 벌 수 있고, 인생이라는 전투에 맞서는 것을 피할 수 있지."라고 그는 말했다. 아일랜드인인 찰스 메이는 별에 대한 과학적인 글을 쓰는 사람이었다. 또 다른 이로는 작가인 해먼드도 있었다. 그들은 모두 클리퍼드와 비슷한 연배로 당대의 젊은 지식인들이었다. 그들은 모두 정신적인 삶을 믿었고 정신의 고결함을 순수하게 지키고자 했다. 그와 무관한 일들은 개인적인 일들로 그다지 중요하게 여기지 않았다. 다른 사람에게 몇 시에 화장실에 가는지 물어볼 생각을 하는 사람은 아무도 없다. 그런 일은 당사자 말고는 누구도 관심을 두지 않는 법이다.

그리고 돈을 어떻게 버는지, 아내를 사랑하는지, 바람을 피우는지 같은 일상생활의 문제 대부분도 마찬가지였다. 이런 문제들은 순전히 당사자들만의 일로, 화장실에 가는 것과 마찬가지로 다른 사람들에게는 관심 밖의 일이었다.

"성적인 문제에서 중요한 점은 말이지." 해먼드가 말했다. 키가 크고 몸이 마른 해먼드는 아내와 두 아이가 있었으나 타이피스트와 훨씬 더 친밀한 관계를 맺고 있었다. "바로 거기에 아무 요점이 없다는 거야. 엄밀히 말해서 문제될 게 전혀 없다는 거지. 우리가 누군가를 따라 화장실에 들어가고 싶어하진 않잖아. 그런데 왜 그 사람이 여자와 침대로 들어갈 때는 따라가고 싶겠어? 바로 이 부분에 문제가 있다는 거야. 우리가 화장실 가는 걸 전혀 신경 쓰지 않듯이 남녀 관계에도 신경 쓰지 않는다면 아무 문제가 없을 거라는 말이지. 결국 그런 건 전적으로 무분별하고 무의미한 일이야. 부적절한 호기심일 뿐이라고."

"그렇지, 해먼드. 맞는 말이야! 그런데 누군가가 줄리아와 잠자리를 갖기 시작하면 자넨 화가 나서 속이 부글부글 끓겠지. 그가 관계를 지속한다면 자넨 곧 폭발하기 일보 직전까지 치달아 오를 거야." 줄리아는 해먼드의 아내였다.

"물론 그럴 테지! 그런데 그자가 내 거실 한구석에 오줌을 싸기 시작한대도 똑같을 거야. 모든 일에는 어울리는 장소가 있는 법이니까."

"그러니까 자네 말은, 그가 눈에 띄지 않는 구석에서 줄리아와 사랑을 나누면 상관하지 않겠다는 뜻인가?"

찰리 메이는 약간 빈정거렸다. 그럴 만도 한 게, 그가 예전에 줄리아에게 아주 살짝 치근덕거렸을 때 해먼드가 크게 발끈하며 화를 냈기 때문이었다.

"물론 신경이야 쓰이겠지. 섹스란 나와 줄리아 사이의 사적인 일인데 누구라도 우리 사이에 끼어들면 당연히 신경 쓰이겠지."

"사실은 말이야." 호리호리한 체격에 주근깨가 있는 토미 듀크스가 말했다. 그는 창백하고 조금 뚱뚱한 메이보다도 더 아일랜드인 같았다. "사실은 말이야. 해먼드, 자네는 소유 본능이 강하고 자신의 주장을 내세우려는 의지가 큰 데다 성공하고 싶어하지. 나는 군대에 들어간 이후로 확실히 세상 돌아가는 이치와 동떨어진 삶을 살아왔어. 그리고 이제야 깨달았지. 자기주장과 성공에 대한 열망이 남자들에게 얼마나 강한지 말이야. 그런 열망이 너무나 지나치게 발달되어 있어. 우리 개개인이 모두 그런 쪽으로만 움직이고 있는 거지. 물론 자네 같은 남자는 여자가 도와주면 더 잘해나갈 수 있다고 생각하겠지. 자네가 그렇게 질투하는 이유가 바로 그거라고. 섹스가 자네에게 바로 그런 역할을 하지. 자네와 줄리아 사이에 꼭 필요한 작은 발전기 역할을 해서 성공을 가져다주는 거야. 성공하지 못하게 되면 자네도 여자에게 집적거리기 시작할 거야. 성공하지 못한 찰리처럼 말이지. 자네와 줄리아처럼 결혼한 사람들에게는 꼬리표가 붙어 있어. 꼭 여행 가방처럼 말이야. 줄리아에게는 기차에 실린 어느 여행 가방처럼 **아놀드 B. 해먼드 부인**이라는 꼬리표가 붙어 있어. 그리고 자네에게도 **아놀드 B. 해먼드 부인의 아놀드 B. 해먼드**라는 꼬리표가 붙어 있지. 아, 물론 자네 말이 맞아. 진짜 맞는 말이지! 정신적인 삶을 살려면 편안한 집과 괜찮은 음식이 필요해. 자네 말이 맞아. 자손도 필요하지. 그러나 이 모든 것은 전적으로 성공하고 싶은 본능에 달려 있어. 모든 것이 성공을 향한 본능이라는 축을 중심으로 돌아가고 있는 거야."

해먼드는 약간 언짢은 듯 보였다. 그는 자신의 정신이 고결하고 자신이 시류에 따르는 기회주의자가 **아니라는 사실**에 꽤나 자부심을 갖고 있었다. 그러면서도 여전히 성공을 원하긴 했다.

"맞는 말이야. 돈이 없으면 살 수가 없지." 메이가 말했다. "인생을 그럭저럭 살아가기 위해서는 돈이 어느 정도 있어야 해. 심지어 자유롭게 **생각하기** 위해서라도 돈은 어느 정도 필요하지. 그렇지 않으면 굶주려서 할 일을 제대로 못 할 테니까. 그런데 섹스에서는 그 꼬리표를 떼야 할 것 같아. 우리는 누구에게나 자유롭게 말할 수 있잖나. 마찬가지로 우리에게 마음이 끌리는 여자가 있다면 누구와도 자유롭게 섹스를 할 수 있어야 하지 않겠어?"

"여기 음탕한 켈트족 후예*가 납셨군." 클리퍼드가 말했다.

"음탕하다니! 아, 왜 안 되는데? 여자와 함께 춤을 춘다거나 날씨에 대해 얘기를 나누는 것보다 같이 자는 게 더 해롭다고 보지는 않아. 그건 생각이 아닌 감각을 교환하는 것뿐이잖아. 그런데 왜 안 된다는 거지?"

"토끼처럼 문란해지라는 말이군!" 해먼드가 말했다.

"토끼가 못 될 이유가 있나? 토끼가 어때서? 신경과민에다

---

* 아일랜드, 웨일스, 스코틀랜드, 콘월, 브리타니 지역 출신을 가리킨다.

신경질적인 증오로 가득 차 혁명이나 일으키는 인간보다 토끼가 나쁜 게 뭔가?"

"그렇다 하더라도 우리는 토끼가 아니잖나." 해먼드가 말했다.

"물론 아니지! 내게는 정신이란 게 있으니까. 나로서는 삶과 죽음보다 더 중요한 문제인 천문학 문제들을 다루려면 계산을 해야 하니까. 때때로 소화불량 때문에 방해가 돼. 그런데 굶주림은 훨씬 막대한 방해가 되지. 마찬가지로 섹스에 굶주리는 것 역시 방해가 된다는 거야. 그럼 어떻게 되겠나?"

"지나친 섹스로 인한 소화불량이 자네에게 더욱 심각한 방해가 될 거라는 생각이 드는데." 해먼드가 빈정거리는 투로 말했다.

"절대 그렇지 않네! 난 과식을 하지 않고 그 짓을 지나치게 하지도 않거든. 우리에겐 과식을 할지 말지 선택권이 있잖아. 그런데 자넨 나를 전적으로 굶겨 죽일 작정이군."

"전혀 아니야. 자넨 언제든 결혼할 수 있으니까 말이야."

"내가 결혼할 수 있을지 자네가 어떻게 아나? 결혼은 내정신 활동과 맞지 않을 수도 있어. 내 정신 활동을 망쳐버릴수도 있고. 아니, 망쳐버릴 거야. 난 결혼 쪽으로는 소유 본능이 강한 사람이 아니거든. 그렇다면 나 같은 사람은 수도승처럼 초라한 오두막집에 매여 있어야 한단 말인가? 모두 바보 같은 소리야. 나도 살아야 하고 계산을 해야 해. 때때로 여자가 필요하단 말이지. 이건 별일도 아니니 거창하게 생각하지 말라고. 누가 됐든 도덕적인 비난이나 금지는 사절이야. 어쨌든 난 여행 가방에 매달린 꼬리표처럼 주소와 기차역, 내 이름이 적힌 꼬리표를 붙인 여자가 돌아다니는 모습은 부끄러워서 보고 싶지 않아."

이 두 남자는 찰리가 줄리아에게 치근덕거렸던 일에 대해 아직 서로를 용서하지 않았던 것이다.

"재미있는 생각이야, 찰리." 듀크스가 말했다. "섹스가 단지 다른 형태의 대화라니. 그러니까 어떤 말을 입으로 내뱉지 않고 대신에 행동으로 보여준다는 거잖아. 맞는 말이라고 생각해. 날씨나 이런저런 생각을 주고받는 것처럼 여자와 감각과 감정을 주고받을 수 있을 것 같아. 섹스란 남자와 여자가 나누는 일종의 정상적인 육체적 대화일 수 있지. 공통적인 생각이 없다면 여자와 대화를 나누지 않잖아. 그러니까 흥미롭게 이야기를 나눌 수 없다는 거지. 마찬가지로 여자와 공통적인 감정이나 공감이 전혀 없다면 그 여자와 절대 잠자리를 같이 하진 않을 거야. 그러나 만약에 그런 감정이 생긴다면……."

"어떤 여자와 진정한 감정이나 공감을 느낀다면 그 여자와 잠자리를 하는 게 **당연하지.**" 메이가 말했다. "그녀와 잠자리를 하는 것만이 합당한 행동이니까. 자네가 여자와 이야기를 나누는 데 흥미를 느낄 때 끝까지 이야기를 나누는 일이 유일하게 합당한 일인 것처럼 말이야. 짐짓 점잔을 빼면서 잇새에 혀를 넣고 깨물고 있지는 않잖아. 하고 싶은 말은 전부 내뱉어야지. 섹스도 마찬가지야."

"아니야." 해먼드가 말했다. "그건 틀렸어. 예를 들어 메이 자네가 힘을 절반쯤 여자들에게 허비한다고 쳐보자고. 자넨 절대로 지금처럼 훌륭한 정신으로 일을 해내지 못할 거야. 다른 곳에 정신을 너무 많이 쏟게 될 테니까."

"그럴지도 모르지. 그런데 해먼드, 이 친구야. 결혼을 하든 말든 자넨 그쪽으로 쏟는 게 너무 **적어서** 문제야. 정신을 순수하고 고결하게 유지할 수 있을지는 모르지만 지독하게 말라가겠지. 내가 봤을 때 자네의 순수한 정신은 막대기처럼 바싹 말라가고 있어. 그저 소금에 절여지듯이 말라 죽어가고 있단 말이야."

토미 듀크스가 웃음을 터뜨렸다.

"정신의 대가들이여, 자, 어서 더 해보라고!" 그가 말했다. "날 좀 보라고. 난 고결하고 순수한 정신적인 일을 전혀 하지 않아. 그저 몇 가지 생각을 끄적거리는 수준이지. 더구나 나는 아직 결혼도 하지 않았고 여자를 쫓아다니지도 않아. 난 찰리 말이 맞다고 생각해. 찰리가 여자들 꽁무니를 쫓아다니고 싶어한다고 해도 너무 빨리, 너무 자주 쫓아다닐 필요는 없지. 그러나 그가 쫓아다니는 것 자체를 막을 수는 없어. 해 먼드야 소유 본능이 있으니 당연히 쭉 뻗은 길과 좁은 문*이 당연히 잘 맞는 거지. 두고 보라고. 그는 죽기 전에 머리부터 발끝까지 철저히 영국의 문학가가 될 테니. 그렇다면 나는 어떤가? 난 아무것도 아니야. 그저 폭죽 같은 놈일 뿐이지. 클리퍼드, 자넨 어때? 자넨 섹스가 남자가 세상에서 성공하도록 도와주는 발전기라고 생각하나?"

클리퍼드는 이런 때에는 그다지 말을 많이 하지 않았다. 그는 결코 자기 의견을 늘어놓지 않았다. 스스로 생각해도 자신의 생각이 충분히 설득력 있게 보이지 않았기 때문이었다. 그는 실제로 너무 혼란스럽고 감정적인 상태였다. 이제는 얼굴이 붉어지고 어딘가 불편해 보였다.

"글쎄, 나야 뭐 **전투력을 상실**한 상태라 그 문제에 관해 할 말이 있나 모르겠군."

---

* 〈마태복음〉 7장 13절~14절.

"말도 안 되는 소리!" 듀크스가 말했다. "자네 상반신은 절대 **전투력을 상실**하지 않았어. 건전하고 온전한 정신적인 삶을 살고 있잖아. 그러니 자네 생각을 이야기해줘."

"글쎄!" 클리퍼드는 더듬거리며 말했다. "그렇다 하더라도 별로 생각이 많지는 않아. '결혼해서 해결하라'는 말이 내 생각을 잘 대변하는 것 같군. 물론 서로 사랑하는 남자와 여자 사이에서 그게 중요한 것은 맞지만 말이야."

"어떤 면에서 중요하다는 건가?" 토미가 물었다.

"아……, 친밀감을 완벽하게 해주잖나." 여자들이 이런 얘기를 할 때 그러듯 클리퍼드는 거북해하며 대답했다.

"글쎄, 찰리와 난 섹스가 일종의 의사소통이라고 생각해. 그래서 대화하는 것처럼 자유로워야 한다고 생각하지. 어떤 여자든 나와 성적인 대화를 시작한다면 잠자리를 갖고 대화를 끝내는 게 자연스러운 거지. 물론 적절한 때가 되었을 때 말이야. 불행히도 나하고 그렇게 특별하게 시작하고 싶어하는 여자가 없어서 언제나 혼자서 잠자리에 들지. 그렇다고 더 나빠질 건 없어. 그저 그렇게 되고 싶다는 것뿐일세. 대체 내가 어떻게 알겠나? 아무튼 난 별에 대한 계산을 하느라 방해받을 일도 없고 불멸의 작품을 쓰지도 않으니까. 그저 군대에서 농땡이나 부리는 사람이니……."

침묵이 흘렀다. 네 남자는 담배를 피웠다. 그리고 코니는 앉아서 한 땀 한 땀 바느질을 이어갔다. 그렇다. 그녀가 거기 앉아 있었다! 아무 말 없이 잠자코 앉아 있어야 했다. 숨 죽이고 조용히 앉아서 지극히 정신적인 신사들의 매우 중요한 사색을 방해하지 말아야 했다. 그럼에도 그곳에 앉아 있어야만 했다. 그들은 그녀 없이는 이야기를 잘 진척시키지 못했다. 그들의 생각이 그렇게 자유롭게 흘러나오지 않았다. 클리퍼드는 코니가 자리를 비우면 훨씬 더 경계하고 불안해했고, 더 빨리 긴장하고 초조해하면서 말문이 막혀버렸다. 토미 듀크스가 이야기를 제일 잘하는 편이었다. 그는 코니가 있으면 약간 고무되었다. 코니가 정말이지 마음에 들어하지 않는 해먼드는 정신적인 면에서 너무 이기적인 사람 같았다. 그리고 찰리 메이는 그녀가 좋아하는 점도 있었지만 별을 연구하는 사람치고는 어딘가 약간 불쾌하고 부도덕한 면이 있었다.

얼마나 많은 저녁을 이 네 남자들의 이야기를 들으며 앉아 있었던가! 때로는 이들 말고도 한두 명이 더 끼기도 하는 이 대화에 말이다! 그들의 이야기가 어떤 결론에 이르지 못하는 것 같아도 그녀는 크게 신경 쓰지 않았다. 그녀는 그 남자들이 하고 싶어하는 말을 듣는 게 좋았고, 특히 토미가 있을 때는 더욱 그랬다. 즐거운 일이었다. 보통 남자들이 키스를 하고 살을 맞대는 대신에 그들은 자신들의 정신을 드러내었다. 그건 무척 재미있는 일이었다. 그런데 그 정신들이란 어쩌나 냉정하던지!

그리고 또한 살짝 짜증스럽기도 했다. 코니가 보기에는 그들보다 마이클리스가 더 나았지만, 그들은 마이클리스를 두고 잡종 개처럼 수단과 방법을 가리지 않는 **출세주의자**라거나 무식하다느니 최악의 천박한 놈이라느니 하며 신랄하게 경멸해댔다. 잡종 개든 천박한 인간이든 마이클리스는 자기 나름대로 결론을 내려놓았다. 그는 정신적인 삶을 과시하면서 그저 결론 주변만 배회하며 무수히 많은 말들만 지껄여대는 사람은 아니었다.

코니는 정신적인 삶을 아주 좋아했고 거기서 굉장히 짜릿한 전율을 느끼기도 했다. 그러나 그녀가 생각하기에 그것은 약간 지나친 면이 있었다. 그녀는 속으로 오랜 벗이라고 생각하는 그 친구들과 담배 연기가 자욱한 곳에서 멋진 저녁 시간을 함께 보내는 게 좋았다. 자신이 조용히 자리를 지키며 함께하지 않으면 그들이 그런 대화조차 나눌 수 없다는 사실이 굉장히 즐거웠고 뿌듯했다. 그녀는 사유를 대단히 중요하게 여겼으며, 적어도 이 남자들은 정직하게 생각하려고 애쓰고 있었다. 그런데 그것은 마치 고양이 한 마리가 있는데 그 고양이가 절대 뛰어오르지 못하는 것과 같았다. 그들은 모두 똑같이 무언가를 망설이고 있었다. 그것이 무엇인지는 아무리 애써도 알 수 없었다. 믹 역시 그것이 무엇인지는 명확하게 알려주지 못했다.

그러나 믹은 뭔가를 하려고 하는 것이 아니라 자신의 인생을 헤쳐나가기 위해 노력했다. 그러면서 사람들이 자신을 속이려고 했던 만큼 다른 사람을 속였을 뿐이었다. 그는 정말로 반사회적인 사람이었다. 바로 그것 때문에 클리퍼드와 그의 단짝들은 그에게 적대적이었다. 그들은 반사회적인 사람들이 아니었고, 인류를 구하는 일이나 적어도 인류를 가르치는 일에 어느 정도 힘을 쏟고 있었다.

일요일 저녁, 아주 멋들어진 이야기가 오가다 대화는 다시 사랑에 대한 이야기로 흘러갔다.

"우리 마음을 묶어주는 끈은 축복을 받을지어다."* 토미 듀크스가 말했다. "난 이 끈이 무엇인지 알고 싶어! 바로 지금 우리를 묶어주는 끈은 서로에 대한 정신적인 마찰이야. 이거 말고는 우리 사이에 빌어먹을 끈이 전혀 없어. 우리는 다

---

* 영국 목사 존 포셋(John Fawcett)이 쓴 찬송가 가사로 221장 〈주 믿는 형제들〉에 실려 있다.

른 모든 빌어먹을 지성인들처럼 서로 멀어지면서 악의적인 말들을 쏟아내고 있어. 그 문제에 대해선 빌어먹을 다들 똑같지. 이 점에 관한 한 다들 똑같아. 아니면 서로 멀어지면서 서로에 대해 느끼는 악의적인 감정들을 달콤한 거짓말로 덮으려 하지. 이상하게도 정신적인 삶이 악의에 뿌리를 박고 번창하는 것처럼 보여. 말로 표현할 수 없고 깊이를 알 수 없는 악의 말이네. 항상 그래왔지! 플라톤이 그려낸 소크라테스와 그 주변 무리를 보라고! 거기에 나타난 완전한 악의 말이야! 프로타고라스든 누구든 누군가를 난도질하며 전적으로 즐기는 모습이라니! 게다가 그 싸움에 끼어든 알키비아데스와 다른 형편없는 제자들도 보라고! 그러니 보리수나무 아래 조용히 앉아 있는 부처나 감정이 폭발하는 일 없이 평화롭게 제자들에게 주일 말씀을 들려주는 예수를 좋아할 수밖에 없는 거라고. 그래, 정신적인 삶에는 근본적으로 잘못된 게 있어. 악의와 시기, 시기와 악의에 뿌리를 두고 있어. '그 열매를 보고 그 나무를 알지어다'*라는 말이 있지 않나."

"난 우리가 그렇게 악의에 가득 차 있다고는 생각하지 않아." 클리퍼드가 항변했다.

———

* 〈마태복음〉 12장 33절 참조.

"이봐, 클리퍼드, 우리가 서로에게 어떻게 이야기하고 있는지를 **생각해봐**. 우리 **모두** 말이야. 다른 누구보다 나 자신이 훨씬 악의적이지. 난 거짓 사탕발림보다는 자연스러운 악의를 더 좋아하거든. 오늘날 거짓 사탕발림은 독약이나 **다름없네**. 클리퍼드가 얼마나 멋진 친구인지에 대해 내가 이런저런 이야기를 하기 시작하면 불쌍한 클리퍼드는 동정이나 받는 신세가 될 거야. 그러니 제발, 자네들은 나에 대해 악의적인 말들을 해줘. 그러면 내가 자네들에게 중요한 의미라는 걸 알게 될 테니. 그러니 지나치게 입에 발린 말들은 하지 말라고. 그러지 않으면 난 끝장이야."

"아, 그렇지만 난 우리가 **진심으로** 서로를 좋아한다고 생각하는데." 해먼드가 항의했다.

"맞는 말이야, 우리는 서로 좋아하지! 하지만 등 뒤에서 서로에 대해 악의적인 말들을 내뱉고 있잖나! 그중에서도 내가 가장 최악이지."

"그런데 내가 보기엔, 자넨 정신적인 삶과 비판적인 행위를 혼동하는 것 같아. 나도 소크라테스가 비판적 행위를 거창하게 시작했다는 사실에는 동의해. 그러나 그는 단순한 비판적 행위 그 이상을 했지." 찰리 메이가 다소 위엄 있게 말했다. 그 단짝 친구들은 겸손으로 가장한 특이한 거만함을 감추고 있었다. 그들 모두는 매우 **권위 있는 태도**로 겸손한 척했다. 듀크스는 소크라테스에 대한 이야기에 끌려들어가지 않았다.

"그건 정말 맞는 말이네. 비판과 지식은 같은 것이 아니지." 해먼드가 말했다.

"당연히 같지 않지요." 갈색 피부에 수줍음이 많은 청년 베리가 맞장구를 쳤다. 베리는 그날 밤 듀크스를 보러 들렀다가 그곳에 머무르고 있던 차였다.

그들은 마치 멍청이가 말하기라도 한 것처럼 그를 쳐다보았다.

"난 지식에 대해 말한 게 아니야. 정신적인 삶에 대해 말한 거지." 듀크스가 웃으며 말했다. "진정한 지식은 의식을 이루는 전체에서 나오는 거야. 두뇌나 정신에서 나오는 것 못지않게 배와 페니스에서 나온다는 거야. 정신은 단지 분석하고 합리적인 해석을 내릴 수 있을 뿐이지. 정신과 이성이 다른 것들을 장악하도록 놔둬보라고. 그러면 그것들이 할 수 있는 일이라곤 비판하고 죽이는 일밖에 없을 거야. 그것들이 할 수 있는 건 **그게 전부지**. 이건 매우 중요해. 아, 하지만 오늘날 세상은 비판을 필요로 하지. 죽어라 해대는 비판 말이야. 그러니 우리는 정신적인 삶을 살면서 우리의 악의를 대단히 기뻐하고, 그 썩어빠지고 구태의연한 가식 따윈 벗어버리자고. 하지만 이건 명심해. **인생을 사는** 동안 우리는 어떤 면에서 온전한 생명을 지닌 하나의 유기적인 총체라는 거야. 그런데 일단 정신적인 삶을 시작하면 사과를 따버리게 되는 거지. 사과와 나무 사이의 연결을 끊어버리는 거야. 그 유기적인 연결을 말이야. 그래서 결국 인생에서 정신적인 삶 **말고** 아무것도 얻지 못한다면 우린 그저 하나의 따버린 사과가 되는 거지. 나무에서 떨어져 나온 거라고. 그러면 우리가 악의에 가득 차게 되는 건 논리적 필연이지. 나무에서 따낸 사과가 썩어가는 것이 자연적 필연이듯 말이야."

클리퍼드는 눈을 크게 떴다. 그에게는 모두 쓸데없는 소리였다. 코니는 속으로 몰래 웃었다.

"글쎄, 그렇다면 우리는 모두 따버린 사과로군." 해먼드가 조금은 신랄하고 심술궂게 말했다.

"그럼 사과 주스로 만들어버리면 되겠군." 찰리가 말했다.

"그런데 볼셰비키주의에 대해선 어떻게 생각하시나요?" 마치 모든 이야기는 결국 그 이야기로 이어진다는 듯이 갈색 피부의 베리가 끼어들었다.

"좋아!" 찰리 메이가 고함을 질렀다. "자네들은 볼셰비키주의에 대해 어떻게 생각하지?"

"자, 볼셰비키주의를 박살 내보자고!" 듀크스가 말했다.

"볼셰비키주의는 좀 거창한 문제 같은데." 해먼드가 고개를 절레절레 흔들며 심각하게 말했다.

"내가 볼 때 볼셰비키주의는 말이야." 찰리가 말했다. "소위 부르주아라고 하는 모든 것에 대한 극도의 증오일 뿐이야. 그런데 부르주아가 뭔지 분명하게 정의되진 않았어. 여러 말들이 있지만 그건 자본주의야. 감정과 정서 역시 확실히 부르주아적인 것들이라 그런 게 없는 사람은 새로 만들어내지 않는 이상 이 세상에는 존재하지 않아. 그러니 개인, 특히 **인격체**로서 개개인은 모두 부르주아인 셈이지. 그래서 개인은 억압받아야만 하는 거야. 개인은 좀더 위대한 것, 소비에트 사회 같은 것에 매몰되어야만 해. 하나의 유기체도 부르주아야. 그래서 이상적인 것은 기계적일 수밖에 없어. 하나의 단위로서 유기체가 아니고, 서로 다르지만 똑같이 필수적인 부품으로 이뤄진 것은 기계가 유일하기 때문이지. 각 개개인이 기계의 부품이고, 기계를 움직이는 동력은 증오야. 부르주아를 향한 증오! 내가 보기에는 이게 바로 볼셰비키주의야." 찰리가 말했다.

"전적으로 맞는 말이야!" 토미가 말했다. "그러나 그것은 또한 산업에서 이상적으로 보는 전체 모습을 완벽하게 설명한 것으로도 보이는군. 간단히 말해서 공장을 소유한 사람의 이상이지. 기계를 움직이는 동력이 증오라는 사실을 부정할 거라는 점만 빼고 말일세. 그래도 역시 증오인 것은 마찬가지지. 생명 자체에 대한 증오가 동력이니까. 여기 중부 지방을 보라고. 노골적으로 드러나진 않지만 그것이 모든 정신적인 삶 곳곳에 자리 잡고 있지 않나. 논리적으로 그렇게 전개될 수밖에 없는 거야."

"난 볼셰비키주의가 논리적이라는 말에 동의할 수 없어. 볼셰비키주의는 자기가 깔고 있는 전제의 커다란 부분을 부정하고 있으니까." 해먼드가 말했다.

"이봐, 볼셰비키주의는 물질적인 전제를 깔고 있지. 마찬가지로 순수한 정신도 전제로 하고 있어. 서로 배타적으로 말이야."

"적어도 볼셰비키주의는 맨 밑바닥까지 내려왔어." 찰리가 말했다.

"맨 밑바닥이라! 바닥을 알 수 없는 바닥이지! 볼셰비키주의자들은 세상에서 가장 훌륭한 군대를 갖게 될 거야. 매우 짧은 시간 내에 가장 우수한 기계 장비를 갖춘 군대를 말이야."

"하지만 이 일은 오래갈 수 없어. 증오로 점철된 일은 말이야. **반드시** 반발이 있을 거야." 해먼드가 말했다.

"글쎄, 우리는 이미 10년이나 기다려왔어……, 좀 더 기다려봐야지. 증오도 다른 것과 마찬가지로 점차 자라나게 돼 있거든. 증오는 삶에 생각을 강요하면서, 즉 인간의 가장 깊은 본능을 강요하면서 불가피하게 발생하는 결과야. 가장 깊은 본능, 가장 깊은 감정을 어떤 생각에 따라 강요하는 거지. 기계처럼 하나의 공식으로 우리 자신을 몰아가는 거야. 논리적인 정신이 지배권을 잡고 있는 척하지만 결국 순전히 증오로 가득 차고 말 거야. 우리는 모두 볼셰비키주의자들이야. 그저 위선적으로 아닌 척할 뿐이지. 러시아인들은 위선적이지 않은 볼셰비키주의자이고."

"하지만 소비에트 방식 말고 다른 길들도 많아." 해먼드가 말했다. "볼셰비키주의자들은 정말로 지적이지는 않다고."

"물론 그렇긴 해. 그러나 때로는 좀 모자란 게 지적일 수 있어. 목적을 달성하려 한다면 말이야. 개인적으로 난 볼셰비키주의가 어리석다고 생각해. 하지만 서구에 사는 우리의 삶도 어리석다고 생각해. 심지어 난 널리 알려진 우리의 정신적인 삶도 어리석다고 생각하네. 우리는 모두 크레틴병* 환자처럼 싸늘하게 식어 있고 백치처럼 열정이 없어. 볼셰비키주의자나 똑같단 말일세. 우리가 단지 다른 이름으로 부르는 것뿐이지. 우리 모두는 자신을 신이라고, 신 같은 인간이라고 생

---

* 선천적인 갑상선 기능 저하로 지능 저하 및 발육 지연을 초래하는 병.

각하지! 그것은 볼셰비키주의와 똑같아. 인간이 신이나 볼셰비키주의자가 되는 것을 피하려면 인간다워야 해. 심장과 페니스를 갖고 있어야 하지. 신이나 볼셰비키주의자는 똑같아. 그들 모두 너무나 훌륭해서 진짜일 수가 없어."

다들 동의하지 않는다는 듯한 침묵을 깨고 베리가 불안한 듯 질문했다.

"그렇다면 토미, 당신은 사랑을 믿죠. 그렇지 않나요?"

"이 귀여운 녀석 같으니라고!" 토미가 말했다. "아니야. 이 순진한 사람아. 십중팔구는 아니야! 오늘날 사랑은 어리석은 연기 중 하나야. 허리를 흔들어대는 녀석들이 두 개의 목깃 단추처럼 어린 소년 같은 엉덩이를 지닌 채 재즈에 몸을 흔드는 여자애들과 섹스를 하는 거 말인가? 자네는 그런 종류의 사랑을 말하는 건가? 아니면 재산을 공유하고 성공을 추구하면서 내 남편이니 내 아내이니 하면서 소유하는 그런 사랑? 아니야, 멋진 친구야. 난 그런 사랑은 전혀 믿지 않는다네!"

"하지만 당신도 뭔가를 믿잖아요."

"믿는 거라! 아, 이성적으로는 상냥한 마음, 팔팔한 페니스, 예리한 지성, 숙녀 앞에서 '빌어먹을!'이라고 말할 용기, 이런 것들을 믿지."

"그런 것들은 당신이 이미 모두 갖추고 있잖아요." 베리가 말했다.

토미 듀크스는 웃음을 터뜨렸다.

"천사 같은 친구야! 내가 가질 수만 있다면 좋겠어! 그럴 수만 있다면! 하지만 아니야. 내 심장은 감자처럼 무감각하고, 페니스는 처져서 결코 머리를 들지 못해. 게다가 난 차라리 페니스를 싹둑 잘라버렸으면 버렸지, 어머니나 숙모 앞에서 '빌어먹을!'이라고 말할 용기도 없어. 그들은 **진짜** 숙녀들이거든. 그리고 난 정말로 지적이지도 않아. 그저 정신적인 삶을 사는 사람에 불과하지. 지적인 사람이 된다는 건 정말 멋진 일이야. 그러면 사람은 할 말을 하든 입에 담지 못할 말을 하든 상관없이 모든 면에서 생기가 넘칠 테니까. 페니스가 머리를 들고 '안녕하십니까?' 하고 말하겠지. 정말로 지적인 사람이면 누구에게든 말이야. 르누아르는 자신의 페니스로 그림을 그렸다고 하더군. 실제로 아름다운 그림을 그렸어. 나도 내 페니스로 뭔가를 하면 좋을 텐데 말이야. 하지만 맙소사, 그저 말로만 떠들 수 있을 뿐이지! 이런 고문이 지옥에 추가됐을 거야! 이건 바로 소크라테스가 시작했지."

"세상에는 좋은 여자들도 많아요." 코니가 고개를 들고 마침내 입을 열었다.

남자들은 기분이 언짢아졌다. 그녀는 아무것도 듣지 못하는 척했어야 했다. 그들은 그녀가 그런 대화를 옆에서 듣고 있었다는 것을 내색하는 게 싫었다.

"이런! '내게 잘해주지 않는다면 그들이 좋은 사람인 게 나랑 무슨 상관이겠어요!'* 그래요, 희망이 없어요! 난 그저 여자와 하나가 되어 전율하듯 교감하지 못할 뿐이죠. 직접 대면했을 때 내가 정말로 원하게 되는 여자가 없어요. 그렇다고 그런 마음을 억지로 가질 생각도 없고요. 아! 난 지금처럼 살 겁니다. 정신적인 삶을 계속 살아가면서요. 내가 유일하게 할 수 있는 정직한 일이니까요. 여자와 **이야기 나누면서** 아주 행복해 할 수는 있어요. 나도 여자들을 좋아하니까요. 그러나 그건 전적으로 순수한 거예요. 희망이 없는 순수함. 절망적인 순수함! 이봐, 애송이 친구 힐데브란트, 자네는 어떻게 생각하나?"

"순수함을 간직한다면 훨씬 덜 복잡하겠지요." 베리가 말했다.

"그렇지! 삶은 정말 단순한 거야!"

---

* 조지 위더(George Wither, 1588~1667)의 시 〈연인의 결심(A Lover's Resolution)〉의 한 구절.

5장

햇볕이 약하게 내리쬐고 서리가 하얗게 내린 2월 어느 날 아침, 클리퍼드와 코니는 수렵장을 지나 숲으로 산책을 나갔다. 클리퍼드는 모터 달린 의자를 타고 털털거리는 소리를 내며 갔고 코니는 그 옆에서 걸어갔다.

쌀쌀한 공기 중에는 여전히 유황 냄새가 묻어났지만 그들은 이미 그 냄새에 익숙했다. 가까운 지평선 주위로 서리와 연기가 뒤섞여 불투명한 흰빛을 띤 실안개가 끼어 있었고, 그 위로 자그마한 푸른 하늘이 드리우고 있었다. 그래서 마치 울타리 안에 있는 것 같은, 언제나 그 안에 머무르고 있는 듯한 기분이 들었다. 인생이란 울타리 안에서 일어나는 한낱 백일몽이나 망상에 지나지 않았다.

양들은 억세고 바짝 말라비틀어진 수렵장 풀밭에서 기침 소리를 냈고, 그곳 덤불숲의 움푹 들어간 곳에 서리가 푸르스름하게 내려앉아 있었다. 수렵장을 가로질러 숲의 출입문까지 분홍색 리본처럼 곱게 길이 나 있었다. 클리퍼드의 지시로 탄광 갱구에서 체로 거른 자갈을 가져와 그 길을 새롭게 깔았다. 땅속에서 캐낸 돌과 잡석이 타면서 유황이 나오면 날씨에 따라 색이 변했다. 건조한 날에는 새우처럼 연한 분홍색으로, 비가 오는 날에는 꽃게처럼 짙은 분홍색으로 변했다. 지금은 푸르스름한 하얀 서리로 덮여 연한 새우 빛깔을 띠었다. 코니는 체로 골라낸 돌을 발밑에 깔아놓은 연분홍색 자갈길을 보면 늘 즐거웠다. 그러고 보면 누구에게도 이롭지 않은 것이란 없었다.

클리퍼드는 조심스럽게 모터 의자를 조종하며 저택에서부터 언덕 비탈을 따라 아래로 내려갔고, 코니는 줄곧 의자를 손으로 잡고 있었다. 아래로 내려오자 눈앞에 숲이 펼쳐져 있었다. 숲 앞에 가장 가까운 곳에는 개암나무 숲이, 그 너머에는 자줏빛을 띤 참나무가 빽빽하게 들어서 있었다. 숲 가장자리부터 토끼가 깡충깡충 움직이며 풀을 뜯어먹고 있었다. 떼까마귀들이 갑자기 검게 열을 지어 날아오르더니 작은 하늘 너머로 차츰 사라져가며 완전히 자취를 감추었다.

코니가 숲의 출입문을 열자 클리퍼드는 털털거리는 소리를 내며 숲 속의 넓은 승마로로 들어섰다. 승마로는 깨끗하게 다듬어진 개암나무 숲 사이로 난 비탈길과 이어져 있었다. 숲에는 로빈 후드가 사냥하며 다니던 시대의 웅장한 모습의 흔적이 남아 있었다. 이 승마로는 예전에는 고장 전역으로 가는 중심 도로였지만, 지금은 물론 개인이 소유한 숲을 지나는 승마로일 뿐이었다. 맨스필드부터 이어지는 길은 북쪽으로 갑자기 휘어지며 뻗어 있었다.

숲 속에는 움직이는 것이라곤 아무것도 없었으며 땅 위에 떨어진 오래된 낙엽 밑에 하얗게 내려앉은 서리가 그대로 있었다. 어치 한 마리가 귀에 거슬릴 정도로 시끄럽게 울어대자 작은 새들이 일제히 파닥거리며 날아올랐다. 그러나 사냥감 새는 없었다. 꿩 한 마리 보이지 않았다. 전쟁 중에 모두 죽거나 사라진 데다 클리퍼드가 사냥터지기를 다시 구하기 전까지 숲은 돌보지 않은 채로 방치되어 있었기 때문이다.

클리퍼드는 이 숲을 사랑했다. 오래된 참나무들을 사랑했다. 그는 이 나무들이 여러 세대를 거쳐 마침내 자신의 소유가 되었다고 느끼고 있었다. 그래서 이 숲을 보호하고 싶었고, 세상과 격리시켜 침범당하지 않도록 지키고 싶었다.

얼어붙은 흙더미 위로 의자는 흔들리고 덜커덕거리며 털

털거리는 소리를 내면서 비탈길을 천천히 올라갔다. 그러다 갑자기 왼쪽에 공터가 나타났다. 그 공터에는 죽은 고사리가 서로 뒤엉켜 있었고 막대기처럼 가느다란 묘목들이 금방이라도 쓰러질 듯 도처에 비스듬히 서 있었으며, 톱으로 잘린 커다란 그루터기는 밑동과 이미 죽은 채 엉켜 있는 뿌리를 훤히 드러내고 있었다. 그리고 나무꾼들이 잔 나뭇가지와 잡목 부스러기를 태운 시커먼 흔적이 남아 있었다.

이곳은 제프리 경이 전쟁 중에 참호용 목재로 나무를 베어 낸 곳 중 하나였다. 승마로 오른쪽으로 완만하게 올라가는 언덕 전체가 벌거숭이여서 기이하게 황량해 보였다. 참나무들이 서 있던 언덕 꼭대기는 이제는 헐벗은 모습이었다. 그리고 그곳에서는 나무들 너머로 탄광 철로와 스택스게이트의 새로운 공장까지 바라볼 수 있었다. 코니는 그곳에 서서 그쪽을 바라본 적이 있었다. 그곳은 완전히 고립된 숲에 있는 하나의 틈이었고, 그 틈새로 세상이 들어오고 있었다. 그러나 그녀는 클리퍼드에게는 아무 말도 하지 않았다.

클리퍼드는 이 벌거벗은 곳만 보면 이상할 정도로 늘 화가 났다. 그 역시 전쟁을 겪어봤기에 전쟁이 무엇을 의미하는지 잘 알고 있었다. 그런데도 이 헐벗은 언덕을 보고 나서 정말로 화가 치밀어 올랐다. 그래서 그는 그곳에 다시 나무를 심

었다. 그러나 그 때문에 제프리 경을 미워하게 되었다.

클리퍼드는 모터 의자가 천천히 올라가는 내내 굳은 얼굴로 앉아 있었다. 드디어 비탈길 꼭대기에 오르자 그는 멈춰 섰다. 심하게 흔들리는 기나긴 내리막길까지 내려가볼 마음은 없었다. 그는 푸르스름한 빛을 띤 채 아래로 길게 펼쳐진, 고사리와 참나무들 사이로 훤히 뚫린 승마로를 바라보며 앉아 있었다. 그 길은 언덕 기슭에서 휘어지며 시야에서 사라졌다. 그러나 그곳은 완만하게 멋진 곡선을 이루고 있어 승마를 하는 기사와 숙녀에게 잘 어울렸다.

"난 이곳이 진짜 영국의 심장이라고 생각해." 2월의 희미한 햇볕을 받으며 앉아 있던 클리퍼드가 코니에게 말했다.

"그래요?" 파란색 니트 드레스를 입은 그녀는 길가의 그루터기에 앉으며 말했다.

"그래! 이곳은 옛 영국이자 영국의 심장이야. 난 이곳을 고스란히 보존할 작정이야."

"아, 그렇게 해요!" 코니가 말했다. 그러나 그녀가 이 말을 할 때 열한 시면 터지는 스택스게이트 탄광의 가스 배출 폭발음이 들려왔다. 클리퍼드는 그 소리에 너무 익숙해서 알아채지 못했다.

"이 숲을 누구의 손도 닿지 않도록 온전하게 지키고 싶어.

그 누구도 이곳에 침입하지 못하게 하고 싶어." 클리퍼드가 말했다.

그의 말에는 어떤 비애가 녹아 있었다. 숲에는 여전히 자연 그대로인 옛 영국의 신비로운 모습이 일부 담겨 있었다. 그러나 전쟁 중에 제프리 경이 나무를 자르면서 훼손된 곳이 있었다. 나무들은 여전히 매우 고요하게 서 있었다! 구부러지고 얽힌 무수한 가지들을 하늘을 향해 뻗고 있었으며, 갈색 고사리 덤불 사이로 회색빛이 감도는 오래된 완강한 줄기가 솟아 있었다. 그 사이에서 새들은 얼마나 안전하게 휠휠 날아다니고 있는가! 그리고 한때 그곳에는 사슴과 활 쏘는 사람들이 있었고, 수도승들은 나귀를 타고 길을 따라 조용히 지나다니곤 했다. 숲은 이 모든 것을 기억하고 있었다. 여전히 기억하고 있었다.

클리퍼드는 어슴푸레한 햇빛을 받으며 앉아 있었다. 부드러운 금발 머리카락은 햇빛에 반짝이고 있었고, 불그스레한 얼굴은 도무지 헤아릴 수 없는 표정이었다.

"여기에만 오면 다른 어느 때보다 내게 아들이 없다는 게 마음이 걸려." 그가 말했다.

"하지만 이 숲은 당신 가문보다 더 오래되었잖아요." 코니가 상냥하게 말했다.

그렇다. 채털리 가문이 래그비에 산 지는 고작 200여 년밖에 되지 않았다.

"맞아! 하지만 이 숲을 지켜온 건 바로 우리요. 우리가 지키지 않는다면 이 숲은 사라져버릴 거요. 나머지 숲처럼 이미 사라져버렸을지도 모를 일이지. 옛 영국의 일부라도 **꼭** 지켜야 해." 클리퍼드가 말했다.

"꼭 지켜야 하죠!" 코니가 말했다. "그런데 옛 영국을 지켜야 한다는 말은 새로운 영국에 맞서서 지켜야 한다는 건가요? 그건 참 슬픈 일이네요." 코니가 말했다.

"옛 영국의 일부를 지키지 않는다면 진정한 영국이 사라지게 될 거요." 클리퍼드가 말했다. "그러니 이런 재산을 소유하고 있고 옛 영국에 애착을 느끼는 우리가 지켜야만 하는 거요."

잠시 슬픈 침묵이 흘렀다.

"그래요. 얼마 동안은 그럴 수 있겠죠." 코니가 말했다.

"얼마 동안만이라도 말이지! 그게 우리가 할 수 있는 전부니까. 단지 우리가 맡은 바 소임을 다하는 것뿐이야. 여기 이 숲을 소유한 이후로 우리 가문 남자들은 자신의 소임을 다해왔어. 관습은 거역할 수 있지만 전통은 지켜야만 해."

또다시 잠깐 침묵이 흘렀다.

"어떤 전통이요?" 코니가 말했다.

"영국의 전통 말이야! 이곳의 전통!"

"그렇군요!" 코니는 천천히 말했다.

"그래서 아들이 하나 있으면 도움이 된다는 거요. 우리는 사슬을 연결하는 고리 중 하나일 뿐이니까." 그가 말했다.

코니는 사슬에 대해서는 별다른 생각이 없었지만 아무 말도 하지 않았다. 그녀는 아들을 갖고 싶은 그의 욕망이 이상하게도 비인간적이라는 생각이 들었다.

"우리가 아들을 가질 수 없는 게 안타깝네요." 그녀가 말했다.

그는 커다란 연푸른색 눈으로 그녀를 천천히 바라보았다.

"당신이 다른 남자의 아이를 하나 낳는 것도 괜찮을 것 같군." 그가 말했다. "우리가 그 아이를 래그비에서 키운다면 그 아이는 우리의 자식이자 이곳에 속하는 거나 다름없을 테니 말이야. 난 아버지의 혈통이란 것이 그렇게 중요하다고 생각하지 않아. 우리가 아이를 키운다면 그 애가 바로 우리 자식이 되는 거요. 그리고 그 애가 우리 집안을 이어갈 거요. 한번 생각해볼 만하지 않아?"

코니는 마침내 그를 쳐다보았다. 자식이, 그녀가 낳을 아이가 그에게는 단지 '그 애'일 뿐이었다. 그 애, 그 애, 그 애라니!

"그런데 그 다른 남자는 어떻게 하고요?" 코니가 물었다.

"그게 뭐 큰 문제가 **될까**? 그런 일들이 정말로 우리에게 매우 심각한 영향을 미칠 거라고 생각해? 당신은 독일에서 애인이 있었어. 그렇지만 지금은 어떻게 됐지? 아무것도 아닌 일이나 마찬가지잖아! 우리가 살면서 행하는 이런 사소한 행위나 관계가 그렇게 중요한 건 아닌 것 같아. 그것들은 결국 다 사라지고 말아. 지금은 그것들이 어디에 있지? 작년에 내렸던 눈이 지금은 어디 있냐고? 사는 내내 지속되는 것이야말로 정말 중요한 거요. 그러니 오래 지속되고 발전해가고 있는 내 삶이 내게는 매우 중요한 거요. 그런데 가끔 일어나는 관계가 뭐가 중요하겠어? 특히나 어쩌다 일어나는 성적인 관계 같은 게 말이야! 사람들이 그런 관계를 우스꽝스럽게 과장하려 들지만 않는다면 새들의 짝짓기처럼 지나가는 일일 뿐이야. 그리고 그게 당연하고. 도대체 그런 것이 뭐가 중요하겠어! 중요한 건 평생 지속되는 동반자라는 관계야. 한두 번 잠자리를 갖는 게 아니라 매일매일 함께 사는 것 말이야. 우리에게 무슨 일이 일어나든 당신과 나는 부부야. 우리는 서로에게 습관처럼 길들여졌어. 내 생각에는 이런 습관이 가끔씩 일어나는 흥분보다 훨씬 더 중요해. 가끔씩 북받쳐 오르는 경련 같은 흥분이 아니라 오랫동안 천천히 지속되는 것,

우리는 이것에 의지해 살아가는 거니까. 함께 살면서 두 사람은 서서히 하나가 되고, 서로 복잡하게 얽히고설키며 전율을 느끼는 거요. 결혼의 진정한 비밀은 섹스가 아니라 바로 이거지. 적어도 결혼의 진정한 비밀은 섹스의 단순한 기능에 있는 게 아니란 거야. 당신과 나는 결혼으로 서로 얽혀 있어. 우리가 결혼을 잘 지켜내려면 마치 치과에 가는 일을 처리하는 것처럼 섹스에 대한 이 문제를 잘 해결할 수 있어야 하는 거요. 어차피 우리는 육체적으로 어쩔 수 없는 처지에 놓인 운명이니까."

앉아서 이야기를 듣고 있던 코니는 놀랍기도 하고 두렵기도 했다. 그녀는 그가 옳은지 그른지 알 수 없었다. 그녀에겐 마이클리스가 있었고 그를 사랑했다. 사랑한다고 마음속으로 생각했다. 그런데 그녀의 사랑은 클리퍼드와의 결혼 생활, 고통스럽게 인내하며 지내온 5년간의 긴 세월 속에서 서서히 형성된 친밀한 습관 같은 결혼 생활에서 잠시 동안 일어난 외도에 불과했다. 어쩌면 인간의 영혼이란 이런 외도가 필요하고 이런 외도를 부정해서는 안 될지도 모른다. 그런데 외도에서 중요한 점은 결국에는 집으로 다시 돌아온다는 것이다.

"그렇다면 당신은 내가 어떤 남자의 아이를 갖든 상관없나요?" 그녀가 물었다.

"코니, 난 당신의 타고난 본능에 따른 품위와 안목을 믿어. 당신은 하찮은 인간이 당신을 건드리는 건 허락조차 하지 않을 테니까."

그녀는 마이클리스를 떠올렸다! 그는 클리퍼드가 하찮은 부류라고 생각하는 그런 사람이었다.

"그런데 남자와 여자는 하찮은 인간에 대한 판단이 서로 다를 수도 있어요." 그녀가 말했다.

"아니야. 당신은 나를 좋아하잖아. 나와 본질적으로 다른 남자를 당신이 좋아할 거라고 생각하지 않아. 그건 당신의 생리에 맞지 않을 테니까." 그가 대답했다.

그녀는 잠자코 있었다. 논리가 완전히 틀린 경우에는 반박도 할 수 없는 법이다.

"그럼 내가 그런 관계에 대해 당신에게 말했으면 좋겠어요?" 그녀가 그를 슬쩍 쳐다보며 물었다.

"아니. 모르는 편이 나아. 그런데 당신도 나와 같은 생각일 거야. 그렇지 않아? 오랫동안 함께 사는 일에 비하면 가벼운 섹스는 아무 의미도 없다는 거 말이야. 긴 인생에서 꼭 필요한 것들에 비하면 섹스는 그다지 중요하지 않다고 생각하지 않아? 본능에 따라 섹스를 할 수밖에 없으니 그것을 그저 이용하면 될 뿐이지. 결국 그런 일시적인 흥분이 진짜 중요할까? 인생에서 중요한 문제는 수년에 걸쳐 온전한 인격을 천천히 갖춰가는 게 아닐까? 완전무결한 삶을 사는 게 아니냔 말이지. 온전하지 못한 삶을 살아봐야 아무 소용 없는 거야. 섹스가 부족해서 당신 삶이 허물어진다면 나가서 연애를 해요. 아이가 없어서 당신 삶이 허물어진다면 가능한 모든 방법을 동원해서 아이를 가져요. 하지만 오로지 온전한 삶을 살기 위해서 이런 모든 것들을 하는 거요. 그래야 오랫동안 조화로운 삶을 살 수 있을 테니까. 당신과 나는 함께 그러한 삶을 살 수 있어. 그렇게 생각하지 않아? 우리에게 꼭 필요한 일들에 맞춰가며 적응해가고, 그 적응해가는 과정을 죽 이어질 우리의 삶에 하나씩 잘 엮어간다면 가능할 거야. 그렇지 않아?"

코니는 그의 말에 약간 압도당하는 기분이었다. 이론적으로는 그의 말이 옳다고 생각했다. 그러나 막상 앞으로 그와 죽 살아갈 삶을 생각하니…… 그녀는 망설여졌다. 남은 삶을 그의 삶과 함께 엮어가며 살아가는 게 진짜 운명일까? 다른 삶은 생각할 수 없는 걸까?

단지 그것뿐일까? 그녀는 그와 함께 결국은 하나의 직물이지만 이따금 모험이라는 화려한 꽃무늬로 꾸미기도 하는 삶을 꾸려가는 데 만족할 수도 있을 것이다. 그런데 그녀가 내년에는 어떻게 느낄지 지금 어찌 알 수 있을까? 도대체 어떻게 알 수 있을까? 어떻게 "그래요!"라고 대답하며 살 수 있을까! 그렇게 오랜 세월 동안 한결같이 말이다. 한 번의 숨결에 내뱉는 그 짧은 단어로 말이다! 나비처럼 어디로 날아갈지 모르는 그런 변덕스러운 말에 꼼짝 못하고 잡혀 살아야 한단 말인가? 물론 그 말은 훨훨 날아가 사라져버리고 다른 '그래요!'와 '아니요!'가 무수히 잇따를 것이다. 이리저리 날아다니며 흩어져버리는 나비처럼.

"클리퍼드, 당신 말이 맞아요. 그리고 내 생각도 당신과 같아요. 다만 인생이란 전혀 새로운 국면으로 흐를 수도 있는 거니까요."

"그렇다면 인생이 새로운 국면으로 흐르기 전까진 동의한다는 말이지?"

"아, 그럼요! 그렇게 생각해요. 정말로요!"

코니는 갈색 스패니얼 개 한 마리가 옆길에서 달려오는 것을 보고 있었다. 그 개는 코를 치켜들고 그들을 향해 작은 소리로 약하게 짖어댔다. 엽총을 든 남자가 개를 따라 민첩하면서도 조용히 성큼성큼 걸어왔다. 마치 공격할 것처럼 그들을 향해 다가오더니 곧 발길을 멈추고 경례를 하고는 언덕 아래로 내려갔다. 그는 새로운 사냥터지기였다. 하지만 눈 깜짝할 사이에 위협하듯 나타나는 바람에 코니는 깜짝 놀랐다. 그는 난데없이 불쑥 튀어나온 위협적인 존재 같았다.

사냥터지기는 짙은 녹색 코듀로이 바지에 각반을 찬 촌스러운 차림이었으며, 얼굴은 붉었고 콧수염도 붉은색이었으며 두 눈은 먼 곳을 바라보는 듯했다. 그는 언덕 아래로 서둘러 내려가고 있었다.

"멜러즈!" 클리퍼드가 그를 불렀다.

남자는 가볍게 돌아서서 신속하게 살짝 경례를 했다. 마치 군인 같았다!

"이 의자를 좀 돌려서 움직이게 해주겠나? 그러면 훨씬 수월할 것 같군." 클리퍼드가 말했다.

남자는 즉시 엽총을 어깨에 메더니 조금 전과 똑같이 묘하게 민첩하면서도 조용하게 앞으로 다가왔다. 마치 눈에 띄지 않게 몸을 움직이는 것 같았다. 그는 적당한 키에 마른 편이었으며 말이 없었다. 코니에게는 눈길도 주지 않고 오직 모터 의자만 바라보았다.

"코니, 이 사람은 새로운 사냥터지기인 멜러즈요. 멜러즈, 아직 마님께 인사한 적 없지?"

"예, 나리!" 그는 덤덤하게 바로 대답했다.

남자가 선 채로 모자를 들어 올리며 인사하자 금발에 가까운 숱 많은 머리가 드러났다. 모자를 벗은 그의 얼굴은 제법 잘생긴 편이었다. 그는 그녀가 어떤 사람인지 보고 싶다는 듯이 감정을 드러내지 않은 채 매우 대담하게 코니의 눈을 똑바로 응시했다. 그런 그의 태도에 그녀는 왠지 수줍은 기분이 들었다. 그녀가 수줍은 듯 그에게 머리를 살짝 숙이자 그 남자는 모자를 왼손으로 바꿔 들고 신사처럼 가볍게 허리 숙여 인사를 했다. 그러나 아무 말도 하지 않았다. 그는 손에 모자를 든 채 잠시 동안 가만히 서 있었다.

"그런데 여기 온 지 꽤 됐나보네요. 그렇죠?" 코니가 그 남자에게 물었다.

"여덟 달 정도 됐습니다, 부인. 아니 마님!" 그는 침착하게 고쳐 말했다.

"일은 마음에 들어요?"

그녀는 그의 눈을 바라보았다. 그는 빈정거리는 듯하기도 하고, 건방져 보이기도 하는 표정으로 눈살을 살짝 찌푸렸다.

"아, 그럼요. 감사합니다, 마님! 그리고 전 여기서 *자랐습니다.*"

그는 다시 한 번 살짝 허리 숙여 인사하고는 돌아서서 모자를 쓰고는 성큼성큼 걸어가서 의자를 붙잡았다. 마지막 몇 마디는 묵직하고 느릿느릿한 사투리였다. 방금 전까지 사투리를 쓰는 기색이 전혀 없었던 터라 약간 조롱하는 듯한 기분이 들었다. 그는 대체로 신사다웠다. 여하튼 묘하게 민첩하고 은둔자같이 혼자였지만 자신만만했다.

클리퍼드가 작은 엔진의 시동을 걸자, 남자는 조심스럽게 의자를 돌려 짙은 개암나무 숲 쪽으로 완만하게 휘어지는 비탈을 향하도록 놓았다.

"이제 됐습니까? 클리퍼드 경?" 남자가 물었다.

"아닐세! 가다가 의자가 멈출 수도 있으니 자네가 따라오는 게 좋을 것 같군. 엔진이 저 앞 언덕을 오르기에는 그렇게 강하지 못해서 말이지."

그 남자는 자신의 개를 힐끗 쳐다보았다. 빠르고 사려 깊은 눈길이었다. 스패니얼 개는 그를 쳐다보고 꼬리를 살짝 흔들었다. 그녀를 조롱하는 듯하기도 하고 놀리는 것 같기도 한 얼굴에 부드러운 미소를 살짝 띠었다가 금세 거두더니 다시 무표정한 얼굴로 돌아갔다. 그들은 꽤 빠르게 비탈길을 내려 갔다. 남자는 손으로 의자의 가로대를 잡아 흔들리지 않도록 균형을 잡았다. 그는 하인이라기보다는 자유로운 군인처럼 보였다. 그를 보면서 코니는 어딘가 토미 듀크스가 떠오르기도 했다.

개암나무 숲에 이르자 코니는 갑자기 앞으로 달려가 수렵 장으로 들어가는 출입문을 열었다. 그녀가 문을 붙잡고 서 있자, 두 남자는 그녀를 쳐다보며 지나갔다. 클리퍼드는 그녀를 책망하듯이 쳐다보았고, 다른 남자는 묘한 차분함을 보이며 놀랍다는 듯이 바라보았다. 감정이 전혀 깃들지 않은 채 그녀가 어떤 사람인지 알고 싶어하는 표정이었다. 그리고 그녀는 감정이 담겨 있지 않은 그의 파란 눈에서 고통과 초연함, 그리고 따뜻함이 어려 있는 것을 보았다. 그런데 왜 그는 이렇게 홀로 뚝 떨어져서 사람들과 거리를 두고 지내는 걸까?

클리퍼드는 일단 출입문을 통과하자 모터 의자를 멈춰 세웠고, 남자는 빠르면서도 공손하게 문을 닫았다.

"왜 그렇게 달려가서 문을 열었어?" 클리퍼드가 못마땅하다는 듯 조용하고 차분한 목소리로 말했다. "멜러즈가 문을 열었을 텐데."

"당신이 곧장 지나갈 거라고 생각했거든요." 코니가 말했다.

"당신이 우리를 쫓아 달려오도록 내버려두고 말이야?" 클리퍼드가 말했다.

"아, 가끔은 달리는 것도 좋아요."

멜러즈는 아무것도 신경 쓰지 않는 듯 태연하게 모터 의자를 다시 붙잡았다. 하지만 코니는 남자가 모든 것을 주시하고 있다는 것을 알았다. 그는 수렵장 안에 있는 언덕의 가파른 비탈 위로 의자를 밀어 올릴 때, 벌어진 입술 사이로 다소 가

l'étape
intermédiaire

쁜 숨을 내쉬었다. 그는 사실 조금 허약한 편이었다. 신기하
게도 활력이 가득하지만 다소 허약하고 억눌려 있는 모습이
었다. 코니는 여자의 본능으로 그것을 알 수 있었다.

코니는 의자가 지나가도록 뒤로 살짝 물러났다. 날이 흐
려 사방이 잿빛이었다. 둥그렇게 안개에 둘러싸인 채 낮게 깔
려 있던 자그마한 푸른 하늘은 뚜껑이 내려앉은 듯 다시 구름
에 가려졌고 쌀쌀한 기운이 가득했다. 눈이 내릴 것 같았다.
온통 잿빛, 사방이 잿빛이었다! 세상은 낡아빠지고 지친 듯이
보였다.

모터 의자는 분홍색 자갈길 끝에서 멈춰서 기다리고 있었
다. 클리퍼드는 코니를 살펴보았다.

"피곤하지 않아?" 그가 물었다.

"아, 전혀요!" 그녀가 말했다.

말은 그렇게 했지만 사실 그녀는 피곤했다. 묘하게도 지치
게 하는 갈망이, 불만스런 감정이 그녀 안에서 생겨났다. 클
리퍼드는 전혀 알아채지 못했다. 클리퍼드가 알 수 있는 감정
들이 아니었다. 그런데 그 낯선 남자는 알고 있었다. 코니에
게 자신이 사는 세상과 삶에 속한 모든 것은 낡고 지친 듯 보
였고, 불만은 이 언덕보다도 더 오래된 것 같았다.

그들은 저택에 도착해서 계단이 없는 뒤쪽으로 돌아갔다.

클리퍼드는 혼자 힘으로 몸을 움직여 낮은 실내용 휠체어로 상체를 옮겼다. 그의 팔은 매우 강하고 민첩했다. 그런 뒤 코니가 감각이 죽어버린 무거운 짐짝 같은 그의 다리를 들어 옮겼다.

사냥터지기는 차렷 자세로 서서 가도 좋다는 말을 기다리면서 그 모든 것을 하나도 놓치지 않고 면밀히 바라보고 있었다. 코니가 두 팔로 클리퍼드의 마비된 다리를 들어 다른 의자로 옮기자, 클리퍼드의 몸이 그녀가 움직이는 대로 돌아갔다. 그 모습을 본 그는 두려움에 사로잡혀 점차 창백해졌다. 그는 깜짝 놀랐다.

"도와줘서 고맙네, 멜러즈." 클리퍼드는 무심하게 말했다. 그러고는 하인들 숙소를 지나 통로를 따라 휠체어를 움직이기 시작했다.

"다른 건 필요 없으신가요, 나리?" 그는 꿈꾸는 듯한 사람처럼 담담한 목소리로 말했다.

"없네. 그럼 잘 가게."

"안녕히 계십시오, 나리."

"안녕히 가세요! 언덕까지 의자를 밀어줘서 고마워요. 힘들지 않았는지 모르겠네요." 코니가 문밖에 있는 사냥터지기를 돌아보며 말했다.

그 순간 그의 눈이 마치 꿈에서 깨어난 것처럼 그녀의 눈과 마주쳤다. 그는 그녀를 의식하고 있었다.

"아, 아닙니다. 힘들지 않았습니다!" 그는 재빨리 대답했다. 그러고는 다시 걸쭉한 사투리를 썼다. "안녕히 계십시오. 마님!"

"당신이 고용한 사냥터지기는 어떤 사람이에요?" 점심식사 때 코니가 물었다.

"멜러즈 말이군! 당신도 아까 봤잖아." 클리퍼드가 대답했다.

"그랬죠! 그런데 어디에서 온 사람이에요?"

"어디서도 오지 않았어! 여기 테버셜 출신이니까. 아버지가 광부였을 거요."

"그럼 그 사람도 광부였어요?"

"탄광 갱구에서 대장장이로 일했다고 들었어. 잡다한 일을 맡았었나 보더군. 그런데 전쟁이 일어나기 전에 이곳에서 2년 동안 사냥터지기로 일했었지. 그 후 군대에 간 거요. 아버지는 늘 그를 칭찬하셨지. 그래서 그가 돌아와서 탄광에서 대장장이로 일하려고 할 때 이곳으로 데려와 사냥터지기로 일하게 한 거요. 그를 데려올 수 있어서 정말 좋았지. 이 근처에서 사냥터지기로 그만큼 좋은 사람을 찾기란 거의 불가능하거든. 게다가 이곳 사람들을 잘 아는 사람이 필요했고."

"결혼은 아직 안 했어요?"

"결혼했었지! 그런데 부인이 집을 나갔다더군. 여러 남자를 만나다가 결국엔 스택스게이트에서 일하는 광부랑 눈이 맞아 달아난 거지. 아직 그곳에서 산다고 들었어."

"그럼 그 남자는 지금 혼자예요?"

"거의 그렇다고 볼 수 있지! 어머니는 마을에 살고 있고 아이도 하나 있을 거요."

클리퍼드는 약간 튀어나온 연파란색 눈으로 코니를 쳐다보았다. 그의 눈에 석연치 않은 기색이 어렸다. 그는 겉으로는 워낙 기민해 빈틈이라곤 없는 사람처럼 보였지만, 그 이면은 중부 지방의 대기처럼 뿌연 안개가 자욱하게 끼어 있는 듯했다. 그리고 그 안개는 스멀스멀 앞으로 서서히 퍼져 나오는 것 같았다. 그래서 그가 독특한 상세 정보를 주면서 코니를 특유의 눈빛으로 쳐다보면 그녀는 그의 정신 이면이 안개로, 공허한 상태로 휩싸이는 것을 느꼈다. 그리고 그녀는 깜짝 놀랐다. 그 때문에 그는 어딘가 인간적인 개성을 상실한, 거의 백치나 다름없어 보였다.

그리고 코니는 인간 영혼의 위대한 법칙 중 하나를 어렴풋이 깨달았다. 그것은 감정적인 영혼이 고통스런 충격을 받앗을 때 육체가 완전히 죽지 않았으면, 육체가 회복되면서 영혼도 회복되는 것처럼 보인다는 것이다. 그런데 이는 단지 겉으로만 그렇게 보일 뿐이다. 그것은 사실 실제로 그런 것처럼 꾸며내는 습관이 작용한 것에 지나지 않는다. 서서히 깊어지는 타박상 같은 끔찍한 고통이 아주 천천히 영혼에 상처를 입히다가, 결국 영혼 전체를 가득 채워버리는 것이다. 그리고 상처가 모두 회복되어 잊었다고 생각하는 바로 그때, 최악의 상태로 끔찍한 후유증과 마주하게 된다.

바로 이런 일이 클리퍼드에게 일어났다. 일단 '회복되어' 래그비로 돌아와 그 모든 상황에도 불구하고 소설을 쓰며 삶을 확신할 때, 그는 모든 것을 잊고 평정을 찾은 사람처럼 보였다. 그런데 몇 년이 지난 지금, 코니는 두려움과 공포로 멍든 상처가 클리퍼드 안에서 천천히 일어나 점차 퍼져나가고 있는 것을 느꼈다. 한동안은 그 상처가 너무 깊어서 마치 존재하지 않는 것처럼 전혀 느껴지지 않았다. 이제 그 상처가 서서히 자신을 드러내기 시작하면서 두려움이 퍼져 거의 마비에 이를 지경이 되었다. 정신적으로 그는 여전히 빈틈없고 기민했다. 그러나 그 마비, 너무 큰 충격으로 인해 멍든 상처가 점차 그의 감정적인 자아 속에서 퍼져나가기 시작했다.

게다가 클리퍼드의 내면에서 그 상처가 퍼져감에 따라 코니는 그것이 자신의 마음속에서도 퍼져나가는 것을 느꼈다. 내면의 두려움과 공허함, 모든 것에 대한 무심함이 그녀의 영혼 안에서 점차 퍼져나가고 있었다. 클리퍼드는 감정이 격렬하게 일어나면 여전히 활기차게 이야기할 수 있었으며, 예전처럼 자신의 뜻대로 미래를 꿈꿀 수 있었다. 그녀가 아이를 갖고 그 아이를 래그비의 상속자로 삼는 것에 대해 숲에서 이야기했을 때처럼 말이다. 그러나 다음 날이면 모든 훌륭한 말들이 죽은 나뭇잎처럼 구겨지고 가루가 되어 한 줄기 바람에 휩쓸려 날아가버려 아무런 의미가 없어 보였다. 그 말들은 실제의 삶에서 생기 있고 싱싱한 나무에 매달린 잎과 같은 말이 아니었다. 쓸모없는 삶에서 나뒹굴고 있는 낙엽 더미 같은 말이었다.

그래서 코니에게는 모든 것이 다 그렇게 보였다. 테버셜 광부들은 다시 파업을 이야기하고 있었다. 이것 또한 코니에게는 그렇게 보였다. 힘을 드러내는 것이 아니라 전쟁의 멍든 상처가 일시적으로 숨어 있다가 표면 위로 서서히 떠올라 불안으로 굉장히 고통스러워하고, 불만으로 인해 마비된 상태에 있는 듯이 보였다. 그 멍든 상처, 비인간적이고 부당한 전쟁으로 생긴 그 멍든 상처는 깊고도 깊었다. 그들의 영혼과 몸 안에 깊숙이 자리 잡고 있는 거대한 검은 핏덩어리를 녹이려면 오랜 세월 동안 여러 세대의 살아 있는 피가 필요할 것이다. 그리고 새로운 희망도 필요할 것이다!

가엾은 코니! 세월이 흐를수록 자신의 삶에 깃든 공허에 대한 두려움이 그녀에게 영향을 끼쳤다. 클리퍼드와 그녀의 정신적인 삶은 점차 공허하게 느껴지기 시작했다. 그가 이야기했던 그들의 결혼 생활, 즉 습관처럼 익숙해진 친밀함을 토대로 한 온전한 삶이 순전히 텅 비고 공허하게 느껴지는 날들이 있었다. 그것은 말, 단지 너무나 많은 말들뿐이었다. 실제 현실은 공허했으며 위선적인 말들만 난무했다.

물론 클리퍼드의 성공이 현실에 있긴 했다. 암캐 여신 같은 세속적인 성공이었다! 정말로 그는 유명 인사가 되었고, 책을 써서 1,000파운드를 벌어들였다. 그의 사진이 도처에 실렸다. 어느 미술관에는 그의 흉상이 전시되어 있었고 그의 초상화도 미술관 두 곳에 걸려 있었다. 그의 작품은 가장 현대적인 목소리를 낸다고 여겨졌으며, 널리 알려지고 싶은 묘하고 불완전한 그의 본능에 따라 4, 5년 만에 매우 유명한 젊은 '지성인'이 되었다. 그 지성이란 것이 어디에 쓰였는지 코니는 알 수 없었다. 클리퍼드는 사람들과 그들의 행동 동기를 약간 익살스럽게 분석하는 데 재주가 있었고, 마지막에는 그러한 분석으로 모든 것을 산산조각 내버렸다. 하지만 그것은 강아지가 소파 쿠션을 갈기갈기 찢어버리는 것과 같았다. 다만 그것이 미숙하거나 장난스러운 것이 아니라, 이상할 정도로 노련하고 터무니없이 기발하다는 점만은 달랐다. 그것은 기이했고 사실 아무것도 아니었다. 코니의 영혼 밑바닥에서 이런 느낌이 계속 울려 퍼지고 있었다. 그것은 모두 아무것도 아닌 것이었고, 훌륭하게 꾸며낸 공허함이었다. 동시에 그것은 그저 보여주기 식일 뿐이었다. 전시 행위, 전시 행위, 전시 행위뿐이었다!

마이클리스는 클리퍼드라는 인물을 희곡의 주인공으로 내세웠다. 그는 벌써 줄거리를 대략 잡아놓았고 1막까지 써두었다. 마이클리스는 아무것도 아닌 공허한 것을 그럴듯하게 꾸며 전시하는 데에는 클리퍼드보다 더 일가견이 있었다. 이 남자들에게 남은 열정이란 전시하는 것뿐이었다. 성적으로 그들은 열정이 전혀 없었고 죽은 것이나 마찬가지였다. 더구나 지금 마이클리스가 좇고 있는 것은 돈이 아니었다. 클리퍼드도 처음부터 돈을 바라고 한 일이 아니었다. 물론 돈은 성공의 증표이자 표적이기 때문에 가능한 한 돈을 벌기는 했지만 말이다. 그들이 원하는 것은 성공이었다. 그들 모두 진정으로 과시하고 싶어했다. 자신을 전시하여, 즉 자기 자신을 드러내어 한동안 수많은 대중들을 사로잡고 싶었던 것이다.

성공이라는 암캐 여신에게 자신을 파는 모습은 정말 이상했다. 코니는 성공과는 동떨어져 있는 데다 성공이 주는 전율에 무감각해졌기 때문에 그녀에게 성공은 공허할 뿐이었다. 심지어 성공이라는 암캐 여신에게 자신을 파는 것도 공허했다. 남자들은 수없이 자신을 팔아댔지만 말이다. 그것조차 공허했다.

마이클리스는 편지로 클리퍼드에게 그 희곡에 대해 알렸다. 물론 코니는 오래전부터 알고 있었다. 클리퍼드는 다시 짜릿한 전율에 휩싸였다. 그는 다시 사람들에게 전시될 것이다. 이번에는 대단한 사람이 그를 전시할 것이다. 그것도 자신에게 유리하게 말이다. 그는 1막을 들고 래그비로 오라고 마이클리스를 초대했다.

마이클리스가 왔다. 여름이었던 그때 연한 색 양복 차림에 하얀색 양가죽 장갑을 끼고, 코니에게 줄 매우 아름다운 연자줏빛 난초꽃과 함께 1막을 들고 찾아왔다. 1막 낭독은 굉장히 성공적이었다. 코니조차도 짜릿한 전율을, 그녀에게 아직 남아 있는 골수까지 짜릿한 전율을 느꼈다. 그리고 마이클리스도 전율을 만들어낸 자신의 능력에 짜릿하게 흥분했고, 코니의 눈에는 그런 그의 모습이 매우 훌륭하고 아름다워 보였다. 코니는 그에게서 더 이상 환멸을 느낄 수 없는 한 종족의 오랜 부동의 모습을, 순수해 보이는 완전한 불순의 극치를 보았다. 성공이라는 암캐 여신에게 자신을 파는 극단의 행위 끝에서도 그는 순수해 보였고, 마치 아프리카의 상아 가면이 상아로 된 곡선과 평면 속에서 순수의 경지에 이르는 불순을 꿈꾸는 것 같았다.

채털리 부부와 함께 전율을 느낀 순간, 즉 마이클리스가 코니와 클리퍼드를 완전히 황홀하게 만든 그 순간은 그의 인생 최고의 순간 중 하나였다. 그는 성공을 거두었다. 그들은 그의 작품에 넋을 빼앗겼던 것이다. 클리퍼드조차 한순간이나마 그와 사랑에 빠질 정도였다. 그런 식으로 표현할 수 있다면 말이다.

그래서 다음 날 아침이 되자 믹은 전보다 더 불안해했다. 감정이 격해진 나머지 바지 주머니에 넣은 손도 떨고 있었다. 코니가 전날 밤에 믹을 찾아오지 않았던 것이다. 믹은 그녀가 어디에 있는지도 알 수 없었다. 요사스러운 것! 그가 승리한 바로 그 순간에.

마이클리스는 아침에 코니의 거실로 올라갔다. 그녀는 그가 오리라는 것을 알고 있었다. 안절부절못하는 그의 모습이 여실히 드러났다. 그는 자신의 희곡에 대해 물었다. 좋은 작품이라고 생각합니까? 그는 자신의 작품에 대한 칭찬을 **들어**

야만 했다. 칭찬을 받으면 마지막 정열을 불태우며 희미하게 전율하듯이 어떠한 성적 오르가슴보다도 더 큰 감동을 받았던 것이다. 그녀는 그의 작품을 열렬히 칭찬해주었다. 그러나 그러는 내내 그녀의 영혼 깊숙한 곳에서는 알고 있었다. 그 작품이 아무것도 아닌 그저 암캐 여신에 불과하다는 것을!

"이봐요!" 마침내 그가 불쑥 말을 꺼냈다. "우리 관계를 좀 분명히 하는 게 어때요? 우리 결혼하지 않을래요?"

"난 이미 결혼했잖아요!" 그녀는 놀라서 대답했지만 사실은 아무런 감흥도 없었다.

"아, 그거요! 클리퍼드는 틀림없이 당신과 이혼해줄 거예요. 그러니 우리 결혼하는 게 어때요? 난 결혼하고 **싶어요**. 그 것이 내겐 최고의 선택이에요. 결혼해서 정상적인 삶을 사는 거 말입니다. 난 나 자신을 갈기갈기 찢어놓으면서 삶을 망쳐 버리고 있어요. 한번 봐요. 당신과 나, 우리는 천생연분이에요. 손발이 척척 맞잖아요. 그러니 결혼하는 게 어때요? 그러지 못할 이유가 있나요?"

코니는 깜짝 놀란 듯이 그를 쳐다보았다. 하지만 사실 아무런 감흥이 없었다. 남자들, 그들은 다 똑같았다. 모든 것을 무시해버렸다. 마치 폭죽처럼 자신의 머리 꼭대기에서 폭발해 날아 올라가면서, 여자들도 폭죽에 달린 가느다란 막대기를 따라 하늘로 같이 실려와주기를 바랐다.

"하지만 난 이미 결혼했어요." 그녀가 말했다. "클리퍼드를 떠날 순 없어요. 당신도 알잖아요."

"도대체 왜 떠날 수 없다는 거죠? 왜 안 되는 거죠?" 그가 울부짖었다. "여섯 달만 지나봐요. 그는 당신이 떠났다는 사실조차 잊어버릴 사람이에요. 자기 자신 외에 다른 사람이 존재한다는 사실조차 모른다고요. 내가 아는 한 그 남자는 당신에게 전혀 도움이 안 돼요. 그는 전적으로 자기 자신에게만 몰두하는 사람이라고요."

코니도 마이클리스의 말이 사실라고 생각했다. 그런데 그렇게 말하는 믹 역시 자기 욕심을 채우려는 마음이 전혀 없는 것 같진 않았다.

"남자들은 모두 자기 자신에게 몰두해 있지 않나요? 그녀가 물었다.

"아, 어느 정도는 그렇지요. 그건 나도 인정해요. 남자들은 **그래야만** 세상을 헤쳐나갈 수 있거든요. 그런데 중요한 건 그게 아니에요. 남자가 여자에게 어떤 종류의 시간을 줄 수 있느냐 하는 게 중요하죠. 여자에게 엄청난 즐거움을 줄 수 있느냐 없느냐 아니겠어요? 그가 그렇게 해줄 수 없다면 여자에 대한 권리도 없는 겁니다." 그는 잠시 말을 멈추더니 커다란 담갈색 눈으로 마치 최면을 걸듯이 그녀를 물끄러미 바라보았다. "그런데 말이죠." 그가 덧붙였다. "난 여자가 요구하는 최고의 시간을 줄 수 있어요. 보장할 수 있다고요."

"그런데 어떤 종류의 즐거움을 말하는 거죠?" 코니가 떨리는 듯하면서 여전히 놀란 표정으로 그를 바라보며 물었다. 하지만 마음 깊은 곳에서는 아무런 느낌도 없었다.

"어떤 종류든지요. 빌어먹을, 전부 다요! 드레스와 어느 정도 보석으로 치장할 수 있고, 당신이 좋아하는 온갖 클럽을 간다든가, 알고 싶은 사람은 누구든지 만날 수 있고, 마음껏 누리며 사는 거예요. 여행도 갈 수 있죠. 어디를 가든 대단한 사람으로 대접받으면서요. 빌어먹을, 온갖 것들을 다 할 수 있다고요!"

믹은 황홀한 승리감에 도취되어 말했고 코니는 감탄한 듯 그를 쳐다보았지만, 사실은 여전히 아무런 감흥이 없었다. 그가 보여주는 장밋빛 전망은 이제는 그녀 마음의 표면조차도 기쁘게 하지 못했다. 다른 때라면 짜릿하게 전율했을 자아의 가장 바깥 부분조차도 거의 아무런 반응이 없었다. 그녀는 그저 아무런 느낌이 없었고 '감정을 터뜨릴' 수 없었다. 그저 앉아서 물끄러미 쳐다보며 멍한 표정을 지을 뿐 아무것도 느끼지 못했다. 그녀는 다만 암캐 여신이 어딘가에서 풍기고 있는 극도로 불쾌한 냄새를 맡고 있을 뿐이었다.

믹은 조바심을 내며 몸을 앞으로 기울인 채 앉아 있었다. 그는 거의 신경질적으로 그녀를 노려보았다. 그러나 누가 알겠는가? 허영심에 들떠서 그녀가 "네!"라고 대답하기를 갈망하고 있는지, 아니면 "네!"라고 대답할까봐 두려워 공포에 휩싸여 있는지 말이다.

"좀더 생각해봐야겠어요." 그녀가 말했다. "지금 당장은 대답할 수 없어요. 당신은 클리퍼드가 중요하지 않다고 생각하겠지만 그렇지 않아요. 그가 몸이 얼마나 불편한지를 생각해본다면……."

"이런 젠장, 그가 불구라는 상태를 부당하게 이용하려 한다면 나는 내가 얼마나 외로운지, 지금까지 늘 얼마나 외로웠는지부터 시작해서 바보 같은 소리를 모두 다 늘어놓겠네요! 제기랄, 그 작자가 불구라는 것 말고는 내세울 게 아무것도 없다면……."

그는 옆으로 돌아서서 바지 주머니에 손을 넣고 격렬하게 움직였다.

그날 저녁 믹은 그녀에게 말했다.

"오늘 밤에 내 방에 올 거죠, 그렇죠? 난 당신의 방이 어딘지도 모르잖아요."

"좋아요!" 그녀가 말했다.

그날 밤 그는 훨씬 흥분한 연인의 모습이었다. 어린 소년처럼 연약한 나체를 드러내고는, 이상하게도 어린 소년처럼 흥분했다. 코니는 그의 절정이 끝나기 전에는 자신이 절정을 맞는 것이 불가능하다는 것을 알았다. 그리고 어린 소년 같은 벌거벗은 그의 몸과 부드러움은 그녀 안에 갈망하는 어떤 열정을 일깨웠다. 그래서 그녀는 그가 끝난 후에 격정적으로 자신의 허리를 들어 올리며 관계를 지속해야 했다. 그러는 동안 그는 자신의 모든 의지력을 발휘해 헌신적으로 늠름하게 그녀 안에서 버텼고, 마침내 그녀는 묘하게 울부짖으며 스스로 절정에 도달했다.

마침내 그녀에게서 떨어진 뒤에 그는 약간 쓴웃음을 지으며 비꼬는 듯한 목소리로 말했다.

"당신은 남자와 동시에 절정에 도달할 수는 없군요. 그렇죠? 당신은 스스로 절정에 도달해야만 하는 거예요! 당신이 주도권을 잡아야만 하는 것 같아요!"

그 순간 이 짧은 말은 그녀가 살면서 받은 큰 충격 중 하나였다. 수동적으로 자신을 내맡기는 것만이 그의 유일한 섹스 방법임이 명백해졌기 때문이었다.

"무슨 말이에요?" 그녀가 물었다.

"무슨 의미인지 당신도 알잖아요. 당신은 내가 절정에 도달한 뒤에 몇 시간씩 관계를 지속하죠. 당신이 혼자서 애쓴 끝에 절정에 이를 때까지 난 이를 악물고 버텨야만 한다고요."

말할 수 없을 정도의 쾌감과 마이클리스에 대한 사랑으로 활활 타오르고 있었던 바로 그 순간 그녀는 예기치 않은 이런 잔인한 말에 깜짝 놀라 정신이 멍해졌다. 결국 많은 현대 남자들과 다를 바 없이 그 역시 시작하기도 전에 거의 끝내버렸다. 그리고 그 때문에 여자가 적극적으로 움직일 수밖에 없었다.

"그런데 당신은 내가 관계를 지속해서 만족하기를 **바라지** 않나요?" 그녀가 말했다.

그는 공허한 듯 웃으며 말했다.

"내가 그러길 바란다니!" 그가 말했다. "그거 참 좋기도 하겠군요. 당신이 내게 달려드는 동안 이를 악물고 버티는 걸 내가 원한다니!"

"그렇지만 당신도 **원하지** 않아요?" 그녀가 고집스럽게 물었다.

그는 그 질문에 대답하길 피했다.

"빌어먹을, 여자들은 다들 하나같이 똑같군요." 그가 말했다. "하나같이 다들 그 부분이 목석인 것처럼 전혀 절정에 이르지 못하거나 아니면 남자가 정말로 끝날 때까지 기다렸다가 그 이후에 스스로 절정에 도달하기 시작하고, 그동안 남자는 버텨줘야 할 수밖에 없으니 말입니다. 난 나와 동시에 절정을 맞는 여자를 아직까지 만난 적이 없어요."

코니는 남자의 입장에서 늘어놓는 이 희한한 이야기를 듣는 둥 마는 둥 했다. 그녀는 그가 자신에게 느끼고 있는 반감에, 그 이해할 수 없는 잔인함에 그저 너무나 놀랐을 뿐이었다. 그녀는 자신은 잘못한 게 없다고 생각했다.

"그런데 당신도 내가 만족하길 원하잖아요. 그렇지 않나요?" 그녀가 되물었다.

"아, 물론이죠! 당연히 그래요. 그런데 여자가 절정에 도달할 때까지 기다리며 버티는 건 남자에겐 그다지 즐거운 일이 아니에요."

이 말은 코니가 살면서 받은 중대한 충격 중 하나였다. 그 말은 그녀 안에 있는 무언가를 죽여버렸다. 그녀는 마이클리스에게 그렇게 푹 빠져 있진 않았다. 그가 행위를 먼저 시작할 때까지는 그를 원하지도 않았다. 그녀가 적극적으로 그를 원했던 적은 없는 것 같았다. 그러나 그가 일단 자극하기 시작하면 그와 함께 자신도 절정에 도달하는 것을 당연하게 여길 뿐이었다. 그것 때문에 거의 그를 사랑할 정도였다. 그날 밤에도 그녀는 그를 사랑해서 결혼하고 싶은 마음이 들다시

피 했다.

아마도 믹은 그것을 본능적으로 알았을 것이다. 그 때문에 연극 전체를, 불안정한 계획을 단번에 박살 내야 했던 것이다. 코니가 믹을 비롯해 다른 남자에게 느꼈던 모든 성적인 감정은 그날 밤에 무너져 내리고 말았다. 그녀의 삶은 그에게서 완전히 떨어져나갔고, 그는 전혀 존재하지 않았던 사람이나 마찬가지였다.

그리고 그녀는 쓸쓸하고 진절머리가 나는 나날들을 보냈다. 그리고 이제는 클리퍼드가 온전한 삶이라 부르는, 다람쥐 쳇바퀴 돌듯 공허하게 흘러가는 인생만이 남았다. 같은 집에서 서로 습관처럼 길들여진 두 사람이 오랫동안 함께 사는 삶 말이다.

공허하기만 했다! 인생이 지독하게 공허하다는 사실을 받아들이는 것이 삶의 목적처럼 보였다. 매우 분주하고 중요해 보이는 온갖 사소한 것들이 그 엄청난 공허함을 이루고 있었다!

6장

"요즘에는 왜 남자와 여자가 서로를 진심으로 좋아하지 않는 걸까요?" 코니는 어느 정도 믿고 조언을 구할 수 있는 토미 듀크스에게 물었다.

"아니에요. 서로 좋아하고 있어요! 인류가 생겨난 이래로 남자와 여자가 오늘날만큼 서로 열렬하게 좋아한 적이 없는 것 같은데요. 진심으로 좋아하죠! 내 경우만 봐도 그래요. 난 정말로 남자보다 여자를 더 좋아해요. 여자들이 더 용감하거든요. 여자에게 좀더 솔직해질 수도 있고요."

코니는 이 말을 곰곰이 생각해보았다.

"아, 그래요. 그런데 당신은 여자들과 관계를 맺거나 하지 않잖아요!" 그녀가 말했다.

"내가요? 지금 이 순간 한 여자에게 지극히 진심을 다해 이야기하는 건 뭡니까?"

"그래요, 이야기는 하고 있지요. 하지만……."

"그리고 당신이 남자라고 해도 전적으로 진심을 다해 이야기를 나누는 것 말고 내가 뭘 더 할 수 있겠어요?"

"없겠죠, 아마도. 하지만 여자는……."

"여자는 상대가 자기를 좋아해주고 자기와 이야기를 나눠주길 원하죠. 동시에 자기를 사랑하고 자신에게 욕망을 느끼기를 바라죠. 그런데 이 두 가지 일은 동시에 일어날 수 없는 것 같아요."

"하지만 그래서는 안 되잖아요."

"분명 물이 지금처럼 그렇게까지 축축할 필요는 없지요. 물은 지나치게 축축하거든요. 그런데 실제로 물은 그렇게 존재하는 거잖아요! 난 여자를 좋아하고 여자들과 이야기를 나눕니다. 그렇기 때문에 여자들에게 사랑이나 욕망을 느끼지 않는 겁니다. 나한테는 이 두 가지가 동시에 일어나지 않아요."

"난 그 둘이 동시에 일어나야 한다고 생각해요."

"뭐, 좋아요. 세상일들이 현재 그대로가 아닌 다른 뭔가가 **되어야** 한다는 건 내 소관이 아니니까요."

코니는 이 말을 곰곰이 생각했다.

"그 말은 사실이 아니에요." 그녀가 말했다. "남자는 여자를 사랑하면서 여자와 이야기를 나눌 수 있어요. 여자들과 이야기를 나누면서 다정하고 친밀한 사이가 **되지도 않고** 어떻게 여자를 사랑할 수 있는지 모르겠어요. 어떻게 그럴 수가 있죠?"

"글쎄요!" 그가 말했다. "나도 모르겠어요. 내 생각을 일반화해서 뭐하겠어요? 난 그저 내 경우만 알고 있을 뿐인 걸요. 난 여자를 좋아하지만 여자에게 욕망을 느끼진 않아요. 여자와 이야기 나누는 걸 좋아하죠. 여자와 이야기를 나누면 한편으론 친밀해지지만 입을 맞추거나 하면 극단적으로 멀어지게 돼요. 그러니 뭐 어쩌겠어요! 그런데 나를 일반적인 예라고 생각하진 말아요. 아마 내가 좀 특이한 경우일 거예요. 여자를 좋아하지만 여자를 사랑하지 않는 남자들 중 한 명이죠. 난 심지어 사랑하는 척하거나 여자에게 꼼짝없이 빠져 있는 것처럼 굴라고 강요받으면 여자들이 미워지기까지 하지요."

"그런데 그러면 슬프지 않나요?"

"그게 왜 슬프죠? 전혀요! 찰리 메이나 바람피우는 남자들을 여럿 보았지만 그들이 전혀 부럽지 않아요. 운명적으로 원하는 여자를 만나게 된다면 정말 좋은 일이죠. 그러나 내가 원하는 여자는 알지도 못하고 만난 적도 없어요. 뭐, 내가 냉정한 사람일 수도 있죠. 그런데 정말로 **좋아하는** 여자들도 몇 명 있기는 해요."

"그렇다면 나도 좋아하는 여자인가요?"

"무척 좋아하죠! 그렇다고 우리가 서로 입을 맞추거나 할 일은 없잖아요. 그렇죠?"

"그럴 일은 전혀 없죠!" 코니가 말했다. "그런데 왜 그런 일이 있으면 안 되는 거죠?"

"세상에, 왜냐고요? 난 클리퍼드를 좋아해요. 그렇지만 내가 그에게 입을 맞춘다면 당신은 뭐라고 하겠어요?"

"그런데 그건 경우가 다르지 않아요?"

"뭐가 다르죠? 우리는 모두 지적인 사람들이고 남녀 간의 문제는 보류된 상태예요. 그저 일시적으로 중단된 상태란 거지요. 지금 이 순간 내가 유럽 남자처럼 당신에게 수작을 걸면서 성적인 행동을 보이기 시작하면 당신은 날 어떻게 생각하겠어요?"

"분명 싫어하겠죠."

"그러면 봐요! 내가 정말로 남자로서 구실을 한다고 해도 난 지금까지 나와 꼭 맞는 같은 부류의 여자를 만난 적이 없어요. 그러니 그런 여자를 그리워하지도 않죠. 난 그저 여자들을 **좋아해요**. 그러니 누가 내게 성적 유희를 벌이며 여자와 사랑에 빠지도록 하거나 아니면 사랑에 빠진 척하도록 강요하겠어요?"

"난 아니에요. 그런데 그건 잘못된 거 아닌가요?"

"당신은 그렇게 느낄 수도 있지만 난 아니에요."

"그래요. 나는 남자와 여자 사이는 뭔가 잘못됐다고 생각해요. 여자에게는 남자를 끄는 매력이 더 이상 없어요."

"남자에겐 여자를 끄는 매력이 있나요?"

코니는 그 문제의 반대 측면을 곰곰이 생각해보았다.

"별로 없죠." 그녀는 솔직하게 대답했다.

"그렇다면 그런 것들은 다 내버려둬요. 그리고 서로에게 점잖고 단순하게, 예의 바른 인간처럼 대하면 되는 거죠. 인위적인 섹스에 대한 강박 따위는 다 때려치우라고 해요. 난 그런 건 절대 사절이에요."

코니는 그의 말이 정말로 옳다고 생각했다. 하지만 그의 말을 듣고 나니 너무 쓸쓸해졌고, 길을 잃고 헤매는 기분이 들었다. 황량한 연못 위에 떠다니는 나무토막이 된 느낌이었다. 그녀에게나 다른 어떤 것에나 무슨 소용이 있을까?

그녀의 젊음은 반발하고 있었다. 이 남자들은 너무 늙고 냉담해 보였다. 모든 것이 늙고 냉담해 보였다. 그리고 마이클리스는 너무 실망스러웠고 아주 형편없는 사람이었다. 남자들은 여자를 원하지 않았다. 실제로 그들은 진심으로 여자를 원하지 않았다. 심지어 마이클리스조차도 여자를 원하지 않았다. 그리고 여자를 원하는 척하며 성적 유희나 벌이는 천박한 남자들은 훨씬 더 형편없었다.

그저 참담했지만 참아낼 수밖에 없었다. 실제로 남자들에겐 여자를 끄는 진정한 매력이 없었다. 남자에게 매력이 있다고 자신을 속일 수 있다면 그게 할 수 있는 최선이었다. 마치 코니가 마이클리스에게 그런 매력이 있다고 자신을 속였던 것처럼. 그럭저럭 그렇게 살아갈 뿐이었다. 어차피 그런 삶에는 아무것도 없었다. 그녀는 사람들이 왜 칵테일파티를 열고, 지칠 때까지 재즈에 몸을 흔들어대고, 찰스턴 춤*을 추는지 완전히 이해할 수 있게 되었다. 어떤 식으로든 젊음을 소진시켜야 했던 것이다. 그러지 않으면 젊음이 우리를 삼켜버릴 테니까. 그런데 이 젊음이란 얼마나 끔찍한가! 므두셀라**처럼 늙어버린 느낌인데도 그 젊음은 신나서 들뜨게 하며 한시도 사람을 편안하게 내버려두지 않는다. 이 얄궂은 인생이라니! 희망도 없다! 그녀는 차라리 믹과 달아나서 자신의 인생을 칵테일파티를 벌이고 재즈에 몸이나 흔드는 하나의 길고 긴 밤

---

* 1920년대에 유행한 빠른 춤.
* 노아의 홍수 이전 시대에 969세까지 살았다는 유대의 족장.

으로 만드는 편이 낫겠다고 생각한 적도 있었다. 어찌 됐든 그저 무덤에 들어갈 날만 멍하니 기다리는 인생보다는 그 편이 나았다.

지독한 나날을 보내던 어느 날 코니는 홀로 숲으로 산책을 나갔다. 느릿느릿 걸으며 주의를 전혀 기울이지 않았기에 자신이 어디에 있는지조차 알지 못했다. 그때 멀지 않은 곳에서 한 발의 총소리가 울려 그녀는 깜짝 놀랐고 화가 났다.

그녀는 계속 걷다가 사람들 목소리를 듣고는 흠칫 놀랐다. 사람들이 있었다! 그녀는 사람들과 마주치고 싶지 않았다. 그렇지만 예민한 귀에 또 다른 소리가 들리자 문득 궁금해졌다. 바로 아이가 흐느끼며 우는 소리였다. 곧장 주의를 기울여 무슨 소리인지 들어보았다. 누군가가 아이를 학대하고 있었다.

코니는 기분이 극도로 언짢은 데다 분노가 치밀어 축축한 차도를 따라 성큼성큼 내려갔다. 마치 한바탕 소란이라도 피울 기세였다.

모퉁이를 돌자 차도에 두 사람이 보였다. 사냥터지기와 어린 여자아이였다. 자주색 코트를 입고 두더지 가죽 모자를 쓰고 있는 그 아이는 울고 있었다.

"아, 닥쳐, 이 못된 계집애야!" 남자의 화난 목소리가 들렸다. 그러자 아이는 더 크게 울어댔다.

콘스턴스는 분노로 이글거리는 눈으로 성큼성큼 다가갔다. 남자는 돌아서서 그녀를 보더니 냉랭하게 인사했다. 그런데 그는 몹시 화가 난 듯 얼굴이 새파랗게 질려 있었다.

"무슨 일이죠? 아이가 왜 울고 있는 거죠?" 콘스턴스는 살짝 가쁜 숨을 몰아쉬면서 단호하게 물었다.

남자는 얼굴에 비웃는 듯한 웃음을 희미하게 지어 보였다.

"글쎄요. 저 애한테 물어보십시오." 그는 걸쭉한 사투리로 냉랭하게 대답했다.

그에게 얼굴이라도 한 대 맞은 듯이 코니의 얼굴빛이 변했다. 그때 그녀는 저항할 힘을 모두 모아 그를 노려보았다. 짙은 푸른 눈은 분노로 이글거렸지만 눈빛은 다소 흐릿했다.

"당신에게 물었잖아요!" 그녀가 숨을 헐떡거리며 말했다

그는 자신의 모자를 들어 올리며 묘하게 살짝 허리를 숙였다.

"예, 그러셨죠, 마님." 그가 말했다. 그러고는 다시 사투리로 말했다. "그런데 저도 왜 이러는지 모르겠습니다."

그러더니 그는 군인 같은 태도를 보였다. 짜증으로 파랗게 질려 있었는데 도무지 속을 헤아릴 수 없는 표정을 짓고 있었다.

코니는 아이에게 돌아섰다. 아이는 혈색이 좋고 머리는 검

은색이었으며 아홉 살이나 열 살쯤 되어 보였다.

"애야, 왜 그러니? 왜 울고 있는지 나한테 얘기해봐!" 그녀는 아이들을 어를 때의 다정한 태도로 말했다.

그러자 아이는 더욱 크게 흐느끼며 울어댔다. 이제 누가 옆에 있다는 걸 의식하게 된 것이다!

코니는 더욱 상냥하게 대해주었다.

"저런, 자, 울지 마! 사람들이 너한테 어떻게 했는지 나한테 얘기해보렴!" 매우 부드러운 말투였다. 그러면서 그녀는 니트 재킷 주머니에서 뭔가를 뒤적이며 찾았다. 다행히 6펜스짜리 동전이 있었다.

"울지 마라! 애야." 그녀가 아이 앞으로 몸을 숙이며 말했다. "이것 좀 봐! 너한테 주는 거야!"

흐느끼며 코를 훌쩍이던 아이는 울어서 눈이 퉁퉁 부은 얼굴에서 손을 치우더니 영악해 보이는 검은 눈으로 6펜스짜리 동전을 흘낏 쳐다보았다. 그러더니 잠시 더 흐느끼다가 차츰 잦아들었다.

"자! 무슨 일인지 내게 말해보렴! 말해봐!" 코니가 아이의 토실토실한 손에 동전을 놓아주며 말했다. 아이는 동전을 움켜쥐었다.

"그건, 어, 그건 고양이 때문이에요!"

흐느낌을 진정하느라 몸서리를 쳤다.

"어떤 고양이?"

잠시 침묵이 흐른 뒤에 6펜스를 꼭 쥔 수줍은 손으로 가시나무 덤불을 가리켰다.

"저기요!"

코니는 그쪽을 바라보았다. 아니나 다를까 거기에 커다란 검은 고양이가 잔인하게 피를 흘린 채 뻗어 있었다.

"이럴 수가!" 그녀는 역겨워하며 말했다.

"도둑고양이예요, 마님." 남자는 비꼬듯 말했다.

그녀는 화가 나서 그를 올려다보았다.

"아이가 우는 게 당연하죠." 그녀가 말했다. "아이가 거기 있을 때 고양이를 쏜 거라면 우는 게 당연하죠!"

그는 코니의 눈을 쳐다보았다. 말은 없었지만 의미심장하고 오만한 듯한 시선이었고 자신의 감정을 숨기지 않았다. 코니는 다시 얼굴을 붉혔다. 괜히 자신이 한바탕 요란을 떤 기분이었다. 남자는 그녀를 대수롭지 않게 여겼다.

"네 이름이 뭐니?" 그녀가 아이에게 명랑하게 물었다. "네 이름을 알려주지 않을래?"

아이는 코를 훌쩍이다가 매우 꾸며낸 듯한 새된 목소리로 말했다.

"코니 멜러즈요!"

"코니 멜러즈! 그래, 참 예쁜 이름이구나! 그럼 아빠랑 같이 나왔다가 아빠가 고양이를 총으로 쏜 거구나? 그런데 그건 나쁜 고양이였어!"

아이는 당돌한 검은 눈으로 코니를 찬찬히 살펴보면서 그녀의 됨됨이와 그녀의 위로를 가늠해보았다.

"할머니 집에 있고 싶었어요." 어린 여자아이가 대답했다.

"그랬구나! 할머니는 어디 계시는데?"

그 아이는 팔을 들어 차도 아래쪽을 가리켰다.

"저기 집에요."

"집에 계시는구나! 그럼 할머니한테 돌아가고 싶니?"

아이는 갑자기 생각이 다시 떠오른 듯 흐느껴 울며 몸서리쳤다.

"네!"

"그럼 가자! 내가 데려다줄까? 할머니 집에 데려다줄까? 그럼 아빠는 아빠 일을 할 수 있을 거야." 그녀는 그 남자에게 돌아섰다. "이 아이는 당신 딸이죠, 그렇죠?"

그는 인사를 하고 긍정의 표시로 머리를 약간 끄덕였다.

"내가 이 아이를 집에 데려다줄 수 있을 것 같아요." 코니가 그에게 말했다.

"마님이 원하신다면요."

그는 다시 차분하게 살피는 듯하지만 초연한 눈길로 그녀의 눈을 바라보았다. 남자는 세상에서 홀로 떨어져 혼자 힘으로 살아가는 사람이었다.

"나와 같이 저 집, 할머니 집으로 갈까?"

아이는 다시 슬쩍 올려다보았다.

"네!" 아이는 선웃음을 지어 보였다.

코니는 아이가 마음에 들지 않았다. 이 어린 여자아이는 버릇없고 영악했다. 그럼에도 코니는 아이의 얼굴을 닦아주고 손을 잡아주었다. 사냥터지기는 조용히 인사했다.

"안녕히 계세요!" 코니가 말했다.

집은 대략 1마일쯤 떨어져 있었다. 어린 코니를 상대하는 게 지겨워졌을 때쯤 사냥터지기의 그림 같은 작은 집이 어른 코니의 눈앞에 들어왔다. 그 아이는 이미 새끼 원숭이처럼 꾀가 가득해 철철 넘치는 데다 아주 자신만만했다.

문이 열려 있었고 안에서 덜그럭거리는 소리가 들렸다. 코니가 잠시 머뭇거리자 아이는 그녀의 손을 놓고 안으로 뛰어들어갔다.

"할머니! 할머니!"

"아이고, 벌써 돌아왔어?"

할머니는 난로에 흑연을 바르고 있었다. 토요일 아침이었다. 거친 삼베로 만든 앞치마를 입은 노파는 문 쪽으로 걸어 나왔다. 손에는 흑연을 바르는 솔을 들고 있었으며 코에는 흑연 얼룩이 묻어 있었다. 자그마한 체구에 다소 무뚝뚝해 보였다.

"세상에, 어찌 이런 일이!" 노파는 밖에 서 있는 코니를 보더니 서둘러 팔로 얼굴을 훔치며 말했다.

"안녕하세요!" 코니가 말했다. "아이가 울고 있어서요. 그래서 집으로 데려다주려고 들렀어요."

노파는 바로 아이를 쳐다보았다.

"아니, 네 아빠는 어디 있는데?"

아이는 할머니의 치맛자락에 매달린 채 억지웃음을 지었다.

"아이 아빠도 거기 있었어요!" 코니가 말했다. "그런데 그 사람이 도둑고양이를 총으로 쏴서 죽이는 바람에 아이가 많이 놀랐나봐요."

"아, 이렇게 신경 쓰지 않으셔도 되는데요, 채틀리 마님. 이렇게 친절하실 수가, 감사합니다. 그런데 정말 이렇게 귀찮게 해서 어쩐대요. 이런 수고까지 하시고!" 그러고는 노파는 아이에게 돌아섰다. "마님이 너 때문에 이런 수고로운 일까지 하셨어! 이렇게 귀찮은 일을 하셔서 어쩐다냐!"

"전혀 귀찮지 않았어요. 그저 조금 걸었을 뿐이에요." 코니가 미소 지으며 말했다.

"정말이지 진짜 친절하신 분이네요! 그러니까 애가 울고 있었다는 거군요! 얼마 안 가서 무슨 사단이 날 거라 짐작은 했지요. 애가 지 아빠를 무서워하거든요. 그게 문제죠. 마님도 보셨겠지만 거의 낯선 사람이나 다름없어요. 그냥 남이죠. 그 둘이 쉽게 사이가 좋아질 것 같진 않네요. 쟤 아빠가 이상한 구석이 있거든요."

코니는 무슨 말을 해야 할지 몰랐다.

"이것 봐요, 할머니!" 아이가 억지로 히죽 웃으며 말했다.

노파는 작은 소녀의 손에 놓인 6펜스짜리 동전을 내려다보았다.

"6펜스구나! 채틀리 마님, 이러시면 안 돼요. 정말이지, 이러시면 안 되는데! 채틀리 마님이 너한테 너무나 잘해주시는구나! 오늘 아침에 네가 운수가 아주 좋은 게야!"

그 노인은 여기 사람들이 다들 그러듯이 채틀리라고 발음했다! '채틀리 마님이 너한테 너무나 잘해주시는구나!' 코니는 그 노파의 코에 묻은 얼룩에 눈길이 갈 수밖에 없었다. 그러자 노파는 손등으로 얼굴을 다시 대충 문질렀지만 없어지진 않았다.

코니는 자리를 뜨려고 했다.

"정말로 감사합니다, 채틀리 마님. 너도 채틀리 마님께 '고 맙습니다' 하고 말씀드려야지!" 마지막 말은 아이에게 하는 소리였다.

"고맙습니다!" 아이는 새된 목소리로 말했다.

"그래, 참 착하구나!" 코니는 웃으며 인사를 하고 떠났다. 그 두 사람과의 만남에서 벗어날 수 있게 되자 진심으로 마음 이 놓였다.

'신기하기도 하네!' 그녀는 생각했다. '그 마르고 의기양양 한 남자에게 저런 작고 약삭빠른 어머니가 있다니!'

한편 노파는 코니가 떠나자마자 부엌에 있는 작은 거울 앞 으로 서둘러 달려가 얼굴을 보았다. 얼굴을 보고 그녀는 안절 부절못하며 발을 동동 굴렀다. "**하필** 이렇게 볼품없는 앞치마 를 두르고 있을 때 오시다니! 아이고, 이 더러운 얼굴 좀 봐! 날 좋게 봤을 리가 없겠군!"

코니는 래그비 저택으로 천천히 돌아왔다. '집!' 집이라는 말은 그렇게 커다랗고 넌더리 나는 토끼장 같은 건물에 붙이 기에는 너무 따뜻한 말이었다. 그런데 그 말이 한때 의미가 있 었던 때도 있었다. 어찌 된 일인지 그 의미는 사라져버렸다. 코니에게는 모든 위대한 말들이 자신의 세대에서 의미를 잃 어버린 것 같았다. 사랑, 기쁨, 행복, 집, 어머니, 아버지, 남편,

이런 모든 위대하고 역동적인 단어들은 이제 반쯤 죽어버렸고, 날마다 죽어가고 있었다. 집은 그저 그 안에서 사는 장소일 뿐이고, 사랑은 바보처럼 속아 넘어가면 안 되는 것, 기쁨이란 찰스턴 춤을 실컷 출 때나 쓰는 표현이고, 행복은 허세를 부리기 위해 점잖은 체하며 사용하는 위선적인 말이며, 아버지는 자신의 삶을 즐기는 개인이며, 남편은 함께 살면서 계속 활기 있게 살아갈 수 있도록 지켜줘야 하는 남자였다. 마지막 위대한 말인 섹스는 잠시 동안 기운 나게 했다가 전보다 더욱 초라하게 만드는 흥분을 의미하는, 잡다하게 섞인 말이다. 닳아 사라져버렸다! 사람이란 존재를 만드는 데 사용한 재료가 싸구려들이라 결국 닳고 닳아 아무것도 없는 것 같았다.

진정으로 남아 있는 것이라곤 완고한 금욕뿐이었다. 그리고 거기에는 어떤 즐거움이 있었다. 삶의 공허함을 경험하는 일에는 한 **단계**마다 소름 끼치게 무서운 만족감이 있었다. "그래, **이것으로 끝이다!**" 마지막 말은 항상 이것이었다. 집, 사랑, 결혼, 마이클리스 때도 마찬가지였다. "그래, **이것으로 끝이다!**" 그리고 사람이 죽을 때 인생에서 마지막 말도 이럴 것이다. "그래, **이것으로 끝이다!**"

돈은 어떤가? 아마도 돈에 대해서는 이런 식으로 말할 수 없을 것이다. 사람은 언제나 돈을 원했다. 돈과 성공, 토미 듀크스가 헨리 제임스를 따라 고집스럽게 부르는 성공이라는 암캐 여신은 영원히, 반드시 필요한 것이었다. 마지막 한 푼을 써버리고 마지막으로 "그래, 이것으로 끝이다!"라고 말할 순 없을 것이다. 그렇다. 앞으로 10분이라도 더 살 수 있다고 한다면 이런저런 이유로 얼마 안 되는 돈이라도 더 있으면 하고 바랄 것이다. 그저 일이 기계적으로 굴러가는 데에도 돈이 필요했다. 돈은 **꼭** 있어야 했다. 돈은 꼭 갖고 있어야 한다. 사실 다른 것들은 가질 필요가 없었다. 그래, **이것으로 끝이다!**

물론 살아 있는 것이 우리 잘못은 아니다. 그러나 살아 있는 한 돈은 꼭 필요한, 유일하게 절대적으로 필요한 것이다. 위기에 처하면 나머지 것들은 없어도 살 수 있다. 그러나 돈은 아니다. 단호하게, 그래, **이것으로 끝이다!**

코니는 마이클리스와 함께라면 가질 수 있을 돈을 떠올려 봤다. 그래도 그 돈을 갖고 싶지는 않았다. 그녀는 그보다 적지만 클리퍼드가 작품을 쓰도록 도와주고 벌어들인 돈이 더 좋았다. 그 돈은 그녀가 도운 덕분에 실제로 벌어들일 수 있었던 돈이었다. '클리퍼드와 나는 함께, 우리는 작품을 써서 1년에 1,200파운드를 벌지.' 그녀는 속으로 그렇게 생각했다. 돈을 벌자! 돈을 벌어! 어디에선가 그냥! 아무 데서나 그냥 돈을 우려내보자! 인간적으로 자부심을 느끼는 마지막 재주

이리라! 나머지는 모두 허튼소리일 뿐이다.

그래서 코니는 집으로 터벅터벅 걸어 클리퍼드에게 돌아갔다. 그리고 다시 그와 힘을 합쳐 아무것도 없는 상태에서 또 다른 이야기를 써 내려갈 것이다. 한 편의 이야기는 곧 돈이었다. 클리퍼드는 자신이 쓴 이야기가 최고의 작품으로 여겨지는지에 굉장히 신경 쓰는 것 같았다. 하지만 엄밀히 말해서 그녀는 개의치 않았다. 그녀의 아버지는 "그 이야기에는 아무것도 든 게 없어!"라고 말했었다. 그런 아버지에게는 "작년에만 1,200파운드를 벌었다고요!"라고 하면서 간단히 반박하면 아무 말도 못할 것이다.

젊다면 그저 이를 악물고 계속 버티는 한 보이지 않는 곳에서 돈이 흘러들어오기 시작하는 법이다. 그것은 힘의 문제였다. 의지의 문제였다. 자기 자신으로부터 아주 미묘한 의지를 강력히 내뿜으면 신비롭고도 아무것도 아닌 것, 종잇조각에 쓰인 글자일 뿐인 돈이 따라왔다. 그것은 일종의 마술이었다. 그것은 분명 승리였다. 암캐 여신! 그래, 자신을 팔아치워야 한다면 암캐 여신에게 맡기자! 암캐 여신에게 자신을 팔아치우는 동안에도 늘 경멸할 수 있으니 말이다. 그건 좋은 점이 아닌가!

물론 클리퍼드에게는 아직도 유치하게 금기시하고 집착

하는 것들이 많았다. 그는 '진정으로 훌륭한 사람'으로 여겨지기를 바랐다. 하지만 그것은 모두 주제넘고 터무니없는 소리였다. 진정으로 훌륭한 사람은 실제로 인기를 얻어야 한다. 진정으로 훌륭하지만 버림받으면 아무 소용이 없다. '진정으로 훌륭한' 사람들 중 대부분은 간발의 차이로 버스를 놓쳐버리는 것 같았다. 결국에는 그저 한 번의 인생을 살 뿐이다. 버스를 놓치면 그저 나머지 실패자들과 함께 길바닥에 버려질 뿐이었다.

코니는 클리퍼드와 함께 런던에서 겨울을 보내려고 계획하고 있었다. 그와 그녀는 버스를 제대로 잡았으니 잠시 꼭대기에 앉아서 과시해도 좋을 것이다.

그런데 가장 고약한 문제는 클리퍼드가 자꾸만 흐리멍덩해지고 멍하니 있다가 허탈한 우울 상태에 빠져들곤 한다는 점이었다. 그의 영혼에 입은 상처가 흘러나오는 것이었다. 그런데 그 때문에 코니는 비명이라도 지르고 싶은 심정이었다. 아, 하느님 맙소사! 의식 자체의 체계가 잘못되어가는 거라면 할 수 있는 일이 대체 **뭐가** 있나요! 빌어먹을, 할 수 있는 일은 다 했는데! 이렇게 **완전히** 낙담할 수밖에 없는 것인가!

코니는 때때로 심하게 울었지만 울고 있을 때조차도 자신에게 말했다. '어리석은 바보 멍청이 같으니라고, 손수건이나

적시고 앉아 있다니! 그래봐야 다 헛일이야!'

마이클리스와의 일이 있은 이후로 그녀는 아무것도 원하지 않기로 결심했다. 그것이 달리 해결할 수 없는 일을 가장 간단하게 해결하는 방법인 것 같았다. 그녀는 지금 갖고 있는 것 이상으로 아무것도 원하지 않았다. 오직 그녀가 지금 갖고 있는 것만으로 앞으로 나아가고 싶었다. 클리퍼드, 소설들, 래그비, 채털리 부인으로서 할 일, 돈, 명성, 이 모든 것들을 가지고 앞으로 나아가고 싶었다. 사랑, 섹스, 이런 온갖 것들은 단지 얼음과자 같은 것일 뿐이었다. 핥아 먹고는 잊어버리고 마는 것이었다. 마음속에 계속 담아두고 매달리지 않으면 그것은 아무것도 아니었다. 특히 섹스는 아무것도 아니다. 결심만 하면 해결할 수 있는 문제였다. 섹스와 칵테일, 이 둘은 지속 시간도 비슷하고 똑같은 효과를 내며, 똑같은 결과에 이르게 한다.

그러나 자식, 아기! 그것은 여전히 감격스러운 일 중 하나였다. 그녀는 조심스럽게 위험을 무릅쓰고 시도해보고 싶었다. 생각해볼 만한 남자는 있었다. 그런데 신기하게도 아이를 낳고 싶은 마음이 생기는 남자는 세상에 한 명도 없었다. 믹의 아이라! 생각만으로도 역겨웠다! 토끼의 자식을 낳는 것만큼이나 끔찍했다. 토미 듀크스는 어떤가? 그는 매우 좋은 사람이지만 왠지 다음 세대와 관련시켜 생각할 수 없는 사람이었다. 그는 그 자신으로 끝나는 사람이었다. 그리고 클리퍼드의 꽤 많은 다른 지인들을 살펴보아도 막상 아이를 갖는다는 생각을 하면 다들 한결같이 경멸스러웠다. 믹을 포함해 그들 중에는 연인으로 삼을 법한 남자들은 있었다. 그러나 내 몸에 씨를 받아 그들의 아이를 낳는다니! 윽! 굴욕적이고 혐오스러웠다!

그래, 이것으로 끝이다!

그럼에도 코니는 마음 한구석에 아이를 염두에 두었다. 기다리자! 기다려보자! 그녀는 여러 세대의 남자들을 자신의 체로 거르면서 제대로 된 남자를 찾을 수 있는지 볼 수 있을 것이다. '너희는 예루살렘 거리와 샛길을 다니며 남자를 한 사람이라도 찾을 수 있는지 보아라.'* 비록 남자는 수천 명이 있었지만 예언자가 있는 예루살렘에서 의인 한 사람을 찾는 것은 불가능했다. 그러나 남자 한 명이었다! 그건 다른 문제였다!

코니는 그 남자가 외국인이어야 한다고 생각했다. 영국인도 아니고 스코틀랜드인이나 아일랜드인은 더욱 안 될 일이었다. 진짜 외국인이어야 했다.

———
* 〈예레미야〉 5장 1절 구절을 바꾸어 인용한 말.

그러나 기다리자! 기다려보자! 이번 겨울에 그녀는 클리퍼드와 함께 런던으로 갈 것이다. 그다음 겨울에는 외국으로 나가 프랑스 남부, 이탈리아로 갈 것이다. 기다리자! 그녀는 아이에 대해 서두르지 않았다. 그것은 그녀의 개인적인 문제이자 미묘하고 여성적인 방식으로 영혼의 밑바닥까지 진지하게 생각해볼 일이었다. 그녀는 우연히 만난 뜨내기 남자와 위험을 무릅쓰지 않을 것이다. 그러지 않을 것이다. 애인이라면 언제든 만들 수 있다. 그러나 자식을 얻어야 할 남자였다! 기다리자! 기다려보자! 그것은 매우 다른 문제이다. '예루살렘의 거리와 샛길을 다녀보자.' 그것은 사랑에 대한 문제가 아니었다. 그것은 **한 남자**에 대한 문제였다. 글쎄, 개인적으로는 심지어 그 남자를 싫어할지도 모른다. 그러나 그가 자신이 찾던 남자라면 개인적으로 좋고 싫은 문제는 중요하지 않을 것이다! 이 일은 자신의 다른 부분과 관련되어 있었다.

여느 때처럼 비가 내렸고 클리퍼드의 모터 의자가 다니기에는 길이 흠뻑 젖어 있었다. 하지만 코니는 밖으로 나가곤 했다. 이제 그녀는 매일 혼자 나갔고, 대체로 숲에서 온전히 혼자만의 시간을 보냈다. 그녀는 그곳에서 아무도 마주치지 않았다.

그런데 오늘 클리퍼드는 사냥터지기에게 전하고 싶은 말이 있었다. 심부름하는 소년이 독감으로 몸져누워 있어서—래그비에서는 누군가가 항상 독감에 걸려 있는 듯했다—코니는 자신이 사냥터지기의 집에 다녀오겠다고 했다.

공기는 습하고 눅눅한 데다 숨 막힐 듯 답답해서 마치 모든 세상이 서서히 죽어가는 듯했다. 잿빛을 띤 축축하고 끈적끈적한 느낌이 감돌고 있었고, 광부들이 발을 질질 끌며 걷는 소리마저 들리지 않았다. 탄광에서 일하는 시간을 단축하다 오늘은 그마저도 모두 멈춰버렸기 때문이다. 모든 것이 끝난 것 같았다!

숲 속에 있는 모든 것이 활기를 잃었고 움직이는 것이라곤 찾아볼 수 없었다. 앙상한 나뭇가지에서 커다란 물방울만이 떨어져 부딪치며 공허하게 울려 퍼지는 소리를 낼 뿐이었다. 그 밖에 오래된 나무들 사이로 잿빛을 띤 희망 없는 무기력과 적막, 공허가 아주 깊이 내려앉아 있었다.

콘스턴스는 멍하니 계속 걸었다. 오래된 숲에서 오랜 세월을 거친 구슬픈 기운이 새어 나오면서 그녀의 마음을 어느 정도 달래주었다. 바깥세상에 흐르는 냉혹한 비정함보다 훨씬 나았다. 그녀는 숲에 남아 있는 **내면성**이 좋았다. 오래된 나무들이 묵묵히 자리를 지키고 서 있는 모습 말이다. 나무들은 침묵이라는 힘을 내뿜으면서도 생명력이 넘치는 존재 같았다. 나무들 역시 기다리고 있었다. 완강하게 극기심을 발휘하여 침묵의 힘으로 기다리고 있었다. 아마도 끝나기만을 기다리고 있을 것이다. 언젠가 잘려나가 완전히 사라진 뒤 숲이 맞이할 최후의 순간, 나무들에게 모든 것이 끝나는 최후를 맞이하길 기다리고 있는 것이었다. 그러나 나무들의 굳고 당당한 침묵, 나무의 그 굳은 침묵은 다른 뭔가를 의미하는지도 몰랐다.

코니가 숲에서 북쪽 방향으로 나오자 사냥터지기의 집이 보였다. 갈색 벽돌로 지은 다소 어두운 집은 박공지붕에 아담한 굴뚝이 있었고, 아무도 살지 않는 듯 매우 조용하게 홀로 떨어져 있었다. 그러나 굴뚝에서는 한 줄기 연기가 피어오르고 있었고, 울타리를 두른 집 앞의 작은 뜰은 반듯하게 정돈되어 있었다. 문은 닫혀 있었다.

막상 이곳에 도착하자 그녀는 훤히 들여다보는 듯한 묘한 눈을 지닌 남자를 만나는 것이 약간 껄끄러웠다. 그리고 그에게 지시를 전달하는 일이 내키지 않았다. 다시 돌아가버리고 싶었다. 그녀는 가만히 문을 두드려보았다. 인기척이 전혀 없었다. 다시 살짝 문을 두드려보았다. 역시 아무런 대답이 없었다. 창문으로 안을 들여다보자 다소 어두운 자그마한 방이 보였다. 거의 불길할 정도로 은밀한 기운이 감돌고 있었고 누군가 침범하는 걸 원하지 않는 듯했다.

코니는 서서 귀를 기울여보았다. 그러자 집 뒤편에서 무슨 소리가 들리는 듯했다. 하지만 문을 두드려도 아무런 반응이 없자 부아가 치밀었다. 그녀는 물러서지 않을 기세였다.

그래서 그녀는 집 옆으로 돌아서 갔다. 집 뒤편으로 땅이 약간 경사를 이루면서 솟아오른 편이라 뒷마당은 푹 내려앉아 있었고 나지막한 돌담으로 둘러싸여 있었다. 그녀는 집 모퉁이를 돌아서 멈췄다. 그녀 너머로 두 발짝 떨어진 작은 마당에서 남자는 전혀 눈치채지 못한 채 씻고 있었다. 그는 허리께까지 윗옷을 벗은 상태였고 코듀로이 바지는 호리호리한 허리 아래로 흘러내려 있었다. 그리고 하얀 마른 등을 비눗물이 담긴 커다란 대야 위로 구부린 채 대야에 머리를 담그더니 묘하게 재빠른 동작으로 살짝 머리를 흔들고는 마른 두 팔을 들어서 귓가의 비눗물을 씻어냈다. 물을 가지고 노는 족제비처럼 빠르고 섬세했으며 완전히 혼자인 사람 같았다.

코니는 뒷걸음질 쳐서 집 모퉁이를 돌아 숲으로 허겁지겁 달려갔다. 자기도 모르게 충격을 받은 것이었다. 그저 남자가 혼자 씻고 있었을 뿐인데! 분명 특별할 것 없는 흔히 볼 수 있는 모습이었다.

그런데 이상하게도 환영을 본 것 같은 경험이었다. 그녀는 몸 한가운데를 한 대 맞은 듯했다. 보기 흉한 바지가 순수하고 섬세한 하얀 허리까지 흘러내려 골반이 살짝 드러난 모습을 보았고, 고독하고 순수하게 혼자인 존재 그 자체에 압도되었다. 혼자인, 내면까지 혼자인 존재의 완전히 고독한 하얀 나체. 그리고 그 너머에 순수한 존재가 지닌 아름다움. 그것은 아름다움의 중요한 요소나 아름다움의 실질이 아니라, 홀로 사는 존재가 손으로 만질 수 있는 형체로 자신을 드러내면서 부드럽게 빛나는 따뜻한 하얀 불꽃이었다. 하나의 육체였다!

코니는 그 환상 같은 충격을 자궁으로 느꼈고 그녀도 그것을 알았다. 그 충격은 그녀의 몸속에 있었다. 그러나 마음속으로는 그것을 우스꽝스럽게 여기고 싶었다. 한 남자가 뒷마당에서 씻고 있었을 뿐이잖아! 그 누런색 비누는 지독한 냄새를 풍기겠지! 그녀는 약간 짜증이 났다. 도대체 왜 그런 저속하고 은밀한, 사적인 장면을 보게 되었단 말인가!

코니는 자신의 마음을 외면해버렸다. 그러나 잠시 후에 나무 그루터기에 앉았다. 너무 혼란스러워서 아무 생각도 할 수가 없었다. 하지만 혼란스런 와중에도 남자에게 남편의 지시사항을 전달하기로 결심했다. 그녀는 망설이지 않기로 했다. 그에게 옷을 입을 시간 정도는 줘야겠지만 나가버릴 정도로 시간을 끌면 안 되었다. 남자는 아마도 어딘가로 나갈 채비를

L'amour
avait passé par là

하고 있었던 듯했다.

그래서 그녀는 귀를 기울이며 천천히 걸어갔다. 그녀가 가까이 갔을 때 집은 조금 전과 같은 모습이었다. 개가 짖어댔다. 그녀는 문을 두드렸다. 자신도 모르게 심장이 뛰었다.

남자가 계단을 내려오는 가벼운 발소리가 들렸다. 그가 문을 홱 열어젖히는 바람에 그녀는 깜짝 놀랐다. 그는 언짢은 듯 보였다. 그러나 곧 그의 얼굴에 미소가 번졌다.

"채털리 마님이시군요!" 그가 말했다. "안으로 들어오시겠어요?"

그의 태도는 너무나 완벽하게 편안하고 친절했다. 코니는 다소 쓸쓸해 보이는 자그마한 방으로 발을 들여놓았다.

"클리퍼드 경의 말을 전하려고요." 그녀는 부드럽지만 다소 숨이 가쁜 목소리로 말했다.

남자가 모든 것을 꿰뚫어보는 듯한 파란 눈으로 쳐다보자, 그녀는 얼굴을 살짝 옆으로 돌렸다. 그는 수줍어하는 그녀의 모습이 예쁘고 거의 아름답다고 생각했다. 그리고 즉시 그 상황을 주도했다.

"좀 앉으시겠어요?" 그는 그녀가 앉지 않을 거라고 생각하면서 물었다. 문은 열려 있었다.

"괜찮아요! 클리퍼드 경이 알고 싶어해요. 당신이⋯⋯." 그리고 그녀는 지시 사항을 전달하면서 자신도 모르게 그의 눈을 바라보았다.

지금 그의 눈은 따스하고 친절해 보였다. 특히 여자에게는 굉장히 따뜻하고 친절하고 편안해 보였다.

"예, 알겠습니다, 마님! 즉시 그렇게 처리하겠습니다."

지시 사항을 받고 있는 그는 완전히 딴사람 같았다. 어느 정도 냉정하게 굴면서 거리감을 두고 있었다.

코니는 머뭇거렸다. 이제 가야만 했다. 그러나 깨끗하게 정돈되어 있고 약간 삭막해 보이는 작은 거실을 당혹스러워하며 둘러보았다.

"여기 혼자 사나요?" 그녀가 물었다.

"예, 혼자 삽니다, 마님."

"그런데 당신은 어머니가⋯⋯?"

"어머니는 마을에 있는 집에서 사십니다."

"그 아이와 함께요?" 코니가 물었다.

"예, 그 아이와 함께요!"

그리고 그의 평범하고 다소 지친 기색을 띤 얼굴에 설명하기 힘든 조소가 언뜻 비쳤다. 표정이 쉴 새 없이 변하면서 사람을 당황시켰다.

"사실은⋯⋯." 그는 코니가 안절부절못하며 서 있는 모습을 보며 말했다. "어머니가 토요일마다 여기 오셔서 방을 치워주세요. 나머지는 제가 합니다."

코니는 다시 그를 쳐다보았다. 그의 눈은 다시 웃고 있었다. 약간 비웃는 듯했지만 따뜻하면서도 우울하고 어딘지 친절해 보였다. 그녀는 그가 놀라웠다. 바지와 플란넬 셔츠 차림에 회색 타이를 매고 있었고, 머리카락은 부드럽고 축축하게 젖어 있었으며 얼굴은 다소 창백하고 지친 기색을 띠고 있었다. 웃음기가 가신 눈은 큰 고통을 겪은 사람처럼 보였지만 따스함은 여전히 사라지지 않고 있었다. 그러나 창백하게 서린 고독감이 그를 덮쳤고, 그의 안중에는 그녀가 없는 것 같았다. 그리고 그녀는 그에게서 묘하게 남다른 점을, 어떤 생기 같은 것을 느꼈다. 하지만 그것은 죽음과도 멀지 않은 것이었다.

코니는 많은 것을 말하고 싶었지만 아무 말도 하지 못했다. 그저 그를 다시 올려다보며 말했다.

"제가 방해가 되지 않았는지 모르겠네요!"

희미하게 조롱기 어린 웃음을 지으며 그는 눈을 가늘게 떴다.

"그저 머리를 빗고 있었는데요. 외투를 입고 있지 않아서 죄송합니다! 문을 두드리는 사람이 마님이신지 전혀 몰랐거든요. 여기서는 문을 두드리는 사람이 없어서요. 그러다 보니 예상치 못한 소리라도 나면 불길한 느낌이 들죠."

그는 뜰에 있는 길을 따라 앞장서서 내려가더니 문을 잡았다. 볼품없는 코듀로이 코트를 입지 않고 셔츠를 걸친 모습을 보니 다시금 그가 얼마나 호리호리한지 알 수 있었다. 그는 마르고 약간 구부정했다. 그러나 그녀가 그를 지나쳐갔을 때 부드러운 금발 머리와 민첩한 눈에 젊고 밝은 무언가가 있다는 것을 알았다. 그는 서른일곱이나 서른여덟 살쯤 돼 보였다.

코니는 숲으로 터벅터벅 걸어갔다. 그녀는 그 남자가 자신을 눈으로 쫓고 있다는 것을 알고 자기도 모르게 매우 당황했다.

한편 그는 집 안으로 들어가면서 생각했다. "훌륭한 여자야. 정말이지! 자신이 알고 있는 것보다 훨씬 훌륭한 여자야."

코니는 그 남자가 매우 궁금했다. 그는 **너무도** 사냥터지기 같지 않았고 노동자들과도 어딘가 달라 보였다. 물론 그 남자도 그 지역 사람들의 공통적인 모습을 얼마간 갖고 있었지만 그에게는 역시 범상치 않아 보이는 구석이 있었다.

"그 사냥터지기 멜러즈 말이에요. 특이한 사람 같아요." 그녀가 클리퍼드에게 말했다. "거의 신사 같다니까요."

"그 사람이?" 클리퍼드가 말했다. "난 전혀 모르겠던데."

"그래도 특별한 구석이 있지 않아요?" 코니가 고집스럽게 말했다.

"그는 제법 괜찮은 사람이라고 생각해. 하지만 그에 대해 그다지 잘 알지는 못해. 그가 군대에서 제대한 게 불과 작년이었으니까, 1년도 채 안 됐지. 인도에서 왔을 거야. 거기서 신사처럼 보이는 어떤 재주를 익혔을지도 모르지. 아마 장교의 부하였으니 뭘 좀 배웠을 거야. 그런 남자들이 더러 있으니. 그런데 그들에게는 좋을 게 하나도 없어. 집에 돌아오면 어차피 옛날 처지로 전락할 테니까."

코니는 생각에 잠긴 채 클리퍼드를 가만히 바라보았다. 그는 하층 계급 사람이 정말로 위로 올라가려고 하면 그게 누구든 완강하게 거부하려는 유별난 반감을 보였다. 그녀도 알고 있었다. 그와 같은 부류의 사람들이 보이는 특징이라는 것을 말이다.

"그렇지만 그에게 특별한 점이 있다고 생각하지 않아요?" 그녀가 물었다.

"솔직히 말해서 그런 점은 전혀 없었어! 난 아무것도 찾지 못했거든."

클리퍼드는 묘한 시선으로 그녀를 쳐다보았다. 어딘가 불안해하며 의심스러워하는 시선이었다. 그녀는 그가 자신에게 진짜 **진실**을 말하고 있지 않다고 느꼈다. 그는 그 자신에게도 진실을 말하고 있지 않았다. 바로 그거였다. 그리고 진정으로 예외적인 인간이 존재한다는 말을 마음에 들어하지 않았다. 사람들은 자신과 어느 정도 수준이 비슷하거나 그보다 못해야 했다.

코니는 자기 세대의 남자들이 옹졸하고 못난 구석이 있다는 것을 다시금 느꼈다. 그들은 몹시 옹졸했으며 삶을 너무도 두려워하고 있었다!

7장

코니는 침실에 올라와 오랫동안 하지 않았던 일을 했다. 입고 있던 옷을 모두 벗어버리고 커다란 거울 앞에 서서 거울 속에 비친 자신의 알몸을 바라보았다. 그녀는 자신이 무엇을 찾고 있는지, 무엇을 바라보고 있는지 확실하게 알지 못했다. 그러나 등불을 움직여가며 자신의 몸 전체를 비춰보았다.

그리고 예전에 줄곧 생각했듯이 벌거벗은 인간의 몸이 얼마나 여리고 쉽게 상처받을 수 있는지, 또 얼마나 애처로워 보이는지를 새삼 느꼈다. 어딘가 다듬어지지 않은 불완전한 존재 같았다!

코니는 한때 몸매가 썩 좋은 편이었지만 한창때는 이미 지났다. 다소 너무 여성적이어서 사춘기 소년처럼 보이기에는 모자란 면이 있었다. 키는 그다지 크지 않았다. 스코틀랜드 사람답게 자그마했다. 그러나 그녀에게는 미끈하게 흘러내리는 우아함이 있어 아름답다고 할 만했다. 피부는 살짝 황갈색을 띠었고 팔다리에는 어떤 평온함이 깃들어 있었다. 그녀의 몸에는 아래로 흘러내리는 풍만함이 있어야 했지만 뭔가가 부족했다.

그녀의 몸매는 탄탄한 곡선미가 흐르기는커녕 점차 밋밋해졌고 조금씩 거칠어졌다. 마치 햇빛과 온기를 충분히 받지 못한 것 같았다. 조금 우중충하고 시들어 보였다. 진정 여성다운 모습으로 승화되지 못한 그녀의 육체는 소년처럼 탄탄하고 가볍고 투명하지도 못했다. 대신 활기 없이 칙칙했다.

가슴은 약간 작은 편인 데다 조롱박처럼 생긴 배 모양으로 처져 있었다. 제대로 익지 않아 쓴맛이 날 것처럼 보였으며 거기 매달려 있는 의미도 잃어버린 듯 보였다. 게다가 그녀의 배는 더 이상 자신을 육체적으로 정말로 사랑해주었던 독일인 연인과 만났던 젊은 시절처럼 둥그스름하면서 생기 있게 반짝거리지도 않았다. 그땐 생기 있고 희망에 찬, 진정한 제 모습 그대로였는데 지금은 탄력을 잃어 늘어지고 퍼진 데다 살갗도 더욱 얇아져 있었다. 그것도 배가 점점 처져서 얇아진 거였다. 허벅지 역시 예전에는 여자답게 묘하고 둥그스레한 형태에 날렵하며 윤기가 흘렀지만 지금은 밋밋하게 펑퍼짐해지고 늘어져서 별 볼일 없어 보였다.

　코니의 몸은 점차 맥없이 처지고 칙칙하게 활기를 잃어 변변치 않은 형체로 변해갔다. 그 때문에 그녀는 심하게 우울하고 무기력해졌다. 이런 모습으로 무슨 희망이 있겠는가? 그녀는 늙어버렸다. 고작 스물일곱 살 나이에 늙어버린 그녀는 육체의 광채와 생기를 모두 잃어버렸다. 방치되고 외면당하면서 늙어버린 것이다. 그렇다. 외면당했기 때문이었다. 사교계 여자들은 외모에 관심을 쏟으며 자신의 몸을 섬세한 도자기처럼 환하게 빛나도록 가꾸었다. 그 도자기 안에는 아무것도 없었다. 그러나 그녀는 그만큼도 빛나지 않았다. 정신적인 삶 때문이었다! 별안간 분노가 치밀어 올라 그녀는 정신적인 삶을 증오했다. 이건 사기였다!

　그녀는 다른 거울에 자신의 등과 허리, 엉덩이를 비추며 살펴보았다. 점점 말라가고 있었다. 그녀에게 어울리지 않는 모습이었다. 뒤를 살펴보려고 몸을 젖혔을 때 허리에 생기는 주름에 넌더리가 나서 참을 수가 없었다. 예전에는 참으로 멋지게 보였었다. 허리에서 엉덩이로 미끄러져 내려가는 길쭉한 굴곡에 광채와 풍만함이란 없었다. 사라져버린 것이다! 오직 독일인 청년만이 그것을 사랑했지만 그가 세상을 떠난 지도 벌써 10년이 흘렀다. 시간이 이렇게 빨리 지나가다니! 하지만 그녀는 고작 스물일곱 살에 불과했다. 10년 전에 죽은 그 건강한 청년은 싱그럽고도 미숙한 육감적인 모습을 지녔었고, 그녀는 그 모습을 얼마나 비웃었던가! 그런데 이제는 그것을 어디서 찾을 수 있을까? 남자들에게서 그런 모습은 사라졌다. 남자들은 마이클리스처럼 한심하게 2초 정도만 경련하듯 떨고 끝날 뿐이었다. 피를 뜨겁게 하고 존재 전체를 새롭게 되살리는 건강한 인간의 관능미는 없었다.

코니는 아직도 자신의 몸에서 가장 아름다운 부분은 등이 움푹 들어간 곳에서 시작하여 엉덩이까지 매끈하게 떨어지는 굴곡과 통통하고 부드러우며 나긋한 엉덩이라고 생각했다. 아랍인이 말했듯이 기다란 경사를 이룬 모래언덕처럼 부드럽고 미끈하게 아래로 흘러내렸다. 그곳에서는 아직 생명이 희망을 품고 있는 것 같았다. 그러나 그 부분 역시 말라가고 있었고, 설익은 상태로 오그라들고 있었다.

앞모습을 살펴보니 비참한 기분이 들었다. 이미 탄력이 사라지고 말라가면서 늘어지기 시작했다. 제대로 살아보기도 전에 거의 시들어버리고 늙어버린 셈이었다. 그녀는 어쩌면 자신이 갖게 될지 모를 아이를 생각했다. 이런 몸으로 아기를 낳을 수나 있을까?

코니는 잠옷을 입고 침대로 가서 서럽게 울었다. 클리퍼드와 그의 글, 그의 말을 향한 차가운 분노가 끓어올랐다. 그녀를 속이고 여자에게서 육체까지 빼앗아버린 그와 같은 족속들, 남자 모두를 향한 분노였다. 부당했다! 부당하단 말이다! 육체적으로 심하게 부당한 취급을 받았다는 감정이 그녀의 영혼을 불태우고 있었다.

그러나 아침이 되자 그녀는 여지없이 일곱 시에 일어나 아래층에 있는 클리퍼드에게 내려갔다. 그녀는 그의 모든 개인적인 일들을 도와주어야 했다. 클리퍼드는 남자 하인을 두지 않고, 여자 하인이 시중드는 것도 거부했기 때문이었다. 그를 어릴 때부터 알고 있었던 가정부의 남편이 무거운 것을 드는 일을 도와주었다. 그러나 개인적인 일들은 코니가 처리했다. 그녀는 그런 일들을 기꺼이 도맡아 처리했다. 힘이 드는 일이었지만 자신이 할 수 있는 일이라면 하고 싶었다.

그래서 그녀는 래그비를 떠난 적이 거의 없었고, 떠난다 해도 하루나 이틀 정도였다. 그럴 때면 가정부 베츠 부인이 클리퍼드의 시중을 들었다. 클리퍼드는 시간이 지나면서 시중받는 일을 모두 당연하게 여겼다. 그도 어쩔 수 없는 입장이니 어찌 보면 그렇게 여기는 것도 당연했다.

그렇다 하더라도 그녀의 마음속 깊은 곳에서는 부당하다

는 느낌, 기만당했다는 느낌이 타오르기 시작했다. 육체적으로 부당하게 당했다는 감정이 일단 들기 시작하면 위험한 지경에 이르게 된다. 어떻게든 발산해야만 한다. 그러지 않으면 그런 감정을 느끼는 사람을 조금씩 갉아먹고 만다.

불쌍한 클리퍼드, 사실 그의 잘못은 아니었다. 그는 훨씬 더 불행한 사람이었다. 이 모든 것은 총체적인 불행의 일부였다.

그러나 어느 정도는 그에게 책임이 있지 않을까? 따뜻함이 부족한 것, 따뜻한 육체적 접촉이 부족한 것만은 그의 잘못이 아닌가? 그는 진정으로 따뜻한 적이 전혀 없었다. 한 번도 없었다. 좋은 집안에서 자란 냉정하고 점잖은 사람답게 친절하고 자상하게 배려해주었을 뿐이었다! 그러나 한 남자가 한 여자를 대하는 듯한 따뜻함을 보여준 적은 없었다. 심지어 코니의 아버지가 그녀를 대할 때만큼도 따뜻하지 않았다. 코니의 아버지는 호사를 누리며 살고 있었고 또 그렇게 살려고 작정한 사람이지만 여전히 남자답게 여자를 위로할 수 있을 만큼은 따뜻한 남자였다.

그러나 클리퍼드는 그렇지 않았다. 그와 같은 부류의 남자들은 모두 그렇지 않았다 그들은 모두 내면이 매정하고 홀로 떨어져 있었으며, 그들에게 따뜻함은 단지 비루하게 느껴질 뿐이었다. 그런 따스함 없이도 잘 살면서 자신의 품위를 지켜내야 했다. 같은 계급과 부류에 속하는 사람과 어울릴 때는 그런 태도가 썩 괜찮을 수 있다. 그러면 냉정을 유지하면서 매우 존경받을 수 있고, 자신의 품위를 유지하면서 만족스러워하며 즐길 수도 있다. 하지만 다른 계급과 부류에 속하는 사람과 어울릴 때는 그런 태도가 좋을 수 없다. 단순히 자신의 품위를 지키면서 지배계급에 속했다고 느끼는 것만으로는 즐겁지 않을 테니 말이다. 가장 명석한 귀족들조차 자신이 지켜야 할 확실한 품위가 사실 아무것도 없을뿐더러, 그들의 지배라는 게 사실 지배가 아니라 웃음거리에 불과하다면 그게 다 무슨 소용이 있단 말인가? 그야말로 모조리 썰렁한 허튼소리일 뿐이다.

코니의 마음속에는 반항심이 들끓고 있었다. 이 모든 게 다 무슨 소용인가! 자신이 희생하며 클리퍼드에게 일생을 바치는 게 무슨 소용이 있단 말인가? 그녀는 대체 무엇을 위해 봉사하고 있는 건가? 결국 인간다운 따뜻한 접촉이란 없고, 태생이 천한 유대인만큼이나 성공이라는 암캐 여신에게 자신을 팔아치우고 싶어 안달이 난, 타락하고 허영심으로 꽉 찬 냉정한 영혼의 소유자를 위한 것이 아닌가. 클리퍼드 역시 지배계급에 속해 있다는 확신을 갖고 냉철하게 굴며 인간적인 접촉을 하지 않았지만, 입 밖으로 혀를 축 늘어뜨리고 숨을 헐떡이며 암캐 여신을 쫓는 자신을 막을 수는 없었다. 그러고 보면 결국 마이클리스가 그 문제에서는 좀더 품위 있었고 훨씬 더 큰 성공을 거두었다. 암캐 여신을 갈망하여 숨을 헐떡이며 쫓아가는 클리퍼드의 모습을 가까이서 보면 결국 그는 광대에 지나지 않았다. 게다가 광대는 상스러운 사내보다 더욱 굴욕적이었다.

남자를 선택하는 문제를 놓고 보자면 코니에게는 클리퍼드보다 마이클리스가 훨씬 쓸모 있었다. 게다가 마이클리스는 그녀를 훨씬 더 많이 필요로 했다. 좋은 간호사라면 누구든 불구가 된 다리를 돌봐줄 수 있을 테니 말이다! 그리고 영웅적인 노력이라는 면에서 보자면, 마이클리스가 용감한 쥐인 반면에 클리퍼드는 자신을 과시하는 푸들과 훨씬 흡사했다.

래그비에 머물고 있는 사람들이 몇 명 있었는데 그중에는 클리퍼드의 숙모 에바, 베널리 부인이 있었다. 예순 살인 그녀는 마른 체형에 코가 빨간 미망인으로 여전히 **귀부인**다운 자태를 지니고 있었다. 최고 명문가에서 태어난 그녀는 명문가 출신다운 성품을 지녔다. 코니는 그녀를 좋아했다. 그녀는 매우 완벽하게 단순 명료하고 솔직한 사람이었다. 딱 자신이 작정한 만큼 솔직했고 겉으로는 친절했다. 그러면서도 속으로는 자기의 품위를 지키면서 다른 사람들을 살짝 업신여기는 데 아주 탁월했다. 결코 속물은 아니었다. 단지 자신감이 지나치게 강한 사람이었다. 그녀는 차분하게 자신의 품위를 지키면서 사람들이 자신의 의견에 따를 수밖에 없게 만드는 사교적인 기술에 아주 능했다.

그녀는 코니에게 친절했고 명문가 출신 여자의 날카로운 송곳 같은 관찰력으로 코니라는 한 여자의 영혼 속으로 슬며시 파고들었다.

"넌 정말 대단하구나." 그녀가 코니에게 말했다. "클리퍼드와 함께 굉장한 일들을 해냈어. 이제 막 피어나는 천재를 직접 본 적이 없었지. 그런데 클리퍼드가 그런 천재로구나. 사람들의 인기를 엄청 끌고 있잖니." 에바 숙모는 클리퍼드의 성공에 흡족해하며 꽤 자랑스러워했다. 가문의 또 다른 눈부신 업적이었던 것이다! 그의 작품에 대해서는 전혀 관심이 없었다. 하긴 그녀가 딱히 신경 써야 할 이유도 없었다.

"뭘요, 제가 한 일도 아닌데요." 코니가 말했다.

"당연히 네가 한 일이지! 너 말고 그렇게 할 수 있는 사람은 아무도 없어. 그런데 네가 충분히 보상을 받은 것 같지는 않구나."

"어째서요?"

"이곳에 틀어박혀 있는 네 모습을 좀 보렴. 내가 예전에 클리퍼드에게 말한 적이 있어. '어느 날 그 애가 들고 일어나기라도 한다면 그건 다 네 탓이다.'라고 말이지."

"하지만 클리퍼드가 제가 하고 싶은 일을 못하게 한 적은 없어요." 코니가 말했다.

"있잖아, 코니." 베널리 부인이 비쩍 마른 손으로 코니의 팔을 잡았다. "여자란 자고로 자신의 인생을 살아야 해. 아니면 그렇게 살지 못한 것을 후회하며 사는 길밖에 없단다. 틀림없이 그렇다니까!" 그러더니 그녀는 브랜디를 한 모금 더 마셨다. 아마 그런 식으로 자신의 후회를 내비치는 듯했다.

"그런데 전 정말로 제 인생을 살고 있어요. 그렇지 않나요?"

"내가 보기에는 그렇지 않아! 클리퍼드는 너를 런던으로 데려가 여기저기 돌아다니게 해야 해. 클리퍼드의 친구들 같은 부류야 그 애한테는 괜찮겠지. 하지만 너한테는? 나라면 별로 만족스럽지 않다고 생각할 거야. 넌 젊음을 그저 흘려보내게 될 거야. 그리고 후회하면서 노년을 보내게 되겠지. 중년 때도 마찬가지일 거고."

베널리 부인은 브랜디로 마음을 달래며 말없이 사색에 빠져들었다.

그러나 코니는 런던에 가는 일이나 베널리 부인에게 이끌려 사교계에 드나드는 일에는 관심이 별로 없었다. 그녀는 자신이 사교계에 어울리지 않는다고 생각했고 전혀 흥미를 느끼지도 않았다. 게다가 그 모든 것들의 아래에는 특이하게도 사람을 위축시키는 냉정한 기운이 깔려 있는 것만 같았다. 래브라도*의 토양처럼 표면에는 화사한 작은 꽃들이 피어 있지만 그 밑은 꽁꽁 얼어붙어 있는 것 같았다.

토미 듀크스가 래그비에 와 있었다. 그리고 또 다른 남자 해리 윈터슬로와 잭 스트레인지웨이즈, 그의 아내 올리브도 함께 있었다. 그들의 대화는 오랜 벗들만 있을 때보다 훨씬 두서없이 산만했고, 모두들 조금 무료해했다. 날씨가 나빴던 터라 그곳에서 할 수 있는 일이라고는 당구를 치거나 자동 피아노에 맞춰 춤추는 것뿐이었다.

올리브는 미래에 대한 책을 읽고 있었다. 아기를 병 속에 낳아 키울 수 있게 될 것이므로 여자가 출산과 양육의 의무에서 '면제'될 거라는 내용의 책이었다.

"아주 좋은 일이에요!" 그녀가 말했다. "그렇게 되면 여자는 자신의 삶을 살 수 있을 테니까요."

스트레인지웨이즈는 아이를 원했지만 그녀는 그렇지 않았다.

—

* 북미 허드슨 만과 대서양 사이에 있는 반도.

"아기 낳는 일에서 면제되는 것이 좋아요?" 윈터슬로가 밉살스러운 미소를 지으며 그녀에게 물었다.

"당연하죠. 그랬으면 좋겠어요." 올리브가 말했다. "어쨌든 미래 사회는 좀더 분별력 있게 변할 테니, 여자들이 **생식 기능** 때문에 발목 잡힐 일은 없겠네요."

"어쩌면 여자들은 우주를 훨훨 떠다닐 수도 있겠군요." 듀크스가 말했다.

"문명이 충분히 발달하면 육체적 장애 가운데 많은 것들이 사라질 거라고 생각해요." 클리퍼드가 말했다. "이를테면 사랑의 행위와 같은 모든 일들은 그냥 없어지는 편이 나아요. 병 속에서 아기를 낳아 키울 수 있다면 그런 일이 가능하겠죠."

"아니에요!" 올리브가 외쳤다. "아기를 병 속에서 낳아 키울 수 있다면 오히려 즐길 수 있는 여지가 더 많아질 거예요."

"내 생각에는 말이지." 베널리 부인은 심사숙고한 듯 말했다. "사랑의 행위가 사라진다면 그 밖에 다른 것이 그 자리를 차지할 거야. 모르핀 같은 게 될 수도 있지. 공기 중에 모르핀이 조금씩 떠다니는 거야. 그러면 모든 사람들이 놀라울 만큼 상쾌해지겠지."

"정부는 토요일마다 공기 중에 에테르를 분사시켜서 활기찬 주말을 보내게 해주겠군요!" 잭이 말했다. "그럴듯하게 들리네요. 그런데 수요일이 되면 우리는 어떤 상태가 될까요?"

"그래서 말인데 육체를 잊을 수 있다면 행복하게 지낼 수 있겠지." 베널리 부인이 말했다. "육체를 의식하기 시작하는 순간부터 비참해지는 거야. 그래서 문명이 발전해서 조금이라도 우리에게 도움이 된다면 육체를 잊게끔 해줘야 해. 그러면 저도 모르게 어느덧 시간은 행복하게 흘러갈 거야."

"육체를 완전히 없애도록 해야 할 거예요." 윈터슬로가 말했다. "사람은 **자신의** 본성, 특히 본성의 육체적인 면을 개선시킬 때가 왔어요."

"세상에, 우리가 담배 연기처럼 떠다닌다고 상상해봐요!" 코니가 말했다.

"그런 일은 일어나지 않을 겁니다." 듀크스가 말했다. "우리의 오래된 연극은 완전히 무너져버릴 겁니다. 인간의 문명은 붕괴하고 만다니까요. 바닥 없는 심연으로 한없이 꺼져 들어가고 있어요. 그런데 그 파멸의 구덩이를 건너게 해줄 단하나의 다리가 있다면 그건 분명 남근일 거예요!"

"아, 그렇군요! 그건 **정말** 말도 안 돼요, 장군님!" 올리브가 외쳤다.

"나도 인간의 문명이 붕괴할 거라고 생각해." 에바 숙모가 말했다.

"그러면 그다음에는 어떻게 되는 겁니까?" 클리퍼드가 물었다.

"나도 전혀 모르겠네. 그렇지만 어떤 일이 일어나긴 하겠지." 노부인이 대답했다.

"코니는 사람들이 연기처럼 피어오를 거라고 하고, 올리브는 여자가 출산과 양육에서 면제되고 아기를 병 속에서 낳아 키울 수 있을 거라고 말하고, 듀크스는 남근이 다음 세상을 이어줄 다리가 될 거라고 하는군요. 앞으로 무슨 일이 일어날지 정말 궁금하네요." 클리퍼드가 말했다.

"아, 우리 그런 일은 신경 쓰지 말아요! 그저 오늘이나 잘 보내자고요." 올리브가 말했다.

"병 속에서 아기를 낳아 키우는 일이나 서두르죠. 그래서 불쌍한 여자들을 해방시켜요."

"다음 세상에는 진정한 인간이 나타날지 모르죠." 토미가 말했다. "진정으로 지적이며 온전한 남자와 온전하고 훌륭한 여자 말이에요! 그것이 변화가 아닐까요? **지금의 우리**와는 엄청나게 다르게 변화할 거예요! **지금의 우리**는 온전한 남자들이 아니에요. 여자들도 그렇고요. 단지 뇌를 쓰는 임시변통의 존재로, 기계적이고 지적인 실험을 위한 존재일 뿐이에요. 일곱 살 수준의 지능에 불과한 헛똑똑이 무리인 우리들이 아니라 진정한 남자와 여자가 존재하는 문명이 도래할 거예요. 연기 같은 인간이나 병 속에서 태어나 자라는 아기보다 훨씬 더 놀라운 일일 거예요."

"아, 진정한 여자에 대해 이런저런 이야기를 하기 시작한다면 난 여기서 그만둘래요." 올리브가 말했다.

"확실히 우리에게는 정신 말고는 가질 만한 게 없어요." 윈터슬로가 말했다.

"그래, 독한 술*뿐이지!" 잭이 소다수를 탄 위스키를 마시며 말했다.

"그렇게 생각하나? 난 육체가 부활했으면 좋겠어!" 듀크스가 말했다. "그러나 때가 되면 그런 날이 올 거야. 지성과 돈, 나머지 것들을 살짝 떠밀어낼 때 말이지. 그러면 우리는 돈이 지배하는 민주주의 대신에 접촉이 지배하는 민주주의를 맞이할 거야."

코니의 안에서 뭔가가 울렸다. '육체가 부활했으면 좋겠어! 접촉이 지배하는 민주주의를 맞이할 거야!' 그녀는 그 말이 무엇을 의미하는지 전혀 몰랐지만 별 의미 없는 것이 그럴

---

* 'spirit'이라는 말이 '정신'이라는 의미와 '독한 술'이라는 의미를 모두 가지고 있기에 이를 이용해 농담을 한 것이다.

수 있듯이 그 말은 그녀를 위로해주었다.

어쨌든 모든 것은 끔찍할 정도로 어리석었다. 그 모든 것, 클리퍼드는 말할 것도 없고 에바 숙모, 올리브, 잭, 윈터슬로, 심지어 듀크스조차도 짜증이 날 정도로 지겨웠다. 말, 말, 말! 도대체 그 말이 다 뭐기에 그렇게 끝없이 말만 해댄단 말인가!

사람들이 모두 돌아갔을 때에도 상황은 나아지지 않았다. 코니는 묵묵히 계속 살아가고 있었지만, 분노와 짜증이 하체를 틀어쥐고 있었기에 그 상황에서 빠져나올 수 없었다. 하루하루 기이한 고통에 시달리며 지나갔지만 정작 아무 일도 일어나지 않았다. 오직 그녀만 말라가고 있을 뿐이었다. 심지어 가정부도 그녀가 너무 야위어간다며 아픈 데가 없는지 물어볼 정도였다. 토미 듀크스도 그녀가 좋지 않아 보인다고 거듭 말했다. 하지만 그녀는 괜찮다고 했다. 단지 그녀는, 테버셜 교회 아래쪽 산비탈 위에 의치처럼 흉측하게 불쑥불쑥 튀어나와 있는, 몸서리칠 정도로 혐오스럽고 기묘한 하얀색 카라라 대리석* 묘비를 무서워하게 되었을 뿐이었다. 수렵장에서는 그 모습이 소름 끼칠 정도로 또렷하게 보였다. 언덕 위로

—

* 이탈리아 카라라에서 채석되는 백색 또는 청회색의 대리석.

묘비들이 흉물스러운 의치처럼 뻣뻣하게 곤두서 있는 모습을 보면 그녀는 불현듯 섬뜩한 공포에 휩싸였다. 왠지 자신이 그곳에 묻힐 때가 얼마 남지 않은 기분이 들었다. 이 추악한 중부 지방에 있는 묘비와 무덤 아래에 묻혀 있는 저 끔찍한 송장들처럼!

그녀는 도움이 필요했고, 자신도 그 사실을 알고 있었다. 그래서 언니 힐더에게 **진심 어린 호소**가 담긴 짧은 편지를 썼다. "요즘 몸이 좋지 않아. 그런데 뭐가 문제인지 잘 모르겠어."

스코틀랜드에 살고 있던 힐더는 급히 내려왔다. 그녀는 3월에 날렵해 보이는 2인승 자동차를 타고 혼자서 왔다. 경적을 울리며 비탈길을 올라 진입로까지 와서 큼지막한 야생 너도밤나무 두 그루가 있는 저택 앞 평지의 타원형 잔디밭을 미끄러지듯 빙 돌았다.

코니는 층계로 뛰쳐나갔다. 힐더가 차를 세우고 내려 동생에게 입을 맞추었다.

"코니!" 그녀가 말했다. "도대체 이게 무슨 일이니!"

"아무 일도 아니야!" 코니가 다소 겸연쩍은 얼굴로 말했다.

그러나 그녀는 힐더와는 너무 달라진 자신의 모습에 자신이 그동안 얼마나 고통스러운 나날을 보냈는지 새삼 깨달았다. 두 자매는 똑같이 금빛 윤기가 살짝 감도는 피부에 부드러운 갈색 머리, 강인하고 생기 있는 육체를 타고났다. 그러나 지금 코니는 깡마르고 거칠어진 모습에 얼굴은 흙빛이었고, 스웨터 위로 비어져 나온 목은 비쩍 마른 데다 누런 빛을 띠었다.

"아무 일도 아니라니, 딱 보니까 아픈 게 분명한데!" 코니와 비슷한 목소리를 지닌 힐더는 부드럽지만 약간 숨이 가쁜 목소리로 말했다. 힐더는 코니보다 두 살쯤 많았다.

"아니야, 아프지 않아. 그냥 좀 지겨워서 그런가봐." 코니가 조금 애절한 목소리로 말했다.

힐더의 얼굴에 전투적인 낯빛이 타올랐다. 그녀는 여자답게 상냥하고 차분했지만 고대 아마존족 여전사 같은 유형인지라 남자에게 고분고분한 성격은 아니었다.

"이곳은 정말 끔찍하구나!" 그녀는 형편없이 낡은 데다 볼품없는 래그비를 실로 증오 어린 시선으로 바라보며 나지막이 말했다. 그녀는 잘 익은 배처럼 온화하고 따뜻해 보이면서도 진짜 고대 아마존족 혈통을 이어받은 여전사의 모습을 지녔다.

힐더는 차분하게 클리퍼드에게 갔다. 그는 그녀를 보면 당당한 아름다움을 지녔다는 생각이 들었지만 주눅이 들기도 했다. 코니의 가족에겐 자신이 지닌 것과 같은 종류의 예절이나 예의가 없었다. 그래서 그들이 오히려 이방인 같았다. 그러나 그들은 일단 발을 들여놓으면 그를 손안에 쥐고 마음대로 갖고 놀았다.

클리퍼드는 반듯하고 단정하게 의자에 앉아 있었다. 금발 머리는 윤기가 흘렀고 얼굴에는 생기가 돌았으며 창백한 파란 눈은 약간 툭 튀어나와 있었다. 점잖아 보이지만 도무지 이해할 수 없는 표정이었다. 힐더는 그 표정이 부루퉁하고 우스꽝스럽다고 생각했다. 그는 잠자코 기다리고 있었다. 그는 침착한 태도를 보였지만 힐더는 그가 어떤 태도를 취하든 개의치 않았다. 당장이라도 들고일어날 태세였기에 그가 교황이나 황제였더라도 어차피 똑같았을 것이다.

"코니의 상태가 지독히 좋지 않네요." 부드러운 목소리였지만 그를 노려보는 힐더의 회색 눈에는 성난 기색이 역력했다. 그녀는 매우 상냥해 보였다. 코니도 마찬가지였다. 그러나 클리퍼드는 그 밑바닥에 깔린 스코틀랜드인의 완고함을 잘 알고 있었다.

"아내가 전보다 좀 마르긴 했지요." 그가 말했다.

"어떤 치료라도 받게 해보긴 했나요?"

"그런 조치가 필요하다고 보세요?" 그는 매우 상냥하지만 영국인 특유의 딱딱한 태도로 물었다. 이 두 가지 태도는 그에게 종종 함께 나타나곤 했다.

힐더는 아무런 대답 없이 그를 노려보기만 했다. 재치 있게 맞받아치는 말재주는 그녀의 특기가 아니었다. 코니도 마찬가지였다. 그래서 그녀는 클리퍼드를 노려보았고, 그러자 그는 그녀가 무슨 말을 할 때보다 훨씬 더 불편해졌다.

"코니를 의사한테 데려가야겠어요." 한참 있다가 힐더가 말했다. "주변에 추천할 만한 좋은 의사가 있나요?"

"유감스럽게도 그럴 만한 사람이 없네요."

"그럼 코니를 런던으로 데려가겠어요. 런던에 믿을 만한 의사가 한 명 있거든요."

클리퍼드는 머리끝까지 화가 났지만 아무 말도 하지 않았다.

"오늘 밤은 여기서 머무르는 게 좋겠어요." 힐더는 장갑을 벗으며 말했다. "그리고 내일 코니를 런던으로 데려가겠어요."

클리퍼드는 화가 나서 턱밑까지 노래졌고, 저녁이 되자 눈의 흰자위까지 약간 노랗게 변했다. 분노가 간에까지 영향을 미친 것이다. 그러나 힐더는 내내 기품 있고 상냥하게 굴었다.

"당신을 개인적으로 돌봐줄 간호사나 도와줄 다른 사람이 필요해요. 정말로 남자 하인이라도 한 명 둬야 한다고요." 힐더가 말했다. 저녁식사를 마치고 겉보기에는 평온한 분위기 속에 앉아서 커피를 마시고 있을 때 힐더가 말했다. 그녀는 부드럽고 짐짓 상냥하게 말했지만 클리퍼드는 그녀가 곤봉으로 자신의 머리를 내려치는 것 같은 기분이 들었다.

"그렇게 생각해요?" 그가 쌀쌀맞게 말했다.

"물론이죠! 반드시 필요해요. 그러지 않으면 아버지와 제가 코니를 몇 달간 데리고 있겠어요. 이런 식으로 계속 지낼 순 없어요."

"왜 이대로 두면 안 된다는 겁니까?"

"저 애를 보고도 그런 소리를 하나요?" 힐더는 그를 노려보며 물었다.

그 순간 그는 삶아놓은 거대한 가재처럼 보였다. 적어도 힐더는 그렇다고 생각했다.

"그 일은 코니와 의논해보도록 하겠습니다." 그가 말했다.

"이미 코니와 다 의논했어요." 힐더가 말했다.

클리퍼드는 충분히 오랫동안 간호사의 도움을 받았다. 그는 간호사들이 싫었다. 그들은 그에게 진짜 사생활이라곤 허용하지 않았기에 그는 간호사를 싫어했다. 게다가 남자 하인이라니! 그는 자신의 주변에서 남자가 얼쩡거리는 건 견딜 수 없었다. **누가 됐든** 여자가 나았다. 그런데 코니는 왜 안 된단 말인가?

두 자매는 다음 날 아침에 차를 타고 떠났다. 운전하고 있는 힐더 옆에 앉아 있는 코니는 부활절 새끼 양처럼 작고 연약해 보였다. 맬컴 경은 부재중이었지만 켄싱턴 저택은 열려 있었다.

의사는 코니를 주의 깊게 진찰하고 그녀의 생활에 대해 이것저것 물어보았다. "화보 신문에 실린 부인과 클리퍼드 경 사진을 가끔 보았어요. 거의 악명을 떨치는 것 같더군요. 그렇지 않나요? 정숙한 어린 아가씨들이 그런 식으로 커가는 거지요. 화보 신문에 실렸어도 당신은 여전히 조용한 어린 아가씨 같군요. 네, 그래요, 신체 기관에는 전혀 이상이 없습니다. 하지만 계속 이런 식으로 지내서는 안 돼요. 정말로 안 됩니다! 클리퍼드 경에게 전하세요. 당신을 런던이나 외국으로 데려가서 즐겁게 지내도록 해줘야 한다고요. 당신에겐 기분 전환이 필요합니다. 반드시요! 활력이 너무 없어요. 비축된 게 하나도 없어요. 전혀요. 심장의 신경은 이미 이상이 생겼어요. 아, 그래요! 신경 말고 다른 문제는 없어요. 한 달 정도 칸이나 비아리츠에서 보내는 것도 좋겠네요. 그런데 이런 식으로 계속 지내선 안 돼요. **절대로 안 됩니다.** 분명히 말하지만 어떤 일이 일어날지 알 수 없어요. 생명력을 소모하기만 하고 충전시키지 못하고 있어요. 그러니 기분 전환이 필요합니다. 적절히 건전하게 즐기며 기분 전환을 해야 해요. 기력을 되찾으려는 노력

없이 쓰기만 하고 있는 거예요. 이런 식으로 계속 살 수는 없어요. 우울증이에요! 우울증을 떨쳐내야 합니다!"

힐더는 이를 악물었다. 뭔가 의미심장한 표정이었다.

마이클리스는 그들이 런던에 있다는 소식을 듣고 장미꽃을 들고 한걸음에 달려왔다. "도대체 이게 무슨 일이에요?" 그가 큰소리로 말했다. "예전 모습을 전혀 찾아볼 수가 없잖아요. 이렇게까지 변한 모습은 본 적이 없어요! 왜 내게 말하지 않았어요? 나와 함께 니스로 떠나요! 시칠리아 섬으로 가요! 나와 시칠리아 섬으로 가자고요. 이맘때쯤 그곳은 너무 아름다워요. 당신에겐 햇빛이 필요해요! 활력이 필요하다고요! 점점 수척해지는 당신 모습을 좀 봐요! 나와 같이 가요! 아프리카로 갑시다! 클리퍼드 경 걱정은 집어치워요! 그런 인간은 내팽개쳐버리고 그냥 나를 따라와요. 그가 이혼해주는 즉시 당신과 결혼하겠어요. 나와 함께 새로운 인생을 살아봐요! 그 누구도 래그비에서는 살지 못할 거예요. 끔찍하고 역겨운 곳이에요. 누구라도 그곳에선 죽고 말 거예요. 나와 같이 햇빛 속으로 가자고요! 당신에게 필요한 건 바로 햇빛과 정상적인 삶이에요."

그러나 클리퍼드를 그곳에 버려둔다는 생각이 들자 코니의 심장은 그대로 딱 멈춰버릴 것 같았다. 그럴 수는 없었다.

아니, 안 돼! 그저 그렇게는 할 수 없었다. 그녀는 래그비로 돌아가야만 했다.

마이클리스는 진절머리를 냈다. 힐더는 마이클리스가 맘에 들지 않았지만 클리퍼드보단 **그나마** 그가 나았다. 두 자매는 중부 지방으로 돌아갔다.

힐더는 클리퍼드에게 여러 이야기를 했다. 자매가 돌아왔을 때에도 클리퍼드의 눈망울은 여전히 노르스름했다. 그 역시 나름대로 잔뜩 긴장하고 있었다. 그는 힐더가 하는 말과 의사가 한 말을 모두 들어야 했다. 마이클리스가 한 말은 물론 듣지 못했다. 마침내 최후통첩을 듣기까지 그는 잠자코 앉아 있었다.

"이건 유능한 남자 하인의 주소예요. 의사가 돌보던 환자한 사람을 지난달에 죽기 전까지 시중들던 사람이래요. 정말로 유능한 사람이래요. 확실히 올 수 있다고 하네요."

"그런데 난 환자가 아닙니다. 그리고 남자 하인을 둘 생각은 전혀 없어요." 불쌍한 클리퍼드가 말했다.

"그렇다면 이건 여자 두 명의 주소예요. 그들 중 한 명은 직접 만나봤어요. 나이는 쉰 살쯤 됐는데 아주 유능할 거예요. 조용하고 강인하며 다정하기도 하고 나름대로 교양도 있더군요."

클리퍼드는 부루퉁한 표정만 짓고 있을 뿐 아무 대답도 하지 않았다.

"뭐, 좋아요, 클리퍼드. 내일까지 뭐라도 결정하지 않으면 아버지께 전보를 치고 코니를 데려갈 수밖에 없어요."

"과연 코니가 갈까요?" 클리퍼드가 물었다.

"내키진 않겠지만 코니도 자신이 가야 한다는 것을 알아요. 우리 어머니도 초조와 불안에 시달리다가 암에 걸려 돌아가셨거든요. 어떤 위험도 그냥 내버려둘 수 없어요."

다음 날 클리퍼드는 테버셜 교구 간호사인 볼턴 부인을 고용하겠다고 했다. 보아하니 베츠 부인이 그녀를 추천한 것 같았다. 볼턴 부인은 마침 교구 간호사 일을 그만두고 개인 간호 일을 시작하려던 참이었다. 클리퍼드는 낯선 사람의 손에 자신을 맡기는 것이 이상하게도 두려웠다. 그러나 볼턴 부인은 그가 성홍열을 앓았을 때 간호한 적이 있었기에 두 사람은 안면이 있었다.

두 자매는 즉시 테버셜에 있는 볼턴 부인의 집을 방문했다. 그 집은 테버셜에서는 상당히 고급 주택가에 위치해 있었고 주변에는 오래되지 않은 집들이 줄지어 있었다. 그녀는 마흔 살 나이에 제법 괜찮은 외모를 지닌 여자로 흰색 칼라와 앞치마가 달린 간호복을 입고, 여러 가지 물건으로 가득한 자그마한 거실에서 혼자서 차를 마실 준비를 하고 있었다.

볼턴 부인은 아주 세심하고 예의 바르며 친절해 보였다. 억양이 강하면서 발음이 약간 또렷하지 않았지만 대체로 정확한 영어로 말했다. 상당히 오랜 기간 동안 아픈 광부들을 좌지우지해왔던 터라 자부심이 있었고 자신감이 넘쳤다. 한마디로 그녀는 대단하진 않아도 나름대로 마을에서 위상이 높았고 매우 존경받고 있었다.

"그렇네요. 채털리 마님이 **정말로** 좋아 보이지 않으시네요! 마님은 정말 건강하고 생기가 있으셨는데! 그런데 겨울 내내 몸이 안 좋아지신 거군요! 이런, 힘드시겠어요! 가엾은 클리퍼드 경! 그놈의 전쟁, 모든 게 다 그 전쟁 때문이죠."

그러더니 볼턴 부인은 샤들로 의사 선생이 보내주면 즉시 래그비로 가겠다고 했다. 원칙적으로 교구에서 2주 동안 더 간호 일을 해야 했다. "그런데 아시겠지만 그들은 대신할 사람을 구할 거예요."

힐더는 샤들로 선생을 급히 찾아갔다. 그래서 다음 주 일요일에 볼턴 부인은 리버의 마차를 타고 트렁크 두 개를 들고 래그비로 왔다. 힐더는 그녀와 얘기를 나누었다. 볼턴 부인은 언제든 이야기할 준비가 되어 있는 사람이었다. 그리고 그녀는 마흔일곱 살이었지만, 감정이 격렬해져 조금 창백한 뺨이 달아오를 때면 매우 젊어 보였다!

그녀의 남편 테드 볼턴은 22년 전에 탄광에서 사망했다. 작년 크리스마스로 22년이 되었다. 정확히 딱 크리스마스 때였다. 그는 그녀와 두 아이를 남겨둔 채 떠났다. 더욱이 한 아이는 아직 품에 안긴 갓난아기였을 때였다. 그때 아기였던 이디스가 지금은 셰필드에 있는 잡화점에 근무하는 한 청년과 결혼해서 살고 있었다. 다른 한 명은 체스터필드에서 교사로 일하고 있으며 데이트가 없는 주말이면 집에 들렀다. 요즘 젊은이들은 인생을 즐기며 살고 있었다. 아이비 볼턴이 젊었을 때와는 아주 달랐다.

테드 볼턴은 탄광에서 폭발이 일어나 사망했을 당시 스물 여덟 살이었다. 앞에 있던 탄광 감독관이 빨리 엎드리라고 모두에게 외쳤다. 그 당시 모두 네 명이 있었는데 다들 제때 엎드려서 무사할 수 있었다. 단 테드만이 그 사고로 죽고 말았다. 조사에 나선 고용주 측은 볼턴이 겁을 먹고 도망치려 했으며 그 사고는 결국 지시를 어긴 그의 잘못이라고 했다. 그래서 보상금은 고작 300파운드에 불과했고, 고용주 측은 사고가 그의 잘못이라는 이유를 들어 그 돈도 법적 보상이 아니라 오히려 호의를 베푸는 것처럼 꾸몄다. 더군다나 그 돈을 한번에 지급하지도 않았다. 볼턴 부인은 작은 가게라도 차리고 싶었지만 그들은 그녀가 분명 그 돈을 탕진하고 말 거라고 했다. 술을 마시기라도 할 것처럼 말이다! 그래서 그녀는 매주 30실링씩 돈을 찾아가야 했다. 그랬다. 매주 월요일 아침마다 사무소까지 가서 두세 시간씩 자기 차례를 기다리며 서 있었다. 그랬다. 거의 꼬박 4년 동안 매주 월요일마다 그렇게 해야 했다. 그렇다고 그녀가 달리 무엇을 할 수 있었겠나! 자기 손으로 키워야 할 어린아이가 둘이나 되었는데! 그러나 테드의 어머니는 그녀에게 매우 다정했다. 아이가 아장아장 걸을 수 있게 되자 낮에는 어머니가 두 아이를 돌보았다. 그 사이에 아이비 볼턴은 셰필드에 가서 응급처치와 특별 응급처치 수업을 들었고, 4년째 되던 해에는 간호사 수업을 듣고 자격증까지 땄다. 그녀는 독립해서 자신의 아이들을 키우기로 결심했다. 그래서 자그마한 어스웨이트 병원에서 한동안 조무사로 일했다. 그러다 테버셜 탄광 회사, 그러니까 사실상 제프리 경이 그녀가 자립할 수 있다는 것을 확인하고 매우 잘 해주었고, 교구 간호 업무를 맡기며 그녀를 후원해주었다. 그 점에 대해서는 그녀도 회사의 도움을 받았음을 인정했다. 그리고 그 이후로 줄곧 간호 업무를 해왔고, 지금은 그 일이 좀 힘에 부쳐서 좀더 편한 일이 필요하던 참이었다. 교구 간호사로 일하면 왕진이 너무 많기 때문이었다.

"맞아요. 제가 늘 하는 말이지만 회사는 제게 매우 잘해줬어요. 그런데 그들이 테드에 대해 말한 건 결코 잊지 못할 거예요. 여태까지 탄갱의 승강대에 발을 들여놓은 사람들 중 테드는 누구 못지않게 언제나 성실하고 용감한 사람이었어요. 그런 그에게 겁쟁이라는 오명을 씌웠어요. 그런데 그는 이미 죽은 사람이라 아무 말도 할 수 없었죠!"

볼턴 부인은 이야기를 하면서 묘하게 뒤섞인 여러 감정을 내비쳤다. 그녀는 자신이 오랫동안 간호해온 광부들을 좋아했지만 그들에게 매우 우월감을 느끼고 있었다. 자신이 거의 상류층에 속한 것처럼 느꼈다. 동시에 마음속에는 지배계급에 대한 분노가 들끓고 있었다. 고용주들! 고용주와 광부 사이에 문제가 있으면 그녀는 늘 광부 편이었다. 그러나 다툼이 없다면 전적으로 우월한 계층, 상류층의 일원이 되고 싶어 했다. 상류층은 우월감을 향한 그녀의 독특한 영국인다운 열정을 자극했다. 그래서 그녀는 래그비에 오게 된 것에 짜릿한 쾌감을 느꼈다. 채털리 부인과 얘기하게 된 것에 대해서도 짜릿한 쾌감을 느꼈다. 평범한 광부의 아내들과는 분명 전혀 다른 사람이니까! 그녀는 매우 수다스럽게 말했다.

하지만 볼턴 부인에게서는 채털리 가문에 대한 원한도 엿보였다. 고용주에 대한 원한 말이다.

"물론이지요! 이대로 가다가는 채털리 마님은 지쳐버릴 거예요! 마님께 이렇게 와서 도와줄 언니분이 있다니 참 다행이에요. 남자들은 그런 생각을 못하잖아요. 지위가 높든 낮든 남자들은 여자가 해주는 일을 너무 당연하게 받아들이죠. 아, 그 점에 대해서는 광부들에게도 여러 차례 야단을 쳤지요. 그런데 클리퍼드 경에겐 매우 어려운 일이죠. 아시다시피 클리퍼드 경은 불구가 되셨잖아요. 클리퍼드 경의 가문은 워낙 고귀한 데다 쉽사리 대하기도 어려웠죠. 그 가문이라면 그럴 만도 했죠. 그런데 그렇게 무너져버렸으니! 채털리 마님에게도 매우 힘든 일일 거예요. 아마 마님에게 훨씬 더 힘든 일일지도 몰라요. 할 수 없는 일이 얼마나 많겠어요! 전 테드와 고작 3년을 함께 살았어요. 길진 않았지만 남편이 살아 있는 동안 그는 잊을 수 없을 정도로 좋은 사람이었죠. 천 명 중 한 명이나 될까요. 매우 드물게 유쾌한 사람이었거든요. 그런데 그렇게 죽을 거라고 누가 생각이나 했겠어요! 오늘까지도 전 그 사실이 믿기지 않아요. 왠지 아직도 믿기지가 않는 거예요. 제 손으로 죽은 그의 몸을 씻어주었는데도 말이죠. 그러나 그 사람은 저한테는 절대 죽은 사람이 아니에요. 절대 아니에요. 전 그 사람이 죽었다는 사실을 받아들이지 않았으니까요."

이것은 래그비에서 지금까지 들어보지 못한 새로운 목소

리였다. 코니가 듣기에는 매우 새로웠다. 그녀의 내면에서 새로운 귀가 열린 것이다.

그러나 래그비에서 보내는 첫 주에 볼턴 부인은 매우 조용하게 지냈다. 확신에 찬 으스대는 태도는 보이지 않았고 긴장하는 눈치였다. 클리퍼드와 있을 때 그녀는 조심스러운 태도로 겁을 내는 듯했고 말도 없었다. 그런 모습을 마음에 들어 한 클리퍼드는 곧 그녀를 의식하지 않고 평소대로 침착하게 여러 가지 일을 시켰다.

"그 여자는 보잘것없긴 하지만 쓸모가 있는 사람이더군!" 그가 말했다.

코니는 놀라서 눈을 크게 떴지만 그의 말에 반박하지는 않았다. 두 사람이 받은 인상이 이렇게나 다를 수 있다니!

그는 곧 거만하게, 마치 군림하듯이 볼턴 부인을 대하기 시작했다. 볼턴 부인은 그럴 것이라고 어느 정도 예상하고 있었고, 클리퍼드는 자신도 모르게 계속 거만하게 굴었다. 인간은 자신에게 기대하는 대로 민감하게 맞춰가는 법이다. 광부들은 어린아이처럼 붕대를 감아주거나 간호를 해줄 때 자신들이 어디가 아픈지를 그녀에게 계속 말했다. 그런 모습을 볼 때면 그녀는 항상 자신이 아주 위대하고 거의 초인에 가까워진 기분으로 일을 수행했다. 그런데 클리퍼드와 있는 지금은 자신이 왜소하고 하인 같다는 기분이 들었지만 상류 계층에 적응해가면서 군말 없이 이를 받아들였다.

볼턴 부인은 매우 조용히 들어와서 갸름하고 아름다운 얼굴로 눈을 내리뜬 채 클리퍼드의 시중을 들었다. 그리고 매우 겸손하게 말했다. "제가 지금 이것을 해드릴까요? 클리퍼드 경? 아니면 저것을 하면 될까요?"

"아뇨, 잠시 놔둬요. 나중에 내가 얘기할게요."

"알겠습니다, 클리퍼드 경."

"30분 뒤에 다시 와줘요."

"알겠습니다, 클리퍼드 경."

"그리고 저 오래된 신문들 좀 치워줘요. 알겠어요?"

"알겠습니다, 클리퍼드 경."

그녀는 조용히 나갔다. 그리고 30분 뒤 다시 살며시 문을 두드렸다. 위압감을 느꼈지만 그녀는 개의치 않았다. 그녀는 상류층을 겪어보는 중이었다. 그래서 분노하지 않았고 그를 싫어하지도 않았다. 그는 단지 하나의 현상에 불과했다. 지금까지 그녀가 몰랐으나 이제는 알게 될 상류층 사람들이라는 하나의 현상 말이다. 그녀는 채털리 부인에겐 좀더 편안한 기분이 들었다. 결국 제일 중요한 사람은 그 집의 안주인이었다.

볼턴 부인은 클리퍼드가 밤마다 잠자리에 드는 일을 도와

au grand
sérieux
au très
petit sérieux

주었고, 통로 맞은편 방에서 잠을 자다가 밤중에 종이 울리면 곧바로 달려가곤 했다. 또한 아침마다 그의 시중을 들었으며 얼마 안 가 곧 완벽하게 그의 수발을 들게 되었다. 심지어 부드럽고 조심스럽게 여성스러운 손길로 면도를 해주기도 했다. 그녀는 매우 훌륭하고 유능한 사람이었다. 그리고 곧 그를 마음대로 휘두르는 방법을 터득했다. 그의 턱에 비누 거품을 칠하고 짧고 뻣뻣한 수염을 부드럽게 쓰다듬어줄 때면 그는 결국 광부들과 별반 다르지 않았다. 그의 오만하고 정직하지 못한 태도도 대수롭지 않게 여겨졌다. 그녀는 새로운 경험을 하고 있는 중이었다.

그러나 클리퍼드는 고용된 낯선 여자에게 자신을 보살피는 일을 맡겨버린 코니를 마음속으로 절대 용서하지 않고 있었다. 자신과 그녀 사이에 친밀함이라는 진정한 꽃을 죽인 거나 다름없다고 속으로 되뇌었다. 그러나 코니는 전혀 개의치 않았다. 친밀함이라는 멋진 꽃은 그녀에게 오히려 난초 같았다. 자신의 인생이란 나무에 알뿌리를 박아놓고 기생하면서 오히려 그녀의 눈에는 초라하기 그지없는 꽃이나 피우고 있었던 것이다.

이제 코니는 혼자 있는 시간이 더 많아졌다. 그래서 방으로 올라가서 조용히 피아노를 치기도 하고 노래도 할 수 있었다. "쐐기풀을 건드리지 마세요. 사랑의 굴레는 풀기 어려우니까요."* 그녀는 최근에야 이 사랑의 굴레를 푸는 게 얼마나 어려운지 깨달았다. 그러나 감사하게도 이제 그 사랑이란 굴레에서 해방되었다. 그녀는 혼자 있을 수 있어서, 그와 항상 말하지 않아도 된다는 사실이 기뻤다. 그는 혼자 있으면 끝도 없이 타자기를 쳐댔다. 그러나 '작품을 쓰지' 않는 동안 곁에 그녀가 있으면 끊임없이 말하고 또 말했다. 사람들, 그들의 행동의 동기와 결과, 성격이나 인성에 대해 자질구레한 것까지 그녀가 질리도록 분석해대는 것이었다. 몇 년 동안은 그런 얘기를 좋아했다. 그러나 이제는 신물이 난 데다 갑자기 너무 버겁기까지 했다. 그녀는 혼자 있을 수 있다는 사실에 감사했다.

그와 그녀 안에 있는 의식이 무수히 많은 잔뿌리들과 함께 자라며 서로 얽히고설킨 나머지 더 이상 뻗을 곳이 없을 정도로 가득 차서 죽어가는 식물이 된 것 같았다. 그런데 이제 그녀는 그의 것과 뒤엉켜 있는 자신의 의식을 조용히, 세심하게 풀어내고 있었다. 완전히 벗어나고 싶은 마음에 인내심을 갖고 그 가느다란 뿌리들을 초조하게 하나씩 조용히 끊어내고

---

* 1840년에 지어진 노래로, 시인이자 소설가였던 월터 스콧(Walter Scott) 경이 가사를 썼다.

있었다. 그런데 그러한 사랑의 굴레는 다른 굴레들보다 훨씬 풀기가 어렵기 마련이다. 볼턴 부인이 큰 도움이 되었지만 말이다.

그러나 클리퍼드는 여전히 예전처럼 코니와 대화를 나누면서 친밀하게 저녁 시간을 보내길 원했다. 이야기를 나누거나 소리 내어 책을 읽거나 하면서 말이다. 그러나 이제 그녀는 열 시가 되면 볼턴 부인이 와서 이야기를 방해하도록 손을 써놨다. 그래서 코니는 열 시가 되면 볼턴 부인에게 클리퍼드를 안심하고 맡긴 채 위층으로 올라가서 혼자 있을 수 있게 되었다.

볼턴 부인은 가정부 방에서 베츠 부인과 함께 식사를 했다. 그들은 서로 잘 지냈다. 그런데 이상하게도 전에는 꽤 멀리 떨어져 있는 것 같았던 하인들의 거처가 굉장히 가깝게 느껴졌다. 마치 클리퍼드의 서재 문 바로 앞까지 와 있는 것 같았다. 베츠 부인이 때때로 볼턴 부인의 방에 앉아 있을 때면 코니는 그들의 나지막한 목소리를 들을 수 있었고, 그러면 그녀와 클리퍼드 둘만 있는 거실로 강하면서도 특이한 노동자들의 분위기가 스며드는 것처럼 느껴졌다. 볼턴 부인이 온 것만으로도 래그비에 변화가 생긴 것이다.

그리고 코니는 해방되어 다른 세상을 맞이한 것 같은 기분이 들었다. 전과는 다르게 숨을 쉬고 있는 것 같았다. 그러나 여전히 그녀는 자신의 뿌리가, 그중에서도 치명적인 뿌리들이 클리퍼드의 뿌리와 얼마나 많이 얽혀 있을지 걱정이 되었다. 그렇지만 이제는 좀더 자유롭게 숨 쉴 수 있었다. 그녀의 인생에서 새로운 막이 시작되고 있었다.

8장

볼턴 부인은 자신이 여성 특유의 솜씨로 능숙하게 코니를
보살펴야 한다고 느끼고 그녀를 계속 살뜰히 지켜보았다. 그
녀는 코니에게 밖으로 나가 산책을 하거나 어스웨이트로 드
라이브를 하며 바람이라도 쐬라고 늘 권하곤 했다. 코니가 언
제나 난롯가에 조용히 앉아서 책을 읽는 척하거나 힘없이 바
느질을 하는 척하면서 거의 밖에 나가지 않았기 때문이다.

힐더가 떠나고 얼마 되지 않았을 무렵, 바람이 불던 어느
날 볼턴 부인이 말했다. "지금 숲으로 나가 산책이나 하시면
서 사냥터지기의 집 뒤편에 핀 수선이나 좀 보시는 게 어떠
세요? 종일 걸어다녀도 그렇게 아름다운 모습은 보시기 힘들
거예요. 마님 방에 몇 송이 꽂아두셔도 좋고요. 야생 수선은

언제나 활기차 보이잖아요!"

코니는 그 말을 좋은 뜻으로 받아들였다. 수선화를 수선이라고 말한 것도 말이다. 야생 수선화라! 그래, 혼자서 괴로워하며 속 끓일 이유가 뭐 있겠나! 봄이 돌아왔다. '계절은 돌아오지만 내게 봄은 오지 않는다네.'*

그런데 그 사냥터지기, 보이지 않는 꽃에 달린 외로운 암술 같은 그의 마르고 하얀 몸! 코니는 말할 수 없는 우울함에 빠져 있느라 사냥터지기를 잊고 있었다. 그런데 이제 무언가가 꿈틀대며 깨어나기 시작했다. '현관과 대문 너머에 창백한 모습으로.'** 이제 할 일은 현관과 대문을 지나가는 것이었다.

코니는 건강이 좋아져서 훨씬 더 잘 걸어다닐 수 있게 되었다. 게다가 숲 속에서는 바람이 그다지 세게 불지 않아 수렵장을 가로질러 지나갈 때처럼 버티기 힘들 정도는 아니었다. 그녀는 잊고 싶었다. 세상을, 끔찍할 정도로 썩어빠진 육체를 지닌 사람들 모두를 잊고 싶었다. '너희들은 거듭나야 하느니!'***—몸이 다시 사는 것을 믿사옵나이다!****—밀알

---

*   존 밀턴(John Milton)의 《실낙원(Paradise Lost)》 3권 41~42행.
**   앨저넌 스윈번(Algernon Swinburne)의 〈페르세포네의 정원(The Garden of Proserpine)〉 49행.
***   〈요한복음〉 3장 7절.
**** 〈사도신경〉의 한 구절.

하나가 땅에 떨어져, 죽지 아니하면 한 알 그대로 있고 죽으면 많은 열매를 맺느니라!*—크로커스가 필 때 나도 나와서 태양을 보겠노라!' 3월에 부는 바람을 따라 그녀의 의식에서 여러 가지 구절들이 끝없이 쏟아져 나왔다.

한바탕 몰아치는 바람처럼 햇살이 숲 가장자리의 개암나무 가지 아래 피어 있는 애기똥풀을 이상할 정도로 환하게 비추었다. 애기똥풀은 환한 노란빛을 띠며 반짝반짝 빛났다. 그리고 숲은 아주 고요했지만 이따금 바람이 휙 불었고, 나무 사이로 햇살이 비쳤다. 올해의 첫 아네모네가 피어 있었는데, 창백한 빛을 띤 자그마한 아네모네가 너울거리며 바닥에 흩뿌린 듯 피어 있어 숲마저도 창백해 보였다. '세상은 그대의 숨결로 창백해지고 있네.'** 그러나 지금은 그것이 지옥의 여왕 페르세포네의 숨결이었다. 페르세포네가 쌀쌀한 아침에 지옥에서 나온 것이다. 바람이 차가운 숨결을 내쉬었고, 머리 위 나뭇가지 사이에 얼기설기 엉켜 화를 내는 바람 소리가 들렸다. 바람은 압살롬***처럼 나뭇가지에 걸려 벗어나려고 버둥거리고 있었다. 크리놀린 치마처럼 초록색으로 볼록하게

---

*   〈요한복음〉 12장 24절.
**   앨저넌 스윈번의 〈페르세포네에게 바치는 찬가(Hymn to Proserpine)〉 35행.

부풀린 위로 하얗게 드러낸 어깨를 위아래로 움직이는 아네모네는 얼마나 추워 보였던가. 그러나 아네모네 꽃들은 추위를 견뎌내고 있었다. 길가에 있는 하얗게 물이 오른 자그마한 노란 앵초도 올해 처음으로 노란 꽃봉오리를 스스로 피워내며 견뎌내고 있었다.

머리 위로는 바람이 휘익 불어오며 요동치고, 차가운 기류만 아래로 내려오고 있었다. 코니는 숲에 있으니 이상하게 흥분되어 뺨은 홍조를 띠고 눈은 파란빛을 내며 이글거렸다. 그녀는 터벅터벅 걸으며 노란 앵초와 올해의 첫 제비꽃 몇 송이를 뽑았다. 꽃들에게서 달콤하고도 서늘한 향기가 풍겨왔다. 그리고 자신이 어디쯤 와 있는지도 모른 채 정처 없이 숲을 거닐었다.

숲의 맨 가장자리에 있는 공터에 이르자 초록색 얼룩이 있는 돌로 지은 사냥터지기의 집이 눈에 들어왔다. 쏟아지는 햇빛에 돌이 따뜻하게 달아올라 있었고, 사냥터지기의 집은 버섯의 몸통 같은 모양에 장밋빛이었다. 그리고 문 옆에는 노란 재스민 꽃이 반짝거리며 피어 있었다. 문은 닫혀 있었다. 그

*** 유대왕 다윗이 총애한 아들로 아버지에게 대항하다 패배했다. 노새를 타고 도망가다 노새가 큰 상수리나무의 얽힌 가지들 밑으로 들어가는 바람에 머리카락이 상수리나무에 걸려 결국 붙잡혀 살해당했다.

런데 아무 소리도 들리지 않았다. 굴뚝에서는 연기도 전혀 나지 않았고 개 짖는 소리도 들리지 않았다.

뒤쪽으로 조용히 돌아갔더니 경사진 언덕이 솟아 있었다. 그녀에겐 수선화를 보러 왔다는 핑곗거리가 있었다.

마침 수선화가 그곳에 피어 있었다. 줄기가 짧은 꽃들이 환하고 생기 있게 피어나 산들거리고 가볍게 너풀거리며 잔잔하게 떨고 있었는데, 바람을 피해 얼굴을 숨길 곳이 없어 고개를 이리저리 돌려댔다.

수선화는 매우 괴로운 듯 작고 환한 꽃송이들을 흔들어대고 있었다. 그러나 어쩌면 수선화는 흔들리는 것을 정말로 좋아하고 있는지도 몰랐다. 정말로 까닥거리며 흔들리는 것을 좋아하는 듯했다.

콘스턴스는 어린 소나무에 등을 기대고 앉았다. 그녀를 받치고 있는 소나무는 묘한 생명력으로 탄력 있고 힘차게 솟아오르며 천천히 흔들렸다. 꼭대기에 햇빛을 받으며 똑바로 서 있는, 꼿꼿하게 살아 서 있는 소나무였다! 그리고 그녀는 쏟아지는 햇살을 받아 황금빛으로 변해가는 수선화를 보았다. 햇살은 그녀의 손과 무릎에까지 따뜻하게 내리쬐었다. 그녀는 꽃에서 희미하게 풍기는 타르 냄새에 취했다. 그리고 그 순간 매우 고요하게 홀로 있던 그녀는, 그제야 자신이 원래 지난 운명의 흐름 속으로 들어온 것 같다고 느꼈다. 줄에 꽉 매인 채 정박해 있는 배처럼 정신없이 이리저리 흔들리고 있었던 그녀는 이제 줄에서 풀려나 정처 없이 떠다니고 있었다.

햇빛이 사라지고 한기가 찾아들었다. 수선화는 어둠에 가려 조용히 너울거렸다. 수선화는 낮이나 춥고 긴 밤이나 줄곧 그렇게 너울거릴 것이다. 그 연약한 모습으로도 그토록 강인하다니!

그녀는 조금 뻣뻣해진 몸을 일으켜 수선화를 몇 송이를 꺾어 들고 그곳에서 내려왔다. 꽃을 꺾는 것은 싫어했지만 그저 한두 송이 정도는 가져가고 싶었다. 벽으로 둘러싸인 래그비로 돌아가야 했다. 그런데 그녀는 이제 그곳이, 특히 그 두꺼운 벽이 싫었다. 벽! 언제나 사방을 막고 있는 벽! 그러나 이렇게 차가운 바람이 불 때면 그 벽이 필요하기도 했다.

그녀가 집에 돌아오자 클리퍼드가 물었다.

"어디 갔었어?"

"숲을 가로질러 산책했어요! 이 작은 수선화 좀 보세요. 얼마나 사랑스러운지 모르겠어요! 이렇게 사랑스러운 꽃이 땅에서 나왔다고 생각하니 정말 놀라워요!"

"공기와 햇빛 덕분이지." 그가 말했다.

"하지만 땅속에서 형체가 만들어졌잖아요." 그녀는 자신도 놀랄 정도로 곧바로 반박하며 대꾸했다.

다음 날 오후 코니는 다시 숲으로 갔다. 그녀는 넓은 승마로를 따라 쭉 걸었다. 승마로는 낙엽송이 있는 곳으로 휘어졌고, 위쪽으로 올라가면 존의 샘이라고 불리는 샘까지 이어져 있었다. 이쪽 언덕 비탈은 추워서인지 낙엽송이 짙게 드리워진 곳에는 꽃 한 송이 피어 있지 않았다. 그러나 붉은빛이 도는 하얗고 깨끗한 조약돌이 깔린 자그만 샘의 바닥에서 얼음처럼 차가운 샘물이 조용히 솟아오르고 있었다. 어찌나 차갑고 맑던지! 게다가 얼마나 선명하던지! 새로 온 사냥터지기가 깨끗한 조약돌을 새로 깔아놓은 게 분명했다. 그녀는 조금씩 넘치면서 비탈을 따라 천천히 흘러내리며 희미하게 졸졸거리는 샘물의 소리를 들었다. 나뭇잎 하나 없는 뻣뻣하고 억센 가지들이 사방으로 뻗어 있어 비탈진 언덕에 짙은 어둠을 드리운 낙엽송 숲 사이로 윙윙거리는 바람 소리가 들렸고, 그녀는 그 숲 사이로 작은 물방울 종소리처럼 졸졸거리며 흐르는 물소리를 들었다.

이곳은 약간 을씨년스럽고 춥고 습했다. 그래도 수백 년 동안 사람들은 이 샘에서 물을 마시곤 했다. 하지만 이제는 더 이상 그러지 않았다. 풀만 무성하게 덮인 샘터의 그 작은 공터에는 춥고 음침한 기운이 감돌았다.

코니는 일어서서 집 쪽으로 천천히 걸어갔다. 걸어가다가 오른쪽으로 조금 떨어진 곳에서 뭔가를 두드리는 소리가 어렴풋이 들리자 걸음을 멈추고 그 소리에 귀 기울여보았다. 망치질 소리일까, 아니면 딱따구리 소리일까? 그 소리는 분명 망치질 소리였다.

그녀는 그 소리를 들으며 계속 걸어갔다. 그러다 어린 전나무 사이로 좁은 길이 나 있는 것을 발견했다. 어느 곳으로도 통하는 데가 없는 것 같은 길이었지만 사람이 지나다니는 길 같았다. 그녀는 모험 삼아 어린 전나무가 무성한 길을 따라갔고, 곧 오래된 참나무 숲이 나타났다. 그 길을 따라 계속 걷자 바람이 스치는 고요한 숲에서 망치질 소리가 점차 가까이 들렸다. 스치는 바람 소리마저도 나무가 내뿜는 고요 속에서 잦아들었기 때문이다.

사람들 눈에 잘 띄지 않는 작은 공터와 통나무 기둥으로 만든 작은 오두막이 보였다. 전에 한 번도 와본 적이 없는 곳이었다! 그녀는 이곳이 어린 꿩을 기르는 조용한 장소라는 사실을 깨달았다. 셔츠 차림을 한 사냥터지기가 무릎을 꿇은 채 망치질을 하고 있었다. 개가 빠르게 앞으로 달려 나오며 짧고 날카롭게 짖어댔다. 사냥터지기가 갑자기 고개를 획 들고는 그녀를 바라보았다. 그의 눈에 놀란 기색이 역력했다.

그는 곧 몸을 일으켜 세우고 인사를 했다. 그러고는 조용히 그녀를 바라보았다. 그녀는 팔다리의 힘이 쫙 빠진 채 앞으로 걸어갔다. 그는 이렇게 침입을 당한 것에 대해 화를 내고 있었다. 고독을 인생에서 마지막으로 남은 유일한 자유로 소중히 여기고 있었던 것이다.

"망치질 소리가 나서 무슨 일인가 했어요." 그녀는 힘이 빠진 듯 숨을 헐떡거리며 말했다. 그가 너무 빤히 쳐다보자 약간 두려운 마음이 들었다.

"새끼 꿩을 넣어둘 우리를 만들고 있었습니다." 그가 걸쭉한 사투리로 말했다.

그녀는 무슨 말을 해야 할지 몰랐다. 왠지 힘이 풀렸다.

"잠시 앉고 싶네요." 그녀가 말했다.

"여기 오두막 안으로 들어와 앉으세요." 그는 앞장서서 오두막에 들어가 목재며 물건들을 옆으로 밀고 개암나무 가지로 만든 나무 의자를 하나 내놓았다.

"불을 좀 피울까요?" 그는 묘하게 순박한 사투리를 쓰며 물었다.

"아니에요. 괜찮아요!" 그녀가 말했다.

그러나 그는 그녀의 손을 바라보았다. 두 손이 파리해 보였다. 그래서 그는 재빨리 낙엽송 가지 몇 개를 구석에 있는 벽돌로 된 작은 난로에 던져 넣었다. 노란 불꽃이 금세 굴뚝 위로 피어올랐다. 그는 벽돌로 된 난로 옆에 자리를 만들었다.

"그럼 잠시 여기 앉아 몸을 좀 따뜻하게 녹이세요." 그가 말했다.

코니는 그의 말을 따랐다. 그녀를 보호해주는 모습에서 묘하게 권위가 느껴져 그의 말에 따를 수밖에 없었다. 그래서 그녀는 앉아서 불길에 손을 녹이며 장작을 집어넣었다. 그러는 사이 그는 밖에서 다시 망치질을 하고 있었다. 그녀는 사실 난롯가 구석에 처박혀 앉아 있고 싶지만은 않았다. 오히려 문간에서 좀 내다보고 싶었다. 그러나 보살핌을 받고 있는 처지여서 그의 말대로 따를 수밖에 없었다.

오두막 안은 무척 아늑했다. 칠을 하지 않은 전나무 널빤지로 벽을 댔으며 그녀가 앉은 의자 옆에는 자그마한 나무 탁자와 등받이 없는 의자가 있었다. 그리고 목수용 작업대와 커다란 상자, 연장들, 새 널빤지들, 못 등이 널려 있고, 벽에는 도끼와 손도끼, 덫, 가죽으로 된 물건들, 자루에 담은 물건들, 사냥터지기의 코트 등이 못에 걸려 있었다. 창문이 없어서 열린 문틈으로 빛이 들어왔다. 모든 것이 뒤죽박죽 뒤섞여 있었지만 동시에 그곳은 작은 성역 같기도 했다.

그녀는 남자가 망치를 두드리는 소리에 귀를 기울여보았

다. 그다지 행복하게 들리진 않았다. 그는 억눌려 있었다. 자신의 사생활을 침범한 존재가, 위험한 존재가 와 있는 것이다! 그것도 여자가 말이다! 그는 이제 이 세상에서 원하는 것이라곤 혼자 있는 것뿐인 경지에 이르러 있었다. 그런데 그에겐 자신의 사생활을 지켜낼 힘이 아직 없었다. 그는 고용된 사람에 지나지 않았고, 이 사람들은 자신이 따라야 할 주인이었다.

특히 그는 여자와는 다시 접촉하고 싶지 않았다. 예전에 여자와 접촉했다가 뼈아픈 상처를 입었기에 두려웠다. 그는 혼자 있을 수 없다면, 혼자 남겨질 수 없다면, 자기는 죽을 것이라고 느끼고 있었다. 그래서 뒷걸음질 쳐서 바깥세상과 완벽하게 멀어져 있었다. 그에게 마지막 피난처는 바로 이 숲이었다. 이 숲에 자신을 숨기고 있었다!

불을 너무 세게 지폈는지, 난롯가에서 몸을 녹이던 코니는 점차 더워졌다. 그녀는 문간으로 가서 등받이 없는 의자에 앉아 남자가 일하는 모습을 지켜보았다. 그는 그녀를 의식하지 않는 척했지만 사실 그녀가 자신을 보고 있다는 것을 알고 있었다. 그러나 일에 몰두하는 것처럼 계속 일을 했고, 갈색 개는 옆에서 꼬리를 깔고 앉아 믿을 수 없는 세상을 살피고 있었다.

호리호리한 체격에 조용하면서 날렵해 보이는 남자는 만

들고 있던 꿩 우리를 완성해 뒤집어놓고 미닫이문이 잘 열리는지 시험해보고 나서 한쪽으로 치워두었다. 그리고는 일어서서 낡은 꿩 우리를 집어 들더니 작업했던 장작 패는 나무토막 위에 턱 올려놓았다. 그는 몸을 구부려 빗장을 확인해보았다. 그가 손을 대자 빗장 몇 개가 툭툭 부러졌다. 그는 이어서 못을 뽑기 시작했다. 그리고 꿩 우리를 뒤집어놓고 자세히 살펴보았다. 여자의 존재를 의식하는 기색은 전혀 없었다.

그래서 코니는 그에게 시선을 고정시킨 채 바라보고 있었다. 그리고 이전에 벌거벗은 그의 몸에서 보았던 고독한 외로움을 이제 옷을 입고 있는 그의 모습에서도 볼 수 있었다. 홀로 움직이는 짐승처럼 고독하게 일에 몰두하면서도 생각에 잠긴 모습은 모든 인간과의 접촉을 피해 뒷걸음질 치는 영혼 같았다. 지금 이 순간에도 그는 아무 말 없이, 그리고 끈기 있게 그녀에게서 도망치고 있었다. 참을성 없고 열정적인 한 남자가 지닌 고요함과 한없이 인내하는 그 모습이 코니의 자궁에 전율을 일으켰다. 그녀는 숙인 그의 머리에서, 조용하면서 민첩하게 움직이는 손에서, 호리호리하고 섬세한 허리를 구부리고 있는 모습에서 그것을 보았다. 끈기 있게 참으면서 움츠러드는 어떤 것을 보았다. 그녀는 그가 자신보다 더 깊고 넓은 경험을 한 사람이라는 생각이 들었다. 훨씬 깊고 넓으며 아마도 더 끔찍한 경험이었을 것이다. 그런 느낌이 들자 어느새 긴장이 스르륵 풀렸다. 그녀가 생각해도 거의 믿을 수 없을 정도로 긴장이 풀려버렸다.

그래서 그녀는 시간이 얼마나 흘렀는지, 어떤 상황인지 전혀 의식하지 못한 채 꿈속을 헤매는 사람처럼 꼼짝하지 않고 오두막 문간에 앉아 있었다. 그녀가 아득한 꿈결처럼 생각에 잠겨 있자 그가 힐긋 쳐다보았다. 그녀는 고요 속에서 말없이 뭔가를 기다리는 듯한 표정을 짓고 있었다. 그에게는 그 표정이 뭔가를 기다리는 모습으로 보였다. 그리고 그의 허리 아래에서, 등의 뿌리에서 작고 얇은 혓바닥 같은 불길이 날름거리며 피어올랐고, 그의 영혼은 신음 소리를 토해냈다. 그는 인간과 가깝게 접촉하는 일이 거의 죽을 만큼 싫었고 끔찍하게 두려웠다. 무엇보다 그녀가 어서 자리를 떠났으면, 이제 그만 자신을 혼자 내버려두었으면 싶었다. 그녀의 의지, 여성의 의지, 현대 여성다운 고집스러움이 두려웠다. 그리고 무엇보다 자신이 하고 싶은 일은 태연하게 맘대로 해버리는 상류층의 그 거만함이 두려웠다. 결국 자신은 고용된 사람에 지나지 않았기 때문이다. 그는 그녀가 그곳에 있는 것 자체가 싫었다.

코니는 갑자기 불안한 기분이 들어 정신을 차리고는 자리에서 일어섰다. 어느새 오후가 지나 저녁이 가까워오고 있었다. 하지만 그대로 떠날 수는 없었다. 그래서 남자에게 걸어 갔다. 일어서서 똑바로 서 있는 그의 지친 얼굴은 딱딱하게 굳어 표정이 없었다. 그는 그녀를 가만히 쳐다보았다.

"여긴 참 멋진 곳이네요. 무척 평화로워요." 그녀가 말했다. "이곳에 온 건 처음이에요."

"그러십니까?"

"가끔 이곳에 와서 앉아 있다 가도 좋겠어요."

"그러신가요?"

"여기 없을 땐 오두막을 잠가두나요?"

"예, 그렇습니다. 마님."

"내게 열쇠를 하나 줄 수 있어요? 가끔 와서 앉아 있다 가려고요! 남는 열쇠가 하나 더 있나요?"

"없는 걸로 알고 있습니다."

그는 다시 사투리로 말하기 시작했다. 코니는 머뭇거렸다. 그는 싫다는 의사를 내비치고 있었다. 그런데 따지고 보면 이 오두막이 그의 것인가?

"열쇠를 하나 더 구할 수 없어요?" 그녀는 부드러운 목소리로 말했지만 내심 자신의 뜻대로 하겠다는 뜻이 담겨 있었다.

"다른 열쇠라고요!" 그는 조소와 분노가 어린 눈빛으로 그녀를 힐긋 쳐다보며 말했다.

"네! 똑같은 열쇠요." 그녀가 얼굴을 붉히며 말했다.

"클리퍼드 경이 알고 계실 것 같은데요." 그는 그녀의 요구를 애써 외면하며 말했다.

"그렇군요!" 그녀가 말했다. "그이가 열쇠를 갖고 있을지도 모르겠네요. 그이에게 열쇠가 없다면 당신이 갖고 있는 열쇠로 하나 더 만들 수는 있겠지요. 하루나 이틀 정도면 충분할 거예요. 그 정도쯤은 열쇠가 없어도 괜찮을 테고요."

"저는 잘 모르겠습니다, 마님. 제가 알기론 이 근처에 열쇠 만드는 사람이 없어서요."

코니는 갑자기 화가 치밀어 얼굴이 벌겋게 달아올랐다.

"좋아요!" 그녀가 말했다. "내가 직접 알아보도록 하죠."

"알겠습니다, 마님."

두 사람의 눈이 마주쳤다. 그의 눈에는 혐오와 경멸, 그리고 무슨 일이 일어나든 상관없다는 듯한 차갑고 불쾌한 기색이 역력했다. 그녀의 눈은 사냥터지기의 반발에 뜨겁게 타오르고 있었다.

그러나 그녀는 의기소침해지고 말았다. 그에게 맞섰을 때 그가 자신을 얼마나 싫어하는지를 똑똑히 깨달았던 것이다. 그리고 그에게서 일종의 자포자기한 기색을 읽을 수 있었다.

"안녕히 계세요!"

"안녕히 가십시오, 마님!" 그는 인사를 하고는 무뚝뚝하게 돌아섰다. 그녀로 인해 내면에 오랫동안 잠재되어 있던, 고집 센 여자에 대한 격렬한 분노가 깨어났다. 하지만 그는 무력했다. 정말로 무력했다! 그 자신도 그것을 알고 있었다!

그리고 그녀 역시 고집 센 남자 때문에 화가 치밀었다. 하인 주제에 감히! 그녀는 부루퉁해서 집으로 돌아왔다. 그녀는 언덕 위 커다란 너도밤나무 아래에서 자신을 찾으러 나온 볼턴 부인을 발견했다.

"마님이 오고 계시나 해서 한번 나와봤어요." 여자가 밝은 목소리로 말했다.

"내가 늦었나요?" 코니가 말했다.

"아니에요! 클리퍼드 경이 차를 마시려고 기다리고 계셔서요."

"그럼 직접 차를 내지 그랬어요?"

"아, 제가 할 일이 아닌 것 같아서요. 클리퍼드 경도 그러면 좋아하지 않으실 거예요, 마님."

"대체 왜 그런지 모르겠네요." 코니가 말했다.

그녀는 안으로 들어가서 클리퍼드의 서재로 갔다. 쟁반 위에 놓인 오래된 놋쇠 주전자가 부글부글 끓고 있었다.

"제가 늦었죠, 클리퍼드!" 코니는 모자와 스카프를 그대로 한 채 쟁반 앞으로 가서 꽃을 내려놓고 차 통을 집어 들면서 말했다. 그녀는 모자와 스카프를 그대로 한 채 쟁반 앞에 서 있었다. "미안해요! 볼턴 부인한테 차를 타달라고 하지 그랬어요?"

"그 생각을 못했군." 그가 빈정대며 말했다. "차를 마실 때마저 그녀가 안주인 노릇을 해야 하는지는 몰랐어."

"아, 은 찻주전자에 함부로 손을 대면 안 되는 무슨 신성함이라도 있는 건 아니잖아요." 코니가 말했다.

그는 이상하다는 듯 그녀를 힐긋 쳐다보았다.

"오후 내내 뭘 했어?" 그가 물었다.

"산책했어요. 걷다가 쉼터 같은 곳에 앉아 있었어요. 커다란 호랑가시나무에 아직도 열매가 달려 있는 거 알아요?"

그녀는 스카프만 풀고 모자는 벗지 않은 채 의자에 앉아서 차를 타기 시작했다. 구운 빵은 분명 가죽처럼 딱딱해졌을 것이다. 그녀는 찻주전자 위에 보온 덮개를 씌워놓고 제비꽃을 꽂아둘 작은 유리병을 가지러 일어섰다. 가엾게도 꽃들은 축 처진 채 줄기에 늘어져 있었다.

"다시 살아날 거예요!" 그녀는 그가 향기를 맡을 수 있도록 유리병에 담은 꽃을 그 앞에 놓으며 말했다.

"주노의 눈꺼풀보다 향기로운 꽃이로다."* 그가 시구를 인용해 말했다.

"그게 실제로 제비꽃하고 무슨 상관이 있는지 모르겠어요." 그녀가 말했다. "엘리자베스 시대 사람들은 문장을 지나치게 꾸몄던 것 같아요."

그녀는 그에게 차를 따라주었다.

"존의 샘에서 멀지 않은 곳에 작은 오두막이 하나 있더군요. 혹시 그 오두막 열쇠가 있나요? 꿩을 키우는 오두막이요." 그녀가 말했다.

"아마도 있을걸. 왜?"

"오늘 우연히 그 오두막을 발견했어요. 오늘 처음 들렀는데 정말 마음에 들더라고요. 가끔 거기 가서 앉아 쉬었으면 해서요. 그래도 괜찮죠?"

"멜러즈가 거기 있지 않았어?"

"네, 있었어요! 그 사람 때문에 그곳을 찾아낸 셈이죠. 그가 망치질하는 소리가 들렸거든요. 그런데 내가 침입이라도 한 것처럼 거기 들른 걸 싫어하는 눈치였어요. 사실 열쇠를 하나 달라고 하니까 좀 무례하게 굴더라고요."

"그자가 뭐라고 했는데?"

---

* 셰익스피어의 〈겨울 이야기(Winter's Tale)〉 4막 4장 121행.

"아, 무슨 말을 한 건 아니에요. 그 사람 태도가 좀 그랬어요! 게다가 열쇠에 대해서는 아무것도 모른다고 하더군요."

"아버지 서재에 열쇠가 있을지도 모르겠어. 베츠가 열쇠에 대해 알고 있을 거야. 열쇠는 모두 그 서재에 있으니까. 베츠에게 한번 찾아보라고 하지."

"예, 그래주세요." 그녀가 말했다.

"그런데 멜러즈가 무례하게 굴었다니!"

"아니, 사실 별거 아니에요! 그런데 내가 자신의 성을 마음대로 드나드는 걸 원치 않는 건 분명해 보였어요."

"하긴 좋아하진 않겠지."

"하지만 그가 싫어하고 말고 할 이유가 있는지 모르겠어요. 거긴 그 남자의 집도 아니잖아요! 그렇다고 개인적으로 머무르는 거처도 아니고요. 내가 원할 때 거기에 앉아 있으면 안 되는 이유를 도무지 모르겠어요."

"당신 말이 맞아!" 클리퍼드가 말했다. "자기 자신을 너무 대단한 존재로 생각하는 것 같군, 그 사람은."

"그런가요?"

"확실히 그런 면이 있어! 그는 자신이 뭔가 특별한 존재라도 되는 양 생각하고 있어. 당신도 알다시피 그에게 아내가 있었지만 아내와 잘 지내지 못했어. 그래서 1915년에 군에 입대했고, 인도로 배치됐을 거요. 여하튼 그는 이집트에 있는 기병대에서 대장장이로 근무했어. 언제나 말과 관련된 일을 했지. 그 방면으로 재주가 있는 친구였으니. 그러다 어떤 인도 출신 대령이 그를 마음에 들어해서 부관으로 삼았다더군. 맞아, 그래서 장교가 되었다고 했어. 그 후 대령과 함께 인도로 돌아가서 북서쪽 국경 지대에서 근무했고. 그러다 병이 나서 지금은 연금을 받으며 산다지. 제대를 한 건 작년이고. 그랬던 사람이 다시 자신의 원래 자리로 되돌아오는 일은 쉽지 않아. 허우적댈 수밖에 없을 거야. 하지만 나와 관계된 일이라면 그는 자신이 맡은 일을 잘해내고 있어. 물론 그가 조금이라도 멜러즈 중위처럼 군다면 그런 태도는 용납할 수 없지."

"그런데 어떻게 그가 장교가 될 수 있었죠? 더비셔 사투리가 그렇게 심한데 말이에요."

"그자는 더비셔 사투리를 쓰지 않아. 가끔 사투리가 섞여 나오는 경우는 있지만 말이야. 마음만 먹으면 표준어를 완벽하게 구사할 수 있어. 내 추측으론 그가 다시 사병 신분으로 내려온 이상 그에 맞게 말하는 게 좋다고 생각한 것 같군."

"왜 전에는 그 사람에 대해 말해주지 않았어요?"

"아, 난 이런 무용담은 참을 수가 없거든. 그런 것들은 모든 질서를 엉망으로 만들어놓지. 그런 일들이 일어났다는 것 자체가 정말 유감이야."

코니도 그 말에 동의하고 싶었다. 어디에도 어울리지 못하는 불만만 가득한 사람이 무슨 쓸모가 있을까!

한동안 맑은 날씨가 계속되자 클리퍼드 역시 숲으로 한번 나가보기로 했다. 바람은 차가웠지만 그렇게 못 견딜 정도는 아니었고, 햇빛은 생명력 그 자체인 듯 따뜻하고 푸근했다.

"정말 놀라워요." 코니가 말했다. "날씨가 상쾌하고 화창할 때는 기분까지 달라진다니까요. 평소에는 이 공기가 반쯤 죽었다고 느끼잖아요. 그런데 정작 공기를 죽이고 있는 건 바로 사람이에요."

"사람들이 공기를 죽이고 있다고 생각해?" 그가 물었다.

"네, 그렇게 생각해요! 사람들에게서 뿜어 나오는 너무나 많은 불만과 권태, 분노의 기운이 공기 중에 있는 활력을 죽이고 있어요. 틀림없어요!"

"아마도 공기 중의 어떤 조건이 사람들의 활력을 떨어뜨리는 것일 수도 있지." 그가 말했다.

"아니에요! 이 세상을 독살하고 있는 건 인간이에요." 그녀가 주장했다.

"자신의 보금자리를 더럽히고 있다는 거군!" 클리퍼드가 말했다.

모터 의자가 털털거리는 소리를 내며 움직였다. 개암나무 숲에는 나뭇가지 끝에 기다랗게 매달려 있는 꽃송이들이 옅은 금빛을 띠고 있었고, 햇빛이 비치는 곳에는 아네모네가 활짝 피어 있었다. 마치 사람들이 과거에 그 꽃들과 함께 환호할 수 있었던 것처럼 삶의 기쁨으로 환호하는 것 같았다. 사과꽃 냄새 같은 희미한 향기가 풍겨 나왔다. 코니는 꽃을 몇 송이 꺾어 클리퍼드에게 갖다 주었다.

그는 그 꽃들을 받아 들더니 신기하다는 듯 쳐다보았다.

"'그대 여전히 더럽혀지지 않은 고요의 신부여.'* 이 구절은 그리스 항아리보다 꽃과 훨씬 더 어울리는 것 같아." 그가 말했다.

"더럽혀진다는 말은 너무 끔찍한 말이네요!" 그녀가 말했다. "세상 만물을 더럽히는 건 오직 인간뿐이에요."

"글쎄, 난 잘 모르겠는데. 달팽이 같은 것들도 그렇지." 그가 말했다.

"달팽이는 그저 꽃을 갉아먹을 뿐이에요. 그리고 벌도 꽃을 더럽히진 않아요."

---

* 영국의 낭만주의 시인 존 키츠(John Keats)의 시 〈그리스의 항아리에 바치는 송가(Ode on a Grecian Urn)〉의 구절.

그녀는 모든 것을 말로 바꿔버리는 그에게 화가 났다. 제비꽃은 주노의 눈꺼풀이, 아네모네는 더럽혀지지 않은 신부가 되었다. 그녀는 언제나 그런 말들이 자신과 삶 사이에 끼어드는 것이 혐오스러웠다! 뭔가를 더럽히는 게 있다면 그건 바로 그런 말들이었다. 살아 있는 모든 존재로부터 생명의 수액을 전부 빨아들이는 진부한 말과 구절들이었다.

클리퍼드와 산책하는 일은 그다지 성공적이지 못했다. 그와 코니 사이에 긴장감이 감돌고 있었다. 둘 다 모르는 체하고 있었지만 분명 그랬다. 코니는 자신의 여성적인 본능의 힘으로 갑자기 그를 조용히 밀쳐내고 있었다. 그녀는 그에게서 벗어나고 싶었다. 특히 그의 의식과 그의 말, 그 자신에 대한 집착에서 벗어나고 싶었다. 그 자신과 자신이 내뱉는 말에 대해 쳇바퀴처럼 끝없이 반복되는 그의 집착에서 벗어나고 싶었다.

비가 다시 부슬부슬 내렸다. 그러나 하루 이틀이 지나자 그녀는 비가 내려도 다시 밖으로 나갔다. 그리고 숲으로 갔다. 그녀는 숲으로 들어가 오두막을 향해 걸었다. 비가 내리고 있었지만 그다지 춥지는 않았다. 숲은 매우 고요하고 한적해서 비가 내려 어둑해지면 사람이 들어올 수 없는 곳처럼 느껴졌다.

코니는 공터에 들어섰다. 그곳엔 아무도 없었다! 오두막은 잠겨 있었다. 그녀는 나무 현관 아래에 있는 통나무 문간 계단에 몸을 웅크리고 앉아 팔로 몸을 따뜻하게 감싸 안았다. 그렇게 앉아서 비를 바라보며 소리 없는 빗소리에 귀를 기울이기도 하고, 바람이 불지 않는 것 같은데도 나무 위쪽 가지에서 이상하게 쏴아 하는 바람의 소리에 귀를 기울이기도 했다. 오래된 참나무들이 주변을 둘러싸고 있었고, 잿빛을 띤 힘찬 나무줄기는 비에 젖어 거무스름해진 채 둥글고 생기 있는 모습으로 나뭇가지를 제멋대로 뻗고 있었다. 뜰에는 잡풀이 별로 없었고 아네모네가 여기저기 흩어져 피어 있었다. 덤불숲도 한두 군데 있었는데, 딱총나무나 불두화나무 덤불과 자줏빛으로 뒤엉킨 가시나무 덤불이었다. 빛바랜 적갈색 고사리는 초록색 물결 같은 아네모네에 묻혀 거의 보이지 않았다. 아마 이곳은 더럽혀지지 않은 장소 중 하나일 것이다. 더럽혀지지 않은 곳! 온 세상은 이미 더럽혀져버렸다.

더럽힐 수 없는 것들도 있다. 정어리 통조림 같은 것은 더럽힐 수 없다. 그리고 많은 여자들도 이처럼 더럽힐 수 없고 남자들도 그렇다. 그러나 대지는……!

빗줄기가 차츰 약해졌다. 비가 내려 참나무 사이에 깔려 있던 어두운 기운이 점차 걷히기 시작했다. 코니는 돌아가고 싶었지만 계속 앉아 있었다. 그런데 차츰 추워지기 시작했다.

그녀는 마음속에 이는 분노로 인한 무력감에 압도되어 마비된 것처럼 꼼짝할 수 없었다.

더럽혀지다니! 육체적인 접촉 없이도 인간은 얼마나 심하게 더럽혀질 수 있나! 죽은 말로 더럽혀지는 것은 터무니없이 외설적이고, 죽은 생각들은 강박관념이 되어버린다.

비에 젖은 갈색 개가 뛰어와서 짖지도 않고 젖은 꼬리털을 위로 치켜세웠다. 사냥터지기가 뒤따라왔다. 운전사처럼 젖은 검은 방수 재킷을 입고 있었고 얼굴은 살짝 상기되어 있었다. 그녀는 그가 빨리 걷다가 자신을 보자 움찔하며 뒷걸음질 치는 것을 느꼈다. 그녀는 몸을 일으켜 나무 현관 아래에 있는 손바닥만 한 공간에 비를 피해 서 있었다. 그는 말없이 인사를 하고 천천히 다가왔다. 그녀는 자리에서 움직이기 시작했다.

"가려던 참이었어요." 그녀가 말했다.

"안에 들어가려고 기다리고 계셨던 건가요?" 그는 그녀가 아니라 오두막을 쳐다보며 말했다.

"아니에요! 잠시 비를 피하려고 앉아 있었어요." 그녀가 나지막한 목소리로 위엄 있게 말했다.

그는 그녀를 바라보았다. 그녀는 추워 보였다.

"클리퍼드 경에게 다른 열쇠가 없던가요?" 그가 물었다.

"그래요! 그렇지만 상관없어요. 현관 아래에 있으면 비를 맞지 않고 앉아 있을 수 있더군요. 그럼 안녕히 계세요."

그녀는 그가 심한 사투리로 말하는 게 싫었다.

그는 발걸음을 옮기기 시작하는 그녀를 뚫어지게 바라보았다. 그리고 재킷을 휙 걷어 올려 바지 주머니에 손을 넣어 오두막 열쇠를 꺼냈다.

"이 열쇠를 가져가시는 게 좋겠습니다. 꿩을 기를 곳은 다른 곳에 마련하면 됩니다."

그녀는 그를 바라보았다.

"무슨 뜻이에요?" 그녀가 말했다.

"제 말은 꿩을 기를 만한 다른 장소를 찾으면 된다는 뜻입니다. 마님이 여기 계시고 싶을 때 제가 이곳에서 얼쩡거리는 건 원치 않으실 테니까요."

그녀는 안개 같은 사투리를 가까스로 알아들으며 그를 바라보았다.

"보통 쓰는 말로 말할 수는 없나요?" 그녀가 쌀쌀맞게 물었다.

"저는요! 전 보통 쓰는 말로 말하고 있는 겁니다."

그녀는 화가 나서 잠시 아무 말도 하지 않았다.

"그래서 제 말은, 마님이 열쇠를 원하신다면 이 열쇠를 가져가시는 게 좋겠다는 겁니다. 아니면 제가 먼저 물건들을 치우고 내일 열쇠를 드려도 좋고요. 그래도 되겠습니까?"

그녀는 더욱 화가 치밀었다.

"난 당신 열쇠를 원한 게 아니에요." 그녀가 말했다. "당신이 물건을 치우는 것도 원하지 않고요. 고맙지만 당신을 오두막에서 쫓아내려고 하는 게 아니라고요. 난 그저 가끔씩 여기에 와서 앉아 있다 가려고 했던 것뿐이에요. 오늘처럼 말이죠. 하지만 현관 아래에서도 편안히 앉아 있을 수 있더군요. 그러니 더 이상 그 얘긴 하지 말아요."

그는 짓궂은 파란 눈으로 그녀를 다시 바라보았다.

"아무튼요." 그는 심한 사투리로 느리게 말을 시작했다. "오두막이나 열쇠 모두 마님이 원하는 대로 하세요. 단지 1년 중 이맘때는 꿩이 알을 낳는 때예요. 그래서 제가 꿩을 돌보러 이곳에 자주 얼쩡거릴 수밖에 없습니다. 겨울에는 여기에 올 필요가 거의 없습니다. 그러나 봄에는 클리퍼드 경이 꿩을 키우길 원하셔서요. 전 마님이 여기 계실 때 제가 주변에서 돌아다니는 걸 싫어하실 거라고 생각했습니다."

그녀는 그 말을 듣고 약간 놀랐다.

"당신이 여기 있는 걸 내가 꺼려해야 할 이유가 있나요?" 그녀가 물었다.

그는 이상하다는 듯 그녀를 보았다.

"제가 신경 쓰이실 테니까요!" 그가 짤막하지만 의미심장하게 말했다.

"잘 알았어요!" 마침내 그녀가 말했다. "당신을 귀찮게 하지 않을게요. 하지만 여기 앉아 있을 때 당신이 꿩을 돌본다고 해서 거슬리진 않았을 거예요. 난 오히려 좋아했을 거예요. 하지만 당신에게 방해가 된다면 그만두겠어요. 그러니 걱정하지 말아요. 당신은 클리퍼드 경이 고용한 사냥터지기이지 내가 고용한 사람이 아니니까요."

왠지 모르게 이 말은 이상하게 들렸다. 그러나 그녀는 그냥 말해버렸다.

"아닙니다, 마님. 여기는 마님이 소유하신 오두막입니다. 마님이 원하실 때는 언제든 마님 뜻대로 하실 수 있단 말입니다. 일주일 전에 미리 통보만 하시면 저를 해고하실 수도 있지요. 단지……."

"단지 뭐요?" 그녀가 당혹해하며 물었다.

그는 모자를 이상하고 우스꽝스럽게 뒤로 밀어젖혔다.

"단지 마님이 여기 오셨을 때 주변에서 제가 얼쩡거리는 일 없이 혼자 계시고 싶어하실 거라는 말입니다."

"그런데 왜 그래야 하는데요?" 그녀가 화가 나서 말했다.

"당신은 문명인이 아닌가요? 내가 당신을 두려워해야 한다고 생각해요? 내가 왜 당신이란 존재를, 당신이 여기 있거나 말거나를 신경 써야 하는 거죠? 어째서 그게 중요해요?"

그는 얼굴에 온통 심술궂은 웃음을 지으며 그녀를 바라보았다.

"아닙니다, 마님. 전혀 그렇지 않습니다." 그가 말했다.

"그렇다면 왜요?" 그녀가 물었다.

"그럼 제가 마님께 열쇠를 하나 만들어드릴까요?"

"고맙지만 사양할게요! 열쇠는 필요 없어요."

"어쨌든 열쇠를 하나 만들어두겠습니다. 열쇠가 두 개 있으면 좋죠."

"그런데 말이죠. 당신이 무례하다는 생각이 드네요." 얼굴이 벌게진 코니가 숨이 조금 가쁜 듯이 말했다.

"아니에요, 아닙니다!" 그가 재빨리 대답했다. "그런 말씀 마세요! 아닙니다. 그런 뜻은 없었습니다! 그저 마님이 여기 오신다면 이곳을 비워드려야 한다고 생각했고, 그러면 꿩을 키울 만한 곳을 새로 마련해야 하니 할 일이 많아질 거라 생각했습니다. 그런데 제가 여기 있어도 신경 쓰이지 않는다고 하신다면……. 여긴 클리퍼드 경이 소유한 오두막이니 마님이 원하는 대로 하실 수 있습니다. 마님이 원하는 대로 하세요. 제가 여기서 일하느라 얼쩡거리는 게 신경 쓰이지 않으신다면요."

코니는 완전히 당황해서 그곳을 떠났다. 자신이 모욕을 당해서 기분이 매우 불쾌한 것인지 아닌지 확실히 알 수 없었다. 그 남자는 진심으로 말했을지도 모른다. 자신이 얼쩡거리지 않기를 그녀가 바란다고 생각했을지도 모른다. 마치 그녀가 그러길 꿈꾸기라도 한 것처럼! 게다가 어리석기 짝이 없는 주제에 자신이 무슨 중요한 존재라도 되는 듯이 굴다니!

그녀는 혼란스러운 마음에 자신이 무슨 생각을 하고 무엇을 느끼는지도 알지 못한 채 집으로 돌아왔다.

9장

코니는 스스로도 놀랄 만큼 클리퍼드를 혐오했다. 더군다나 자신이 줄곧 진심으로 그를 싫어해왔다는 생각까지 들었다. 강렬한 감정 같은 건 없었으므로 증오는 아니었다. 그러나 육체적으로는 아주 깊은 혐오감을 느꼈다. 내심 그를 육체적으로 혐오했기 때문에 그와 결혼한 게 아닌가 싶었다. 그러나 물론 사실은 정신적으로 그에게 매력과 흥분을 느꼈기 때문에 그와 결혼한 것이었다. 그는 어떤 면에서는 그녀를 뛰어넘는 스승 같았다.

그런데 이제는 그런 정신적인 흥분은 다 사라지고 허물어져서 그녀에게 남은 건 그를 향한 육체적인 혐오뿐이었다. 그 혐오감은 마음속 깊은 곳에서부터 치솟았고, 그녀는 그 혐오감이 얼마나 자신의 삶을 갉아먹고 있는지를 깨달았다.

그녀는 무기력했고 완전히 버림받았다고 느꼈다. 외부로부터 어떤 도움이라도 받고 싶었다. 그러나 그녀를 도와줄 사람은 세상천지에 아무도 없었다. 미쳐 돌아가는 사회는 끔찍하기만 했다.

문명사회는 제정신이 아니었다. 돈과 이른바 사랑이란 것에 미친 듯이 집착하고 있었다. 이 중 가장 열광하고 있는 것은 단연코 돈이었다. 인간은 각자 단절된 채 광기에 빠져 이 두 가지 방식, 즉 돈과 사랑으로 자신을 내세우고 있었다. 마이클리스를 보라! 그의 삶과 행위는 온통 광기일 뿐이었다. 그의 사랑도, 그의 희곡들도 하나의 광기에 지나지 않았다.

클리퍼드 역시 마찬가지였다. 그 모든 말들! 그 모든 글들! 앞서 나가려고 버둥거리는 그 모든 격렬한 몸부림! 그저 미친 짓이었다. 게다가 그것은 점차 악화되어 진짜 광기가 되어갔다.

코니는 두려움에 지칠 대로 지쳐 있었다. 그러나 적어도 그녀를 붙잡고 있던 클리퍼드의 손아귀에서 벗어나고 있었고, 그는 이제 볼턴 부인을 장악하려 들고 있었다. 클리퍼드는 그것을 모르고 있었다. 미치광이들이 대개 그렇듯 그의 광기는 자신이 의식하지 못하는 것들, 이를테면 그의 의식 속에 있는 드넓은 사막의 넓이로 측정될 수 있을지도 모른다.

볼턴 부인은 여러 면에서 놀라울 만큼 일을 잘해냈다. 그러나 그녀에게는 이상하게도 무의식적으로 우두머리 노릇을 하려는 태도, 즉 자기 의지를 끊임없이 주장하려는 태도가 있었다. 그것은 현대 여성에게 나타나는 광기의 흔적이었다. 그녀는 자신이 전적으로 다른 사람에게 도움을 주며 그들을 위해 살아왔다고 생각했다. 클리퍼드는 항상 또는 매우 자주 자신의 더 섬세한 본능에 따라 그녀의 의지를 조용히 좌절시켰고, 바로 이 점이 그녀를 매료시켰다. 그에게는 그녀보다 좀더 섬세하고 미묘하게 자기를 주장하려는 의지가 있었다. 이점이 그녀에게는 아주 매력적으로 보였다.

아마 코니도 그런 매력에 빠졌을 것이다.

"오늘 날씨가 아주 화창하네요!" 볼턴 부인이 기분 좋게 사람을 끄는 목소리로 말하곤 했다. "오늘은 모터 의자를 타고 조금 달려보면 즐거우실 거라는 생각이 드네요. 햇살이 정말 아름답거든요."

"그래요? 저 책 좀 갖다 주겠어요? 저기, 저 노란 책 말이오. 그리고 저 히아신스 좀 밖으로 내갔으면 하는데."

"어머, 정말 아름다운데요!" 그녀는 '아름다운'이란 말에서 '아'를 길게 늘여 '아 – 름다운데요'라고 말했다. "게다가 향기도 좋잖아요."

"바로 그 향기가 싫군." 그가 말했다. "어쩐지 장례식장 냄새 같아서."

"그러시군요!" 그녀는 놀라 큰 소리로 말했다. 조금은 언짢은 기분이 들었지만 인상적이기도 했다. 그리고 그의 고상하고도 까다로운 감각에 감탄하면서 히아신스를 밖으로 가지고 나갔다.

"오늘 아침엔 제가 면도를 해드릴까요? 아니면 직접 하시겠어요?" 언제나 한결같이 부드러우면서 달래는 듯한, 순종하면서도 간섭하는 듯한 목소리였다.

"모르겠군. 잠시 기다려주겠어요? 준비되면 부르지."

"예, 알겠습니다, 클리퍼드 경!" 그녀는 매우 부드러우면서 고분고분하게 대답하고 조용히 자리를 떠났다. 그러나 매번 거절을 당할 때마다 그녀 안에는 새로운 의지가 쌓여갔다.

그러다 잠시 후 그가 종을 울리면 그녀는 즉시 나타났고, 클리퍼드는 이렇게 말하는 식이었다.

"오늘 아침엔 당신이 면도를 해줬으면 좋겠군."

그러면 그녀는 가슴이 살짝 두근거렸고 더욱 부드러운 목소리로 대답했다.

"예, 알겠습니다, 클리퍼드 경!"

볼턴 부인은 솜씨가 매우 뛰어나서 더딘 듯하지만 부드러운 손길로 천천히 면도를 해주었다. 처음에 클리퍼드는 그녀의 손가락이 얼굴에 매우 부드럽게 닿는 감촉에 화가 났다. 그러나 이제는 그 감촉을 좋아하게 됐고 육감적인 손길을 즐기게 됐다. 그는 거의 매일 그녀에게 면도를 맡겼다. 그녀는 그의 얼굴에 점차 다가가서 면도가 제대로 되고 있는지 매우 유심히 쳐다보았다. 그리고 자신의 손가락 끝으로 그의 뺨과 입술, 턱과 목을 완벽하게 알아갔다. 그는 윤기가 흐르고 건강해 보였으며 얼굴과 목은 제법 잘생긴 데다 신사다웠다.

볼턴 부인 역시 아름다웠다. 창백하고 살짝 갸름한 데다 아주 차분해 보이는 얼굴에, 두 눈은 환하게 빛났지만 아무런 감정도 드러내지 않았다. 점차 아주 부드럽게, 거의 사랑에 가까운 감정으로 그녀는 그의 목을 휘어잡기 시작했으며 그는 점차 고분고분해졌다.

그녀는 이제 그를 위한 일을 거의 모두 도맡아 하고 있었다. 그는 코니보다 그녀가 더 편했고, 지저분한 일까지도 그녀에게 시중을 받는 것이 코니에게 도움을 받을 때보다 부끄럽게 느껴지지 않았다. 그녀는 그를 돌보는 일을 좋아했다. 자신의 손으로 마지막 지저분한 일까지 도맡아서 그의 몸을 돌보는 일을 좋아했다. 어느 날 그녀는 코니에게 말했다. "남자들의 밑바닥까지 보고 나면 말이죠. 다들 아기나 다름없어요. 저는 테버셜 탄광으로 내려갔던 아주 거칠다는 광부들도 몇 명 다뤄봤어요. 그런데 아파서 보살핌을 받게 되면 그들도 모두 아기가 돼버리죠. 그냥 몸집만 커다란 아기 말이에요. 아, 남자들은 별다른 차이가 없어요. 다 똑같다니까요."

처음에 볼턴 부인은 신사, 클리퍼드 경과 같은 진짜 신사에게는 정말로 뭔가 다른 점이 있을 거라고 생각했다. 그래서 클리퍼드는 볼턴 부인의 기세를 순조롭게 억누를 수 있었다. 그러나 그녀의 표현을 빌리자면, 점차 그의 마음 밑바닥까지 들여다보게 되면서 그 역시 다른 사람들처럼 몸만 자란 아기에 불과하다는 사실을 알게 되었다. 그러나 이 아기는 기이한 성격과 세련된 태도, 돈과 권력을 지니고 있을 뿐만 아니라, 그녀가 결코 꿈꿔보지 못한 갖가지 신기한 지식으로 여전히 우쭐거리며 그녀를 위협할 수 있었다.

코니는 때때로 그에게 이렇게 말하고 싶은 충동이 일었다. "제발, 저 여자의 손아귀에서 그렇게 끔찍하게 놀아나지 말라고요!" 그러나 그녀는 결국 그런 말을 해줄 만큼 그를 좋아하지 않는다는 사실을 깨달았다.

코니와 클리퍼드는 여전히 열 시까지 저녁시간을 함께 보냈다. 그들은 함께 이야기를 나누거나 책을 읽고, 그가 쓴 원고를 검토했다. 그러나 그런 일들은 이제 더 이상 예전처럼 짜릿한 전율을 일으키지 못했다. 그녀에게는 그의 원고들이 지루하고 따분하게 여겨졌다. 그래도 아직까지 그를 위해 의무적으로 타자를 쳐주긴 했다. 그러나 얼마 안 가 그 일도 볼턴 부인이 하게 될 것이었다.

왜냐하면 코니가 직접 볼턴 부인에게 타자기 사용법을 배워보라고 권했기 때문이다. 그리고 볼턴 부인은 언제나 무엇이든 할 준비 태세를 갖춘 사람이었으므로 그 즉시 타자를 배우기 시작했고 부지런히 연습했다. 그래서 요즘 클리퍼드는 때때로 볼턴 부인에게 편지를 말로 불러주었고, 그녀는 조금은 느리지만 정확하게 그것을 받아 치곤 했다. 그리고 그는 가끔씩 그녀에게 어려운 단어나 프랑스어 구절의 철자를 아주 참을성 있게 하나하나 일러주었다. 그녀는 무척 감동했고, 그녀를 가르치는 일은 그에게 큰 즐거움이 되었다.

요즘 코니는 때때로 두통이 난다면서 저녁식사 후에 자신의 방으로 올라가버렸다.

"볼턴 부인이 피케* 놀이 상대가 되어줄 거예요." 그녀는 클리퍼드에게 말했다.

—

* 두 사람이 32장의 패를 가지고 하는 카드놀이.

"아, 난 괜찮아요. 그러니 어서 방으로 가서 쉬어요."

그러나 그녀가 자리를 뜨자마자 그는 종을 울려 볼턴 부인을 불러내어 피케나 베지크*, 또는 체스 게임의 상대가 되어달라고 했다. 그는 이미 그녀에게 이 모든 게임을 가르쳐주었다. 볼턴 부인이 체스 판의 여왕이나 기사를 손가락으로 머뭇거리며 만지다가 도로 손을 떼고는 어린 소녀처럼 얼굴을 붉히며 살짝 떠는 모습을 보면 코니는 이상할 정도로 불쾌해졌다. 그러면 클리퍼드는 볼턴 부인을 짓궂게 놀리면서 거만한 표정으로 슬며시 미소 지으며 말했다.

"이럴 땐 **자두브****라고 말해야 해요!"

그녀는 놀란 눈을 반짝이며 그를 올려다보고는 곧 부끄러운 듯 순순히 중얼거렸다.

"자두브!"

그렇다. 그는 볼턴 부인을 가르치고 있었다. 그리고 그녀를 가르치며 자신이 힘이 있다고 느낄 수 있었기 때문에 그 일을 즐기고 있었다. 볼턴 부인은 짜릿한 전율을 느꼈다. 그리고 신사 계급이 알고 있는 것들을, 즉 돈 이외에 그들을 상류

---

* 둘 또는 네 사람이 64장의 패를 가지고 하는 카드놀이.
** J'adoube. 체스를 둘 때 말을 움직일 의사는 없이 손만 대는 경우에 하는 말.

층으로 만들어주는 모든 것들을 조금씩 자신의 것으로 만들어가고 있었다. 그것은 그녀를 흥분시켰다. 그리고 동시에 그녀는 클리퍼드로 하여금 자신을 곁에 두고 싶은 마음이 들도록 만들었다. 그는 그녀가 정말로 짜릿하게 전율하는 모습을 보면 묘하게 의기양양한 기분이 들었다.

코니가 보기에 클리퍼드는 자신의 본색을 서서히 드러내고 있는 것 같았다. 조금 저속하고 평범하며 영감이라곤 없는 약간은 우둔한 모습을. 아이비 볼턴의 여러 수법과 겸손한 척하며 위세 떠는 태도 또한 너무나 빤히 보였다. 그러나 코니는 그 여자가 클리퍼드에게 감동해서 정말로 전율을 느끼는 것을 보고 깜짝 놀랐다. 볼턴 부인이 클리퍼드를 사랑하고 있다고 한다면 그것은 틀린 말일 것이다. 상류층에 속한 남자이자 작위를 지닌 신사, 책과 시를 쓸 수 있는 작가, 화보 신문에 사진이 실리는 이 남자와 직접 접촉한다는 데 짜릿한 전율을 느낀 것이었다. 그녀가 느끼는 전율은 점차 묘한 열정으로까지 이어졌다. 게다가 볼턴 부인은 자신을 '교육시키는' 그의 모습에 연애 관계에서 느낄 수 있는 것보다 더 열정적인 흥분과 훨씬 깊은 감흥을 느꼈다. 사실 결코 연애 관계가 **될 수 없다는** 사실 덕분에 그녀는 그러한 열정을 자유롭게, 뼛속까지 짜릿하게 느꼈다. 그것은 그가 아는 것을 자신도 알아간다는, 그 **알아가는** 것에 대한 특이한 열정이었다.

어떤 면에서 볼턴 부인이 그를 사랑하고 있다는 건 확실했다. 우리가 사랑이라는 단어에 어떤 힘을 부여하든 말이다. 그녀는 매우 당당하고 아름다웠으며 젊어 보였고, 잿빛 눈은 때때로 무척 경이로웠다. 그와 동시에 볼턴 부인에게는 만족감, 심지어 승리감이라고까지 할 만한 만족감이 눈에 띄지 않게 감돌고 있었고, 코니는 그것이 너무 싫었다. 은근히 승리감에 취해 만족하는 꼴이라니! 웩, 비밀스럽게 혼자 즐기는 만족감! 코니는 그것이 끔찍하게도 싫었다!

그러나 클리퍼드가 그 여자에게 사로잡힌 것은 그다지 놀랍지 않았다! 그 여자는 나름대로 한결같이 전적으로 그를 떠받들었으며, 그가 원하는 대로 마음껏 자신을 이용할 수 있도록 전적으로 헌신하며 그의 시중을 들었다. 그러니 그가 우쭐해하는 것도 당연했다!

코니는 그 둘 사이에 오가는 긴 대화를 듣곤 했다. 아니, 오히려 대체로 말하는 사람은 볼턴 부인이었다. 그녀는 테버셜 마을에 도는 소문의 물줄기를 그에게 대주었다. 그녀의 이야기는 단순한 소문 이상이었다. 개스켈 부인*과 조지 엘리엇**, 미트퍼드 양***을 하나로 합친 것도 모자라 이 여류 작가들이 놓친 이야기까지 엄청나게 덧붙였다. 볼턴 부인은 일단 이야기를 시작하면 마을 사람들의 삶에 대해 여타 책에서보다 더 훌륭하게 이야기를 풀어갔다. 그녀는 마을 사람들 모두를 친밀하게 알고 있었고, 그들의 일상에 대해 매우 특이하고 대단한 열성을 품고 있었다. 그녀의 이야기를 듣는 것은 살짝 부끄러운 일이기는 했지만 매우 흥미로웠다. 그녀는 처음에는 감히 클리퍼드에게 이른바 '테버셜 이야기'를 할 엄두를 내지 못했었다. 그러나 일단 시작하자 이야기가 거침없이 술술 흘러나왔다. 클리퍼드는 '소재'를 위해 그 이야기를 들었고 실제로 풍부한 소재를 발견했다. 코니는 소위 말하는 그의 '천재적 재능'이 바로 이 점이라는 것을 깨달았다. 명백히 개인적인 소문을 토대로, 영리하게도 겉으로는 무심한 척 거리를 두고 써내려가는 독특한 재능이었다. 물론 볼턴 부인은 '테버셜 이야기'를 매우 열정적으로 풀어놓았다. 그 얘기에 거의 도취할 정도였다. 실제로 일어난 일들과 그녀가 알고 있는 일들은 정말 놀라웠다. 그녀는 수십 권의 책이라도 펴낼 수 있을 정도였다.

---

*   Elizabeth Cleghorn Gaskell, 1810~1865. 영국의 여류 소설가로 빈민의 비참한 생활과 노동자의 실상을 그린 소설을 썼다.

**   George Eliot, 1819~1880. 영국의 여류 소설가로 주로 영국의 시골 생활을 배경으로 작품을 썼고 멋진 심리묘사로 유명하다.

*** Mary Russell Mitford, 1787~1855. 영국의 여류 소설가로 시골 생활을 배경으로 한 작품을 썼다.

코니도 볼턴 부인의 이야기에 푹 빠졌다. 그러나 그러고 난 뒤에는 언제나 조금 부끄러웠다. 그렇게 자극적인 호기심만으로 이야기를 들어서는 안 되는 것이었다. 타인의 가장 사적인 이야기를 들을 수는 있겠지만, 고통에 몸부림치며 지쳐버린 영혼을 존중하면서 섬세하고 분별력 있게 공감하는 마음으로 들어야 한다. 심지어 풍자도 공감의 한 형태이기 때문이다. 우리의 공감이 흘러왔다 빠져나가는 방식에 따라 우리의 삶이 진정으로 결정된다. 그리고 바로 여기에 소설, 제대로 쓰인 소설이 지닌 엄청난 중요성이 있다. 제대로 쓰인 소설은 우리의 공감 의식을 새로운 곳으로 흐르도록 알려주고 이끌어주며, 죽어버린 것들에게서 우리의 공감이 멀어지게 할 수도 있다. 그러므로 제대로 쓰인 소설은 삶의 가장 비밀스런 면면을 드러낼 수 있다. 민감한 자각이라는 조류가 밀물과 썰물처럼 밀려왔다가 빠져나가면서 깨끗이 씻어내고 새롭게 해줄 필요가 있는 곳은, 무엇보다 삶의 **열정적이고** 내밀한 면면에 있기 때문이다.

그러나 소문이 그렇듯이 소설 역시 기계적이고 치명적인 거짓된 공감과 혐오를 영혼에 불러일으킬 수 있다. 소설은 **관습적으로** '순수'를 유지하는 한 가장 타락한 감정도 미화시킬 수 있다. 그러면 소문처럼 소설도 결국에는 나쁜 영향을 끼치게 되고, 소문처럼 표면적으로는 언제나 천사의 편에 서기 때문에 더욱더 나쁜 영향을 끼치게 된다. 볼턴 부인이 이야기하는 소문은 언제나 천사의 편에 서 있었다. "그리고 그는 너무 나쁜 남자였고 그녀는 정말 **훌륭한** 여자였어요."라는 식이었다. 그런데 볼턴 부인이 들려주는 소문만으로도 코니가 알 수 있듯이, 그 훌륭하다는 여자는 그저 말주변만 좋은 사람이었고, 그 나쁘다는 남자는 솔직하게 화를 낼 줄 아는 사람이었다. 그러나 볼턴 부인이 관습적이고 나쁜 영향을 끼치는 공감이라는 수단으로 이야기를 전하면서, 솔직하게 화를 낸 남자는 '나쁜 남자'가 되었고, 말주변이 좋은 여자는 '훌륭한 여자'가 되어버렸다.

이런 이유로, 소문을 듣는 일은 여간 수치스러운 게 아니었다. 그리고 같은 이유로 대부분의 소설, 특히 인기 있는 대중소설들 역시 독자를 수치스럽게 만든다. 대중들은 이제 오로지 악덕에 호소하는 것에만 반응했다.

그럼에도 볼턴 부인의 이야기는 테버셜 마을을 보는 새로운 시각을 던져주었다. 추악한 삶이 끔찍하게 뒤죽박죽 얽혀 들끓고 있는 마을 같았다. 밖에서 보는 것처럼 그렇게 따분하고 단조로운 곳이 전혀 아니었다. 물론 클리퍼드는 이야기에 등장하는 사람들을 대부분 본 적이 있었지만 코니는 단지 한

두 명 정도만 알 뿐이었다. 그러나 실제로 이야기를 듣다 보면 영국 마을이라기보다 중앙아프리카에 있는 정글이라도 되는 것 같았다.

"이미 들으셨겠지만 올솝 양이 지난주에 결혼했답니다! 못 들으셨다고요? 올솝 양이라고, 올솝 구둣방을 하는 제임스 영감님의 딸이요. 영감님이 파이 크로프트에 집을 한 채 짓기도 했고요. 그 영감님은 작년에 낙상을 당해 돌아가셨죠. 나이가 여든셋이나 됐지만 젊은 사람처럼 민첩한 분이셨어요. 그런데 작년 겨울 베스트우드 언덕에 젊은 애들이 만들어놓은 미끄럼길에서 그만 미끄러지셨지 뭐예요. 그 사고로 넓적다리가 부러졌는데 결국 돌아가셨죠. 불쌍한 영감님, 정말 딱해요. 그런데 그 영감님이 재산을 전부 딸 태티에게 남기셨어요. 아들들에게는 한 푼도 주지 않고요. 제가 알기로는 태티가 저보다 다섯 살 위니까 작년 가을에 쉰세 살이었죠. 그런데 그들은 독실한 비국교도 신자들이었어요. 정말 우습지 뭐예요! 태티는 아버지가 돌아가시기 전까지 30년이나 주일학교에서 아이들을 가르쳤어요. 그런데 그랬던 그녀가 킨브룩 출신 남자와 놀아나기 시작한 거예요. 그 남자를 아시는지 모르겠지만 빨간 코에 멋깨나 내는, 나이도 지긋한 윌콕이라는 사람이에요. 지금은 핸슨의 목재소에서 일하고 있고요. 나이가 못해도 예순다섯 살은 됐죠. 그런데 그 둘이 팔짱을 끼고 문 앞에서 입을 맞추는 모습을 보면 사이좋은 한 쌍의 비둘기 같은 연인이라는 생각이 드실 거예요. 정말 그래요. 글쎄 그녀가 파이 크로프트 길가 쪽으로 나 있는 창가에서 그 남자 무릎 위에 보란 듯이 앉아 있더래요. 그런데 그 남자에게는 마흔이 넘은 아들들이 있는 데다 아내와 사별한 지도 2년밖에 안 됐죠. 제임스 올숍 영감님이 아셨다면 무덤에서 벌떡 일어났을 일이지요. 딸을 아주 엄하게 키우셨거든요! 두 사람은 결혼해서 지금 킨브룩에서 살고 있어요. 들리는 말로는 그녀가 아침부터 밤까지 하루 종일 실내복을 입고 돌아다닌대요. 진짜 가관이죠. 늙은이들이 그렇게 산다니 말이에요! 젊은이들보다 **훨씬** 더 꼴사납고 혐오스러워요. 전 그게 다 영화 탓이라고 생각해요. 그렇다고 영화를 안 보고 살 순 없지만요. 그래서 전 언제나 이렇게 말하죠. '교훈적인 좋은 영화를 봐라. 부디 그런 멜로드라마나 연애 영화는 보지 마라. 어찌 됐든 아이들은 그런 영화를 보지 못하게 해라!' 그런데 보세요. 아이들보다 어른들 하는 짓이 더욱 꼴사나워서 못 볼 지경이잖아요. 게다가 그것도 모자라 늙은이들이 한 술 더 뜨죠. 도덕성에 대해 얘기해보세요! 아무도 거들떠보지 않는다니까요. 사람들은 자기 하고 싶은 대로 하면서 살고 있어요. 뭐 그렇게 사니까 도리어 더 잘 살기도 하지요. 정말 그래요. 그런데 요즘에는 허리끈을 졸라매야 할 형편이죠. 요즘 탄광 사정이 아주 나빠져서 돈벌이가 시원치 않거든요. 사람들이 입만열었다 하면 불평을 늘어놓는데 끔찍하죠. 특히 여자들이 그래요. 남자들이야 훌륭하게 잘 참잖아요! 그들이 할 수 있는게 뭐가 있겠어요? 참 불쌍하죠! 그런데 여자들은 말이죠. 아이고, 여자들은 계속 한심한 짓거리나 해대는 거지예요! 메리 공주님* 결혼 선물을 마련하는 데 기부를 하면서 과시나하고 설치고 다니고, 그러다 공주가 받은 온갖 엄청난 선물을보곤 미친 듯이 악을 쓰는 거예요. '공주가 뭔데? 뭐가 그렇게잘났다고! 스완 앤 에드거 백화점은 나한테는 **한 벌**도 안 주는 모피 코트를 뭐하러 여섯 벌이나 주는 거야? 괜히 기부해서 내 돈 10실링만 날렸잖아! 공주가 내게 뭐라도 해주겠어?난 봄 코트 한 벌 새로 사지 못하고, 아버지는 저렇게 일을 해도 돈을 못 버시는데 말이야. 그런데도 공주는 몇 트럭씩 선물을 받잖아. 이제 끝날 때가 됐어. 짜증 나 미치겠어. 가난한사람들도 돈 좀 써봐야 하지 않겠어? 부자들은 이미 실컷 써봤잖아. 봄 코트 하나 새로 장만하고 싶다고. 정말이야. 그런

---

* 영국 왕 조지 5세의 딸로 1922년 결혼했다.

데 내가 어디서 코트를 구할 수 있겠어?'라고 떠들어대는 겁니다. 전 그들에게 갖고 싶어하는 화려한 새 옷 같은 거 없이도 그저 잘 먹고 잘 입고 사는 것만으로 감사하라고 말하죠. 그러면 그들은 제게 이렇게 쏘아붙이며 대든답니다. '그럼 메리 공주는 누더기 같은 옷을 걸치고 돌아다니면서 아무것도 없어도 그저 감사해야 하는 거 아니에요? 공주 같은 사람들은 선물을 몇 트럭씩 받는데, 나 같은 사람은 봄 코트 한 벌도 살 수 없잖아요. 분통 터져 못 살겠어요. 공주라서 그렇다고요? 그 짜증 나는 공주 소리 좀 작작하세요! 문제는 돈이죠. 공주는 이미 돈이 많아서 사람들이 더 많이 갖다 바치는 거라고요! 나한테는 땡전 한 푼 갖다 주는 사람이 없잖아요. 나도 누구 못지않게 권리가 있단 말이죠. 교육에 대해 이러니저러니 설교할 생각 말아요. 문제는 돈이니까요. 새 봄 코트를 갖고 싶어도 가질 수가 없다고요. 바로 그 돈이 없어서 말이죠.' 여자들이 관심 있는 거라곤 옷밖에 없어요. 그들은 겨울 코트를 사는 데 7기니나 8기니를 쓰고 아이들 여름 모자를 사는 데 2기니나 쓰는 걸 대수롭지 않게 생각해요. 생각해보세요. 고작 광부의 딸인 처지에 말이죠. 그리고 2기니짜리 모자를 쓰고 초기 감리교파* 교회에 가더란 말입니다. 제가 어렸을 때는 3실링 6펜스짜리 모자를 쓰고도 자랑스러워했을 여자애들이 말이죠. 듣기로는 올해 초기 감리회 기념일에 주일학교 아이들을 위해 맞춤 계단식 관람석을 쓴다는데요. 거의 천장까지 닿을 법한 웅장한 특별 관람석이라더군요. 주일학교에서 1학년 여자애들을 맡고 있는 톰슨 양에게서 들은 바로는 그 관람석에 앉은 아이들이 주일에 입고 온 새 옷을 합하면 1,000파운드가 넘을 거래요! 요즘 시대가 바로 그렇다니까요! 그렇다고 그들을 막을 도리는 없죠. 여자들은 옷에 미쳤어요. 남자애들도 마찬가지고요. 젊은 사내들은 돈을 모조리 자신한테 쏟아붓고 있어요. 옷을 사 입거나 담배를 사 피우고, 그도 아니면 '광부 복지관'에서 술이나 퍼마시고, 셰필드로 일주일에 두세 번씩 놀러 다니죠. 전혀 딴 세상이라니까요. 게다가 그들은 두려워하는 것도 존경하는 것도 없어요. 젊은이들에겐 아무것도 없어요. 나이 든 남자들이야 참을성도 있고 훌륭하죠. 정말이지 그 남자들은 여자들이 뭐든 맘대로 하도록 내버려두죠. 그래서 바로 이 꼴이 된 거예요. 여자들이야말로 정말 악마나 다름없어요. 그런데 젊은 사내들은 자기 아버지들과는 달라요. 전혀 희생하려 들지를 않거든요. 정말 아무것도 희생하지 않죠. 다들 자기들만 위할 줄 알아요. 가정을 위해

—

* 1811년 웨슬리 감리교에서 파생된 교파.

돈을 조금이라도 모으라고 하면 이렇게 말하죠. '나중에 모을 거예요. 나중에요. 즐길 수 있을 때 즐겨야죠. 다른 거야 나중에 해도 되잖아요!' 정말이지 다들 거칠고 이기적이에요. 모든 일은 결국 나이 든 남자들이 떠맡는 거죠. 그러니 그저 앞날이 걱정이에요."

클리퍼드는 자기 마을에 대해 새로운 생각을 하기 시작했다. 마을을 생각하면 언제나 두렵기도 했지만 어느 정도는 안정된 곳이라고 생각했었다. 그런데 지금은……?

"사람들 사이에 사회주의나 볼셰비키주의가 많이 퍼져 있는 편인가요?" 그가 물었다.

"아, 그거요!" 볼턴 부인이 말했다. "큰 소리로 떠들어대는 사람이 몇 명 있긴 해요. 그런데 대체로 빚에 시달리고 있는 여자들이죠. 남자들은 전혀 관심 없어요. 테버셜 남자들이 공산주의자로 변할 일은 없을 거예요. 그런 데 빠져들 사람들은 못 돼요. 하지만 젊은이들 중에는 때때로 허튼소리를 지껄이는 사람도 있죠. 그렇다고 그들이 정말로 관심이 있어서 하는 말은 아니에요. 그저 주머니에 돈푼이나 생기면 복지관에 가서 술을 마시거나 셰필드로 쏘다니고 싶어하죠. 그런 것들에만 관심을 둔다니까요. 그들은 돈이 떨어졌을 때나 공산주의자들이 지겹도록 떠들어대는 말에 귀를 기울일 거예요. 그렇다 해도 그 말을 진심으로 믿진 않는다는 거죠."

"그러니까 아무 위험이 없다고 보는 거요?"

"그럼요! 탄광 사업이 잘만 된다면 그럴 위험은 없을 거예요. 하지만 상황이 오랫동안 힘들어지면 젊은 사람들도 이상해질지 모르죠. 그들은 하나같이 이기적이고 못된 녀석들이거든요. 하지만 그렇다고 무슨 일을 저지르진 않을 거예요. 어떤 일에든 진지한 구석이라고는 전혀 없는 애들이니까요. 오토바이를 타고 다니며 뽐내거나 셰필드 댄스홀에서 춤을 추는 것 빼고는 말이죠. 그들을 진지하게 **만들 순** 없어요. 진지한 애들이 한다는 일이란 게 야회복을 쫙 빼입고 댄스홀에 가서 많은 여자들 앞에서 과시하며 새로 유행하고 있는 찰스턴 춤인가 뭔가 추는 게 고작이죠. 때때로 야회복을 입은 젊은이들로 버스가 꽉 찰 때가 있어요. 댄스홀로 가는 광부의 자식들이죠. 자동차나 오토바이에 여자를 태우고 가는 젊은이들은 말할 것도 없고요. 그들이 진지하게 생각하는 건 하나도 없어요. 동커스터 경마나 더비 경마는 빼고요. 그들은 경마가 열렸다 하면 돈을 걸더군요. 아, 그리고 축구가 있죠! 그런데 축구도 예전 같지 않아요. 확실히 달라졌어요. 중노동이라도 하는 것처럼 너무 힘들다네요. 그래서 그런지 그 애들은 토요일 오후가 되면 차라리 오토바이를 타고 셰필드나 노팅엄으로 가고 싶어해요."

"그런데 그들은 거기 가서 뭘 하는 거요?"

"아, 그냥 어슬렁거리며 돌아다니는 거죠. 미카도 같은 멋진 찻집에서 차를 마시고, 댄스홀이나 영화관, 엠파이어 극장을 가죠. 물론 여자들하고 같이요. 젊은 여자들도 젊은 남자들만큼이나 제멋대로예요. 그저 자신들이 원하는 대로 다 하거든요."

"그렇다면 그런 짓을 할 돈이 없을 때는 뭘 하지?"

"어떻게든 돈을 구하는 것 같아요. 그리고 돈이 없을 땐 추잡한 이야기를 떠들어대기 시작하죠. 그러니 볼셰비키주의가 퍼질 일은 없어요. 젊은 남자나 여자나 다들 원하는 건 돈뿐이죠. 즐기고 멋진 옷을 사 입을 수 있는 돈 말이에요. 다른 것에는 전혀 관심이 없어요. 사회주의자가 될 만큼 머리가 좋지도 않고요. 뭔가를 진정으로 심각하게 생각할 만큼 진지한 구석도 없고요. 앞으로도 계속 그럴 거예요."

코니는 생각했다. 하층 계급 사람들도 다른 모든 계급 사람들과 똑같다고. 테버셜이든 메이페어든, 켄싱턴에서든 모두 똑같은 일이 반복될 뿐이었다. 요즘에는 오직 한 계급만이 존재했다. 바로 돈을 좇는 사람들이었다. 돈만 좇는 사내와 계집애들뿐이었다. 얼마나 많이 갖고 있는지, 얼마나 많이 원하는지만 다를 뿐이었다.

클리퍼드는 볼턴 부인의 영향으로 탄광에 새로운 관심을 갖기 시작했다. 그는 자신 역시 탄광에 속해 있다고 느끼기 시작했다. 새로운 종류의 자기주장이 생겨났다. 결국 그는 테버셜의 진짜 주인이었고, 사실 그 자신이 탄광 자체인 셈이었다. 그것은 바로 새로운 권력 의식, 그가 지금까지 두려워서 멀리하려고 했던 것이었다.

테버셜 탄광은 쇠락의 길을 걷고 있었다. 테버셜과 뉴런던 탄광 두 곳만 남아 있었다. 테버셜은 한때 유명한 탄광으로 엄청난 돈을 벌어들였다. 그러나 전성기는 이미 끝났다. 뉴런던은 엄청난 돈을 벌어들인 적은 없지만 보통은 그럭저럭 운영되고 있었다. 그러나 이제는 상황이 좋지 않아 뉴런던 같은 탄광들마저 무너지고 있었다.

"많은 사람들이 테버셜 마을을 떠나 스택스게이트나 화이트오버로 가버렸어요." 볼턴 부인이 말했다. "전쟁이 끝나고 생긴 스택스게이트의 새로운 공장을 보지 못하셨죠? 혹시 보셨나요? 아, 언제 한번 꼭 가보세요. 아주 새로운 공장이더군요. 탄갱 입구에 커다란 화학 공장이 하나 있는데 전혀 탄광처럼 보이지 않더라고요. 듣자 하니 석탄보다 화학 부산물로 훨씬 더 많은 돈을 벌어들인답니다. 그게 뭔지는 잊어버렸네요.

게다가 일꾼들을 위해 커다란 집들도 새로 지었어요. 멋진 주택들요! 물론 전국 각지에서 별 볼일 없는 인간들이 몰려들었죠. 그런데 많은 테버셜 사람들도 거기서 지내고 있어요. 이곳 사람들보다 훨씬 더 잘산다더군요. 테버셜은 이제 끝났다고들 얘기해요. 단지 몇 년이나 더 버틸 수 있느냐 하는 문제일 뿐이지 문 닫는 건 기정사실이라고 하네요. 그리고 뉴런던이 제일 먼저 문 닫을 거라고 하고요. 테버셜 탄광이 더 이상 돌아가지 않을 거라니, 정말 어이없지 않은가요? 파업이 일어나는 동안에도 그렇게 나빴는데 영원히 문 닫게 된다면 세상이 끝나는 것 같을 거예요. 제가 어렸을 때 테버셜은 이 지역에서 제일가는 탄광이었고, 거기서 일할 수만 있다면 행운이라고들 여겼는데 말이죠. 아, 테버셜에서 벌어들인 돈도 많았지요. 그런데 지금은 다들 테버셜을 침몰하는 배라면서 이제 모두 탈출해야 할 때라고 해요. 정말 끔찍해요! 그러나 마지못해 떠나야 하는 순간이 올 때까지는 떠나는 사람은 별로 없을 거예요. 그들은 최신식 탄광은 좋아하지 않아요. 깊기도 한 데다 모든 작업을 기계 장치로 하거든요. 그들 중 몇몇은 철 인간이라고 부르는, 석탄 캐는 기계를 마냥 두려워하기도 해요. 예전에는 항상 사람이 하던 일을 이제 그 기계가 하는 거죠. 게다가 기계로 석탄을 채굴하면 낭비가 많대요. 하지만 낭비된 것보다 임금에서 절약되는 부분이 훨씬 더 크다지요. 이러니 곧 지구상에서 인간들은 아무 쓸모가 없어질 거예요. 기계들이 모든 일을 하게 되겠죠. 그런데 오래전에 양말 짜는 방직기를 포기해야만 할 때도 똑같은 소리를 했다더군요. 저도 그 방직기를 한두 대는 본 기억이 있어요. 그런데 기계가 많아질수록 사람들도 더 필요한 건 확실해요. 실제로도 그렇고요! 또 사람들 말로는 테버셜 탄광에서 채굴한 석탄으로는 스택스게이트에서 만들어내는 것과 같은 화학물질을 추출할 수 없다지만, 말도 안 되는 소리죠. 두 탄광은 서로 3마일도 떨어져 있지 않으니까요. 그런데도 사람들은 그렇게들 말한답니다. 하지만 다들 광부들 형편이 더 나아지게 해주고 여자들에게 일자리라도 주기 위해 무슨 일이라도 시작하지 않는 게 아쉽다고 하긴 해요. 젊은 여자애들은 하루가 멀다 하고 셰필드로 가서 어슬렁거리기나 한다니까요! 테버셜 탄광이 기사회생이라도 한다면 대단한 화젯거리가 될 거예요. 다들 테버셜 탄광은 끝났다느니 가라앉은 배라느니, 침몰하는 배에서 쥐새끼들이 도망치듯이 광부들도 떠나야 한다고 떠들어댔으니까요. 그런데 사람들은 참 말들이 너무 많아요. 물론 전쟁 중에는 호황이었죠. 그때 제프리 경이 재산을 신탁하여 어떤 상황이 와도 돈이 안전하도록 관리하셨죠. 사람들이 그러더군요! 그런데 이제는 고용주나 소유자조차도 탄광에서 그렇게 많은 돈을 벌어들이지는 못한다고요. 그 말을 믿기 어려우시겠죠! 전 항상 탄광은 영원히 지속될 거라고 믿었어요. 제가 어렸을 때만 해도 이렇게 되리라고 누가 생각할 수 있었겠어요! 그런데 뉴잉글랜드는 폐쇄돼버렸어요. 콜윅우드도 마찬가지죠. 그래요. 그 수풀 사이를 지나가면서 콜윅우드 탄광이 나무들 사이에 버려진 채 우두커니 서 있는 모습을 보는 것은 잊을 수 없을 정도로 끔찍해요. 덤불이 자라서 탄광 갱구까지 뒤덮어버렸고 선로는 빨갛게 녹이 잔뜩 슬었죠. 꼭 귀신이라도 나올 것 같아요. 죽음 그 자체나 다름없죠. 테버셜이 문을 닫는다면 우리는 어떻게 해야 할까요? 생각만으로도 끔찍해요. 파업 때만 빼고는 언제나 사람들로 북적거렸고, 파업할 때도 조랑말을 데리고 올라올 때 빼고는 송풍기를 멈추지 않았지요. 정말이지 웃기는 세상이에요. 해가 바뀔 때마다 세상이 어떻게 돌아가는지 모르겠어요. 정말 모르겠다니까요."

클리퍼드에게 새로운 투지를 불어넣은 것은 바로 볼턴 부인의 이야기였다. 볼턴 부인이 말한 대로 그의 수입은 아버지의 신탁재산 덕분에 많지는 않아도 안전하게 보장되어 있었다. 그는 탄광에 진심으로 관심을 두진 않았었다. 그가 붙잡고 싶었던 것은 다른 세계, 즉 문학과 명성의 세계였다. 대중적인 인기를 얻을 수 있는 세계이지 노동자들의 세계는 아니었다.

　이제 그는 대중적인 인기로 얻는 성공과 노동으로 얻는 성공 사이에 차이가 있다는 사실을 깨달았다. 쾌락을 추구하는 대중과 노동하는 대중의 차이 말이다. 그는 지극히 개인으로서 쾌락을 추구하는 대중을 위해 소설을 쓰고 그들의 욕구를 만족시켜주었다. 그리고 인기를 얻었다. 그러나 쾌락을 추구하는 대중들 밑에는 노동하는 대중, 즉 사납고 더럽고 조금 무섭기까지 한 대중이 있었다. 그들 또한 자신들의 욕구를 채워줄 공급자를 필요로 했다. 그리고 쾌락을 추구하는 대중보다 노동하는 대중의 욕구를 채워주는 일은 훨씬 고되고 냉혹한 일이었다. 그가 소설을 쓰면서 세상에서 '성공하는' 동안 테버셜은 궁지에 몰리고 있었다.

　그는 이제 성공이라는 암캐 여신의 주된 식욕이 두 가지라는 것을 깨달았다. 하나는 작가나 예술가들이 아첨하고 찬사를 보내며 어루만져주고 즐겁게 해주는 욕망이고, 다른 하나는 고기와 뼈를 바라는 좀더 사나운 욕망이었다. 그런데 암캐 여신에게 바치는 고기와 뼈는 산업에서 돈을 버는 사람들이 공급해주는 것이었다.

　그렇다. 그 암캐 여신을 놓고 서로 으르렁거리며 달려드는 개들에게는 크게 두 부류가 있었다. 한 부류는 여신에게 오락과 소설, 영화, 희곡을 바치며 아첨을 해대는 무리였고, 다른 한 부류는 화려하진 않지만 고기, 즉 진짜 실체가 있는 돈을 바치는 훨씬 더 사나운 족속이었다. 말쑥하게 차려입고 화려하게 꾸민 오락을 바치는 부류의 개들은 암캐 여신에게 총애를 받으려고 자기들끼리 다투고 으르렁거렸다. 그러나 없어서는 안 되는 무리, 즉 뼈를 가져오는 개들 사이에서 목숨을 걸고 말없이 서로 물어뜯는 싸움에 비하면 아무것도 아니었다.

그러나 볼턴 부인의 영향으로 클리퍼드는 또 다른 싸움, 산업 생산이라는 잔인한 수단으로 암캐 여신을 사로잡고 싶었다. 어찌 된 일인지 그는 활기를 얻었다. 어떤 면에서는 볼턴 부인이 그를 남자로 만든 것이다. 코니는 결코 하지 못했던 일이었다. 코니는 일정한 거리를 유지하며 그가 자기 자신과 자신의 상태를 예민하게 자각하도록 했다. 그러나 볼턴 부인은 그가 오직 외부 세계의 것들만 자각하도록 했다. 그래서 그는 내적으로는 연한 과육처럼 흐물흐물하게 변하기 시작했지만 외적으로는 유능해지기 시작했다.

클리퍼드는 심지어 마음먹고 탄광에 한 번 더 가보았다. 그리고 광차를 타고 갱 속으로 들어가 채굴장까지 내려갔다. 전쟁이 일어나기 전에 그가 배웠던 것들을 거의 잊어버린 줄 알았는데 이제 서서히 되살아났다. 그는 불구의 몸으로 광차에 앉은 채 타고 내려갔고, 지하 현장감독은 활활 타오르는 횃불을 들고 석탄층을 보여주었다. 그는 말없이 잠자코 있었다. 그러나 그의 정신은 깨어나 활발하게 움직이기 시작했다.

그는 탄광 산업에 대한 전문 서적들을 다시 읽기 시작했고 정부 간행물을 연구했으며, 채탄 기술과 석탄 및 셰일의 화학적 성질에 대한 독일어로 된 최근 자료를 주의 깊게 읽었다. 물론 가장 가치 있는 발견들은 대부분 기밀 사항이라 공개되어 있지 않았다. 그러나 탄광업 분야와 관련해서 여러 방법과 수단, 석탄 부산물과 화학적 가능성에 대한 연구를 일단 시작해보니, 현대 전문가들의 기발하고 무시무시한 영리함이 정말 놀라웠다. 마치 악마가 마귀의 재주를 산업기술 과학자들에게 직접 빌려주기라도 한 것 같았다. 그 산업기술 과학은 형편없이 감정적이고 우둔한 예술이나 문학보다 훨씬 흥미진진했다. 이 분야에선 신이나 악마 같은 사람들이 영감을 받아 발견한 것들을 실행하려고 서로 다투고 있었다. 이러한 일에서 사람들은 계산이 가능한 모든 정신적 나이를 초월해 있었다. 그러나 클리퍼드는 감정적이고 인간다운 삶이라는 문제에 이르면, 바로 이 동일한 사람들의 정신연령이 열세 살 정도밖에 안 되는 연약한 소년이 된다는 것을 알고 있었다. 이러한 불일치는 엄청난 것이었고 소름이 끼칠 정도였다.

그러나 그대로 내버려둘 일이었다. 사람이 감정적이고 '인간다운' 정신에 있어서 백치 같은 상태로 미끄러진다 해도 클리퍼드는 개의치 않았다. 모두 내버려두면 되었다. 그가 관심 있는 것은 현대 탄광업 기술과 테버셜을 궁지에서 끌어낼 방법이었다.

그는 매일 탄갱으로 내려가서 연구하고 총감독과 지상 현장감독, 지하 현장감독, 기술자들을 전혀 꿈도 꾸지 못했을 정도로 혹사시켰다. 힘! 그는 새로운 힘이 자신의 몸에 흐르고 있는 것을 느꼈다. 이 모든 사람들, 수천 수백 명의 광부들을 지배하는 힘이 그에게 있었다. 그는 이 사실을 깨닫고 있었다. 그래서 점차 모든 것을 손아귀에 움켜쥐고 장악했다.

그는 진정으로 다시 태어난 사람 같았다. **이제** 그에게 새로운 생명력이 가득 차기 시작했다! 그는 코니와 함께 예술가이자 자의식이 강한 존재로서 고립된 개인적인 삶을 살아가며 점차 죽어가고 있었다. 이제 그 모든 것을 내버려두었다. 잠재웠다. 그는 순전히 석탄에서, 탄갱에서 나온 생명력이 자신에게 밀고 들어오는 것을 느꼈다. 탄광의 퀴퀴한 공기가 산소보다 좋았다. 그것은 그에게 힘, 힘이 있다는 의식을 주었다. 그는 뭔가를 하고 있었다. 그리고 **뭔가**를 하려 했다. 그는 승리하고 또 승리할 것이다. 시기와 악의로 시끄럽게 떠들어대

는 세상에서 소설을 써서 단지 대중적인 명성을 얻는 승리와
는 달랐다. 석탄과 테버셜 탄갱의 시커먼 먼지에서 얻어낸 한
인간으로서의 승리일 것이다.

처음에는 전기가 해결책이 될 거라고 생각했다. 갱구에서
석탄을 전력으로 변환하여 전기를 파는 것이었다. 그러다 새
로운 생각이 떠올랐다. 자동 연료 공급 장치가 있어서 화부가
필요 없는 새로운 기관차를 독일인들이 개발해낸 것이다. 그
기관차에 쓰이는 새로운 연료는 특정 조건을 충족시키면 적
은 양을 태워서 많은 열을 만들어낼 수 있었다.

강력한 열을 내면서도 매우 천천히 연소되는 새로운 농축
연료에 클리퍼드는 가장 먼저 매료되었다. 그러한 연료를 태
우려면 단순히 공기를 공급하는 것 말고 외부 자극이 있어야
했다. 그는 실험을 시작했고 자신을 도와줄 사람으로 화학 분
야에서 두각을 나타내고 있는 영리한 젊은이를 구했다.

그는 승리에 도취했다. 그리고 마침내 자신에게서 벗어났
다. 자신에게서 벗어나고 싶었던 평생의 은밀한 갈망을 이룬
것이었다. 예술은 그렇게 해주지 못했다. 예술은 오히려 악화
시켰을 뿐이었다. 그러나 이제 드디어 그는 그 일을 해내고
말았다.

그는 볼턴 부인이 자신을 뒤에서 얼마나 도와주었는지 알

아채지 못했다. 자신이 그녀에게 얼마나 의존하고 있는지도 몰랐다. 그러나 분명한 사실은 그녀와 함께 있을 때면 그의 목소리가 조금은 천박하다고 느껴질 정도로 친밀하고 편안한 어조로 변한다는 것이었다.

그는 코니와 있을 때면 약간 경직되어 있었다. 그는 그녀에게 모든 것을 빚지고 있다고 생각했다. 그래서 그녀가 겉으로나마 자신을 존중하는 한, 그녀를 최대한 존중하고 배려하는 모습을 보였다. 그러나 속으로는 그녀를 두려워하고 있는 것이 분명했다. 아킬레스처럼 새로운 영웅의 모습으로 변한 그에게는 아킬레스와 같은 약점이 있었으며, 코니와 같은 아내는 이 약점을 지닌 그를 치명적인 불구로 만들 수 있었다. 그는 코니에게 비굴함에 가까운 두려운 마음을 품고 있었으므로 그녀에게 지극히 잘해주었다. 하지만 그녀에게 말할 때면 목소리가 긴장되었고, 그녀가 곁에 있을 때면 언제나 말수가 줄어들었다.

그는 볼턴 부인과 단둘이 있을 때만 자신이 정말로 군주나 주인이 된 듯한 느낌이 들었고, 목소리도 그녀만큼이나 편안하고 수다스럽게 흘러나왔다. 그러고는 그녀에게 면도를 맡기거나 아이라도 된 듯이, 정말 어린애라도 된 듯이 그녀가 자신의 몸 전체를 닦도록 내버려두었다.

10장

코니는 이제 꽤 많은 시간을 혼자 보냈고, 래그비를 찾아오는 사람들도 부쩍 줄어들었다. 클리퍼드는 사람들이 찾아오는 것을 더 이상 반기지 않았다. 친한 친구들이 찾아오는 것도 달가워하지 않았다. 그는 이상해졌다. 오히려 라디오를 듣는 것을 좋아했다. 그래서 꽤 많은 돈을 들여 소리가 깨끗하게 들리도록 라디오를 설치했다. 그 덕분에 그는 수신 상태가 불안정한 이곳 중부 지방에서도 때때로 마드리드나 프랑크푸르트의 방송을 들을 수 있었다.

그렇게 그는 몇 시간씩 혼자 앉아 라디오 확성기에서 큰소리로 흘러나오는 소리를 듣곤 했다. 그 모습을 본 코니는 깜짝 놀라 어안이 벙벙했다. 그러나 그는 정신 나간 사람처럼 넋이 빠진 얼굴로 멍하니 앉아서는, 딱히 뭐라 말할 수 없는 그 물건에 귀를 기울이고 있었다. 혹은 귀를 기울이고 있는 듯이 보였다.

그가 정말 듣고 있긴 했던 걸까? 아니면 그것은 그가 먹는 일종의 수면제이고, 라디오를 듣는 동안 정작 마음속에서는 다른 일이 일어나고 있는 게 아닐까? 코니는 도무지 알 수가 없었다. 그녀는 도망치듯 자신의 방으로 올라가버리거나 밖으로 나가 숲으로 갔다. 때때로 그녀는 공포에 시달리기도 했다. 문명화된 종족 전체가 미쳐 돌아가기 시작했다는 공포였다.

그러나 요즘 클리퍼드는 산업 활동이라는 또 다른 기이한 세계에 빠져들면서 속살은 과육처럼 무르지만 겉은 단단하고 효율적인 껍질로 감싸인 생물체처럼 갑자기 변해가기 시작했다. 그는 현대 산업과 금융 세계에 존재하는 놀라운 게와 가재 무리 중 하나로서, 기계처럼 강철로 된 껍질과 부드러운 과육으로 된 속살을 지닌 갑각류의 무척추동물 같은 존재가 되어가고 있었던 것이다. 그래서 코니는 정말로 꼼짝도 못하는 신세가 돼버렸다.

코니는 심지어 자유롭지도 못했다. 클리퍼드가 그녀를 항상 곁에 두려 했기 때문이었다. 그는 그녀가 자신을 떠날지도 모른다는 극심한 공포에 휩싸여 안절부절못했다. 이처럼 이상할 정도로, 무른 과육에 해당하는 감정적이고 인간적인 개인으로서의 부분은 아이같이 거의 백치처럼 공포에 질린 채 그녀에게 의존하고 있었다. 그녀는 그곳 래그비에서 채털리 부인이자 그의 아내로 있어야만 했다. 그러지 않으면 그는 황무지를 떠도는 바보처럼 길을 잃고 말 것이다.

클리퍼드가 자신에게 놀라울 정도로 의존하는 것을 알게 된 코니는 오싹할 정도로 공포에 휩싸였다. 그녀는 그가 탄광 감독이나 위원회 위원, 젊은 과학자들과 이야기하는 것을 듣곤 했는데, 상황을 보는 그의 날카로운 통찰력과 실무자들을 장악하는 섬뜩하고도 실질적인 권력에 깜짝 놀랐다. 그는 실무적인 능력을 갖춰가면서 놀라울 정도로 빈틈없고 막강한 고용주가 되어 있었다. 코니는 클리퍼드가 인생의 위기에 봉착한 바로 그때, 볼턴 부인의 영향력으로 그렇게 된 거라고 여겼다.

그러나 이렇게 빈틈없고 강력한 실무자가 감정적인 삶 가운데 홀로 남겨질 때면 바보처럼 변해버렸다. 그는 코니를 숭배했다. 그녀는 그의 아내이자 위대한 존재였고, 그는 겁에 질린 야만인처럼 이상할 정도로 그녀를 우상으로 삼아 숭배했다. 우상, 바로 그 무서운 우상의 힘을 엄청나게 두려워하고 증오하기까지 하면서 숭배했던 것이다. 그가 원하는 것은 코니가 맹세하는 것이었다. 그를 떠나지 않겠다고, 그를 버리지 않겠다고 맹세하는 것뿐이었다.

"클리퍼드!" 그녀가 그에게 말했다. 그녀가 오두막 열쇠를 손에 넣은 이후였다. "언젠가 정말로 내가 아이를 낳았으면 좋겠어요?"

그는 살짝 튀어나온 창백한 눈으로 불안한 듯 그녀를 바라보았다.

"난 괜찮아. 그 때문에 우리 사이가 달라지지만 않는다면 말이야." 그가 말했다.

"뭐가 달라지면 안 된다는 거예요?" 그녀가 물었다.

"우리 사이 말이야. 서로 사랑하는 우리 마음 말이야! 아이를 낳는 것 때문에 우리 사이의 사랑이 달라진다면 난 절대 반대야. 그리고 언젠가 내 아이를 낳을 수 있을지도 모르잖아!"

코니는 깜짝 놀라 그를 바라보았다.

"내 말은, 머지않아 그 능력이 회복될 수 있을지도 모른다는 말이야."

그녀가 여전히 놀라움이 가시지 않은 눈으로 바라보자 그는 기분이 언짢아졌다.

"그러니까 당신은 제가 아이를 낳는 게 좋지 않다는 거죠?" 그녀가 물었다.

"내 말은 말이야." 그는 궁지에 몰린 개처럼 황급히 대답했다. "그 때문에 나에 대한 당신의 사랑이 변하지만 않는다면 아주 좋다는 뜻이야. 물론 그렇지 않다면 난 절대 반대지."

코니는 싸늘한 두려움과 경멸감에 그저 아무 말도 할 수 없었다. 그는 정말 바보나 할 법한 소리를 지껄여대고 있었다. 그는 자신이 무슨 말을 하고 있는지도 더 이상 알지 못했다.

"아, 물론 아이를 갖는다고 당신에 대한 내 마음이 달라지진 않을 거예요." 그녀는 약간 빈정거리는 말투로 말했다.

"자, 바로 그거야!" 그가 말했다. "그게 중요해! 그렇다면 난 전혀 개의치 않을 거야. 아이가 집 안 여기저기 돌아다니고 아이 미래를 준비하고 있다는 기분이 들면 굉장히 좋을 것 같아. 내게도 힘써서 해야 할 뭔가가 생길 테고. 게다가 그 아이가 당신 아이인 건 틀림없으니까! 그렇다면 내 아이나 마찬가지인 거지. 이 문제에서 중요한 사람은 바로 당신이니까. 그렇지 않아? 난 끼어들지 않을 거야. 어차피 난 아무짝에도 쓸모없는 사람이니. 당신은 삶이 지속되는 한 어디까지나 '위대한 존재'*요! 당신도 알고 있지 않아? 적어도 내게 있어서

---

* 〈출애굽기〉 3장 14절 '나는 스스로 있는 자니라'라는 구절에서 나온 것으로, 하나님은 스스로 있는 위대한 존재라는 뜻이다.

는 그렇다는 거야. 당신이 없다면 난 아무것도 아니야. 난 오직 당신과 당신의 미래를 위해서만 살고 있어. 나 자신에 대해서는 난 아무것도 아니야."

코니는 이 모든 말을 듣자 그가 더욱 실망스럽고 혐오스러웠다. 그가 한 말은 인간이란 존재를 독살시켜버리는 반쪽짜리 지독한 진실에 불과했다. 도대체 정신이 제대로 박힌 남자라면 어떻게 그런 말을 할 수 있을까? 하긴 정신이 똑바로 박힌 남자를 찾을 수가 없었다. 일말의 명예라도 있는 남자라면 어떻게 엄청나게 부담이 될 수밖에 없는 인생의 모든 책임을 여자에게 떠넘기고, 그 공허 속에 그녀를 내버려둘 수 있겠는가?

게다가 30분쯤 지나서 코니는 클리퍼드가 열정적이고 들뜬 목소리로 볼턴 부인에게 말하는 소리를 들었다. 마치 볼턴 부인이 반은 정부이고 반은 양어머니라도 된다는 듯이 열정이 결여된 열정을 가지고 자신을 내보이는 것이었다. 사업상 중요한 사람들이 집에 온 터라 볼턴 부인은 그에게 야회복을 세심하게 입혀주고 있었다.

그 당시 코니는 가끔씩 자신이 죽을 것 같다는 느낌에 시달렸다. 그녀는 섬뜩한 거짓말과 그 바보 같은 놀라운 잔인함에 깔려 죽어가는 기분이었다. 클리퍼드가 묘하게 사업적으로 유능하다는 사실이 어떤 면에서는 그녀를 매우 위협했고, 그녀를 숭배한다는 선언은 그녀를 공포로 몰아넣었다. 그들 사이에서는 아무 일도 일어나지 않았다. 요즘 그녀는 그를 만 지는 일이 없었고 그도 마찬가지였다. 심지어 그가 그녀의 손을 부드럽게 잡는 일도 없었다. 전혀 없었다! 어떤 접촉도 하지 않으면서 그녀를 숭배한다고 선언하는 것은 고문이나 다름없었다. 완전히 성적으로 무능한 사람이 저지르는 잔인함이었다. 그래서 그녀는 자신의 이성이 허물어져버리거나 결국 자신이 죽고 말 것이라고 생각했다.

코니는 가능한 한 자주 숲으로 도망쳤다. 어느 날 오후 그녀가 생각에 잠긴 채 앉아 존의 샘에서 졸졸거리며 흘러나오는 차가운 물을 바라보고 있을 때 사냥터지기가 성큼성큼 걸어왔다.

"마님, 마님께 드릴 열쇠를 하나 만들었습니다." 그가 인사하며 말했다. 그러고는 열쇠를 건네주었다.

"고마워요!" 그녀가 깜짝 놀라며 말했다.

"그런데 오두막이 그렇게 깨끗하진 않아서 괜찮으실지 모르겠습니다." 그가 말했다. "할 수 있는 한 깨끗이 치워놓긴 했지만요."

"아, 그렇게까지 귀찮게 하고 싶진 않았는데요!" 그녀가 말했다.

"귀찮기는요. 전혀 그렇지 않습니다. 일주일 정도 지나서 암탉이 꿩 알을 품게 할 겁니다. 그런데 닭들이 마님을 무서 워하거나 하진 않을 거예요. 제가 아침저녁으로 살펴봐야만 합니다만 어지간하면 마님을 귀찮게 하지 않겠습니다."

"당신 때문에 귀찮을 일은 없을 거예요." 그녀가 항변하듯 말했다. "혹시라도 내가 방해가 된다면 차라리 오두막에 가지 않겠어요."

그는 예리하게 빛나는 파란 눈으로 그녀를 바라보았다. 그 는 친절해 보였으나 거리를 두는 것 같았다. 그러나 적어도 그는 정신이 멀쩡했다. 비록 마르고 아픈 사람처럼 보이긴 했 지만 정신이 제대로 박힌 온전한 사람이었다. 그는 기침 때문 에 힘들어했다.

"기침을 하는군요!" 그녀가 말했다.

"아무것도 아닙니다. 그냥 감기예요! 지난번에 폐렴에 걸 렸는데 기침이 아직 다 낫지 않아서요. 별거 아닙니다."

그는 그녀와 계속 거리를 두며 더 이상 가까이하지 않으려 했다.

그녀는 아침이나 오후에 꽤 자주 오두막에 들렀지만 그가 있었던 적은 한 번도 없었다. 일부러 그녀를 피하는 게 틀림

없었다. 그는 자신의 사생활을 지키고 싶어했다.

그는 오두막을 깨끗이 치워두었다. 작은 탁자와 의자는 벽난로 옆으로 옮기고 불쏘시개와 작은 통나무 더미는 쌓아두었으며, 연장과 덫은 가능한 한 한쪽 구석으로 밀어놔 자신의 흔적이 눈에 띄지 않게 해놓았다. 바깥 공터 옆에다 나뭇가지와 짚으로 자그맣게 낮은 지붕을 만들어 새들이 쉴 수 있는 터전을 만들어놓았고, 그 아래에는 닭장 다섯 개를 두었다. 그러던 어느 날 그곳을 찾은 코니는 갈색 암탉 두 마리가 닭장 안에 앉아 경계하며 사납게 구는 모습을 보게 되었다. 암탉들은 매우 의기양양하게 깃털을 곤두세우고 암컷답게 생명을 품는 열기에 깊이 빠진 채 꿩 알을 품고 있었다. 이 모습을 본 코니는 심장이 거의 찢겨나갈 것 같았다. 자신이 쓸모없이 버림받은, 여자라고 할 수도 없는 그저 끔찍한 존재로 여겨질 뿐이었다.

그 후 닭장 다섯 개가 곧 암탉으로 가득 찼다. 세 마리는 갈색이었고 회색과 검은색 암탉이 각각 한 마리씩 있었다. 암탉들은 하나같이 자신들의 깃털을 한껏 부풀린 채 암컷의 욕구, 암컷의 본능에 따라 알 위에 앉아 부드럽고 듬직하게 자리 잡고 있었다. 그리고 코니가 그 앞에 몸을 웅크리고 앉자 닭들은 번뜩이는 눈으로 코니를 쳐다보았고, 화가 나서 잔뜩 경계하며 날카롭게 꼬꼬댁 소리를 냈다. 흔히 그렇듯 자신의 꿩 알에 점차 접근해오자 암컷으로서 분노를 표출한 것이었다.

코니는 오두막에 있는 곡물통에서 곡물을 찾아냈다. 곡물을 손에 올려놓고 암탉에게 내밀었다. 암탉들은 먹으려 들지 않았다. 그러다 암탉 한 마리가 그녀의 손을 날카롭게 콕 쪼는 바람에 코니는 겁에 질렸다. 그런데도 그녀는 알을 품은 채 아무것도 먹지도 마시지도 않는 어미 닭들에게 뭐라도 주고 싶은 마음이 간절했다. 그녀는 작은 양철통에 물을 담아 가져다주었고 암탉 한 마리가 물을 마시자 기뻐했다.

이제 그녀는 매일 암탉을 보러 왔다. 암탉들은 그녀의 마음을 따뜻하게 해주는 세상에서 유일한 존재였다. 클리퍼드가 불평하는 소리들은 그녀를 머리부터 발끝까지 싸늘하게 만들었다. 볼턴 부인이나 사업상 집에 드나드는 사람들의 목소리를 들어도 마음이 얼어붙어버렸다. 마이클리스가 가끔 보내오는 편지를 읽어도 역시나 등골이 오싹해지는 기분이었다. 그녀는 이것들이 오래 지속된다면 자신은 분명 죽고 말거라고 생각했다.

그러나 지금은 봄이었다. 숲에서는 블루벨이 피어나고 있었으며 개암나무 가지에서는 잎눈이 초록빛 빗방울처럼 알알이 싹을 틔우기 시작했다. 봄이 왔는데도 모든 것이 싸늘하고 냉담하다니 이 얼마나 끔찍한 일인가! 오직 암탉들만이, 화려하게 깃털을 부풀린 채 알을 품고 있는 암탉들만이 따뜻했다. 알을 품고 있는 어미닭만이 따뜻하고 뜨거웠다! 코니는 늘 자신이 금방이라도 실신할 것 같은 상태로 살고 있다고 느꼈다.

그러던 어느 날, 개암나무 아래 앵초꽃이 수북하게 피어 있고 길가에 제비꽃이 여기저기 흐드러지게 피어 있던 아름답고 화창한 날 오후에 코니는 닭장에 들렀다. 그런데 조그맣고 당차 보이는 새끼 꿩 한 마리가 닭장 앞을 종종거리며 활보하고 있었고, 어미 닭은 겁에 질려 꼬꼬댁 소리를 내고 있었다. 그 연약하고 자그마한 새끼 꿩은 회색빛이 도는 갈색을 띤 데다 검은색 반점이 있었고, 그 순간에는 세상에서 가장 생기 있고 반짝이는 존재로 보였다. 코니는 그 모습이 황홀하여 웅크리고 앉아 넋을 잃고 쳐다보았다. 생명! 그것은 생명이었다! 순수하고 생기발랄하며 두려움을 모르는 새로운 생명이었다! 새로운 생명! 그토록 작으면서도 두려움이 전혀 없다니! 몹시 흥분한 어미 닭이 경계하며 큰 소리로 울어대자 허겁지겁 닭장 안으로 도로 들어가 암탉의 깃털 아래로 사라졌지만 그때도 새끼 꿩은 전혀 두려워하지 않았다. 오히려 그것을 하나의 놀이, 삶을 즐기는 놀이쯤으로 여겼다. 얼마 안되어 금세 암탉의 금빛이 도는 갈색 깃털 사이로 뾰족하고 조그만 머리를 빼꼼 내밀고는 신기한 듯 우주를 쳐다보았기 때문이다.

코니는 이 모습에 매료되었다. 그리고 동시에 여자로서 버림받은 자신의 처지가 이루 말할 수 없이 고통스러웠다. 이제 더 이상 참을 수 없을 지경에 다다르고 있었다.

그녀가 지금 바라는 것은 오직 하나, 숲 속에 있는 공터로 가는 일뿐이었다. 나머지는 모두 고통스러운 꿈에 불과했다. 그러나 때때로 그녀는 래그비에서 하루 종일 자리를 지키며 안주인으로서의 의무를 다해야 했다. 그러면 그녀 역시 공허해지는 기분이 들었다. 그저 마음이 텅 빈 채 미쳐가고 있는 것 같았다.

어느 날 저녁 그녀는 손님이 있든 없든 간에 차를 마신 후에 집에서 도망쳐 나오고 말았다. 늦은 시간이었지만 자신을 다시 부를까봐 두려운 사람처럼 수렵장을 가로질러 도망치듯 서둘러 빠져나갔다. 숲으로 들어서자 태양이 장밋빛으로 물들며 지고 있었지만 그녀는 꽃들 사이를 헤치며 발길을 재촉했다. 빛은 머리 위를 오래 비추고 있을 터였다.

공터에 도착했을 때 그녀는 얼굴이 붉게 상기되고 반쯤 정신이 나간 상태였다. 셔츠 차림을 한 사냥터지기가 그곳에 있었다. 밤 동안 새끼 꿩들이 안전할 수 있도록 닭장 문을 닫으

Une immense espérance
a traversé la terre

려던 참이었다. 그러나 새끼 꿩 세 마리가 아직 무리를 지어 짚으로 만든 피난처 아래에서 조그만 발로 이리저리 뛰어다니고 있었다. 이 재빠른 담갈색 새끼 꿩들은 어미 닭이 걱정하며 부르는 소리에도 아랑곳하지 않고 안으로 들어가려 하지 않았다.

"와서 새끼 꿩들을 꼭 보고 싶었어요!" 그녀가 숨을 헐떡이면서 사냥터지기를 수줍게 바라보며 말했다. 그녀는 이제 그를 거의 의식하지 않는 듯했다. "알에서 나온 새끼들이 더 있나요?"

"지금까지 서른여섯 마리가 나왔습니다." 그가 말했다. "나쁜 편은 아니네요."

그 역시 새끼 꿩들이 알을 깨고 나오는 모습을 바라보면 이상하게 즐거운 기분이 들었다.

코니는 맨 끝에 있는 닭장 앞에 웅크리고 앉았다. 새끼 꿩 세 마리가 안으로 뛰어 들어갔다. 그러나 새끼 꿩들은 어미 닭의 노란색 깃털 사이로 당돌한 머리를 쑥 내밀었다가 도로 집어넣었고, 오직 한 마리만이 구슬같이 둥근 작고 반짝거리는 머리를 커다란 어미 닭의 몸통 사이로 내밀고 쳐다보고 있었다.

"한번 만져보고 싶어요!" 그녀는 닭장 창살 사이로 자신의 손가락을 조심스럽게 집어넣었다. 그러나 어미 닭이 그녀의 손을 매섭게 쪼아대는 바람에 코니는 깜짝 놀라고 겁에 질려 급히 뒤로 물러났다.

"이렇게나 쪼아대다니! 아무래도 날 싫어하나봐요!" 그녀가 놀란 목소리로 말했다. "괴롭히려는 게 아닌데!"

뒤에 서 있던 남자가 웃음 짓더니 그녀 옆에 무릎을 벌린 채 웅크리고 앉아서 닭장 안으로 서슴없이 손을 천천히 집어넣었다. 그 늙은 암탉이 그를 쪼아대긴 했지만 그렇게 사납게 굴진 않았다. 그러자 그는 천천히 부드럽게, 그리고 아주 조심스러운 손길로 늙은 암탉의 깃털 사이를 더듬어가며 가냘프게 삐악삐악 소리를 내는 새끼 꿩 한 마리를 손으로 꺼냈다.

"자, 여기 있습니다!" 그녀에게 손을 내밀며 말했다.

그녀는 두 손으로 자그마한 담갈색 새끼 꿩을 받아 들었다. 새끼 꿩은 믿기 어려울 정도로 가느다란 풀줄기 같은 다리로 서서, 무게가 거의 느껴지지 않는 두 발로 균형을 잡으려 애쓰며 코니의 손바닥에 작은 생명체의 떨림을 고스란히 전하고 있었다. 그러나 새끼 꿩은 번듯하게 잘생긴 작은 머리를 대담하게 쳐들고 주위를 매섭게 훑어보더니 작은 소리로 '삐악' 하고 울어댔다.

"정말 사랑스러워요! 아주 당돌하기도 하고요!" 그녀가 다정하게 말했다.

사냥터지기도 그녀 옆에 쪼그리고 앉아 그녀의 손에 놓인 대담한 작은 새를 놀라운 얼굴로 쳐다보았다. 그러다 갑자기 눈물 한 방울이 그녀의 손목 위로 뚝 떨어지는 것을 보았다.

그는 벌떡 일어서서 떨어져 있는 다른 닭장 쪽으로 자리를 옮겼다. 별안간 허리에서 예전에 느꼈던 불길, 영원히 잠잠하기를 바랐던 그 불길이 힘차게 솟아오르는 것을 느꼈기 때문이다. 그는 등을 돌리고 그 불길에 맞서 싸우고 있었다. 그러나 그 불길은 급격히 위로 솟구치다가 아래로 내려가더니 그의 무릎을 휘감았다.

그는 다시 돌아서서 그녀를 바라보았다. 그녀는 새끼 꿩이 다시 어미 닭의 품으로 달려갈 수 있도록 무릎을 꿇고 멍하니 자신의 두 손을 천천히 앞으로 내밀고 있었다. 그런 그녀의 모습에서 어쩐지 말로 다하지 못할 쓸쓸함이 묻어났다. 그의 마음속에서 그녀를 향한 연민이 불타올랐다.

그는 자신도 모르게 그녀에게 서둘러 다가가 다시 그녀 옆에 웅크리고 앉았다. 그녀가 암탉을 두려워하고 있었기 때문에 그녀의 손에서 새끼 꿩을 가져다 닭장 안에 도로 집어넣어주었다. 그의 허리 깊숙한 곳에서 갑자기 더욱 강한 불길이 획 치솟았다.

그는 염려스러운 듯 그녀를 힐끗 쳐다보았다. 그녀는 얼굴을 돌린 채 의지할 곳 없는 자기 세대의 외로움이 너무 고통스러운지 하염없이 울고 있었다. 그의 가슴은 갑자기 한 줄기 불꽃이 사그라지듯 별안간 녹아내렸고, 그는 손을 뻗어 그녀의 무릎에 손가락을 갖다 댔다.

"울지 마십시오!" 그가 부드러운 목소리로 말했다.

그러나 그 순간 그녀는 두 손으로 얼굴을 가렸다. 정말로 가슴이 찢어질 듯 아팠고, 이제 더 이상 중요한 건 아무것도 없었다.

그는 그녀의 어깨 위에 자신의 손을 올려놓더니 그녀의 등 곡선을 따라 천천히 부드럽게 아래로 어루만지며 내려가기 시작했다. 걷잡을 수 없는 감정에 휩싸여 웅크린 그녀의 허리 곡선을 따라 천천히 쓰다듬으며 내려갔다. 그리고 그녀의 옆구리 곡선을 본능적으로 애무하듯 부드럽게, 부드럽게 어루만졌다.

그녀는 손수건을 꺼내 들고는 자신의 얼굴을 아무렇게나 닦으려고 했다.

"안으로 들어가시겠습니까?" 그가 아무 감정도 담지 않은 조용한 목소리로 말했다.

그리고 그는 그녀의 팔 위쪽을 부드럽게 감싸 그녀를 일으켜 세우고 오두막 안으로 천천히 이끌었다. 그녀가 안으로 들어올 때까지 그 손을 풀지 않았다. 그리고 의자와 탁자를 한쪽으로 치우고 공구 상자에서 갈색 군용 담요를 꺼내 천천히 펼쳤다. 그녀는 그의 얼굴을 슬쩍 바라보고는 잠자코 서 있었다.

그의 얼굴은 창백했고 아무 표정도 없었다. 마치 순순히 운명을 따르는 사람처럼 보였다.

"여기에 누우세요!" 그가 부드럽게 말했다. 그리고 문을 닫자 방은 어두워져 아주 캄캄해졌다.

이상하게도 순종적으로 그녀는 그의 말에 따라 담요 위에 누웠다. 그리고 그녀는 감당할 수 없는 욕망에 휩싸인 그의 손길이 자신의 몸을 부드럽게 어루만지며 얼굴로 더듬어 올라오는 것을 느꼈다. 그는 한없이 달래고 안심시키는 듯한 손길로 그녀의 얼굴을 부드럽게, 아주 부드럽게 쓰다듬었고 마침내 그녀의 뺨에 부드럽게 입 맞추었다.

그녀는 잠에 취한 듯, 꿈을 꾸는 듯 가만히 누워 있었다. 그러다 그가 부드럽지만 뭔가 어색한 듯 묘하게 서투른 손길로 그녀의 옷 사이를 더듬는 것을 느꼈을 때 그녀는 몸을 부르르 떨었다. 그러나 역시 그 손은 원하는 곳에서 옷을 어떻게 벗기는지 알고 있었다. 그는 그녀의 몸에 꼭 맞는 얇은 실크 원피스를 천천히 조심스럽게 아래로 끌어내려 발에서 빼내었다. 그리고 그는 섬세한 기쁨에 전율하면서 그녀의 따뜻하고 부드러운 몸을 어루만지고 그녀의 배꼽에 잠시 입을 맞추었다. 그러고는 곧바로 평온한 대지 같은 그녀의 부드럽고 고요한 몸 안으로 들어갔다. 여자의 몸 안으로 들어가는 것, 그것은 그에게 순수하게 평온한 순간이었다.

코니는 잠에 취한 듯, 줄곧 잠에 취한 듯 조용히 누워 있었다. 그 행위와 오르가슴은 그의 것, 오로지 그의 것이었다. 그녀는 더 이상 자신을 위해 홀로 애를 쓸 수 없었다. 그가 팔로 그녀의 몸을 단단히 껴안고 있는 것조차, 몸을 격렬하게 움직이는 것조차, 그녀의 몸 안으로 그의 정액이 힘껏 밀고 들어오는 것조차 일종의 잠이었다. 그가 행위를 끝내고 그녀의 가슴에 대고 가쁜 숨을 부드럽게 몰아쉬며 눕고 나서야 비로소 그녀는 잠에서 깨어나기 시작했다.

그때 그녀는 문득 궁금해졌다. 그저 막연히 궁금해졌다. 왜? 이런 일이 왜 필요하지? 왜 이것 때문에 그녀를 덮고 있던 커다란 구름이 걷히며 평화가 찾아오는 걸까? 이것은 진짜인가? 진정한 것일까?

현대 여성으로서 고뇌에 시달리던 그녀의 머리는 여전히 편히 쉬지 못했다. 이것은 진짜일까? 그녀는 알고 있었다. 그 남자에게 그녀 자신을 내주었다면 진짜이겠지만, 자신을 스스로 지키며 내어주지 않았다면 아무것도 아니라는 것을 말이다. 그녀는 늙어버렸다. 수백만 년이나 나이를 먹은 기분이었다. 그리고 마침내 그녀는 더 이상 자기 자신이라는 무거운 짐을 견딜 수가 없었다. 누구든 그녀를 차지하고 싶어한다면 마음대로 내버려두고 싶었다. 그녀를 차지하도록 그냥 내버려두고 싶었다.

남자는 신기하게도 가만히 누워 있었다. 그는 무엇을 느끼고 있을까? 무슨 생각을 하고 있을까? 그녀는 알 수 없었다. 그는 그녀에게 낯선 남자였으며, 그에 대해 아는 바도 없었다. 그녀는 그저 기다려야만 했다. 그의 신비한 고요함을 깨뜨릴 수 없었기 때문이다. 그는 두 팔로 그녀를 안고 그녀의 몸 위에 땀에 흠뻑 젖은 자신의 몸을 엎드린 채 가만히 누워 있었다. 그의 몸은 그녀의 몸과 아주 가까이 닿아 있었다. 하지만 그는 여전히 완전히 낯선 사람이었다. 그러나 평온하지 않은 건 아니었다. 그의 고요함 자체는 평온했다.

마침내 그가 일어나서 자신에게서 떨어졌을 때 그녀는 그 의미를 깨달았다. 그것은 버림받은 느낌이었다. 그는 어둠 속에서 그녀의 옷을 끌어당겨 무릎 위에 올려주고는 일어서서 자신의 옷매무새를 정돈했다. 그러더니 조용히 문을 열고 밖으로 나갔다.

코니는 참나무 너머 저녁놀 위로 자그마한 달이 환하게 빛나고 있는 것을 보았다. 그녀는 서둘러 일어나 옷매무새를 가다듬었다. 옷차림이 단정해졌다. 그녀는 오두막에서 나갔다.

숲 아래쪽은 온통 어두워져 거의 캄캄했다. 그러나 머리 위의 하늘은 수정처럼 맑았다. 그런데 빛이라곤 거의 없었다. 그가 흐릿한 얼룩 같은 얼굴을 들고 나지막하게 깔린 어둠을 헤치며 그녀에게 서서히 다가왔다.

"그럼 가실까요?" 그가 말했다.

"어디로요?"

"출입문까지 모셔다 드리겠습니다."

그는 자신이 해오던 방식대로 물건들을 정리했다. 그런 다음 오두막 문을 잠그고 그녀 뒤를 따랐다.

"후회하는 건 아니죠. 그렇죠?" 그가 그녀 옆에서 걸으며 물었다.

"내가요? 아니에요! 당신은요?" 그녀가 말했다.

"그 일만큼은 절대 아닙니다! 아니에요!" 그가 말했다. 그리고 잠시 후에 덧붙였다. "그런데 남은 일들이 있습니다."

"남은 일들이 뭔데요?" 그녀가 말했다.

"클리퍼드 경이요. 그리고 다른 사람들도 있죠! 온갖 복잡한 일들이 닥칠 거예요."

"왜 복잡한 일들이라는 거죠?" 그녀가 실망하여 물었다.

"언제나 그러니까요. 나나 당신이나 똑같아요. 항상 복잡한 일들이 있어요." 그는 한결같은 걸음걸이로 어둠 속을 계속 걸었다.

"그래서 당신은 후회하고 있나요?" 그녀가 말했다.

"어떤 면에서는요!" 그는 하늘을 올려다보며 대답했다. "그런 일은 다 끝났다고 생각했거든요. 결국 다시 시작했네요."

"뭘 시작했다는 거예요?"

"삶이요."

"삶이라!" 그녀가 묘한 전율을 느끼며 그 말을 되뇌었다.

"삶을 시작하는 겁니다." 그가 말했다. "삶을 벗어날 수 있는 방법은 없죠. 그리고 삶에서 벗어나려면 차라리 죽는 편이 나을 겁니다. 그러니 다시 깨고 나와야 한다면 그럴 수밖에 없지요……."

그녀는 그런 식으로 생각하지 않았다. 그러나 여전히…….

"그건 그저 사랑일 뿐이에요." 그녀가 활기차게 말했다.

"뭐가 됐든 마찬가지예요!" 그가 말했다.

그들은 어두워진 숲 속을 조용히 계속 걸어갔다. 그리고 출입문에 거의 도달했다.

"그렇지만 날 미워하진 않죠. 그렇죠?" 그녀가 아쉬워하며 말했다.

"절대 아닙니다!" 그가 대답했다. 그리고 갑자기 그는 삶과 연결해주는 옛 열정이 되살아난 듯 그녀를 다시 덥석 끌어안았다. "아니에요. 전 좋았습니다. 정말 좋았어요. 당신은요?"

"네. 나도 좋았어요." 그녀는 약간 거짓이 섞인 대답을 했다. 사실 그 행위를 할 때 별로 의식하지 않았기 때문이었다.

그는 그녀에게 부드럽게, 아주 부드럽게 연달아 입을 맞추었다. 따스한 입맞춤이었다.

"세상에 다른 사람들이 그렇게 많지 않다면 좋을 텐데요!" 그가 애처롭게 말했다.

그녀는 웃었다. 그들이 수렵장 출입문에 도달하자 그가 문을 열어주었다.

"난 여기서 그만 돌아갈게요." 그가 말했다.

"그래요!" 그녀가 악수를 하려는 것처럼 손을 내밀었다. 그러나 그는 두 손으로 그녀의 손을 맞잡았다.

"다시 가도 될까요?" 그녀가 아쉬운 듯 물었다.

"그럼요! 되고말고요!"

그녀는 그를 떠나 수렵장을 가로질러 갔다.

그는 뒤에 서서 그녀가 희미한 지평선을 향해 어둠속으로 걸어가는 것을 보았다. 쓰라린 고통을 느끼며 그녀가 가는 모습을 지켜보았다. 그녀는 홀로 살아가고 싶었던 그를 다시 세상 밖으로 끄집어냈다. 오로지 혼자 있고 싶었던 한 남자는 그녀로 인해 쓰라린 은둔 생활을 잃게 되었다.

그는 어두컴컴한 숲으로 들어갔다. 사방이 고요하고 달은 지고 없었다. 그러나 그는 밤의 소리, 스택스게이트에서 나는 기계 소리와 도로 위로 차와 사람들이 오가는 소리를 들었다. 벌거숭이가 된 언덕 위로 천천히 올라갔다. 언덕 꼭대기에서는 이 지방을 내려다볼 수 있었다. 스택스게이트를 비추며 늘어서 있는 밝은 불빛들, 테버셜 탄광에서 빛나는 좀더 작은 불빛들, 테버셜 마을의 노란 불빛들, 어두컴컴한 마을 도처에서 빛나는 불빛들, 멀리 용광로에서 미약하지만 붉게 타오르는 불빛, 밤하늘이 맑아 아주 뜨거운 금속이 분출하며 띠는 장밋빛 불빛을 볼 수 있었다. 스택스게이트의 날카롭고 사악한 전기 불빛들! 그 불빛 속에 정의할 수 없는 악의 중심! 그리고 중부 지방의 산업 지역에 드리운 온갖 불안하고 변화무쌍한 두려움! 그는 스택스게이트에서 권양기의 엔진이 일곱 시에 교대하는 광부들을 내보내는 소리를 들었다. 탄광은 삼교대로 작업이 돌아가고 있었다.

그는 다시 내려가 어두컴컴하고 고립된 숲 속으로 들어갔다. 그러나 숲이 고립되어 있다는 것은 환상에 지나지 않는다는 것을 알았다. 산업 지대에서 밀려드는 소음이 숲의 고독을 깨뜨렸고, 비록 눈에 띄지는 않지만 강렬한 불빛들이 숲의 고독을 조롱하고 있었다. 인간은 더 이상 인적이 드문 곳에 혼자 떨어져 고립된 채 살 수 없었다. 세상은 더 이상 은둔자로 살도록 내버려두지 않았다. 그리고 그는 이제 여자를 받아들였고, 새로운 고통과 운명의 수레바퀴 속으로 들어가는 일을 자초하고 말았다. 그리고 그것이 무엇을 의미하는지도 경험으로 이미 알고 있었다.

그것은 여자의 잘못이 아니었고 사랑의 잘못도, 섹스의 잘못도 아니었다. 잘못은 저기에, 저기 밖에, 저 사악한 전기 불빛과 악마같이 덜커덕거리는 엔진 소리에 있었다. 저기에, 기계화적이고 탐욕스러운 기계와 기계화된 탐욕이 지배하는 세상에, 불빛으로 반짝이고 뜨거운 금속을 쏟아내며 차량들이 오가며 굉음을 내는 세상에 있었다. 바로 그곳에 순응하지 않는 것은 무엇이든 파괴해버리기로 작정한 거대하고 사악한 존재가 있었다. 머지않아 그 존재는 숲을 파괴해버릴 것이고 블루벨은 더 이상 피어나지 않을 것이다. 상처받기 쉬운 연약한 것들은 모두 저 구르고 달리는 쇳덩어리 밑에 깔린 채 영원히 사라지고 말 것이다.

그는 한없이 부드러운 마음으로 여자를 생각했다. 가엾게도 버림받은 존재인 그녀는 자신이 아는 것보다 훌륭한 여자였다. 아, 그녀가 마주하는 가혹한 무리들에 비해 너무도 훌륭한 사람이었다! 가엾은 그녀는 야생 히아신스처럼 연약해 상처받기 쉬웠고, 고무 제품이나 백금 같은 요즘 여자들처럼 억세지도 않았다. 결국 그들은 그녀를 죽이고 말 것이다! 연약하게 태어난 생명을 모두 죽이듯이 그녀도 죽이고 말 것이다. 연약함이라! 그녀는 어딘가 연약했다. 자라나는 히아신스의 연약함처럼 그녀에겐 오늘날 셀룰로이드같이 질긴 여자들에게선 사라져버린 연약함이 있었다. 그러나 그는 자신의 가슴으로 그녀를 아주 잠시나마 보호해줄 것이다. 쇳덩어리 같은 냉혹한 세상과 기계화된 탐욕의 신이 자신은 물론이고 그녀를 죽이기 전까지 아주 잠시라도 말이다.

그는 엽총을 메고 개와 함께 캄캄한 집으로 돌아왔다. 등불을 켜고 난로에 불을 지핀 다음 빵과 치즈, 어린 양파, 맥주로 저녁식사를 했다. 그는 자신이 사랑하는 정적 속에 홀로 있었다. 방은 깨끗하고 정돈되어 있었으나 조금 삭막했다. 하지만 불을 환히 비춘 채 난롯불은 뜨겁게 타고 있었고, 하얀 방수포가 깔린 식탁 위에 매달려 있는 등불은 밝게 빛났다. 그는 인도에 대한 책을 읽으려고 했지만 오늘 밤에는 읽을 수 없었다. 그는 셔츠 바람으로 난로 옆에 앉았다. 담배는 피우지 않았고 손이 닿는 곳에 맥주 한 잔을 놓아두었다. 그리고 그는 코니를 생각했다.

사실 그는 오두막에서 일어났던 일을 후회하고 있었다. 대부분 그녀를 위한 마음에서 후회가 일었을 것이다. 그는 불길한 예감이 들었다. 잘못을 했다거나 죄를 지었다고 생각하진 않았다. 그런 면에서 양심의 가책을 느끼며 괴로워하지는 않았다. 그는 양심이라는 게 주로 사회나 자기 자신에 대한 두려움에서 생긴다는 것을 알았다. 그 자신에 대한 두려움은 없었지만 그는 사회를 의식하며 매우 두려워하고 있었다. 사회란 악의적인 데다 반쯤 미쳐버린 짐승과 같다는 것을 본능적으로 알고 있었던 것이다.

그 여자! 그녀가 그와 함께 이곳에 있고, 세상에 그녀 말고 다른 사람은 없다면! 욕망이 다시 솟구치자 그의 페니스는 살아 있는 새처럼 움직이기 시작했다. 그와 동시에 전기 불빛 속에서 반짝이는 바깥세상의 사악한 존재에 자신과 그녀를 드러내는 두려움이, 그 압박감이 그의 어깨를 짓눌렀다. 가엾은 젊은 여자, 그녀는 그에게 그저 젊은 여자일 뿐이었다. 하지만 그는 그녀의 몸 안으로 들어갔었고, 이제는 그가 간절히 원하는 젊은 여자였다.

지난 4년 동안 그는 남자든 여자든 모두에게서 멀리 떨어저 홀로 지내왔다. 그런 그 안에 잠들어 있던 욕망이 묘하게 하품을 하며 기지개를 켰다. 그는 일어나서 다시 외투를 걸치고 총을 들었다. 등잔불을 낮추고 별이 빛나는 밤 속으로 개를 데리고 나왔다. 욕망과 바깥세상의 사악한 존재에 대한 두려움에 떠밀려 그는 천천히, 그리고 조용히 숲 속을 둘러보았다. 그는 어둠을 사랑했고 어둠 속에 자신을 내맡겼다. 어쨌든 어둠은 재산이나 다름없는 그의 욕망, 부풀어 오르는 그의 욕망과 잘 어울렸다. 쉼 없이 요동치는 그의 페니스, 허리춤에서 일어나는 세찬 불길! 아, 함께할 다른 남자들이 있다면! 저 바깥세상에서 전기가 반짝거리는 사악한 존재와 싸워 연약한 생명, 연약한 여자들, 타고난 욕망이라는 재물을 함께 지켜줄 다른 남자들만 있다면! 곁에서 함께 싸워줄 남자들만 있다면! 그러나 남자들은 모두 저 바깥세상에서 사악한 존재를 찬양하며 세차게 밀려드는 기계화된 탐욕이나 탐욕스러운 체계 아래에서 승리하거나 짓밟힐 뿐이었다.

한편 콘스턴스는 거의 아무 생각도 하지 않고 수렵장을 가로질러 서둘러 집으로 돌아갔다. 그녀는 아직 그 일을 다시 생각해보진 않았다. 그저 저녁식사 시간에 맞춰 제때 돌아가야만 했다.

하지만 그녀는 출입문이 닫혀 있어서 짜증이 났다. 어쩔 수 없이 초인종을 누르자 볼턴 부인이 문을 열어주었다.

"마님, 드디어 오셨군요! 혹시 길이라도 잃으신 건 아닌가 걱정이 되려던 참이었어요!" 그녀가 약간 짓궂게 말했다. "그렇지만 클리퍼드 경이 마님을 찾진 않으셨어요. 린리 씨를 불러서 뭔가 말씀을 계속하고 계시거든요. 저녁식사를 하고 가실 것 같아요. 그렇지 않나요, 마님?"

"그럴 것 같네요." 코니가 말했다.

"저녁식사를 15분쯤 뒤로 미룰까요? 그러면 마님이 옷을 편히 갈아입으실 수 있을 거예요."

"글쎄, 그러는 게 좋겠네요."

린리 씨는 나이가 지긋한 사람으로 북부 출신이고 탄광의 총감독을 맡고 있었다. 그런데 클리퍼드가 마음에 들어할 만큼 박력 있는 사람은 아니었다. 전쟁 이후의 여러 상황이나 '태업하자'는 신조를 가진 광부들과는 잘 맞지 않았다. 그러나 코니는 린리 씨가 마음에 들었다. 비록 아첨하는 그의 아내는 피하고 싶었지만 말이다.

린리 씨는 저녁식사를 함께했다. 남자들은 안주인인 코니를 매우 좋아했다. 크고 동그란 파란 눈을 지닌 그녀는 매우 겸손하고 세심한 데다 마음 씀씀이가 넉넉했으며, 자신의 진짜 속마음은 드러내지 않으면서 부드럽고 침착한 태도를 유지했기 때문이다. 코니는 이런 여자 역할을 너무 많이 수행해서인지 이제는 그런 태도가 제2의 천성이 되었다. 물론 어디까지나 제2의 천성일 뿐이었다. 그녀는 자신이 안주인 역할을 하는 동안 그 외의 다른 모든 것들이 의식에서 어떻게 사라져버리는지 신기할 따름이었다.

그녀는 위층으로 올라가 자신만의 생각을 할 수 있을 때까지 끈기 있게 기다렸다. 그녀에게는 기다림이 일상이었기 때문에 기다리는 것이 이제는 특기라도 된 것 같았다.

그러나 방으로 돌아와서도 코니는 여전히 모호하고 혼란스러웠다. 그녀는 어떻게 생각해야 할지 알 수 없었다. 그는 정말 어떤 부류의 남자일까? 진심으로 그녀를 좋아하는 걸까? 그녀가 보기에 그 남자는 자신을 그다지 좋아하는 것 같지 않았다. 그렇지만 그는 다정했다. 신기하고 급작스럽기는 했지만 그에게는 따뜻하고 천진무구하게 다정한 구석이 있었다. 그런 면이 그녀로 하여금 자신의 자궁을 열게 만든 것이었다. 그러나 그녀는 그가 어느 여자에게나 그렇게 다정하게 굴지도 모른다는 생각이 들었다. 설령 그렇다 하더라도 그 다정함은 신기할 정도로 그녀를 진정시키고 위로해주었다. 그리고 그는 열정적인 남자였다. 건강하고 열정적인 남자였다. 그러나 그녀에게만 그런 것은 아닐지도 몰랐다. 모든 여자에

게 그녀와 함께 있을 때처럼 똑같이 굴지도 모른다. 그녀에게
만 특별하게 대해주는 건 아닐 수도 있었다. 그녀는 그에게
정말로 그저 한 여자에 불과할지도 모른다.

그러나 어쩌면 그 편이 더 나을지도 모른다. 어쨌든 그는
그녀 안에 있던 여성적인 면을 다정하게 대해주었다. 지금까
지 어떤 남자도 그렇게 대해준 적이 없었다. 남자들은 그녀를
한 인간으로 대할 땐 매우 다정했지만, 여자로 대할 때 약간
잔인하게 굴면서 경멸하고 무시했다. 남자들은 콘스턴스 리
드나 채털리 부인에게는 끔찍이 다정했지만 그녀의 자궁에는
그렇지 않았다. 그런데 그는 콘스턴스나 채털리 부인 따위는
아랑곳하지 않았다. 그저 그녀의 허리나 젖가슴을 부드럽게
어루만질 뿐이었다.

다음 날 코니는 숲으로 갔다. 날씨가 흐리고 정적이 감도
는 오후였다. 진한 녹색 산쪽풀이 개암나무 수풀 아래 퍼져
있었고, 나무들은 모두 싹을 틔우기 위해 소리 없이 애쓰고
있었다. 오늘 그녀는 자신의 몸 안에서 그것을 느낄 수 있었
다. 거대한 나무 안에 있는 엄청난 수액이 들썩거리며 위로
쭉쭉 올라가 봉오리 끝까지 올라가서 조그만 불꽃같이 반짝
이며 피처럼 구릿빛을 띤 참나무 잎으로 솟아 나오려는 것을
느꼈다. 그것은 마치 거센 조류가 밀려와 위로 솟구쳐 오르며

하늘 위로 펼쳐지는 것 같았다.

그녀는 공터로 가봤지만 그는 거기에 없었다. 그를 만날 수 있을 거라고 기대한 건 아니었다. 새끼 꿩들은 닭장 밖으로 나와 가벼운 걸음으로, 벌레처럼 가벼운 걸음으로 여기저기 뛰어다니고 있었고 노란 암탉들은 걱정스러워하며 꼬꼬댁 소리를 내고 있었다. 코니는 앉아서 그것들을 바라보며 기다렸다. 그녀는 그저 기다렸다. 새끼 꿩들도 거의 쳐다보지 않고 그저 기다리기만 했다.

꿈을 꾸듯 시간은 천천히 흘러갔고 그는 오지 않았다. 그를 만날 수 있을 거라 기대한 건 아니었다. 평소에 그는 오후에는 오두막에 오지 않았다. 그녀는 차를 마시러 집으로 돌아가야 했다. 떠나고 싶지 않았지만 결국 어쩔 수 없이 자리를 떠야 했다.

그녀가 집으로 돌아갈 때 이슬비가 부슬부슬 내렸다.

"비가 다시 오고 있소?" 클리퍼드는 그녀가 모자를 털어내는 모습을 보며 물었다.

"그냥 이슬비예요."

그녀는 조용히 차를 따르며 끈질기게 떠나지 않는 생각에 빠져 있었다. 오늘 꼭 사냥터지기를 만나고 싶었다. 그 일이 정말 진심이었는지 확인하고 싶었다. 정말로 진심이었는지!

"이따가 책이라도 좀 읽어줄까?" 클리퍼드가 물었다.

그녀는 그를 바라보았다. 뭔가 눈치챈 걸까?

"봄이라 그런지 기분이 이상해요. 그냥 좀 쉬려고요." 그녀가 말했다.

"당신 원하는 대로 해. 어디가 정말 안 좋은 건 아니지?"

"아니에요! 그냥 조금 피곤해서 그래요. 봄이라 그런가봐요. 볼턴 부인을 불러서 카드놀이라도 같이 하지 그래요?"

"아니야! 그냥 라디오나 들을까 생각 중이야."

코니는 그의 목소리에 묘한 만족감이 서려 있는 것을 느꼈다. 그녀는 위층 침실로 올라갔다. 라디오 확성기에서 고함치듯 떠들어대는 소리가 들려왔다. 그 소리는 바보스럽게 싸구려 우단으로 치장하고 고상한 체하는 소리 같았다. 거리에서 행상인들이 큰 소리로 외치며 팔러 다니는 소리 같기도 하고, 옛날에 소식을 알리며 마을을 돌아다니던 관리자들의 소리를 고상한 척하며 흉내 내는 소리 같기도 했다. 그녀는 낡은 보라색 방수 외투를 입고 쪽문으로 슬그머니 저택을 빠져나왔다.

이슬비는 세상을 덮는 장막처럼 신비롭고 고요했지만 차갑지는 않았다. 그녀가 서둘러 수렵장을 가로지른 덕분인지 점차 몸이 따뜻해졌다. 그래서 가벼운 방수 외투 앞섶을 열어야 했다.

이슬비가 내리는 저녁 숲은 조용하고 잔잔하고 비밀스러웠으며, 새알과 반쯤 벌어진 봉오리, 반쯤 핀 꽃의 신비로움으로 가득했다. 어둑한 숲 속에서 나무들은 마치 옷을 벗은 것처럼 어슴푸레하게 반짝거렸고, 땅 위에 있는 녹색 풀들은 온통 녹색 불길을 내며 타고 있는 것 같았다.

공터에는 여전히 아무도 없었다. 새끼 꿩들은 거의 모두 어미 닭들 품으로 들어갔고, 모험심 강한 한두 마리만이 짚으로 만든 피난처 아래 마른 땅에서 가볍게 쪼아대며 돌아다니고 있었다. 그런데 그들은 그다지 의기양양한 모습은 아니었다.

그랬다! 그는 아직 여기에 오지 않았다. 의도적으로 피하고 있는 게 분명했다. 아니면 무슨 일이 생긴 걸까? 그의 집으로 가서 알아봐야 할 것 같았다.

그러나 그녀는 기다리는 운명을 타고난 사람이었다. 그녀는 열쇠로 오두막 문을 열었다. 모두 깔끔하게 정돈되어 있었다. 곡물은 통에 담겨 있었고 개어놓은 담요는 선반 위에 있었으며 새 짚 한 다발은 구석에 가지런히 놓여 있었다. 유리 갓을 씌운 등은 못에 걸려 있었다. 탁자와 의자는 그녀가 누웠던 자리에 다시 놓여 있었다.

그녀는 문간에 놓인 등받이 없는 의자에 앉았다. 어쩌면 이렇게 사방이 고요할까! 이슬비는 얇은 막처럼 매우 부드럽게 바람에 휘날렸지만 바람 소리는 전혀 들리지 않았다. 아무 소리도 나지 않았다. 나무들은 흐릿하고 어슴푸레한 모습을 띤 채 고요하면서도 생기 있는 강한 모습으로 서 있었다. 모든 것이 얼마나 생생하게 살아 있던지!

밤이 다시 다가오고 있었기에 이제 돌아가야 했다. 그는 그녀를 피하고 있는 것이었다.

그런데 갑자기 그가 검은색 방수포 재킷을 입은 운전사처럼 비에 젖어 번들거리며 공터 쪽으로 성큼성큼 걸어왔다. 그는 오두막을 재빨리 슬쩍 보더니 살짝 인사를 하고는 옆으로 획 돌아서서 닭장을 향해 계속 걸어갔다. 그곳에서 말없이 웅크리고 앉아 구석구석 세심하게 살펴본 뒤 암탉과 새끼 꿩이 밤새 안전하도록 조심스럽게 문을 닫았다.

마침내 그가 그녀에게 천천히 걸어왔다. 그녀는 여전히 의자에 앉아 있었다. 그는 현관 아래로 와서 그녀 앞에 섰다.

"오셨군요." 그가 사투리 억양을 쓰며 말했다.

"네!" 그녀가 그를 올려다보며 말했다. "늦었네요!"

"네!" 그는 숲으로 눈길을 돌리며 대답했다.

그녀는 천천히 일어서서 의자를 한쪽으로 치웠다.

"들어가려고요?" 그녀가 물었다.

그는 그녀를 날카롭게 내려다보았다.

"마님이 매일 밤 여기 오시면 이상하게 생각하는 사람들이 있지 않을까요?" 그가 물었다.

"왜요?" 그녀가 당황해서 그를 올려다보았다. "다시 올 거라고 했잖아요. 그리고 여기 온 걸 아는 사람도 없고요."

"하지만 사람들이 곧 알게 될 거예요." 그가 대답했다. "그러면 어쩌시려고요?"

그녀는 뭐라고 대답해야 좋을지 몰랐다.

"어째서 사람들이 알게 된다는 거죠?" 그녀가 물었다.

"사람들은 언제나 알게 되거든요." 그가 비참한 듯 말했다.

그녀의 입술이 살짝 떨렸다.

"그러면 어쩔 수 없죠." 그녀의 목소리가 흔들렸다.

"그게 아니에요!" 그가 말했다. "여기 오지 않으시면 됩니다. 사람들이 알지 못하게 막을 수 있어요. 당신이 원한다면요." 그는 나지막이 덧붙였다.

"그런데 그러고 싶지 않은 걸요." 그녀가 읊조리듯 말했다.

그는 숲으로 눈길을 돌리며 아무 말도 하지 않았다.

"그렇지만 사람들이 알게 되면 어쩌려고요?" 마침내 그가 물었다. "생각해보세요! 남편 하인하고 바람났다고 알려지면 마님께서 얼마나 수치스럽겠어요!"

그녀는 옆으로 돌린 그의 얼굴을 올려다보았다.

"그 말은……." 그녀가 더듬거리며 말했다. "당신은 나를 원하지 않는다는 건가요?"

"생각해보세요!" 그가 말했다. "사람들이 이 사실을 알게 되면 무슨 일이 일어날지 말입니다. 클리퍼드 경을 비롯해서 모두들 얼마나 떠들어댈지."

"그럼 떠나면 되죠."

"어디로 말입니까?"

"어디든지요! 난 돈이 있어요. 어머니가 2만 파운드를 신탁으로 남겨주셨거든요. 그 돈은 클리퍼드도 손댈 수 없어요. 그러니 난 떠날 수 있어요."

"하지만 마님은 떠나고 싶지 않을 수도 있죠."

"아니에요, 떠나고 싶어요! 그럼요! 내게 무슨 일이 일어나든 상관없어요."

"아, 마님은 그렇게 생각하시는군요! 하지만 상관하게 될 겁니다. 상관하지 않으면 안 되고요. 모두들 그러니까요. 이 사실은 명심하셔야 합니다. 마님이 지금 사냥터지기와 놀아나고 있다는 사실을요! 상대가 신사인 경우와는 사정이 다르다는 말입니다. 그래요. 상관하게 될 거예요. 결국에는 상관하게 될 겁니다!"

"난 그렇지 않아요. 내가 마님이란 사실에 전혀 신경 쓰지 않아요. 난 그게 정말로 싫어요. 사람들이 그렇게 부를 때마다 날 조롱하는 것 같다고요. 그리고 실제로 조롱하는 거예요! 그렇다니까요! 심지어 당신도 그렇게 부를 때 날 조롱하잖아요."

"제가요?"

처음으로 그는 그녀를 똑바로 바라보며 그녀의 눈을 쳐다보았다.

"전 마님을 조롱하지 않아요." 그가 말했다.

그녀는 자신의 눈을 바라보는 그의 눈이 점차 어두워지며 눈동자가 커지는 것을 보았다.

"위험 같은 건 상관없다고요?" 그가 쉰 목소리로 물었다. "상관하셔야 해요! 뒤늦게 걱정하지 말고요!"

그의 목소리는 이상하게 경고하는 듯하면서도 간절함이 묻어났다.

"하지만 난 잃을 게 하나도 없어요!" 그녀가 짜증을 내며 말했다. "내 처지가 어떤지 안다면 내가 기꺼이 다 버리고 떠나고 싶을 거라고 당신도 생각할 거예요. 그런데 정작 두려워하는 건 당신 아닌가요?"

"아!" 그가 짧게 말했다. "그래요! 두렵지요. 전 두려워요. 온갖 일들이 두려워요."

"뭐가 두렵다는 거예요?" 그녀가 물었다.

그는 자신의 머리를 이상하게 뒤로 홱 젖히면서 바깥세상을 가리켰다.

"여러 가지가 있죠! 모두가요! 사람들 전부요."

그러다 그는 몸을 숙이더니 갑자기 그녀의 슬픈 얼굴에 입을 맞추었다.

"아니에요, 저도 상관없어요!" 그가 말했다. "우리 한번 가봐요. 다른 일들은 될 대로 되라고 하죠. 그런데 마님이 그렇게 한 걸 후회하게 된다면……."

"날 버리지 말아요!" 그녀가 애원했다.

그는 자신의 손가락을 그녀의 뺨에 대더니 다시 불쑥 입을 맞췄다.

"그럼 안으로 들어가요." 그가 부드럽게 말했다. "방수 외투를 벗어요."

그는 엽총을 걸고 축축이 젖은 가죽 상의를 벗어놓고 담요를 꺼냈다.

"담요 하나를 더 가져왔습니다." 그가 말했다. "원하면 담요를 덮을 수 있어요."

"여기 오래 있을 순 없어요." 그녀가 말했다. "저녁식사 시간이 일곱 시 삼십 분이거든요."

그는 재빨리 그녀를 보았다가 다시 자신의 시계를 보았다.

"괜찮아요!" 그가 말했다.

그는 문을 닫고는 매달려 있던 유리 갓을 씌운 등에 살짝 불을 켰다.

"언젠가는 오랜 시간을 함께 보낼 수 있겠죠." 그가 말했다.

그는 바닥에 조심스럽게 담요를 깔고 그녀가 머리에 벨 수 있도록 담요 하나를 접어놓았다. 그리고 등받이 없는 의자에 잠시 앉아 있다가 그녀를 자신의 품으로 끌어당겨 한 팔로 가까이 안고 나머지 한 손으로 그녀의 몸을 어루만졌다. 그가 그녀의 몸을 어루만지면서 헉하고 숨을 들이마시는 소리가 들렸다. 얇은 페티코트 아래 그녀는 알몸이었다.

"아! 당신을 만지면 얼마나 좋은지!" 그가 손가락으로 허리와 엉덩이의 섬세하고 따뜻하며 비밀스러운 속살을 애무하며 말했다. 그는 얼굴을 숙여 그녀의 배와 허벅지에 자신의 뺨을 대며 문지르고 또 문질렀다. 그러자 다시 그녀는 그가 어떤 황홀감에 빠져 있는지 궁금했다. 그녀는 그가 그녀의 살아 있는 은밀한 몸을 만지며 황홀해하는, 자신에게서 찾은 아름다움을 이해할 수 없었다. 오직 정열 속에 있는 사람만이 그 아름다움을 느낄 수 있기 때문이다. 정열이 죽거나 사라지고 나면 세차게 고동치는 그런 아름다움은 이해할 수 없을 뿐 아니라 심지어 경멸스럽게까지 느껴진다. 그 아름다움은 눈에 보이는 아름다움보다 훨씬 깊고 따뜻하며 살아 있는 접촉에서 비롯된 아름다움이었다. 그녀는 그의 뺨이 자신의 양 허벅지와 배, 엉덩이에 미끄러지듯 닿는 것을, 그의 콧수염과 부드럽고 숱 많은 머리카락이 살을 스치는 것을 느꼈다. 그녀의 두 무릎이 떨리기 시작했다. 그녀는 몸속 깊은 곳에서 새로운 전율이 일어나고 벌거벗은 몸이 새롭게 솟아오르는 것을 느꼈다. 그러자 그녀는 한편으로는 두려워졌다. 그러면서 그가 그녀를 그렇게 애무하지 않으면 하고 바라기도 했다. 그는 어떻게든 그녀 곳곳을 감싸 안았다. 그러나 그녀는 기다리고 또 기다렸다.

그리고 그는 전적으로 평화로운 안도감과 절정이 극에 달하자 그녀 안으로 들어갔다. 그때도 그녀는 여전히 기다리고 있었다. 그녀는 살짝 무시당한 듯한 기분이 들었다. 그리고 그것이 어느 정도는 자신의 잘못이라는 것을 알았다. 그녀는 스스로 이렇게 떨어져 있고 싶었다. 이제는 그럴 수밖에 없는 것 같았다. 그녀는 가만히 누워서 그가 자신의 몸 안에서 움직이는 것을, 깊이 몰두해 빠져드는 것을, 정액을 분출하면서 갑자기 몸을 부르르 떠는 것을, 그러더니 찌르는 힘이 슬슬 진정되는 것을 느꼈다. 엉덩이를 그렇게 찔러대는 것은 확실히 좀 우스꽝스러웠다! 여자에게라면, 그것도 섹스를 하면서 남자와 호흡을 맞추지 않고 구경꾼처럼 홀로 떨어져 있는 여자에게라면 남자가 엉덩이를 그렇게 밀어 넣는 행위는 확실히 너무나 우스꽝스럽게 보일 것이었다. 남자가 그러한 자세와 행위를 하는 것은 너무나 우스꽝스러웠다!

그러나 코니는 아무런 반응도 보이지 않은 채 가만히 누워 있었다. 심지어 그가 행위를 마쳤을 때에도 마이클리스와 했을 때처럼 스스로 움직여 자신의 만족을 붙잡아보려 하지 않았다. 그녀는 가만히 누워 있었고, 그러다 눈물이 서서히 가득 차오르더니 흘러내렸다.

그 역시 가만히 누워 있었다. 그렇지만 그녀를 꼭 끌어안더니 그녀의 가엾은 맨다리를 자신의 두 다리로 덮어 따뜻하게 해주려고 애썼다. 그녀 위로 몸을 가까이 대고 엎드려 아주 따뜻하게 그녀를 감싸 안았다.

"추운가요?" 그는 그녀가 가까이, 아주 가까이 있는 듯이 부드럽고 나지막한 목소리로 물었다. 하지만 그녀는 그에게서 버림받아 홀로 뚝 떨어져 있는 것 같았다.

"아니요! 그런데 이제 그만 가봐야겠어요." 그녀가 다정하게 말했다.

그는 한숨을 쉬며 그녀를 더욱 꼭 끌어안았다가 다시 풀어주고는 편히 쉬었다. 그는 그녀가 흘린 눈물의 의미를 짐작하지 못했다. 그저 그녀가 자신 곁에 있다고만 생각했다.

"그만 가봐야겠어요." 그녀가 다시 말했다.

그는 몸을 일으켜 잠시 그녀 옆에 무릎을 꿇고 앉았다가 그녀 허벅지 안쪽에 입을 맞춘 뒤 치마를 내려주었다. 그러곤 옆으로 돌아서지도 않은 채 등불에서 새어 나오는 희미한 불빛을 받으며 아무 생각 없이 자신의 옷 단추를 채웠다.

"언제 집으로 한번 와요." 그가 따뜻하면서 확신에 찬 편안한 얼굴로 그녀를 내려다보며 말했다.

그러나 그녀는 기력이 없어 그대로 누운 채 그를 올려다보며 생각했다. 낯선 사람! 낯선 사람이었다! 그녀는 그에게 조금 화가 나기까지 했다.

그는 코트를 입고 바닥에 떨어져 있던 모자를 찾아 집어들었다. 그리고 엽총을 뗐다.

"그럼 갑시다!" 그는 따뜻하고 평화로워 보이는 눈으로 그녀를 내려다보며 말했다.

그녀는 천천히 일어섰다. 사실 가고 싶지 않았다. 그렇다고 계속 머무르고 싶지도 않았다. 그는 그녀가 얇은 방수 외투를 입는 것을 도와주고는 옷매무새가 잘 정돈되었는지 보았다.

그러고 나서 그는 문을 열었다. 밖이 꽤 어두웠다. 현관 아래에 있던 충직한 개가 그를 보자 반가워하며 일어섰다. 어둠이 내려앉은 가운데 이슬비가 뿌옇게 흩뿌리고 있었다. 매우 어두웠다.

"등불을 가져가야겠어요!" 그가 말했다. "아무도 없어서 괜찮을 거예요."

그는 그녀 바로 앞에서 좁다란 길을 따라 걸어갔다. 유리 갓을 씌운 등이 낮게 흔들리며 젖은 풀과 뱀처럼 거무스름하게 빛나는 나무뿌리와 창백한 꽃들을 비추었다. 그 밖에는 뿌연 안개비와 칠흑 같은 어둠뿐이었다.

"집으로 한번 꼭 오세요." 넓은 승마로로 들어서자 나란히 걷고 있던 그가 말했다. "그래주시겠어요? 이왕 악인이 된 바에는 큰 악인이 되는 편이 나으니까요. 내친 김에 끝까지 가봅시다."

둘 사이에 아직 아무것도 없을뿐더러 그가 **진심으로** 이야기를 털어놓은 적이 없음에도 이상스러운 고집으로 그가 그녀를 원하자 코니는 당황스러웠다. 그리고 자신도 모르게 그가 내뱉은 사투리에 화가 났다. "꼭 오세요."라는 말이 그녀가 아니라 그냥 평범한 여자에게 하는 말 같았다.

그녀는 승마로에 피어 있는 디기탈리스를 알아보고 자신이 어디쯤 와 있는지 대략 알 수 있었다.

"일곱 시 십오 분이네요." 그가 말했다. "제 시간에 도착할 수 있을 거예요."

그의 목소리가 변했다. 그녀에게 거리감을 느끼는 듯했다.

그들이 승마로의 마지막 굽은 곳을 돌아 개암나무 울타리와 출입문에 거의 다다르자 그는 등불을 껐다.

"여기서부턴 우리가 보일 수도 있을 거예요." 그녀의 팔을 부드럽게 잡으며 그가 말했다.

그러나 그렇게 걷는 것은 어려웠다. 발밑의 땅은 도무지 감을 잡을 수 없었다. 그러나 그는 발로 더듬어가며 길을 찾아갔다. 그에게는 익숙한 길이었다.

출입문 앞에서 그는 그녀에게 손전등을 주었다.

"수렵장 안은 좀더 밝을 거예요." 그가 말했다. "그렇지만 가져가세요. 길을 잘못 들지도 모르니까요."

그의 말이 맞았다. 탁 트인 수렵장에는 어슴푸레한 빛이 유령처럼 희미하게 반짝이는 것 같았다.

그는 갑자기 그녀를 끌어당기더니 다시 치마 밑으로 손을 불쑥 집어넣고는 비에 젖어 축축하고 차가워진 손으로 그녀의 따스한 몸을 어루만졌다.

"당신 같은 여자를 만질 수 있다면 죽을 수도 있어." 그가 쉰 목소리로 말했다. "시간이 좀더 있다면 좋을 텐데……."

그녀는 또다시 자신을 원하는 그의 갑작스러운 힘을 느꼈다.

"안 돼요! 전 뛰어야 해요." 그녀는 약간 거칠게 말했다.

"그래요!" 그는 갑자기 태도를 바꾸며 그녀가 가도록 놓아주었다.

그녀는 돌아섰다. 그러고는 곧바로 그에게 돌아서면서 말했다.

"키스해줘요!"

그는 어두워서 잘 보이지 않는 그녀의 얼굴로 몸을 숙여 왼쪽 눈에 입을 맞췄다. 그녀가 입을 내밀자 그는 부드럽게 입술에 입을 맞추었지만 곧바로 물러났다. 그는 입에 키스하는 것을 싫어했다.

"내일 갈게요." 그녀가 멀어지면서 말했다. "갈 수 있다면요." 그녀가 덧붙였다.

"아! 너무 늦지는 않게 와요." 그가 어둠 속에서 대답했다. 그의 얼굴은 이미 전혀 보이지 않았다.

"잘 가요!" 그녀가 말했다.

"안녕히 가세요, 마님." 그의 목소리가 들렸다.

그녀는 멈춰 서서 축축하게 젖은 어둠 속을 돌아다보았다. 그의 몸의 형체만 간신히 보였다.

"왜 그렇게 말해요?" 그녀가 말했다.

"별 뜻 없이 한 말이에요!" 그가 대답했다. "그럼 잘 가요! 얼른 뛰어요!"

그녀는 짙은 회색빛이 감도는, 손에 잡힐 것 같은 밤 속으로 거침없이 뛰어 들어갔다.

옆문이 열려 있는 것을 보고는 누군가의 눈에 띄지 않고 자기 방으로 살짝 들어갔다. 문을 닫자 마침 저녁식사 종소리가 울렸다. 하지만 그녀는 어쨌든 목욕을 할 생각이었다. 목욕을 해야만 했다.

"더 이상은 늦지 말아야겠어." 그녀는 속으로 말했다. "너무 신경이 쓰여."

다음 날 코니는 숲에 가지 않았다. 그 대신 클리퍼드와 함께 어스웨이트에 갔다. 그는 이제 가끔 차를 타고 외출을 했고, 기사로 고용한 건장한 젊은 남자가 클리퍼드가 차에서 내리는 것을 도와주었다.

클리퍼드는 특히 자신의 대부인 레슬리 윈터를 보고 싶어 했다. 레슬리 윈터는 어스웨이트에서 멀지 않은 시플리 저택에 살고 있었다. 이제는 어느덧 노신사가 된 그는 부유한 사람이었다. 재력 있는 탄광 소유자 중 한 사람인 그는 에드워드 왕* 시대에 전성기 시절을 보냈다. 에드워드 왕은 시플리에 사냥을 하러 와서 몇 번 머무른 적이 있었다. 그곳은 고풍스럽게 치장벽토를 바른 멋진 저택으로 매우 우아하게 꾸며 놓았다. 윈터는 독신남으로 자신의 스타일에 자부심이 큰 사람이었다. 그러나 저택은 탄광들이 에워싸고 있었다.

레슬리 윈터는 클리퍼드에게 애착을 느꼈지만 화보 신문에 실린 사진들과 문학 때문에 개인적으로 그를 깊이 존중하지는 않았다. 그 노인은 에드워드 왕조파*의 위세 당당한 남자로, 인생은 어차피 한세상 살고 가는 것이며 글을 끼적이는 작자들은 뭔가 다른 부류의 인간들이라 여겼다.

그 대지주는 코니에게 언제나 상당히 정중했다. 그가 생각하기에 코니같이 매력적이고 얌전한 아가씨는 클리퍼드에게는 다소 과분한 상대였고, 그녀가 래그비의 상속자를 낳을 가능성이 전혀 없다는 것을 매우 애석해했다. 그에게도 상속자가 없었다.

코니는 자신이 클리퍼드의 사냥터지기와 관계를 맺고 있고 그 사냥터지기가 자신에게 "집으로 한번 꼭 와요!"라고 말한 걸 안다면 그 노신사가 과연 무슨 말을 할지 궁금했다. 그는 그녀를 혐오하고 경멸할 것이다. 그는 노동자 계급이 밀고 올라오는 것을 거의 증오할 만큼 싫어했기 때문이다. 같은 계

---

* 1901년부터 1910년까지 재위했던 영국의 왕 에드워드 7세.

급의 남자와 바람피우는 거라면 개의치 않을 테지만 말이다.

그러나 코니는 얌전하고 순종적인 아가씨의 모습을 타고 났고 그것이 천성인지도 모른다. 윈터 씨는 그녀를 "애야!"라고 부르더니 그녀에게 18세기 숙녀를 그린 제법 사랑스러운 세밀화를 주었다. 그는 그녀가 그다지 원하지 않는데도 언제나 뭔가를 주곤 했다.

하지만 코니는 사냥터지기와의 관계에 온통 정신이 팔려 있었다. 어쨌든 윈터 씨는 세상을 두루 겪은 진정한 신사인지라 그녀를 한 인간이자 지각 있는 개인으로 대해주었다. 그녀를 '그대'나 '당신'이라고 부르면서 다른 여자들하고 뭉뚱그려 취급하지는 않았다.

코니는 그날도, 다음 날도 그리고 그다음 날도 숲에 가지 않았다. 그 남자가 자신을 기다리고 원하는 한, 아니 그렇다고 그녀가 느끼는 한 숲에 가지 않았다.

그러나 나흘이 지나자 그녀는 극도로 초조하고 불안해졌다. 그렇다고 숲에 가서 그 남자에게 한 번 더 자신의 허벅지를 벌리고 싶은 생각은 들지 않았다. 그녀는 할 수 있는 일을 모두 생각해보았다. 셰필드로 차를 몰고 가거나 사람들을 방문할 수도 있었다. 그런데 그런 모든 일들은 내키지 않았다.

그래서 마침내 그녀는 숲이 아니라 그 반대 방향으로 산책을 가기로 결심했다. 수렵장 울타리 맞은편에 있는 작은 철제 문을 지나 메어헤이로 갈 생각이었다.

고요하고 흐린 우중충한 봄날이었지만 따뜻한 날이었다. 그녀는 자신이 무슨 생각을 하는지 전혀 모른 채 상념에 잠겨 하염없이 걸었다. 주변을 전혀 의식하지 못하고 있다가 메어헤이 농장에서 개가 큰 소리로 짖어대는 바람에 소스라치게 놀랐다. 메어헤이 농장이었다! 농장의 목초지가 래그비 수렵장 울타리까지 이어져 있어서 이웃이나 마찬가지였지만 코니는 그 농장에 오랫동안 방문하지 않았다.

"벨!" 그녀는 커다란 흰색 불테리어에게 외쳤다. "벨! 나를 잊어버렸어? 날 못 알아보겠니?"

그녀는 원래 개를 무서워했다. 그런데 벨이 뒤로 물러서며 으르렁거렸다. 그녀는 농장 마당을 지나 토끼 사육장 길로 가고 싶었다.

그때 플린트 부인이 나타났다. 그녀는 콘스턴스와 같은 나이로 예전에 학교 선생님이었다. 그녀에게는 꽤 매력적인 면이 있긴 했지만 코니는 그녀가 가식적이고 편협한 사람이 아닐까 하고 생각했다.

"아니, 채털리 마님이시군요! 이럴 수가!" 플린트 부인의 눈이 빛나더니 어린 소녀처럼 얼굴이 붉게 상기되었다. "벨!

벨! 아니, 채털리 마님께 짖어대다니! 벨! 조용히 해!"그녀는 쏜살같이 휙 달려 나와 손에 쥐고 있던 흰색 천을 개를 향해 휘두르고는 코니에게 다가왔다.

"전에는 벨이 나를 알아봤었는데." 코니가 악수를 하며 말했다. 플린트 부부는 채털리 가의 임차인이었다.

"물론 마님을 알아보죠! 그저 뽐내는 거예요." 플린트 부인은 당황해서 뺨이 붉게 달아오른 채 빛나는 눈으로 쳐다보며 말했다. "벨이 마님을 못 본 지 오래되기도 했죠. 그동안 건강은 좀 나아지셨나요?"

"네, 그럼요. 이제 좋아졌어요."

"이번 겨울 내내 마님을 거의 못 뵈었네요. 안으로 들어오셔서 아기를 한번 보시겠어요?"

"글쎄요!" 코니는 망설였다. "그럼 잠깐만 볼게요."

플린트 부인은 집안 정리를 하려는지 안으로 부랴부랴 뛰어 들어갔고 코니는 천천히 뒤따라 들어갔다. 코니는 약간 어두컴컴한 부엌에서 머뭇거리고 있었다. 난롯가에서 주전자가 끓고 있었다. 플린트 부인이 다시 돌아왔다.

"집이 엉망이라 송구스럽네요." 그녀가 말했다. "여기 안으로 들어오시겠어요?"

그들은 거실로 들어갔다. 거실에는 아기가 난로 앞 누더기 같은 양탄자 위에 앉아 있었고, 탁자에는 차가 대충 차려져 있었다. 어린 하녀 아이가 수줍어하며 어색하게 복도로 뒷걸음질 쳤다.

이제 막 첫돌이 지난 듯한 아기는 생기가 넘쳤으며 아버지를 닮아 빨간 머리인 데다 연한 푸른 눈이 당돌해 보였다. 여자아이였는데 낯을 가리지 않았다. 방석 사이에 앉아 있는 아기는 현대의 과잉 풍조를 보여주듯 낡은 인형과 여러 장난감으로 둘러싸여 있었다.

"어쩜 이렇게 사랑스러울 수가!" 코니가 말했다. "정말 많이 컸군요! 벌써 아가씨가 다 됐네요! 정말 다 컸어요!"

그녀는 아기가 태어났을 때 숄을 선물로 주었고 크리스마스에는 셀룰로이드로 만든 오리를 선물했다.

"봐라, 조세핀! 너를 보러 누가 오셨을까? 이분이 누굴까, 조세핀! 채털리 마님이셔! 너도 채털리 마님을 알지?"

묘하게 당차 보이는 어린 아기가 코니를 당돌하게 바라보았다. 마님이건 아니건 어차피 그 아기에게는 아직까지 모두 똑같을 터였다.

"이리 와보렴! 나한테 올래?" 코니가 아기에게 말했다.

아이는 어떻게 하든 전혀 관심을 보이지 않았다. 그래서 코니는 아기를 번쩍 들어 자신의 무릎에 앉혔다. 아기를 무릎에 앉혔더니 얼마나 따뜻하고 사랑스러운지! 보드랍고 작은 팔과 제멋대로 움직이는 작은 다리는 또 어쩌나 귀엽던지.

"마침 차를 대충 만들고 있었어요. 루크가 시장에 가는 바람에 아무 때나 마실 수 있거든요. 차 한 잔 드시겠어요, 마님? 드시던 차와는 다르겠지만 **괜찮으시다면**⋯⋯."

평소 마시던 차가 어떻고 하는 말은 듣고 싶지 않았지만 코니는 마시겠다고 했다. 탁자를 다시 차리느라 한바탕 법석을 떨고는 가장 좋은 찻잔과 찻주전자를 꺼내왔다.

"괜히 수고스럽게 그럴 거 없어요!" 코니가 말했다.

그러나 그런 수고라도 하지 않으면 플린트 부인이 무슨 낙으로 살겠는가! 그래서 코니는 그동안 아이를 데리고 놀았다. 그 자그마한 어린 여자아이의 당찬 모습을 보고 있자니 즐거웠고, 어린 아기의 부드럽고 따뜻한 몸에서 육감적인 즐거움이 강하게 전해졌다. 어린 생명! 두려움이라곤 찾아볼 수 없는 생명! 완전히 무방비 상태여서 오히려 아무런 두려움이 없는 생명! 나이 든 사람들은 두려움 때문에 옹졸해지건만!

내온 차는 조금 진했고, 버터를 바른 빵과 병조림 자두를 맛있게 먹었다. 플린트 부인은 코니가 용감한 기사라도 되는 듯 얼굴을 붉히며 흥분하여 어깨를 들썩거렸다. 그리고 그들은 진짜 여자들끼리 나누는 수다를 떨면서 즐거워했다.

"그런데 차가 보잘것없어서 죄송해요." 플린트 부인이 말했다.

"집에서 마시던 차보다 훨씬 맛있어요." 코니는 진심으로 말했다.

"우와, 정말이요?" 플린트 부인은 그렇게 말하면서도 물론 그 말을 믿지는 않았다.

마침내 코니가 자리에서 일어났다.

"이제 **가봐야**겠어요!" 그녀가 말했다. "남편은 내가 어디 있는지 전혀 모르고 있거든요. 그이는 별별 생각을 다하며 걱정하고 있을 거예요."

"마님께서 여기 오셨을 거라고는 전혀 생각도 못하실 거예요!" 플린트 부인은 신이 난 듯 웃으면서 말했다. "사람을 보내 여기저기 찾고 다니실 수도 있겠네요!"

"잘 있어, 조세핀!" 코니는 아기에게 입을 맞추고 얼마 안 되는 머리카락을 헝클어트리며 말했다.

플린트 부인은 빗장을 질러 잠가놓은 앞문을 열어주겠다고 고집을 부렸다. 코니는 쥐똥나무 울타리로 둘러싸인 농장의 자그마한 앞뜰로 나왔다. 길가에는 노란 앵초가 우단처럼 부드럽고 풍성하게 두 줄로 피어 있었다.

"노란 앵초가 정말 아름답네요!" 코니가 말했다.

"잡초 꽃이에요. 루크는 이 꽃을 그렇게 부른다니까요!"
플린트 부인이 웃으며 말했다. "몇 송이 가져가세요!"

그러곤 우단처럼 부드러운 노란 앵초 꽃을 열심히 꺾었다.

"충분해요! 그 정도면 됐어요!" 코니가 말했다.

그들은 작은 뜰에 있는 문까지 걸어갔다.

"어느 방향으로 가던 길이세요?" 플린트 부인이 물었다.

"토끼 사육장 옆길로요."

"어디 보자! 아, 그렇지. 젖소들은 농장 울타리 안에 들어
와 있어요. 아직 우리에 가둬두진 않았지요. 그런데 문이 잠
겨 있어서 올라타고 넘어가셔야 할 텐데요."

"넘어갈 수 있어요." 코니가 말했다.

"제가 그 울타리까지 함께 갈게요."

그들은 토끼들이 뜯어 먹어 볼품없는 목초지를 따라 내려
갔다. 숲 속의 새들은 저녁을 맞이하며 아주 신이 난 듯 의기
양양하게 지저귀고 있었다. 한 남자가 마지막 젖소들을 불러
모으고 있었고, 젖소들은 하도 밟고 다녀서 풀이 별로 없는
목초지 위를 느릿느릿 걸어가고 있었다.

"오늘 저녁에는 일꾼들이 우유 짜는 일에 늑장을 부리네
요." 플린트 부인이 호되게 나무라는 투로 말했다. "루크가 아
주 어두워진 뒤에야 돌아온다는 걸 아는 거죠."

그들은 울타리까지 걸어왔다. 울타리 너머로는 어린 전나무 숲이 빽빽하게 들어서 있었다. 작은 문이 하나 있었지만 잠겨 있었다. 문 안쪽 풀밭에 빈 병 하나가 세워져 있었다.

"사냥터지기의 빈 우유병이에요." 플린트 부인이 설명했다. "우리가 여기까지 병을 가져다 놓으면 그가 나중에 와서 가지고 가요."

"언제 오는데요?" 코니가 물었다.

"아, 이 근처에 올 때 아무 때나요. 주로 아침에 오죠. 그럼 안녕히 가세요. 채털리 마님! 언제 또 한번 **들르세요!** 뵙게 돼서 정말 즐거웠어요."

코니는 울타리를 넘어 빽빽한 어린 전나무들 사이로 난 좁은 길로 들어섰다. 플린트 부인은 목초지를 지나 언덕 위로 뛰어 돌아갔다. 확실히 예전에 학교 선생님이었기 때문인지 햇빛 가리는 모자를 쓰고 있었다.

콘스턴스는 나무가 새롭게 빽빽하게 들어선 이 숲을 좋아하지 않았다. 소름 끼치고 숨이 막히는 것 같았다. 그래서 그녀는 고개를 숙인 채 플린트네 아기를 생각하면서 서둘러 지나갔다. 정말 사랑스럽고 귀여운 아기였다. 그런데 아빠를 닮아 살짝 안짱다리가 될 것 같았다. 벌써 그럴 기미가 보였다. 그러나 자라면서 저절로 고쳐질 수도 있었다. 어쨌든 아기를 갖는다는 건 얼마나 따뜻하고 가슴 벅찬 일일까! 플린트 부인이 또 그것을 얼마나 자랑스러워하던지! 어찌 됐든 그녀에겐 코니가 갖고 있지 않을뿐더러 결코 가질 수 없는 게 있는 셈이었다. 그렇다. 플린트 부인은 자신의 모성을 과시한 것이다. 그리고 코니는 그저 조금, 아주 조금 질투했을 뿐이었다. 그런 감정이 드는 것까진 그녀도 어쩔 수 없었다.

그녀는 골똘히 생각하다 깜짝 놀라 두려움에 외마디 비명을 질렀다. 한 남자가 거기에 서 있었다.

바로 사냥터지기였다. 그는 발람의 나귀*처럼 길에 서서 그녀가 가던 길을 막아서고 있었다.

"여긴 어쩐 일이죠?" 그가 놀라서 물었다.

"당신이 왜 여기 있어요?" 그녀가 가쁜 숨을 몰아쉬며 물었다.

"당신이야말로 여긴 어쩐 일이에요? 오두막에 갔었나요?"

"아니! 아니에요! 메어헤이에 다녀오는 길이에요."

그는 이상하다는 듯 뭔가 살피는 눈길로 바라보았다. 그녀는 죄라도 지은 듯 고개를 살짝 숙였다.

---

* 〈민수기〉 22장에 나오는 히브리의 예언자 발람의 나귀로 하나님의 사자를 보고 길에서 꼼짝하지 않고 서 있었다.

"그럼 이제 오두막으로 가는 길이었나요?" 그가 약간 정색하며 물었다.

"아니에요! 갈 수 없어요! 메어헤이에 있었거든요. 내가 지금 어디 있는지 아무도 몰라요. 이미 늦었어요. 어서 서둘러야 해요……."

"이렇게 나를 외면하고요?" 그가 어렴풋이 빈정대는 듯 웃으며 말했다.

"아니! 아니에요! 그런 게 아니에요! 단지……!"

"그게 아니면 뭐죠?" 그가 말했다. 그리고 그녀에게 다가가더니 팔로 그녀를 안았다. 그녀는 그의 몸 앞쪽이 자신의 몸에 아주 가까이 닿자 살아 있는 것 같은 느낌을 받았다.

"아, 지금은 안 돼요! 지금은 안 된다고요!" 그녀가 그를 밀어내려고 애쓰며 소리쳤다.

"왜 안 된다는 거예요? 아직 여섯 시밖에 안 됐어요. 30분 정도는 괜찮을 거예요. 자, 자! 난 지금 당신을 안고 싶단 말이에요."

그는 그녀를 꼭 껴안았고 그녀는 그가 절박하게 자신을 원하는 것을 느꼈다. 예전이라면 본능대로 자신의 자유를 위해 싸웠을 것이다. 그러나 그녀 안에 있는 뭔가가 이상해져서 기력이 없어지고 축 처져 있었다. 그의 몸이 다급하게 재촉하자 그녀는 더 이상 싸우고 싶은 마음이 들지 않았다.

그는 주변을 살폈다.

"이리 와요, 여기로! 이쪽으로!" 그는 빽빽하게 들어선 전나무 사이를 뚫어지게 바라보며 말했다. 아직 어린 전나무들은 반도 채 자라지 않았다.

그는 그녀를 다시 돌아보았다. 코니는 긴장감이 서려 반짝이는, 강렬하지만 애정이 담겨 있진 않은 그의 눈을 바라보았다. 그러나 그녀의 의지는 이미 그녀에게서 떠난 뒤였다. 이상한 무게감이 그녀의 팔다리를 짓누르고 있었다. 그녀는 무너져 내리고 있었다. 이미 포기하고 있었던 것이다.

그는 꺼끌꺼끌한 나무들이 벽처럼 둘러싸여 지나가기 힘든 곳을 뚫고 죽은 나뭇가지들이 쌓여 있는 자그마한 공터로 그녀를 이끌고 갔다. 마른 나뭇가지 한두 개를 땅에 던져놓고 그 위에 자신의 외투와 조끼를 깔았다. 그녀는 마치 짐승처럼 나무 아래 그곳에 누워야 했다. 그는 셔츠와 바지 차림으로 그 자리에 서서 기다리며 뭔가에 홀린 듯한 눈으로 그녀를 바라보았다. 그러나 그는 여전히 신중했다. 그는 그녀가 제대로 자리 잡고 누울 수 있게 했다. 그러나 그는 그녀의 속옷 끈을 끊어버리고 말았다. 그녀가 그를 거들지 않고 그대로 가만히 누워 있기만 했기 때문이었다.

그 역시 옷을 풀어헤쳐 몸의 앞부분을 고스란히 드러냈다. 그녀는 그의 벌거벗은 몸이 자신에게 닿으며 몸 안으로 들어오는 것을 느꼈다. 잠시 동안 그는 그녀 안에서 부풀어 팽창한 상태로 머물며 몸을 떨었다. 그리고 그가 갑자기 참을 수 없는 오르가슴을 느끼며 그녀의 몸 안에서 움직이기 시작하자 이상야릇하고 새로운 전율이 일어나면서 잔물결을 일으켰다. 부드러운, 깃털처럼 부드러운 불길에 휩싸이며 파닥거리는 것처럼 몸 구석구석 물결치며 퍼져갔고, 찬란하고 강렬한 순간까지 뜨겁게 달아올라 온몸이 녹아내릴 것 같았다. 그것은 종소리처럼 높이, 높이 울려 퍼지다 절정까지 다다랐다. 그녀는 의식하지 못한 채 누워 있었지만 마지막에는 자신도 모르게 격정적이고 나직한 비명을 질렀다. 그러나 너무 빨리 끝나버렸다. 너무 빨리 끝나고 말았다!

그리고 이제 그녀는 더 이상 스스로를 움직여 자신을 절정으로 끌어내는 일은 할 수 없었다. 이것은 달라도 너무 달랐다. 그녀는 아무것도 할 수 없었다. 더 이상 자신의 만족에 도달하기 위해 그를 단단하게 붙잡는 일은 할 수 없었다. 오직 기다리고 또 기다리다가 자기 몸속에 있는 그가 조금씩 물러나면서 줄어들다가 마침내 그녀의 몸에서 빠져나가 사라져버리는 그 끔찍한 순간에 이르면 그저 마음속으로 한탄할 뿐이

C' est toujours par hasard qu'
on accomplit son destin

었다. 그러면 자궁은 활짝 열려서 부드러워져 조수에 흔들리는 말미잘처럼 부드럽게 다시 몸 안으로 들어와 욕구를 채워달라고 소리 높여 아우성치는 것이었다.

코니는 정열에 사로잡혀 무의식적으로 그에게 매달려 있었고, 그는 그녀에게서 완전히 빠져나가지 않았다. 그리고 그녀는 몸 안에서 그의 부드러운 봉오리가 흥분하여 이상한 리듬을 타며 그녀 안에서 확 달아올라 묘하게 리듬을 타고 움직이며 점차 부풀어, 점점 흐트러지는 그녀의 의식을 가득 채우는 것을 느꼈다. 그리고 그것은 실제의 움직임이라기보다는 순수하게 깊어져 휘몰아치는 감각의 소용돌이라 할 수 있는, 뭐라 형언하기 힘든 움직임으로 다시 내달리기 시작했다. 그 소용돌이는 그녀의 신경 조직과 의식 구석구석으로 점점 깊이 소용돌이치며 들어갔고, 마침내 그녀는 감정이 서로 얽혀 완벽하게 하나의 동심원을 이루는 유동체가 된 기분이 들었다. 그 자리에 누워 있던 그녀는 자신도 모르게 알아들을 수 없는 비명을 지르고 말았다. 극한의 어둠 속에서 내지른 외침, 생명의 외침이었다. 남자는 자신의 몸 아래에서 나오는 그 소리를 경외감에 빠져 들었으며, 자신의 생명이 그녀 몸 안에서 솟구쳐 오르는 것을 느꼈다. 그 소리가 잦아들자 그 역시 차츰 가라앉았고, 그가 저도 모르게 몸을 늘어뜨리며 가만히 누워 있자 그를 꽉 잡고 있던 그녀도 서서히 힘이 풀려 축 늘어진 채 꼼짝하지 못하고 누워 있었다.

그들은 그렇게 누워서 아무것도 의식하지 못하고, 심지어 서로의 존재조차 의식하지 못한 채 멍하니 있었다.

마침내 정신을 차린 그는 자신이 무방비로 상태로 벌거벗은 상태라는 것을 알았다. 그녀는 몸 위로 자신을 꼭 껴안고 있던 그의 몸이 서서히 풀어지는 것을 느꼈다. 그는 그녀에게서 떨어지고 있었다. 그러나 그녀는 자신을 덮고 있던 그의 몸이 떨어져나가는 것을 견딜 수 없었다. 그는 이제 영원히 그녀를 덮어주어야 했다.

그러나 그는 마침내 그녀에게서 떨어져나가 그녀에게 입을 맞추더니 옷으로 그녀의 몸을 덮어주고 자신도 옷을 입기 시작했다. 그녀는 누운 채로 나뭇가지 사이로 그를 올려다보았다. 아직도 움직일 수가 없었다. 그는 일어서서 바지를 여민 뒤 주변을 살펴보았다. 사방은 나무로 빽빽하게 둘러싸여 있었고 고요했다. 오직 그의 개만이 겁을 먹은 듯 앞발에 코를 묻고 엎드려 있었다.

그는 다시 나뭇가지 위에 걸터앉아 코니의 손을 가만히 잡았다. 그녀는 고개를 돌려 그를 바라보았다.

"우리는 좀전에 함께 절정에 올랐어요." 그가 말했다.

그녀는 대답하지 않았다.

"그렇게 되면 좋은 거예요. 사람들은 대부분 평생 동안 그런 걸 느껴보지 못하니까요." 그는 꿈꾸는 듯한 목소리로 말했다.

그녀는 생각에 잠긴 그의 얼굴을 바라보았다.

"그렇군요!" 그녀가 말했다. "그래서 기쁜가요?"

그는 그녀의 눈을 다시 쳐다보았다.

"당연히 기뻐요!" 그가 말했다 "아! 그런데 그리 신경 쓰지 말아요!" 그는 그녀가 더 이상 말을 하지 않기를 바랐다.

그래서 그는 몸을 숙여 그녀에게 입을 맞췄다. 그러자 그녀는 그가 영원히 자신에게 입 맞추고 있었으면 하는 기분이 들었다.

마침내 그녀가 일어나 앉았다.

"사람들은 함께 절정을 맞이하는 경우가 많지 않은가요?" 그녀가 순진한 호기심으로 물었다.

"많은 사람들은 그런 경험을 하지 못해요. 사람들의 맨 얼굴을 보면 알 수 있을 거예요." 그는 자신이 그 얘기를 먼저 꺼낸 것을 후회하며 마지못해 대답했다.

"그럼 다른 여자하고도 그렇게 절정에 오른 적이 있어요?"

그는 재미있다는 표정으로 그녀를 쳐다보았다.

"모르겠어요." 그가 말했다. "잘 모르겠어요."

코니가 보기에 그 남자는 자신에게 말하고 싶지 않은 것은 무엇이든 절대 말하지 않을 사람이었다. 그의 얼굴을 보자 그를 향한 열정이 창자에서 꿈틀댔다. 그녀는 할 수 있는 한 그 열정을 밀어냈다. 그러한 열정에 무너지는 것은 자신에게 지고 마는 것이기 때문이었다.

그는 조끼와 외투를 입고 다시 길을 헤치며 앞으로 나아갔다. 마지막 저녁 햇살이 수평으로 숲을 비추고 있었다.

"난 함께 가지 않겠어요." 그가 말했다. "그러는 게 좋을 것 같군요."

그녀는 아쉬운 듯 그를 바라보고 돌아섰다. 그의 개는 어서 가기만을 간절히 기다리고 있었다. 그리고 그는 더 이상 할 말이 없는 것 같았다. 전혀 없는 것 같았다.

코니는 집으로 천천히 걸어가면서 그녀 안에 다른 존재가 있는 것을 깊이 깨달았다. 또 다른 자아가 그녀 안에 살아 있었고, 자궁과 창자 속에서 뜨겁게 타올랐다가 부드럽게 녹아내리고 있었다. 게다가 이 자아는 그를 흠모했다. 그를 너무도 흠모한 나머지 그녀가 걸을 때 무릎이 후들거릴 정도였다. 그녀는 이제 자궁과 창자 속에서 거침없이 흐르며 살아 있었고, 가장 순진한 여자처럼 그를 흠모하여 여려지고 스스로도 어쩔 수 없는 지경에 이르렀다.

"마치 어린아이가 된 것 같아!" 그녀는 혼잣말을 했다. "내 안에 아이가 있는 것 같은 기분이야."

정말 그랬다. 항상 닫혀 있기만 했던 자궁이 활짝 열려 새로운 생명, 무거운 짐 같지만 사랑스러운 생명으로 가득 찬 것 같았다.

'아이를 가진다면!' 그녀는 속으로 생각했다. '내 안에 꼭 그와 같은 아이를 가진다면!'

그런 생각을 하자 팔다리가 녹아내리는 것 같았다. 그리고 그녀는 그냥 아이를 갖는 것과 자신의 창자가 진정으로 갈망하는 남자의 아이를 갖는 것에는 엄청난 차이가 있다는 사실을 깨달았다. 어떤 면에서 앞의 경우는 평범해 보였다. 그러나 자신의 창자와 자궁이 흠모하는 남자의 아이를 갖는 일이란! 그것은 자신의 예전의 자아와는 너무 다른 느낌이었다. 그녀는 모든 여성성이 몰려 있는 중심지로 깊이, 아주 깊이 가라앉아 창조의 잠 속으로 영원히 빠져드는 기분이었다.

코니에게 새로웠던 것은 열정이 아니었다. 간절히 흠모하는 감정이었다. 그녀는 언제나 그 감정을 두려워했다. 그 감정은 그녀를 무력하게 만들기 때문이었다. 그녀는 아직도 그 감정이 두려웠다. 그를 너무나 흠모하게 되면 자기 자신을 잃어버린 채 자신이라는 존재가 사라질 것 같았다. 그리고 그녀는 자신이 사라지는 게 싫었다. 미개한 여자처럼 노예가 되는 것이었다. 그녀는 노예가 될 순 없었다.

그녀는 자신 안에 생겨난 흠모하는 감정이 두려웠다. 그러나 곧바로 그 감정에 맞서 싸우지는 않을 것이다. 그녀는 자신이 그러한 감정에 맞서 싸울 수 있다는 것을 알고 있었다. 가슴속에 있는 악마 같은 의지가 자궁과 창자를 채운 부드럽고도 깊이 흠모하고 있는 감정과 싸워 그것을 짓뭉갤 수 있었다. 지금이라도 할 수 있는 일이었다. 그녀는 그렇게 생각했다. 그렇게 되면 그녀는 자신의 열정을 자신의 의지대로 다룰 수 있을 것이다.

아, 그렇다. 바쿠스를 섬기는 여사제*처럼, 혹은 바쿠스의 신도처럼 열정적으로 숲 속을 질주할 것이다. 어떤 독립적인 인격 없이 그저 하인으로서 순수하게 여자를 섬기는 눈부신 남근 아이아코스**를 만나러 갈 것이다! 그 남자, 한낱 개인인 그가 감히 침입하도록 놔두지 않을 것이다. 그는 그저 신전의

---

* 술의 신 바쿠스를 숭배한 여자들.
** 그리스 신화에 등장하는 신성한 존재로 제우스의 아들, 때로는 디오니소스의 아들로 불리며 디오니소스와 동일시되는 경우도 있다.

하인으로서 그녀의 소유인 눈부신 남근을 지니고 그것을 지키는 존재에 불과했다.

그러한 새로운 각성이 그녀 마음속에 흘러들면서 예전의 그 엄격한 감정이 한동안 그녀 안에서 불타올랐고, 이제 그 남자는 그녀 마음속에서 비열한 대상으로, 그저 남근을 가진 존재로 전락해 자신의 소임이 끝나면 갈가리 찢겨나가버릴 존재가 되고 말았다. 그녀는 팔다리와 몸에서 바쿠스 신을 섬기는 여사제의 힘을, 광채를 번득이며 재빠르게 남성을 넘어뜨리는 여성의 힘을 느꼈다.

그러나 이렇게 느끼는 내내 마음이 무거웠다. 그녀는 그런 힘을 원하지 않았다. 그 힘은 이미 알려진 대로 생명을 낳지 못하기 때문이었다. 흠모하는 감정은 그녀에게 소중한 것이었다. 그 감정은 헤아릴 수 없을 정도로 깊고 부드러운 미지의 것이었다. 그래, 그렇다! 그녀는 자신의 견고하고 눈부시게 빛나는 여성의 힘을 포기할 것이다. 이제 그 힘에 넌더리가 났고, 그 힘 때문에 온몸이 뻣뻣하게 경직되어 있었다. 그녀는 새로운 생명의 온천수에, 소리 없이 흠모의 노래를 부르는 자궁과 창자 속에 깊이 몸을 담그고 흠뻑 빠질 것이다. 그 남자를 두려워하기에는 아직 너무 일렀다.

"메어헤이까지 걸어갔다가 플린트 부인과 차를 마셨어

요." 그녀는 클리퍼드에게 말했다. "그 집 아기가 보고 싶었거
든요. 너무 사랑스럽더라고요. 머리카락이 빨간 거미줄 같았
어요! 너무 귀여웠죠! 플린트 씨는 시장에 가고 없었어요. 그
래서 플린트 부인과 아기와 함께 차를 마셨어요. 내가 어디
있는지 궁금했나요?"

"음, 궁금하긴 했어. 하지만 어딘가 들러서 차를 마시고 있
을 거라 짐작하고 있었지." 클리퍼드는 질투가 난다는 듯이
말했다.

일종의 통찰력으로 그는 그녀에게 새로운, 그가 이해할 수
없는 어떤 일이 생겼다는 것을 느꼈다. 그러나 그저 아기 탓
이려니 했다. 코니를 괴롭히는 것은 아기를 가질 수 없다는
것, 말하자면 자연스럽게 아기를 가질 수 없다는 사실이라고
그는 생각했다.

"마님이 수렵장을 지나 철문 쪽으로 가시는 걸 봤어요." 볼
턴 부인이 말했다. "그래서 전 목사관에 가시나 했어요."

"그럴 뻔했다가 메어헤이 쪽으로 발길을 돌렸어요."

두 여자의 눈이 서로 마주쳤다. 볼턴 부인의 회색 눈이 반
짝이며 뭔가를 살피는 듯했고, 코니의 파란 눈은 뭔가 감추는
듯하면서도 기묘하게 아름다웠다. 볼턴 부인은 그녀에게 연
인이 생겼다고 거의 확신했다. 그런데 어떻게 해서 생긴 걸

까? 도대체 **누구일까**? 그 남자는 어디서 나타났을까?

"그럼요. 가끔씩 밖에 나가서 사람을 만나시는 게 마님께 아주 좋을 거예요." 볼턴 부인이 말했다. "클리퍼드 경에게 마침 그런 말씀을 드리고 있었어요. 마님이 밖에 나가서 사람들하고 좀 어울리면 훨씬 좋으실 거라고요."

"맞아요. 나갔다 왔더니 기분이 한결 좋네요. 깜찍하고 너무 귀엽고 당찬 아기였어요!" 코니가 말했다. "머리카락이 딱 거미줄 같았는데 밝은 오렌지색이었어요. 도자기 빛깔처럼 연한 파란색 눈이 정말 특이하고 깜찍해 보였어요. 물론 여자아이였죠. 그렇게 당돌할 수가 없더라고요. 어린 프랜시스 드레이크 경*처럼 용감한 꼬마도 그 아이보다 더 당돌하진 않을 거예요."

"맞아요, 마님. 플린트 집 아이들이 보통 그렇더군요! 그 집 애들은 좀 당돌하고 머리카락이 다들 모래 빛깔이더라고요." 볼턴 부인이 말했다.

"클리퍼드, 당신도 아기를 보고 싶지 않아요? 집으로 차 마시러 오라고 했거든요. 당신에게도 한번 보여주려고요."

"누구를?" 그가 매우 언짢은 듯 코니를 보며 물었다.

---

* 엘리자베스 1세 시대의 항해가.

"플린트 부인과 그 아기 말이에요. 다음 주 월요일에요."

"당신 방에 올라가서 차를 대접하면 되겠군." 그가 말했다.

"아, 당신은 아기를 보고 싶지 않아요?" 코니가 큰 소리로 물었다.

"아니, 아기는 볼 거야. 그런데 그들과 함께 차까지 마시며 계속 함께 있고 싶진 않을 뿐이야."

"아, 그렇군요!" 코니는 눈을 크게 뜨고 베일에 덮인 듯한 눈길로 그를 바라보며 말했다. 그녀는 사실 그를 보고 있지 않았다. 그는 이제 누군가 다른 사람이 되어버렸다.

"위층 마님 방에서 아늑한 분위기로 차를 마시면 되겠네요. 플린트 부인도 클리퍼드 경이 함께 계시는 것보다 훨씬 편할 거예요." 볼턴 부인이 말했다.

볼턴 부인은 코니에게 연인이 생겼다고 확신했다. 그런 생각이 들자 그녀는 진심으로 뭔가가 기쁜 듯 어쩔 줄 몰라했다. 그런데 그 남자는 누굴까? 도대체 누굴까? 플린트 부인이 단서를 줄 수도 있을 것이다.

코니는 그날 저녁에는 목욕을 하지 않으려고 했다. 그의 맨살이 몸에 닿았던 그 느낌, 그녀에게 닿았던 그 끈적거림이 소중했고 어떤 의미에선 신성하기까지 했다.

클리퍼드는 매우 불안했다. 저녁식사를 마친 후에도 코니

를 놓아주지 않으려 했다. 그런데 그녀는 너무도 혼자 있고
싶었다! 그를 쳐다보긴 했지만 그녀는 이상하게도 고분고분
했다.

"우리 카드놀이를 하는 게 어때? 아니면 책이라도 읽어줄
까? 그것도 아니면 뭘 하는 게 좋겠어?" 그가 불안한 듯 물
었다.

"책을 읽어줘요." 코니가 말했다.

"무엇을 읽어줬으면 좋겠어? 시나 산문? 아니면 희곡이 좋
을까?"

"라신*의 작품을 읽어줘요." 그녀가 말했다.

예전에는 라신의 작품을 진짜 프랑스식으로 장엄하고 무
게 있게 읽는 것이 그의 장기 중 하나였다. 그러나 지금은 실
력이 녹슬었을뿐더러 약간 자의식적으로 변했다. 그는 사실
라디오 확성기를 듣는 편을 더 좋아했다.

그러나 코니는 바느질만 하고 있었다. 그녀의 옷에서 잘라
낸 연노란색 비단으로 플린트 부인의 아기에게 줄 자그마한
실내용 아동복을 만들고 있었다. 집에 돌아와서 저녁식사를
기다리며 천을 미리 잘라두었다. 그리고 책을 읽는 소리가 계

---

* 프랑스 고전주의를 대표하는 극작가.

속 들리는 동안 그녀는 부드럽고 고요한 자신만의 황홀감에 빠진 채 앉아서 바느질을 했다. 깊숙이 묵직하게 울리는 종소리의 여운처럼 그녀 안에 열정이 울려 퍼지는 것을 느낄 수 있었다.

클리퍼드는 라신에 대해 그녀에게 무슨 말을 했다. 하지만 그녀는 그의 말이 다 끝나고서야 알아차렸다.

"맞아요! 그럼요!" 그녀가 그를 쳐다보며 말했다. "그건 정말 훌륭해요."

그는 짙은 파란색 눈을 강하게 반짝이며 부드럽게 고요히 앉아 있는 그녀의 모습에 또다시 두려워졌다. 그녀가 그토록 부드럽고 고요해 보인 적은 없었다. 그는 그녀의 향기에 취한 듯 꼼짝없이 그녀에게 매료되었다. 그래서 속절없이 계속 책을 읽어나갔고, 프랑스어를 읽어가는 그의 쉰 목소리가 그녀에게는 굴뚝에서 나는 바람 소리 같았다. 그가 읽는 라신의 작품이 그녀에게는 한마디도 귀에 들어오지 않았다.

봄이 싹을 틔우면서 희미하게 내는 즐거운 신음 소리에 숲이 살랑거리는 것처럼 그녀는 부드러운 황홀감에 빠져 있었다. 그녀는 같은 세상에서 자신과 함께 그 남자, 그 이름 없는 남자가 남근의 신비에 싸인 아름다운 모습을 한 채 아름답게 발걸음을 내딛는 것을 느낄 수 있었다. 그리고 자신의 몸속에서, 모든 혈관에서 그 남자와 그의 아이를 느꼈다. 그의 아이는 황혼이 드리우듯 그녀의 모든 혈관 속에서 흐르고 있었다.

그녀는 손도 없고, 눈도 없고, 발도 없고
보물 같은 황금빛 머리칼도 없나니*

그녀는 숲과 같았다. 짙게 우거진 참나무 숲이 무수한 싹을 틔우며 들리지 않는 콧노래를 부르고 있는 것 같았다. 그러는 동안 욕망의 새들은 거대하고 복잡하게 얽힌 그녀의 몸속에 잠들어 있었다.

그러나 클리퍼드의 목소리는 탁탁 튀고 꺾이는 유별난 소리를 내면서 계속되었다. 얼마나 이상하던지! 딱 벌어진 어깨에 진짜 다리라고 할 수도 없는 다리를 달고, 책 위로 몸을 숙인 채 탐욕스러우면서도 교양 있는 기이한 모습을 하고 있는 그가 어찌나 이상하던지! 이상한 새처럼 날카롭고 차가우며, 완고한 의지를 지녔지만 따뜻함이라고는 전혀 없는 그가 어찌나 이상하던지! 내세의 생물처럼 영혼도 없이 지나치게 예민하고 차가운 의지만 갖고 있었다. 그녀는 그가 두려운 나머

---

* 스윈번의 〈해 뜨기 전의 노래(Songs Before Sunrise)〉에 나온 구절.

지 살짝 몸서리를 쳤다. 그러나 그때 부드럽고 따뜻한 생명의 불길이 그보다 더 강하게 타올랐고, 그러자 진정한 것들은 그의 눈에 띄지 않는 곳으로 숨어 그가 알 수 없게 되었다.

마침내 책 읽기가 끝났다. 그녀는 깜짝 놀라 고개를 들었다. 그리고 클리퍼드가 증오라도 하듯이 창백하고 섬뜩한 눈빛으로 자신을 쳐다보고 있는 것을 알아차리고 더욱 깜짝 놀랐다.

"정말 고마워요! 당신은 라신의 작품을 정말로 아름답게 읽어요!" 그녀가 부드럽게 말했다.

"당신이 라신 작품에 귀를 기울인 만큼이나 아름답겠지." 그가 신랄하게 말했다.

"무얼 만드는 거야?" 그가 물었다.

"아기 옷을 만들고 있어요. 플린트 부인의 아기에게 줄 옷이요."

그는 고개를 돌렸다. 아이! 아이! 그녀는 온통 아이에 집착하고 있었다.

"어쨌거나 말이야." 그가 연설 투의 과장된 목소리로 말했다. "우리는 원하는 모든 것을 라신에게서 얻을 수 있어. 정돈되고 형체가 잡힌 감정이 무질서한 감정들보다 훨씬 중요해."

그녀는 모호하고 알 수 없는 커다란 눈으로 그를 바라보았다.

"맞아요. 내 생각도 그래요." 그녀가 말했다.

"현대 세상은 감정을 되는 대로 마구 늘어놓으면서 감정의 품격을 떨어뜨리기만 하고 있어. 우리에겐 예전의 고전적인 절제가 필요해."

"맞아요!" 그녀는 그가 멍한 얼굴로 라디오에서 흘러나오는 바보 같은 감정 따위에 귀를 기울이던 모습을 떠올리며 천천히 말했다. "사람들은 감정이 있는 척하지만 실제로는 아무것도 느끼지 못하죠. 그런 감정을 낭만적이라고 부르는 것 같아요."

"내 말이 바로 그 말이야!" 그가 말했다.

사실 그는 피곤했다. 오늘 저녁 내내 너무 지쳐 있었다. 그는 차라리 전문 기술 서적을 읽거나 탄광 감독을 만나거나 라디오를 듣는 편이 나았을 것이다.

볼턴 부인이 엿기름을 넣은 우유 두 잔을 들고 들어왔다. 클리퍼드는 잠을 잘 자기 위해서, 코니는 살이 다시 오르도록 마시는 것이었다. 볼턴 부인의 제안에 따라 잠자리에 들기 전에 늘 마시고 있었다.

코니는 우유를 마시고 난 뒤 드디어 방으로 갈 수 있다는 생각에 기뻤다. 그리고 고맙게도 클리퍼드가 잠자리에 드는 걸 도와줄 필요도 없었다. 그녀는 자신의 잔을 들어 쟁반 위에 올려놓고 그 쟁반을 들고 밖으로 나가려고 했다.

"잘 자요, 클리퍼드! 푹 자도록 해요! 라신 작품이 꿈을 꾸듯 마음에 스며드네요. 잘 자요!"

그녀는 그새 문 앞까지 갔다. 그러고는 그에게 잘 자라는 키스도 하지 않고 나가고 있었다. 그는 그녀를 날카롭고 싸늘한 눈으로 쳐다보았다. 그렇다! 그가 저녁 내내 책까지 읽어주었는데도 그녀는 그에게 잘 자라는 키스도 하지 않았다. 어쩌면 저렇게 무신경하고 냉담할 수가 있단 말인가! 키스가 단지 형식적인 것에 지나지 않더라도 삶을 지탱하는 힘은 원래 그런 형식적인 것들이 아니겠는가. 그녀는 정말 볼셰비키주의자 같았다. 그녀의 본능은 볼셰비키적이었다! 그는 그녀가 사라진 문을 화난 듯이 차갑게 노려보았다. 분노가 치밀었다!

그러고 나자 그에게 끔찍한 밤이 다시 찾아왔다. 그의 신경은 그물처럼 얽혀 있어서 그가 일에 열중해 에너지가 가득한 상태가 아니거나, 라디오를 들으면서 완전히 멍한 상태에 있지 않을 때면, 밀려드는 급박한 공허함으로 인해 걱정과 두려움에 시달렸다. 그는 두려웠다. 코니는 마음만 먹으면 그에게서 두려움을 쫓아줄 수 있었다. 그러나 그녀는 분명 그렇게 해주지 않을 것이다. 그렇게 하지 않을 게 뻔했다. 그녀는 냉담하고 냉정했으며, 그가 그녀를 위해 해준 모든 일에 무신경했다. 그는 그녀를 위해 자신의 삶을 포기했는데도 그녀는 냉담했다. 그녀는 오로지 하고 싶은 대로 하려고 했다. "그 부인은 자신의 의지를 사랑한다네."* 이제 그녀는 온통 아기에 사로잡혀 있었다. 게다가 그 아기는 그녀의 아기였다. 그의 것이 아니라 오로지 그녀 자신만의 것이었다!

클리퍼드는 그가 처한 상황에 비하면 꽤 건강한 편이었다. 건강하고 혈색 좋은 얼굴에 어깨는 딱 벌어져서 튼튼했고, 가슴도 두툼했으며 그간 살이 좀 찌기도 했다. 그러나 그는 죽음을 두려워했다. 끔찍한 공허가 어딘가에서 그를 위협하는 것 같았고, 왠지 정력이 다해 이 텅 빈 공허함 속으로 주저앉아 무너져 내릴 것 같았다. 그는 모든 정력이 빠져버리면 이따금 자신이 죽은 것 같은 기분이 들었다. 정말 죽어버린 것 같았다.

그래서 약간 튀어나온 그의 창백한 눈은 묘하게 은밀하면서도 조금 잔인하고 아주 차가워 보였다. 동시에 거의 뻔뻔스럽다고도 할 수 있는 표정이었다. 아주 묘하게 오만함이 서린

---

* 영국의 전래가요 〈네 가지 사랑(The Four Loves)〉에 나오는 구절.

눈빛이었다. 갖은 역경을 극복하고 삶에서 승리한 것 같은 의기양양한 눈빛이 보였다. '누가 의지의 신비를 알겠는가? 의지만 있다면 천사들과 싸워서도 승리할 수 있으리니.'*

그러나 그가 가장 두려워하는 것은 잠을 이루지 못하는 밤이었다. 그러면 정말 끔찍하게도 소멸할 것 같은 공포가 사방에서 달려들며 그를 짓눌렀다. 그럴 때면 진정으로 살아 있다고 느끼지 못하면서 그저 존재하는 것이 섬뜩했다. 한밤중에 생명력 없이 그저 존재한다는 것이 끔찍했다.

그러나 이제는 종을 울려 볼턴 부인을 부를 수 있었다. 그러면 그녀는 언제나 그에게 왔다. 그것은 아주 큰 위로가 되었다. 그녀는 머리를 뒤로 땋아 내리고 실내복을 입은 채 오곤 했다. 갈색 머리에 흰 머리가 희끗희끗 보였는데도 그 모습은 어쩐지 소녀 같고 어수룩해 보였다. 그녀는 그에게 커피나 카밀레 차를 끓여주고 체스나 피케 게임을 함께 했다. 그녀는 여자 특유의 묘한 능력으로 체스를 잘 두었을뿐더러 심지어 4분의 3쯤 잠든 상태일 때도 그녀를 가뿐하게 이기기란 쉽지 않았다. 그래서 고요한 밤에 친밀한 기운이 느껴지는 분위기 속에서 그들은 마주 앉아, 아니 그녀는 앉고 그는 침대에 누워

---

* 에드거 앨런 포(Edgar Allan Poe)의 단편소설 〈리지아(Ligeia)〉의 구절을 변형한 것.

서, 독서용 등불이 그들을 외롭게 비추는 가운데 그녀는 거의 잠에 빠져들고 그는 두려움에 빠져든 채 게임을 계속 이어나 갔다. 그러다 함께 커피를 마시고 비스킷을 먹었고, 고요한 밤에 거의 아무 말 없이 그렇게 서로를 안심시켜주었다.

그리고 오늘 밤 볼턴 부인은 채털리 부인의 연인이 누구인지 궁금해하고 있었다. 그리고 남편 테드가 생각났다. 테드는 오래전에 죽었지만 그녀에게는 결코 죽은 사람이 아니었다. 그를 생각하면 세상을 향한 오랜 원한이 솟구쳐 올랐다. 특히 고용주에 대한 원한, 그들이 테드를 죽였다는 원한이 컸다. 실제로 그를 죽인 것은 아니지만 그녀는 감정적으로 그들이 테드를 죽였다고 생각했다. 그 때문에 그녀는 마음속 깊은 곳에서 허무주의자이자 진정한 무정부주의자였다. 어렴풋이 잠 든 상태에서 테드에 대한 생각과 누군지 모를 채털리 부인의 연인에 대한 생각이 뒤섞였다. 그러자 그녀는 클리퍼드 경과 그가 대변하는 모든 것을 향한 커다란 원한을 또 다른 여자인 채털리 부인과 공유하고 있다는 생각이 들었다. 그런 생각을 하는 와중에도 그녀는 클리퍼드와 6펜스 내기를 걸고 피케를 하고 있었다. 게다가 준남작과 피케를 한다는 사실은 만족감을 주는 원천이었다. 그에게 6펜스를 잃는다 해도 말이다.

그들은 카드놀이를 할 때면 언제나 내기를 했다. 클리퍼드는 내기를 하는 동안은 자기 자신을 잊을 수 있었다. 대체로 그가 이기는 편이었다. 오늘 밤에도 그가 이기고 있었다. 그래서 그는 첫 새벽이 올 때까지 잠을 자려 하지 않았다. 다행히도 네 시 삼십 분쯤 되자 날이 밝아오기 시작했다.

코니는 잠자리에 들어 내내 아주 깊은 잠을 잤다. 그러나 사냥터지기 역시 편히 잠들지 못했다. 그는 닭장을 닫고 숲을 둘러본 다음 집으로 돌아와 저녁을 먹었다. 그러나 바로 잠자리에 들지 않았다. 그 대신 난롯가에 앉아 생각에 잠겼다.

그는 테버셜에서 보낸 어린 시절과 5, 6년간의 결혼 생활을 생각했다. 아내를 떠올릴 때면 언제나 고통스러웠다. 그녀는 너무도 악랄한 여자였다. 하지만 1915년 봄에 군에 입대한 이후로 지금까지 그녀를 본 적이 없었다. 그러나 그녀는 3마일도 채 떨어지지 않은 곳에 살고 있었고, 전보다 더욱 악랄해져 가고 있었다. 그는 살아 있는 동안은 그녀를 다시 만나고 싶지 않았다.

그는 군인으로서 외국에서 보낸 시절을 생각해봤다. 인도, 이집트, 다시 인도에서 보낸 시절, 말들과 함께 되는 대로 무심하게 지냈던 생활, 그를 아껴주었고 그도 좋아했던 대령, 장교였던 그가 대위로 승진할 가능성이 매우 높았던 중위로 보낸 몇 년간의 시절을 떠올렸다. 그러다 대령이 폐렴으로 죽고 자신도 거의 죽다 살아났고, 이후 건강이 악화되고 불안감이 깊어지자 군대를 제대하고 영국으로 돌아와 다시 노동자가 된 일도 생각했다.

그는 삶과 적당히 타협하고 있었다. 적어도 당분간은 이 숲 속에서 안전할 거라고 여겼다. 아직까지는 사냥을 할 수 없으니 그저 꿩을 기르기만 하면 되었고 엽총 시중을 들 필요도 없었다. 삶에서 멀리 떨어져 혼자 있는 것, 그것이 그가 원하는 전부였다. 그는 소위 눈에 띄지 않고 숨어 있을 곳이 필요했고, 마침 이곳은 자신의 고향이기도 했다. 그에게 아주 큰 의미가 있는 존재는 아니었지만 어쨌든 어머니도 이곳에 살고 있었다. 그래서 그는 아무런 관계도 맺지 않고 희망도 품지 않은 채 하루하루 목숨을 이어가며 살아갈 수 있었다. 사실 그는 어떻게 해야 할지 스스로도 모르고 있었다.

그는 정말 자신을 어떻게 해야 할지 몰랐다. 몇 년간 장교로서 아내와 가족들이 있는 장교나 관리들과 어울려보았기에 '출세하고' 싶은 욕망은 모두 사라져버렸다. 중산층과 상류층을 알아갈수록 그들에게는 지칠 줄 모르는 강인함, 목을 길게 빼고 뭐든 알아내고 싶어하는 묘한 강인함이 있었고 생기라곤 찾아볼 수 없었다. 그 때문에 그는 그들을 냉정하게 대했고 자신은 그들과는 다른 사람이라고 생각했다.

그래서 그는 자신의 원래 계급으로 돌아왔다. 그리고 다시 돌아온 그곳에서, 떠나 있었던 지난 몇 년간 잊고 있었던 지극히 역겨운 옹졸하고 천박한 생활 태도를 발견했다. 그는 이제야 비로소 생활 태도가 얼마나 중요한지를 깨달았다. 또한 삶에서 반 페니 동전이나 사소한 일들에 대해 신경 쓰지 않는 **척하는** 것도 얼마나 중요한지 인정하게 되었다. 그러나 평범한 사람들에게는 그런 가식이 없었다. 베이컨 가격이 1페니라도 오르고 내리는 문제는 복음서 내용이 바뀌는 것보다 훨씬 심각한 일이었다. 그는 그것을 견딜 수 없었다.

그리고 다시 임금을 둘러싼 다툼이 벌어졌다. 지배계급 사이에서 살아본 그는 임금 문제가 해결될 거라고 기대하는 건 헛수고라는 사실을 알고 있었다. 죽음 말고는 어떤 해결책도 없었다. 유일하게 할 수 있는 일은 신경 쓰지 않는 것이다. 임금에 대해선 신경 쓰지 않는 게 최선이었다.

그러나 가난하고 비참한 처지에 놓여 있다면 신경 **쓸 수밖에** 없었다. 어쨌든 임금은 사람들이 신경 쓰는 유일한 문제가 되어갔다. 돈에 대해 **신경 쓰는 일은** 거대한 암적인 요소처럼 모든 계급의 사람들을 하나하나 집어삼키고 있었다. 그는 돈에 대해 **신경 쓰지** 않기로 했다.

그러면 어떻게 될까? 인생에서 돈에 신경 쓰는 것 말고 우리에게 주는 것이 무엇이 있을까? 아무것도 없었다.

하지만 그는 혼자라면, 혼자 있을 수 있다면 조금은 만족스럽게 살 수 있었다. 아침식사를 하고 사냥을 나온 살이 찐 뚱뚱한 사람들의 손에 결국 총을 맞고 죽을 꿩이나 기르면서 말이다. 물론 그런 삶은 헛수고였다. 결국 지극히 쓸모없는 일이었다.

그런데 왜 신경 쓰고 왜 괴로워해야 한단 말인가! 그 여자가 자신의 삶에 들어오기 전까지는 전혀 신경 쓰지도 않고 괴로워하지도 않았다. 그는 그녀보다 거의 열 살이나 많았다. 게다가 경험으로 따지자면 밑바닥부터 살아온 그는 천 살이 더 많은 것이나 다름없었다. 둘의 관계는 점차 가까워지고 있었다. 그는 그 관계가 맞물려 함께 살아가야 할 날이 오리라는 것을 알 수 있었다. "사랑의 굴레는 풀기 어려우니!"

그러면 그다음에는 어떻게 될까? 그다음에는? 아무것도 없는 밑바닥에서부터 다시 시작해야 한단 말인가? 이 여자를 그런 상황에 말려들게 해야 하는가? 불구인 그녀의 남편과 끔찍한 싸움을 벌여야 할까? 게다가 자신을 싫어하는 그 악랄한 아내와도 끔찍한 싸움을 벌여야 할까? 고통스러운 일이다! 끔찍하게 고통스러운 일이다! 그리고 그는 더 이상 젊지도 않고 낙천적이지도 않았다. 그렇다고 태평스러운 사람도 아니었다. 결국 고통스럽고 추악한 온갖 일들에 시달리며 상처 입을 것이다. 그리고 그 여자도!

설사 클리퍼드 경과 자신의 아내에게서 벗어난다 해도 무엇을 할 수 있을까? 그가, 그 자신이 무엇을 할 수 있단 말인가? 어떻게 살아갈 것인가? 그는 뭔가를 해야만 했다. 그녀의 돈과 자신의 쥐꼬리만 한 연금으로 하루하루 연명하는 식객으로 살 수는 없었다.

도무지 답이 없었다. 미국으로 가서 새롭게 시작하는 일 말고는 달리 생각나는 방도가 없었다. 달러를 전혀 신뢰하지 않았지만 어쩌면 다른 뭔가가 있을지도 모른다는 생각이 들었다.

그는 편히 쉴 수도 잠자리에 들 수도 없었다. 한밤중까지 괴로운 생각에 사로잡혀 망연자실해 앉아 있다가 갑자기 의자에서 벌떡 일어나 외투와 총을 집어 들었다.

"자, 가자." 그는 개에게 말했다. "밖으로 나가는 게 가장 좋겠다."

별이 빛나고 있었지만 달은 뜨지 않은 밤이었다. 그는 주변을 세심하게 천천히 살피면서 가만가만 걸어갔다. 그가 막아야 할 대상은 토끼를 잡는 광부들뿐이었다. 특히 메어헤이의 스택스게이트 광부들을 막으면 되었다. 하지만 번식기에는 광부들도 어느 정도 신경을 써주긴 했다. 그럼에도 밀렵꾼을 찾아 주변을 은밀히 살펴보고 나니 신경이 누그러지면서 사로잡혀 있었던 여러 생각에서 벗어날 수 있었다.

그러나 5마일 정도를 걸으며 천천히 조심스럽게 구역을 순찰하고 나자 피곤이 몰려들었다. 그는 언덕 꼭대기로 가서 사방을 둘러보았다. 결코 작업을 멈추지 않는 스택스게이트에서 기계를 질질 끄는 소리가 어렴풋이 들리는 것 말고는 아무 소리도 들리지 않았다. 작업장에서 일렬로 환하게 빛나고 있는 전깃불 말고는 빛도 거의 없었다. 세상은 어둠에 깔리고 자욱한 연기에 싸여 잠들어 있었다. 두 시 반이었다. 그러나 잠들어 있어도 세상은 불안하고 잔인했다. 기차나 도로 위를 달리는 대형 트럭 소리로 흔들리고, 용광로에서 솟구치는 장밋빛 불길로 번쩍거렸다. 그것은 철과 석탄, 철의 잔인함과 석탄의 연기, 그리고 그 모든 것을 몰아대는 탐욕을 끝없이 내뿜고 있는 세상이었다. 탐욕, 오직 탐욕만이 모두가 잠든 세상에서도 들썩거리고 있었다.

날이 추워서 그는 기침을 했다. 상쾌하고 차가운 바람이 언덕 위로 불어왔다. 그는 그 여자를 떠올렸다. 자신이 갖고 있거나 갖게 될 모든 것을 걸고서라도 지금 이 순간 그녀를 다시 따뜻하게 품에 안고 함께 담요를 덮고 잠들고 싶었다. 영원을 꿈꾸는 모든 희망과 과거에 얻은 모든 것을 내주고서라도 그녀를 이곳으로 데려와 한 담요를 따뜻하게 덮고 함께 잠을, 오직 잠을 자고 싶었다. 그 여자를 품에 안고 자는 일만이 지금 유일하게 필요한 일처럼 느껴졌다.

그는 오두막으로 돌아가서 담요로 몸을 감싼 뒤 자려고 바닥에 누웠다. 하지만 잠은 오지 않고 춥기만 했다. 게다가 자기 존재의 불완전한 본질이 참담하게 느껴졌다. 불완전하게 홀로 존재한다는 게 참담했다. 그는 그녀를 원했다. 그녀를 만지고 그녀를 꼭 껴안은 채 완전한 순간을 만끽하며 잠들고 싶었다.

그는 다시 일어나 밖으로 나갔다. 이번에는 수렵장 출입문 쪽으로 발길을 돌려 저택으로 천천히 걸어갔다. 거의 네 시가 가까웠고 여전히 맑고 추웠지만 동이 틀 기미는 보이지 않았다. 그는 어둠에 매우 익숙해서 앞을 잘 볼 수 있었다.

천천히, 아주 천천히 거대한 저택이 자석처럼 그를 끌어당겼다. 그는 그녀가 있는 곳으로 가까이 가고 싶었다. 그것은 욕망이 아니었다. 그런 게 아니었다. 그는 홀로 있어 불완전한 존재라는 참담한 감정 때문에 그저 말없이 자신의 품에 안겨 있을 여자가 필요했다. 어쩌면 그녀를 찾을 수 있을 것이다. 그녀를 불러 자신에게 오게 하거나 직접 그녀에게 가는 방법을 찾을 수 있을지도 모른다. 그만큼 절박하게 그녀가 필요했다.

그는 저택으로 향하는 오르막길을 천천히 조용하게 올라갔다. 그리고 언덕 꼭대기에 있는 거대한 나무들을 돌아 진입로까지 갔다. 그 진입로는 현관 앞 마름모꼴 잔디밭 주위를 커다랗게 빙 두르며 이어져 있었다. 저택 앞의 커다란 마름모꼴 잔디밭에 서 있는 거대한 너도밤나무 두 그루가 어두운 공기 속에 거무스름한 형체로 우뚝 솟아 있는 모습이 어느새 눈앞에 들어왔다.

낮고 기다란 저택이 어두컴컴한 형체를 드러냈다. 아래층에 있는 클리퍼드 경의 방에서만 불빛이 새어 나오고 있었다. 그는 그곳이 클리퍼드의 방이라는 것을 알았다. 하지만 그녀가 어느 방에 있는지, 이토록 무자비하게 그를 잡아끄는 가느다란 실의 다른 쪽 끝을 잡고 있는 그 여자가 어디에 있는지는 알지 못했다.

그는 좀더 가까이 갔다. 손에 총을 든 채 진입로에서 저택을 바라보며 꼼짝하지 않고 서 있었다. 어쩌면 지금이라도 그녀를 찾아서 어떤 식으로든 그녀에게 갈 수 있을지도 모른다. 그 집은 진입이 불가능한 곳도 아니었다. 그는 강도만큼 영리할 수 있었다. 그녀에게 가지 못할 이유가 없었다.

그는 꼼짝 않고 서서 가만히 기다렸다. 어느새 등 뒤에서 새벽이 어렴풋이 밝아오고 있었다. 그는 저택에서 새어 나오던 불빛이 꺼지는 것을 보았다. 그러나 볼턴 부인이 창가에 와서 짙은 파란색 낡은 실크 커튼을 열어젖히고 어두운 방에 홀로 서 있는 것은 보지 못했다. 그녀는 어슴푸레하게 날이 밝아올 때쯤 밖을 내다보며 간절히 바라던 새벽녘을 기다리고 있었다. 클리퍼드가 이제 날이 밝았다는 것을 진심으로 확신할 때까지 기다리고 또 기다렸다. 그는 날이 밝았다는 것을 확신하고 나서야 곧바로 잠들곤 했기 때문이었다.

볼턴 부인은 창가에 서서 잠에 취한 채 멍하니 기다리고 있었다. 그리고 그렇게 서 있던 그녀는 깜짝 놀라 하마터면 비명을 지를 뻔했다. 어스름한 새벽녘에 검은 형체를 한 남자가 진입로에 서 있었기 때문이었다. 창백하게 질린 그녀는 정신을 바짝 차리고 내다보았지만 소리를 내서 클리퍼드 경을 깨우진 않았다.

세상이 바스락거리며 날이 밝아오기 시작했고 검은 형체는 점점 더 작아지며 뚜렷하게 보였다. 그녀는 총과 각반, 헐렁한 웃옷을 알아보았다. 사냥터지기 올리버 멜러즈였다. 맞다. 개 한 마리가 코를 킁킁거리면서 그림자처럼 주위를 돌며 그를 기다리고 있었다!

그런데 저 남자는 대체 뭘 하고 있는 거지? 집안 사람을 깨우기라도 하려는 걸까? 도대체 왜 저기서 꼼짝도 하지 않고 서서 저택을 쳐다보고 있는 거지? 암캐가 사는 집 밖에서 서성거리는 상사병에 걸린 수캐처럼 말이다!

세상에! 볼턴 부인의 뇌리를 쏜살같이 스치는 게 있었다. 저 남자가 채털리 부인의 연인이었구나! 저 남자였어! 저 남자였다니!

이럴 수가! 이런, 아이비 볼턴 자신도 한때 아주 조금이나마 그를 사랑한 적이 있었다. 그 당시 그가 열여섯 살, 그녀가 스물여섯 살이었다. 그때 그녀는 공부를 하고 있었는데 그가 해부학과 당시 배워야 했던 여러 가지를 많이 도와주었다. 그는 셰필드 문법학교에서 장학금을 받으며 프랑스어를 비롯해 많은 교육을 받은 똑똑한 청년이었다. 그 후 말편자를 만드는 대장장이 십장이 되었다. 말을 좋아하기 때문이라고 했지만, 사실 그는 밖으로 나가 세상과 대면하기가 두려웠던 것이다. 그는 그런 사실을 절대 인정하지 않았다.

그러나 그는 훌륭한 청년이었다. 그녀를 많이 도와주었고 다른 사람을 이해시키는 재주가 아주 뛰어났다. 클리퍼드 경만큼이나 똑똑했고, 여자들은 언제나 그를 좋아했다. 남자보다는 여자들과 더 잘 지냈다.

그러던 그가 마치 스스로를 괴롭히려고 작정한 사람처럼 버사 쿠츠와 결혼해버렸다. 어떤 사람들은 뭔가에 실망을 한 나머지 자신을 괴롭히려고 결혼을 하기도 한다. 물론 그 결혼은 당연히 실패했다. 전쟁이 일어나는 내내 몇 년간 그는 이곳을 떠나 있었다. 그러다 중위가 된 그는 신사나 다름없었다. 정말로 신사였다! 그 후 테버셜로 돌아와 사냥터지기가 되었다! 어떤 사람들은 정작 기회가 주어져도 잡지 못한다! 그러고는 최하층 사람처럼 다시 걸쭉한 더비셔 사투리를 썼다. 아이비 볼턴은 그가 실제로 여느 신사 못지않게 말할 수 있었다는 걸 알고 있었다.

아니, 이런! 누군가 했더니 마님이 그와 사랑에 빠졌구나! 하긴 그 남자에게 반한 여자가 마님이 처음도 아니지. 그에겐 뭔가 특별한 게 있어. 그러나 생각해보라고! 테버셜에서 태어나서 자란 남자와 래그비 저택의 마님이 서로 사랑을 하다니! 맹세코 그 잘난 척하는 채털리 가문에 엄청나게 치욕스런 일이야!

그러나 그 남자, 사냥터지기는 날이 밝아오면서 점차 깨달았다. 아무 소용 없는 일이야! 자신의 고독에서 벗어나려고 애써봐야 아무 소용 없는 일이야. 고독은 평생 안고 살아야 하는 거야. 단지 때때로, 이따금씩 그 빈자리가 메워질 뿐이지. 그저 이따금씩만! 그러나 가끔 찾아오는 그 순간을 기다려야 하지. 고독한 존재라는 사실을 인정하고 평생 껴안고 살수밖에 없어. 그리고 그 빈자리가 채워지는 순간이 오면 가만히 받아들이면 될 일이야. 하지만 그런 순간은 저절로 오는 법이지. 억지로 오게 할 순 없어.

그녀를 찾아 이곳까지 오게 만들었던, 그 안에 있던 피 끓는 욕망이 별안간 뚝 하고 부러져버렸다. 그래야만 한다고 생각했기에 그는 그 욕망을 부러뜨렸다. 서로 함께 다가서야 했다. 그녀가 그에게 오지 않는다면 그도 먼저 그녀를 찾아내려 하지 않을 것이다. 그래서는 안 되었다. 그는 돌아가서 그녀가 자신에게 다가올 때까지 떨어져 있어야 하는 것이다.

생각에 잠긴 채 천천히 돌아서면서 그는 다시 고독을 받아들였다. 그러는 편이 더 낫다는 걸 깨달았다. 그녀가 그에게 다가와야 한다. 그가 그녀를 쫓아다니는 것은 아무 소용 없었다. 아무 소용 없는 일이었다!

볼턴 부인은 그가 사라지는 모습을 보았다. 개가 그 뒤를 쫓는 모습도 보았다.

"아니, 이런." 그녀가 말했다. "저 사람일 거라고는 생각지도 못했는데, 아니 짐작은 할 수 있었을지도 모르지. 젊었을 때 테드를 잃은 내게도 잘해주었으니까. 하, 이런! 저기 누워 있는 저분이 이 사실을 알게 되면 과연 무슨 말을 할까!"

그리고 그녀는 이미 잠들어버린 클리퍼드에게 의기양양한 눈길을 힐긋 보내며 살며시 방에서 걸어 나왔다.

11장

코니는 래그비 저택에 있는 창고용 방 가운데 하나를 정리하고 있었다. 창고로 쓰는 방이 여러 개 있었는데, 저택은 마치 토끼 사육장처럼 방들이 빽빽한 데다, 이 집안 사람들은 뭐든 한번 집에 들이면 파는 법이 없었기 때문이었다. 제프리 경의 아버지는 그림에, 제프리 경의 어머니는 16세기식 이탈리아 가구에 취미가 있었다. 제프리 경 자신은 교회 제의실에서 쓰는, 조각이 새겨진 오래된 참나무 궤를 좋아했다. 그런 수집벽이 여러 세대를 거쳐 내려왔다. 클리퍼드는 매우 현대적인 그림을 꽤 싼 값에 사들여 수집했다.

그래서 창고용 방에는 에드윈 랜시어 경*의 볼품없는 작품과 윌리엄 헨리 헌트**가 그린 한심하기 짝이 없는 새 둥지 그림들, 그 밖에도 왕립 미술원 회원의 딸인 코니를 기겁하게 만드는 왕립 미술원 전시작들이 보관되어 있었다. 코니는 어느 날 이 작품들을 살펴보고 모두 처분하기로 마음먹었다. 그녀는 그 방에 있는 괴상한 가구들에는 살짝 흥미를 느끼기도 했다.

흠집이 나거나 말라서 썩어 부서지지 않도록 꼼꼼히 포장해서 보관한 물건도 하나 있었는데, 그것은 대대로 물려 내려온 자단목으로 만든 요람이었다. 코니는 요람의 포장을 벗겨 들여다보지 않을 수 없었다. 끌리는 힘이 있었다. 그녀는 한참 동안 그것을 들여다보았다.

그러자 곁에서 도와주던 볼턴 부인이 한숨지으며 말했다. "이 요람을 쓸 일이 없다니 정말 안타까워요. 이제 이런 요람은 구식이 되긴 했지만요."

"쓰이게 될 수도 있죠. 아기를 갖게 될지도 모르니까요." 코니가 마치 새 모자를 사게 될지 모른다는 말투로 아무렇지 않게 말했다.

"그러니까 마님 말씀은, 클리퍼드 경에게 어떤 변화가 있을

---

* Edwin Landseers, 1802~1873. 동물을 많이 그린 영국 화가.
** William Henry Hunt, 1790~1864. 영국의 화가로 정물화를 많이 그렸고 특히 새 둥지 그림으로 유명하다.

거라는 말씀이신가요?" 볼턴 부인이 더듬더듬 말을 이었다.

"아니에요! 현재 상태로 그럴 수도 있다는 거예요. 클리퍼드 경은 근육이 마비된 것뿐이에요. 그게 그의 다른 부분에 영향을 주지는 않죠." 코니는 숨 쉬듯 자연스럽게 거짓말을 했다.

코니의 머릿속에 이런 생각을 불어넣은 사람은 클리퍼드였다. 그는 언젠가 이렇게 말한 적이 있었다. "어쩌면 아이를 가질 수 있을지 몰라. 내가 완전히 불구가 된 건 아니니까 말이야. 엉덩이와 다리 근육이 마비되긴 했지만 정력은 쉽게 돌아올 수도 있어. 그렇게 되면 당신 몸에 정자를 옮겨줄 수 있겠지."

실제로 클리퍼드는 열정적으로 탄광 일에 매진할 때면 자신의 정력이 되살아나는 것처럼 느꼈다. 코니는 그런 그를 두려움에 사로잡혀 바라봤다. 그러나 자신을 보호하기 위해 재빨리 기지를 발휘해 남편의 암시를 사용했다. 할 수만 있다면 아이를 가질 생각이었다. 하지만 남편의 아이는 아닐 것이다.

볼턴 부인은 한동안 숨이 멎을 정도로 놀랐다. 그녀의 이야기를 믿을 수가 없었다. 뭔가 속임수가 있다고 느껴졌던 것이다. 그러나 오늘날 의사들은 그런 일들을 할 수 있다. 그들은 정자를 이식할 수 있을지도 모른다.

"마님, 그럴 수 있기를 희망하고 기도합니다요. 마님뿐만 아니라 모두에게 정말 좋은 일이 될 거예요. 제 말은, 래그비에 아이가 태어나면 큰 변화가 생길 거라는 말씀이에요!"

"그렇겠죠!" 코니가 말했다.

그리고 코니는 60년 전의 왕립 미술원 화가의 작품 석 점을 골라 쇼틀랜즈 공작부인이 다음 바자회에 내놓을 수 있도록 그녀에게 보내기로 했다. 쇼틀랜즈 공작부인은 고장 전역에 바자회를 위한 물품을 보내달라고 늘 부탁하고 다녀서 '바자회 공작부인'이라고 불렸다. 그녀는 왕립 미술원 작품 석 점을 보고 기뻐할 것이다. 그리고 그에 고무되어 방문까지 할지도 모른다. 지난번에 그녀가 방문했을 때 클리퍼드가 얼마나 화를 냈었던가!

'하지만, 오 맙소사!' 볼턴 부인은 속으로 생각하고 있었다. '마님이 낳을지도 모른다는 아이는 올리버 멜러즈의 아이가 아닌가? 맙소사, 래그비 저택 요람에 테버셜 마을 아이가 눕게 되다니! 아이고, 정말 수치스러운 일이야!'

이 창고용 방에 있는 괴상한 물건 중에는 검은 옻칠을 한 큼직한 상자도 있었다. 60, 70년 전에 만들어진 매우 정교하고 뛰어난 물건으로, 상상할 수 있는 모든 것이 들어 있었다. 맨 위 칸에는 소형 화장 도구들이 잘 정리되어 있었다. 머리

솔과 병, 거울, 빗, 상자와 안전 덮개가 있는 작고 아름다운 면도기 세 개와 면도용 그릇까지 모두 구비돼 있었다. 그 밑은 잉크를 빨아들이는 압지와 펜, 잉크병, 종이, 봉투, 메모할 수 있는 수첩 등 문구들이 있는 칸이었다. 그다음 칸에는 바느질 도구가 완벽하게 갖춰져 있었다. 크기별로 가위가 세 개, 골무, 바늘, 명주실과 무명실, 감침질용 받침공이 있었는데 모두 최상품이었고 마감도 완벽했다. 그리고 아편 팅크, 몰약 팅크, 향수, 정향 등 라벨이 붙은 빈 병들이 들어 있는 작은 상비약 보관 공간도 있었다. 전부 완전히 새것이었다. 닫아놓으면 작지만 빵빵한 소형 여행 가방만 했다. 그리고 내부에는 조그만 틈도 없어서 병의 내용물이 엎질러질 염려가 없었다.

이 물건은 놀라울 정도로 훌륭하게 고안해낸, 빅토리아 양식의 정수를 구현하는 뛰어난 장인 정신의 산물이었다. 그러나 한편으로는 기괴한 느낌을 주었다. 채털리 가 사람들도 그렇게 느꼈었는지 사용 흔적이 전혀 없었다. 이상하게도 영혼이 느껴지지 않는 물건이었다.

하지만 볼턴 부인은 흥분하여 말했다.

"이 훌륭한 솔들 좀 보세요. 아주 비싼 거죠. 면도솔까지 있네요! 이 면도용 솔도 좀 보세요. 흠잡을 데 없는 것이 세 개나 되네요! 아니 그리고 가위들도요! 돈으로 살 수 있는 최상의 물건들이에요. 정말 **훌륭해요**!"

"그래요? 그럼 가져요."

"어머, 아니에요, 마님."

"가져도 돼요! 어차피 세상 끝나는 날까지 여기 있을 물건
이니까. 부인이 가져가지 않으면 그림과 함께 공작부인에게
보낼 거예요. 공작부인은 이 물건을 그리 가치 있게 여기지도
않겠죠. 그러니 가져요!"

"아이고, 마님! 뭐라고 감사의 말씀을 올려야 할지……."

"그럴 필요 없어요." 코니가 웃으며 말했다.

볼턴 부인은 기뻐서 흥분한 마음에 분홍빛으로 상기된 채
그 커다란 검은 상자를 들고 의기양양하게 내려갔다.

베츠 씨가 상자와 함께 그녀를 이륜마차에 태워 마을에 있
는 집까지 데려다주었다. 그녀는 그 물건을 보여주기 위해 친
구 몇 명을 부르지 않을 수 없었다. 여선생과 약사의 아내, 회
계원의 아내인 위든 부인이 왔다. 그들은 상자를 보고 감탄했
다. 그러고 나서 채털리 부인의 아이에 대해 소곤거리기 시작
했다.

"불가사의는 끝이 없을 거예요." 위든 부인이 말했다.

그러나 볼턴 부인은 아기가 생기게 된다면 클리퍼드 경의
아이일 것을 **확신한다고** 했다. 그러니 그만하자고……!

얼마 후 교구 목사가 클리퍼드에게 부드럽게 말을 건넸다.

"우리가 정말 래그비에 상속자가 생길 거라고 희망해도 되겠습니까? 그것은 실로 하느님 자비의 손길일 겁니다!"

"글쎄요. **희망은** 품어볼 수 있겠지요." 클리퍼드가 약간 비꼬는 듯하면서도 동시에 어떤 확신을 내비치며 대답했다. 그는 이전부터 그런 일이 정말 생길 수 있고, 그렇다면 그 아이는 **자신의** 아이일 거라고 믿고 있었다.

그러던 어느 날 오후, 모두들 '윈터 지주 나리'라고 부르는 레슬리 윈터가 들렀다. 칠십대인 그는 마르고 흠잡을 데 없는 용모를 한 사람이었다. 볼턴 부인이나 베츠 부인의 말처럼 뼛속까지 신사였다. '허허!' 하는 헛웃음을 섞어 말하는 것을 비롯해 구식 예의범절을 차리는 덕분에 그는 주머니 가발을 쓰던 시대보다도 더 옛날 사람 같았다. 세월이 이런 훌륭한 노인은 그대로 두고 스쳐 지나가는가 싶었다.

그들은 탄광에 대한 이야기를 나누었다. 클리퍼드의 생각은 이랬다. 그의 탄광에서 나는 석탄은 질이 떨어지긴 하지만 강한 압력을 가해 습기가 있는 산성화된 공기를 쏘이면, 굉장히 높은 열을 내며 타는 단단한 농축 연료를 만들 수 있다는 것이다. 오랫동안 관찰한 바에 따르면, 특별히 강하고 습기 찬 바람이 불 때면 갱구가 활활 잘 타고 연기도 거의 나지 않으며, 입자가 고운 재를 남기는 것이 분홍빛 자갈로 약하게 타오르는 것과는 다르다는 것이었다.

"하지만 연료를 태울 적당한 엔진은 어디서 찾을 건가?" 윈터가 물었다.

"제가 직접 만들 겁니다. 연료도 우리 걸 사용할 거고요. 그렇게 전력을 생산해서 팔 겁니다. 반드시 해낼 수 있을 거라고 확신합니다."

"자네가 할 수 있다면야 대단한 일이지. 대단하고말고. 허허! 대단해! 내 조금이라도 도움이 될 수 있다면 기쁠 거야. 내가 좀 구식이고 내 탄광도 나를 닮았다고 생각한다네. 그런데 누가 알겠나. 내가 저세상으로 가면 자네 같은 사람이 나타날지도 모르지. 대단해! 그러면 사람들을 다시 고용할 수 있게 될 거야. 자네는 석탄을 팔 필요가 없어지거나, 팔려고 할 때 팔지 못해 걱정할 일도 없어지겠지. 훌륭한 아이디어야, 성공을 거두길 바라네. 내게 아들이 있었으면 틀림없이 그 애들도 시플리를 위해 현대적인 생각들을 내놓았을 거야. 틀림없이 그랬을 거야. 그런데 여보게, 래그비에 상속자를 기대해도 좋을 것 같다는 소문이 돌던데 진짜 근거가 있는 말인가?"

"소문이 돈다고요?" 클리퍼드가 물었다.

"글쎄, 필링우드에 사는 마셜이 나한테 묻더군. 소문에 대해 내가 알고 있는 건 이게 전부일세. 근거 없는 소문이라면 물론 다시는 입 밖에 내지 않아야겠지."

"글쎄요, 희망은 있지요. 희망은 있어요." 클리퍼드는 불안해하면서도 이상하게 눈을 반짝이며 말했다.

윈터는 방을 가로질러 오더니 클리퍼드의 손을 꽉 쥐었다.

"여보게, 이 친구야! 그 말이 내게 어떤 의미인지 아는가! 자네가 아들을 얻을 수 있다는 희망으로 노력하고 있다는 이야기를 듣게 되다니. 자네가 테버셜 마을 사람들을 모두 다시 고용할 수 있을지도 모른다니. 아, 내 젊은 친구! 가문의 영광을 유지하고, 일하고 싶어 줄을 선 사람들에게 일자리를 줄 수 있다니!"

이 노인은 정말로 감동했다.

다음 날 코니가 기다란 노란 튤립을 유리 화병에 꽂고 있을 때 클리퍼드가 말했다.

"여보, 당신이 래그비를 상속할 아들을 낳을 거라는 소문이 돌고 있다는데, 알고 있었어?"

코니는 두려움으로 앞이 캄캄해지는 것 같았지만 꽃을 만지며 가만히 서 있었다.

"아니요! 농담으로들 하는 말인가요? 아니면 악의로 하는 말인가요?"

클리퍼드는 잠시 말이 없다가 대답했다.

"둘 다 아니길 바라. 나는 그 소문이 일종의 예언이 되었으면 해."

코니는 계속해서 꽃을 만지며 말했다.

"오늘 아침에 아버지한테 편지를 받았어요. 알렉산더 쿠퍼 경이 7월과 8월에 베네치아의 에스메랄다 별장으로 저를 초대하고 싶다고 해서 아버지가 수락하셨는데, 그걸 알고 있는지 물으셨어요."

"7월부터 8월까지?" 클리퍼드가 말했다.

"아, 두 달을 꽉 채워서 머물지는 않을 거예요. 당신 정말 같이 가지 않겠어요?"

"난 외국 여행은 하고 싶지 않아." 클리퍼드가 곧바로 대답했다.

코니는 꽃을 창가로 가져갔다.

"내가 다녀오는 건 괜찮겠어요? 당신도 알다시피 이번 여름에 가기로 했던 거잖아요."

"얼마 동안이나 가 있을 거요?"

"아마 3주 정도요."

잠시 침묵이 흘렀다.

"그렇군!" 클리퍼드가 조금 우울하게 천천히 말을 이었다.

"나도 3주 정도는 버틸 수 있겠지. 당신이 돌아오고 싶어 한다고 내가 확신할 수만 있다면 말이야."

"돌아오고 싶을 거예요."

코니는 단순하지만 확신에 찬 어조로 조용히 대답했다. 그녀는 다른 남자를 생각하고 있었다.

클리퍼드는 그녀의 말에서 확신을 느끼고, 어느 정도 그녀를 믿게 되었다. 그는 그 확신이 자신을 위한 것이라고 믿었다. 그는 굉장히 안도하여 곧바로 즐거운 기분에 젖었다.

"그렇다면 다 괜찮을 거야, 그렇지 않아?"

"저도 그렇게 생각해요." 코니가 말했다.

"당신은 변화가 즐겁겠지?"

코니가 묘하게 파란 눈으로 클리퍼드를 바라봤다.

"베네치아를 다시 보고 싶어요. 석호를 건너가 조약돌 섬에서 물에 몸을 담그고 수영도 하고 싶어요. 하지만 당신도 알죠, 내가 리도*를 얼마나 혐오하는지! 그리고 알렉산더 쿠퍼 경과 쿠퍼 부인이 마음에 들 것 같지도 않아요. 하지만 힐더 언니가 함께 있고, 우리만의 곤돌라를 따로 쓸 수 있다면……. 그래요, 그럼 꽤 멋질 거예요. 당신도 갔으면 좋겠어요."

---

* 이탈리아 베네치아 근처에 있는 휴양지.

그녀는 진심 어린 말투로 이야기했다. 이런 식으로라도 그를 행복하게 해주고 싶었다.

"아, 하지만 파리 북역이나 칼레 부두에서 내가 어떻게 하고 있을지 생각해봐!"

"그게 뭐 어때서요! 전쟁에서 부상당한 다른 남자들이 들것 의자를 타고 다니는 걸 봤어요. 게다가 우리는 모터 달린 의자로 다닐 거잖아요."

"장정 두 사람은 데리고 가야 해."

"아니, 그럴 필요까지는 없을 거예요! 필드가 함께 갈 거고, 도착하면 도와줄 사람은 언제든 구할 수 있을 테니까요."

그러나 클리퍼드는 고개를 저었다.

"올해에는 가지 않겠어. 올해에는 안 되겠어. 어쩌면 내년쯤에는 시도해볼 수 있겠지."

코니는 우울하게 방을 나왔다. 내년이라! 내년에는 어떤 일이 벌어져 있을까? 그녀는 진심으로 베네치아에 가고 싶은 게 아니었다. 지금 당장은 아니었다. 다른 남자가 생겼기 때문이다. 하지만 일종의 자기 훈련 삼아 갈 것이다. 게다가 아기가 생기면 베네치아에서 연인이 생겼던 거라고 클리퍼드가 생각할 것이기 때문이었다.

벌써 5월이 되었고 6월에 출발할 예정이었다. 언제나 이렇게 계획되어 있는 일들! 언제나 짜인 계획이 있는 생활! 우리에게 작용하면서 우리를 몰아가는 수레바퀴들! 하지만 우리는 통제할 수 없는 삶의 수레바퀴들!

5월이었지만 다시 춥고 습해졌다. 차갑고 습한 5월의 날씨, 곡식과 목초가 자라는 데는 좋겠지! 요즘에는 곡식과 목초가 아주 중요하니까! 코니는 어스웨이트에 들러야 했다. 그들 소유의 작은 마을인 그곳에서 채털리 가는 여전히 지체 높은 가문으로 대접받고 있었다. 그녀는 필드가 운전하는 차를 타고 혼자서 갔다.

5월이고 신록이 푸르렀건만 그 고장은 음산해 보였다. 날씨가 쌀쌀한 데다 연기가 비에 섞여 있었고, 일종의 배기가스가 섞인 증기가 공기 중에 떠도는 듯이 느껴졌다. 사람들은 그저 저항하는 힘으로 살아가야 했다. 이곳 사람들이 험악하고 거친 것은 당연했다.

자동차는 테버셜의 길고 지저분한 거리를 뚫고 오르막길을 힘겹게 올라갔다. 검게 그을린 벽돌 거주지와 날카로운 모서리가 번쩍이는 검정색 슬레이트 지붕들, 석탄 먼지가 섞인 검은 진흙, 검게 젖은 보도. 모든 것이 음울한 기운에 푹 젖어 있는 듯했다. 자연의 아름다움과 생의 기쁨을 완전히 부정하는 것, 모든 날짐승과 들짐승이 지닌 형태미에 대한 본능이 사라져버린 것, 인간이 본래 갖고 있던 직관이 완전히 죽어버린 것은 너무나 끔찍했다. 잡화점에 쌓여 있는 비누 더미, 야채 가게에 쌓여 있는 대황과 레몬, 모자 가게에 진열된 끔찍한 모자들, 모두가 흉하고 지저분하고 보기 싫은 모습으로 스쳐갔다. 곧이어 끔찍스러운 금박으로 장식된 영화관의 그림 광고판이 보였다. '한 여인의 사랑'이라고 적힌 광고판은 비에 젖어 있었다. 새로 생긴 커다란 원시 감리교과 예배당이 황량한 벽돌과 초록색과 붉은색의 커다란 유리가 끼워진 창문으로 그 원시성을 드러내고 있었다. 더 높이 솟아 있는 웨슬리파 예배당은 거무스름한 벽돌 건물로 철책과 검은 관목 뒤에 서 있었다. 스스로 더 우월하다고 생각하는 조합 교회파* 예배당은 거친 사암으로 지어져 있었고, 그리 높지 않은 첨탑까지 딸려 있었다. 그 바로 너머, 값비싼 분홍색 벽돌로 새로 지은 학교 건물들에는 철책으로 둘러싸인 자갈 깔린 운동장이 있었는데, 마치 예배당과 감옥이 뒤섞여 있는 듯한 모습이었다. 5학년 여학생들이 음악 수업을 받고 있었다. 라-미-도-라 음계 연습을 막 끝내고 '즐거운 어린이 노래'를 부르기 시작했다. 곡조를 대충 따라가고 있지만, 이상하게

———

* 각 교회가 신도들의 자치를 통해 독립적으로 운영되는 교파.

고함을 지르고 있어서 그보다 더 노래답지 않은 노래, 자연스럽지 않은 노래는 상상할 수 없었다. 야만인들이 내는 소리와도 달랐다. 야만인들의 소리에는 미묘한 리듬이 있다. 짐승들의 소리와도 달랐다. 짐승들이 짖을 때는 어떤 의도나 의미가 들어 있다. 그 소리는 지구상의 어떤 소리와도 닮지 않았는데 노래라고 불렸다. 필드가 연료를 채우는 동안 코니는 우울한 마음으로 앉아서 그 소리를 듣고 있었다. 살아 있는 직관은 완전히 죽어버리고 오직 괴상한 기계적 외침과 섬뜩한 의지만 남아 있는 그런 사람들이 무엇이 될 수 있을까?

석탄차가 빗속에서 철커덕거리며 언덕 아래로 내려왔다. 필드가 언덕 위쪽으로 차를 출발시켰고, 규모는 크지만 맥이 빠진 듯 보이는 포목상과 옷 가게, 우체국을 지나 황량한 공터에 있는 작은 시장으로 들어섰다. 선술집이 아니라 여관이라고 자처하는, 주로 외판원들이 묵어가는 '태양' 여관의 문간에서 샘 블랙이 밖을 내다보다가 채털리 부인의 차를 발견하고는 인사를 꾸벅 했다.

멀리 왼편으로는 시커먼 나무들 사이로 교회가 있었다. 차는 언덕 아래로 미끄러지듯 내려가며 '광부의 팔'을 지났다. '웰링턴', '넬슨', '세 개의 술통', '태양'을 이미 지나쳐, 이제는 '광부의 팔'을 지나 그 옆의 '기술자 회관'을, 그다음에는 지은 지 얼마 안 된 화려한 빛깔의 '광부 복지관'을 지났다. 그리고 또 새로 지은 몇 채의 '별장식 주택'을 지나 거무죽죽한 산울타리와 짙푸른 들판 사이로 난 검은 도로로 나서서 스택스게이트로 향했다.

테버셜! 저 모습이 테버셜이다! 즐거운 영국!* 셰익스피어의 영국! 그런 것과는 거리가 먼, 그저 오늘날 영국의 모습이다. 코니는 테버셜에 살게 된 이후에 깨달았다. 오늘날 영국은 돈과 정치사회적인 면에서는 지나치게 의식적이지만, 자연스럽고 직관적인 면은 죽어버린, 완전히 죽어버린 인류의 새로운 인종을 만들고 있었다. 그들 모두는 반은 죽어버린 시체였다. 하지만 나머지 반은 끔찍할 정도로 생각을 멈추지 않는다. 이 모든 것에는 그 밑에 숨겨져 있는 기이한 것이 있었다. 헤아리기 힘든 일종의 지하 세계가 있었다. 반쯤 죽은 시체들의 반응을 우리가 어떻게 이해할 수 있겠는가? 코니는 셰필드 철강 노동자들을 가득 싣고 달리는 덩치 큰 대형 트럭을 보았을 때, 인간처럼 기이하며 뒤틀린 조그만 존재들이 기분 전환을 위해 매틀록으로 가는 모습을 보며 창자가 뒤틀렸

---

* 에드워드 저먼(Edward German, 1862~1936)이 1902년에 쓴 희가극의 제목. 영국의 황금기로 여겨지는 엘리자베스 여왕 시대(1559~1603)를 배경으로 한 작품이다.

다. 그녀는 생각했다. '오, 하느님, 인간이 인간에게 무슨 짓을 한 건가요? 인간의 지도자라는 사람들이 같은 동료인 인간에게 무슨 짓을 하고 있나요? 지도자라는 사람들이 같은 인간에게서 인간성을 앗아가 이제 동료애라고는 찾아볼 수가 없게 되었습니다! 그저 악몽 같은 세상이 되었습니다.'

밀려오는 두려움 속에서 코니는 모래알을 씹는 듯한 잿빛 절망을 다시금 느꼈다. 거대 산업에 종속된 대중은 저런 존재들이었고, 코니가 익히 알고 있는 상류층 사람들에게도 아무런 희망도, 더 이상 아무런 희망도 없었다. 그런데 그녀는 아기를, 래그비의 상속자를 바라고 있었다! 래그비의 상속자라니! 두려움이 엄습해오자 그녀는 몸을 떨었다.

그러나 멜러즈도 이 모든 것에서 나왔다. 그랬다. 하지만 그도 코니처럼 이 모든 것에서 멀리 떨어져 있었다. 그에게조차 인간에 대한 동료애는 남아 있지 않았다. 그것은 죽어버렸다. 동료애는 죽어버렸다. 이 모든 것에 관한 한 서로 멀리 떨어져 있는 것과 절망하는 일만 남아 있다. 이것이 바로 영국, 거대한 몸집을 지닌 영국이었다. 차를 타고 그 중심을 지나가면서 코니는 깨달았다.

자동차는 스택스게이트를 향해 올라가고 있었다. 비가 그치고 대기에는 이상할 정도로 청명한 5월의 빛이 반짝였다.

그 지방은 긴 구릉지대로 이루어져 남쪽으로는 피크 고원, 동쪽으로 가면 맨스필드와 노팅엄이었다. 코니는 남쪽으로 가는 중이었다.

차가 고원지대로 오르자 경사진 왼편 언덕 위로 위용을 자랑하는 어두운 회색빛 워솝 성이 어슴푸레하게 모습을 드러냈고, 그 아래로 불그스레하게 회반죽을 칠한, 지은 지 얼마 되지 않은 광부들의 거주지가 보였다. 그리고 더 아래쪽에서는 해마다 공작과 다른 주주들의 호주머니 속으로 수천 파운드를 벌어주는 커다란 광산에서 시커먼 연기와 하얀 증기가 뿜어져 나오고 있었다. 아래쪽 습한 대기에서 물결치는 하얀 증기와 검은 연기 기둥 너머로, 폐허가 다 되었지만 여전히 웅장한 고성이 나지막한 지평선 위에 그 커다란 덩치를 걸치고 있었다.

한 굽이를 돌아 그들은 계속해서 고원지대의 스택스게이트를 향해 달려갔다. 대로에서 보면 스택스게이트는 그저 길에서 떨어져 서 있는, 야만스럽게 빨갛고 하얀 데다 금칠까지 한, 규모가 크고 화려한 코닝스비암스*라는 새로 생긴 호텔일 뿐이었다. 그러나 좀더 유심히 쳐다보면 왼쪽으로 번듯한 '현

---

* Coningsby Arms. 코닝스비 가문의 문장(紋章)이라는 뜻.

대식' 주택들이, 마치 어떤 괴상한 고수들이 놀란 땅 위에서 별난 도미노 게임을 벌이고 있는 듯, 일정한 공간과 정원을 사이에 두고 도미노 패처럼 줄지어 있는 것이 보였다. 그리고 이 주거 단지 너머 뒤쪽에는 화학 공장과 기다란 수직 갱도 등 지금까지 인간이 본 적 없는 거대한 규모와 형태의, 그야 말로 현대적인 광산이 놀랍고도 오싹하게 머리 위로 우뚝 서 있었다. 이 새로운 시설 사이에서 광산의 갱구와 주축대 자체 는 매우 보잘것없어 보였다. 이들 앞에 있는 도미노 패 같은 집들은 놀라움에 사로잡힌 채 게임이 벌어지길 기다리며 언 제까지나 서 있었다.

이것이 바로 전쟁이 끝나고 지구상에 새롭게 등장한 스 택스게이트였다. 그러나 코니조차 모르고 있었지만, 사실 그 '호텔'에서 반 마일가량 내려가면 오래된 작은 탄광과 오래된 시커먼 벽돌 주택들, 예배당 한두 채, 상점 한두 곳, 작은 선술 집도 한두 곳쯤 있는 옛 스택스게이트가 있었다.

그러나 그런 것들은 더 이상 중요하지 않았다. 새 시설물 들 위로 거대한 깃털 같은 연기와 수증기 기둥이 솟아오르고 있었고, 이것이 현재의 스택스게이트였다. 그곳에는 예배당 도 선술집도 상점마저도 찾아볼 수 없었다. 오로지 커다란 위 용을 자랑하는 '공장'만이, 모든 신을 모시는 신전들이 있는

현대의 올림피아처럼 우뚝 서 있었다. 그리고 시범 주택단지
와 호텔이 있을 뿐이었다. 이 호텔이란 것은 외관은 그럴듯해
보였지만 사실은 광부들의 선술집에 불과했다.

코니가 래그비에 온 이후로 지구상에 이곳이 새로이 세워
졌고, 시범 주택단지는 이곳저곳에서 흘러든 어중이떠중이들
로 가득 채워졌다. 그들은 여러 가지 일에 종사하면서 틈틈이
클리퍼드의 땅에서 토끼를 밀렵하곤 했다.

자동차가 고지대를 따라 계속 나아가자 구불구불 펼쳐진
이 고장의 모습이 보였다. 이 고장! 한때는 자랑스럽고 위엄
있는 곳이었다. 앞쪽으로 지평선 마루 위에 걸쳐 거대하고 화
려한 채드윅 저택이 모습을 드러냈는데, 벽보다 창이 더 많은
부분을 차지하는 이 저택은 엘리자베스 여왕 시대의 가장 유
명한 건축물 중 하나였다. 저택은 널따란 정원 위로 고귀하게
홀로 서 있었지만, 시대에 뒤떨어진 과거의 유산이었다. 유지
는 되고 있었지만 그저 관광지일 뿐이었다. '보라, 우리 조상
들이 이곳에서 영주로서 어떻게 살았는지를!'

그것은 과거의 일이었다. 현재는 저 아래에 놓여 있다. 미
래가 어디에 있는지는 신만이 알고 있다. 차는 이미 방향을
바꾸어 작고 낡은 광부들의 시커먼 집들 사이를 지나 어스웨
이트로 내려가고 있었다. 습도가 높은 날이면 어스웨이트는

그 위에 어떤 신이 있든 상관없이 깃털 모양의 연기와 증기 기둥을 위로 올려 보내고 있었다. 셰필드로 가는 모든 철도 는 계곡 아래 어스웨이트로 실처럼 모여들었다 통과해 갔으 며, 탄광과 제철소에서는 기다란 관을 통해 연기와 불꽃을 위 로 올려 보냈고, 저 불쌍한 작고 뾰족한 교회 첨탑이 곧 무너 져 내릴 것 같으면서도 여전히 연기를 찌르고 있는 모습은 이 상하게도 늘 코니에게 감동을 주었다. 어스웨이트는 시장이 있는 오래된 읍으로 이 근방 계곡 지대의 중심이었다. 이곳에 있는 대표적인 여관 중 하나는 '채털리암스'*라는 이름을 갖 고 있었다. 어스웨이트에서 래그비는 외부인들이 생각하듯 그저 한 채의 집이 아니라 마치 그 근방 전체를 가리키는 것 처럼 여겨졌다. 테버셜 근처 래그비 저택 마을, 래그비 영지 하는 식이었다.

시커멓게 변한 광부들의 집이 보도 위에 일정하게 늘어서 있었다. 100년도 넘은 탄광 갱부의 주택들이 그렇듯 다정하 게 오밀조밀 붙어서 길을 따라 이어져 있었다. 길은 거리로 바뀌었고, 깊숙이 들어가자 비록 유령처럼 보이긴 하지만 여 전히 성과 저택들이 지배하고 있는 탁 트인 구릉지대의 전원

---

* Chatterley Arms. 채털리 가문의 문장이라는 뜻.

풍경은 잊혔다. 이제 복잡하게 얽힌 철도가 그대로 드러난 곳 바로 위에 이르러 제철소와 공장들이 주위를 에워싸고 있었는데, 그 규모가 엄청나서 벽만 보일 뿐이었다. 쇳소리가 부딪치며 쩌렁쩌렁 울렸고, 커다란 화물 트럭이 땅을 흔들며 지나갔으며, 여기저기서 경적 소리가 귀청을 찢었다.

그러다 다시 바로 아래로 내려와 꼬이고 구부러진 길을 따라 마을 심장부로 들어서면, 교회 뒤편으로 '채털리암스'와 오래된 약국이 서 있는 휘어진 거리에 두 세기 전의 세상이 펼쳐졌다. 이 거리는 한때 저 여러 성과 문장(紋章) 속 동물처럼 위풍당당하게 자리 잡은 저택들이 있는 야생의 확 트인 세계로 이어지던 길목이었다.

그러나 경찰관이 모퉁이에서 손을 들어 차를 세웠고, 철을 실은 트럭 세 대가 저 불쌍한 오래된 교회를 흔들며 지나갔다. 경찰관은 화물 트럭이 다 지나가고 나서야 채털리 부인에게 경례를 올릴 수 있었다.

그런 곳이었다. 오래된 시가지의 구불구불한 거리에 낡고 시커먼 광부들의 주택이 무리 지어 빽빽이 서 있었고, 그 사이로 길이 나 있었다. 그리고 그곳을 지나자마자 곧바로 더 나중에 지은, 좀더 큰 분홍빛 집들이 나타나 계곡을 뒤덮었다. 좀더 현대적인 근로자들이 사는 집들이었다. 그리고 그

너머 성들이 있는 넓은 구릉지대에서는 연기가 증기와 뒤섞여 물결치고 있었고, 때로는 분지에 때로는 비탈진 능선을 따라 다닥다닥 붙어 있는 불그스름한 거친 벽돌 군락은 최근에 생긴 광산 마을을 이루고 있었다. 그리고 그 사이, 바로 그 사이로 마차를 타고 다니며 작은 시골집에 살던 옛 영국, 로빈 후드가 살던 옛 영국의 잔재가 남루한 숲으로 남아 있었다. 광부들은 일이 없을 때면 억눌린 사냥 본능을 어쩌지 못하는 것처럼 음울하게 그곳을 어슬렁거리곤 했다.

영국이여, 나의 영국이여! 그런데 무엇이 나의 영국이란 말인가? 영국의 웅장한 엘리자베스 여왕 시대의 저택들은 사진 찍기에 훌륭한 풍경이며 엘리자베스 여왕 시대의 사람들과 이어져 있는 듯한 환상을 불러일으킨다. 또 아름다운 옛 저택들도 훌륭하신 앤 여왕* 시대나 톰 존스** 시대부터 내내 거기 그렇게 있었다. 그러나 이미 황금빛을 잃은 지 오래인 우중충한 치장 벽토 위에는 검댕과 석탄 가루가 떨어져 점점 더 시커메지고 있었다. 그리고 그 아름다운 저택들은 웅장한 엘리자베스 시대 저택들과 마찬가지로 하나씩 하나씩 버

---

*   1702년부터 1714년까지 재위했다.
** 1749년 발표된 영국 작가 헨리 필딩(Henry Fielding)의 대표작. 소설 속 주인공 이름이기도 하다.

려졌고, 이제는 헐리고 있었다. 그리고 영국의 작은 시골집들로 말하자면, 거기 그대로 남아 있긴 했다. 희망 없는 시골에 회반죽을 덕지덕지 바른 벽돌 주택의 모습으로 말이다.

이제 그 웅장한 저택들은 헐리고 있고, 조지 왕조 시대* 저택들 역시 사라지고 있다. 조지 왕조 시대의 고풍스럽고 흠잡을 데 없는 대저택 프리칠리조차 코니가 차로 지나가고 있는 바로 지금 철거되고 있었다. 보수가 완벽하게 되어 있어 전쟁 전까지 웨더비 가문이 품격 있게 살던 곳이었다. 그러나 요즘 시대에는 너무 커서 유지비가 많이 드는 데다 확 바뀐 주변 풍경과도 어울리지 않았다. 상류층은 돈이 벌리는 과정을 굳이 보지 않고도 돈을 쓸 수 있는, 보다 쾌적한 곳으로 떠나고 있었다.

이것이 역사다. 하나의 영국이 다른 영국을 지운다. 탄광은 저택들을 부유하게 해주었다. 이제 그 탄광이 작은 시골집들을 없앴던 것처럼 저택들도 지워 없애고 있었다. 산업 사회가 된 영국이 농업 사회였던 영국을 지워 없앤다. 하나의 의미가 다른 의미를 지워 없앤다. 새 영국이 옛 영국을 지워 없앤다. 그렇게 역사는 유기적으로 연결되지 못하고 기계적으로 이어

—

* 1714년부터 1830년까지를 가리킨다.

질 뿐이다.

유한계급에 속한 코니는 옛 영국의 잔재에 집착했었다. 그 옛 영국이 사실은 이 무시무시한 새 영국에 의해 지워져 없어졌으며, 이 일은 완전히 다 지워 없어질 때까지 계속되리라는 것을 그녀가 깨닫는 데에는 몇 년이라는 시간이 걸렸다. 프리칠리가 사라졌고, 이스트우드가 사라졌으며, 윈터 지주 나리가 사랑해 마지않는 시플리까지도 사라지고 있었다.

코니는 시플리를 잠시 방문했다. 수렵장 후문이 탄갱 선로 건널목 바로 가까이에 개방되어 있었다. 시플리 탄광은 숲 바로 너머였다. 광부들에게 수렵장을 가로질러 갈 수 있는 통행권이 주어져 출입문이 열려 있었다. 수렵장으로 오가는 광부들이 늘 있었다.

차는 광부들이 버린 신문지들이 떠 있는 조경 연못을 지나 저택으로 이어지는 사유 도로로 접어들었다. 저택은 위쪽에 따로 떨어져 서 있었는데, 치장 벽토를 바른 보기 좋은 건물로 18세기 중엽에 지은 것이었다. 주목이 늘어선 아름다운 오솔길이 나 있었고, 그 길은 오래된 저택으로 이어졌다. 저택은 조지 왕조풍의 유리창을 유쾌한 듯 반짝이면서 고요하게 펼쳐져 있었다. 그 뒤로는 매우 아름다운 정원이 있었다.

코니는 래그비보다 이 저택의 실내장식이 더 마음에 들었다. 빛이 더 잘 들고 더 생기가 있었으며 맵시 있고 우아했다. 방의 벽들은 크림색을 칠한 판자를 붙인 널벽으로 꾸몄고, 천장에는 금박 장식이 되어 있었다. 모든 것이 섬세하게 정돈되어 있었고, 비용을 아끼지 않고 모든 설비가 완벽히 갖추어져 있었다. 복도조차 널찍하니 기분 좋게 꾸며져 있어서, 부드럽게 곡선을 이루면서 생기 있어 보였다.

그러나 레슬리 윈터는 가족이 없었다. 그는 자신의 집을 매우 아꼈다. 그러나 수렵장은 그가 소유한 탄갱 세 곳과 경계를 맞대고 있었다. 그는 관대한 사람이어서 광부들이 자신의 수렵장에 들어오는 것을 기꺼이 받아들였다. 탄광 덕에 부자가 되지 않았는가! 그래서 보기 흉한 광부들이 무리 지어 그의 관상용 연못가를 어슬렁거리는 것을 보면 이렇게 말하곤 했다. "광부들이 사슴만큼이나 정원을 아름답게 만들어주지는 못하지만 금전적으로는 훨씬 유익하지." 하지만 수렵장에서도 출입이 금지되는 사적인 구역이 있었다. 윈터도 그것만큼은 선을 그었다.

그렇지만 그건 빅토리아 여왕의 통치 후반, 경제적 황금기 때의 일이었다. 그 당시에 광부들은 '훌륭한 일꾼들'이었다.

에드워드 왕*이 아직 웨일즈 황태자였던 시절에 시플리를 방문했을 때에도 윈터는 변명하듯이 그렇게 설명했다. 그러자 황태자는 목구멍 깊은 곳에서 나오는 특유의 영어로 이렇게 대답했다.

"당신 말이 맞아요. 샌드링엄 밑에 석탄이 매장되어 있다면 나도 잔디밭에다 탄갱을 파고 그것을 일류 조경 작품으로 여길 거요. 아, 나는 기꺼이 노루와 광부를 맞바꾸겠어요. 더구나 당신네 광부들은 훌륭한 일꾼들이라고 하더군요."

그 당시 황태자는 돈의 매력과 산업주의의 축복에 대해 과장된 생각을 품고 있었던 것이다.

하지만 그 황태자가 결국 국왕이 되었고, 그가 사망하자 이제 다른 국왕**이 왕위에 올랐는데, 그의 주된 임무는 빈민을 위한 무료 급식소를 여는 데 있는 듯이 보였다.

그러는 동안 그 훌륭하다는 일꾼들은 어찌 된 일인지 시플리를 꼼짝 못하게 에워쌌다. 새로운 탄광촌이 수렵장에 가득 들어섰고, 지주 나리에게 그곳 주민들은 어쩐지 이방인처럼 느껴졌다. 그는 호인다우면서도 제법 위엄 있게, 토지와 자신이 거느린 광부들에 대해 주인 의식을 느껴왔다. 그런데 이제 새로운 정신이 은연중에 퍼지면서 어찌 된 일인지 그는 밀려

---

* 에드워드 7세.
** 조지 5세.

나게 되었다. 바로 그 **자신이야말로** 더 이상 그곳에 속하지 않는 사람이었다. 그것은 분명한 사실이었다. 탄광은, 즉 산업은 그 자체의 의지를 가지고 있었고, 그 의지는 이 신사적인 소유주에 대항하고 있었다. 모든 광부들이 그 의지에 동참하고 있었고, 그에 반해 살아가기는 어려웠다. 그 의지는 대항하는 사람을 자리에서 밀어내든지, 아니면 삶에서 완전히 몰아냈다.

군인이었던 지주 윈터는 그 의지에 맞섰다. 하지만 그는 더 이상 저녁식사 후에 수렵장을 산책하고 싶지 않았고, 거의 집 안에 숨어 있다시피 했다. 한번은 그가 모자를 쓰지 않고 자주색 비단 양말에 에나멜가죽 구두를 신은 채로 "허허"를 연발하는 특유의 점잖은 태도로 코니와 이야기를 나누며 출입문 쪽으로 걸어간 적이 있었다. 그러다 인사는커녕 그 어떤 예의도 차리지 않고 그저 뻣뻣하게 서서 빤히 노려보며 몇 명씩 무리 지어 있는 광부들 곁을 지나게 되었을 때, 코니는 그 호리호리하고 점잖은 노인이 마치 상스러운 시선을 받고 움찔하는, 우리 안에 갇힌 우아한 수컷 영양처럼 움츠리는 것을 느꼈다. 광부들이 **개인적으로** 적의를 품었다거나 한 것은 아니었다. 그런 것은 전혀 아니었다. 그러나 그들의 정신은 그를 차갑게 밀쳐내고 있었다. 그리고 마음속 저 깊은 곳에 어떤 뿌리 깊은 원한이 도사리고 있었다. 그들은 '그를 위해 일하는' 사람들이었던 것이다. 그리고 자신들은 추한 몰골을 하고 있는데, 우아하고 빈틈없이 치장한 그의 점잖은 모습을 보자 분개한 것이다. '저 사람이 도대체 뭐기에……!' 그들은 바로 그 **차이** 때문에 분개한 것이었다.

그리고 그는 영국인다운 마음속 어딘가 내밀한 곳에 군인의 면모가 상당히 많이 남아 있었기 때문에, 광부들이 그런 차이에 대해 분개하는 것이 옳다고 믿고 있었다. 그는 자신이 그 모든 이익을 다 취하는 것이 조금은 잘못되었다고 느꼈다. 그렇지만 그는 하나의 사회체제를 대표하는 사람이었고, 밀려나지는 않을 작정이었다.

죽지 않는 한은 말이다. 그런데 코니가 방문하고 얼마 되지 않아 그에게 갑작스럽게 죽음이 닥쳤다. 그리고 그는 유언장에 클리퍼드에게 상당히 후한 유산을 남긴다는 말을 잊지 않았다.

상속인들은 즉시 시플리를 허물라는 지시를 내렸다. 저택을 유지하는 데 비용이 너무 많이 들었던 것이다. 게다가 그곳에서 살려고 하는 사람이 아무도 없었다. 그래서 저택은 헐렸다. 오솔길의 주목도 다 베어버렸다. 수렵장의 나무는 목재로 전부 잘리고, 수렵장은 여러 구획의 택지로 나뉘었다. 그곳은 어스웨이트에서도 충분히 가까웠다. 그리하여 또 하나 더해진, 이 인적 없이 기이하게 헐벗은 황무지에는 벽 한쪽이 서로 붙어 있는 집들이 늘어선 작은 거리들이 급하게 조성되었다. 얼마나 바람직한 일인가! 시플리 저택 주택단지라니!

코니가 마지막으로 방문한 지 1년도 안 되어 벌어진 일이었다. 벽 한쪽을 맞붙인 빨간 벽돌 '별장식 주택들'이 늘어서서 새로운 거리를 이루는 시플리 저택 주택단지가 그 자리에 세워졌다. 열두 달 전, 그 자리에 치장 벽토를 바른 거대한 저택이 서 있었다고는 그 누구도 짐작하지 못할 것이다.

그러나 이것은 잔디밭을 꾸며주는 탄광을 만들겠다는 에드워드 왕의 조경술이 후기 단계에 이른 결과였다.

하나의 영국이 다른 영국을 지워 없앤다. 지주 나리 윈터 같은 이들과 래그비 같은 저택들의 영국은 사라져 죽었다. 단지 그 지워 없애는 일이 아직 완결되지 않았을 뿐이었다.

다음에는 어떤 일이 일어날 것인가? 코니는 상상할 수 없었다. 그저 벽돌 건물이 늘어선 새로운 거리들이 들판을 뒤덮고, 새로운 건물들이 탄광에 솟아오르고, 비단 스타킹을 신은 새로운 아가씨들과 새로운 광부 청년들이 무도장이나 복지관을 드나들며 빈둥거리는 모습만 떠오를 뿐이었다. 젊은 세대는 옛 영국에 대해서는 완전히 무지했다. 미국처럼 의식의 연속성에 단절이 생긴 것인데, 다만 그 원인은 산업화로 인한 단절이었다. 다음에는 무슨 일이 일어날 것인가?

코니는 항상 다음이란 건 없다고 느꼈다. 그녀는 모래 속에다 머리를 처박고 현실로부터 도망쳐 숨고 싶었다. 아니면 적어도 살아 있는 남자의 가슴에라도 머리를 묻고 싶었다.

세상은 너무도 복잡하고 끔찍하고 소름 끼쳤다! 평민 대중은 그 수가 너무 많고 정말 무서웠다. 집으로 돌아가면서 코니는 탄광에서 줄지어 나오는 광부들을 보며 그런 생각에 빠져 있었다. 그들은 시커메지고 뒤틀린 얼굴로 한쪽 어깨는 들리고 다른 쪽 어깨는 처진 채, 징 박힌 무거운 장화를 질질 끌며 나오고 있었다. 지하에서 일하는 사람들의 잿빛 얼굴, 흰자위가 희번덕이며 움직이는 두 눈, 갱도의 천장에 부딪치지 않으려고 움츠러든 목, 비틀린 양어깨. 남자들이여! 남자들이여! 아, 어떤 면에선 참을성 많고 선량한 남자들이었다. 하지만 다른 면에서는 아예 존재하지 않는 이들이었다. 남자에게 있어야만 하는 그 어떤 것이 그들에겐 자라다가 말살되어 버리고 없었다. 하지만 그들은 여전히 남자였다. 자식을 낳았다. 여자에게 자식을 낳게 할 수 있었다. 끔찍했다. 생각만 해도 끔찍했다! 선량하고 친절한 사람들이었다. 그러나 그들은 반쪽짜리 인간, 반쪽짜리 잿빛 인간일 뿐이었다. 그들은 아직 '훌륭'했다. 그러나 그것조차 반쪽짜리 훌륭함이었다. 그들에게서 죽은 반쪽이 되살아나 일어난다면! 안 될 일이었다. 그건 생각만 해도 끔찍했다. 코니는 산업 대중이 더할 나위 없이 두려웠다. 그들은 너무나 **끔찍해** 보였다. 아름다움이나 직관이라곤 전혀 없이 항상 '갱 속에서' 사는 존재들이었다.

그런 남자들에게서 아이들이 태어나다니! 아아, 하느님 맙소사!

하지만 멜러즈도 그런 아버지로부터 태어났다. 물론 완전히 같은 경우는 아니었다. 40년 전은 지금과는 달랐다. 남성성에 관한 한 지금과는 매우 달랐다. 하지만 지금은 철과 석탄이 남자의 육체와 영혼 깊숙한 곳까지 잠식해버렸다.

추하기 이를 데 없지만 여전히 살아 있는 그들! 그들은 과연 모두 어떻게 될까? 아마 석탄이 사라지면 그들도 함께 지상에서 다시 사라질지 모른다. 석탄이 부르는 소리를 듣고 어디선가 수천수만의 떼를 지어 나타난 이들이니까. 그들은 어쩌면 석탄층에 사는 기이한 동물군인지도 몰랐다. 그들은 실체 자체가 다른 존재인지도 모른다. 금속 노동자들이 철이라는 원소에 봉사하는 원소의 영(靈)인 것처럼 석탄이라는 원소를 위해 봉사하는 일종의 영이었다. 인간이지만 인간이 아니라 석탄과 철, 진흙의 정령이었다. 탄소, 철, 규소 등과 같은 원소들에 붙어사는 동물군이며 원소의 영이었다. 그들은 어쩌면 석탄의 광택, 푸르스름하고 단단한 철의 무게감, 혹은 유리의 투명함과 같은 광물질의 그 기괴하고 비인간적인 아름다움을 지니고 있는지도 모른다. 광물계의 기괴하고 뒤틀린 원소의 영과 같은 존재들! 물고기가 바다에 속하고 벌레가 썩은 나무에 속하듯이, 그들은 석탄, 철, 진흙 등에 속했다. 광물질이 분해되면서 생겨난 정령이었다!

코니는 집에 돌아와 현실로부터 멀어질 수 있게 되어 기뻤다. 클리퍼드와 이런저런 이야기를 나누는 것조차 즐거울 지경이었다. 중부 지방의 광산업과 제철 산업에 대한 두려움으로 묘한 감정에 사로잡혀, 그것이 독감처럼 온몸으로 퍼져나갔기 때문이다.

"물론 벤틀리 양의 가게에서 차를 마셔야 했어요." 그녀가 말했다.

"그랬군! 윈터 씨 댁에서 차를 대접해주었을 텐데."

"그랬죠! 하지만 벤틀리 양을 실망시킬 수는 없었어요."

벤틀리 양은 코가 좀 크고 안색이 누런 노처녀로 낭만적인 기질이 있는 사람이었는데, 성찬식 때 못지않은 세심하고 진지한 태도로 차를 대접해주었다.

"그녀가 내 안부를 궁금해하던가?" 클리퍼드가 말했다.

"물론이죠! '마님, 클리퍼드 경의 안부를 여쭈어도 되겠습니까?' 하고 묻더군요. 그녀는 캐벌 간호사*보다도 당신을 더 존경한다니까요!"

"그래서 내가 무척 잘 지낸다고 했겠군."

"네! 그러니까 당신한테 천국이 열렸다고 말하기라도 한 것처럼 황홀해하더군요. 혹 테버셜에 오게 되면 당신을 꼭 보러 오라고 말해줬어요."

"나를! 무엇 때문에 나를 **보러** 온다는 거야!"

"왜요, 클리퍼드. 그토록 당신을 찬양하는데 조금이라도 보답해야죠. 당신에 비하면 카파도키아의 성 조지도 그녀에겐 아무것도 아니라고요."

"그녀가 정말 올 거 같아?"

"글쎄요, 얼굴을 붉히더라고요! 그래서 잠시 동안 아주 아름다워 보였어요, 안됐죠. 왜 남자들은 진정으로 자기를 흠모하는 여자와 결혼하지 않는 건가요?"

"여자들이 그 흠모란 걸 너무 늦게 시작하기 때문이지. 그런데 그녀가 오겠다고 했어?"

"아이고!" 코니는 숨이 찬 듯한 벤틀리 양의 말투를 그대로 흉내 냈다. "마님, 제가 어찌 감히 그럴 수 있겠습니까요!"

---

* 1차 세계대전에서 영웅적으로 활약한 영국인 간호사. 전쟁 중 독일군에게 처형당했다.

"어찌 감히 그럴 수 있냐고! 멍청한 소리! 하지만 부디 그녀가 나타나지 않았으면 좋겠군. 차는 어땠어?"

"아, 립턴 차였는데 아주 진했어요. 그렇지만 클리퍼드, 벤틀리 양이나 그녀와 같은 많은 여자들에게는 당신이 바로《장미 이야기(Roman de la Rose)》* 그 자체라는 걸 알고 있나요?"

"그렇다 해도 그리 기쁘지는 않군."

"그 여자들은 화보 신문에 실린 당신 사진을 모두 보물처럼 간직한다고요. 그리고 매일 밤 당신을 위해 기도할걸요. 정말 놀라운 일이에요."

코니는 옷을 갈아입으러 위층으로 올라갔다.

그날 저녁 클리퍼드가 그녀에게 말했다.

"결혼에는 어떤 영원한 것이 포함되어 있어. 당신도 그렇게 생각하지 않아?"

코니는 그를 바라보았다.

"하지만 클리퍼드, 당신이 말하는 영원은 마치 뚜껑 같은 것, 얼마나 멀리 가든 끌고 다녀야 하는 긴 쇠사슬 같은 것처럼 들리는군요."

---

* 13세기에 프랑스의 기욤 드 로리스(Guillaume de Lorris)가 쓰다가 미완성으로 남긴 작품을 장 드 묑(Jean de Meung)이 이어서 쓴 운문소설. 궁정 사회의 연애를 우화적으로 묘사했다.

클리퍼드는 심기가 편치 않은 듯 코니를 보며 말했다.

"내 말은, 당신이 베네치아에 가더라도 **'아주 심각한'** 연애 사건을 벌일 생각은 아닐 거라는 얘기요. 그렇지?"

"베네치아에서 **아주 심각한** 연애를 한다고요? 그럴 일은 없어요. 장담해요! **'아주 하찮은'** 연애가 아니면 절대 하지 않을 테니까요."

코니는 묘하게 경멸조로 이야기했다. 클리퍼드는 이마를 찌푸리며 그녀를 바라보았다.

다음 날 아침 아래층에 내려온 코니는 사냥터지기의 개 플로시가 클리퍼드의 방문 앞 복도에 앉아서 작은 소리로 낑낑거리고 있는 것을 발견했다.

"왜 그러니, 플로시! 여기서 뭐 하니?" 그녀가 부드러운 목소리로 말했다.

그리고 그녀는 조용히 클리퍼드의 방문을 열었다. 클리퍼드는 침대용 탁자와 타자기를 한쪽 옆으로 밀어놓은 채 일어나 침대에 앉아 있었다. 사냥터지기는 침대 발치에 부동자세로 서 있었다. 플로시가 방으로 뛰어 들어왔다. 멜러즈가 살짝 고갯짓을 하고는 눈짓으로 문을 가리키며 명령하자 개는 다시 슬금슬금 밖으로 나갔다.

"아, 잘 잤어요, 클리퍼드? 일하느라 바쁜 줄 몰랐네요." 그

녀가 말했다. 그리고 사냥터지기를 보고 인사를 했다. 사냥터
지기가 중얼거리며 대답하면서 애매한 표정으로 그녀를 쳐다
봤다. 그러나 단순히 그가 곁에 있다는 사실만으로도 정열이
그녀를 덮쳐오는 것 같았다.

"내가 방해가 됐나요, 클리퍼드? 미안해요."

"괜찮아, 그리 중요한 일은 아니야."

그녀는 다시 살그머니 방을 나와 파란색으로 칠한 위층 내
실로 올라갔다. 그녀는 창가에 앉아 멜러즈가 그 특유의 조용
한 동작으로 눈에 띄지 않게 자동차 진입로를 따라 내려가는
모습을 바라봤다. 그는 남다른 침착성이랄까 세상일에 초연
한 자부심을 타고났는데, 그러면서 또한 연약해 보이기도 했
다. 고용인! 클리퍼드의 고용인 중 한 사람! '브루투스여, 우
리가 아랫것들인 것은 우리의 별자리 탓이 아니라 우리 자신
탓이라네.'*

그는 아랫것인가? 그런가? 그는 그녀를 어떻게 생각하고
있을까?

어느 화창한 날이었다. 코니는 정원에서 일하고 있었고 볼
턴 부인이 곁에서 돕고 있었다. 무슨 까닭에서인지 두 여자는

---

* 셰익스피어의 《줄리어스 시저(Julius Caesar)》에서 인용한 구절.

사람들 사이에 존재하는 그 뭐라 설명하기 힘든 공감의 물결 속에서 한마음이 되었다. 그들은 카네이션을 말뚝에 고정시키고 여름 화초 모종을 심고 있었다. 두 사람 모두 좋아하는 일이었다. 코니는 특히 부드럽게 이긴 검은 흙 속에 어린 모종의 부드러운 뿌리를 집어넣어 제자리를 잡아주는 일이 즐거웠다. 이런 봄날 아침에는 코니 역시 햇살이 자궁에 비쳐들어 어루만지며 행복하게 해주기라도 하는 듯 자궁 속에서 어떤 떨림을 느꼈다.

"남편을 여읜 지 오래됐지요?" 그녀는 어린 모종 하나를 집어 흙을 파낸 자리에 심으면서 볼턴 부인에게 물었다.

"23년 됐지요!" 볼턴 부인이 어린 매발톱꽃 모종 다발을 조심스럽게 하나씩 떼어놓으며 대답했다. "사람들이 죽은 그이를 집으로 떠메고 온 지가 23년 됐네요."

그 끔찍한 종말에 코니는 심장이 떨렸다. "집으로 떠메고 왔다고요!"

"당신은 남편이 왜 죽었다고 생각하나요?" 그녀가 물었다. "당신하고는 행복했죠?"

그것은 여자로서 여자에게 하는 질문이었다. 볼턴 부인은 얼굴에 흘러내린 한 가닥 머리카락을 손등으로 걷어냈다.

"잘 모르겠어요. 마님! 그는 세상일에 그대로 순응하려 하지 않는 사람이었어요. 다른 사람들과 진심으로 어울리며 섞이려 하지 않았죠. 게다가 어떤 일에도 고개 숙이는 걸 싫어했어요. 일종의 옹고집이었고, 그 때문에 자신을 망치고 말았어요. 그러니까 사실 그는 매사에 무심한 편이었어요. 전 그게 탄광 탓이라고 생각해요. 그는 갱 속에 내려가지 말았어야 했어요. 그런데 그의 아버지가 어린 그를 갱 속에 내려보냈죠. 그렇게 스물을 넘기자 이미 발을 빼기는 쉽지 않게 돼버린 거죠."

"탄광 일이 싫다고 했었나요?"

"아뇨! 그런 말은 한 번도 안 했어요! 그이는 어떤 일도 싫다고 한 적이 없었어요. 그저 익살스러운 표정을 짓곤 했죠. 그이는 뭐가 어찌 되든 상관없다는 식인 사람 중 하나였어요. 쾌활하게 맨 먼저 지원해서 전쟁에 나갔다가 바로 전사하고 마는 젊은이 같았죠. 그이는 정말로 아무 생각이 없는 사람은 아니었어요. 하지만 매사에 무심했죠. 그래서 전 그이에게 늘 이렇게 말하곤 했답니다. '당신은 어떤 것에도, 그 누구에게도 아무 관심이 없군요!' 하지만 관심을 둔 적도 있었어요! 첫애가 태어났을 때인데 그이는 꼼짝 않고 가만히 앉아서는, 마침내 다 끝났는데도 세상에 종말이 온 듯한 시선으로 저를 바라보고 있는 게 아니겠어요! 난산이어서 힘들었지만 제가 오히려 그이를 위로해야 했지요. '괜찮아요, 여보. 괜찮으니 걱정 말아요!' 하고요. 그러자 절 바라보면서 그 익살스러운 미소를 짓더군요. 그이는 그 일에 대해서는 결코 한마디도 하지 않았죠. 하지만 확신하건대 그 이후로 밤에 저와의 잠자리에서 제대로 된 즐거움을 맛보지 못했어요. 결코 자신을 정말로 놓아서 끝까지 가지를 않았거든요. 그래서 전 그에게 말하곤 했죠. '오, 여보, 그냥 놔버려요!' 하고요. 저는 그이에게 때때로 사투리로 말하곤 했어요. 그러면 아무 대꾸도 하지 않았죠. 하지만 그이는 자신을 놓아버리려 하지 않았어요. 어쩌면 그럴 수 없었던 거죠. 제가 아이를 또 갖는 걸 원치 않았던 거예요. 저는 아기 낳는 방에 그이를 들어오게 한 그이 어머니를 항상 탓했어요. 그이가 들어와서는 안 되는 거였어요. 남자들은 일단 생각에 빠져들면 일을 필요 이상으로 심각하게 만들어요."

"남편이 그렇게도 꺼려했나요?" 코니는 놀라서 물었다.

"네, 그이는 그걸 자연스럽게 받아들이질 못했어요. 그리고 그 때문에 부부 생활에서 얻는 자신의 즐거움을 망치고 말았죠. 그이에게 전 이렇게 말했지요. '내가 괜찮다는데 왜 그래요? 그건 내가 신경 쓸 일이라고요!' 하지만 그이는 그저 '그건 옳지 않아!'라는 말만 했어요!"

"굉장히 예민한 사람이었나봐요." 코니가 말했다.

"네, 바로 그거예요! 남자들은 알고 보면 다 그래요. 그럴 필요 없는 일에 지나치게 예민해요. 그리고 비록 자신은 몰랐겠지만 탄광 일을 싫어했던 거예요. 그냥 싫어했어요. 죽고 나서 그이의 모습은 자유를 얻은 듯 아주 평온해 보였어요. 그이는 정말 잘생긴 젊은이였죠. 마치 죽기를 바랐던 것처럼 그렇게 평온하고 순수해 보이는 그이의 모습에 전 그저 가슴이 찢어지는 듯했답니다. 아, 그 일은 정말이지 제 가슴을 찢어놓았어요. 정말 그랬죠. 하지만 그 모든 건 탄광 때문이었어요."

그녀는 쓰라린 눈물방울을 떨어뜨렸고, 코니는 더 많이 울었다. 대지와 노란 꽃들이 향기를 뿜어내는 따스한 봄날이었다. 수많은 초목이 움트며 자라나고 있었고, 햇살이 비추는 정원에는 고요히 생기가 흘렀다.

"정말 가혹한 일이었군요!" 코니가 말했다.

"아, 마님! 처음에는 전혀 실감이 나지 않았어요. 그저 이 말밖에 나오지 않았죠. '아, 여보. 왜 날 떠나고 싶어한 거예요!' 울부짖으며 오직 그 말만 외쳤어요. 하지만 그런 와중에도 어쩐지 그이가 돌아올 것만 같았어요……."

"하지만 남편이 당신을 떠나고 싶어했던 건 **아니었잖아요.**"

코니가 말했다.

"오, 그럼요, 마님! 그저 제가 울부짖으며 어리석은 소리를 지껄인 것뿐이에요. 그리고 그가 돌아올 거라는 기대를 계속 품었죠. 특히 밤이면 그랬죠. '아니, 그이가 왜 나하고 같이 침대에 있지 않은 거지.' 하는 생각에 잠을 이룰 수 없었어요. 그이가 죽었다는 사실이 **감정적으로** 도저히 믿기지가 않았던 거예요. 그저 그이가 돌아와 제 곁에 살을 맞대고 누워 그를 느낄 수 있도록 **해주어야 한다고** 여겼어요. 곁에 누운 그이 몸의 온기를 느끼는 것, 그게 제가 원하는 전부였으니까요. 같은 충격을 수천 번이나 되풀이해 받고 나서야 그가 결코 돌아오지 않을 거라는 걸 깨달았답니다. 여러 해가 걸렸어요."

"남편의 감촉……." 코니가 말했다.

"바로 그거예요, 마님. 그이의 감촉이요! 오늘 이 순간까지도 그것만큼은 극복하지 못했고, 앞으로도 절대 극복하지 못할 거예요. 저 위에 천국이 있다면 그는 거기에 있을 테니, 제가 그곳에 가면 곁에 살을 맞대고 누워 푹 잠들 수 있는 날이 오겠죠."

코니는 생각에 잠긴 볼턴 부인의 당당하고 아름다운 얼굴을 두려운 마음으로 흘끗 바라보았다. 테버셜 출신으로 열정을 지닌 사람이 하나 더 있었다! 남편의 감촉이라! 사랑의 굴레는 풀기 어려우니!

"일단 한 남자를 핏속에 받아들이고 나면 정말 무섭군요!" 코니가 말했다.

"그래요, 마님! 그건 우리에게 정말 쓰라린 아픔을 주지요. 사람들이 남편이 죽기를 **바랐다고** 느껴지죠. 또 탄광이 남편을 정말로 죽이고 **싶어했다고** 느껴지고요. 아, 저는 탄광이 없었더라면, 탄광을 경영하는 사람이 없었다면, 남편이 저를 떠나는 일은 없었을 거라고 느꼈어요. 하지만 그들은 모두 한 남자와 한 여자가 함께 있으면 갈라놓고 싶어해요."

"그들이 육체적으로 함께일 때……." 코니가 말했다.

"맞아요, 마님! 세상에는 무정한 사람들이 많아요. 그래서 매일 아침 그이가 일어나 탄광으로 갈 때면 전 그게 아주, 아주 잘못된 일이라고 느끼곤 했어요. 하지만 그이가 달리 뭘 어떻게 할 수 있었겠어요? 한 남자의 힘으로 뭘 할 수 있었겠어요?"

여인의 마음속에서 묘한 증오의 불길이 일었다.

"하지만 사람의 감촉이 그렇게 오랫동안 생생하게 남아 있을 수 있나요?" 코니가 갑자기 물었다. "그토록 오랜 시간이 흐르도록 남편을 느낄 수 있다니!"

"오, 마님. 오래 남는 것이 그것 말고 뭐가 있겠어요? 자식들도 자라서 결국 떠나버리지요. 하지만 남자는! 글쎄요! 하지만 마음속에 있는 **그것마저**, 남편의 감촉에 대한 기억마저 세상은 없애버리려고 해요. 그것마저도요! 심지어 내 배로 낳은 자식들까지도요! 뭐, 글쎄요! 남편과 제가 나중에 사이가 멀어졌을 수도 있겠죠, 누가 알겠어요. 하지만 그 감정만은 좀 달라요. 그런 건 상관 않고 사는 게 차라리 나을지도 모르죠. 하지만 그러니까, 한 번도 남자에 의해 정말로 온몸이 뜨거워져본 적이 없는 여자들을 보면, 글쎄요, 그들이 아무리 잘 차려입고 돌아다녀도 저한테는 불쌍한 처녀 귀신 정도로밖에는 보이지 않아요. 그래요, 전 제 생각대로 살 거예요. 다른 사람들은 그리 신경 쓰지 않아요⋯⋯."

12장

코니는 점심식사를 하고 바로 숲으로 갔다. 정말로 아름다운 날이었다. 올해 처음 핀 민들레들이 작은 태양처럼 노랗게, 첫 데이지는 아주 하얗게 피어 있었다. 촘촘히 우거진 개암나무 덤불에 잎들이 반쯤 벌어지고, 마지막 남은 기다란 꽃차례들이 먼지가 낀 채 수직으로 늘어져 있는 모습이 마치 레이스에 수놓인 무늬처럼 보였다. 노란 애기똥풀은 이제 무리를 이루어 활짝 피어 있었고, 급하게 떠밀려 피어난 듯 눈부신 노란색을 반짝이고 있었다. 그것은 노란색, 초여름의 강렬하고 기세등등한 노란색이었다. 그리고 앵초는 넓게 퍼져 자유분방함을 한껏 창백하게 드러내고 있었는데 빽빽하게 무리지어 핀 그 모습은 더 이상 수줍어 보이지 않았다. 무성한 암

녹색 히아신스가 바다를 이루고 있었으며 꽃봉오리가 연한 밀 이삭처럼 솟아나고 있었다. 한편 승마로에는 물망초가 보풀처럼 무수히 일어나고 있었으며, 매발톱꽃은 자주색 꽃주름을 펼치고 있었다. 그리고 덤불 밑에는 파랑새의 새끼들이 깨고 나온 알껍데기가 보였다. 어디서나 꽃봉오리들이 눈에 띄었고 약동하는 생명으로 가득했다.

사냥터지기는 오두막에 없었다. 모든 것이 잔잔하고 고요한 가운데 갈색 새끼 꿩들만 활기차게 뛰어다니고 있었다. 코니는 사냥터지기를 만나고 싶어 그의 집 쪽으로 계속 걸었다.

집은 숲 가장자리에서 좀 떨어진 곳에 햇살 속에 서 있었다. 작은 뜰에는 활짝 열린 문 가까이에 접수선화가 무리 지어 솟아 있었고, 빨간 겹데이지는 경계선처럼 길가를 따라 피어 있었다. 개 짖는 소리가 들리더니 플로시가 문간에 나타났다.

문이 활짝 열려 있었다! 그가 집에 있다는 뜻이었다. 햇살이 붉은 벽돌 바닥 위로 쏟아지고 있었다. 길을 따라 집 쪽으로 걷노라니 셔츠 바람으로 식탁에 앉아 식사를 하고 있는 사냥터지기의 모습이 창문을 통해 보였다. 개가 부드럽게 한번 짖더니 천천히 꼬리를 흔들어댔다.

사냥터지기가 자리에서 일어나 문으로 나왔다. 붉은 손수건으로 입가를 닦았는데 입안에 든 음식을 아직 씹고 있었다.

"들어가도 돼요?" 그녀가 물었다.

"들어와요!"

햇살이 휑한 방을 비추고 있었고, 방 안에는 아직 양갈비 요리 냄새가 풍겼다. 벽난로 앞에서 구이 냄비를 이용해 만든 것 같았다. 구이 냄비가 아직 벽난로의 철망 위에 놓여 있었고, 그 옆 하얀 벽난로 바닥에는 감자를 요리한 까만 냄비가 종이 위에 놓여 있었다. 벽난로의 불은 나직이 빨갛게 타고 있었다. 난로 철망은 바닥에 내려져 있었고 주전자는 보글거리며 물 끓는 소리를 내고 있었다.

식탁에는 감자와 다 먹지 못한 양고기 조각이 담긴 접시가 놓여 있었다. 또 바구니에 담긴 빵과 소금, 그리고 파란 맥주 잔도 놓여 있었다. 식탁보는 기름을 먹인 하얀 천이었다. 그는 그늘에 서 있었다.

"식사가 많이 늦었네요. 어서 계속 들어요!" 코니가 말했다.

그녀는 문가에 햇살이 비추는 자리에 놓인 나무 의자에 앉았다.

"어스웨이트에 다녀와야 했어요." 그는 식탁에 앉았지만 먹지는 않았다.

"어서 드세요!" 그녀가 말했다.

그러나 그는 음식을 건드리지 않았다.

"당신도 좀 먹겠어요?" 그가 그녀에게 물었다. "차를 한잔 하겠어요? 주전자 물도 끓고 있는데." 그는 의자에서 다시 반쯤 몸을 일으켰다.

"그럼 내가 만들도록 할게요." 그녀가 말하면서 일어섰다.

그는 우울해 보였고, 코니는 자신이 그를 귀찮게 하고 있는 것 같았다.

"글쎄! 찻주전자는 저기 있어요······." 그는 구석에 설치된 작고 칙칙한 삼각 찬장을 가리켰다. "찻잔도 거기 있어요! 그리고 차는 당신 머리 너머 벽난로 선반에 있어요."

그녀는 검정색 찻주전자와 함께 벽난로 선반에서 차가 든 깡통을 들고 왔다. 그녀는 뜨거운 물로 주전자를 헹구고는 그 물을 어디에다 비워야 할까 생각하며 잠시 서 있었다.

"밖에다 버려요." 그가 눈치채고 말했다. "깨끗하니까."

그녀는 문간으로 가 길에다 물을 쏟았다. 정말 얼마나 아름다운 곳인지. 너무나 고요했고, 그야말로 진짜 숲에 와 있다는 것을 실감할 수 있었다. 참나무에서는 황토색 잎이 돋아 나고 있었고, 뜰에 핀 빨간 데이지는 마치 빨간 벨벳 단추 같았다. 그녀는 문턱에 놓인 움푹 파인 커다란 사암 발판을 흘끗 내려다보았다. 이제는 그 위를 건너다니는 발길이 극히 드물었다.

"그런데 이곳은 정말 좋군요!" 그녀가 말했다. "이토록 고요한 아름다움이라니, 모든 것이 살아 있으면서 고요하군요."

그는 마지못해 다시 천천히 식사를 했고, 코니는 그가 낙심해 있는 것을 느낄 수 있었다. 그녀는 말없이 차를 타고 벽난로 안쪽 시렁에 찻주전자를 올려놓았다. 사람들이 보통 그렇게 한다고 알고 있었기 때문이다. 그는 접시를 옆으로 밀어놓고 뒤쪽으로 들어갔다. 걸쇠가 딸깍하는 소리가 들리더니 그가 치즈를 담은 접시와 버터를 들고 돌아왔다.

그녀는 식탁에 찻잔 두 개를 갖다 놓았다. 찻잔은 두 개뿐이었다.

"차를 들겠어요?" 그녀가 물었다.

"당신만 좋다면. 설탕은 찬장에 있고 조그만 크림 단지도 거기 있을 거요. 우유는 식품실에 있는 단지 속에 있어요."

"접시를 치워드릴까요?" 그녀가 그에게 물었다.

그가 희미하게 빈정거리는 듯한 미소를 지으며 그녀를 쳐다봤다.

"뭐 그러고 싶으시다면." 그가 천천히 빵과 치즈를 먹으며 말했다.

그녀는 뒤쪽에 딸린, 펌프가 있는 작은 부엌방으로 들어갔다. 왼쪽에 있는 문은 식품실 문이 분명했다. 그녀는 빗장을 벗겨 문을 열고 그가 식품실이라고 부른 곳을 보고는 거의 미소를 지을 뻔했다. 그저 좁고 긴, 하얗게 칠한 얇은 판자로 된 찬장에 불과했던 것이다. 그러나 접시 몇 개와 식료품 몇 가지가 들어 있는 것은 물론이고 조그만 맥주 통도 하나 들어 있었다. 그녀는 노란 단지에서 우유를 약간 따랐다.

"우유는 어떻게 구해요?" 식탁으로 돌아와 그에게 물었다.

"플린트네 농장에서 구하지요! 그들이 토끼 사육장 끝으로 한 병씩 가져다줘요. 당신도 알잖아요, 지난번에 거기서 당신을 만났었지요!"

그러나 그는 낙심하고 있었다.

그녀는 차를 따르고 우유를 넣은 크림 단지를 들었다.

"우유는 넣지 않겠어요." 그가 말했다.

그러더니 무슨 소리를 들은 듯이 문간을 날카롭게 살폈다.

"문을 닫는 편이 좋을 것 같군요." 그가 말했다.

"닫으려니 아쉬워요! 아무도 안 올 거예요, 올까요?"

"누가 올 가능성은 거의 없어요. 그래도 모를 일이니."

"온다 해도 상관없어요." 그녀가 말했다. "차 한 잔 마시는 것뿐인데요. 찻순가락은 어디에 있어요?"

그는 팔을 뻗어 식탁 서랍을 열었다. 코니는 문간에서 들어오는 햇살을 받으며 식탁 앞에 앉아 있었다.

"플로시!" 그가 층계 발치에 놓인 조그만 깔개 위에 누워 있는 개에게 말했다. *"가서 살펴봐! 가봐!"*

그는 손가락을 올리고는 매우 분명한 어조로 "가서 살펴봐!"라고 말했다. 개는 총총걸음으로 정찰을 나갔다.

"오늘은 좀 우울한가봐요?" 그녀가 물었다.

그는 파란 눈을 빠르게 돌려 그녀를 똑바로 쳐다봤다.

"우울하냐고요! 아뇨! 지겨워요! 내가 잡은 밀렵꾼 두 사람의 소환장을 받으러 가야 했어요. 그리고…… 글쎄, 난 사람들이 싫어요."

그는 사투리를 쓰지 않고 완전한 영어로 차갑게 말했다. 화가 난 목소리였다.

"사냥터지기 노릇이 싫어요?" 그녀가 물었다.

"사냥터지기 말인가요? 아뇨, 날 가만히 내버려두는 한은 그렇지 않아요. 하지만 경찰서나 그 밖의 여러 곳에 가서 미적거리며 바보 같은 놈들이 내 용건을 들어줄 때까지 마냥 기다려야 할 때면, 아 진짜, 아주 미칠 노릇이에요." 그러더니 그는 어렴풋이 익살스러운 미소를 지었다.

"당신은 정말로 남의 밑에서 일하지 않고는 살 수 없나요?"

"나 말인가요? 연금으로 그럭저럭 연명하는 정도를 말한다면 그럴 수는 있을 겁니다. 그럴 수 있죠! 하지만 난 일을 하지 않으면 죽을 거예요. 뭔가 열중할 일이 있어야만 해요. 그런데 성격이 썩 좋지 못해서 나 자신을 위해서는 일하지 못하죠. 그래서 누군가 다른 사람을 위해 일해야 하는 거예요. 그러지 않으면 성질을 못 이겨 한 달 만에 때려치우고 말 테니까요. 그리고 여기서는 전반적으로 아주 잘 지내고 있는 편이죠, 최근에는 특히 더 그랬고요."

그는 다시 그녀를 보고 짓궂게 놀리는 표정을 지으며 웃었다.

"하지만 왜 화가 나 있는 거죠?" 그녀가 물었다. "늘 그렇다는 얘긴가요?"

"꽤 그런 편이라고 할 수 있지요." 그는 웃으면서 말했다. "난 분을 잘 삭이지 못하는 사람이에요."

"분이라니요?" 그녀가 물었다.

"분 말이에요!" 그가 말했다. "당신은 그게 뭔지 몰라요?"

그녀는 아무 말도 없이 실망한 채로 있었다. 그는 그런 그녀의 모습을 전혀 알아차리지 못했다.

"다음 달에 잠깐 여행을 가려고 해요." 그녀가 말했다.

"그렇군요! 어디로 가나요?"

"베네치아요."

"베네치아! 클리퍼드 경과 함께? 얼마 동안이나 가 있는 건가요?"

"한 달 정도요." 그녀가 대답했다. "클리퍼드는 함께 가지 않아요."

"그는 여기 있는 거요?" 그가 물었다.

"그래요! 그는 불편한 몸으로 여행하는 걸 수치스러워하거든요."

"저런, 불쌍한 사람 같으니라고!" 그가 안됐다는 듯이 말했다.

대화가 잠시 끊겼다.

"떠나 있는 동안 날 잊진 않을 거죠, 그렇죠?" 그녀가 물었다.

그는 다시 시선을 들고 그녀를 똑바로 쳐다보았다.

"잊는다니!" 그는 말했다. "알겠지만 그런 일은 아무도 잊어버리지 않아요. 기억의 문제가 아니니까."

그녀는 이렇게 묻고 싶었다. '그럼 뭔데요?' 그러나 그러지 않았다. 그 대신 목소리를 낮춰 말했다.

"클리퍼드에게 아기를 갖게 될지 모른다고 얘기했어요."

그러자 그는 의중을 파악하려는 강력한 눈빛으로 그녀를 응시했다.

"그랬군!" 마침내 그가 입을 열었다. "그러니까 뭐라고 하던가요?"

"아, 그는 개의치 않을 거래요. 자기 자식인 것처럼 보이는 한 그는 오히려 기쁘게 여길 거예요." 그녀는 감히 그를 쳐다보지 못했다.

그는 오랫동안 말없이 가만히 있었다. 그러더니 그녀의 얼굴을 다시 바라보았다.

"물론 나에 대해서는 말하지 않고요?" 그가 말했다.

"네, 당신 얘긴 안 했어요." 그녀는 대답했다.

"물론 그랬겠지! 그가 내 씨를 자기 씨 대용으로 받아들이기는 힘들 거요. 그러면 어디서 아이를 갖게 되었다고 할 셈인가요?"

"베네치아에서 연애를 했다고 할 수 있겠지요."

"가능한 얘기군." 그는 천천히 대답했다. "그래서 여행을 가겠다는 건가요?"

"진짜 연애를 하려고 가는 건 아니고요." 그녀가 호소하듯이 그를 쳐다보며 말했다.

"그저 그렇게 보이기 위해 가는 거란 말이군." 그가 말했다.

침묵이 흘렀다. 그는 앉아서 창밖을 응시하며 엷은 미소를 지었는데, 거기에는 조롱과 쓰라림이 뒤섞여 있었다. 그녀는 그의 그런 미소가 싫었다.

"그럼 아기가 생기지 않도록 어떤 조처도 하지 않았던 거요?" 그가 갑자기 물어왔다. "나는 하지 않았으니 말이에요."

"네!" 그녀가 작은 목소리로 말했다. "그러기 싫었어요."

그는 그녀를 바라보다가 다시 그 특유의 미묘한 웃음을 지으며 창밖으로 시선을 돌렸다. 팽팽히 긴장된 침묵이 흘렀다.

마침내 그가 그녀 쪽을 보며 비꼬듯 말했다.

"그렇다면 날 원한 건 바로 그 때문이었나요? 아이를 가지려고?"

그녀는 고개를 떨어뜨렸다.

"아니에요! 정말 아니에요!" 그녀가 대답했다.

"그러면 **정말** 무엇 때문이었죠?" 그가 상당히 신랄하게 물었다.

그녀는 원망하듯 그를 처다봤다.

"잘 모르겠어요." 그녀가 천천히 말했다.

그가 웃음을 터뜨렸다.

"그렇다면 아무도 모를 일이겠군." 그가 말했다.

오랫동안 싸늘한 침묵이 흘렀다.

"글쎄." 마침내 그가 입을 열었다. "마님 좋으실 대로요. 당신에게 아기가 생기면 클리퍼드 경이 반기신다니 말입니다. 어차피 나야 손해 보는 것도 없고. 아니 반대로 매우 훌륭한 경험을 한 셈이죠. 정말 훌륭한 경험 말이에요!" 그리고 그는 하품을 참는 척하며 기지개를 켰다. "나를 이용한 거라 해도 그런 일이 사실 처음은 아니에요. 게다가 이번만큼 즐거움을 누리면서 이용당한 적도 없었던 것 같군요. 물론 그렇다고 해서 굉장히 품위 있는 경험이었다고는 할 수 없지만 말이에요." 그는 다시 기지개를 켰는데 이상하게 근육이 떨리고 턱이 굳어 있었다.

"하지만 당신을 이용한 게 아니었어요." 코니가 간곡하게 말했다.

"분부만 내리십시오, 마님." 그가 대답했다.

"아니라고요!" 그녀는 말했다. "당신의 몸을 좋아했어요."

"그랬나요?" 그가 대답하며 웃었다. "글쎄, 그렇다면 비겼군요. 나도 당신 몸이 좋았어요."

그는 묘하게 어두워진 눈으로 그녀를 쳐다보았다.

"지금 위층으로 가겠어요?" 그는 목이 막힌 듯한 소리로 그녀에게 물었다.

"아뇨, 지금은 안 돼요! 여기서 말고요!" 그녀가 가라앉은 목소리로 대답했다. 그가 완력이라도 사용했다면 올라갔을 것이다. 저항할 힘이 없었기 때문이다.

그는 다시 고개를 돌렸고 그녀를 잊은 듯했다.

"당신이 나를 만지듯 나도 당신을 그렇게 만지고 싶어요." 그녀가 말했다. "난 아직 당신 몸을 정말로 만져보지 못했어요."

그가 그녀를 보고 다시 싱긋 웃었다.

"지금 말인가요?"

"아니! 아니요! 여기선 안 돼요! 오두막에서요! 괜찮죠?"

"내가 당신을 어떻게 만진다는 거요?" 그가 물었다.

"당신이 날 어루만지며 느낄 때 있잖아요."

그는 그녀를 바라보았고 무겁고 불안해 보이는 그녀의 두 눈과 마주쳤다.

"내가 당신을 어루만지면서 느끼는 게 좋은가요?" 그가 여전히 웃는 얼굴로 물었다.

"네! 당신은요?" 그녀가 말했다.

"나 말인가요!" 이렇게 말하더니 그의 어조가 바뀌었다.

"그래요! 굳이 묻지 않아도 알잖아요."

그건 정말이었다.

그녀는 일어서서 모자를 집었다.

"가야 해요." 그녀가 말했다.

"가려고요?" 그가 정중하게 말했다.

그녀는 그가 자신을 만지며 무슨 얘기든 해주길 원했다.

하지만 그는 아무 말 없이 그저 정중하게 기다릴 뿐이었다.

"차 고마워요." 그녀가 말했다.

"마님께서 내 찻주전자로 손수 차를 만들어주신 영광에 대해 미처 감사 말씀을 올리지 못했군요." 그가 말했다.

그녀는 길을 따라 걸어 내려갔고, 그는 슬쩍 웃음을 머금은 채 문간에 서 있었다. 플로시가 꼬리를 쳐들고 달려왔다. 그리고 코니는 그가 거기에 그렇게 서서 헤아릴 수 없는 미소를 지은 채 자신의 뒷모습을 지켜보는 것을 의식하며 묵묵히 숲 속으로 터벅터벅 걸어갔다.

그녀는 몹시 풀이 죽고 짜증이 나서 집으로 걸어갔다. 자신에게 이용당했다고 한 그의 말이 마음에 걸렸다. 어찌 보면 그건 사실이기 때문이었다. 그러나 그는 그렇게 말해서는 안 되었다. 그리하여 그녀는 다시 두 가지 감정, 즉 그에게 분노를 느끼는 한편 그와 화해하고 싶은 마음 사이에서 갈등했다.

그녀는 차 마시는 시간을 불안하고 초조하게 보내고서 즉시 자기 방으로 올라갔다. 그러나 방에 올라와 있어도 소용이 없었다. 앉아 있을 수도 서 있을 수도 없었다. 그 일을 해결하기 위해 뭔가 해야만 했다. 오두막에라도 돌아가봐야겠다고 마음먹었다. 그가 거기에 없다면 어쩔 수 없겠지만.

그녀는 옆문으로 살짝 빠져나와 곧장 오두막 쪽으로 다소 침울하게 걸어갔다. 공터에 이르렀을 때 그녀는 끔찍하게 불안했다. 그런데 그가 거기에 있었다. 다시 셔츠 차림으로 몸을 구부리고서 닭장에서 암탉들을 꺼내 새끼 꿩들 사이에 놓아주고 있었다. 새끼 꿩들은 자라면서 꼴이 좀 어설퍼졌지만 그래도 병아리들보다는 훨씬 말쑥했다.

그녀는 곧장 공터를 가로질러 그에게 갔다.

"저 왔어요!" 그녀가 말했다.

"그렇군, 왔군요!" 그는 말하면서 등을 똑바로 폈고, 재미있다는 표정으로 그녀를 슬쩍 바라봤다.

"암탉들을 내놓는 건가요?" 그녀가 물었다.

"그래요. 이놈들은 그저 앉아만 있다 보니 뼈하고 가죽만 남았어요." 그가 말했다. "이제는 나와서 먹이를 먹으려고 하지도 않는군요. 알을 품고 있는 암탉에게는 자기 자신이 없죠. 그저 알이나 새끼 생각뿐이지."

불쌍한 어미 닭, 그렇게 맹목적으로 헌신하다니! 자신의 알도 아닌데 말이다! 암탉들을 바라보는 코니의 마음에 동정심이 일었다. 남자와 여자 사이에 어쩌지 못하는 침묵이 흘렀다.

"오두막으로 같이 들어가겠어요?" 그가 물었다.

"날 원해요?" 믿을 수 없다는 듯이 그를 힐끗 쳐다보며 그녀가 물었다.

"그래요, 당신이 들어가고 싶다면."

그녀는 말이 없었다.

"그럼 갑시다!" 그가 말했다.

그래서 그녀는 그와 함께 오두막으로 갔다. 문을 닫자 꽤 어두워서, 전처럼 그가 등불을 켜고 불빛을 작게 켜놓았다.

"속옷은 벗어두고 왔나요?" 그가 물었다.

"네!"

"그렇군. 그럼 나도 벗을게요."

그는 담요를 펴서 한 장은 덮기 위해 옆에 놓았다. 코니는 모자를 벗고는 머리를 흔들어 머리카락을 풀어 내렸다. 그는 앉아서 구두와 각반을 벗고 코듀로이 바지도 벗었다.

"이제 누워요!" 그가 셔츠만 입고 서서 말했다. 그녀는 조용히 그 말에 따랐고, 그도 옆에 누운 다음 두 사람 위로 담요를 끌어당겨 덮었다.

"자!" 그가 말했다.

그리고 그는 그녀의 옷을 곧바로 위로 걷어 올려 양쪽 젖가슴이 모두 드러나게 했다. 그는 양쪽 가슴에 부드럽게 입을 맞추고는 젖꼭지를 입술로 살며시 애무하며 빨았다.

"아, 당신은 훌륭해, 정말로 훌륭해요!" 갑자기 그가 그녀의 따뜻한 배에 얼굴을 파묻듯이 대고 문지르며 말했다.

그러자 그녀는 그의 셔츠 속으로 팔을 집어넣고 그를 껴안았다. 그러나 그녀는 두려웠다. 야위고 미끈한 그의 벗은 몸이 두려웠다. 너무나 강한 힘이 느껴졌다. 격렬하게 움직이는 근육이 두려웠다. 그녀는 두려움에 움츠러들었다.

그리고 그가 작게 한숨을 내쉬며 "아, 당신은 훌륭해!" 하고 말했을 때 내면에 있는 어떤 것이 전율했고, 그녀의 정신 속에 있는 어떤 것은 저항하며 뻣뻣하게 굳어졌다. 끔찍할 정도로 친밀한 육체적 접촉 때문이었고, 서둘러 가지려는 그의 태도 때문이었다. 그리고 이번에는 자신의 열정에서 비롯된 강렬한 황홀감도 그녀를 사로잡지 못했다. 그녀는 애쓰며 몸부림치는 그의 몸에 힘없이 두 손을 얹고서 누워 있었고, 그녀가 무엇을 하든 그녀의 정신이 머리 꼭대기에서 내려다보고 있는 것 같았다. 엉덩이를 밀어대는 그의 모습이 우스꽝스러워 보였고, 별 볼일 없는 배설의 절정에 도달하려고 갈망하는 그의 페니스도 그저 우습게 보일 뿐이었다. 그랬다. 이것이 사랑이었다. 이 우스꽝스러운 엉덩이의 들썩임과, 그 불쌍하고 보잘것없는 페니스가 축축해져서는 조그맣게 시들어버리는 것이 그 신성한 사랑이라는 것이다! 결국은 그 연기 행위에 경멸을 느낀 현대인들이 옳았다. 왜냐하면 그것은 정말로 연기 행위였기 때문이다. 몇몇 시인들의 말처럼 인간을 창조한 하느님은 짓궂은 유머 감각을 지녔음에 틀림없었다. 인간을 이성적인 존재로 창조해놓고는 이렇게 우스꽝스러운 동작을 취하게 만들고, 이런 굴욕적인 연기 행위를 맹목적으로 갈구하도록 내몰다니. 모파상 같은 작가도 이것을 굴욕적인 반전이라 여겼다. 인간은 성행위를 경멸한다. 하지만 그러면서도 그 짓을 해댄다.

여성으로서 그녀의 마음은 묘하게도 차갑게 조롱하면서 멀찍이 떨어져 있었다. 그리고 꼼짝 않고 가만히 누워 있긴 했지만 허리를 들어 올려 남자를 밀쳐버림으로써, 불쾌한 포옹과 올라타고 누르며 밀쳐대는 우스운 엉덩이에서 벗어나고 싶다는 충동으로 가득 찼다. 그의 몸은 어리석고 뻔뻔하고 불완전했으며, 덜되고 서툴러 혐오스럽기까지 했다. 완전히 진화한다면 분명 이런 연기 행위, 이런 '기능'은 제거될 것이기 때문이다.

그러나 그가 곧 행위를 끝내고 가만히 누워 침묵 속으로, 그녀의 의식의 지평선보다도 더 멀리, 이상스럽게도 움직임이 없는 먼 곳으로 물러나자 그녀의 심장이 울기 시작했다. 그녀는 그가 썰물처럼 빠져나가는 것을, 썰물처럼 빠져나가며 그녀를 바닷가의 돌멩이처럼 거기에 남겨두고 가는 것을 느낄 수 있었다. 그는 물러나고 있었다. 그의 정신이 그녀를 떠나고 있었다. 그도 알았다.

그리고 그녀는 자신의 이중적 의식과 반응에 괴로워하며 진정으로 슬픔에 빠졌고 울음을 터뜨렸다. 그는 신경 쓰지 않았다. 아니면 아예 알아채지도 못했다. 폭풍처럼 북받쳐 나오는 울음이 그녀의 몸을 흔들었고, 이어 그의 몸까지 뒤흔들었다.

"*그래요!*" 그가 말했다. "이번에는 좋지 않았어요. 당신은 절정에 오르지 못했어요."

그러니까 그도 알고 있었다! 그녀는 더욱더 흐느껴 울었다.

"하지만 뭐 어때요!" 그가 말했다. "가끔은 그런 때도 있는 법이에요."

"난…… 난 당신을 사랑할 수가 없어요!" 그녀는 갑자기 가슴이 찢어지듯이 아파 서럽게 울었다.

"*사랑할 수 없다고! 글쎄, 그걸로 속상해하지 말아요! 당신이 꼭 그래야 한다는 법은 없어요. 그냥 있는 그대로 받아들이면 되는 거예요.*"

그는 아직도 그녀의 가슴에 손을 얹고 엎드려 있었다. 그러나 그녀는 이미 그의 몸에서 두 손을 모두 거둬들였다.

그의 말은 큰 위로가 되지 못했다. 그녀는 소리 높여 흐느꼈다.

"그러지 말아요, 그러지 마!" 그가 말했다. "진할 때도 있고 흐릴 때도 있어요. 이번에는 한 번 좀 흐렸던 것뿐이에요."

그녀는 쓰라리게 흐느껴 울었다.

"하지만 당신을 사랑하고 싶은데 그럴 수가 없다고요. 정말 너무 끔찍스럽게 여겨져요."

그는 살짝 웃었는데 쓸쓸하면서도 재미있다는 표정이었다.

"당신 생각이 그렇다 해도 그건 끔찍하지 않아요." 그가 말했다. "그리고 당신이 끔찍하게 만들 수도 없는 일이고요. 날 사랑하는 문제로 속상해하지 말아요. 결코 억지로 그러려고 하지 말아요. 밤 한 바구니에 썩은 밤 한 톨씩은 꼭 들어 있는 법이니까. 잘 풀릴 때와 같이 안 풀릴 때도 받아들여야 해요."

그는 그녀의 가슴에서 손을 거두고 몸도 건드리지 않은 채 가만히 누워 있었다. 이제 자신을 만지는 손길이 없어지자 그녀는 거의 비뚤어진 만족감을 느꼈다. '그대'니 '당신'이니 하는 사투리가 싫었다. 그는 자기가 좋으면 일어나서 그녀 앞에 선 채로 그 우스꽝스러운 코듀로이 바지의 단추를 채울 수 있는 사람이었다. 그래도 마이클리스에게는 돌아서는 예의라도 있었다. 이 남자는 너무나 자신감이 넘친 나머지 다른 사람들이 자기를 얼마나 우스운 촌놈으로 보는지, 잡종으로 여기는지 몰랐다.

그러나 그가 몸을 거두고 조용히 일어나 곁을 떠나려 했을 때 그녀는 공포감에 사로잡혀 매달렸다.

"가지 말아요! 가지 마! 떠나지 말아요! 내게 화내지 말아요! 안아줘요! 꼭 안아줘요!" 그녀는 맹목적으로 미친 듯이 속삭였다. 자신이 무슨 말을 하는지도 모르는 채 무서운 힘으로 그에게 매달렸다. 그녀는 자신으로부터, 자기 내면에 있는 분노와 저항감으로부터 구원받고 싶었다. 하지만 그녀를 붙잡고 있는 내면의 저항감이 얼마나 강하던지!

그는 다시 그녀를 안고 자기 쪽으로 바짝 끌어당겼다. 그러자 그녀는 갑자기 그의 품 안에서 작아지고 작아져 둥지 속에 폭 들어가 감싸인 듯했다. 그것은 사라졌다, 그 저항감은 사라졌다. 그리고 놀라운 평화 속에서 몸이 녹아내리기 시작했다. 그녀는 그의 품 안에서 조그맣고 신기하게 녹아내리면서 그에게 무한한 매력을 지닌 존재가 되었다. 그의 모든 혈관이 강렬하면서도 부드러운 욕망으로 뜨겁게 끓어오르는 것 같았다. 그녀에 대한, 그녀의 부드러움에 대한, 품 안으로 스며드는 그녀의 아름다움에 대한 욕망이 그의 핏속으로 들어왔다. 그리하여 그가 부드럽게, 순수하고 부드러운 욕망 속에서 정신을 잃을 정도로 경이롭고 황홀한 애무의 손길로 부드럽게, 그녀의 매끄러운 허리 곡선을 쓰다듬어 내려갔고 더 아래로, 아래로, 그녀의 부드럽고 따뜻한 엉덩이 사이를 지나 점점 그녀의 속살 깊숙한 곳 가까이로 갔다. 그리고 그녀는 그가 욕망의 불꽃처럼 느껴졌다. 그런데 너무나 부드러워서 자신이 그 불꽃 속에서 녹아내리는 것을 느꼈다. 그녀는 자기 자신을 풀어주었다. 그의 페니스가 놀라운 힘으로 소리 없이 자신 있게 일어서서 자신의 몸에 닿는 것을 느꼈다. 그리고 그에게 자신을 내주었다. 죽음과도 같은 전율을 느끼며 그녀는 굴복했고, 그에게 온몸을 활짝 열었다. 그러니, 아, 이 순간 그가 부드럽게 대해주지 않는다면 얼마나 잔인한 일일까! 그녀는 그에게 모두 열린 채 무력한 존재가 되어버렸으니!

몸 안으로 거침없이 강하게 들어오는 그 참으로 이상하고 두려운 것에 그녀는 다시 전율했다. 그것은 부드럽게 열린 그녀의 몸속에 찌르는 칼처럼 들어올 것 같았고, 그러면 그녀는 죽고 말 것이다. 그녀는 갑자기 두려움에 고통스러워하며 그에게 매달렸다. 그러나 그것은 신기할 정도로 천천히 평화롭게 밀고 들어왔다. 암흑 속에서 평화롭게, 태초에 세상을 만들었던 것과 같은 육중하고 원초적인 부드러움으로 밀고 들어왔다. 그러자 가슴속의 공포가 가라앉았고 그녀의 가슴은 평화에 잠겼다. 그녀는 아무것도 붙들지 않았다. 그녀는 모든 것을, 자신의 전부를 과감하게 놓아주고 물결 속에 흘러가게 했다.

그녀는 마치 검푸른 파도가 솟구치고 출렁대는 바다가 된 듯했다. 거대한 파도가 출렁이면서 검푸른 바다 전체가 서서히 움직였고, 그녀는 검고 말없는 한 덩어리의 물결이 일렁이는 대양이 되었다. 아, 그러자 저 아래 그녀의 몸 깊은 곳에서 심해가 갈라지고, 길고 먼 여행을 하는 큰 파도들로 일렁이며 벌어졌다. 그녀의 속살 깊은 곳으로 돌진해 들어오는 그것이 점점 더 깊숙이 파고들면서 점점 더 깊은 속을 건드림에 따라, 부드럽게 돌진해 들어오는 중심으로부터 심연이 갈라지고 넘실대며 벌어졌다. 그리고 그녀는 점점 더 깊고 깊은, 더욱더 깊은 곳까지 들추어졌고, 그녀의 큰 파도들은 더욱 무겁게 넘실거리며 어딘지 모를 해안으로 물결쳐가면서 그녀를 드러내 보였다. 명백하게 감지되는 그 미지의 존재는 점점 더 가까이 찌르며 들어왔고, 그녀 자신의 파도는 그녀를 남겨둔 채 점점 더 멀리 물결쳐갔다. 그리고 마침내 갑자기 부드러운 전율이 일면서 그녀의 모든 원형질의 핵심이 건드려졌다. 그녀는 자신이 건드려지는 깃을 알았고, 곧 절정이 밀려들면서 그녀는 사라졌다. 그녀는 사라졌고 존재하지 않았다. 그리고 그녀는 진정한 여인으로 태어났다.

아, 너무나 사랑스러웠다. 정말 너무나 사랑스러웠다! 썰물이 지면서 그녀는 그 모든 사랑스러움을 깨달았다. 이제 그

atteindre l'orgasme

녀의 온몸은 부드러운 사랑으로 그 미지의 남자에게 매달렸고, 시들어가는 페니스에 맹목적으로 매달렸다. 그것은 제 힘껏 격렬히 찌르고 나서 아주 부드럽고 연약하게 저도 모르는 사이에 물러나고 있었다. 그 비밀스럽고 예민한 것이 몸에서 빠져나가자 그녀는 순수한 상실감에서 무의식적인 비명을 터뜨렸고, 있던 자리로 되돌리려 애썼다. 너무나 완벽했다. 그리고 그녀는 그것을 너무나 사랑했다!

그리고 이제야 그녀는 그 작은 꽃봉오리 같은 페니스의 과묵함과 부드러움을 알아차리게 되었다. 놀라움과 날카로운 깨달음으로 그녀의 입에서는 다시금 비명이 터졌고, 여자로서 그녀의 가슴은 그렇게 강한 힘을 지녔던 것이 부드럽고 연약해진 것을 보고 탄성을 질렀다.

"정말 좋았어요!" 그녀가 신음하듯 말했다. "정말 좋았어요!" 그러나 그는 아무 말도 하지 않고 그저 부드럽게 키스하며 그녀 위에 가만히 엎드려 있었다. 그녀는 제물로서, 새로 태어난 존재로서 지극한 환희를 느끼며 신음했다.

그리고 이제 그녀의 가슴에서는 그에 대한 이상한 경이감이 일었다. 한 남자! 그녀에게 쏟았던 남성성의 그 이상한 힘! 그녀는 아직도 약간 두려워하면서 그의 몸을 손으로 더듬었다. 그녀가 두려워하는 대상은 그가 내보인 그 이상하고 적대적이며 거부감을 일으키는 존재, 즉 남자였다. 그런데 이제 그녀는 그를 만졌고, 이것은 하느님의 아들들이 사람의 딸들과 함께한 것과 같은 일이었다.* 그의 감촉이 얼마나 아름답게 느껴졌는지, 피부결은 얼마나 순수했는지! 얼마나 사랑스럽고 사랑스러우며, 강하면서 동시에 얼마나 순수하고 섬세한지! 그 민감한 몸의 고요함! 힘 있고 섬세한 육신의 그 완전한 고요함은 얼마나 아름다운지, 정말 얼마나 아름다운지! 그녀의 두 손은 조심스럽게 그의 등을 따라 내려가 부드럽고 자그마한 둥근 엉덩이에 이르렀다. 아름다웠다! 너무나 아름다웠다! 갑자기 새로운 인식의 작은 불꽃이 그녀를 관통해갔다. 예전에는 혐오감만 주었던 이곳이 어떻게 이렇게 아름다울 수 있을까? 따뜻하고 살아 있는 엉덩이의 감촉에 깃들어 있는, 말로 다할 수 없는 아름다움! 생명 안에 생명, 너무나 따뜻하고 힘찬 사랑스러움. 그리고 그의 다리 사이 두 고환의 이상한 묵직함! 얼마나 신비로운지! 누군가의 손에 부드럽고 묵직하게 놓일 수 있는 것이 그 얼마나 이상하고도 신비로운지! 그것은 뿌리, 모든 사랑스러운 것의 뿌리, 충만한 모든 아름다움의 원초적 뿌리였다.

———

* 〈창세기〉 6장 2~4절 참조.

그녀는 경외와 공포가 뒤섞인 놀라움으로 신음 소리를 내며 그에게 매달렸다. 그는 그녀를 꼭 껴안아주었지만 말은 하지 않았다. 그는 결코 어떤 말도 하려 하지 않았다. 그녀는 그에게 가까이, 더 가까이 파고들어 오로지 그가 주는 감각적 경이로움에 다가가고자 했다. 그러자 그 헤아릴 수 없는 완전한 고요함에서 남근이 다시 서서히, 심상치 않게, 새로운 힘으로 다시 밀려들듯 일어나는 것이 느껴졌다. 그리고 그녀의 가슴은 경외감으로 녹아들었다.

그리고 이번에는 그녀의 몸 안에서 그의 존재는 아주 부드러웠고 무지갯빛이었다. 어떤 인간의 의식으로도 도저히 파악할 수 없을 것 같은 정말로 순수한 부드러움, 순수한 무지갯빛이었다. 그녀의 온 자아는 원형질처럼 아무 의식도 없었지만 살아 있으면서 부르르 떨었다. 그녀는 그게 무엇인지 알 수 없었다. 그게 무엇이었는지 기억할 수도 없었다. 오직 그것이 그 무엇보다도 사랑스러웠다는 것만 기억했다. 오직 그뿐이었다. 그런 뒤에 그녀는 완전히 고요하게, 자신도 완전히 잊은 채, 시간이 얼마나 흘렀는지도 모르는 채 있었다. 그리고 그는 그녀와 함께 고요히, 깊이를 알 수 없는 침묵 속에 누워 있었다. 그들은 이 일에 대해 결코 아무 말도 하지 않을 것이다.

바깥세상에 대한 의식이 돌아오기 시작하자 그녀는 그의 가슴에 파고들며 속삭였다. "내 사랑! 내 사랑!" 그러자 그는 조용히 그녀를 품에 안았다. 그녀가 웅크리며 완전히 그의 가슴에 폭 안겼다.

그러나 그의 침묵은 헤아릴 수 없이 깊었다. 그는 두 손으로 그녀를 꽃처럼 안고 있었다. 너무나 고요하고 묘한 느낌을 주었다. "당신 어디 있어요?" 그녀가 그에게 속삭였다. "어디 있어요? 내게 말해봐요! 뭐라고 말 좀 해봐요!"

그는 그녀에게 부드럽게 키스하며 속삭였다. "그래요, 내 아가씨!"

그러나 그녀는 그의 말이 뜻하는 바를 알지 못했고, 그가 어디에 있는지도 몰랐다. 그가 침묵에 잠겨 있으면 그를 잃어버린 것 같았다.

"당신은 나를 사랑해요, 그렇죠?" 그녀가 중얼거리듯 물었다.

"그래요, 알잖아요!" 그가 대답했다.

"하지만 말로 해봐요!" 그녀가 애원했다.

"이런! 이런! 당신은 그걸 느끼지 못했단 말이오?" 그가 작은 소리로, 그러나 부드럽고 확실하게 말했다. 그러자 그녀는 그에게 가까이, 더 가까이 파고들었다. 그는 사랑에 빠져서도 그녀보다 훨씬 평온했고, 그녀는 그가 자신을 안심시켜주기를 바랐다.

"당신은 나를 사랑해요!" 그녀는 단정하듯 속삭였다. 그러자 그는 그녀가 한 송이 꽃인 양 두 손으로 부드럽게 쓰다듬었다. 욕망의 떨림 없이 섬세하고 친밀한 손길이었다. 그러나 그녀는 여전히 사랑을 꽉 붙잡고 싶은 초조하고 절박한 욕구에 사로잡혀 있었다.

"언제까지나 사랑하겠다고 말해줘요!" 그녀는 애원했다.

"그래요!" 그가 멍하게 말했다. 그리고 그녀는 이런 질문이 그를 멀리 쫓아버리고 있다고 느꼈다.

"일어나야 하지 않아요?" 마침내 그가 말했다.

"싫어요!" 그녀가 말했다.

그러나 바깥 소리에 귀를 기울이며 그의 의식이 다른 데로 흘러가고 있다는 걸 그녀는 느낄 수 있었다.

"곧 어두워질 거요." 그가 말했다. 그의 목소리에서 상황에 대한 압박감이 느껴졌다. 그녀는 자기 시간을 포기해야 하는 여인의 슬픈 마음으로 그에게 키스했다.

그가 일어나 등불의 심지를 올리고 옷을 입기 시작하더니 재빨리 옷 속으로 사라졌다. 그런 다음 그곳에 서서 바지 단추를 채우며 검고 큰 눈으로 그녀를 내려다보았다. 얼굴이 약간 상기되고 머리가 헝클어져 있었지만 등불이 희미하게 비추는 가운데에 있으니 이상하게도 따뜻하고 고요하면서도 아름다운 모습이었다. 너무나 아름다웠기에 그녀는 결코 그에게 그것을 말하지 않을 것이다. 그 모습에 그녀는 그에게 꼭 달라붙어 껴안고 싶었다. 그의 아름다움은 따뜻했지만 반쯤 졸고 있는 사람처럼 거리감이 느껴져서 소리쳐 부르고 꽉 붙잡아 소유하고 싶은 마음이 들었다. 하지만 그녀는 그를 결코 소유하지 못할 것이다. 그렇게 그녀는 곡선을 그리는 부드러운 둔부를 드러내고 담요 위에 누워 있었고, 그는 그녀가 무슨 생각을 하는지는 전혀 알지 못했지만 그에게 그녀는 역시 세상 그 무엇보다 아름다우며 그가 안으로 들어갈 수 있는 부드럽고 놀라운 존재였다.

"그대를 사랑하기에 그대 안으로 들어갈 수 있는 거예요." 그가 말했다.

"날 좋아해요?" 그녀가 두근두근 뛰는 가슴으로 물었다.

"그것이 모든 걸 치유해주기에 그대 안으로 들어갈 수 있어요. 내가 그대를 사랑하기에 당신이 내게 몸을 열어주었어요. 그대를 사랑하기에 내가 그렇게 그대에게 들어갈 수 있었던 거예요."

그는 몸을 굽혀 그녀의 보드라운 옆구리에 키스하고 그곳에 뺨을 비벼대고는 담요로 덮어주었다.

"그럼 결코 날 떠나지 않을 거죠?" 그녀가 물었다.

"그런 건 묻지 말아요." 그가 대답했다.

"그렇지만 내가 당신을 사랑하는 건 믿죠?" 그녀가 말했다.

"당신은 조금 전에 당신이 그럴 거라고 생각했던 것보다 더 깊이 나를 사랑했어요. 하지만 당신이 이 일에 대해 *생각하기 시작하면* 어떻게 될지 누가 알겠어요!"

"아니요, 그런 말 하지 말아요! 그리고 정말로 내가 당신을 이용하려 했다고 생각하는 건 아니죠, 그렇죠?"

"어떻게 이용하려 했다는 거요?"

"아이를 낳는 데……."

"요즘 세상에는 누구나 어떤 아이든 가질 수 있어요." 그는 그렇게 말하고는 앉아서 각반을 조여 묶었다.

"아! 아니에요!" 그녀는 외쳤다. "진심으로 하는 말은 아니죠?"

"글쎄!" 그는 지그시 그녀를 보며 말했다. "이번이 최고였어요."

그녀는 가만히 누워 있었다. 그가 조용히 문을 열었다. 하늘은 짙은 파란 빛깔이었는데 가장자리는 투명한 청록색이었다. 그는 밖으로 나가 암탉들을 닭장에 가두고, 개에게 부드럽게 말을 걸었다. 그리고 그녀는 누워서 삶의 경이로움에 대해, 그리고 존재의 경이로움에 대해 놀라워했다.

그가 돌아왔을 때 그녀는 접시처럼 빨간 얼굴을 하고 여전히 거기에 누워 있었다. 그는 그녀 곁에 있는 의자에 앉았다.

"여행을 떠나기 전에 하룻밤을 꼭 내 집에서 보내도록 해요. 그래주겠어요?" 그가 무릎 사이에 두 손을 축 늘어뜨린 채 그녀를 바라보다가 눈썹을 치켜뜨고 그녀에게 물었다.

"그래주겠어요?" 그녀는 놀리듯이 따라 했다.

그가 미소 지었다.

"그래요. 그렇게 하겠어요?" 그가 다시 물었다.

"그래요!" 그녀는 사투리를 흉내 내어 대답했다.

"좋아요!" 그가 말했다.

"좋아요!" 그녀가 똑같이 되풀이했다.

"그리고 나와 같이 잡시다." 그가 말했다. "그래야 해요. 언제 오겠어요?"

"언제 오면 좋겠어요?" 그녀가 물었다.

"하지 말아요. 당신은 사투리를 못해요. 언제 오겠어요?"

"일요일쯤 어때요?" 그녀가 말했다.

"일요일쯤! 그래요!"

"그래요!" 그녀도 말했다.

그가 그녀를 흘끗 보며 웃었다.

"아뇨, 당신은 그러지 못해요." 그는 항의했다.

"내가 왜 못해요?" 그녀가 말했다.

그가 웃음을 터뜨렸다. 어쨌든 그녀가 사투리를 하는 것은 너무나 우스웠다.

"이제 갑시다. 가야 해요!" 그가 말했다.

"내가 가야 해요?" 그녀가 물었다.

"내가 가야만 해요!" 그가 고쳐 말해주었다.

"당신은 '가야'라고 했으면서 왜 나는 '가야만'이라고 하라는 거예요?" 그녀가 항의했다. "공평하지 않아요."

"공평하지 않다고!" 그가 몸을 앞으로 구부려 부드럽게 그녀의 얼굴을 쓰다듬으며 말했다. "어쨌든 당신은 명기요, 그렇지 않아요? 세상에 남아 있는 최고의 명기. 당신이 좋아할 때, 당신이 원할 때 말이에요!"

"명기가 무슨 말이에요?" 그녀가 물었다.

"그걸 몰라요? 명기 말이에요! 그대의 거기 아래쪽에 있는 거요. 내가 그대 안에 있을 때 누리고 내가 당신 안에 있을 때 당신이 누리는 것 말이에요, 다 거기서 이루어지는 거란 말이오!"

"다 거기서 이루어지는 거란 말이오." 그녀가 흉내 내며 장난쳤다. "명기! 그럼 섹스와 같은 말이군요."

"아니, 아니에요! 섹스는 그저 그 행위요. 동물도 하는 거지. 하지만 명기를 통한 행위는 그보다 훨씬 많은 의미가 있어요. 그건 바로 그대 자신이지요. 당신은 동물 이상의 존재요. 그렇지 않아요? 성교를 한다 해도 말이에요. 명기! 아! 그건 그대의 아름다움이에요, 아가씨!"

그녀는 일어나 그의 두 눈 사이에 키스했다. 그녀를 바라보는 그 두 눈은 너무나 검고 부드러우며 말로 표현하지 못할 만큼 따사로웠고, 또 견디기 힘들 만큼 아름다웠다.

"그렇군요!" 그녀가 말했다. "그럼 당신은 내가 좋은 거죠?"

그는 대답 없이 그녀에게 키스했다.

"이제 가야 해요. 옷을 털어줄게요." 그가 말했다.

그녀 몸의 곡선을 따라 손길이 스쳤다. 단호했고 욕망이 담겨 있진 않았지만, 이미 다 알고 있기에 부드럽고 친밀한 손길이었다.

황혼 속에 집으로 달려가는 그녀에게 세상은 꿈만 같았다. 수렵장의 나무들은 밀물에 닻을 내린 채 부풀어 올라 물결에 따라 들썩이는 듯했고, 저택으로 구불구불 이어진 언덕길은 살아 움직이는 것 같았다.

13장

　일요일에 클리퍼드는 숲으로 나가고 싶어했다. 그날 아침은 아름다웠다. 배꽃과 자두꽃이 갑자기 세상 여기저기서 하얗게 모습을 드러낸 광경은 그야말로 경이로웠다.

　세상에는 온통 꽃이 만발한데 다른 사람의 손을 빌려 휠체어에서 환자용 모터 의자로 바꿔 타야 한다는 것은 클리퍼드에게 잔인한 일이었다. 그러나 그는 그런 일은 이미 다 잊고 오히려 불구가 된 자신에게 어떤 자부심을 느끼는 것처럼 보이기까지 했다. 그래도 코니는 마비된 그의 두 다리를 들어 옮겨야 할 때면 여전히 괴로웠다. 이제는 볼턴 부인이나 운전사 필드가 그 일을 했다.

　코니는 죽 늘어선 너도밤나무 숲 가장자리에 있는 찻길 머리에서 클리퍼드를 기다렸다. 모터 의자는 털털거리는 소리를 내며 마치 자기 건강밖에 안중에 없는 환자처럼 느릿느릿 다가왔다. 아내와 합류하며 그가 말했다.

"거품 뿜는 준마를 타고 클리퍼드 경이 나가신다!"

"적어도 콧김을 내뿜긴 하는군요!" 코니가 웃으며 말했다.

그는 모터 의자를 멈추고 길고 낮게 이어진 오래된 갈색 저택의 정면을 휘 둘러보았다.

"래그비는 눈 하나 깜빡하지 않는군!" 그가 말했다. "하긴 그럴 이유가 없지! 난 지금 인간 정신이 이룬 업적 위에 올라타 있고, 이게 말보다 나으니까."

"내 생각에도 그런 것 같아요. 플라톤의 책에서 말 두 필이 끄는 마차를 타고 하늘로 올라갔던 영혼들은 이제 포드 회사 자동차를 타고 올라가게 될 거예요." 그녀가 말했다.

"아니면 롤스로이스를 타고 올라가거나. 플라톤은 귀족이었잖아!"

"그도 그렇군요! 이제 더 이상 검정말을 채찍질하고 혹사시킬 필요가 없어요. 플라톤은 생각도 못했겠죠. 검정말이나 백마를 타고 다니다가 한 단계 더 나아가 아예 그런 준마 같은 것 없이 오직 엔진만으로도 달릴 수 있게 되리라는 것을요!"

"엔진과 연료만 있으면 되지!" 클리퍼드가 말했다. "내년에

는 저 낡은 집을 좀 손봤으면 해. 그러려면 한 1,000파운드쯤
은 아껴두어야 할 것 같군. 공사하는 데 돈이 꽤 많이 들거든!"

"좋은 생각이네요!" 코니가 말했다. "파업만 더 이상 하지
않는다면요!"

"무슨 소용이 있다고 다시 파업을 하겠어! 산업만 망가뜨
릴 뿐 얻는 게 뭐냐 말이야. 분명 광부들도 그 사실을 깨닫기
시작하고 있어!"

"그들은 산업을 망치는 일쯤은 아무래도 좋다고 여길지도
모르죠." 코니가 말했다.

"허, 그렇게 생각 없는 여자처럼 말하지 말아요! 산업이 그
들의 배를 채워주는걸, 비록 호주머니를 두둑하게 채워주진
못해도 말이야." 그가 묘하게도 콧소리가 섞인 것 같은 볼턴
부인의 말투로 이야기했다.

"하지만 저번에 당신이 보수적인 무정부주의자라고 말하
지 않았어요?" 그녀가 순진하게 물었다.

"그럼 당신은 그때 내가 무슨 뜻으로 그 말을 했는지 이해
했어?" 그가 응수했다. "내 말은 사람들이 **삶의 형태**와 삶을
움직이는 조직을 그대로 유지하는 한, 엄격히 사적인 차원에
서 자기들이 원하는 대로 될 수 있고, 자기들 좋은 대로 느낄
수 있고, 자기들 좋은 대로 행동할 수 있다는 뜻이었어."

코니는 침묵을 지키며 몇 걸음을 계속 걸어갔다. 그러다 좀 완강하게 말했다.

"그건 마치 알이 껍데기만 멀쩡하면 속이야 부패할 대로 부패해도 된다는 말처럼 들리는군요. 하지만 속이 썩은 알은 절로 깨지게 되어 있어요."

"사람들은 알이 아닌 것 같은데." 그가 말했다. "천사들이 낳은 알도 아닌 것 같고, 복음 전도사 같은 우리 귀여운 마나님."

화창한 오늘 아침 그는 기분이 꽤 좋았다. 종달새들이 높은 소리로 지저귀며 수렵장 위를 날아다녔고, 멀리 분지에 있는 탄갱에서는 연기가 조용히 피어올랐다. 마치 전쟁 전의 옛 시절로 돌아간 듯한 느낌이었다. 코니는 논쟁을 벌이고 싶은 생각은 별로 없었다. 그러나 클리퍼드의 말을 듣고 나니 그와 숲에 가고 싶은 생각이 없어졌다. 그래서 그녀는 그저 고집스럽게 모터 의자 옆에서 걸어갔다.

"그래." 그가 말했다. "일이 제대로 처리되면 파업은 더 이상 없을 거요."

"왜요?"

"파업이 거의 불가능해지기 때문이지."

"하지만 광부들이 그렇게 되도록 놔둘까요?" 그녀가 물었다.

"그들에게 부탁하지 않을 거요. 보고 있지 않을 때 그냥 해치워야지. 그들 자신을 위해서이고, 또 산업을 구하기 위해서요."

"당신 자신을 위한 것이기도 하고요." 그녀가 말했다.

"당연하지! 모든 사람을 위한 일이야. 하지만 나보다 그들을 위한 부분이 훨씬 커. 난 탄광 없이도 살아갈 수 있어. 하지만 그들은 그럴 수 없지. 탄광이 없으면 그들은 굶어 죽고 말 거야. 내게는 다른 생활 수단이 있어."

그들은 탄광의 얕은 골짜기를 바라보았다. 그 너머에는 검은 지붕을 뒤집어쓴 테버셜 마을의 집들이 언덕을 따라 뱀이라도 기어 올라가듯 늘어서 있었다. 갈색빛 낡은 교회에서 '일요일이다, 일요일, 일요일!' 하고 알리려는 듯 종이 울리고 있었다.

"하지만 당신 마음대로 계약 조건을 정하도록 광부들이 가만히 있을까요?" 그녀가 물었다.

"여보, 일만 무리 없이 처리한다면 그들은 그럴 수밖에 없을 거요."

"하지만 상호 이해에 기반을 둘 수는 없나요?"

"물론 그럴 수 있어. 산업이 개인보다 우선시되어야 한다는 것을 그들이 깨닫는다면 말이야."

"하지만 그 산업을 꼭 당신이 소유해야 하는 거예요?" 그녀가 말했다.

"내가 소유하는 게 아니야. 하기야 어느 정도는 내가 소유하고 있지. 그래, 거의 그렇다고 할 수 있어. 재산 소유권은 이제 종교적인 문제가 되었어. 예수와 성 프란체스코 이래로 그래왔지. 핵심은 '네가 가진 모든 걸 가져다 가난한 자들에게 주어라'*가 아니라 '네가 가진 걸 모두 사용해 산업을 장려하고 가난한 사람들에게 일거리를 주어라'라는 거요. 그것만이 모두의 입을 먹여 살리고 모두의 몸을 따뜻하게 입힐 수 있는 유일한 방법이야. 우리가 가진 걸 전부 가난한 사람들에게 나눠주는 건 결국 그들이나 우리나 똑같이 굶주리게 되는 일이야. 온 세상이 다 함께 굶주리는 건 고귀한 목표가 될 수 없어. 가난이 일반화되는 건 좋은 일이 아니야. 가난은 추해."

"하지만 불평등하잖아요?"

"그건 운명이야. 목성이 어째서 해왕성보다 더 크냐고? 세상 돌아가는 일의 구조를 바꿀 수는 없어!"

"하지만 이 모든 질투와 시기, 불만이 일단 시작되면……." 그녀가 말을 꺼냈다.

"막기 위해 최선을 다해야지. 누군가는 우두머리가 **되어야**

---

* 〈누가복음〉 18장 22절 부분 인용.

하는 법이니까."

"하지만 그 우두머리가 누구죠?" 그녀가 물었다.

"산업을 소유하고 운영하는 사람들이지!"

오랜 침묵이 흘렀다.

"내 생각에 그들은 나쁜 우두머리 같아요." 그녀가 말했다.

"그럼 그들이 어떻게 해야 한다는 거요?"

"그들은 우두머리로서 자기 위치를 충분히 진지하게 받아들이지 않아요." 그녀가 말했다.

"당신이 남작부인이라는 위치를 받아들이는 것보다는 훨씬 더 진지할 거야." 그가 말했다.

"그건 나한테 떠맡겨진 거예요. 난 그다지 원치 않아요." 그녀가 불쑥 내뱉었다.

클리퍼드는 모터 의자를 멈추고 그녀를 보았다.

"지금 책임을 회피하고 있는 게 누구요!" 그가 말했다. "당신이 좀전에 말한 우두머리 지위의 책임으로부터 달아나려는 사람이 누구냐 말이야?"

"하지만 난 우두머리 지위 따위는 원하지 않아요." 그녀가 항변했다.

"아, 그렇군! 하지만 그건 비겁해. 당신에게는 그 지위가 주어졌어. 운명인 거지. 그러니까 당신은 그에 따라 살아가야 하는 거야. 광부들에게 그 모든 가치 있는 것들을 제공한 게 누구겠어? 그들의 정치적 자유며, 변변치 않지만 교육이며 위생 시설, 보건 환경, 책, 음악 등 이 모든 걸 다 제공한 게 누구라고 생각하지? 광부들이 광부에게 그걸 주었나? 천만에! 바로 래그비나 시플리 같은 영국의 모든 저택 주인들이 자기 몫을 나눠주었고, 또 계속 나눠주어야 해. 그게 바로 당신의 책임이란 거야."

코니는 이야기에 귀를 기울이다 얼굴이 몹시 붉게 달아올랐다.

"나도 뭔가 주고 싶긴 해요." 그녀는 말했다. "하지만 나에게는 허용되지 않아요. 요즘에는 모든 것을 돈으로 사고파니까요. 당신이 지금 말한 것들도 모두 래그비나 시플리가 사람들에게 이익을 많이 남기고 **파는 것들**이죠. 심장이 한 번 뛰는 그 짧은 시간만큼도 당신은 진정으로 공감하지 못해요. 게다가 그들에게서 자연스러운 삶과 인간다움을 빼앗아버리고 이 끔찍한 산업 현실을 안겨준 게 누구인가요? 누가 그런 짓을 했나요?"

"그럼 내가 어떻게 해야 하지?" 그는 창백해진 낯빛으로 말했다. "그들에게 와서 약탈이라도 해달라고 부탁해야 하나?"

"테버셜이 왜 그렇게 추하고 끔찍할까요? 광부들의 삶은 왜 그렇게 희망이 없을까요?"

"광부들 스스로가 그렇게 만든 거야. 그들 자신이 자유를 그렇게 내세운 거란 말이지. 그들 스스로가 저 잘난 테버셜을 건설했고, 그 잘난 인생을 사는 거야. 내가 그들의 인생을 대신 살아줄 수는 없잖아. 딱정벌레조차 제각기 자기 삶을 살아야 하는 법이야."

"하지만 당신이 일을 시키고 있잖아요. 그들은 당신의 탄광에 매인 삶을 살고 있어요."

"전혀 그렇지 않아. 어떤 딱정벌레든 자기 먹을 것은 자기가 찾는다고. 날 위해 일하라고 강요받은 사람은 한 명도 없어."

"그들의 삶은 산업화되고 희망이 없어져버렸어요, 그건 우리 삶도 마찬가지예요." 그녀가 외쳤다.

"난 그렇게 생각하지 않아. 그건 그저 낭만적인 수사법일 뿐이야, 맥없이 죽어가는 낭만주의의 유물일 뿐이라고. 게다가 여보, 거기 서 있는 당신 모습은 조금도 절망적으로 보이지 않는군그래."

그건 사실이었다. 불꽃이 튀는 듯한 짙푸른 두 눈과 뜨겁게 달아오른 뺨 덕분에 그녀는 반항적인 열정에 가득 찬 듯 보였고, 절망해 낙담한 모습과는 거리가 멀었다. 그녀는 풀이 무성한 곳에 솜털이 보송보송한 어린 앵초들이 아직 솜털 속에 싸인 채 서 있는 것을 알아차렸다. 그리고 한편 그토록 클리퍼드가 **틀렸다고** 느끼면서도 왜 그에게 그것을 말할 수 없는지, 또 **어떤 부분이** 틀렸다고 왜 정확히 말할 수 없는지 자문하며 격분했다.

"그 사람들이 당신을 미워하는 것도 당연해요." 그녀는 말했다.

"날 미워하지 않아!" 그가 대답했다. "그리고 오류에 빠지지 말아요. 당신은 '사람'이라는 말을 썼는데 그들은 사람이 아니야. 그들은 당신이 이해하지 못하고 또 결코 이해할 수도 없는 동물이야. 당신의 착각을 다른 사람들에게 강요하지 말아요. 하층민들은 언제나 똑같았고, 또 앞으로도 똑같을 거요. 그 옛날 네로의 광산이나 논밭에서 일했던 노예들과 지금 우리 탄광 광부들이나 포드 자동차 공장의 노동자들은 그리 다르지 않아. 그들은 모두 하층민이고 바뀌지 않아. 어떤 한 개인이 특출 나서 그 하층민 집단으로부터 벗어날 수는 있겠지. 하지만 그렇게 벗어나봐야 하층민 전체는 바뀌지 않아. 하층민은 바뀔 수 없어. 이것이 사회학의 가장 중요한 사실 중 하나라고. '빵과 오락'*만 있으면 되지! 오직 오늘날에만 교육이

---

* Panem et circenses. 로마의 풍자 시인 유베날리스의 시에 나오는 라틴어 표현.

오락으로 잘못 대체된 거요. 오늘날 잘못된 문제는 바로 우리가 '빵과 오락'이라는 이 프로그램에서 오락 부분을 망쳐놓고는 약간의 교육으로 하층민에게 독을 주입했다는 데 있어."

클리퍼드가 이렇게 잔뜩 고양되어 하층민에 대해 느끼는 것들을 토로할 때면 코니는 무서웠다. 그의 말에는 거역하기 어려울 정도로 강력한 어떤 진실이 담겨 있었다. 그러나 그것은 모두를 죽이는 진실이었다. 창백해져서 말없이 서 있는 코니를 보고 클리퍼드는 모터 의자를 다시 출발시켰다. 그리고 숲의 출입문에서 다시 멈추어 코니가 출입문을 열 때까지 두 사람 사이에선 더 이상 아무 말도 오가지 않았다.

"그래서 이제 칼 대신 채찍을 들 필요가 있는 거요." 그는 다시 말했다. "민중은 세상이 시작된 이래로 다스림을 받아왔고, 세상이 끝날 때까지 계속 다스림을 받아야 할 거요. 그들이 스스로 다스릴 수 있다고 하는 얘기는 순전히 위선이고 말도 안 되는 웃기는 소리요."

"하지만 당신이 그들을 다스릴 수 있나요?" 그녀가 물었다.

"내가 다스릴 수 있느냐고? 아, 물론이야! 내 정신도 의지도 모두 불구가 아닌 데다가 다리로 다스리는 건 아니니까. 내 몫의 다스림은 할 수 있지. 확실히 내 몫은 다할 수 있어. 그러니 내게 아들을 낳아줘요. 그러면 그 아이가 내 뒤를 이어 자기 몫을 다스리게 될 테니."

"하지만 그 아이는 당신 친아들이 아닐 거고, 당신이 속한 지배계급 출신이 아닐 거예요. 아니, 어쩌면 그럴지도 모른다고요……." 그녀가 더듬거리며 말했다.

"건강하고 지능이 보통 이하만 아니라면 그 아이의 아버지가 누구든 상관없어. 건강하고 보통 지능을 지닌 남자의 자식을 낳아준다면 내가 그 아이를 완벽하게 유능한 채털리 집안사람으로 만들 테니. 중요한 건 우리를 낳아준 사람이 아니라 운명이 우리를 어디에 데려다 놓느냐 하는 거야. 어떤 아이든 지배계급 사이에 데려다 놓아보라고. 그럼 그 아이가 자라서 제 능력껏 지배자가 될 테니. 왕이나 공작의 자식이라도 하층민들 속에 갖다놓으면 미천한 평민이라는 대량 생산물이 될 거야. 그것이 환경이 미치는 압도적인 힘이요."

"그렇다면 평민이란 종족이 따로 있는 것이 아니고…… 귀족 혈통이 따로 있는 게 아니네요." 그녀가 말했다.

"그래요, 여보! 그런 건 모두 낭만적인 환상이야. 귀족 계급은 운명에 따라 역할을 수행하는 하나의 기능이지. 그리고 대중 역시 운명의 또 다른 부분을 맡아 역할을 수행하는 기능이고. 개개인은 중요치 않아. 문제는 우리가 어떤 역할을 하도록 길러지고 길들여지는가 하는 거야. 귀족 계급을 만드는 건 개인이 아니야. 그건 전체 귀족의 역할과 기능이지. 그리고 평민을 평민으로 만드는 것이 하층 대중 전체의 역할과 기능이고."

"그렇다면 우리 인간들 사이에 공통된 인간성은 없다는 얘기군요!"

"좋을 대로 생각해요. 우리 모두 배를 채워야 할 필요가 있긴 하지. 하지만 나는 표현하거나 실행하는 역할과 기능에 있어서는 지배계급과 섬기는 계급 사이에 심연이, 절대적인 심연이 존재한다고 믿어. 이 두 계급의 역할과 기능은 상반되지. 그리고 그 역할이 개인을 결정하고."

코니는 그에게 멍한 시선을 보냈다.

"계속 가지 않을 거예요?" 그녀가 말했다.

그러자 그가 모터 의자를 출발시켰다. 그는 할 말을 다 했다. 그러고는 특유의 멍한 무감각 상태에 빠졌다. 코니는 그를 보기가 정말로 괴로웠다. 그녀는 어쨌든 숲에서는 논쟁을 벌이지 않기로 결심했다.

개암나무와 밝은 회색 나무들이 그들 앞으로 담처럼 양쪽에 죽 늘어서 있었고, 그 가운데를 가르듯 승마로가 뻗어 있었다. 모터 의자는 털털거리는 소리를 내며 느릿느릿 개암나무 그림자 너머로, 승마로에 우유 거품처럼 피어오른 물망초들

속으로 밀고 나아갔다. 클리퍼드는 길 가운데로 방향을 조종했고, 거기에는 사람들이 꽃들 사이로 지나다니며 생긴 길이 나 있었다. 그러나 뒤에서 걷던 코니는 선갈퀴와 자난초 등이 덜컹거리며 지나가는 바퀴에 짓밟히고 덩굴 좀가지풀의 조그만 노란 꽃받침이 뭉개지는 것을 보았다. 그리고 이제는 물망초가 나 있는 곳으로 바퀴가 통과하며 자국을 내고 있었다.

온갖 꽃이 거기 다 피어 있었는데, 올해 처음 핀 블루벨이 군데군데 무더기를 이루고 있어 마치 푸른 물이 고인 웅덩이처럼 보였다.

"당신이 숲이 아름답다고 하더니 과연 그렇군." 클리퍼드가 말했다. "정말 놀라울 정도로 아름다워. 영국의 봄만큼 아름다운 게 또 어디 있을까!"

코니는 그가 마치 봄조차도 의회의 법령에 따라 꽃을 피운다고 말하는 것 같았다. 영국의 봄이라고! 아일랜드의 봄이나 유대인의 봄은 그렇지 않다는 건가?

모터 의자는 천천히 움직여 밀처럼 무리 지어 서 있는 억센 블루벨 무더기를 지나 회색 우엉 잎을 밟으며 앞으로 나아갔다. 나무들이 베어 탁 트인 곳에 이르자 햇빛이 꽤 강하게 밀려들었다. 만발한 블루벨은 환하게 밝은 파란 천을 깔아놓은 듯했고, 연보랏빛이나 자줏빛으로 색이 바뀌면서 여기저기 펼쳐져 있었다. 그리고 그 사이로 고사리가 동그랗게 말린 갈색 머리를 쳐들고 있었는데, 마치 무수한 어린 뱀이 이브에게 새로운 비밀을 속삭이는 것 같았다.

클리퍼드는 모터 의자를 계속 몰아 언덕 꼭대기에 이르렀다. 코니는 그 뒤를 천천히 따라갔다. 참나무 어린잎이 갈색으로 부드럽게 돋아나고 있었다. 만물이 해묵은 딱딱한 껍질로부터 연하고 보드랍게 솟아났다. 울퉁불퉁 삐죽빼죽한 참나무들조차 아주 보드라운 어린잎을 틔워, 햇살 속에 어린 박쥐의 날개같이 작고 얇은 갈색 날개들을 펼치고 있었다. 그런데 왜 인간들은 그 어떤 새로움도, 새롭게 솟아나는 그 어떤 신선함도 품지 못하는 걸까? 진부한 인간들이여!

클리퍼드는 언덕 꼭대기에서 모터 의자를 멈추고 아래를 내려다보았다. 널따란 승마로 위를 블루벨이 홍수처럼 파랗게 휩쓸어 비탈 아래를 따뜻한 파란색으로 환히 밝히고 있었다.

"그 자체로는 아주 멋진 빛깔이지만 그림으로 그리기에는 별로군."

"과연 그렇군요!" 전혀 관심 없이 코니가 말했다.

"샘까지 한번 가볼까? 클리퍼드가 말했다.

"모터 의자가 다시 올라올 수 있을까요?"

"한번 해봐야지. 모험하지 않고는 아무것도 얻을 수 없어!"

그리고 모터 의자는 천천히 앞으로 나아가기 시작해 점점 퍼져가는 파란 히아신스들로 뒤덮인 아름다운 승마로를 따라 덜컹거리며 내려갔다. 오, 히아신스의 여울을 지나는 세상의 마지막 배여! 오, 인간 문명의 마지막 항해를 하며 마지막 거친 바다 위를 떠가는 작은 배여!* 오, 바퀴 달린 괴상한 배여, 느릿느릿 그대는 과연 어디를 향해 가고 있는가! 클리퍼드는 만족스러운 표정으로 모험을 하는 바퀴 위에 조용히 앉아 있었다. 검정색 낡은 모자를 쓰고 트위드 재킷을 걸치고 의자 위에서 조심스레 꼼짝 않고 있는 모습이었다. 오 선장이여, 나의 선장이여, 우리의 눈부신 항해는 끝났다네!** 아니 아직 완전히 끝난 것은 아니라네! 회색 옷을 입은 콘스턴스는 아래로 덜컹거리며 내려가는 모터 의자를 지켜보면서 바퀴 자국을 따라 비탈을 내려왔다.

그들은 오두막으로 가는 좁은 오솔길 길목을 지나쳤다. 고맙게도 그 오솔길은 모터 의자가 다닐 수 있을 만큼 넓지 않았다. 한 사람이 간신히 다닐 수 있는 넓이였다. 모터 의자가 비탈의 맨 아래에 이르러 모퉁이를 돌아 사라지는 순간이었

---

* 로버트 브리지스(Robert Bridges)의 시 〈통행자(A Passer-By)〉 중에서.
** 월트 휘트먼(Walt Whitman)의 시 〈오 선장이여, 나의 선장이여(O Captain, My Captain)〉 중에서.

다. 코니의 뒤쪽에서 나지막한 휘파람 소리가 들려왔다. 그녀는 획 돌아보았다. 사냥터지기가 그녀를 향해 성큼성큼 비탈을 걸어 내려오고 있었고 개가 그 뒤를 따랐다.

"클리퍼드 경이 우리 집으로 가는 거요?" 그가 그녀의 눈을 들여다보며 물었다.

"아니요, 샘까지 가는 거예요."

"아! 좋군요! 그의 눈에 띄지 않을 수 있으니. 그런데 오늘 밤 당신을 만나고 싶어요. 수렵장 출입문에서 기다릴게요…….열 시쯤."

그는 그녀의 눈을 다시 똑바로 들여다보았다.

"그래요." 그녀가 머뭇거리며 말했다.

클리퍼드가 빵! 빵! 경적을 울려대며 코니를 불렀다. 코니는 "여이!" 하고 소리쳐 대답했다. 사냥터지기는 얼굴을 잠깐 찡그렸다가 손으로 그녀의 가슴을 아래에서 위로 부드럽게 쓸어 올렸다. 그녀는 깜짝 놀라 그를 바라보고는 언덕 아래로 내려가면서 다시 "여이!" 하고 클리퍼드에게 소리쳤다. 남자는 위쪽에서 그녀를 지켜보다 살짝 미소 짓고는 가던 길로 돌아섰다.

코니는 클리퍼드가 샘이 있는 쪽으로 천천히 올라가고 있는 것을 발견했다. 샘은 짙은 낙엽송이 있는 비탈 중간쯤에 있었다. 그녀가 따라잡을 즈음 그는 이미 그곳에 도착해 있었다.

"잘했어!" 클리퍼드가 모터 의자를 가리키며 말했다.

코니는 낙엽송 숲 가장자리에 유령처럼 자라난 넓적한 회색 우엉 잎들을 바라보았다. 그것은 흔히 로빈 후드의 대황이라고 불렸다. 샘가에 서 있는 그 우엉 잎의 모습이 어찌나 조용히 우수에 잠긴 듯 보이는지! 그러나 샘물은 너무나 맑게 빛나며 퐁퐁 솟아올라 경이로웠다! 그리고 좁쌀풀과 파란색 억센 자난초도 조금 눈에 띄었다. 그런데 저기 둔덕 아래에서 황토가 꿈틀댔다. 두더지였다! 분홍빛 앞발을 내저으며 흙을 헤치더니 앞을 보지 못하는 송곳같이 뾰족한 얼굴을 흔들며 아주 작은 분홍빛 코끝을 치켜든 채 나타났다.

"코끝으로 보는 것 같아요." 코니가 말했다.

"눈으로 보는 것보다 나을 거야!" 그가 말했다. "물을 마셔 보겠어?"

"당신은요?"

그녀는 나뭇가지에 걸린 에나멜 머그잔을 집은 다음 몸을 굽혀 그를 위해 잔을 채웠다. 그는 한 모금씩 음미하듯 물을 마셨다. 그러자 그녀는 다시 몸을 구부리고 물을 떠서 자기도 조금 마셨다.

"얼음처럼 차요!" 숨찬 목소리로 그녀가 말했다.

"물맛이 참 좋군! 소원은 빌었어?"

"당신은요?"

"그래, 빌었어. 하지만 뭔지는 말하지 않을 거야."

딱따구리가 나무를 쪼는 소리가 들렸고, 낙엽송들을 스쳐 오는 부드러우면서도 오싹한 바람 소리가 들렸다. 그녀는 위를 보았다. 하얀 구름이 파란 하늘을 가로지르며 흘러가고 있었다.

"구름 좀 봐요!" 그녀가 말했다.

"하얀 양떼구름뿐이군." 그가 대답했다.

그림자 하나가 조그만 공터를 건너갔다. 두더지가 부드러운 황토 쪽으로 땅을 헤치고 간 것이었다.

"불쾌한 짐승이야. 죽여버려야 해." 클리퍼드가 말했다.

"봐요! 설교단에 선 목사님 같잖아요." 그녀가 말했다.

그녀는 선갈퀴 가지를 조금 모아서 그에게 가져갔다.

"갓 벤 건초 향기가 나는 풀이군." 그가 말했다. "지난 19세기의 낭만적인 귀부인들이 풍겼던 것 같은 향이 아닌가? 어쨌거나 정신이 똑바로 박힌 귀부인들이었지."

코니는 하얀 구름을 바라보고 있었다.

"비가 올 것 같아요." 그녀가 말했다.

"비라고! 왜? 비가 오면 좋겠어?"

그들은 집으로 돌아가기 시작했고 클리퍼드는 덜컹거리며 조심스레 내리막길을 내려갔다. 언덕 아래 그늘진 기슭으로 내려와 오른쪽으로 돌아서 백 야드쯤 간 뒤 블루벨이 햇살을 받으며 서 있는 긴 비탈길 초입으로 구부러져 올라갔다.

"의자야, 가자!" 모터 의자를 출발시키며 클리퍼드가 말했다.

가파르고 울퉁불퉁한 오르막길이었다. 모터 의자는 내키지 않는 듯이 안간힘을 쓰며 느릿느릿 움직였고, 비틀거리면서도 위를 향해 조금씩 올라갔다. 그러다 히아신스로 온통 뒤덮인 곳에 이르렀을 때 멈칫멈칫하더니 움직이려 기를 쓰다가 갑자기 꽃밭에서 약간 벗어난 곳에 그대로 멈춰버렸다.

"경적을 울리고 사냥터지기가 오기를 기다리는 게 좋겠어요." 코니가 말했다. "그가 의자를 밀 수 있을 거예요. 나도 밀게요. 도움이 될 거예요."

"모터 의자가 숨을 돌리게 해줍시다." 클리퍼드가 말했다. "바퀴 밑에 돌을 좀 괴어주겠어?"

코니는 돌멩이를 찾아다 괴었고, 그들은 기다렸다. 얼마 후 클리퍼드가 다시 시동을 걸고 모터 의자를 움직여보았다. 의자는 움직이려 안간힘을 쓰더니 병든 짐승처럼 비틀거리면서 이상한 소리를 냈다.

"내가 밀어볼게요!" 코니가 뒤로 가며 말했다.

"아니, 밀지 말아!" 그가 화난 목소리로 말했다. "밀어야 움직이는 거라면 이 망할 놈의 것이 무슨 소용이 있어! 밑에 돌을 괴어요!"

잠깐 쉬었다 다시 시동을 걸었지만 아까보다도 못했다.

"내가 밀게 해줘요. 그게 싫으면 경적을 울려 사냥터지기를 부르세요." 코니가 말했다.

"기다려봐!"

그녀가 기다리는 동안 클리퍼드가 다시 한 번 시동을 걸었으나 상태는 오히려 전보다도 못했다.

"밀지 못하게 할 거라면 경적을 울려요."

"제길! 좀 가만있어봐!"

코니는 잠시 입을 다물었다. 클리퍼드는 그동안 그 작은 모터가 부서지는 게 아닌가 싶을 정도로 애를 썼다.

"모터만 전부 못쓰게 될 거예요, 클리퍼드. 괜히 당신 신경만 소모하고 있다고요." 코니가 항의하듯 충고했다.

"내가 일어나서 저 망할 것을 들여다볼 수만 있다면!" 클리퍼드가 노발대발하며 외쳤다. 그러더니 거칠게 경적을 울렸다. "멜러즈가 보면 뭐가 잘못됐는지 알 수 있을지도 몰라."

그들은 짓이겨진 꽃밭 가운데서 기다렸다. 머리 위 하늘에서는 구름이 부드럽게 서로 엉겨들고 있었다. 침묵 속에서 산비둘기 한 마리가 구구구구 하고 울기 시작하자 클리퍼드가 요란하게 경적을 울려 더 이상 울지 못하게 했다.

사냥터지기는 곧바로 나타났다. 모퉁이를 돌아 무슨 일이 나는 듯이 성큼성큼 다가와 경례를 했다.

"자네, 모터에 대해 조금이라도 아는 게 있나?" 클리퍼드가 날카로운 목소리로 물었다.

"송구하지만 잘 모릅니다. 고장이 났습니까?"

"그런 모양이야!" 클리퍼드가 톡 쏘듯이 말했다.

남자는 걱정스러운 표정으로 바퀴 옆에 쭈그리고 앉아 그 조그만 엔진을 들여다보았다.

"클리퍼드 경, 송구하지만 이런 기계류에 대해서는 전혀 아는 바가 없어서요." 그가 차분하게 가라앉은 목소리로 말했다. "연료와 기름은 충분한지……."

"뭐 망가진 게 없는지 그냥 잘 살펴보기만 하게." 클리퍼드가 딱딱거렸다.

남자는 메고 있던 총을 나무에 기대어두고 겉옷을 벗어 그 옆에 던졌다. 갈색 개가 옆에 앉아 지켰다. 그는 무릎을 꿇고 앉아 의자 밑을 들여다보며 기름투성이인 조그만 엔진을 손가락으로 여기저기 만져보았다. 그는 일요일에 입는 깨끗한 셔츠에 기름 자국이 생기자 속이 부글부글 끓었다.

"뭐가 부서진 것 같진 않습니다." 그가 말했다. 그리고 일어나더니 모자를 뒤로 젖히고 무슨 생각을 하는 듯 이마를 문질렀다.

"밑에 연결대들은 살펴봤나?" 클리퍼드가 물었다. "그것들이 멀쩡한지 보라고."

남자는 바닥에 배를 대고 납작 엎드려 목을 뒤로 젖힌 뒤 엔진 밑에서 꼼지락대며 손가락으로 찔러가며 만져보았다. 코니는 한 남자가 너른 대지 위에 배를 깔고 엎드려 있을 때 얼마나 작고 약한 불쌍한 존재로 보이는가에 대해 생각했다.

"제가 볼 수 있는 한에서는 괜찮아 보입니다." 그의 목소리가 의자에 부딪쳐 둔하게 들렸다.

"자네가 할 수 있는 건 없는 게로군." 클리퍼드가 말했다.

"제가 할 수 있는 일이 없는 것 같군요." 그는 기어 나와 다시 무릎을 꿇고 광부처럼 앉았다. "망가진 데는 분명 없는데요."

"조심하게! 다시 시동을 걸 테니."

클리퍼드가 엔진을 켜고 기어를 넣었다. 모터 의자는 꿈쩍하지 않았다.

"조금 더 세게 걸어보세요." 사냥터지기가 말했다.

그가 그렇게 끼어들자 클리퍼드는 화가 났지만, 다시 시동을 걸어 엔진에서 파리처럼 웅웅거리는 소리가 나도록 해보았다. 의자는 쿨럭거리기도 하고 그르렁대기도 했지만 아까보다는 나아진 듯했다.

"소리를 들으니 움직일 것도 같군요." 멜러즈가 말했다.

그러나 클리퍼드는 이미 기어를 급하게 넣고 있었다. 모터 달린 의자는 속이 울렁거리도록 요동치더니 약하게 앞으로 나아갔지만 그 힘은 점점 사그라지는 듯했다.

"제가 한 번 밀면 작동할 겁니다." 사냥터지기가 모터 달린 의자 뒤로 가며 말했다.

"의자에서 떨어지게!" 클리퍼드가 딱딱거리며 소리쳤다. "의자 힘으로만 가게 놔두게."

"그렇지만 클리퍼드! 무리란 걸 알잖아요. 왜 그렇게 고집을 피워요!" 둔덕에 있던 코니가 끼어들며 말했다.

클리퍼드는 화가 나서 얼굴이 창백해졌다. 그가 재빨리 레버를 힘껏 눌렀다. 의자는 급하게 비틀거리며 움직이더니 몇 야드를 더 가서 특히나 더 아름답게 피어나고 있는 블루벨 벌판 한가운데서 멈추고 말았다.

"힘을 다 써버렸어요. 힘이 충분치 못하군요." 사냥터지기가 말했다.

"전에는 여길 올라갔었다고." 클리퍼드가 차갑게 내뱉었다.

"지금은 안 될 것 같은데요." 사냥터지기가 말했다.

클리퍼드는 대답하지 않았다. 그는 조율하듯 빠르게도 해보고 느리게도 해보면서 엔진을 조작했다. 기괴한 소리들이 숲에 메아리쳤다. 클리퍼드는 그러다 갑자기 브레이크를 확 풀면서 기어를 급하게 넣었다.

"부속들이 뜯겨나가겠는데요." 사냥꾼지기가 중얼거렸다.

모터 의자가 어지럽게 요동치며 도랑으로 돌진했다.

"클리퍼드!" 코니가 앞으로 급히 달려가며 소리쳤다.

그러나 사냥터지기가 뒤에서 의자를 붙잡았다. 하지만 클리퍼드는 압력을 최대한으로 하여 오르막길로 올라가도록 방향을 잡았고, 모터 의자는 이상한 소리를 내며 언덕에서 사투를 벌였다. 멜러즈가 뒤에서 꾸준히 밀면서 의자는 다시 살아난 듯 올라가기 시작했다.

"의자가 올라가고 있어!" 클리퍼드가 승리감에 젖은 목소리로 어깨너머를 쳐다보며 말했다. 그는 사냥터지기의 얼굴을 보았다.

"지금 밀고 있나?"

"그러지 않으면 움직이지 않습니다."

"그냥 두라니까. 내가 그러지 말라고 했잖아."

"움직이지 않을 겁니다."

"그냥 놔두라고!" 클리퍼드가 아주 강하게 으르렁대듯 고함쳤다.

사냥터지기가 뒤로 물러나 겉옷과 총을 가지러 가려고 돌아섰다. 모터 의자는 그 즉시 경련하듯 떨었다. 그리고 마비된 듯 멈추었다. 죄수처럼 의자에 갇힌 클리퍼드의 얼굴이 하얗게 질렸다. 그는 손으로 다급하고 거칠게 레버를 잡아당기며 조작했다. 발은 무용지물이었다. 모터 의자에서 괴상한 소음이 새어 나왔다. 잔뜩 짜증을 내며 핸들을 조금 움직여보기는 했지만 소음만 더 커질 뿐 꿈쩍도 하지 않았다. 전혀 움직일 기미가 없었다. 그는 엔진을 끄고 화가 날 대로 나서 뻣뻣하게 앉아 있었다.

콘스턴스는 둔덕에 앉아 망가지고 짓밟힌 블루벨을 보았다. "영국의 봄만큼 이토록 아름다운 게 어디 또 있을까." "내 몫의 다스림을 할 수 있어." "이제 우리는 칼 대신 채찍을 들 필요가 있어." "지배계급!"

사냥터지기가 겉옷과 총을 들고 걸어왔다. 플로시가 경계하며 뒤를 따랐다. 클리퍼드는 남자에게 엔진을 이렇게 저렇게 해보라고 말했다. 모터의 기계적인 원리에 대해 전혀 아는 게 없기도 했고 고장을 몇 번 경험하기도 했던 터라, 코니는 별 쓸모없는 사람처럼 그저 참을성 있게 둔덕에 앉아 있을 따름이었다. 사냥터지기는 다시 배를 깔고 엎드렸다. 지배계급과 피지배계급!

그는 일어서서 인내심을 발휘해 말했다.

"다시 시동을 걸어보십시오."

그는 조용한 목소리로 마치 어린아이를 달래듯 말했다.

클리퍼드가 시동을 걸자 멜러즈가 재빨리 뒤로 가서 밀기 시작했다. 엔진의 힘 반, 남자가 미는 힘 반으로 의자가 움직였다.

클리퍼드가 돌아보더니 얼굴이 노래지도록 화를 냈다.

"거기서 떨어지지 못하겠나!"

사냥터지기는 곧 손을 뗐고 클리퍼드는 말을 계속했다. "자네가 밀면 의자가 자기 힘으로 움직이는지 아닌지 내가 어떻게 알겠어……!"

남자는 총을 내려놓고 겉옷을 입기 시작했다. 할 만큼 했다. 의자는 서서히 뒤로 물러나기 시작했다.

"클리퍼드, 브레이크를 걸어요!" 코니가 소리쳤다.

그녀와 멜러즈, 클리퍼드가 동시에 움직였고, 코니와 사냥터지기가 앞으로 가면서 몸이 살짝 부딪쳤다. 의자가 멈췄다. 죽음과도 같은 침묵이 흘렀다.

"내가 다른 사람들의 자비에나 기대 사는 사람이라는 게 명백해졌군!" 클리퍼드가 말했다. 그는 노기로 얼굴이 노래져 있었다. 대답은 돌아오지 않았다. 멜러즈는 참고 있다는 것만 어렴풋이 느껴질 뿐 이상할 정도로 표정 없는 얼굴로 어깨에 총을 메고 있었다. 플로시가 주인의 다리 사이로 비집고 들어가다시피 하여 보초 서는 자세로 서 있다가 매우 의심스럽고 혐오하는 눈초리로 모터 의자를 주시하며 불안하게 움직였다. 플로시는 세 사람 사이에서 어쩔 줄을 몰랐다. 짓이겨진 블루벨 꽃밭 한가운데서 **활인화*** 같은 장면이 연출되었고 입을 여는 사람은 아무도 없었다.

"의자를 밀어야 할 것 같군." 마침내 클리퍼드가 **아무렇지 않은** 척하며 입을 열었다.

대답하는 사람은 없었다. 멜러즈는 아무 소리도 듣지 못한 것처럼 넋이 나간 표정을 짓고 있었다. 코니는 그를 걱정스럽게 쳐다보았다. 클리퍼드 역시 고개를 돌려 쳐다봤다.

"집까지 의자를 미는 것이 어렵겠나, 멜러즈!" 클리퍼드가 높은 사람이 쓰는 어조로 냉랭하게 말했다. "내가 자네를 언짢

---

* 타블로 비방(tableau vivant). 살아 있는 사람이 분장하여 명화나 역사적 장면 등을 정지한 모습으로 연출하는 것.

게 하는 말은 하지 않았길 바라네." 그는 마지못해 덧붙였다.

"그런 건 전혀 없었습니다, 클리퍼드 경. 의자를 밀까요?"

"자네만 괜찮다면."

남자가 다가가 밀었지만 이번에는 의자가 움직이지 않았다. 브레이크에 뭐가 걸린 듯 꿈쩍도 하지 않았다. 밀기도 하고 잡아당기기도 했지만 소용이 없자 사냥터지기는 총과 겉옷을 다시 벗어야 했다. 이제 클리퍼드는 한마디도 하지 않았다. 마침내 사냥터지기는 의자 뒤로 가서 의자를 땅에서 살짝 들어 올리는 동시에 발로 바퀴를 밀어 브레이크를 풀어보려 애썼다. 하지만 이 역시 잘 되지 않았고 의자는 밑으로 가라앉았다. 클리퍼드는 양 손잡이를 꽉 잡고 있었다. 남자는 의자와 클리퍼드의 무게로 숨을 헐떡였다.

"그만해요!" 코니가 사냥터지기에게 외쳤다.

"바퀴를 이렇게 잡아당겨주시기만 한다면, 이렇게요!" 그가 코니에게 어떻게 하는지 보여주며 방법을 알려줬다.

"무리예요! 의자를 들어 올리지 말아요. 당신이 다친다니까요." 코니는 화가 나서 얼굴이 붉어졌다.

그러나 사냥터지기는 그녀의 눈을 들여다보며 고개를 끄덕여 보였다. 그래서 코니는 그의 말에 따를 수밖에 없었고, 바퀴를 붙잡고 준비했다. 그가 의자를 들어 올리자 그녀가 세게 잡아당겼다. 의자가 크게 흔들거렸다.

"하느님 맙소사!" 클리퍼드는 두려움에 차서 외쳤다.

그러나 괜찮았다. 브레이크가 풀린 것이다. 사냥터지기가 바퀴 밑에 돌을 괴고는 둔덕에 가 앉았다. 심장이 마구 뛰었고, 무리를 하는 바람에 얼굴이 하얗게 질린 채 반쯤 기절한 것 같았다. 코니는 그를 바라보며 울고 싶을 정도로 화가 났다. 잠시 동안 죽은 듯한 침묵만 흘렀다. 코니는 사냥터지기의 허벅지 위에 놓인 두 손이 부들부들 떨리는 것을 봤다.

"다쳤어요?" 그녀가 물으며 그에게 다가갔다.

"아뇨, 아닙니다!" 그는 화가 난 것처럼 몸을 돌렸다.

죽은 듯이 침묵만 흘렀다. 금발 머리 클리퍼드의 뒤통수도 움직임이 없었다. 개조차 꼼짝달싹하지 않고 서 있었다. 하늘은 구름으로 뒤덮여 있었다.

마침내 사냥터지기가 깊은 숨을 내쉬더니 빨간 손수건으로 코를 풀었다.

"폐렴을 앓고 몸이 많이 축났어요." 그가 말했다.

아무도 대답이 없었다. 코니는 그가 의자와 덩치 큰 클리퍼드를 들어 올리는 데 얼마나 힘을 썼을지 가늠해보았다. 너무나 많은, 정말 너무나 많은 힘을 썼다! 남자는 실로 힘이 비상하게 센 게 틀림없었다. 정말로 다친 곳이 없다면 말이다.

그는 일어나 겉옷을 다시 집어 들어 의자 손잡이에 걸쳤다.

"그럼 준비되셨습니까, 클리퍼드 경?"

"자네가 되었으면 가자고!"

그는 몸을 굽혀 바퀴를 괴었던 돌을 치우고는 몸무게를 실어 의자를 밀었다. 그는 코니가 이제껏 봤던 중 가장 창백해 보였고 정신이 나간 사람 같았다. 클리퍼드는 무거웠고 언덕은 가팔랐다. 코니는 사냥터지기 옆으로 갔다.

"나도 밀겠어요!" 그녀가 말했다.

그러더니 그녀는 화난 여자의 솟구치는 힘으로 의자를 밀기 시작했다.

의자의 움직임이 빨라졌다. 클리퍼드가 돌아봤다.

"당신이 꼭 밀어야 해?" 그가 말했다.

"네! 이 남자를 죽이고 싶어요? 당신이 모터가 작동할 때 밀도록 내버려두기만 했어도⋯⋯."

그러나 코니는 말을 끝맺지는 못했다. 벌써 숨이 차올랐다. 그녀는 힘을 약간 늦추었다. 생각보다 힘든 일이었다.

"좀더 천천히 가세요." 남자가 눈가에 희미한 미소를 띠며 그녀 옆에서 말했다.

"다친 데는 확실히 없어요?" 코니가 사납게 물었다.

그는 고개를 저었다. 그녀는 햇볕에 갈색으로 그을린 자그마하고 짧지만 생기 있는 남자의 손을 쳐다봤다. 그녀를 쓰다듬었던 바로 그 손이었다. 이렇게 보는 것은 처음이었다. 그의 손도 그와 마찬가지로 매우 고요해 보였다. 그 손에 닿을 수 없을 것 같아 꽉 움켜쥐고 싶게 하는, 참으로 신기한 내면의 고요함을 지닌 손이었다. 갑자기 그녀의 온 영혼이 그의 쪽으로 쏠리는 듯했다. 그는 너무나 조용한 데다 손에 닿지 않았다! 그리고 남자는 사지가 되살아난 것처럼 느꼈다. 왼손으로 의자를 밀면서 오른손은 여자의 하얗고 둥근 손목 위에 얹고 부드럽게 쓰다듬으며 감쌌다. 불꽃같은 힘이 그의 척추와 둔부로 내려가 그를 소생시키는 듯했다. 가쁘게 숨을 쉬던 그녀가 갑자기 허리를 굽혀 남자의 손에 키스를 했다. 그러는 동안 클리퍼드의 뒤통수는 바로 그들 앞에서 매끈함을 자랑하며 움직임이 없었다.

언덕 꼭대기에 이르자 그들은 쉬었다. 코니는 의자를 놓고 쉴 수 있어 기뻤다. 한 사람은 남편으로서 다른 사람은 그녀 아이의 아버지로서, 두 남자 사이에 우정이 싹틀 수 있지 않을까 하는 덧없는 꿈을 꾸기도 했었지만, 이제 그녀는 그 꿈이 얼마나 어처구니 없는 꿈인지 알게 되었다. 두 남자는 물과 불만큼이나 적대적이었다. 그들은 서로가 서로를 완전히 없애버릴 수밖에 없는 사이였다. 그리고 그녀는 증오가 얼마나 희한

하고 미묘한 것인지 난생처음 깨닫게 되었다. 처음으로 그녀는 자신이 클리퍼드를 확실히 증오하고 있다는 사실을 아주 생생하게 의식했다. 그가 이 지구상에서 말살되어야 할 존재인 것처럼 여겨졌다. 남편을 증오하고 있다는 사실을 스스로 완전히 인정하자, 이상하게도 삶이 아주 자유롭고 충만하게 느껴졌다. '그를 증오하게 되었으니 이제 결코 그와 계속 살아갈 수는 없을 거야.'라는 생각이 그녀의 마음속에 떠올랐다.

평지에서는 사냥터지기가 혼자서 의자를 밀 수 있었다. 클리퍼드는 자신이 완전히 평정 상태라는 걸 보여주기 위해 코니와 대화를 약간 나누었다. 디에프에 있는 숙모 에바에 대한 얘기와 맬컴 경에 대한 얘기였다. 맬컴 경은 코니가 베네치아에 갈 때 그의 작은 자동차를 타고 함께 갈 것인지 힐더와 함께 기차를 타고 갈 것인지 묻는 편지를 보내왔다.

"기차를 타고 가는 편이 훨씬 나아요." 코니가 말했다. "자동차를 오래 타는 건 별로예요. 특히 먼지가 많은 곳에서는요. 하지만 힐더 언니의 의견을 들어보고요."

"처형이야 자기 차를 운전해서 당신을 데려가고 싶어하겠지." 그가 말했다.

"그럴 거예요! 이제 오르막길이니 도와야겠어요. 이 의자가 얼마나 무거운지 당신은 상상도 못해요."

그녀는 의자 뒤로 가서 사냥터지기와 나란히 걸었고, 의자를 밀면서 분홍빛 오솔길을 올라갔다. 누가 보든 상관하지 않았다.

"좀 기다릴 테니 필드를 데려오지그래. 그 사람은 힘이 세니까 이 일에 적격인데." 클리퍼드가 말했다.

"거의 다 왔어요." 코니가 숨을 헐떡이며 말했다.

그러나 정상에 닿았을 때는 그녀나 멜러즈나 얼굴에 흘러내린 땀을 닦아야 했다. 희한하게도 이 일을 함께한 것이 그들 사이를 전보다 훨씬 가깝게 해주었다.

"정말 고마웠네, 멜러즈." 저택 현관에 이르자 클리퍼드가 말했다. "모터를 다른 종류로 달아야겠어, 그럼 될 거야. 부엌에 가서 뭘 좀 들지 않겠나? 식사 때인 것 같은데."

"감사합니다, 클리퍼드 경. 일요일이라 어머니 댁에 식사를 하러 갑니다."

"좋을 대로 하게."

멜러즈는 코트를 걸치고 코니를 바라보며 고개 숙여 인사하더니 가버렸다. 속이 끓어오른 코니는 위층으로 올라갔다.

점심식사를 하면서 코니는 감정을 그대로 억누르고 있을 수가 없었다.

"클리퍼드, 당신이란 사람은 왜 그리도 지독하게 인정이 없나요?" 그녀가 그에게 물었다.

"누구한테 말이요?"

"사냥터지기 말이에요. 그런 게 바로 당신이 말한 지배계급의 행동이라면 유감이에요."

"무엇 때문에 그러는 거지?"

"그 사람은 병을 앓은 지 얼마 안 되어서 몸이 온전치 못하다고요! 맹세코 내가 피지배계급이었으면 당신을 마냥 기다리게 했을 거예요. 경적이나 울리게 내버려뒀을 거라고요."

"그랬을 것 같군."

"만약 **그 사람이** 다리가 마비되어 의자에 앉아 있으면서 당신처럼 행동했다면 당신은 **그를** 위해 어떻게 했겠어요?"

"이런 귀여운 전도사님, 그런 식으로 사람과 성품을 혼동하는 건 그리 좋은 취미가 못 돼요."

"그렇게 말한다면 당신의 고약하고 메마른 공감 능력 결핍은 상상할 수 있는 가장 나쁜 취미라고요. **노블레스 오블리주**라고요! 당신과 당신들 지배계급!"

"그래서 내 의무가 뭐라는 거요? 내가 고용한 사냥터지기한테 불필요한 감정을 듬뿍 가져야 한다는 거요? 난 거부하겠어. 그런 건 내 전도사를 위해 모두 남겨두지."

"그 사람은 당신과 똑같은 사람이 아니라는 듯이 얘기하는군요, 맙소사!"

"사람이지만 더불어 내 사냥터지기이기도 해. 나는 그에게 일주일에 2파운드를 지불하고 집도 제공해주고 있어."

"돈을 준다고요! 무엇에 대한 대가로 주급 2파운드와 집을 제공하나요?"

"그의 노동력에 대한 대가지."

"하! 나라면 돈 2파운드와 집은 당신이나 가지라고 말하겠어요."

"아마 그도 그렇게 말하고 싶겠지만 사치를 부릴 형편이 못 된다고!"

"당신이 **지배한다고요?**" 그녀가 말했다. "당신은 지배하고 있지 않아요, 우쭐해하지 말아요. 당신은 그저 당신 몫보다 더 많은 돈을 가지고 있고, 사람들에게 주급 2파운드를 주고 당신을 위해 일하게 만들 뿐이죠. 그렇게 하지 않으면 굶어 죽는다고 위협하면서요. '지배'라고요! 지배라면서 당신은 뭘 해주고 있나요? 왜 그렇게 메말랐죠? 당신은 그저 유대인이나 고리대금업자처럼 돈으로 사람들에게 겁이나 주고 있을 따름이에요!"

"채털리 부인, 말 한번 아주 우아하게 하시네!"

"단언컨대 당신도 숲에 갔을 때 아주 우아하더군요. 얼마나 창피하던지. 어째서 우리 아버지가 당신같이 높으신 **신사 양반**보다 열 배는 더 인간다울까요!"

클리퍼드는 손을 뻗어 볼턴 부인을 부르는 벨을 울렸다. 그는 화가 나서 목 언저리까지 노랬다.

코니는 잔뜩 성이 나서 혼잣말을 하며 자기 방으로 올라갔다. "클리퍼드와 뭐든지 돈으로 사려는 사람들! 어쨌든 나를 사지는 못할 테니까 그의 곁에 머물 필요는 없어. 셀룰로이드 같은 영혼을 지닌 죽은 물고기 같은 신사 양반들! 그들이 얼마나 예의 바른 척, 고상한 척 거짓된 신사다움으로 사람을 기만하는지. 그들은 딱 그 셀룰로이드만큼의 감정밖에 없어."

그녀는 그날 밤을 위한 계획을 세우고, 클리퍼드 일은 마음에서 지우기로 했다. 그를 증오하고 싶지는 않았다. 어떤 종류의 감정이건 그와 깊이 얽히고 싶지 않았다. 그녀는 그가 자신에 대해 하나도 몰랐으면 했다. 특히 사냥터지기에 관한 감정은 몰랐으면 했다. 하인들에 대한 그녀의 태도로 인해 벌어지는 이런 싸움은 오늘만의 일이 아니었다. 클리퍼드는 그녀가 너무 격의 없다고 여겼고, 그녀는 그가 멍청할 정도로 다른 사람들에게 비정하고 가혹하다고 느꼈다.

저녁식사 시간이 되자 그녀는 예전과 같은 조신한 태도로 조용히 아래층으로 내려갔다. 그는 여전히 노란 얼굴을 하고

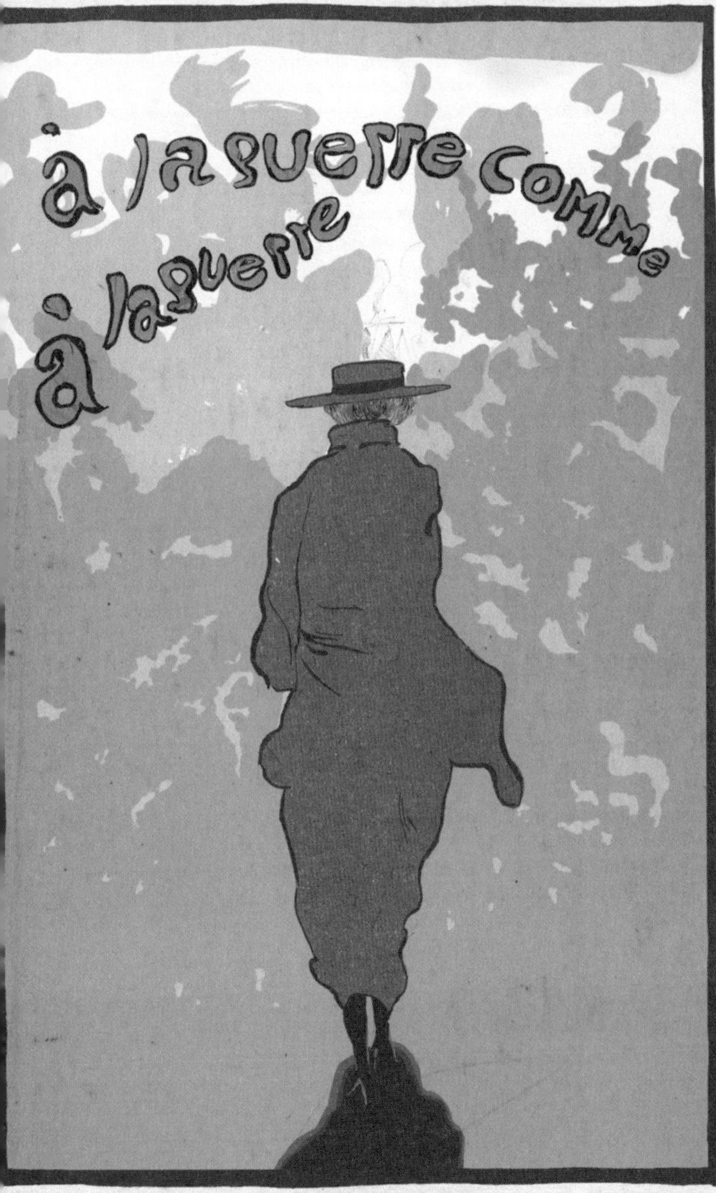
à la guerre comme
à la guerre

있었는데, 그가 그렇게 이상하게 굴 때마다 한차례씩 이런 간장 발작이 왔다. 그는 프랑스 책을 읽고 있었다.

"프루스트를 읽어봤소?" 그가 물었다.

"시도해본 적은 있는데 지루하더군요."

"프루스트는 매우 특출한 작가요."

"그럴지도 모르죠! 그렇지만 너무 세련되다 못해 지루하더군요. 그는 감정이 없어요, 있는 거라곤 오직 감정에 대한 끝도 없는 말뿐이죠. 난 자만에 빠진 정신성에 지쳤어요."

"그럼 당신은 자만에 빠진 동물성을 더 좋아하겠군?"

"그럴지도요! 하지만 자만에 빠지지 않은 뭔가가 있을 수도 있을 거예요."

"아무튼 난 프루스트의 예민한 감수성과 교양을 갖춘 무질서가 마음에 들어."

"그런 게 바로 사람을 죽어가게 할 거예요, 정말로요."

"귀여운 우리 전도사 마나님이 하시는 말씀이군."

그들은 다시 그 지점으로 돌아오고 또 돌아왔다! 그러나 그녀는 그와 싸울 수밖에 없었다. 그는 해골처럼 자리에 앉아 그녀를 향해 해골의 그 차갑고 소름 끼치는 의지를 내보내는 듯했다. 그녀는 그 해골이 자신을 꽉 움켜쥐고선 자기의 갈빗대에다 밀어 넣으려 하는 것을 느꼈다. 그 역시 단단히 흥분해서 벼르고 있는 상태라 그녀는 그가 좀 두려워졌다.

그녀는 가능한 한 빨리 위층으로 올라가 일찍 잠자리에 들었다. 그러나 아홉 시 반쯤 자리에서 일어나 바깥 동정을 살폈다. 아무 소리도 들리지 않았다. 실내복을 걸치고 아래층으로 내려가보았다. 클리퍼드와 볼턴 부인이 돈을 걸고 카드놀이를 하고 있었다. 그들은 아마 한밤중까지 계속할 것이다.

코니는 자기 방으로 돌아와 파자마는 침대에 벗어던지고 얇은 원피스 잠옷에 모직으로 된 일상복을 입었다. 밑창이 고무로 된 테니스 신발을 신고 얇은 코트까지 걸치는 것으로 준비는 마쳤다. 누군가 만난다 해도 그저 잠깐 나갔다 오는 것으로 보일 것이다. 그리고 아침에 다시 들어올 때는 새벽이슬을 맞으며 산책을 한 것으로 여겨질 것이다. 실제로 그녀는 아침을 먹기 전에 자주 산책을 했다. 그 밖에 유일한 위험이라면 밤사이 누군가가 그녀의 방에 들어오는 것인데 그럴 가능성은 거의 없었다. 백에 하나도 일어날 가능성이 없었다.

베츠가 아직 문을 잠그지 않았다. 그는 열 시에 저택 문단속을 하고 아침 일곱 시에 다시 열어놓는다. 코니는 눈에 띄지 않게 조용히 빠져나갔다. 반달이 세상을 밝히는 작은 빛줄기를 내보내고 있었지만 그녀의 진회색 코트까지 눈에 띌 정도는 아니었다. 그녀는 밀회의 설레임을 느끼기보다는 화와 반항기를 가슴속에서 불태우며 재빨리 수렵장을 가로질러 걸어갔다. 연인을 만나러 가는 사람의 마음이 아니었다. 무슨 일이 닥치건 맞서겠다는 마음 자세에 가까웠다.

14장

그녀가 수렵장 출입문에 거의 다다르자 빗장이 딸깍하는
소리가 났다. 그렇다면 그가 숲의 어둠 속에서 그녀가 오기를
기다리며 바라보고 있었단 말인가!

"아주 일찍 왔군요." 그가 어둠 속에서 나와 말했다. "별일
없었어요?"

"쉽게 빠져나왔어요."

그는 그녀가 나오자 출입문을 조용히 닫았다. 어두운 길을
향해 불을 비추니 밤에도 여전히 창백하게 피어 있는 꽃들이
여기저기 보였다. 그들은 떨어져서 조용히 걸었다.

"오늘 아침에 의자 때문에 다친 데는 정말 없는 거예요?"
그녀가 물었다.

"없어요!"

"폐렴에 걸리고 나서 몸이 많이 상했나요?"

"아, 별것 아니에요! 심장이 좀 약해지고 폐활량이 좀 줄긴 했지만 폐렴에 걸리고 나면 원래 그렇잖아요."

"그러면 격렬한 신체 활동은 삼가야겠네요?"

"자주 하면 안 되겠지요."

코니는 화가 나서 말없이 타박타박 걸었다.

"클리퍼드가 미웠죠?" 그녀가 마침내 침묵을 깨고 물었다.

"밉다니, 전혀요! 그와 같은 사람들은 너무 많이 봐와서 그런 이들을 미워하느라 공연히 내 속을 어지럽히지는 않아요. 마음에 안 드는 부류란 걸 예전에 깨달았기에 그때그때 다 흘려버리죠."

"그게 어떤 부류인데요?"

"아니, 당신이 나보다 더 잘 알지 않나요. 여자들처럼 불알도 없는 애송이 신사 부류죠."

"불알이라니요?"

"불알 말이에요! 남자들 불알!"

코니는 이에 대해 생각해봤다.

"그런데 그게 그런 문제인가요?" 그녀는 좀 거슬려하면서 말했다.

"뇌가 없다고 하면 바보라는 뜻이고, 심장이 없다고 하면 잔인하다는 말이며, 배짱이 없다고 하면 겁쟁이라는 뜻이지요. 그리고 남자가 사내다운 거칠고 씩씩한 면이 조금이라도 없다고 하면 불알이 없는 거고요. 그는 길들여진 종자인 거요."

코니는 다시 생각에 잠겼다.

"클리퍼드도 길들여진 종자인가요?" 그녀가 물었다.

"길들여져서 고약해진 사람이죠. 그런 친구들과 상종해보면 대부분 그래요."

"그럼 당신은 길들여지지 않은 사람이라고 생각해요?"

"아마 그다지, 그다지 길들여지지 않았을 거요!"

마침내 멀리서 노란 불빛이 보였다. 코니는 가만히 멈춰 섰다.

"불이 켜져 있네요." 그녀가 말했다.

"항상 집에 불을 켜두고 나오거든요." 그가 말했다.

코니는 그의 곁에서 다시 걸음을 이었지만 그에게 손을 대거나 몸이 닿게 하지는 않았다. 도대체 왜 그와 함께 가고 있을까 의아한 마음이 들었다.

잠긴 문을 열고 안으로 들어가자 그가 뒤에서 문의 빗장을 질렀다. 그녀는 감옥에 온 것 같다고 생각했다. 붉게 타는 불 위에 주전자의 물이 소리를 내며 끓고 있었고, 식탁에는 컵들이 놓여 있었다.

코니는 난롯가에 있는 목제 팔걸이의자에 앉았다. 쌀쌀한 바깥 공기를 쐰 뒤여서 훈훈한 온기가 느껴졌다.

"신발을 벗을게요. 젖었어요." 그녀가 말했다.

그녀는 환하게 번쩍이는 철제 난로망에 스타킹 신은 발을 올려놓고 앉았다. 그는 식품 저장실에 가서 빵과 버터, 눌린 혓바닥 고기 등의 음식을 가져왔다. 코니는 몸이 따뜻해지자 코트를 벗었다. 그는 코트를 문에 걸어두었다.

"코코아나 차, 아니면 커피를 마시겠어요?" 그가 물었다.

"별로 생각 없어요. 그렇지만 당신은 좀 먹어요." 식탁을 보며 그녀가 말했다.

"아니, 나도 생각 없어요. 개나 좀 먹여야겠군."

그는 늘 하는 듯한 조용한 동작으로 벽돌 바닥 위를 저벅 저벅 걸어가 갈색 그릇에 개의 먹이를 담았다. 사냥견이 간절한 눈으로 그를 쳐다봤다.

"자, 이게 네 저녁이다. 못 얻어먹을까봐 걱정돼서 그렇게 쳐다보는 거냐!" 그가 말했다.

그는 계단 아래 깔개에 대접을 놓고 벽에 붙여 기대어둔 의자에 앉아 각반과 장화를 벗었다. 개는 밥을 먹지 않고 그에게 다시 와서는 곁에 앉아 걱정스러운 눈으로 올려다보았다. 그는 천천히 각반을 풀었다. 개가 슬금슬금 더 다가붙었다.

"뭐가 잘못된 거지? 다른 사람이 있으니 불안해서 그래? 너
도 암놈이라 이거구나! 가서 저녁 먹어라."

그가 머리에 손을 얹자 개가 머리 양쪽을 그에게 비벼댔
다. 그는 개의 기다랗고 보드라운 귀를 살살 잡아당기며 만져
주었다.

"자!" 그가 말했다. "자! 가서 먹어라! 어서!"

그가 깔개 위 그릇 쪽으로 고갯짓을 하자 개가 온순히 가
서 먹기 시작했다.

"개를 좋아해요?" 코니가 물었다.

"아니, 그다지 좋아하지 않아요. 너무 쉽게 길들여져서 사
람에게 매달리거든요."

그는 각반을 벗어버리고 무거운 장화의 끈을 풀고 있었다.
코니는 불에서 돌아앉아 있었다. 작은 방은 장식도 없이 얼마
나 썰렁한지! 그런데 그의 머리 위 벽에 신혼부부의 보기 흉
한 확대 사진이 걸려 있었다. 사냥터지기로 보이는 남자와 대
담한 표정의 젊은 여자였는데, 그의 아내가 틀림없었다.

"당신인가요?" 코니가 물었다.

그가 몸을 비틀어 머리 위의 확대 사진을 쳐다봤다.

"그래요! 결혼하기 바로 전에 찍은 거요. 스물한 살 때요."

그는 아무런 감정 없이 사진을 바라봤다.

"사진이 마음에 들어요?" 코니가 물었다.

"마음에 드느냐고요? 전혀요! 저 사진을 좋아해본 적도 없어요. 그렇지만 그 여자가 사진을 찍게 하고는 저렇게 걸어놓았죠……."

그는 다시 장화 벗는 일로 돌아갔다.

"사진이 마음에 들지 않는다면서 왜 저렇게 계속 걸어둬요? 어쩌면 당신 부인이 갖고 싶어할 수도 있잖아요." 그녀가 말했다.

그가 그녀를 쳐다보더니 갑자기 미소를 지었다.

"마누라는 이 집에서 값나갈 만한 것은 다 싣고 갔어요. 그런데 **저것만은** 남겨뒀더군요." 그가 말했다.

"그럼 왜 계속 간직하고 있죠? 감상적인 이유에선가요?"

"아니, 쳐다보지도 않는 걸요. 저기 있다는 사실조차 거의 의식하지 않고 살았어요. 저 사진은 우리가 이곳으로 이사 온 뒤부터 쭉 걸려 있었을 뿐이에요."

"그럼 태워버리는 게 어때요?" 그녀가 말했다.

그는 다시 몸을 비틀어 그 확대 사진을 봤다. 갈색에 금박을 두른 끔찍스러운 액자 틀에 끼워져 있었다. 사진 속에는 깔끔하게 면도한 총명하고 새파랗게 어린 청년이 칼라를 높이 세우고 서 있었고, 그 옆에 좀 통통하고 대담해 보이는 젊은 여자가 있었다. 곱슬곱슬하게 컬을 만들고 부풀린 머리에 짙은 색 공단 블라우스를 입고 있었다.

"그리 나쁜 생각은 아닌 것 같군요, 그렇죠?" 그가 말했다.

그는 장화를 잡아당겨 벗은 뒤 슬리퍼를 신었다. 그러더니 의자 위에 올라가 벽에서 사진을 떼어냈다. 녹색 벽지에 액자를 떼어낸 자국이 커다랗게 남았다.

"이제 와서 먼지를 털어도 소용없겠지." 그가 사진을 벽에 기대놓으며 말했다.

그는 부엌으로 가더니 망치와 펜치를 들고 나타났다. 아까 앉았던 의자에 앉아 큰 액자 틀 뒤에 바른 종이를 찢기 시작했고, 뒤판을 고정시키고 있던 얇은 나무조각들을 잡아당겨 떼어냈다. 일에 착수하는 즉시 조용히 몰두하는 그 특유의 태도로 이 모든 과정에 임했다.

그는 곧 고정시킨 못들을 뽑아내고 뒤판을 들어내더니 딱딱한 흰 종이 위에 붙어 있는 확대 사진을 꺼냈다. 그는 재미있다는 듯 사진을 바라봤다.

"예전에 어떤 모습이었는지 보여주고 있군요. 젊은 부목사 같은 남자와 깡패 같은 여자라, 샌님과 깡패로군!"

"좀 봐요!" 코니가 말했다.

그는 실로 정말 말끔히 면도를 했으며 차림새도 단정하기 이를 데 없는 20년 전 청년의 모습이었다. 사진에서도 그의 눈은 총명함과 두려움 없는 용기를 내비치고 있었다. 여자 쪽도 아래턱이 좀 늘어지기는 했지만 완전히 왈패 같지는 않았다. 사람을 끄는 매력이 있었다.

"이런 걸 계속 보관하고 있어선 안 돼요." 코니가 말했다

"보관하면 안 된다고요? 아예 만들지를 말았어야 해요!"

그는 두꺼운 종이에 붙어 있는 사진을 무릎 위에 올려놓고 꺾고 또 꺾어서 부피를 작게 만든 다음 불 속에 집어넣었다.

"이런 걸 태우면 불길이 약해질 텐데." 그가 말했다.

그는 유리와 뒤판을 조심스럽게 위층으로 가져갔다. 망치질 몇 번 끝에 액자 틀이 산산조각 났고 석회가 풀풀 날렸다. 그는 부서진 조각들을 모아 부엌방으로 가져갔다.

"이것들은 내일 태워야겠어요, 석고가 많이 붙어 있군요." 그가 말했다.

깨끗이 치운 다음 그는 자리에 앉았다.

"아내를 사랑했어요?" 그녀가 물었다.

"사랑?" 그가 말했다. "당신은 클리퍼드 경을 사랑했나요?"

그녀는 그가 어물쩍 넘기도록 두지 않았다.

"그래도 그녀를 좋아했죠?" 끈질기게 물었다.

"좋아했냐고?" 그가 싱긋 웃었다.

"지금도 좋아하고 있는지 모르죠." 그녀가 말했다.

"내가?" 그의 눈이 커졌다. "전혀 아니에요. 그녀를 생각하는 것만으로도 견딜 수가 없으니." 그가 조용히 말했다.

"왜요?"

그는 고개만 흔들 뿐이었다.

"그럼 이혼을 하지 그래요? 언젠간 당신에게 돌아올 거예요." 코니가 말했다.

그는 그녀를 날카롭게 쳐다봤다.

"그 여자는 내가 있는 곳이라면 근처에도 오지 않을 거요. 내가 그녀를 싫어하는 것보다도 그녀가 나를 훨씬 더 싫어하니까."

"당신에게 돌아오고 말 거예요."

"결코 그럴 리가 없어요. 분명해요! 그 여자를 보면 내 속이 뒤집힐 거요."

"그녀를 다시 보게 될 거예요. 법적으로 갈라선 것도 아니잖아요, 그렇죠?"

"그래요."

"그렇다면 그녀는 언젠가 돌아올 거고 당신은 받아들여야만 하겠죠."

그는 코니를 뚫어지게 쳐다보았다. 그러다 고개를 이상하게 휙 쳐들었다.

"당신 말이 맞을지도 몰라요. 나는 이곳에 다시 돌아올 정도로 바보였으니까. 하지만 난 좌초된 느낌이었고 어디든 가야만 했어요. 남자에게는 이리저리 바람 부는 대로 떠돌아다니는 탕아 같은 면이 있죠. 하지만 당신 말이 맞아요. 깨끗이 이혼하고 정리해야겠어요. 관리들과 법원, 판사와 관련된 일들은 죽을 만큼 하기 싫지만 참아내고 꼭 해야겠군요. 이혼하겠어요."

단호한 표정에서 그가 결심했음을 알 수 있었다. 그녀는 마음속으로 무척 기뻐했다.

"차를 한 잔 연하게 마시고 싶어요." 그녀가 말했다.

그가 일어나서 차를 탔다. 그러나 결연한 표정은 여전했다. 그가 식탁에 앉자 그녀가 물었다.

"왜 그녀와 결혼했나요? 당신보다 못한 사람이었잖아요. 볼턴 부인이 그녀에 대해 말해줬어요. 당신이 왜 그녀와 결혼했는지 이해할 수 없다고 하더군요."

그가 그녀를 뚫어지게 보았다.

"이야기해줄게요." 그가 말했다. "열여섯 살 때 만났던 첫번째 여자 이야기부터 해야겠군요. 올러튼에 있는 학교 선생님 딸이었고 예뻤어요, 정말 아름다웠죠. 난 셰필드 문법학교를 나온, 남들이 총명하다고 하는 청년이었어요. 프랑스어와 독일어를 약간 할 줄 알았고 꽤나 의기양양했지요. 그녀는 평범함을 싫어하는 낭만적인 소녀였고요. 그녀가 나를 시와 독서에 눈뜨게 했고, 그런 면에서는 나를 남자로 성장시켰죠. 그녀를 위해 나는 불이 붙은 것처럼 맹렬히 읽고 생각했어요. 그 당시 나는 버털리 관청에서 사무원으로 일했는데, 야윈 몸에 창백한 얼굴을 하고는 자기가 읽은 건 뭐든지 다 밖으로 이야기하고 떠드는 놈이었지요. 난 그녀에게 모든 것에 대해 이야기했어요. 페르세폴리스*나 팀북투**에 대한 이야기까지 나눴죠. 우리는 인근에서 인문학적 소양이 가장 깊은 연인들이었어요. 나는 그야말로 도취되어서 그녀에게 장광설을 늘어놓았죠. 그저 나 자신을 다 태워버렸어요. 그리고 그녀는 나를 숭배했어요. 그런데 뜻하지 않은 문제가 발생했는데, 그건 바로 섹스였어요. 왜인지 그녀는 성적인 욕구가 전혀 없었어요, 적어도 성과 관련되어 있다는 신체 부위에서는 그랬어요. 나는 점점 마르고 미쳐갔지요. 그러다 나는 결국 우리

---

* 고대 페르시아의 수도. 현재 이란 남부에 유적이 있다.
** 아프리카 서부 말리의 도시. 멀리 떨어진 곳이라는 의미로 많이 쓰인다.

가 연인이 되어야 한다고 말했어요. 평소처럼 그에 대해 그녀를 설득했죠. 그래서 그녀가 허락을 했어요. 나는 흥분했지만 그녀는 전혀 그렇지 않았어요. 그녀는 그저 원하지 않았어요. 나를 숭배했고, 내가 그녀에게 얘기하고 키스하는 것은 무척 좋아했어요. 그런 면에서는 내게 열정을 품고 있었죠. 하지만 다른 쪽으로는 그냥 원하지 않는 거였어요. 그녀 같은 여자들이 많아요. 내가 **원했던 것은** 바로 그 다른 쪽인데. 그래서 헤어졌지요. 내가 잔인하게 그녀를 떠났어요. 그러고 나서 다른 여자를 만났는데 유부남과 스캔들을 내고 그 남자의 정신을 다 빼놓았다는 소문이 있는 여선생이었지요. 그녀는 부드러운 하얀 피부에 나긋나긋한 여자로 연상이었고 바이올린을 연주했어요. 그런데 악마 같은 데가 있었죠. 그녀는 연애에 관한 모든 것을 좋아하면서도 섹스만은 예외였어요. 매달리고 애무하고 온갖 방법으로 품속에 안기다가 막상 섹스를 하려고 하면 이를 갈며 적대시했지요. 내가 강요하면 증오심을 드러내 나를 얼어붙게 했어요. 그래서 나는 다시 장애물에 걸렸죠. 모든 것이 지긋지긋해졌어요. 나는 나를 원하면서 섹스도 원하는 여자를 원했지요. 그때 버사 쿠츠가 나타난 거예요. 어렸을 때 옆집에 살았기에 그 가족을 잘 알고 있었죠. 평범한 사람들이었어요. 버사는 버밍엄의 어느 지역인가에 가 있었는데 자기 말로는 귀부인의 말동무였다고 했지만 다른 사람들 얘기로는 호텔 종업원 같은 일을 했다더군요. 어쨌든 나는 고작 스물한 살이었고 그때 막 다른 여자한테 충분히 질린 참이었는데, 집으로 돌아온 버사는 태도도 그럴듯했고 우아하고 세련된 옷차림에 한창때의 생기발랄함이 있었지요. 가끔 여자에게서, 그러니까 매춘부에게서 볼 수 있는 관능이 활짝 핀 모습이라고 할까. 나는 살인이라도 저지를 듯한 상태였어요. 버틸리 관청에서 나는 마치 잡초처럼 어울리지 않는 것 같아 하던 일도 때려치웠죠. 테버셜로 돌아와 대장장이 십장 노릇을 하며 그럭저럭 살았어요. 주로 말발굽의 편자를 만들어 박는 일을 했지요. 아버지가 원래 그 일을 했었는데 늘 곁에서 그 모습을 보며 자랐어요. 말을 다루는 건 내가 좋아하는 일이었고 나한테 자연스럽게 느껴지는 일이었어요. 그래서 나는 소위 순수한 영어라는 세련된 말씨로 말하는 것도 그만두고 사투리로 돌아갔죠. 집에서는 여전히 책을 읽었지만 대장장이 일을 했고, 조랑말이 끄는 이륜마차도 끌며 뽐내며 살았어요. 아버지가 돌아가시면서 300파운드를 남겨주셨고, 버사와 사귀기 시작했는데 그녀가 평범해서 기뻤어요. 그녀가 평범하길 바랐어요. 나 자신도 평범하길 바랐고요. 그렇게 그녀와 결혼했는데 그녀는 나쁘지 않았어요. 다른 '순수

한' 여자들이 내 투지를 다 말라버리게 했던 데 비해 그녀는
그 점에서는 괜찮았거든요. 나를 원했고 그러는 것에 거리낌
이 없었어요. 난 너무나 기뻤죠. 섹스하기를 원하는 여자야말
로 내가 바라던 여자였으니까. 그래서 그녀와 신나게 섹스를
했어요. 그러자 그녀가 나를 좀 경멸하는 것 같더군요. 섹스
를 너무 즐거워하고 가끔씩 침대로 아침을 대령해주니까 말
이에요. 그녀는 집안일에 소홀했고 내가 일터에서 집으로 돌
아왔을 때 제대로 된 저녁도 차려주지 않았어요. 내가 뭐라고
하면 사납게 화를 내며 덤벼들었죠. 그럼 나도 아주 맹렬히
반격했고요. 그녀가 내게 컵을 던지면 나는 그녀의 목덜미를
움켜잡고 죽어라 비틀었어요. 그런 식이었지요. 그녀는 무례
하고 건방진 태도로 나를 대했어요. 그러더니 내가 원할 때는
절대로 나랑 하려 하지 않더군요. 인정사정없이 굴어서 내가
하고 싶은 마음을 잃게끔 만들었죠. 그러고는 그녀를 원하는
마음이 없어지면 와서 온갖 애교를 떨며 나를 가지려 했어요.
그래서 항상 넘어갔죠. 하지만 하고 있는 동안 그녀는 결코
함께 절정에 오르지 않았어요. 절대 그러지 않았어요. 그냥
기다렸고, 내가 반 시간을 참고 있어도 그녀는 그보다 더 오
래 참았어요. 그러다 내가 절정에 이르고 정말로 일을 끝내면
그제야 자기 쾌락을 위해 몸을 움직이기 시작했고, 나는 그녀

가 몸을 비틀어대고 소리를 지르며 절정에 오를 때까지 움직이지 않고 그녀 몸 안에 머물러야 했어요. 그리고 작아지는 것 같으면 그녀는 거기 아래로 사정없이 꽉 붙잡고 붙잡다가 절정에 이르러 황홀경에 빠지는 거였어요. 그리고 나서 '정말 좋았어요.'라고 말하곤 했죠. 나는 그런 일에 점점 신물이 났는데 그녀는 더 심해져만 갔어요. 절정에 이르기가 점점 더 힘들어지자 그녀는 내 아랫도리를 마치 부리로 쪼고 찢듯이 잡아 뜯었어요. 참 나, 보통은 여인의 그 아랫도리가 무화과처럼 부드럽다고들 생각하죠. 하지만 여자 색광들은 다리 사이에 부리를 갖고 있어서 남자가 진저리 칠 때까지 찢을 듯이 쪼아대지요. 그저 혼자서 자기를 위해서만, 자기만족을 위해서만 몰두해 찢고 뜯다가 고함을 지른다고요! 남자들이 성적으로 이기적이라고들 이야기하지만, 여자가 노련한 창부처럼 저렇게 맹목적으로 부리질을 해대면 그 발끝에나 미칠까 싶군요! 하지만 그녀도 어쩔 수 없었던 거였어요. 내가 그런 면이 얼마나 참기 힘든가에 대해 말했더니 그녀도 노력은 하더군요. 가만히 누워 **내가** 주도하도록 했지요. 그렇게 시도는 해보았지만 소용없었어요. 내가 움직이는 것에서는 아무 느낌을 받지 못했어요. 그녀는 자기 커피는 자기가 직접 갈아야 한다는 듯 스스로 움직여야만 했어요. 그러면 다시 미쳐 날뛰

는 상태가 되었고 정신도 놓은 채 찢고 찢고 또 찢어댔죠. 그
녀는 마치 문지르고 찢어대는 그 부리 끝, 바로 그 뾰족한 부
리 끝부분에서만 감각을 느끼는 사람 같았어요. 나이 든 창녀
들이 그런 식이라고 남자들이 말하곤 하지요. 그건 술에 중독
된 여자에게서 볼 수 있는, 저급하게 미쳐 날뛰는 자기 의지
였어요. 마침내 나는 견딜 수 없어서 잠을 따로 잤어요. 내가
자기에게 이래라저래라 한다면서 그걸 내게 분명히 해두어
야 한다며 그녀가 먼저 시작한 거였죠. 자기 혼자 방을 쓰기
시작하더군요. 그런데 시간이 지나면서 오히려 내가 그녀를
내 방에 들이려 하지 않게 되었어요. 그러지 않았죠! 아주 진
저리가 났어요. 그러자 그녀도 나를 미워했죠. 맙소사, 아이
가 태어나기 전에 그녀가 나를 얼마나 미워했던지! 종종 이
런 생각까지 들었어요. 나를 증오하는 마음으로 임신한 게 아
닐까 하는. 어쨌든 아이가 태어났고 나는 그녀를 내버려뒀어
요. 그리고 곧 전쟁이 시작되어 입대했지요. 그리고 돌아와서
야 그녀가 스택스게이트에서 그 친구와 같이 산다는 걸 알게
되었죠."

그는 말을 멈추었다. 안색이 창백했다.

"스택스게이트의 그 남자는 어떤 사람인가요?" 코니가 물
었다.

"몸집만 커다란 어린애 같은 친구예요. 말하는 수준이 아주 낮아요. 여자는 늘 그에게 윽박지르고 둘 다 술에 절어 살지요."

"세상에, 그녀가 돌아온다면요?"

"맙소사, 정말 그렇군! 난 그냥 나가서 다시 사라져버릴 거요."

침묵이 흘렀다. 아까 불에 집어넣은 사진 판지가 뿌연 재로 변해 있었다.

"그렇게 당신이 원하던 여자를 얻긴 했는데, 당신이 원하던 그 좋은 점들이 지나치게 많은 여자였군요."

"그래요! 그런 것 같아요! 하지만 그렇다 해도 육체관계를 절대 하려 하지 않는 여자들보다는 차라리 그녀가 나았어요. 내 청년 시절 그 순결한 사랑만 원했던 여자, 또 향기를 가장한 독기를 내뿜는 백합 같던 여자, 그리고 나머지 여자들보다는 그녀가 나아요."

"나머지 여자들은 어땠는데요?" 코니가 물었다.

"나머지 여자? 그런 여자는 없어요. 오직 내 경험에만 비춘다면 대다수 여자들이 그렇다는 거요. 그들은 대부분 남자를 원하지만 섹스를 원하는 건 아니에요. 그래도 그걸 거래의 일부로 여기고 참아내지요. 더 구식인 여자들은 아무도 없다는 듯이 그냥 가만히 누워서 남자들이 알아서 하도록 놔두지요. 그러고는 끝난 뒤에는 그 일을 마음에 두지 않고 남자들을 좋아하지요. 그 실질적인 관계 자체는 그들에게 불쾌한 것이고 아무 의미도 없어요. 하지만 남자들은 대부분 그런 식이라도 개의치 않지요. 나는 정말 싫어요. 그런데 좋지도 않으면서 좋아하는 척하는 교묘한 여자들도 있지요. 그들은 열정적인 척, 짜릿한 쾌감을 느끼는 척하지요. 다 거짓이지. 그런 척 꾸미는 거예요. 그리고 모든 종류의 감각과 포옹, 절정 등 뭐든지 다 좋아하는 여자들이 있어요. 단 자연스러운 것만 제외하고요. 그런 여자들은 남자가 절정에 올라야 하는 그 시점이 아닌 때에 남자가 사정하도록 만들죠. 그리고 내 아내처럼 아주 까다로운 여자들이 있죠. 스스로 절정에 이르도록 하지 않으면 느끼지 못하는 골치 아픈 부류예요. 그들은 자기가 주도하는 능동적인 역할을 원해요. 그다음으로 말 그대로 내면이 죽은 부류들이 있어요. 그들도 알고 있죠. 또 남자들이 절정에 이르기 전에 밀어내고 혼자 허리를 비틀어대다가 남자의 넓적다리에서 절정을 느끼는 부류도 있고요. 그들은 주로 레즈비언이죠. 스스로 레즈비언임을 알고 있든 아니든 간에, 레즈비언인 여자들이 어떤지 알면 정말 놀랍지요. 그런 부류는 거의 다 레즈비언이에요."

"그런데 그게 마음에 안 들어요?" 코니가 물었다.

"죽이고 싶을 정도요. 진짜 레즈비언인 여자와 함께 있으면 그야말로 내 영혼이 울부짖는 것 같고 그들을 죽이고 싶어져요."

"그럼 어떻게 해요?"

"그저 최대한 빨리 벗어나는 수밖에."

"그런데 당신은 레즈비언이 남자 동성애자보다 더 나쁘다고 생각하나요?"

"그래요! 왜냐하면 그런 여자들로부터 직접적으로 고통을 받은 적이 많기 때문이에요. 이론적으로는 모르겠어요. 그녀가 자신이 레즈비언임을 알고 있든 모르고 있든 그런 성향의 여자와 어울리게 되면 견딜 수 없이 화가 나요. 어쨌든 난 어떤 여자와도 더 이상 관계하고 싶지 않게 됐어요. 사생활과 품위를 지키며 혼자 떨어져 살고 싶었어요."

그는 창백해 보였고, 눈썹에는 그늘이 졌다.

"그래서 내가 나타난 게 유감이었나요?" 그녀가 물었다.

"유감스럽긴 했지만 기쁘기도 했지요."

"그럼 지금은 어때요?"

"바깥세상의 일들을 생각하면 유감이지요. 복잡하고 추하죠. 조만간 닥쳐올 비난을 생각해봐요. 그런 생각이 들면 피가 착 가라앉고 우울해져요. 하지만 피가 끓어오를 때에는 기뻐요. 심지어 승리감 같은 걸 느껴요. 정말로 씁쓸하게 진정한 섹스는 더 이상 남아 있지 않다고, 남자와 함께 자연스럽게 진정으로 절정에 오르는 여자는 없다고 여기고 있었거든요. 흑인 여자는 예외지만 어쨌든 우리는 백인 남자고 그 여자들은 진흙 같으니까요."

"지금은 내가 있어서 기쁜가요?" 그녀가 물었다.

"그래요! 다른 일들을 다 잊으면 그렇지요. 하지만 잊지 못할 때는 식탁 밑에 들어가 죽고 싶어요."

"하필 왜 식탁 밑이에요?"

"왜냐고? 그야 숨으려는 거지요, 내 사랑!" 그가 웃으며 말했다.

"당신은 여자 경험을 아주 혹독하게 한 것 같군요." 그녀가 말했다.

"알다시피 자신을 기만할 수는 없었어요. 대부분의 남자들은 대충 넘어가지요. 대충 입장을 취하고 거짓을 용인하죠. 나는 자신을 속일 수 없었어요. 여자에게서 내가 원하는 것이 무엇인지 분명히 알고 있었고, 그걸 얻지 못했는데 얻었다고 말할 수는 없었어요."

"그러면 지금은 그걸 얻었어요?"

"그런 것처럼 보이는군요."

"그런데 왜 그렇게 창백하고 우울해 보여요?"

"기억들이 너무 많고 아마 나 자신을 두려워하나봐요."

그녀는 입을 열지 않고 앉아 있었다. 밤이 점점 깊어갔다.

"당신은 남자와 여자의 관계가 중요하다고 여기는군요?"
그녀가 그에게 물었다.

"나한테는 그래요. 왜냐하면 나한테는 그것이 삶의 핵심이
니까요. 한 여자와 올바른 관계를 맺느냐 그렇지 못하느냐가
말이에요."

"그런 관계를 얻지 못하면요?"

"그럼 없는 대로 살아야겠지요."

그녀는 다시 생각에 잠기더니 질문을 이었다.

"당신은 여자를 대할 때 그럼 항상 옳았다고 여기나요?"

"맙소사, 그렇지 않아요! 내가 아내를 그렇게 되도록 방치
했죠. 내 잘못이 커요. 내가 그녀를 망쳤어요. 그리고 나는 의
심이 굉장히 많은 사람이에요. 당신도 그건 알고 있어야 해
요. 마음속으로 누군가를 신뢰하기까지는 시간이 오래 걸리
지요. 그런 점에서는 어쩌면 나도 사기꾼이죠. 믿지 않으니까.
또 애정은 오인되어서는 안 되는 거예요."

그녀는 그를 바라봤다.

"피가 끓어오를 때 당신의 몸을 의심하지는 못하죠. 그럴 때는 의심하지 않겠죠. 안 그래요?" 그녀가 말했다.

"유감스럽게도 그래요! 그것이 바로 내가 그 모든 어려움에 빠진 이유예요. 내 마음이 이토록 철저하게 불신으로 가득 차게 된 이유이기도 하고!"

"마음속 불신이야 내버려둬요. 그게 뭐가 중요해요!"

개가 깔개 위에서 불편한지 한숨을 쉬었다. 불꽃이 재로 뒤덮여 사그라져 있었다.

"우리는 지쳐빠진 한 쌍의 전사네요." 코니가 말했다.

"당신도 지쳐빠졌나요?" 그가 웃었다. "이제 우린 그 싸움으로 되돌아가고 있어요!"

"그래요! 난 정말 두려워요."

"그래요!"

그는 일어나 코니의 신발이 잘 마르게 놓고 자기 장화도 잘 닦아서 불가에 두었다. 아침이 되면 거기에 기름을 먹일 것이다. 사진 판지의 재를 쑤셔서 불꽃이 살아나게 했다. "다 타고 나서도 고약하게 구는군." 그가 말했다. 그는 아침에 뗄 장작들을 가져와 벽난로 옆 선반에 두었다. 그러고는 개와 함께 잠시 밖으로 나갔다.

그가 돌아왔을 때 코니가 말했다.

"나도 잠시 나갔다 왔으면 해요."

코니는 캄캄한 어둠 속에 홀로 나갔다. 머리 위로 별들이 반짝였다. 밤공기 속에 달콤한 꽃향기가 섞여 있었다. 그리고 젖었던 신발이 다시 젖어오는 것을 느꼈다. 그러나 그녀는 떠나버리고 싶은 생각이, 지금 바로 이 남자 그리고 모두로부터 떠나고 싶은 생각이 들었다.

날씨가 쌀쌀했다. 그녀는 부르르 떨면서 집으로 돌아왔다. 그는 낮게 타오르는 불 앞에 앉아 있었다.

"으으! 추워요!" 그녀가 몸을 떨었다.

그는 벽난로에 장작을 집어넣고는 더 가져와서 불꽃이 굴뚝까지 닿으며 타닥타닥 잘 타게 했다. 일렁이면서 타오르는 노란 불꽃이 둘을 행복하게 했으며, 그들의 얼굴뿐 아니라 영혼까지 따뜻하게 해주었다.

"마음 쓰지 말아요!" 말없이 떨어져 앉아 있는 그의 손을 잡으며 그녀가 말했다. "우린 최선을 다할 뿐이에요."

"그래요!" 그가 한숨을 내쉬며 억지로 미소 지었다.

그녀는 불 앞에 앉아 있는 남자에게 살며시 다가가 품속에 안겼다.

"그럼 잊어요!" 그녀가 속삭였다. "잊어버려요!"

따스한 불의 온기를 느끼며 그는 그녀를 꼭 끌어안았다.

불꽃이 망각으로 이끌었다. 그리고 부드럽고 따스하면서 무르익은 그녀의 무게가 느껴졌다! 서서히 피가 돌면서 다시 힘과 거친 정력이 밀려들었다.

"그 여자들도 **정말** 당신과 함께 거기 도달하고 당신을 제대로 사랑하고 싶었겠지만 할 수 없었던 걸 거예요. 그들의 잘못만도 아니었을 거예요." 그녀가 말했다.

"나도 알고 있어요. 나 자신이 짓밟혀 등이 부러진 뱀 같은 꼴을 하고 있었다는 걸 내가 모른다고 생각해요?"

그녀가 갑자기 그에게 꼭 달라붙었다. 이 모든 것을 다시 시작하고 싶지 않았다. 그러나 어떤 심술에서인지 다시 말을 꺼냈다.

"하지만 지금은 아니잖아요, 지금은 그렇지 않아요. 짓밟혀 등이 부러진 뱀 같지 않아요!"

"나도 내가 지금 어떤 사람인지 모르겠어요. 앞에 펼쳐진 날들이 캄캄하기만 해요."

"아니에요!" 그녀가 항변하며 그를 붙들었다. "왜, 왜 그렇게 생각해요?"

"우리 그리고 모두에게 암흑 같은 날들이 다가오고 있어요." 그가 우울한 예언을 읊듯 반복해 말했다.

"그렇지 않아요! 그런 말을 해서는 안 돼요."

그는 말이 없었다. 하지만 그녀는 그의 마음속에 드리운 짙고 어두운 절망의 공허를 느낄 수 있었다. 그것은 모든 욕망과 사랑의 죽음이었다. 이 절망은 남자들의 마음속에 있는 어두운 동굴 같은 것으로 그 안에서 그들의 영혼은 길을 잃었다.

　　"그런데 당신은 섹스에 대해 너무나 냉정하게 말하는군요." 그녀가 말했다. "당신 말을 들어보면 그저 자기 쾌락과 만족만 원했던 것 같아요."

　　그녀가 신경질적으로 그에게 따졌다.

　　"아니에요!" 그가 말했다. "여자에게서 쾌락과 만족을 얻기를 바랐지만 결코 그것을 얻지는 못했어요. 여자가 나와 함께 쾌락과 만족을 얻지 못하면 나 역시 즐거움이나 만족을 느낄 수 없었지요. 그런 일은 결코 일어나지 않더군요. 그것은 두 사람이 하는 일이에요."

　　"그렇지만 당신은 자기 여자들을 믿지 못했어요. 나조차 진심으로 믿고 있지 않죠." 그녀가 말했다.

　　"여자를 믿는다는 게 뭘 뜻하는지 모르겠군요."

　　"바로 그 얘기예요, 그거 봐요!"

　　그녀는 여전히 그의 무릎 위에서 안겨 있었다. 그러나 그의 영혼은 흐릿하고 멍해졌고, 그녀와 함께 그곳에 있지 않았다. 그녀가 하는 말들이 그를 더 멀리 몰아냈다.

"그럼 당신이 믿는 건 뭐죠?" 그녀가 고집스레 물었다.

"모르겠군요."

"내가 알아온 다른 모든 남자들과 마찬가지로 아무것도 믿지 않겠죠." 그녀가 말했다.

둘 다 입을 열지 않았다. 그러다 그가 침묵을 깨며 말했다.

"아니, 믿는 것이 있어요. 나는 가슴 따뜻한 것을 믿어요. 나는 특히 사랑에 빠져 가슴이 따뜻해지는 것을 믿고, 그런 마음으로 섹스하는 것을 믿어요. 남자들이 따뜻한 가슴으로 섹스를 할 수 있다면, 그리고 여자들이 같은 마음으로 그것을 받아들인다면 세상 모든 일이 다 잘될 거예요. 차가운 가슴으로 하는 섹스는 죽음과도 같고 어리석기 짝이 없는 짓이지요."

"하지만 당신은 나와 차가운 가슴으로 섹스하지 않아요." 그녀가 따지듯 말했다.

"당신과 섹스하고 싶은 마음은 전혀 없어요. 바로 지금 내 가슴은 차가운 감자만큼이나 식어 있으니까."

"오, 그러시군요!" 그녀는 그에게 장난스럽게 키스하면서 말했다. "그럼 우리 그것들을 살짝 튀겨 먹어요."

그가 웃음을 터뜨리더니 앉은 자세를 바로잡았다.

"그건 사실이에요!" 그가 말했다. "조금이라도 가슴 따뜻한 것이라면 어떤 것이라도 좋아요. 하지만 여자들은 그걸 좋아하지 않죠. 당신조차 그것을 진심으로 좋아하고 있지 않아요. 당신은 차가운 가슴으로 하는 날카롭고 짜릿한 만족스러운 섹스를 좋아하면서, 그것이 설탕처럼 달콤하기만 하다고 꾸미고 있어요. 나에 대한 애정은 어디에 있죠? 당신은 고양이가 개를 수상쩍게 여기는 것처럼 나를 의심하고 있어요. 다정하고 따뜻한 가슴이 되기 위해서는 두 사람의 마음이 만나야 하는 거예요. 당신이 섹스를 좋아하는 건 좋은 일이지만, 자신이 중요한 존재라는 느낌을 받기 위해 당신은 그것이 뭔가 대단하고 신비스러운 것으로 포장되기를 바라고 있어요. 당신의 자존심은 어떤 남자보다도, 어떤 남자와 함께하는 것보다도 오십 배는 더 당신에게 중요한 것 같아요."

"그건 내가 당신에게 할 말이에요. 당신은 자존심이 전부인 사람이에요."

"*그렇군! 아주 잘되었군!*" 그가 이렇게 말하며 일어나고 싶은 듯 움직였다.

"떨어지도록 합시다. 차가운 가슴으로 섹스를 하느니 죽는 편이 나아요."

그녀가 품에서 빠져나가자 그는 일어섰다.

"**나는** 그런 걸 원하는 줄 알아요?" 그녀가 말했다.

"당신이 그런 마음이 아니길 바라요." 그가 대답했다. "어쨌든 당신이 침대로 가요, 나는 여기 아래층에서 자겠어요."

그녀는 그를 쳐다보았다. 핏기 없이 침울해 보였고, 저 춥고 먼 극지방에 있는 사람처럼 거리감이 느껴졌다. 남자들은 모두 똑같았다.

"아침까지는 집에 갈 수 없어요……." 그녀가 말했다.

"그래요! 그러니 올라가서 자라는 얘기예요. 벌써 한 시 십오 분 전이에요."

"올라가지 않을 거예요." 그녀가 말했다.

그는 방 저쪽으로 가더니 장화를 집어 들었다.

"그렇다면 내가 나가겠어요!" 그가 말했다.

그러고는 장화를 신기 시작했다. 그녀는 그러는 그를 빤히 보고 있었다.

"기다려봐요!" 그녀가 더듬거리며 말했다. "기다려요! 우리 사이에 무슨 일이 생긴 거죠?"

그는 허리를 굽혀 장화 끈을 매면서 아무 대답이 없었다. 몇 순간이 흘렀다. 그녀는 기절할 것처럼 앞이 흐려졌다. 모든 의식이 기능을 멈췄고, 더 이상 아무것도 알지 못하는 미지의 상태로 그를 보는 것처럼 그녀는 거기 그저 눈만 크게 뜬 채 서 있었다.

너무 조용해진 느낌에 그가 고개를 들자 눈을 크게 뜬 채 정신을 잃어버린 그녀의 모습이 보였다. 그는 바람이 밀어뜨리기라도 한 듯 벌떡 일어나, 한쪽 신만 꿰 신은 채 절뚝이는 발걸음으로 그녀에게 가서 두 팔로 붙들어 몸에 꼭 끌어안았다. 몸을 관통하는 아픔이 느껴졌다. 그렇게 거기서 그는 그녀를 붙잡았고, 그녀는 거기에 그대로 있었다.

이윽고 그가 무작정 두 손을 뻗어 내리며 그녀를 만졌고, 옷 아래 그녀의 부드러움과 따스함을 느끼며 더듬어갔다.

"내 사랑!" 그가 중얼거렸다. "내 귀여운 사랑! 싸우지 맙시다! 절대 싸우지 맙시다! 당신을 사랑하고 만지고 싶어요. 차라리 말을 하지 말아요! 나와 다투지 말아요! 그러지 말아요! 절대로! 그러지 말아요! 이렇게 함께 있도록 합시다."

코니는 얼굴을 들어 그를 보았다.

"속상해하지 말아요." 그녀가 침착하게 말했다. "속상해하는 건 좋지 않아요. 정말로 나와 함께 있고 싶어요?"

그녀는 크고 침착한 눈으로 그의 얼굴을 들여다보았다. 그가 손길을 멈추고 갑자기 조용히 서서 고개를 옆으로 돌렸다. 그는 모든 동작을 멈췄지만 뒤로 물러서지는 않았다. 한동안 그러다 고개를 들어 특유의 묘한 미소를 살짝 머금고 코니의 눈을 들여다보았다. 그의 감정도 진정되었다.

"그래요!" 그가 말했다. "함께합시다! 맹세코 함께 있도록 합시다!"

"진심이에요?" 그녀가 눈물을 글썽이며 물었다.

"그럼 정말이고말고! 가슴도 배도 페니스도 다 함께하는 거요……."

그는 여전히 슬쩍 미소를 지으며 그녀를 내려다보았지만 눈빛에는 빈정거림이 스쳤고 쓸쓸함이 감돌았다.

그녀는 소리 없이 울고 있었다. 그는 그녀와 함께 누워 그곳 벽난로 깔개 위에서 그녀 안으로 들어갔다. 그렇게 그들은 어느 정도 평정을 되찾을 수 있었다. 그러고 나서 그들은 재빨리 침대로 갔다. 점점 추워지는 데다 서로 싸우느라 피곤했기 때문이다. 그녀는 자신이 조그맣게 폭 감싸이는 듯 느끼면서 그에게 파고들었다. 둘이 한 몸인 듯 곧 동시에 잠이 들었다. 그리하여 그들은 꼼짝 않고 누워 숲 위로 태양이 떠올라 날이 밝기 시작할 때까지 잤다.

날이 밝아오자 그는 잠에서 깨어 빛을 바라보았다. 커튼이 쳐져 있었다. 그는 검정지빠귀와 개똥지빠귀가 숲에서 요란하게 지저귀는 소리에 귀를 기울였다. 그가 평소에 일어나는 시각인 다섯 시 반쯤 된 것 같았다. 눈부신 아침이 될 것 같았다. 그는 아주 곤히 잤다. 그리고 이렇게 새날이 밝았다! 여자는 아직도 몸을 둥글게 웅크리고 부드러운 모습으로 잠들어 있었다. 그가 손으로 어루만지자 그녀는 파란 눈을 어리둥절한 듯 떴고 그의 얼굴을 보며 무심코 미소를 지었다.

"일어나 있었어요?" 그녀가 그에게 말했다.

그는 그녀의 눈을 들여다보고 있었다. 그가 웃으며 키스했다. 그러자 갑자기 그녀가 벌떡 일어나 앉았다. "내가 지금 여기에 있다니!" 그녀가 놀란 듯 말했다.

그녀는 주위를 둘러보았다. 하얗게 칠한 작은 침실로 천장이 경사져 있었고 박공 창문에는 하얀 커튼이 쳐져 있었다. 방에 있는 것이라고는 노랗게 칠한 작은 서랍장과 의자 하나, 그리고 그와 함께 누워 있는 자그마한 하얀 침대가 전부였다.

"우리가 여기 함께 있다니요!" 그녀가 그를 내려다보며 말했다. 그는 누워서 그녀를 바라보며 얇은 잠옷 아래로 그녀의 젖가슴을 쓰다듬고 있었다. 주름이 지지 않은 온화한 표정일 때 그는 젊고 잘생겨 보였다. 시선도 따뜻했다. 그리고 그녀 역시 꽃처럼 싱싱하고 젊어 보였다.

"이걸 벗겨내고 싶어요!" 그는 이렇게 말하더니, 얇은 고급 면 잠옷을 끌어올려 그녀의 머리 위로 벗겼다. 그녀는 어깨와 희미하게 금빛으로 빛나는 갸름한 두 젖가슴을 드러낸 채 앉아 있었다. 그는 그녀의 가슴을 종처럼 부드럽게 흔드는 것이 좋았다.

"당신도 파자마를 벗어야 해요!" 그녀가 말했다.

"어, 안 돼요!"

"돼요! 돼요!" 그녀가 명령하듯 말했다.

그러자 그는 낡은 무명 파자마 윗도리를 벗었고 바지도 벗어 내렸다. 손과 손목, 얼굴과 목을 빼고는 우유처럼 하얬으며 근육이 잘 발달된 늘씬한 몸이었다. 코니는 그가 씻는 모습을 보고 놀랐던 오후처럼 갑자기 그가 가슴을 찌르듯 아름답다고 느꼈다.

황금빛 햇살이 하얀 커튼을 두드렸다. 안으로 들어오고 싶어하는 것 같았다.

"아, 우리 커튼을 걷어요! 새들도 그렇게 하라고 노래 부르네요! 햇살이 들어오게 해요!" 그녀가 말했다.

그는 그녀 쪽으로 등을 보이며 침대에서 빠져나가서는 하얗고 마른 알몸으로 창가로 가 허리를 약간 굽혀 커튼을 걷어 내고 한동안 밖을 내다보았다. 등이 하얗고 보기 좋았으며 작은 엉덩이에서는 매우 아름답고 섬세한 남성미가 느껴졌고, 불그레하게 혈색이 도는 목덜미는 섬세하면서도 강인해 보였다. 그의 우아하고 섬세한 몸에서는 외적인 것이 아니라 내적인 강인함이 느껴졌다.

"당신은 아름다워요! 너무나 순수하고 훌륭해요! 이리 와

510

요!" 그녀가 두 팔을 벌리며 말했다.

그는 발기된 알몸 때문에 그녀 쪽으로 돌아서는 것이 부끄러웠다. 그래서 바닥에서 셔츠를 집어 앞을 가리고 그녀에게 다가갔다.

"아니요! 몸을 보여줘요!" 늘어진 젖가슴에서 이어지는 날씬하고 아름다운 두 팔을 뻗은 채 그녀가 말했다.

그는 들고 있던 셔츠를 떨어뜨리고 가만히 서서 그녀를 바라보았다.

낮은 창을 통해 들어온 햇볕이 그의 허벅지와 홀쭉한 배, 그리고 작은 구름을 이루고 있는 적황색 털들에 둘러싸여 거무스름하면서도 뜨겁게 달아올라 보이는, 꼿꼿이 발기한 남근에까지 한 줄기 빛을 떨구고 있었다. 그녀는 깜짝 놀랐고 두려운 생각도 들었다.

"참 이상하게 생겼네요!" 그녀가 천천히 말을 이었다. "어떻게 그렇게 서 있는 거죠! 정말 크고 거무스름하고 아주 자신만만해 보이는군요! 원래 그렇게 생긴 거예요?"

남자는 자신의 늘씬하고 하얀 몸의 앞부분을 내려다보고는 웃음을 터뜨렸다. 날씬한 양쪽 가슴 사이에는 검은색에 가까운 짙은 색 털이 나 있었다. 그러나 남근이 굵게 휘어져 솟아 있는 배의 뿌리 부근에는 선명한 적황색 털들이 작은 구름을 이루고 있었다.

"자신감이 넘쳐요!" 그녀가 약간 불안한 듯 중얼거렸다. "아주 위풍당당해요! 남자들이 왜 그렇게 거만한 태도인지 이제 알겠어요! 하지만 **정말** 사랑스러워 보이기도 해요. 마치 완전히 다른 존재인 것처럼요! 약간 겁나게 하는 면도 있지만 그래도 정말 사랑스러워요! 그가 **내게로** 들어온다니!" 코니는 두려움과 흥분에 사로잡혀 아랫입술을 깨물었다.

남자는 여전히 팽팽하게 긴장하고 있는 남근을 말없이 내려다보았다. "그래!" 마침내 나직한 목소리로 그가 입을 열었다. "그래, 이 녀석! 이제 충분히 됐어. 계속 그렇게 머리를 처들고 있다니! 네 생각만 하는구나, 응? 남들은 안중에도 없고! 네가 나를 업신여기는구나, 존 토머스. 내 주인 노릇을 하려 드는 게냐? 허, 나보다 더 거만하고 말이 없군. 존 토머스! 저 여자를 원하느냐? 제인 마님을 원하는 게야? 네가 나를 다시 끌어들이는구나. 그래, 이제 고개 들어 웃기까지 하네. 그럼 그녀에게 부탁을 해야지! 제인 마님한테 부탁을 하라고! '문들아, 너희 머리를 들어라. 영광의 왕께서 들어가신다.'* 하고 말을 해. 그래! 너 명기를 쫓아다니고 있지. 제인 마님한테 그걸 원

---

* 〈시편〉 24장 7절 참조.

한다고 해. 존 토머스와 제인 마님의 명기라……!"

"오, 그를 놀리지 말아요!" 코니가 그를 향해 무릎으로 침대 위를 기어오며 말했다. 그녀는 그의 하얗고 미끈한 둔부에 팔을 둘러 감싸고는 자기 쪽으로 끌어당겼다. 그래서 약간 덜렁이면서 움직이는 그녀의 젖가슴이 발기한 채 조금씩 흔들리고 있는 남근의 끝에 닿았고 축축한 물방울 같은 것이 묻었다. 그녀는 남자를 꼭 껴안았다.

"누워요!" 그가 말했다. "누워요! 들어가게 해줘요!"

그는 이제 서둘렀다.

얼마 후 그들이 꼼짝 않고 가만히 누웠을 때 여자는 다시 남자의 몸에서 이불을 걷어내고 신비스러운 남근을 구경했다.

"이제 조그맣게 줄어들어 생명이 깃든 작은 봉오리처럼 부드러워요!" 작고 부드러운 페니스를 손으로 잡아보며 그녀가 말했다. "어떤 상태든 정말 사랑스러워요! 자기 의지가 있는 것 같아요. 신기해라! 그리고 **정말** 천진난만해요. 그리고 내 안 깊숙이 들어오죠! **절대로 그를** 모욕하면 안 돼요, 알겠죠. 얘는 내 것이기도 하니까요. 당신만의 것이 아니라고요. 내 것이에요. 어쩜 이렇게 사랑스럽고 순진해 보일까요!" 그녀는 페니스를 손으로 부드럽게 감쌌다.

그가 웃음을 터뜨리며 말했다.

"서로 통하는 사랑으로 우리 마음을 묶어주는 끈은 축복을 받을지어다."*

"물론이에요!" 그녀가 말했다. "이것이 작고 나긋나긋할 때도 난 내 마음이 이것과 한데 이어져 있다고 느껴요. 이곳에 난 털은 또 얼마나 예쁜지 몰라요! 다른 곳에 난 털들과 완전히 다르군요!"

"그건 내 것이 아니라 존 토머스의 털이지요!" 그가 말했다.

"존 토머스! 존 토머스!" 이렇게 이름을 부르면서 그녀는 그 부드러운 페니스에 재빨리 입을 맞췄다. 그러자 그것이 다시 일어나기 시작했다.

"그래요!" 거의 고통스러운 듯 남자는 몸을 쭉 펴면서 말했다. "이 신사 양반은 내 영혼 속에 그 뿌리가 있어요! 그런데 어떤 때에는 이 양반을 어떻게 다뤄야 할지 난감해요. 맞아요, 이놈은 자기 의지가 있어요, 그래서 맞춰주기가 어렵죠. 그렇다고 죽이지는 않을 거요."

"남자들이 그를 항상 두려워하는 것도 이상한 일이 아니네요!" 그녀가 말했다. "그는 좀 지독한 데가 있어요."

남자의 의식이 다시 흐름의 방향을 바꾸면서 아래쪽으로

---

* 4장에서 토미 듀크스가 인용한 존 포셋의 찬송가 구절과 같다.

내려가자 한 차례 전율이 몸을 통과해 지나갔다. 그는 어찌할 도리가 없었다. 페니스가 서서히 부드럽게 꿈틀대면서 부풀더니 팽팽해지면서 일어나기 시작했고, 단단해져서는 희한하게 생긴 탑 모양으로 도도하게 섰다. 그 모양을 지켜보자 여자도 전율하듯 몸이 떨렸다.

"자! 당신 거니까 데려가요!" 남자가 말했다.

그녀의 몸이 부르르 떨렸고 정신은 녹아 사라졌다. 그가 몸 안으로 들어오자, 말로 형언할 수 없는 날카로우면서도 한없이 부드러운 쾌락의 파도가 그녀를 적셨다. 그리고 묘하게도 몸이 녹아내리는 듯한 황홀경이 시작되어 구석구석 퍼지고 또 퍼지다가 마침내 그녀를 아무것도 분간할 수 없는 마지막 극한의 저 벅찬 감각 속으로 빠트렸다.

그는 멀리 일곱 시를 알리는 스택스게이트의 기적 소리를 들었다. 월요일 아침이었다. 그는 약간 몸을 떨며 코니의 젖가슴 사이에 얼굴을 묻고, 그 소리가 들리지 않도록 부드러운 젖무덤으로 양쪽 귀를 눌러 막았다.

코니는 기적 소리도 듣지 못했다. 그녀는 꼼짝 않고 고요히 누워 있었다. 영혼이 투명하게 씻긴 것 같았다.

"당신 일어나야 해요, 그렇지 않아요?" 그가 웅얼거렸다.

"몇 시죠?" 그녀가 멍한 목소리로 물었다.

"좀전에 일곱 시 기적이 울렸어요."

"아무래도 그래야겠죠."

그녀는 바깥세상의 강요로 움직여야 하는 것에 여느 때처럼 분개하는 마음이 일었다.

그는 앉아서 우두커니 창밖을 내다보고 있었다.

"정말 나를 사랑하죠, 그렇죠?" 그녀가 조용히 물었다.

"다 알고 있지 않아요? 뭐하러 묻는 거요!" 그가 좀 짜증스러운 목소리로 말했다.

"당신이 나를 붙들고 가지 못하게 했으면 좋겠어요." 그녀가 말했다.

그의 눈은 아무 생각도 할 수 없는 따뜻하고 부드러운 어둠으로 가득 차 있었다.

"언제, 지금 말인가요?"

"지금 당신의 가슴속에요. 그런다면 난 곧 당신에게로 와서 언제까지나 함께 살 거예요."

그는 벌거벗은 채 고개를 떨구고 침대에 앉아 있었다. 그는 아무 생각도 할 수가 없었다.

"당신은 그러고 싶지 않은가요?" 그녀가 물었다.

"그러고 싶어요!" 그가 말했다.

그러다 여전히 따뜻하지만 다른 의식의 불꽃으로 어두워

져 거의 잠든 것 같은 눈으로 그녀를 보았다.

"지금은 아무것도 묻지 말아요." 그가 말했다. "그냥 내버려 둬요. 당신을 좋아해요. 거기 누워 있을 때의 당신을 사랑해요. 섹스에 깊이 몰입하는 데다 거기가 훌륭하면, 여자는 정말 사랑스러워요. 아, 당신을, 당신 다리를 그리고 당신 몸매를, 당신의 여자다움을 사랑해요. 아, 당신의 여성스러움을 사랑해요. 내 불알과 가슴으로 당신을 사랑해요. 하지만 내게 아무것도 묻지 말아요. 지금은 어떤 것도 말하라고 하지 말아요. 그럴 수 있을 때까지 당분간은 내 모습 그대로 있게 해줘요. 뭐든지 나중에 물어봐요. 지금은 이대로, 이대로 놔둬요!"

그리고 그는 자신의 손을 보드라운 갈색 털이 나 있는 비너스의 둔덕 위에 부드럽게 갖다 댔다. 그러고는 거의 부처 같은 얼굴로, 표정 변화 없이 명상에라도 잠긴 듯 알몸으로 침대에 고요히 앉아 있었다. 그는 또 다른 의식의 보이지 않는 불꽃 속에서 그녀에게 손을 둔 채 미동 없이 앉아서 일상적인 의식이 돌아오기를 기다렸다.

잠시 후 그는 셔츠를 집어 입고 나머지 옷도 말없이 재빨리 걸쳤다. 그리고 아직 침대에서 벌거벗고 있는, '디종의 영광'*처럼 희미한 황금빛 몸을 드러내고 누워 있는 여자를 한 번 쳐다보고는 방에서 나갔다. 곧 아래층에서 그가 문을 여는 소리가 들려왔다.

코니는 계속 사색에 잠겨 있었다. 그의 체취와 온기를 벗어나 떠나기가 몹시 힘들었다. 그가 계단 아래에서 소리쳤다. "일곱 시 반이에요!" 그녀는 한숨을 내쉬며 침대에서 빠져나왔다. 장식이 없는 조그만 방이었다. 작은 서랍장과 자그마한 침대를 빼고는 아무것도 없었다. 그러나 마룻바닥은 깨끗하게 문질러 닦여 있었다. 밖으로 돌출되어 있는 박공 창문 한편에는 책들이 꽂힌 선반이 있었다. 몇 권은 순회도서관에서 빌려온 것이었다. 그녀는 무슨 책들인지 살펴보았다. 볼셰비키주의 러시아에 대한 책들, 여행서 몇 권, 그리고 원자와 전자에 관한 책과 지구 핵의 구성과 지진의 원인에 관한 책도 한 권씩 있었다. 소설도 몇 권 있었고 인도에 관한 책이 세 권 있었다. 그렇군! 결국 그는 책을 읽는 사람이었다.

햇살이 박공 창문을 통해 들어와 그녀의 벗은 팔다리 위로 떨어졌다. 사냥터지기 개 플로시가 밖에서 어슬렁거리며 돌아다니는 모습이 보였다. 개암나무 숲은 초록빛 엷은 안개에 싸여 있는 듯했고, 그 아래로는 짙푸른 산쪽풀이 덮여 있었다. 새들이 이리저리 날아다니며 목청 높여 지저귀는 맑고 상

---

* 화려한 노란색 장미.

쾌한 아침이었다. 이대로 여기 머물 수만 있다면! 연기를 내뿜는, 철로 이루어진 저 끔찍한 다른 세상이 존재하지 않는다면! 그가 그녀에게 그들의 세상을 만들어준다면……

그녀는 가파르고 좁은 나무 계단을 밟고 아래층으로 내려왔다. 그녀는 이 작은 집만으로도 만족할 것이다. 그 자체만으로 하나의 세상을 이룰 수만 있다면.

세수를 한 그는 상쾌해 보였고 벽난로에는 불이 타오르고 있었다.

"뭐라도 좀 들겠어요?" 그가 물었다.

"아니요! 빗만 빌려주세요."

그녀는 그를 따라 부엌으로 가서 뒷문 곁에 붙어 있는 손바닥만 한 거울 앞에서 빗질을 했다. 이제 갈 준비가 되었다.

그녀는 이슬에 촉촉이 젖은 꽃들을 바라보며 작은 앞뜰에 서 있었다. 회색빛 화단에는 패랭이꽃이 벌써 봉오리를 맺고 있었다.

"우리를 제외한 다른 세상은 모두 사라졌으면 좋겠어요. 그리고 당신과 함께 이곳에서 살고 싶어요." 그녀가 말했다.

"세상이 사라지진 않을 거요." 그가 말했다.

그들은 거의 아무 말 없이 이슬 맺힌 아름다운 숲 속을 지났다. 그러나 그들은 자신들만의 세계에서 함께하고 있었다.

래그비 저택으로 가야 하는 것은 그녀에게 고통이었다.

"곧 돌아와 당신과 함께 살고 싶어요." 헤어지며 그녀가 말했다.

그는 대답 없이 미소만 지었다.

그녀는 들키지 않고 조용히 집으로 들어가 자기 방으로 올라갔다.

15장

아침식사가 담긴 쟁반 위에 힐더에게서 온 편지가 놓여 있었다. '아버지가 이번 주에 런던에 가실 예정이야. 나는 6월 17일 목요일에 너한테 갈게. 도착하면 바로 출발할 수 있게 준비하고 있으렴. 거기서 시간을 지체하고 싶지 않구나. 래그비는 끔찍한 곳이야. 난 아마 렛포드의 콜먼 씨네 집에서 묵게 될 거야. 그러니 목요일 점심은 너와 함께할 것 같아. 그럼 차 마실 시간쯤에는 출발할 수 있을 거고, 아마도 그랜섬에서 잠을 자게 되겠지. 우리가 클리퍼드와 저녁을 보내는 게 무슨 소용이 있겠니. 네가 가는 걸 싫어한다면 클리퍼드에게도 유쾌한 시간이 못 될 테니까.'

그랬다! 그녀는 다시 체스 판 위에서 다른 사람 손에 끌려다니는 신세가 되었다.

클리퍼드는 그녀가 가는 것을 싫어했다. 그런데 그 이유는 그녀가 없는 동안 자신이 **안전하다는** 느낌을 받지 못한다는 것뿐이었다. 어떤 이유에선지 그는 코니가 곁에 있어야만 안전하고 자유롭다는 느낌을 받았고, 하는 일에 전념할 수 있었다. 그는 탄광 일에 많은 힘을 쏟았으며, 석탄을 가장 경제적인 방식으로 캐내고, 그렇게 캐낸 석탄을 판매하는 별 희망도 없는 문제와 씨름하고 있었다. 그는 석탄을 화학적으로 변화시켜 어떤 식으로든 그것을 **사용하는** 방법을 모색하려 했고, 그렇게 되면 석탄을 팔기 위해 애쓰거나 팔지 못해 안달할 필요가 없어진다고 여겼다. 그러나 그가 전력을 생산한다고 해도 과연 그것을 팔거나 사용할 수 있을까? 게다가 석유로 전환하는 일은 아직 비용이 너무 많이 들고, 매우 정교한 기술이 있어야 했다. 산업을 계속 살아나게 하기 위해 더 많은 산업, 또 더 많은 산업, 더 많은 산업이 꼬리에 꼬리를 물고 미친 듯이 생기는 꼴이었다.

그것은 광기와 같았고, 그 미친 일을 성공시키는 데에는 미친 사람이 필요했다. 과연 클리퍼드에게는 다소 광적인 구석이 있었다. 코니가 생각하기에는 그랬다. 그가 탄광 사업에 말할 수 없이 몰두하면서 발휘하는 사업 수완 같은 것이 코니에게는 광기의 표출로 보였고, 그의 영감이란 것도 제정신에서 나오는 것이라고 여겨지지 않았다.

그가 자신이 세운 모든 계획에 대해 진지하게 말하면 그녀는 일종의 경이로움을 느끼며 이야기를 들었고, 또 계속 얘기하게 두었다. 그러다 이야깃거리가 끊기면 그는 라디오 확성기를 켰다. 그러고는 백지 상태처럼 멍해지는 것이었다. 그의 계획이란 것들도 일종의 꿈처럼 그의 내부로 둘둘 말려 들어간 모양이었다.

그리고 그는 이제 매일 밤 볼턴 부인과 함께 영국 병사들의 게임이라고도 칭하는 카드놀이인 폰툰을 했다. 6펜스 내기였다. 그는 이런 도박을 하면서 다시 일종의 무의식 상태, 즉 멍한 중독 상태랄까, 혹은 중독된 멍한 상태랄까, 하여간 그런 상태로 들어갔다. 코니는 그런 그를 바라보는 것이 견딜 수 없었다. 그러나 그녀가 잠자리에 들러 가면, 클리퍼드와 볼턴 부인은 누구의 방해도 없이 이상한 욕망에 사로잡혀 새벽 두세 시까지도 이 게임을 계속하곤 했다. 볼턴 부인도 클리퍼드만큼이나 이 욕망에 사로잡혀 있었다. 거의 항상 그녀가 잃었는데 그럴수록 욕망은 더욱 커졌다.

어느 날 그녀가 코니에게 이렇게 말했다. "어젯밤 클리퍼드 경에게 23실링이나 잃었답니다."

"그래서 클리퍼드 경이 그 돈을 당신한테서 받아 갔다고요?" 코니가 아연실색하며 물었다.

"그야 물론이죠, 부인! 노름빚이니까요!"

코니는 정색을 하고 강력하게 반박하며 둘 모두에게 화를 냈다. 그리고 놀랍게도 클리퍼드가 볼턴 부인의 연봉을 100파운드로 인상해주고 볼턴 부인이 도박을 계속할 수 있게 되는 것으로 결론이 났다. 한편 코니는 그 일을 지켜보면서 남편이 정말로 점점 죽어가고 있다고 느꼈다.

그녀는 마침내 17일에 출발한다고 알렸다.

"17일이라! 그럼 돌아오는 건 언제요?"

"늦어도 7월 20일까지는 올 거예요."

"그렇군! 7월 20일."

이렇게 말하더니 그는 이상하게 텅 빈 표정으로 그녀를 바라보았다. 어린아이가 지을 법한 막연한 표정이었지만, 묘하게도 멍청하면서 동시에 교활해 보이는 늙은이의 표정까지 겹쳐 보였다.

"당신은 날 실망시키지 않을 거요, 그렇지?" 그가 말했다.

"무슨 실망을 시켜요?"

"떠나 있는 동안 얘기요. 내 말은, 꼭 돌아온다고 말할 수 있어?"

"그럼요, 확실히 돌아와요."

"그래요! 그렇다면! 7월 20일!"

그는 매우 묘한 시선으로 그녀를 바라보았다.

그러나 사실은 그도 그녀가 떠나기를 바랐다. 정말 이상한 일이었다. 그는 그녀가 여행에서 그리 심각하지 않은 연애를 해서 어쩌면 임신을 해서 돌아올 수 있다고 생각했고, 그런 일이 일어나기를 바랐던 것이다. 그러면서 동시에 그녀가 가 버리는 게 두렵기는 했다. 그냥 두려웠다.

그녀는 떨리는 마음으로 클리퍼드를 완전히 떠날 수 있는 진짜 기회를 노리면서, 그와 그녀에게 모두 적합하게 무르익은 시기가 오기를 기다렸다.

그녀는 사냥터지기와 만나 함께 앉아 있을 때 외국에 간다고 말을 꺼냈다.

"다녀오면 클리퍼드에게 헤어져야 한다고 말할 수 있을 거예요. 그리고 당신과 떠날 수 있겠죠. 다른 사람들은 당신과 떠난다는 사실을 알 필요도 없어요. 우리가 다른 나라에 가면 되죠. 그렇게 하는 건 어때요? 아프리카나 오스트레일리아 같은 곳으로요. 우리 그렇게 해볼까요?"

그녀는 이런 계획에 상당히 들떠 있었다.

"식민지에 가본 적이 있소?" 그가 그녀에게 물었다.

"아니요! 당신은요?"

"난 인도와 남아프리카, 이집트에 가봤소."

"남아프리카로 가는 건 어떨까요?"

"그럴 수도 있겠지!" 그가 천천히 말했다.

"별로 내키지 않아요?" 그녀가 물었다.

"상관없어요. 뭘 하든 난 그리 신경 쓰지 않아요."

"함께 떠나는 일이 기쁘지 않아요? 왜요? 우린 가난에 허덕이지도 않을 텐데요. 나는 600파운드의 연수입이 있어요. 편지로 물어봤죠. 아주 많은 돈은 아니어도 생활을 꾸려가기에는 충분해요, 그렇지 않나요?

"나한테는 큰돈이에요."

"아, 우리가 함께하게 되면 얼마나 좋을까요!"

"하지만 나는 이혼을 해야 하고 그건 당신도 마찬가지요. 그러지 않으면 우린 골치 아픈 문제에 빠질 거요."

생각해야 할 문제들이 쌓여 있었다.

어느 날 코니는 그에게 살아온 이야기를 해달라고 했다. 그들이 오두막에 있을 때였는데 밖에는 천둥 번개가 치며 비가 오고 있었다.

"당신이 중위였을 때, 그러니까 장교이면서 신사였을 때 행복하지 않았어요?"

"행복했냐고? 그랬어요. 내가 모시던 대령님이 좋은 분이었죠."

"그분을 많이 좋아했나요?"

"그래요! 많이 좋아했지요."

"그분도 당신을 아꼈나요?"

"그랬어요! 대령님도 나름대로 나를 아껴주셨죠."

"그분에 대해 얘기해줘요."

"얘기할 게 뭐가 있겠어요? 그는 말단 사병에서부터 시작해 그 자리까지 올라온 사람이었어요. 군대를 사랑했죠. 그리고 독신이었어요. 나보다 스무 살 위였죠. 아주 똑똑한 사람이었고, 그런 사람들이 흔히 그렇듯 군대 안에서 혼자였죠. 자기 나름의 열정을 지닌 사람이었고 매우 영리한 장교였어요. 그분 밑에서 지내는 동안 나는 그에게 푹 빠져 살았어요. 대령님이 내 삶을 좌지우지하게 둘 정도였는데 지금도 그랬던 걸 후회하진 않아요."

"그럼 그분이 돌아가셨을 때 매우 속상했겠군요?"

"나도 거의 죽을 뻔했어요. 그리고 제정신을 차렸을 때 내 일부분도 죽어 없어졌다는 걸 알게 되었죠. 하지만 난 그렇게 죽음으로 끝나버릴 걸 알고 있었어요. 그런 일에 관한 한 세상 일이 다 그러니까."

그녀는 앉아서 곰곰이 생각에 잠겼다. 밖에서는 우르릉 쾅쾅 천둥이 쳤다. 대홍수 때 노아의 방주에 들어앉아 있는 듯했다.

"당신은 **과거**에 많은 일들이 있었던 것 같아요." 그녀가 말했다.

"그런 것 같아요? 한두 번은 죽다 살아났죠. 하지만 목숨을 부지해 여기서 이런저런 일을 하며 또 다른 일에 휘말리고 있군요."

그녀는 폭풍우 소리를 들으며 골똘히 생각에 빠졌다.

"그럼 대령님이 죽고 나서는 장교이자 신사로 사는 일이 행복하지 않았어요?"

"그래요! 그들은 아주 쩨쩨한 족속이었지요!" 그는 갑자기 웃음을 터뜨렸다. "대령님이 자주 했던 말이 있어요. '여보게, 영국 중산층은 한입 먹을 때마다 서른 번은 씹어야 한다고 하지. 왜냐하면 창자*가 너무 좁아서 완두콩만 한 거라도 잘못 삼켰다간 막혀버리고 만다네. 그치들은 이제까지 만들어진 것 중에서 가장 쩨쩨하고 계집애 같은 비열한 무리라고 할 수 있지. 완전히 자기기만에 빠져서는, 구두끈만 잘못 매도 대경

---

* guts. '창자' 외에 '배짱'이라는 뜻도 있다.

실색하고, 썩어빠진 속임수도 마다 않는 주제에 자기들이 항상 옳다고 하지. 그래서 난 아주 두 손 두 발 다 들었네. 굽실거리면서 혓바닥이 닳도록 남의 엉덩이나 핥으며 아부하는 주제에 항상 자기들이 옳다고 하지. 아주 모두의 머리 꼭대기에 올라 있는 도덕군자들이야. 도덕군자들 나섰어! 반쪽짜리 불알을 달고 계집애같이 도덕군자입네 하는 족속들……'"

코니도 웃음을 터뜨렸다. 비가 쏟아붓고 있었다.

"대령님은 그들을 아주 싫어했군요!"

"그렇지도 않아요." 그가 말했다. "그다지 신경 쓰지 않았어요. 마음에 들어하지 않았을 뿐이었지요. 아주 싫어한다는 것과는 차이가 있어요. 왜냐하면 대령님도 말했듯이 영국군 전체가 점점 도덕군자입네 하는, 배짱 없이 반쪽짜리 불알만 달린 인간들로 채워지고 있거든요. 그런 식으로 가는 게 인류의 운명이니."

"일반 대중들, 그러니까 노동자 계급도 그럴까요?"

"모두 마찬가지요. 그들의 투지는 다 사라졌어요. 자동차니 영화니 비행기니 하는 것들이 마지막 한 방울까지 다 빨아들였지요. 모든 세대가 고무관으로 된 창자를 달고 깡통 다리에 깡통 얼굴을 한 채 토끼보다 더 소심한 세대를 낳아 기르고 있어요. 깡통 같은 사람들! 모두 확고한 볼셰비키주의 같은 거요, 인간적인 것은 말살하고 기계적인 것만 숭배하지. 그저 돈, 돈, 돈! 모든 현대인 무리는 인간에게서 본래의 인간적인 감정을 없애버리는 일에서 활력을 얻지요. 아담과 이브의 전통을 분쇄해 갈은 고기로 만들어버리는 일 같은 데에서 재미를 느끼지요. 그들은 다 똑같아요. 세상도 다 똑같고. 인간적 진실은 말살하고 포피와 불알에도 1파운드, 2파운드 값을 매길 세상이요. 성행위도 그저 기계적인 게 돼버렸지요! 다 그래요. 돈을 집어주고 세상을 거세시키고 있는 꼴이에요. 인류로부터 투지와 용기를 앗아갈지라도 돈, 돈, 돈만 지불하고 장난감 같은 기계만 쥐어주면 아무래도 상관없는 거요."

그는 그렇게 조롱하는 표정으로 얼굴을 일그러뜨린 채 오두막에 앉아 있었다. 그러나 그 순간조차도 한쪽 귀로는 숲에 몰아치는 폭풍우 소리를 열심히 듣고 있었다. 그 소리는 그를 매우 외롭게 했다.

"그렇지만 그런 일도 언젠가는 끝나지 않겠어요?" 그녀가 말했다.

"그래요, 그럴 거요. 언젠가는 스스로 구원할 날도 오겠지. 마지막 남은 진정한 인간까지 죽임을 당하고 백인이든 흑인이든 황인이든 관계없이 모조리 길들여지면, 그래서 제정신을 가진 사람이 모두 없어졌을 때면 말이오. 왜냐하면 제정신의 뿌리는 바로 불알에 있으니까요. 사람들이 모조리 정신이 나가게 되면 그들은 거대한 **화형식**을 거행하려 할 거요. 이 **화형식**이란 말은 '신념에 의한 행위'를 뜻하기도 한다는 걸 알아요? 그래요, 글쎄, 그들은 자신들의 알량하고 대단한 신념의 행위를 하게 될 거요. 서로가 서로를 제물로 바칠 거요."

"서로 죽인다는 뜻이에요?"

"그래요, 귀염둥이! 지금 이대로 계속 나아가다간 100년 뒤에 이 섬나라에 남는 사람들이라곤 만 명도 되지 않을 거요. 어쩌면 열 명도 안 남을지 모르지. 사람들이 서로를 아주 훌륭하게 없애버릴 테니까." 천둥소리가 좀더 먼 곳에서 울렸다.

"멋지군요!" 그녀가 말했다.

"정말 멋진 일이지! 인류가 멸종되고 어떤 다른 종들이 등장하기 전까지 생길 오랜 공백 기간을 떠올리는 것보다 더 우리를 차분하게 진정시키는 일이 있겠어요? 우리가 계속 이런 식으로 나아간다면, 그러니까 지식인이니 예술가니 정부니 산업가니 노동자니 할 것 없이 모두가 다 광적으로 마지막 한 방울 남은 인간적인 감정, 그들의 직관, 건강한 본능을 말살하는 데 혈안이라면, 수학적으로 계산해봐도 지금 이대로라면 말이에요. 짜잔! 인류에게 '안녕, 내 사랑!'이라는 말을 고할 시기가 도래하고 말 거요. 뱀이 저 스스로를 삼켜버리고 나면 그 자리는 공백이 되고 상당히 엉망진창이 될 테지만 거기에는 희망이 있을 거예요. 정말 좋은 일이지! 야생의 들개가 래그비에서 짖어대고, 야생 조랑말이 테버셜 광구 위를 뛰어다니게 될 때를 떠올려봐요! **오, 하느님, 당신을 찬미하나이다!**"

웃음이 나오긴 했지만 코니는 그리 즐겁지 않았다.

"그렇다면 사람들이 모두 다 볼셰비키주의자여서 당신은 기쁘겠군요! 그들이 서둘러 종말을 향해 가는 게 당신에게는 기쁜 일이겠어요." 그녀가 말했다.

"그래요. 막지 않을 거예요! 어차피 내가 막으려 해도 막아지지 않기 때문이에요."

"그런데 왜 그렇게 씁쓸해하는 거예요?"

"씁쓸해하지 않아요! 내 거시기가 마지막 꽥 소리를 지르고 죽어도 난 상관없어요."

"하지만 우리가 아이를 가지게 되면요?" 그녀가 물었다.

그는 고개를 떨궜다.

"왜······." 그가 마침내 입을 열었다. "이런 세상에 아이를 내놓는다는 게 나로서는 잘못된 일이고 혹독한 일인 것만 같군요."

"아니, 그런 말 말아요! 그런 말 마세요!" 그녀가 애원했다. "앞으로 나한테 아이가 생길 거예요. 그럼 기쁠 거라고 말해

쥐요." 그의 손 위에 자신의 손을 포개며 그녀가 말했다.

"당신이 기쁘다면 나도 기뻐요." 그가 말했다. "하지만 아직 태어나지 않은 아이에게 끔찍한 배반 행위를 저지르는 기분이군요."

"아니 그렇지 않아요!" 그의 말에 충격받아 그녀가 말했다. "그렇다면 당신은 정말 나를 **원한다고** 할 수 없는 거라고요. 그렇게 느낀다면 당신은 나를 **원할 수 없어요.**"

그는 시무룩해져 아무 말도 하지 않았다. 오직 밖에서 사정없이 내리치는 빗소리만 들릴 뿐이었다.

"당신 말이 완전히 맞는다고는 할 수 없어요. 완전히 맞는 말은 아니에요! 다른 진실도 존재한다고요." 코니는 자신이 베네치아로 여행을 가서 그를 떠나게 된다는 것도 그가 괴로워하는 이유로 어느 정도는 작용하고 있음을 느꼈다. 그런 생각은 그녀를 반쯤은 기쁘게 했다.

그녀는 배가 드러나도록 그의 옷을 끌어당긴 다음 배꼽에 입을 맞췄다. 그리고 뺨을 그의 배에 갖다 댔고, 팔로는 따뜻하고 고요한 그의 허리를 감싸 안았다. 그들은 대홍수에서 유일하게 살아남은 자들 같았다. "희망적인 마음으로 아이를 원한다고 말해줘요!" 그녀는 그의 배에 얼굴을 묻으며 나직이 말했다. "그렇게 말해줘요!"

"어째서!" 하고 마침내 그가 입을 열었다. 이때 코니는 그의 의식이 전환되면서 몸을 부르르 떤 뒤 한결 편안하게 이완되는 것을 느낄 수 있었다. "어째서, 이곳 광부들 중 한 사람이라도, 단 한 명이라도 시도해보지 않았는지 이따금씩 궁금한 생각이 들곤 해요! 그들은 지금 일만 아주 호되게 하면서 돈은 쥐꼬리만큼 벌고 있어요. 누군가 그들에게 이렇게 말해주면 어떨까 싶어요. '돈만 생각하지 마시오. 필요한 것이 뭔가 생각해 보면, 사실 우리에겐 그다지 부족한 것이 없어요. 그러니 돈을 위해 살지 맙시다.'라고."

코니는 그의 배에 부드럽게 볼을 비비며 손으로는 그의 고환을 모아 쥐었다. 페니스가 신비한 생명력을 띠고 조금씩 움직였지만 완전히 일어서지는 않았다. 밖에서는 비가 사납게 지면을 내리치고 있었다.

"뭔가 다른 것을 위해 삽시다. 우리 자신을 위해서건 남을 위해서건 돈을 벌기 위한 목적으로 살지는 맙시다. 지금 우리는 그러길 강요받고 있어요. 우리 자신을 위해서는 쥐꼬리만큼, 높은 사람들을 위해서는 엄청난 돈을 벌도록 강요받고 있어요. 그런 짓은 그만둡시다! 조금씩 멈춰나갑시다! 고래고래 악을 쓸 필요는 없어요. 산업과 연관돼 있는 우리의 삶을 조금씩 철회하고 원래 모습으로 돌아갑시다! 모두를 위해 돈은 아주 최소한만 있어도 충분할 겁니다. 나와 당신, 사장과 주인, 왕까지도 말입니다. 돈은 정말 조금만 있어도 충분할 겁니다. 그저 그렇게 결심만 하면, 그 진창 속에서 나오게 될 겁니다.'라고." 그는 잠시 쉬었다가 다시 말을 이었다.

"그리고 난 그들에게 이렇게 말할 거예요. '보시오! 여기 있는 조를 좀 보시오! 정말 근사하게 걷는다오! 그가 얼마나 생기 있게, 깨어 있는 상태로 움직이는지 한번 보시오. 그는 아름다워요! 반면에 여기 조녀를 보시오. 그는 서투르고 추하다오. 왜 그런가 하니 그에게는 분발할 의지가 전혀 없기 때문입니다!' 난 또 이렇게 말하겠어요. '보시오! 당신 자신들을 좀 보시오! 한쪽 어깨만 추켜올라가고 양 다리는 뒤틀리고, 발은 울퉁불퉁 굳은살이 박이고 혹투성이이지 않나요! 그 빌어먹을 노동으로 자신들에게 무슨 짓을 저질렀나요? 당신들 자신과 당신들의 삶을 망쳤어요. 자신을 망치도록 일을 해서는 절대 안 돼요. 그렇게까지 많이 일할 필요는 없어요. 옷을 벗고 자기 모습을 한번 봐요. 생기 있고 아름다워야 할 몸이 추하고 벌써 반쯤은 죽어 있지 않습니까.' 그렇게 그들에게 말하겠어요. 그리고 이 사람들에게 다른 옷을 입게 할 거요. 이를테면 붉은색 바지, 선명한 빨간색 바지에 좀 짧은 하얀 재킷 같은 것을 입히는 거요. 아니, 남자들이 잘빠진 다리에 빨간 바지를 걸치게 되면 그것만으로도 한 달 만에 변화가 일어날 거요. 그들은 다시 남자다워지기 시작해 진짜 남자가 될 거요! 그러면 여자들은 그들이 좋을 대로 옷을 입을 수 있지. 일단 남자들이 하얀 재킷 아래로 선홍색 바지를 입은 근사한 엉덩이와 다리를 내보이며 걸어다니면 여자들은 자연스레 여자다워지기 시작할 테니 말이에요. 남자들이 남자답지 못하기 때문에 여자들이 남성화되는 거요. 그러다 때가 되면 테버셜을 허물어뜨리고 모두가 살수 있을 정도로 크고 아름다운 건물을 몇 채 짓는 거예요. 그리고 이 지방을 다시 깨끗하게 정화하는 거지. 또 아이들을 많이 낳지 말아야 해요. 세계는 이미 사람들로 지나치게 북적대고 있으니까.

그렇지만 난 사람들에게 설교를 하는 게 아니라 그저 그들을 벌거벗긴 다음 이렇게 말하겠어요. '자기 몸들을 좀 봐요! 돈을 위해 일한 결과요! 당신들 몸이 말하는 것에 귀를 기울여봐요! 돈을 위해 일한 결과가 그거요. 당신들은 돈을 위해서만 일해왔어요. 테버셜이 얼마나 끔찍한지 좀 보시오! 당신들이 돈만 생각하고 일하는 동안 건설되었기 때문에 테버셜이 그 모양인 거요. 당신들의 여자를 좀 봐요! 그들은 당신들에게 관심이 없고 당신들도 그들에게 관심이 없어요. 당신들이 일만 하고 돈만 신경 써왔기 때문이에요. 당신들은 제대로 말하지도, 제대로 걷지도, 제대로 살지도 못하고 있고 여자와도 온전히 함께 지내지 못하고 있어요. 사는 게 사는 게 아니오. 당신들 꼴을 좀 보시오!'"

쥐 죽은 듯한 침묵이 흘렀다. 코니는 반쯤은 흘려들으면서 오두막으로 오는 길에 꺾어온 물망초를 그의 아랫배에 난 털에 엮고 있었다. 이제 바깥은 고요해졌고 공기가 꽤 쌀쌀했다.

"당신에게는 네 종류의 털이 있어요." 코니가 말했다. "가슴에 있는 털은 거의 검은색인데 비해 당신 머리카락 색깔은 그다지 어둡지 않죠. 거기다 콧수염은 검붉은 색을 띤 뻣뻣한 털이고, 여기 아래 있는 사랑 털은 밝은 적황색 겨우살이가 작게 덤불을 이루고 있는 것 같아요. 이 털이 가장 사랑스러워요!"

그가 내려다보니 사타구니 털에 우윳빛 물망초들이 엮여 있었다.

"그래요! 남자든 여자든 거기가 바로 '나를 잊지 말라'는 물망초를 엮어두어야 할 자리요. 그런데 당신은 앞으로의 일이 걱정되지 않아요?"

그녀가 그를 올려다보며 말했다. "아! 걱정되고말고요. 그것도 몹시요!"

"왜냐하면 나는 인간 세상이 그 인색하고 속 좁은 추잡함으로 멸망을 자초하고 있다고 느껴질 때가 있는데, 그럴 때면 식민지조차도 안심할 수 있을 정도로 충분히 멀리 떨어져 있다고 생각되질 않아요. 달조차도 안전하지 못할 거요. 거기서도 뒤만 돌면 모든 별들 가운데 가장 더럽고 야만스러우며 불쾌하기 짝이 없는 지구가 보일 테니까. 바로 인간이 더럽힌 거요. 그런 생각이 들 때면 쓰디쓴 쓸개라도 삼킨 사람처럼 속이 뒤집히죠. 어디론가 도망친다 한들 안심할 수 있는 곳은 없는 것 같아요. 그러다 어떤 계기가 생기면 또 그런 생각은 모두 잊어버리죠. 그렇지만 지난 100년간 사람들에게 자행된 일은 정말 수치라고밖에 할 수 없어요. 남자들은 그저 일벌레 그 이상도 그 이하도 아니게 되었고, 남성성과 진정한 삶을 모두 빼앗겼어요. 지구상에 있는 기계란 기계들은 모조리 쓸어버리고 산업 시대를 아주 잘못된 실수로 치부하여 완전히 그것에 종말을 고할 수만 있다면 나는 그렇게 하겠어요. 그러나 내게는 그럴 힘이 없고 그렇게 할 수 있는 사람이 아무도 없으니, 그저 마음의 평화나 지키면서 내 삶에나 충실한 편이 나을 거요. 내게 삶이라 할 만한 게 있는지도 의심스럽긴 하지만 어쨌든 그런 게 있다면 말이지요."

바깥에는 천둥소리가 그쳐 있었다. 그런데 약해졌던 빗줄기가 갑자기 무섭게 쏟아지는 비로 바뀌었고, 물러가던 폭풍

우가 마지막으로 번쩍하더니 나지막하게 우르릉 소리를 냈
다. 코니는 불안한 마음이 들었다. 그가 굉장히 긴 이야기를
늘어놓았는데, 그것이 사실은 그녀에게 한 이야기라기보다는
그 자신에게 하는 이야기 같았기 때문이다. 그는 온통 절망에
휩싸여 있는 듯했지만 그녀는 지금 행복을 느끼고 있었고 절
망은 싫었다. 스스로 뚜렷이 의식하지는 못했지만 그가 이런
기분에 빠진 이유는 그녀가 당분간 그를 떠나 있기 때문이었
다. 그녀는 그것을 알고 있었다. 그래서 약간 우쭐했다.

　그녀는 문을 열고 마치 강철 커튼을 친 것처럼 수직으로
내리 퍼붓는 빗줄기를 바라보았다. 갑자기 그 속으로 뛰어들
어 어디든 내달리고픈 생각이 솟구쳤다. 그녀는 벌떡 일어나
스타킹을 홀홀 벗어버리고 드레스와 속옷도 벗어 던졌다. 그
는 숨을 죽였다. 동물적인 느낌을 주는 뾰족하고 예민한 가슴
이 그녀의 움직임에 따라 모양이 바뀌며 출렁거렸다. 초록빛
을 받으며 그녀는 상아색으로 빛났다. 그녀는 고무장화를 신
더니 야성적인 웃음소리를 짧게 내며 뛰쳐나갔다. 쏟아지는
빗줄기에 양 가슴을 당당하게 내밀고 두 팔을 활짝 펴고는,
아주 오래전 드레스덴에 있을 때 배웠던 경쾌한 체조 동작을
하며 뛰어다니는 그녀의 모습이 빗줄기 사이로 언뜻언뜻 보
였다. 쏟아지는 빗속에서 창백한 몸을 일으켰다 앉았다 하고,

상체를 구부리기도 하는 기이한 모습이었다. 비에 젖어 번들거리며 빛나는 엉덩이를 다시 흔드는가 싶더니 배를 앞으로 내밀었다가 다시 몸을 구부려 엉덩이 전체와 뒷모습을 그에게 고스란히 바치듯 보이며 야만적인 인사를 되풀이했다.

멜러즈는 쓴웃음을 짓고는 자신도 옷을 벗어 던졌다. 가만 있을 수가 없었다. 그는 벌거벗은 하얀 몸뚱이를 드러내고는 소름이 돋는 듯 몸서리를 한번 치더니 사선을 그으며 줄기차게 쏟아지는 빗속으로 뛰어들었다. 플로시가 그의 앞에서 펄쩍펄쩍 뛰어오르며 마구 짖어댔다. 코니의 흠뻑 젖은 머리카락이 머리에 찰싹 달라붙었다. 코니는 이리저리 뛰어다니며 달아오른 얼굴로 그를 돌아보았다. 그녀는 신이 난 듯 파란 눈을 반짝이며 돌아서는가 싶더니 갑자기 돌격하듯 빠르게 앞으로 달려갔다. 공터를 벗어나 길을 따라 내달리자 젖은 나뭇가지들이 스치면서 그녀의 몸을 때렸다. 빠르게 달리는 그녀에게서 그가 볼 수 있는 것이라곤 젖은 머리칼이 착 달라붙은 둥근 머리와 달음질치느라 앞으로 기울어진 등, 비에 젖어 반짝이는 둥그스름한 엉덩이뿐이었다. 몸을 숙이고 도망치는 여인의 나체는 정말로 아름다워 보였다.

그는 넓은 승마로에 거의 다다랐을 때에야 코니를 따라잡아 아무것도 걸치지 않은 그녀의 부드러운 허리 부분을 팔을 뻗어 감싸 안을 수 있었다. 그녀는 비명을 지르며 그 자리에서 몸을 똑바로 세웠고, 그러자 차갑지만 부드러운 엉덩이의 살결이 그의 몸에 닿았다. 그는 막무가내로 여인의 엉덩이를 꼭 끌어안았고, 차가웠던 살이 그의 몸과 닿으면서 이내 불을 붙인 듯 뜨거워졌다. 그들의 몸에서 김이 모락모락 나도록 빗줄기가 계속 퍼부었다. 그는 그녀의 사랑스럽고 풍만한 엉덩이를 양 손으로 그러쥐더니 격정적으로 끌어당겨 꼭 안았다. 그렇게 빗속에서 꼼짝 않고 전율하던 그가 갑자기 그녀를 넘어뜨리며 자기도 그녀와 함께 길 위로 쓰러졌다. 귀가 먹먹해지도록 요란한 빗소리 속에서 그는 그녀를 가졌다. 짧고 날카롭게. 마치 동물처럼, 짧고 날카롭게 일을 끝냈다.

그는 눈으로 흘러내리는 빗줄기를 닦아내며 곧장 일어났다.

"들어갑시다." 그의 말에 둘은 오두막 쪽으로 뛰기 시작했다. 그는 비를 별로 좋아하지 않았기 때문에 한눈팔지 않고 빠르게 달려갔다. 그러나 코니는 좀더 천천히 가면서 물망초와 패랭이꽃, 블루벨을 따 모았고 몇 걸음 달려가다 멈추고는 멀어져가는 남자를 지켜보기도 했다.

그녀가 꽃을 안고 숨을 헐떡이며 오두막에 도착했을 때에는 그가 벌써 벽난로에 불을 지펴놓아 잔가지들이 타닥타닥 소리를 내며 타고 있었다. 그녀가 숨 쉴 때마다 뾰족한 젖가

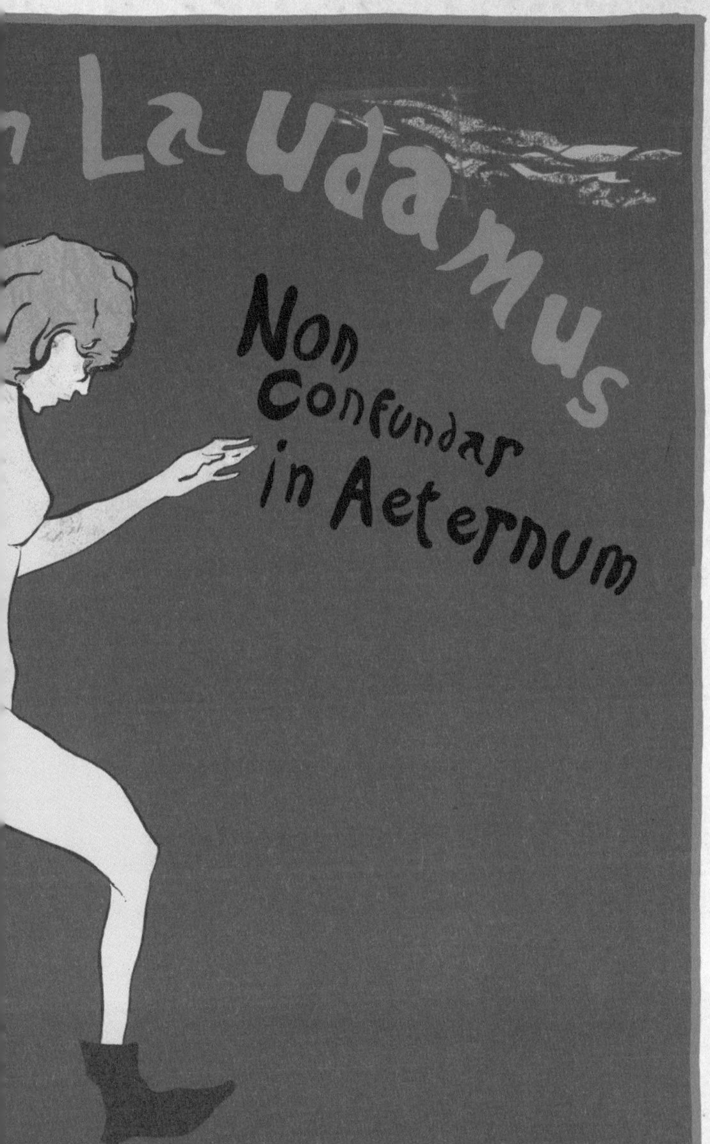
Laudamus
Non
Confundar
in Aeternum

슴이 오르락내리락했고, 발그스레하게 상기된 얼굴에는 비에 젖은 머리칼이 찰싹 달라붙어 있었다. 번들거리는 몸에서는 물을 뚝뚝 흘리고 있었다. 숨을 몰아쉬면서 크게 뜬 눈, 젖어서 자그마해진 머리, 물방울이 떨어지는 풍만하고 천진난만한 엉덩이. 그녀는 영 다른 사람 같았다.

그가 낡은 시트를 가져와 몸을 문질러 닦아주는 동안 그녀는 마치 어린아이처럼 가만히 서 있었다. 오두막 문을 닫고 그도 몸의 물기를 닦아냈다. 난롯불이 활활 타오르고 있었다. 코니는 그가 몸을 닦고 있는 시트의 다른 쪽 끝을 붙잡고 젖은 머리칼을 비벼 말렸다.

"같은 수건으로 함께 닦고 있으니 싸우게 될 거요!"* 그가 말했다.

그녀는 고개를 들어 헝클어진 머리카락 사이로 잠시 그를 쳐다봤다.

"그럴 리가요!" 휘둥그레진 눈으로 그녀가 말했다. "이건 수건이 아니라 시트라고요."

그러고는 그가 자기 몸을 바쁘게 닦는 동안 자신도 계속해서 부지런히 머리를 문질러 말렸다.

—

* 수건 한 장을 두 사람이 같이 쓰면 싸우게 된다는 영국 속담.

그들은 격한 운동을 한 덕에 여전히 헐떡이면서 각자 군용 담요를 두르고는 불을 쬐기 위해 몸 앞부분을 드러낸 채 벽난로 앞 통나무에 나란히 앉아 숨을 가라앉혔다. 코니는 몸에 닿는 담요의 촉감이 영 마땅치 않았다. 하지만 시트는 다 젖어버렸다.

그녀는 담요를 벗어버리고 난롯가 진흙 바닥에 무릎을 꿇고 앉아 불 가까이에 머리를 대고 흔들어 머리카락을 말리기 시작했다. 그는 아름답게 휘어지며 내려가는 그녀의 엉덩이 곡선을 감상했다. 그 모습은 오늘 그의 마음을 사로잡았다. 둥글고 풍만한 그녀의 양쪽 엉덩이로 흘러내리는 곡선이 얼마나 매혹적인지! 그리고 그 사이에는 비밀스러운 따스함에 폭 싸인 비밀스러운 입구들이 있었다.

멜러즈는 코니의 엉덩이를 쓰다듬으며 그 곡선과 둥그스름한 풍만함을 오랫동안 섬세하게 느꼈다.

"당신 엉덩이는 정말 훌륭해요." 그가 목 깊은 곳에서 나오는 애무하는 듯한 사투리로 말했다. "당신은 그 누구도 따라잡을 수 없는 엉덩이를 가졌어요. 가장 훌륭하고 또 훌륭한 엉덩이에요! 어느 한구석도 빠짐없이 천생 여자다운, 여자다움 그 자체요. 당신은 남자처럼 단추 같은 엉덩이를 가진 여자들하고는 달라요! 당신은 부드럽게 휘어진 진짜 여자다운 엉덩이를 가졌어요. 남자들이 본능적으로 뱃속 깊이 사랑하는 그런 엉덩이 말이에요. 정말 이 세상을 지탱할 수 있는 그런 엉덩이에요."

이렇게 말하는 동안에도 그는 그 둥그스름한 부분을 섬세하게 감상하듯 어루만졌다. 그곳으로부터 어떤 뜨거운 불 같은 것이 그의 손으로 미끄러져 들어오는 것 같았다. 그는 작고 부드럽지만 뜨거운 불 같은 손끝으로 여인의 몸에 있는 두 개의 은밀한 입구를 몇 번이고 가볍게 매만졌다.

"당신이 똥과 오줌을 누어도 좋아요. 똥도 오줌도 누지 못하는 여자는 원치 않아요." 코니는 어이가 없어 코웃음이 터지는 것을 참지 못했지만 그는 아랑곳없이 말을 이어갔다. "당신은 진짜예요, 진짜! 어찌 보면 동물의 암컷 같기도 한 당신은 진짜 배기예요! 여기로 똥을 싸고 여기로 오줌을 누겠지. 나는 양쪽 다 만지면서 당신을 사랑해요. 이 두 곳이 있어서 당신을 사랑해요. 당신은 제대로 된, 그래서 스스로 자랑스러워하는 듯한 그런 여인의 엉덩이를 가졌어요. 이런 엉덩이는 부끄러워하지 않아요."

그는 마치 친밀한 인사라도 하듯 그녀의 은밀한 부분들을 손으로 만지며 꾹 눌렀다.

"난 당신의 엉덩이가 좋아요." 그가 말했다. "정말 좋아요!

내가 단 십 분밖에 살지 못한다 해도, 당신 엉덩이를 쓰다듬으며 그것에 대해 알아볼 수 있는 기회만 주어진다면 난 멋진 인생을 살았다고 여길 거요! 산업 제도 따위는 있거나 말거나! 내 일생에서 가장 소중한 것 하나가 여기 있으니."

그녀는 몸을 돌려 그의 무릎 위로 올라가 팔을 두르고 매달렸다.

"키스해줘요!" 그녀가 속삭였다.

곧 떨어져 있어야 한다는 생각이 둘 모두의 마음에 숨어 있다는 것을 알고 그녀는 마침내 슬퍼졌다.

그녀는 그의 허벅지 위에 앉아 가슴에 머리를 기대고 있었는데, 일렁거리는 난로 불빛에 상아처럼 빛나는 두 다리는 느슨하게 벌어져 있었다. 고개를 숙이고 앉아 있던 그는 불빛에 비치는 여자 몸의 접힌 부분들과 벌어진 허벅지 사이에서 한 점으로 모이는 부드러운 갈색 털을 보았다. 그는 뒤에 있는 식탁으로 팔을 뻗어 그녀가 꺾어온 꽃다발을 집었다. 여전히 흠뻑 젖어 있어서 그녀의 몸에 빗물이 떨어졌다.

"어떤 날씨에도 꽃들은 문밖에 서 있지. 집이 없으니까." 그가 말했다.

"오두막 같은 것도 없죠!" 그녀가 중얼거리듯 말했다.

그는 가만가만 손가락을 놀려 비너스 둔덕의 곱디고운 갈색 털에 물망초를 꿰어 엮었다.

"자! 물망초가 이제 자기 자리에 꽂혔어요!"

코니는 신기하게 생긴 작은 우윳빛 꽃들이 몸 아래쪽 갈색 털들 사이에 자리 잡고 있는 것을 내려다보았다.

"정말 예쁘지 않아요?" 그녀가 말했다.

"생명처럼 예쁘군." 그가 대답했다.

그러더니 그는 분홍 패랭이꽃 봉오리를 그 사이에 꽂았다.

"자! 이건 나요. 나를 잊지 말라는 자리에 꽂았어요. 갈대 속의 모세*라고나 할까."

"내가 잠시 떠나 있어도 괜찮은 거죠, 그렇죠?" 코니가 안타까운 듯 그의 얼굴을 쳐다보며 물었다.

그러나 두꺼운 눈썹 아래 그의 얼굴은 헤아리기 어려웠다. 아무런 표정도 짓고 있지 않았다.

"당신이 원하는 대로 해요." 그가 말했다.

그는 표준어로 말했다.

"하지만 당신이 싫다면 가지 않을 거예요." 코니는 그에게 바짝 매달리며 말했다.

침묵이 흘렀다. 그는 몸을 숙여 난로에 장작 한 개비를 더

---

* 〈출애굽기〉 2장 3절을 인용한 농담.

집어넣었다. 아무 감정도 드러내지 않으며 잠자코 있는 그의 얼굴에 활활 타오르는 불꽃이 벌겋게 비쳤다. 답을 기다렸지만 그는 아무 말도 하지 않았다.

그녀가 말을 이었다. "클리퍼드와 헤어지기 위한 첫 단추로 그러는 게 좋겠다고 생각한 거예요. 난 아이를 낳고 싶어요. 그러니 이 여행이 기회라고 생각한 거죠. 그러니까……."

"사람들이 믿을 만한 거짓 구실을 제공할 기회가 된다는 거겠지." 그가 말했다.

"그래요, 여러 가지 다른 이유들도 있지만요. 사람들에게 사실대로 알려지길 원해요?"

"남들이 뭐라고 생각하든 상관없어요."

"난 상관있어요! 적어도 래그비에 있는 동안에는 사람들이 나를 불쾌하고 냉담하게 대하지 않았으면 해요. 내가 떠난 다음에야 뭐 마음대로 생각하라지요."

그는 아무 말도 하지 않았다.

"하지만 클리퍼드 경은 당신이 돌아오길 기대하고 있겠지?"

"그래요, 난 돌아와야 해요." 그녀가 대답했고 다시 침묵이 흘렀다.

"그럼 래그비에서 아이를 낳을 거요?" 그가 물었다.

그녀는 한 팔로 그의 목을 꼭 끌어안았다.

"당신이 나를 데리고 떠나지 않는다면 그래야겠죠." 그녀가 말했다.

"어디로 데려가란 말인가요?"

"어디든지! 먼 곳으로요! 래그비에서 멀리 떨어진 곳이면 돼요."

"언제?"

"그야 내가 돌아온 다음에요."

"한번 떠났는데 뭐하러 같은 일을 두 번 한다는 거요?" 그가 물었다.

"이번에는 돌아와야 해요. 약속했거든요! 아주 단단히 약속해야만 했어요. 게다가 실제로는 당신에게 돌아오는 거예요."

"남편의 사냥터지기에게 말인가요?"

"난 그게 뭐가 중요한지 모르겠군요." 그녀가 말했다.

"중요하지 않아요?" 그가 잠시 생각에 잠겼다. "그럼 당신은 언제 다시 완전히 떠날 생각인가요? 정확히 언제를 말하는 거요?"

"글쎄요, 모르겠어요. 베네치아에서 돌아오고 나서⋯⋯. 우리 같이 모든 걸 준비해요."

"어떻게 준비한다는 말인가요?"

"아, 내가 클리퍼드에게 떠난다고 말해야죠. 그에게 말해야 할 거예요."

"말하겠다고!"

그는 말이 없었다. 그녀는 그의 목을 두 팔로 꼭 안았다.

"일을 어렵게 만들지 말아요." 그녀가 간청했다.

"뭘 어렵게 만든다는 건가요?"

"내가 베네치아에 가고 이런저런 일들을 준비하는 거요."

그의 얼굴에 작은 미소가 스쳤다.

"일을 어렵게 만들려는 게 아니에요." 그가 말했다. "단지
당신이 추구하는 게 뭔지 정확히 알고 싶은 거요. 그런데 정
말로 뭘 원하는지 당신은 모르고 있어요. 당신은 좀 떨어져서
살펴볼 시간을 벌고 싶은 거예요. 당신을 탓하는 게 아니에
요. 당신이 현명한 거라고 생각해요. 당신은 래그비의 안주인
으로 머무는 편이 낫다고 여기게 될지도 모르죠. 그렇다고 해
도 비난할 생각은 없어요. 난 당신에게 래그비 같은 것을 줄
수 없으니까. 사실 당신은 내게서 취할 수 있는 게 뭔지 알고
있어요. 아니, 아니에요, 당신이 옳아요! 정말 옳다고 생각해
요! 그리고 나도 당신에게 빌붙어 당신 도움으로 사는 건 내
키지 않아요. 이것도 문제지요."

코니는 어쩐지 그가 피장파장이라는 식으로 대응하고 있
는 것만 같았다.

"그렇지만 날 원하잖아요, 그렇죠?" 그녀가 물었다.

"당신은 나를 원해요?"

"당신도 그렇다는 걸 알잖아요. 그 사실은 분명해요."

"그렇군! 그럼 언제부터 나와 살고 싶은 거요?"

"여행에서 돌아오면 함께 전부 준비할 수 있을 거예요. 지금은 숨 쉴 틈도 없이 당신에게 빠져 있어요. 마음을 좀 가라 앉히고 머리를 맑게 해야 해요."

"그도 그렇군! 마음을 가라앉히고 머리를 맑게 해요!"

코니는 속이 좀 상했다.

"그래도 날 믿죠, 그렇죠?" 그녀가 말했다.

"오, 물론이죠!"

그의 말에서 조롱기가 느껴졌다.

그녀가 단도직입적으로 말했다. "내가 베네치아에 가지 않는 편이 낫다고 생각하면 그렇다고 얘기해요."

"물론 베네치아에 가는 게 나아요." 살짝 빈정대는 어조로 그가 냉랭하게 대답했다.

"그게 다음 주 목요일이라는 거 알죠?" 그녀가 말했다.

"알아요!"

코니는 생각에 잠겼다. 그러다 마침내 입을 열었다.

"돌아왔을 때에는 우리가 처한 상황을 좀더 잘 알 수 있을 거예요. 안 그래요?"

"아! 물론이에요!"

그들 사이에 묘한 침묵의 심연이 놓였다!

"이혼 문제로 변호사에게 가봤어요." 그가 약간 어색하게 말을 이었다.

코니는 몸이 살짝 떨렸다.

"그랬군요! 변호사가 뭐라고 하던가요?"

"진작 이혼을 했어야 하는데 지금은 더 까다로울 수 있다고 하더군요. 그렇지만 내가 군대에 있었기 때문이니까 결국은 잘 해결될 수 있을 것 같다고 했어요. 다만 이 일로 그 여자를 머릿속에 떠올리는 일만 없으면 좋을 텐데!"

"그 여자도 알게 되겠죠?"

"그래요! 그 여자에게 통지서가 발부되었어요. 공동 피고인으로 같이 사는 남자에게도……."

"이 모든 끔찍한 절차를 밟아야 하는군요! 나도 클리퍼드와 이런 과정을 거쳐야겠죠."

침묵이 흘렀다.

"그리고 물론 앞으로 여섯 달에서 여덟 달 동안은 모범 생활을 해야 해요. 그러니 당신이 베네치아에 가 있으면 적어도 한두 주 정도는 유혹이 사라지는 셈이군."

"내가 유혹이 된다고요!" 그녀가 그의 얼굴을 쓰다듬으며 말했다. "당신에게 유혹이 될 수 있다니 기쁘군요! 이 문제에 대한 생각은 그만하기로 해요! 당신이 생각하기 시작하면 난 좀 무서워져요. 내가 납작하게 짓눌리는 것 같아요. 그 문제는 그만 생각해요. 우리가 떨어져 있는 동안 생각할 시간은 충분할 테니까요. 그게 얘기의 핵심이에요! 그리고 아까부터 드는 생각인데, 출발하기 전에 꼭 하룻밤 더 당신과 지내야 한다는 거예요. 꼭 한 번 더 당신 집에 가야 해요. 목요일 밤에 가도 될까요?"

"그날 당신 언니가 이리로 오지 않아요?"

"그래요! 하지만 언니가 차 마실 시간에 출발하자고 했으니 그 시간쯤에 출발하게 될 거예요. 또 언니가 잠은 다른 곳에서 자게 될 것 같다고 했으니, 나는 당신과 보낼 수 있을 거예요."

"하지만 그렇게 되면 그녀에게 우리 일에 대해 알려야만 하지 않겠어요."

"아, 언니한테 말하려고 해요. 어느 정도는 이미 말해놓았고요. 우리 문제에 대해 모두 다 언니와 얘기해봐야겠어요. 현명한 사람이니 크게 도움이 될 거예요."

그는 그녀의 계획에 대해 생각해보았다.

"그럼 차 마실 시간에 래그비를 떠나서 런던으로 바로 가는 척할 셈인가요? 어느 쪽 길로 갈 생각이죠?"

"노팅엄과 그랜섬을 지나는 길이요."

"그럼 당신 언니가 그 길 어디선가 당신을 내려주고, 당신은 걷든지 차를 타고 다시 여기까지 오겠다는 거요? 굉장히 아슬아슬한 계획으로 들리는데."

"그런가요? 글쎄요, 그렇다면 언니에게 데려다 달라고 하죠. 언니가 맨스필드에서 자게 되면, 저녁에 이곳에 나를 내려주고 아침에 다시 데리러 올 수 있을 거예요. 그리 어렵지 않은 일이에요."

"사람들이 당신을 보면 어쩌려고?"

"보안경을 쓰고 베일도 쓸 거예요."

그는 잠시 생각에 잠겼다.

"글쎄, 당신 좋을 대로 해요. 늘 그렇듯이."

"이 계획이 내키지 않나요?"

"아, 아니! 나도 마음에 들어요." 그가 다소 엄숙한 어조로 말했다. "쇠도 뜨거울 때 두드려야 하는 법이니까."

"지금 무슨 생각을 했는지 알아요?" 갑자기 그녀가 말했다. "문득 이런 생각이 들었어요. 당신이 '불타는 절굿공이 기사'*라고요."

"그렇군! 그럼 당신은? '후끈 달아오른 절구 부인'인가?"

"맞아요! 그래요! 당신은 절굿공이 경, 난 절구 부인이에요."

"좋아요, 기사 작위를 받았군. 당신의 제인 부인이 귀부인이니까 내 존 토머스도 존 경이 된 거로군."

"그래요! 존 토머스가 기사 작위를 받았어요! 나는 '처녀 털 부인'이고, 당신에게도 꽃이 필요해요. 필요하고말고요!"

코니는 그의 페니스 위에 수북하게 나 있는 붉은빛이 도는 금빛 털에 분홍 패랭이꽃 두 송이를 엮었다.

"봐요! 근사해요, 정말 근사하군요! 존 경!" 그녀가 말했다.

그리고 그의 가슴에 난 검은 털에는 물망초 몇 송이를 꽂았다.

"이제 여기에서도 나를 잊지 않게 될 거예요, 그렇죠?" 그녀는 그의 가슴에다 입을 맞추고는 양 젖꼭지 위에 각각 물망초 더미를 조금씩 얹고 다시 입을 맞추었다.

"나를 달력**으로 만드는군!" 그가 말했다. 그가 웃자 가슴에 있는 꽃들이 흔들렸다.

---

* The Knight of Burning Pestle. 영국의 극작가 프랜시스 보몬트(Francis Beaumont, 1584~1616)가 쓴 희극의 제목.
** 이 당시 달력에는 꽃 그림이 있는 경우가 많았다.

"좀 기다려봐요!"

그가 일어나서 오두막 문을 열었다. 입구에 누워 있던 플로시가 일어나 그를 바라보았다.

"그래, 나다!" 그가 말했다.

비는 이미 그쳐 있었다. 습하고 무거우면서도 향기로운 공기 속에 고요함이 흘렀다. 저녁이 다가오고 있었다.

그는 밖으로 나가 승마로 반대 방향으로 난 작은 오솔길을 따라 내려갔다. 코니는 하얗고 여윈 그의 모습이 유령 같다고 생각했다. 환영처럼 그녀에게서 멀어지는 것 같았다. 그 모습이 보이지 않게 되자 심장이 쿵 내려앉았다. 그녀는 담요를 두르고 오두막 문간에 서서, 비에 젖어 아무런 움직임 없이 고요하기만 한 세상을 들여다보고 있었다.

그러다 그가 꽃을 든 채 이상한 걸음걸이로 빠르게 돌아오는 모습이 보였다. 진짜 인간이 아닌 것처럼 느껴져 그녀는 살짝 겁이 났다. 그리고 그가 가까이 다가와 그녀의 눈을 들여다보았는데, 그녀는 그 의미를 헤아릴 수 없었다.

그는 매발톱꽃과 패랭이꽃, 선갈퀴와 잎이 촘촘하게 달린 참나무 가지, 작은 꽃봉오리가 맺힌 인동덩굴을 가져왔다. 그는 보송보송하게 솜털이 난 어린 참나무 가지는 코니의 머리에, 인동덩굴의 가는 가지와 블루벨과 패랭이꽃은 다발로 엮어 그녀의 가슴에 빙 둘러 묶었다. 그리고 배꼽에는 분홍 패랭이꽃을 올려놓고, 처녀 털에는 물망초와 선갈퀴를 꽂았다.

"당신의 영광스러운 모습이에요!" 그가 말했다. "제인 부인이 존 토머스와 혼례를 올리는군."

그리고 그는 자기 몸에 난 털에도 꽃을 꽂고 좀가지풀을 감아 페니스를 장식했으며 배꼽에는 활짝 피지 않은 종 모양의 히아신스 한 송이를 붙였다. 코니는 이상할 정도로 열중해 있는 그의 모습을 즐거워하며 바라보았다. 그녀가 패랭이꽃 한 송이를 그의 콧수염에 끼우자 그의 코밑에서 꽃이 대롱거렸다.

"이쪽은 제인 부인과 결혼하는 존 토머스라고 하오." 그가 말했다. "이제 우린 콘스턴스와 올리버를 제 갈 길로 떠나보내야 해요. 어쩌면……." 그가 손을 펼치며 몸짓을 하다가 재채기를 하고 말았다. 코와 배꼽에 꽂았던 꽃들이 재채기 때문에 날아가버렸다. 그리고 또 재채기를 했다.

"어쩌면 뭐요?" 그가 말을 계속 잇기를 기다리던 그녀가 물었다.

그는 약간 당황한 기색으로 쳐다봤다.

"응?" 그가 말했다.

"어쩌면 뭐요? 하려던 말을 계속해봐요." 그녀가 졸랐다.

"아, 내가 무슨 말을 하려고 했더라?"

그러나 그는 무슨 말을 하려고 했었는지 까맣게 잊어버렸다. 그리고 그녀에게는 그것이 일생일대의 실망스러운 일 중 하나가 되었다.

황금빛 햇살이 나무 위로 비쳤다.

"해가 떴군!" 그가 말했다. "그리고 당신이 가야 할 시간이 되었군요. 시간이 다 되었네요, 마님, 시간이! 날개 없이도 날아가는 것이 무엇인 줄 아시는지요, 마님? 바로 시간이에요! 시간!"

그가 셔츠를 집으려고 손을 뻗었다.

"존 토머스에게 작별 인사나 해줘요." 그가 자신의 페니스를 내려다보며 말했다. "그는 좀가지풀의 품에 안겨 안녕하지요. 이제는 불타는 절굿공이의 면모는 별로 찾아볼 수 없지만 말이에요."

그러고는 얇은 플란넬 셔츠를 머리부터 뒤집어썼다.

"남자가 가장 위험한 순간이 바로 이렇게 셔츠를 뒤집어쓰는 때지요. 머리에 자루를 쓰는 거나 다를 바 없지. 그래서 재킷처럼 입을 수 있는 미국식 셔츠가 훨씬 좋아요." 셔츠에서 고개를 내밀며 그가 말했다. 그녀는 여전히 서서 그를 바라보고만 있었다. 그는 짧은 속바지에 발을 집어넣고 올려 입은 다음 허리 단추를 채웠다.

"제인을 좀 보시지요!" 그가 말했다. "온통 꽃에 둘러싸인 모습을! 내년에는 누가 당신에게 꽃을 놓아줄까요, 지니*? 나일까요, 다른 사람일까요? '잘 있어요, 나의 블루벨, 당신에게 작별을 고하오!'** 사실 난 이 노래를 싫어해요. 예전 전쟁 때의 노래라서." 그는 앉아서 양말을 잡아당겨 신고 있었다. 코니는 아직도 꼼짝 않고 서 있기만 했다. 그는 그녀의 엉덩이 굴곡에 손을 얹고는 말했다. "예쁘고 귀여운 제인 부인! 어쩌면 베네치아에서 당신의 처녀 털에는 재스민을, 배꼽에는 석류꽃을 꽂아줄 남자를 찾게 될지도 모르지. 불쌍하고 귀여운 제인 부인!"

"그런 말 하지 말아요!" 그녀가 말했다. "그런 말 하면 내 마음만 아프다고요."

그는 고개를 떨구었다. 그러더니 사투리로 말했다.

"그래, 내가 그랬는지 모르지, 당신 마음을 아프게 했나보군! 그렇다면 이제 난 그런 말은 하지 않겠어요. 더 이상 하지 않겠어요. 하지만 당신은 옷을 챙겨 입고, 아주 아름답게 서 있

---

* 제인의 애칭.
** 1904년 영국에서 유행했던 〈블루벨(Blue Bell)〉이라는 군대행진곡 가사의 일부.

는, 당신의 위풍당당한 영국 대저택으로 돌아가야 해요. 시간이 다 되었어요! 존 경과 귀여운 제인 부인의 시간은 이제 다 되었어요! 채털리 부인은 속옷을 입어요! 거기 그렇게 속옷도 입지 않은 채 꽃 쪼가리만 걸치고 서 있으면 누가 알아보겠어요. 자, 자, 그럼 꽃들은 내가 떼어내지요, 짧은 꼬리 꼬마 개똥지빠귀님……." 그리고 그는 코니의 젖은 머리에 입을 맞추며 머리카락에 꽂은 잎사귀들을 떼어냈고, 양 젖가슴에서도 꽃들을 떼어내고 입을 맞췄다. 그리고 꽃 장식을 그대로 남겨둔 그녀의 배꼽과 처녀 털에도 입을 맞추었다. "이 꽃들은 가능한 한 여기 둬야 해요." 그가 말했다. "자! 당신은 다시 벌거벗었어요, 엉덩이도 다 드러내고 제인 부인만 약간 걸치고 있을 뿐이군! 이제 속옷을 입어요, 당신은 가야만 해요. 안 그러면 채털리 부인은 저녁식사 시간에 지각을 할 테고, 내 예쁜 아가씨는 도대체 어딜 갔었느냐는 소리를 듣게 될 거예요!"

그녀는 그가 이렇게 사투리로 말을 할 때면 어떻게 대답해야 할지 난감하기만 했다. 그래서 그저 옷을 입고 약간 수치스럽게 래그비 저택으로 갈 채비를 했다. 말하자면, 약간 수치스럽게 집으로 돌아가는 것 같다는 느낌을 받았던 것이다.

그는 넓은 승마로까지 코니를 바래다주려고 했다. 그가 기르는 새끼 꿩들은 별 탈 없이 그들의 보금자리에 있었다.

그들이 승마로로 나왔을 때, 볼턴 부인이 창백한 얼굴로 그들을 향해 머뭇거리며 다가오고 있었다.

"아, 부인, 혹시 무슨 일이 생겼나 싶어 걱정했어요!"

"일이라뇨! 아무 일도 없었어요!"

볼턴 부인은 남자의 얼굴을 살펴보았다. 매끈한 것이 사랑으로 새로 태어난 것 같은 모습이었다. 그녀의 눈이 웃음과 빈정거림이 섞인 그의 눈과 마주쳤다. 운이 없는 일을 당하면 그는 늘 웃었다. 그러나 볼턴 부인을 바라보는 그의 눈길은 상냥했다.

"안녕하세요, 볼턴 부인! 마님은 이제 괜찮으실 테니 전 이만 물러가겠습니다. 안녕히 가십시오, 마님! 볼턴 부인도 안녕히 가십시오!"

그는 인사를 하고 돌아섰다.

16장

집에 돌아온 코니는 질문 공세에 시달려야 했다. 차를 마시는 시간에 외출했던 클리퍼드가 폭풍우가 시작되기 직전에 돌아와 마님이 어디 계시느냐고 물었는데 아는 사람이 아무도 없었던 것이다. 오직 볼턴 부인만이 숲으로 산책하러 가신 것 같다고 말했다. 이렇게 폭풍우가 몰아치는데 숲에 들어갔다니! 이번만큼은 클리퍼드도 자신이 불안해 미칠 것 같은 상태로 빠져들도록 놔두었다. 번개가 칠 때마다 깜짝깜짝 놀라고 천둥이 울릴 때마다 몸서리를 쳤다. 그는 천둥과 함께 몰아치는 차가운 비를 세상의 종말이라도 맞은 것 같은 눈으로 바라보았다. 그는 점점 더 흥분했다.

볼턴 부인은 그의 심기를 누그러뜨리려 애썼다.

"마님은 폭풍우가 그칠 때까지 오두막에 피신해 계실 겁니다. 걱정하지 마세요, 마님은 괜찮으실 겁니다."

"이렇게 폭풍우가 내리치는데 숲에 있다는 게 안심이 되질 않아! 그녀가 숲에 있다는 것 자체가 마음에 들지 않아! 나간 지 두 시간도 더 된 것 아니오. 마님이 언제 나갔다고?"

"나리가 들어오시기 좀전에요."

"수렵장에선 보질 못했는데. 이 사람이 도대체 어디 있고 무슨 일이 난 건지 알 수가 없지 않은가."

"오, 아무 일도 없을 거예요. 비가 그치면 바로 돌아오실 테니 두고 보세요. 비 때문에 발이 묶여 계실 겁니다."

그러나 마님은 비가 그치고도 바로 집에 돌아오지 않았다. 시간이 흘러 태양이 마지막 노란 햇살을 내비칠 때까지도 감감 무소식이었다. 해가 지고 날이 점점 어두워졌으며, 저녁식사를 알리는 첫 번째 종도 벌써 울린 뒤였다.

"기다려봐야 소용없군!" 클리퍼드가 미친 듯이 소리쳤다. "필드와 베츠를 내보내 찾아봐야겠어."

"아이고, 그러지 마세요!" 볼턴 부인이 외쳤다. "그러시면 사람들이 자살 사건이라도 난 줄 알 거예요. 아이고, 괜한 소문 거리를 만들지 마세요! 제가 살짝 오두막에 가서 거기 계신지 보겠습니다. 분명히 거기 무사히 계실 거예요."

그렇게 얼마간 설득하자 클리퍼드는 가보라고 허락했다.

그렇게 해서 코니가 찻길에서 창백하게 질린 채 혼자서 서성이고 있는 볼턴 부인과 마주치게 된 것이었다.

"제가 마님을 찾아 나선 것에 대해 언짢아하시지 않으셨으면 해요! 클리퍼드 경이 불안해하시며 매우 흥분하셨어요! 마님께서 번개에 맞거나 쓰러지는 나무에 깔려 돌아가신 게 분명하다고 여기셨거든요. 그러고는 필드와 베츠를 숲으로 보내 시신을 찾아야 한다고 하시지 뭐예요. 그래서 모든 하인들이 나서서 법석을 떨게 하느니 차라리 제가 오는 편이 낫겠다 싶었어요."

볼턴 부인이 초조하게 이야기했다. 그녀는 코니의 얼굴에 아직 부드러운 기운과 반쯤 꿈을 꾸는 듯한 열정이 남아 있는 것을 느낄 수 있었고, 그와 더불어 자신에게 짜증이 났다는 것도 눈치챘다.

"그랬군요!" 코니가 말했다. 그러고는 더 이상 말이 없었다.

두 여인은 말없이 빗속을 뚫고 터벅터벅 걸어갔다. 숲에서는 커다란 물방울이 나무에서 떨어져 물을 튀겼다. 수렵장에 이르자 코니는 앞장서서 성큼성큼 걸었고, 볼턴 부인은 약간 숨이 찼다. 그녀는 조금씩 살이 오르고 있었다.

"클리퍼드는 왜 그렇게 바보같이 난리법석을 피우는지!"

화가 난 코니가 마침내 입을 열었다. 실은 자신에게 하는 말이었다.

"오, 남자들이 어떤지 아시잖아요! 그들은 흥분해서 일을 크게 만드는 걸 좋아해요. 하지만 나리도 마님이 괜찮은 걸 보시면 곧 가라앉으실 거예요."

코니는 볼턴 부인이 자신의 비밀을 눈치챈 것에 몹시 화가 났다. 그녀는 알고 있는 게 틀림없었다.

콘스턴스는 갑자기 길 위에 우뚝 멈춰 섰다.

"내 뒤를 밟다니 정말 고약하군요!" 그녀가 눈에서 불꽃을 튀기며 말했다.

"아이고, 마님, 그런 말씀 마세요! 나리께서는 필드와 베츠를 보내고야 마셨을 거예요. 그럼 그들은 곧장 오두막으로 갔을 테고요. 전 사실 오두막이 어디에 있는지도 잘 몰랐어요. 정말이에요."

코니는 그 말에 들어 있는 암시에 발끈해 더욱더 얼굴이 붉으락푸르락해졌다. 그러나 정열에 사로잡혀 있어 거짓말은 할 수 없었다. 심지어 자신과 사냥터지기 사이에 아무 일도 없는 척조차 할 수 없었다. 그녀는 교활하게 고개를 숙이고 서 있는 다른 여인을 쳐다보았다. 그러나 볼턴 부인은 어찌 되었든 같은 여자로서 그녀의 편이었다.

"아, 좋아요!" 그녀가 말했다. "그렇다고 치죠. 상관없어요!"

"마님은 괜찮으십니다! 그저 오두막에서 폭풍우를 피하고 계셨을 따름이죠. 정말 아무 일도 아니에요."

그들은 집으로 계속 걸어갔다. 클리퍼드의 방으로 곧장 쳐들어간 코니는 잔뜩 긴장해서 파리해진 그의 얼굴과 툭 불거진 눈을 보곤 분노가 끓어올랐다.

"이 말은 꼭 해야겠어요, 하인들이 내 뒤를 밟게 할 필요는 없었잖아요!" 그녀가 분통을 터뜨렸다.

"뭐라고!" 그도 화가 폭발했다. "당신, 대체 어디 있었어? 이런 폭우가 몰아치는 날씨에 몇 시간씩, 몇 시간씩이나 사라져 보이질 않으니! 뭐하러 그놈의 숲에 간 거요? 가서 뭘 한 거야? 비가 그치고도 몇 시간이나 지났잖아. 몇 시간이나! 지금이 몇 신지 알고나 있어? 당신의 이런 행동에 미치지 않을 사람은 없어. 어디 있었어? 대체 뭘 하고 있었던 거야?"

"내가 말하지 않겠다면 어쩔 건데요?" 그녀는 모자를 벗고 머리카락을 흔들었다.

그는 튀어나올 것 같은 눈으로 그녀를 바라보았다. 흰자위가 노래지고 있었다. 이렇게 격노하는 건 그의 건강에 매우 좋지 않았다. 볼턴 부인은 이날 이후 그와 함께 며칠이나 힘든 시간을 보내야 했다. 코니는 갑자기 가책 비슷한 것을 느꼈다.

"하지만 정말이지!" 그녀는 좀 누그러져서 이야기했다. "누가 들으면 내가 모르는 곳에 갔었다고 생각하겠어요! 폭풍이 치는 동안 그저 오두막에서 불을 좀 지피고 기분 좋게 앉아 시간을 보냈을 뿐인데요."

그녀는 이제 술술 이야기를 했다. 어찌 되었건 그를 더 이상 흥분시킬 이유가 어디 있겠는가! 클리퍼드는 미심쩍은 눈으로 그녀를 바라보았다.

"당신 머리는 또 어떻고!" 그가 말했다. "당신 꼴을 좀 봐!"

"알아요!" 그녀는 침착하게 대답했다. "아무것도 걸치지 않고 빗속을 달렸거든요."

그는 할 말을 잃고 그녀를 노려보기만 했다.

"미친 게로군!" 그가 말했다.

"왜요? 비를 맞으며 샤워하는 걸 좋아해서요?"

"몸은 또 어떻게 말렸지?"

"낡은 수건으로 닦고 난롯가에 있었어요."

그는 여전히 기가 막혀 말이 안 나오는 듯 그녀를 노려보았다.

"그러다 누가 왔으면 어쩔 뻔했어?" 그가 말했다.

"누가 오겠어요?"

"누가 오겠냐고? 아니 누구든 올 수 있지! 그리고 멜러즈가 있잖소. 그가 오지 않았어? 저녁마다 들를 텐데."

"네, 나중에 날이 개었을 때 오긴 했죠. 꿩들에게 모이를 주러요."

코니는 놀라울 정도로 흔들림 없이 태연하게 말했다. 옆방에서 엿듣고 있던 볼턴 부인도 감탄하고 말았다. 저렇게 자연스럽게 시치미를 떼다니!

"당신이 미치광이처럼 홀딱 벗고 빗속을 뛰어다닐 때 그 사람이라도 왔으면 어쩔 뻔했어?"

"아마 기겁을 하고 바로 달아났겠죠."

클리퍼드는 여전히 그녀를 뚫어지게 노려보았다. 자신의 무의식 속에 들어 있는 생각을 그 스스로 결코 알 수 없었다. 정리된 한 가지 명확한 생각을 의식의 표면에 떠올리기 힘들 정도로 그는 너무나 충격을 받았다. 그는 그저 멍한 상태로 단순하게 그녀가 한 말을 받아들였다. 그리고 그녀에게 감탄했다. 정말로 감탄하며 바라보지 않을 수 없었다. 발그레 상기된 그녀의 모습은 사랑 덕분에 매끄럽게 빛나고 있었고 아름다웠다.

"심한 감기에라도 걸리지 않고 넘어간다면 그나마 다행일 텐데." 클리퍼드는 좀 진정되어 이야기했다.

"아, 감기에는 걸리지 않았어요." 코니가 대답했다. 그녀는 다른 남자의 말을 떠올리는 중이었다. '당신은 어느 여자보다도 훌륭한 엉덩이를 가졌어요!' 그녀는 클리퍼드에게 그 말 많았던 폭풍우가 치는 동안 자신이 이런 말을 들었다고 얘기해주고 싶은 마음이, 정말 그러고 싶은 마음이 간절했다. 그러나 그럴 수는 없었다. 그 대신 그녀는 화가 난 여왕 같은 태도로 옷을 갈아입으러 위층으로 올라갔다.

그날 저녁 클리퍼드는 그녀에게 잘해주고 싶었다. 그는 최근에 출간된, 과학과 관련된 종교 서적을 읽는 중이었다. 그에게는 겉으로만 그럴싸한 일종의 종교관이 있어서, 자기 자아의 미래에 대해 자기중심적인 방식으로 관심을 갖고 있었다. 부부 사이에 거의 쥐어짜내듯 대화 거리를 만들어야 했기 때문에 클리퍼드는 책에 대해 코니와 이야기하는 습관이 있었다. 그들은 거의 억지로 제조하다시피 머릿속에서 대화를 꾸며내야 했다.

"그런데 당신은 이 문제에 대해 어떻게 생각하지?" 클리퍼드가 손을 뻗어 책을 집으며 말했다. "우리가 억겁의 세월을 몇 번 더 거쳐서 진화한 시대에 살고 있다면 당신이 뜨거운 몸을 식히기 위해 빗속을 돌아다닐 필요도 없었을 거야. 아, 그래, 이 부분! '우주는 우리에게 두 가지 면모를 보여준다. 우주는 물질적으로는 소모되고 있지만 다른 한편으로는 정신적으로 계속 상승하고 있다.'"

코니는 귀를 기울여 들었고, 이야기가 더 계속될 거라고 생각했다. 하지만 클리퍼드는 말을 끊고 그녀의 반응을 기다리고 있었다. 그녀는 약간 놀라 그를 바라봤다.

"우주가 정신적으로 상승하고 있다면 우주의 꼬리가 놓여 있던 저 아래에는 무엇을 남겨두었을까요?"

"아! 저자가 의도한 의미를 그대로 받아들여봐요. **상승**은 **소모**의 반대 개념으로 봐야 할 것 같아." 그가 말했다.

"말하자면 정신적으로 부풀어 오른 거군요!"

"농담하지 말고 진지하게 말해봐요. 이 이야기에 어떤 의미가 있다고 생각하지?"

코니가 그를 다시 바라보며 말했다.

"물질적으로는 소모되고 있다고요? 당신은 오히려 몸이 점점 불어나고 있고, 나도 살이 빠지고 있지는 않은데요. 당신은 태양이 전보다 작아진 것 같아요? 난 그런 것 같지 않은데. 그리고 아담이 이브에게 주었던 사과도 지금 우리가 먹는 오렌지 피핀 종 사과보다 그렇게 크진 않았을 걸요. 당신은 컸을 거라고 생각하나봐요?"

"글쎄, 그가 계속 전개하는 말을 들어봐요. '그리하여 우주는 우리가 가진 시간 감각으로는 상상하기 힘들 정도로 서서히, 새로운 창조적 환경으로 나아가고 있다. 그런 환경 속에서 물질세계는 우리가 지금 알고 있는 바와 같이 실재하지 않는 상태와 거의 다를 바 없는 미약한 잔물결 정도로 나타날 것이다.'"

코니는 흥미롭다는 듯한 빛을 띠며 귀를 기울였다. 갖가지 험한 반박의 말이 떠올랐다. 그러나 그저 이렇게만 말했다.

"정말 어리석기 짝이 없는 말장난이에요! 잘난 체하는 그 보잘것없는 인식으로 마치 그토록 서서히 일어나는 일을 다 알 수 있다는 듯이 말하다니요! 그건 그저 **이 작자가** 세상에서 육체적으로 실패작이기 때문에 온 우주를 물질적 실패작으로 만들고 싶어하는 것을 뜻할 뿐이에요. 알량하게 건방을 떨고 아는 체하는 거죠!"

"아, 그렇지만 들어봐! 위대한 저자의 엄숙한 말씀을 끊지 말아요! '현재 이 세상에 있는 질서 유형은 상상할 수도 없는 과거에 생겨났고, 상상할 수도 없는 먼 미래에 무덤으로 들어가게 될 것이다. 남는 것은 추상적 형태와 창조성, 하느님이라는 고갈되지 않는 영역이다. 창조성은 그 성격이 그 자신의 창조물에 따라 새롭게 결정되어 변화하며 모든 형태의 질서가 하느님의 지혜에 의존하고 있다.' 이렇게 그는 마무리하고 있어!"

코니는 경멸스럽다는 태도로 앉아서 듣고 있었다.

"그 사람은 정신이 부풀다 터져버렸어요." 그녀가 말했다. "웬 뜬구름 잡는 말들만 그렇게 많은지! 상상할 수도 없다느니, 질서의 유형이 무덤에 들어간다느니, 추상적 형태들의 영역이니, 성격이 변하는 창조성이니, 그리고 하느님에게 여러 질서가 섞여 있다느니! 정말 바보 같은 소리예요!"

"그래요, 이것저것 좀 막연하게 뭉뚱그려 말하고 있기는 하지." 클리퍼드가 말했다. "그래도 나는 우주가 물질적으로는 소모되고 있고 정신적으로는 상승하고 있다는 생각에 특별한 의미가 있다고 여겨지는데."

"그래요? 그러면 우주더러는 상승하라고 하죠. 나만 여기 이 아래에다 육체적으로 안전하고 확실하게 남겨둔다면요."

"당신은 자기 몸이 마음에 들어?" 그가 물었다.

"그럼요!" 이렇게 말하는 그녀의 마음속으로 '어떤 여자도 따라잡을 수 없는 가장 훌륭하고 또 훌륭한 엉덩이요!'라는 말이 스쳐갔다.

"그런데 그건 정말 좀 이상한 일이군. 육체가 짐이 된다는 건 부정할 수 없는데 말이야. 그렇다면 여자는 정신적인 삶에서 궁극적인 기쁨을 얻지 못하는 것 같군."

"궁극적인 기쁨이요?" 그녀가 그를 올려다보며 반문했다.

"저런 바보 같은 헛소리가 정신적 삶에서는 최고의 기쁨인가요? 나는 백번 사양하겠어요! 내게는 육체를 줘요. 나는 정신적인 삶보다는 육체적인 삶이 훨씬 더 진정성 있고 훌륭하다고 믿어요. 육체적인 삶에 진정으로 눈떠 있을 때 말이에요. 그런데 아주 많은 사람들이 당신의 그 잘난 바람 소리 장치*처럼 죽은 시체 같은 그들 몸뚱이에 정신을 덧붙이고 살아갈 뿐이에요."

그가 놀라서 그녀를 보며 말했다.

"육체적인 삶은 그저 동물의 삶이야."

"똑똑한 시체의 삶보다는 그런 삶이 차라리 나아요. 게다가 당신 말은 틀렸어요! 인간의 몸은 이제야 겨우 진정한 삶에 가까워졌어요. 그리스인들에게 육신은 아름다운 불꽃으로 깜빡였지만 플라톤과 아리스토텔레스가 그것을 꺼버렸고 예수가 완전히 끝장냈죠. 하지만 지금 그 육신이 무덤에서 일어나 진정으로 다시 살아나고 있어요. 인간 육신의 생명력은 아름다운 우주 속에서 아름답게, 정말로 아름답게 삶을 피워낼 거예요."

"여보, 당신은 꼭 당신이 그 모든 것의 도래를 안내하는 사

람인 양 말하는군! 사실 그렇지, 당신은 휴가를 떠나잖아. 하지만 제발 그렇게 점잖지 못하게 들떠 있지는 말아. 내 말을 믿어요. 어떤 신이 있든지 간에 인간의 내장과 소화기관을 서서히 제거해서 인간을 더 고상하고 더 정신적인 존재로 진화시키고 있는 것임에 틀림없어."

"클리퍼드, 당신 말을 꼭 믿어야 하나요? 어떤 신이신지는 모르겠지만 내게는 마침내 그 신이 내 내장에서 깨어나 그곳에서 새벽처럼 아주 행복한 물결을 일으키는 것처럼 느껴지는데요. 당신 말과는 아주 정반대로 느끼는 마당에 왜 내가 당신 말을 믿겠어요?"

"아, 바로 그거야! 그런데 무엇이 당신에게 이런 이상스런 변화를 일으킨 거요? 빗속을 홀딱 벗고 달리면서 바쿠스 여사제 노릇을 해서인가? 감각에 대한 욕망이나 베네치아에 가는 것에 대한 기대 때문인가?"

"둘 다예요! 여행 가는 일로 너무 신나하는 게 당신에게 지독한 처사인가요?" 그녀가 물었다.

"너무 솔직하게 드러내는 건 좀 그렇군."

"그럼 숨기도록 할게요."

"뭐 그럴 것까지는 없어! 당신의 흥분이 내게도 전염된 것 같으니까. 거의 내가 떠나는 것처럼 느껴질 지경인걸."

"그럼 당신도 갈래요?"

"그 이야기는 이미 다 끝났어. 사실 당신은 이 모든 것에 잠시나마 안녕을 고할 수 있어서 들뜬 걸 거야. 한동안 모든 일을 훌훌 털어버리고 떠나는 것만큼 짜릿한 건 없지. 하지만 떠난다는 건 언제나 또 다른 곳에서의 만남을 의미하지. 그리고 모든 만남은 새로운 속박이고……."

"나는 새로운 속박에 매이지 않을 거예요."

"신들이 듣고 있으니 큰소리치지 말아요." 클리퍼드가 말했다.

코니가 갑자기 멈칫했다.

"그래요! 큰소리치진 않을게요!"

하지만 그럼에도 불구하고 여행을 떠난다는 것에 흥분하지 않을 수 없었다. 속박의 끈이 끊어진 느낌이었다. 그녀도 어쩔 수 없었다.

클리퍼드는 잠을 이룰 수 없어 볼턴 부인이 졸려서 눈을 뜨고 있기도 힘들 때까지 밤새도록 함께 카드놀이를 했다.

그리고 힐더가 오기로 한 날이 되었다. 코니는 모든 일이 잘되어 같이 밤을 보낼 수 있으면 녹색 숄을 창문에 걸어두기로 멜러즈와 이야기해두었다. 만약 그럴 수 없는 일이 생기면 붉은색 숄을 걸기로 했다.

코니는 볼턴 부인의 도움을 받아 짐을 쌌다.

"여행으로 생활에 변화를 주는 건 마님께 참 좋은 일이 될 거예요."

"내 생각도 그래요. 클리퍼드 경을 얼마간 혼자 맡아야 할 텐데 괜찮겠어요?"

"오, 물론이죠! 전 클리퍼드 경을 잘 돌볼 수 있어요. 제 말은, 나리께서 필요로 하시는 일은 모두 해낼 수 있다는 뜻이에요. 나리가 전보다 좋아지셨다고 생각하지 않으세요?"

"아, 많이 좋아졌죠! 당신은 놀라울 정도로 그 사람과 잘해 나가고 있어요."

"정말 그런가요! 하지만 남자들은 다 똑같아요. 그저 아기 같아서, 추켜세우고 구슬러서 자기 마음대로 하고 있다고 생각하게 해야 해요. 마님도 그렇게 여기지 않으세요?"

"난 그렇게 경험이 많지 않아서요."

코니는 일손을 멈췄다.

"부인 남편도 구슬리면서 아기처럼 다뤄야만 했나요?" 볼턴 부인을 바라보며 그녀가 물었다.

볼턴 부인도 일손을 잠시 멈추었다.

"글쎄요!" 그녀가 말했다. "그 사람 역시 꽤 많이 어르고 달래야 했죠. 그러나 이것만은 말씀드릴 수 있어요, 그 사람은 제 속셈을 항상 알고 있었어요. 그래도 보통 저에게 져주었죠."

"남편이라고 주인 행세를 하며 지배하려는 사람은 전혀 아니었나보군요?"

"네! 물론 적어도 이따금씩 눈빛이 심상치 않을 때가 있긴 했어요, 그런 때에는 내가 져야 한다는 걸 알아차렸죠. 하지만 보통은 그 사람이 나한테 져주었어요. 그럼요, 남편은 결코 주인 행세를 하거나 지배하려 하는 사람은 아니었어요. 저도 그러지 않았고요. 저는 더 이상 몰아붙이면 안 되겠다 싶은 때에는 져주었어요. 그것 때문에 때론 제가 많은 것을 감내해야 했고요."

"만약 부인이 남편에게 계속 맞섰다면 어땠을까요?"

"글쎄요. 그랬던 적이 없어서요. 그 사람이 틀렸을 때조차도 너무나 확고하면 제가 져주었어요. 아시다시피 저는 둘 사이를 결코 망가뜨리고 싶지 않았거든요. 만약 여자가 남자에게 맞서 자기 의지를 정말로 고집한다면 그 사이는 끝장나버려요. 남자를 정말 좋아한다면 그 사람이 진심으로 마음을 굳혔을 때에는 굴복해야만 해요. 여자의 생각이 옳건 그르건 무조건요. 그러지 않으면 중요한 것이 깨져버려요. 그래도 분명히 말씀드릴 수 있는 건요, 테드도 가끔씩 저한테 져주었다는 거예요. 제가 틀린 걸 고집해도요. 그래서 전 이런 문제는 서로에게 마찬가지로 적용되는 것 같아요."

"그럼 환자들도 그렇게 다루나요?" 코니가 물었다.

"아, 환자들의 경우는 다르죠. 그런 식으로 환자를 돌보지는 않아요. 전 환자들에게 무엇이 좋은지 알고 있고, 그렇지 않으면 알려고 노력해요. 그런 다음에는 그저 궁리하면서 어떻게든 그들에게 이로울 수 있도록 해나가는 거죠. 그건 자신이 진정으로 좋아하는 누군가를 대하는 것과는 달라요. 아주 다르죠. 한 남자를 진정으로 좋아해본 경험이 있는 여자는, 대체로 어느 남자에게나 그 사람이 필요로 할 때 애정을 줄 수 있어요. 하지만 똑같은 애정은 아니죠. 그 여자가 **진정으로 사랑하는 건** 아니니까요. 저는 **진정한 사랑**을 한 번 경험한 여자가 다시 그런 사랑을 할 수 있을까 싶어요."

이 말에 코니는 겁이 났다.

"그렇다면 사람이란 오직 한 번만 진정으로 사랑할 수 있다고 생각하는 건가요?" 코니가 물었다.

"그렇거나 전혀 사랑해보지 못할 수도 있죠. 대부분의 여자들이 진정으로 사랑하지 못해요. 시작도 못하죠. 그들은 그게 무슨 의미인지도 몰라요. 남자들도 마찬가지고요. 하지만 정말로 사랑에 빠진 여자를 보면 제 심장이 멎는 것 같아요."

"그리고 남자들은 쉽게 화를 낸다고 생각하지 않아요?"

"맞아요! 자존심에 상처가 나면 그러죠. 하지만 여자들도 마찬가지 아닌가요? 두 자존심에 차이가 약간 있을 뿐이죠."

코니는 이 말에 대해 곰곰이 생각해봤다. 그녀는 다시 여행을 떠나는 데 대한 불안감이 일기 시작했다. 잠깐 동안이라고는 하지만 결국 자기 남자를 모르는 척 내버려둔 채 떠나는 여행이 아닌가? 그리고 그도 그 사실을 알고 있다. 그래서 그렇게 이상하게 빈정거리는 태도를 보였던 것이다.

그렇다 해도! 인간 존재는 외적인 상황이라는 기계적인 힘에 많은 부분 지배당한다. 코니도 이런 기계적인 힘의 지배 아래 있었다. 그녀가 그 힘 안에서 오 분 만에 벗어나는 것은 불가능했다. 또 그러고 싶은 마음도 없었다.

힐더는 목요일 아침에 시간 맞춰 도착했다. 여행 가방을 뒤에다 단단히 묶은 날렵한 2인승 자동차를 타고 왔다. 여전히 새침데기 아가씨 같아 보였지만 그녀 특유의 강한 의지도 한결같이 지니고 있었다. 그녀는 정말이지 지독할 정도로 자기 의지가 강했고, 그녀의 남편도 그 점을 익히 알고 있었다. 그런데 그 남편은 지금 그녀와 이혼 절차를 밟고 있었다. 그랬다. 그녀는 달리 연인이 있는 것도 아니었지만 남편이 수월하게 이혼 문제를 처리할 수 있게 해주었다. 그녀는 한동안 남자들과 '떨어져' 있었다. 그녀는 자기 삶의 주인으로, 두 아이의 어머니로 살아가는 것에 매우 만족했고, 그 두 아이를, 그 말이 의미하는 바가 무엇이든 간에 '제대로' 기를 작정이었다.

코니도 자동차에는 여행 가방을 하나밖에 실을 수 없었다. 그러나 그녀는 기차를 타고 갈 예정인 아버지에게 트렁크 하나를 보내놓았다. 베네치아까지 차를 몰고 가서 어디에 쓰겠는가? 7월의 이탈리아는 자동차를 타고 다니기에는 너무 더웠다. 맬컴 경은 편안하게 기차를 택했다. 그는 스코틀랜드에서 막 내려와 있었다.

그래서 힐더가 점잔 빼는 착실한 육군 원수처럼 여행에 필요한 실질적인 부분을 맡아 꾸렸다. 그녀와 코니는 위층 방에 앉아 이런저런 이야기를 나누었다.

"그런데 언니!" 코니가 약간 두려워하며 말했다. "오늘 밤에 난 이 근처에서 머물고 싶어. 여기는 아니고 여기와 가까운 곳이야!"

힐더가 속을 헤아리기 힘든 잿빛 눈으로 동생을 빤히 바라보았다. 그녀는 아주 차분해 보였지만 사실 자주 불같이 화를 내곤 했다.

"여기와 가까운 곳이라니, 어디?" 그녀가 부드럽게 물었다.

"그러니까…… 나한테 사랑하는 사람이 생겼다는 건 언니도 알지?"

"뭔가 있구나 싶기는 했지."

"그게 말이지……. 그이가 이 근처에 살거든. 그래서 마지막 밤을 그이와 보내고 싶어. 꼭 그래야만 해! 약속했어." 코니가 고집스레 말했다.

힐더는 미네르바 여신을 닮은 머리를 숙인 채 조용히 있었다. 그러다 고개를 들고 바라보았다.

"그 사람이 누구인지 나한테 말해줄 수 있니?" 그녀가 물었다.

"우리 사냥터지기야." 머뭇거리며 말한 코니의 얼굴이 부끄러워하는 어린아이처럼 아주 빨갛게 물들었다.

"코니!" 힐더가 혐오감 때문에 코를 살짝 쳐들었다. 어머니로부터 물려받은 행동이었다.

"나도 알아. 그렇지만 그이는 정말로 사랑스러워. 그이는…… 그이는…… 진정한 애정이 뭔지 알아." 코니는 그를 변호하려 애쓰며 말했다.

힐더는 혈색 좋은 피부색을 지닌 아테나 여신처럼 고개를 숙이고 생각에 잠겼다. 그녀는 사실 격렬하게 화가 치민 상태였다. 그러나 감히 드러낼 수는 없었다. 자칫하면 아버지를 닮은 코니가 길길이 소란을 피울 것이고, 그러면 다루기가 더 곤란해지기 때문이었다.

힐더가 클리퍼드를 좋아하지 않는 것은 사실이었다. 자신이 대단한 사람이라는 확신에 차서 차갑게 구는 태도가 도무지 마음에 들지 않았다! 그녀는 그가 코니를 염치없이 뻔뻔하게 이용하고 있다고 생각했다. 그녀는 동생이 그를 떠나겠다고 하길 바랐다. 그러나 확고한 스코틀랜드 중산 계급으로서 자기 자신이나 가족의 '체면이 깎이는' 행위는 혐오했다.

힐더가 마침내 고개를 들었다.

"넌 후회하게 될 거야." 그녀가 말했다.

"후회하지 않아." 코니가 얼굴을 붉히며 소리쳤다. "그는 정말이지 다른 사람들하고는 달라. 난 **진심으로** 그 사람을 사랑해. 그는 정말 사랑스러운 연인이야."

힐더는 계속 생각하고 있었다.

"그와 금방 끝나게 될 거야." 그녀가 말했다. "그리고 그 사람 때문에 스스로 부끄럽게 여기며 살게 될 거라고."

"아니야! 그 사람 아이를 낳으려고 해."

"코니!" 화가 치밀어 창백해진 힐더가 망치로 내려치듯 강하게 소리쳤다.

"가능하기만 하다면 그렇게 할 거야. 그이의 아이를 갖는 걸 난 자랑스럽게 생각할 거야."

코니에게 말해도 소용이 없었다. 힐더는 생각에 잠겼다.

"그런데 클리퍼드가 수상쩍게 여기진 않니?" 그녀가 물었다.

"아니! 수상쩍게 여길 이유가 뭐 있어?"

"분명 그럴 만한 숱한 단서들을 줬을 거야." 힐더가 말했다.

"그런 건 전혀 없어."

"오늘 밤 일만 해도 공연히 어리석은 짓을 하는 걸로 보여. 그 남자는 어디 사는데?"

"숲의 반대쪽 끝에 있는 집에 살아."

"결혼 안 한 사람이야?"

"아니! 부인이 집을 나갔어."

"나이는?"

"몰라. 나보다는 많아."

힐더는 대답을 들을 때마다 점점 더 화가 났고, 그녀의 어머니가 그랬던 것처럼 발작적으로 격하게 화가 치밀었다. 그러나 여전히 그녀는 그런 마음을 감추고 있었다.

"내가 너라면 오늘 밤의 무모한 장난은 포기하겠어." 그녀가 차분히 충고했다.

"그럴 수 없어! 오늘 밤은 꼭 그이와 함께 지내야 해. 안 그러면 베네치아에 갈 수 없어. 그냥 그럴 수 없어."

힐더는 마치 아버지의 음성을 새삼스레 듣는 듯했고, 코니를 자극하지 않기 위해 어쩔 수 없이 말을 들어주기로 했다. 그래서 그녀는 맨스필드로 같이 차를 타고 가서 저녁을 먹고, 어두워지면 오솔길 끝에 코니를 데려다주었다가 다음 날 아침에 다시 그곳으로 데리러 가는 데 동의했다. 그녀는 삼십 분 정도 걸리는 거리인 맨스필드에서 묵을 예정이어서 쉽게 오갈 수 있었다. 그러나 그녀는 자신의 계획에 차질이 생기자 무척이나 화가 치밀었다. 하지만 동생에 대한 분노를 속으로 쌓아둘 수밖에 없었다.

코니는 창턱에 에메랄드빛 녹색 숄을 던지듯 걸쳐놓았다.

동생에게 화가 단단히 난 힐더는 클리퍼드를 따뜻하게 대했다. 그래도 그에게는 정신이라는 것이 있었다. 그는 비록 성적으로는 제구실을 하지 못했지만 차라리 그 편이 나았다. 그만큼 싸울 일도 훨씬 적어지니 말이다! 힐더는 더 이상 그런 성적인 관계를 원치 않았다. 그런 관계에서 남자들은 고약하고 이기적이기 짝이 없는 끔찍한 존재로 변했다. 그런 면에서 보면 코니는 다른 많은 여자들보다 참아야 할 일이 줄어든 셈인데 그 자신은 그걸 모르고 있었다.

한편 클리퍼드는 힐더가 어찌 되었든 지적인 여성임이 분명하고, 이를테면 남자가 정치에 뜻을 품고 있을 때 최상의 내조자가 될 여자라고 판단했다. 그랬다. 그녀에게는 코니같이 어리석은 면이 전혀 없었다. 그녀에 비하면 코니는 어린애였다. 코니는 전적으로 믿고 의지할 만한 사람이 못 되어서 그녀를 위해 여러 가지 변명을 해야 했다.

저택에서는 보통 때보다 이른 시간에 차를 마셨다. 햇살이 환히 들어오도록 문들을 활짝 열어놓았다. 모두 조금씩은 숨이 가쁜 흥분 상태인 듯했다.

"잘 다녀와요, 코니 아가씨! 무사히 내게 돌아와야 해."

"잘 있어요, 클리퍼드! 그럴게요, 오래 있지 않을 거예요."

코니는 거의 다정하다고까지 할 수 있는 태도로 말했다.

"잘 가요, 힐다! 부디 코니를 잘 지켜주세요, 그럴 거죠?"

"두 눈 똑바로 뜨고 지켜줄게요!" 힐다가 말했다. "코니가 옆길로 그리 깊이 빠지지는 않을 거예요."

"약속하신 겁니다!"

"잘 있어요, 볼턴 부인! 클리퍼드 경을 잘 돌봐드릴 거라 믿어요."

"최선을 다하겠습니다, 마님."

"그리고 무슨 소식이든 편지로 전해주고, 클리퍼드 경이 어떻게 지내는지도 알려줘요."

"잘 알겠습니다, 마님. 그렇게 할게요, 즐겁게 지내고 돌아오셔서 저희들 기운도 북돋워주세요."

모두 손을 흔들어 인사했다. 차가 출발했다. 코니가 돌아보자 계단 꼭대기에서 실내용 휠체어에 앉아 있는 클리퍼드가 눈에 들어왔다. 그래도 그는 그녀의 남편이었고, 래그비는 그녀의 집이었다. 상황은 어쩔 수 없이 그랬다.

체임버스 부인이 대문을 붙잡고 서 있다가 마님의 즐거운 휴가를 기원했다. 차가 수렵장을 가리고 있는 짙은 숲을 미끄러지듯 빠져나와 광부들이 줄지어 귀가 중인 큰길로 접어들었다. 힐더가 크로스힐 도로로 방향을 돌렸다. 간선도로는 아니지만 맨스필드로 가는 길이었다. 코니는 먼지를 막아주는 보안경을 썼다. 그들은 철로 옆을 달렸는데, 철로는 길 아래쪽으로 땅을 깎아 낸 곳에 있었다. 그러다 다리 위로 철로가 놓인 길을 건너갔다.

"저 길이 그이 집으로 가는 오솔길이야!" 코니가 말했다.

힐더가 조바심치며 그 길을 흘끔 쳐다봤다.

"이대로 곧장 달릴 수 없다니 정말 유감이구나!" 그녀가 말했다. "아홉 시에는 펠맬*에 도착할 수 있을 텐데."

"언니에게는 미안하게 됐어." 보안경을 쓴 채로 코니가 말

———
* 런던의 중심가.

했다.

그들은 곧 맨스필드에 도착했는데 한때 낭만적이었던 곳이 지금은 완전히 실망스러운 탄광촌이 되어 있었다. 힐더는 자동차 여행 안내서에 소개된 호텔에 차를 세우고 방을 빌렸다. 그 모든 일이 전부 시시하기만 했고, 그녀는 너무 화가 나서 거의 말도 나오지 않았다. 그러나 코니는 그 남자가 살아온 이야기에 대해 언니에게 뭐라도 들려줘야만 했다.

"**그이! 그이!** 대체 이름은 뭐라고 부르니? 넌 그저 **그이**라고만 하니!" 힐더가 말했다.

"그이를 이름으로 불러본 적이 없어. 그이도 마찬가지고. 언니 말을 듣고 보니 이상하네. 우리끼리 제인 부인이니 존 토머스니 하고 부른 걸 빼면 말이야. 하지만 그이 이름은 올리버 멜러즈야."

"그런데 넌 어떻게 채털리 마님 대신 올리버 멜러즈의 아내가 되고 싶은 거니?"

"난 그러고 싶어."

코니를 어찌할 도리가 없었다. 그리고 어쨌든 4, 5년간 중위로 인도에서 복무한 경험이 있다면 그 남자도 어느 정도는 남들 앞에 부끄럽지는 않은 사람일 것이었다. 듣기로는 품격도 있는 사람 같았다. 힐더는 조금씩 수그러들기 시작했다.

"하지만 얼마 후면 그와 끝내게 될 거야." 그녀가 말했다. "그때 가면 그 남자와 사귀었던 게 부끄러워질 거고. 노동계급 사람과는 **섞일 수가** 없어."

"하지만 언니는 열렬한 사회주의자잖아! 언니는 늘 노동계급 편에 서잖아."

"정치적 위기 상황에서는 그들 편일지 모르지만, 그들 편에 서면서 우리 삶과 그들의 삶이 섞이는 게 얼마나 불가능한 일인지 알게 됐어. 속물근성에서 이러는 게 아니라, 그들과 우리는 살아가는 리듬이 완전히 달라."

힐더는 실제 정치를 하는 지식인들 속에서 살아왔기에 코니는 참담하지만 달리 대꾸할 말이 없었다.

호텔에서 이렇다 할 것 없는 저녁 시간을 무료하게 보내고 마침내 이렇다 할 것 없는 저녁식사를 했다. 그러고 나서 코니는 조그만 비단 가방에 몇 가지를 챙겨 넣고 머리를 한 번 더 빗었다.

"언니, 어쨌든 말이야." 그녀가 말했다. "**살아 있다는 걸** 느끼면서 창조의 바로 중심에 있을 때 사랑은 놀라운 일이 될 수 있어." 그것은 거의 자랑처럼 들렸다.

"그건 모기들도 다 똑같이 느낄 거야." 힐더가 말했다.

"그렇게 생각해? 모기한테 정말 좋은 일이네!"

이 보잘것없는 마을에서조차 저녁은 놀라울 정도로 맑았고 노을빛은 오래도록 비추었다. 밤새도록 어스름한 빛이 남아 있을 것 같았다. 화가 나 얼굴에 가면을 뒤집어쓴 것 같은 힐더가 다시 차의 시동을 걸었고, 두 사람은 왔던 길을 되돌아 달리다가 다른 길을 타고 볼소버를 지났다. 코니는 보안경과 위장용 모자를 쓰고 묵묵히 앉아 있었다. 힐더가 반대했기 때문에 그녀는 오히려 열렬히 남자 편을 들었고, 무슨 일이 있어도 남자 곁에 있을 작정이었다.

그들은 크로스힐을 지나갈 무렵에 전조등을 켰는데 산을 깎아 만든 철로 위를 칙칙폭폭 지나가는 불 밝힌 작은 기차를 보니 진짜 밤이 찾아온 것 같았다. 힐더는 다리가 끝나는 곳에서 오솔길로 꺾어 들어가야 한다고 미리 계산해두었다. 그녀는 좀 갑작스레 속도를 줄이며 방향을 틀어 도로를 벗어났고, 자동차 불빛에 무성한 풀이 웃자란 오솔길이 환히 비쳤다. 코니는 밖을 내다보았다. 어둠 속에 사람 모습 같은 것이 보이자 그녀는 문을 열었다.

"도착했어!" 그녀가 부드럽게 말했다.

그러나 힐더는 전조등을 끄더니 후진해 방향을 바꾸는 데만 열심이었다.

"다리 위에 아무것도 없나요?" 힐더가 무뚝뚝하게 물었다.

"괜찮습니다." 남자의 목소리가 대답했다.

그녀는 다리까지 후진했다가 방향을 바꿔 도로를 따라 몇 미터 전진한 다음 다시 오솔길로 후진해 들어와 느릅나무 밑에 차를 세웠다. 풀과 고사리가 바퀴에 깔렸다. 그런 다음 자동차의 불을 모두 껐다. 코니가 차에서 내려섰다. 남자는 나무 밑에 서 있었다.

"오래 기다렸어요?" 코니가 물었다.

"그리 오래되진 않았어요." 그가 대답했다.

두 사람은 힐더가 차에서 내리기를 기다렸다. 그러나 힐더는 문도 열지 않은 채 등이 붙기라도 한 것처럼 앉아 있기만 했다.

"우리 언니 힐더예요. 와서 인사하지 않을래요? 언니! 멜러즈 씨야."

사냥터지기는 모자를 들어 올리며 인사했지만 더 가까이 가지는 않았다.

"저 사람 집으로 같이 가자, 언니." 코니가 간청했다. "멀지 않아."

"차는 어떡하고?"

"오솔길에 종종 차들을 세워두곤 합니다. 열쇠만 가져오시지요."

힐더는 말없이 곰곰이 생각하는 듯했다. 그러더니 오솔길 쪽을 돌아보았다.

"저 덤불 뒤로 후진할 수 있어요?" 그녀가 물었다.

"아, 네!" 사냥터지기가 말했다.

그녀는 휘어진 길로 천천히 후진하여 도로에서 보이지 않는 곳에 차를 세운 뒤 열쇠로 잠그고 차에서 내렸다. 밤이었지만 희미한 빛이 남아 있었다. 발길이 별로 없는 오솔길 옆에는 산울타리가 제멋대로 높이 우거져 매우 어두컴컴해 보였다. 공기는 신선했고 달콤한 향내를 풍겼다. 사냥터지기가 앞섰고 그 뒤를 코니가 따라갔으며 힐더가 코니의 뒤를 따랐다. 모두 조용했다. 걷기 힘든 곳을 그가 손전등으로 비춰주었고 그들은 계속 걸어갔다. 부엉이 한 마리가 참나무 숲 위에서 부드럽게 울고 있었고, 플로시가 어슬렁거리며 소리 없이 따라왔다. 입을 여는 사람은 아무도 없었다. 얘깃거리가 없었기 때문이었다.

마침내 사냥터지기의 집에서 새어 나오는 노란 불빛이 보였고, 코니는 가슴이 빠르게 뛰었다. 그녀는 좀 두려웠다. 그들은 계속 일렬로 걸었다.

그가 잠긴 문을 열고 따뜻하긴 하지만 작고 아무 장식 없는 방으로 앞장서서 들어갔다. 벽난로에서 빨간 불이 나직하게 타오르고 있었다. 이번만큼은 제대로 된 흰 식탁보가 식탁에 깔려 있었고, 그 위에는 접시 두 개와 유리잔 두 개가 놓여있었다. 힐더는 머리카락을 흔들더니 장식이 없어 썰렁한 방을 둘러보았다. 그리고 용기를 끌어모아 남자를 바라보았다.

그는 키가 적당히 크고 야위었으며, 힐더가 보기에 외모는 준수했다. 그는 조용히 거리를 두고 있었고 입을 열 생각이 전혀 없어 보였다.

"앉아, 언니." 코니가 말했다.

"앉으세요!" 그가 말했다. "차를 드릴까요? 아니면 맥주 한 잔 드시겠어요? 적당히 시원할 겁니다."

"맥주요!" 코니가 말했다.

"나도 맥주로 할게요!" 힐더가 짐짓 수줍게 말했다. 그가 그녀를 보더니 눈을 끔뻑였다.

그는 파란색 주전자를 집어 들고 부엌방으로 저벅저벅 걸어갔다. 맥주를 가지고 돌아왔을 때는 표정이 바뀌어 있었다.

코니는 문 근처에 앉았고, 힐더는 등받이를 벽 쪽으로 두고 창문 쪽 구석에 기대어 있는 사냥터지기의 의자에 앉았다.

"거긴 저 사람 자리야." 코니가 부드럽게 말했다. 그러자 힐더가 불에 데기라도 한 듯 벌떡 일어났다.

"그냥 앉아 계세요. 그냥 앉아 계십시오! 아무 의자나 마음에 드는 곳에 앉으십시오. 우리 중에 더 높은 사람은 없으니까요." 그가 아주 침착하게 말했다.

그리고 힐더에게 유리잔을 갖다준 다음 그녀부터 먼저 파란색 주전자에서 맥주를 따라주었다.

"담배라면, 제게는 없습니다만 아마 갖고 계실지 모르겠군요. 전 피우지 않아서요. 뭐라도 좀 드시겠습니까?" 그리고 바로 몸을 돌려 코니에게도 물었다. "먹을 것을 가져오면 좀 들겠어요? 당신은 보통 조금은 먹을 수 있잖아요." 그는 마치 여관 주인이라도 된 듯이 묘하게 침착하고 자신감 있는 사투리로 말했다.

"뭐가 있어요?" 코니가 얼굴을 붉히며 물었다.

"삶은 햄과 치즈, 호두 피클이 있는데 입에 맞으실지 모르겠군요, 별건 없어요."

"먹을게요." 코니가 말했다. "언니도 먹지 않을래?"

힐더가 그를 쳐다보았다.

"왜 요크셔 사투리를 써요?" 그녀가 부드럽게 말했다.

"아, 그거요! 요크셔 사투리가 아니라 더비 사투리예요."

그가 슬며시 냉소를 띠며 그녀를 마주 보았다.

"더비 사투리요, 그래요! 그런데 왜 더비 사투리를 써요? 처음에는 자연스럽게 표준어를 썼잖아요."

"그랬나요? 그랬다 해도 내키는 대로 바꿀 수 있는 거 아닌 가요? 아니, 아니에요. 저한테 어울린다면 그냥 쓰게 해주십시오. 아주 거슬리지 않으신다면요."

"약간 꾸민 듯이 들려요." 힐더가 말했다.

"아, 그럴 수 있지요! 그런데 테버셜에서는 당신 말투가 꾸민 듯 들릴 겁니다." 그는 광대뼈 언저리에 묘하게 계산된 듯한 거리감을 두는 표정을 지으며 다시 그녀를 쳐다봤다. 마치 '그래, 당신이 대체 누구라고?'라고 말하는 것 같았다.

그가 저벅저벅 식품실로 음식을 가지러 갔다.

자매는 말없이 앉아 있었다. 그가 다른 접시 하나와 나이프, 포크를 가지고 왔다. 그러고는 이렇게 말했다.

"괜찮으시다면 평소처럼 겉옷을 벗고 있겠습니다."

그러더니 그는 겉옷을 벗어 못에 건 다음 크림색 얇은 플란넬 셔츠 차림으로 식탁에 앉았다.

"어서들 드십시오!" 그가 말했다. "어서들 드세요! 예의 차리느라 기다리지 마시고요!"

그는 빵을 자르고는 가만히 앉아 있기만 했다. 힐더는 코니에게서도 전에 한번 느꼈던 것처럼 침묵과 냉담함에서 나오는 힘을 느꼈다. 그녀는 식탁 위에 놓여 있는 자그마하고 나긋나긋하며 예민한 그의 손을 보았다. 그는 단순한 노동자와는 거리가 멀었다. 그는 연극을 하고 있었다! 다 연극이었다!

"그래도 말이죠." 힐더가 작은 치즈 한 조각을 집어 들면서 말했다. "당신이 정상적인 표준어를 쓰는 게 더 자연스러울 것 같아요, 사투리 말고요."

그는 참으로 끈질긴 힐더의 의지를 의식하며 그녀를 쳐다보았다.

"그럴까요?" 그가 표준어로 말했다. "정말 그럴까요? 당신과 나 사이에 오가는 말 중에 조금이라도 자연스러운 게 있을까요? 동생분과 다시 만나게 되기 전에 내가 지옥에 떨어졌으면 좋겠다고 당신이 비는 것 말고 말이지요. 그리고 거의 비슷한 정도로 내가 당신에게 불쾌하게 대꾸하는 말도 제외해야겠죠. 그 외에 또 자연스러운 말이 있을까요?"

"물론 있죠!" 힐더가 말했다. "예의범절만 잘 지켜도 아주 자연스러울 거예요."

"이른바 제2의 천성 말씀인가요!" 이렇게 말하더니 그가 웃기 시작했다. "아니요." 그가 말했다. "난 예의범절이 지겹습니다. 그냥 내버려두십시오!"

힐더는 이런 노골적인 거절에 격분했다. 어쨌든 그는 스스로 영광스러운 처지임을 깨닫고 그것을 표시할 수도 있었다. 그런데 그는 그러기는커녕 연극을 하듯 너무나 당당하게 나오면서 영광을 베풀고 있는 사람이 오히려 자신이라고 여기는 것 같았다. 그저 뻔뻔하다고밖에 할 말이 없었다! 잘못된 길로 빠진 불쌍한 코니, 이런 남자의 손아귀에 붙잡히다니!

세 사람은 묵묵히 먹기만 했다. 힐더는 그의 식사 예절을 눈여겨보았다. 그녀는 그가 자신보다 훨씬 우아하며 점잖은 면을 타고난 사람이라는 것을 깨닫지 않을 수 없었다. 그녀에게는 스코틀랜드인 특유의 투박한 구석이 있었다. 반면 그는 영국인 특유의 차분하면서도 자족적인 자신감을 지녔고 빈틈이 없었다! 그를 제압하기는 매우 어려울 것이다.

그러나 그 역시 그녀를 제압할 수는 없을 것이다.

"그런데 정말로 그렇게 생각해요?" 그녀가 이제까지보다 조금은 더 인간미를 보이며 말했다. "위험을 무릅쓸 가치가 있나요?"

"무슨 가치, 무슨 위험 말입니까?"

"내 동생과 벌이는 이런 무모한 장난 말이죠."

그의 얼굴에 신경을 거슬리게 하는 냉소가 스쳤다.

"동생에게 물어보시지요!"

그렇게 말한 다음 그는 코니를 보았다.

"아가씨, 당신은 자발적으로 온 거요, 그렇지 않아요? 내가 억지로 그렇게 만든 게 아니잖아요?"

코니가 힐더를 바라보았다.

"트집 잡지 마, 언니."

"나도 트집 잡고 싶어서 이러는 게 아니야. 하지만 누군가는 여러 가지로 생각해야 해. 살아가는 데는 어떤 연속성이란 게 있어야 한단다. 그냥 아무렇게나 살 수는 없어."

잠시 침묵이 흘렀다.

"아, 연속성이요!" 그가 말했다. "그런데 그게 무슨 뜻입니까? 당신 삶에는 어떤 연속성이 있습니까? 이혼하려고 하는 걸로 알고 있는데요. 그건 무슨 연속성인가요? 당신이 지닌 고집의 연속성인가요. 그 정도는 나도 알겠군요. 그런데 그게 당신한테 무슨 소용이 있습니까? 나이 들어 살찐 늙은이가 되기도 전에 당신은 그 연속성이 지긋지긋해질 겁니다. 완고한 여자와 그녀의 끈질긴 의지. 그래요, 그 둘이 만나면 연속성이 아주 탄탄해질 거예요. 그렇고말고요. 당신 같은 여자를 상대하며 살지 않아도 되는 걸 하늘에 감사할 뿐입니다!"

"당신이 무슨 권리로 나한테 그런 말을 하죠?" 힐더가 말했다.

"권리요! 그럼 당신은 무슨 권리로 다른 이들을 당신의 연속성에 매어두려 합니까? 각자 자기 나름대로 연속성을 갖게 놔두십시오."

"이보세요, 내가 당신과 무슨 관계라도 된다고 생각해요?" 힐더가 부드럽게 말했다.

"그럼요." 그가 말했다. "관계가 있으시죠. 어쩔 수 없는 상황이니까요. 어쨌든 내 처형이나 마찬가지가 되었으니."

"분명히 말하는데 아직은 그런 관계와는 거리가 멀어요."

"저도 분명히 말하는데 그리 멀지는 않습니다. 당신과 마찬가지로 나도 내 나름의 연속성을 가지고 살고 있습니다! 어느 날이든 당신 못지않게 좋은 연속성을 가지고 살아갑니다. 그리고 저기 당신 동생이 훌륭한 섹스와 애정을 얻으러 내게 올 때 그녀는 자신이 원하는 게 뭔지 잘 알고 있습니다. 동생분은 내 침대로 와서 잠자리를 같이했습니다. 하늘에 감사하게도 당신은 그 연속성 때문에 그러지 못하지만요." 잠시 쥐 죽은 듯한 침묵이 흐른 뒤에 그가 계속 말을 이었다. "아, 난 바지 엉덩이 쪽이 앞으로 오게 입지는 않아요. 그리고 뜻밖에 잘 익은 사과가 내 앞으로 떨어지면 행운의 별에 감사하지요. 남자라면 저기 저 아가씨한테서 많은 즐거움을 얻을 수 있습니다. 그것은 당신 같은 여자들한테서는 절대 얻을 수 없는 겁니다. 유감이지요. 왜냐하면 당신도 겉보기에만 그럴듯한 돌사과가 아니라 정말로 좋은 사과가 될 수 있었을지 모르니까요. 당신 같은 여자들에게는 제대로 접붙이는 일이 필요해요."

그가 육감적으로 감상하는 듯한 시선으로 힐더를 바라보며 야릇한 미소를 슬쩍 비쳤다.

"이래서 당신 같은 남자들은 격리시켜야 해요." 그녀가 말했다. "저속하고 이기적인 자신의 정욕을 정당화하죠."

"아니요, 부인! 나 같은 남자가 몇이라도 남아 있다는 게 다행이지요. 당신이 지금처럼 지독히 외로운 처지가 된 건 다 그럴 만해서입니다."

힐더는 일어나 문 쪽으로 갔다. 그도 일어서서 못에 걸린 겉옷을 집었다.

"혼자서도 충분히 찾아갈 수 있어요." 그녀가 말했다.

"그럴 수 없을 겁니다." 그가 태평스러운 말투로 대답했다.

그들은 다시 우스꽝스럽게 줄지어 오솔길을 따라 말없이 터벅터벅 걸었다. 부엉이 한 마리가 아직도 부엉부엉 울고 있었다. 그는 총을 쏴서 잡아야겠다고 생각했다.

차는 이슬에 조금 젖은 채 그대로 서 있었다. 힐더가 차에 타고 시동을 걸었다. 다른 두 사람은 서서 기다렸다.

"그저 내 말뜻은요." 그녀가 자신의 참호 속에 들어앉아 말했다. "나중에 둘 중 어느 한 사람이라도 이런 위험을 무릅쓸 만큼 가치 있는 일이었다고 여기게 될지가 의심스럽다는 거예요."

"어떤 사람에겐 유익한 것이 다른 사람에게는 독으로 여겨질 수 있는 법이지요." 그가 어둠 속에서 말했다. "그러나 내게는 유익하답니다."

자동차 불빛이 번쩍 켜졌다.

"아침에 기다리게 하지 마, 코니."

"응, 그러지 않을게. 잘 가, 언니!"

차는 천천히 도로 위로 올라서더니 재빨리 미끄러지듯이 멀어졌고 밤은 다시 고요에 잠겼다.

코니는 수줍게 그의 팔을 잡았고, 두 사람은 함께 오솔길을 따라 걸어갔다. 그는 아무 말도 없었다. 마침내 그녀가 그를 잡아당겨 세웠다.

"키스해줘요!" 그녀가 속삭였다.

"아니, 화를 좀 식혀야겠어요!" 그가 말했다.

그녀는 그 말이 재밌었다. 여전히 그녀가 그의 팔을 잡은 채로 그들은 말없이 빠르게 오솔길을 따라 내려갔다. 그녀는 바로 이 순간 그와 함께 있어 너무나 기뻤다. 힐더가 낚아채듯 자신을 데려갈 수도 있었다는 생각이 떠오르면 몸이 떨렸다. 그는 속을 헤아릴 수 없는 침묵에 빠져 있었다.

다시 집에 들어오게 되자 그녀는 거의 뛸 듯이 기뻤다. 언니로부터 완전히 자유로워진 것이다.

"하지만 당신이 언니에게 심하긴 했어요." 그녀가 말했다.

"언제든 한번 맞아야 할 매였어요."

"아니 왜요? 언니는 **정말** 좋은 사람이에요."

그는 대답하지 않고 조용히 늘 하는 듯한 동작으로 저녁때의 집안일을 처리하며 돌아다녔다. 화가 나 있었지만 그녀를 향한 것은 아니었다. 코니는 그렇게 느꼈다. 화가 나 있었지만 그 중심에는 그녀를 좋아하는 마음이 들어 있었다. 그리고 화를 내자 잘생긴 얼굴의 개성이 더 돋보였고 내면의 깊이가 더해져 빛이 나는 듯했다. 그 모습에 그녀는 사지가 짜릿하게 녹아내리는 것 같았다. 그러나 여전히 그는 그녀를 본체만체했다.

그런 상태는 그가 앉아서 장화 끈을 풀기 시작할 때까지 계속 이어졌다. 그러다 눈을 치켜뜨며 그녀를 쳐다보았다. 눈썹에는 아직도 화가 단단히 서려 있었다.

"안 올라가요?" 그가 말했다. "촛불은 저기 있어요!"

그는 고개를 옆으로 가볍게 움직여 식탁 위에서 타고 있는 촛불을 가리켰다. 그녀가 순종하듯 그 말에 따랐고, 그는 계단을 오르는 그녀의 풍만한 엉덩이 곡선을 지켜보았다.

관능과 열정의 밤이었다. 그녀는 좀 깜짝 놀랐고, 거의 마음이 내키지 않기까지 했다. 그러나 날카롭게 찌르는 관능의 전율이 그녀의 몸을 다시 꿰뚫었다. 그것은 부드러운 애정에서 오는 전율과는 달랐다. 더 날카롭고 더 지독했지만 그 순간만큼은 더 간절히 원하게 되는 전율이었다. 그녀는 좀 두려워하면서도 그가 마음대로 하게 두었다. 그러자 무모하고 수치를 모르는 관능이 그녀를 저 뿌리까지 뒤흔들었고 마지막 껍질까지 벌거벗겼으며 그녀를 다른 여자로 만들어놓았다. 그것은 사실 사랑이 아니었다. 온화한 관능의 탐닉도 아니었다. 그것은 날카롭고 불처럼 화끈한, 영혼까지 불태우는 관능이었다.

가장 은밀한 곳에 있는, 가장 깊고 오래된 수치심까지 모두 불살라버리는 관능이었다. 그가 하고 싶은 대로, 그가 의도하는 대로 놓아두는 데에도 그녀의 노력이 필요했다. 그녀는 노예처럼, 성적으로 봉사하는 노예처럼 수동적으로 모두 응하고 허락하는 존재여야만 했다. 그러나 정열이 그녀의 몸을 핥고 지나가면서 온 마음을 사로잡았고 관능의 불꽃이 오장육부와 가슴을 통과해 지날 때 그녀는 정말로 자신이 죽어간다고 생각했다. 그러나 그것은 깊이 사무치는, 기막히게 경이로운 죽음이었다.

그녀는 아벨라르*가 엘로이즈와 사랑을 나누던 시절에 정열의 모든 단계를 거치면서 극치를 경험했다고 한 말의 의미가 무엇인지 이따금 궁금했었다. 그런데 이제 알 것 같았다. 천 년 전에도 만 년 전에도 똑같았던 것이다! 그리스 항아리들 위에도 똑같은 일이 그려져 있었고, 어디에나 있었다! 정열의 극치가, 넘치는 관능이! 거짓된 수치심을 태워 없애고 육체의 가장 무거운 광석을 순수한 상태로 제련하는 일은 꼭 필요한 일이었고, 영원히 필요한 일이었다. 순전히 관능의 불길로 말이다.

그 짧은 여름밤 그녀는 아주 많은 것을 배웠다. 그녀는 여자가 수치심으로 죽을 수도 있다고 생각했었을 것이다. 하지만 죽은 것은 수치심이었다. 수치심이란 두려움이다. 몸속 기관의 일부처럼 깊이 자리 잡고 있던 수치심이, 우리 몸의 뿌리 속에 웅크리고 있어 오로지 관능의 불길로만 쫓아낼 수 있는 오래되고 오래된 육체적 두려움이, 마침내 남근의 추격으로 깨어나 궤멸되었고, 그녀는 자신의 밀림 바로 그 심장부에 다다랐다. 그녀는 이제 진정한 자기 본성의 근본에 이르러 본질적으로 수치심이 없어졌다고 느꼈다. 그녀는 다 벗고도 수치심을 모르는 관능적인 자아가 되었다. 허세를 부리며 자랑

---

*   피에르 아벨라르(Pierre Abélard, 1079~1142)는 프랑스의 사제이자 신학자로, 그의 제자였다가 연인이 되는 엘로이즈와의 사랑 이야기로 유명하다.

하고 싶을 정도로 승리감을 느꼈다. 그랬다! 바로 이거였다! 이게 삶이었다! 이게 바로 진정한 자기 자신으로서 존재하는 방식이었다! 가려서 숨기거나 부끄러워해야 할 것은 전혀 남아 있지 않았다. 그녀는 자신의 궁극적인 벌거벗음을 한 남자, 즉 다른 한 존재와 함께 나누었다.

그리고 그 남자는 얼마나 무모하고 악마 같은 정력을 지녔던가! 정말 지독할 정도였다! 그를 견뎌내려면 강해야만 했다. 그러나 그러기 위해서는 육체라는 밀림의 핵심에, 몸 안에 붙어 있는 수치심의 마지막 가장 깊숙한 구석에 도달해야만 했다. 남근만이 그곳을 탐험할 수 있었다. 그리고 그는 얼마나 강하게 그녀에게 밀어닥쳤던가! 그리고 그것이 얼마나 두렵고 싫었던가! 하지만 그녀는 얼마나 진정으로 그것을 원했던가! 그녀는 이제 알게 되었다. 자신이 영혼 저 깊은 바닥으로부터 근본적으로 이런 남근의 추격을 필요로 했고, 은밀하게 그것을 원했으면서도 절대 얻을 수 없을 거라 믿어왔다는 것을. 하지만 이제 갑자기 그것이 주어졌고, 한 남자가 그녀와 최후의 궁극적인 벌거벗음을 함께 나누고 있었으며, 그녀는 전혀 부끄럽지 않았다.

시인들은 하나같이 얼마나 거짓말쟁이였던가! 그들은 사람들이 원하는 것이 감정이라고 착각하게 만들었다. 사람들이 진정 최고로 원하는 것은, 이렇게 찌르고 다 태워버리는 끔찍하기까지 한 관능인데도 말이다. 수치심이나 죄의식, 혹은 마지막 남은 한 조각 불안감도 없이 감히 그렇게 할 수 있는 남자를 찾아내다니! 만일 남자가 나중에 부끄러워하고, 그래서 여자도 부끄러움을 느끼게 만들었다면 얼마나 끔찍했을까! 섬세하고 관능적인 남자들이 그렇게 드물다니 얼마나 딱한 일인가! 대부분의 남자들이 겉으로만 그렇게 으스대는, 사실은 좀 부끄러운 존재라는 것은 얼마나 딱한 일인가! 클리퍼드처럼! 심지어는 마이클리스처럼 말이다! 두 사람 다 관능적인 면에서 겉멋만 부리며 상대에게는 굴욕감을 주었다. 정신의 지고한 쾌락! 그게 여자에게 무슨 의미가 있는가? 그 말을 하는 남자 자신에게조차 그게 사실 무슨 의미가 있단 말인가? 그런 남자는 그저 자기 정신 속에서 너저분하게 으스댈 따름이다. 정신을 정화하고 활발히 움직이게 하기 위해서라도 순전한 관능이 필요하다. 너저분함이 아니라 순전히 불타오르는 관능이 필요하다.

아, 하느님! 진정한 남자란 얼마나 드문가! 대부분은 모두 이리저리 쿵쿵대며 돌아다니다 교미나 해대는 개들이다. 그런데 두려워하지 않고 부끄러워하지 않는 남자를 찾아내다니! 그녀는 이제 그야말로 야생동물처럼 잠들어 혼자 멀리멀리 가 있는 그를 바라보았다. 그녀는 그에게서 떨어져 있지 않으려고 그의 품에 바싹 파고들었다.

마침내 그가 일어나자 그녀도 잠에서 완전히 깨어났다. 그는 침대에 일어나 앉아 그녀를 내려다보고 있었다. 그녀는 그의 눈 속에서 벌거벗은 자신의 존재를 볼 수 있었다. 가감 없이 직접적으로 그녀를 보고 알고 있는 시선이었다. 남자로서 그녀를 알고 있는 시선이 흐르는 물처럼 그녀에게 쏟아져 그녀는 관능으로 감싸였다. 아, 묵직하게 정열이 가득 찬, 반쯤 잠에 취한 팔다리와 몸은 얼마나 관능적이고 사랑스러운 느낌을 주는가!

"일어날 시간이에요?" 그녀가 말했다.

"여섯 시 반이군."

그녀는 여덟 시에는 오솔길 끝에 가 있어야 했다. 늘, 언제나 사람에게는 이런 강요가 닥친다!

"하지만 아직은 일어나지 않아도 돼요." 그녀가 말했다.

"아침을 만들어 이리로 갖고 올 수 있는데, 어때요?"

"아, 좋아요!"

플로시가 아래층에서 낮게 낑낑거리는 소리를 내고 있었다. 그는 일어나 파자마를 벗어던지고 수건으로 몸을 문질러 닦았다. 용기와 생명력으로 충만할 때 인간의 모습은 얼마나 아름다운지! 아무 말 없이 그를 지켜보면서 그녀는 그렇게 생각했다.

"커튼을 걷어 올려주겠어요?"

태양이 벌써 아침의 부드러운 초록빛 잎사귀들 위에서 반짝이고 있었고, 푸릇하고 생기 있는 숲이 가까이에 서 있었다. 그녀는 침대에 일어나 앉아 지붕에 난 창을 통해 꿈꾸듯이 밖을 내다보았다. 그녀의 벗은 두 젖가슴이 벗은 양팔에 눌려 가운데로 맞붙었다. 그는 옷을 입는 중이었다. 그녀는 반쯤 꿈꾸듯이 삶을, 그와 함께하는 삶을 그리고 있었다. 그것이야말로 삶 그 자체였다.

그는 위험하게 웅크리고 있는 그녀의 나체로부터 도망치고 있었다.

"내 잠옷이 전부 없어졌나봐요?" 그녀가 말했다.

그가 침대 속에 손을 집어넣더니 얇은 비단 쪼가리를 끄집어냈다.

"발목에서 비단 같은 게 걸리적거렸어요." 그가 말했다.

그러나 잠옷은 거의 두 조각이 나 있었다.

"괜찮아요!" 그녀가 말했다. "그건 여기 있어야 하는 거예요. 정말로요. 두고 갈게요."

"그래요, 그냥 여기 남겨둬요. 친구 삼아 밤에 내 다리 사이에 끼고 잘 수 있게. 잠옷에 이름이나 표시 같은 게 있진 않아요?"

"네! 그냥 평범한 낡은 잠옷이에요."

그녀는 그 찢어진 잠옷을 걸치고서는 꿈꾸듯 창밖을 내다보며 앉아 있었다. 창문이 열려 있어서 아침 공기와 새소리가 안으로 밀려들어왔다. 새들이 계속 날아다녔다. 그리고 플로시가 밖에서 이리저리 돌아다니는 모습이 보였다. 아침이었다.

아래층에서 그가 난로에 불을 피우고, 펌프질을 해서 물을 퍼 올리고, 뒷문으로 나가는 소리가 났다. 베이컨 냄새가 점점 올라오더니 마침내 그가 간신히 문을 통과하는 커다란 검은 쟁반을 들고 위층에 나타났다. 그는 침대 위에 쟁반을 내려놓고 차를 따라주었다. 코니는 찢어진 잠옷을 입은 채 웅크리고 앉아 무척 배가 고팠던 듯 음식에 달려들었다. 그는 하나 있는 의자에 앉아 무릎 위에 접시를 올려놓고 먹었다.

"정말 맛있어요!" 그녀가 말했다. "함께 아침을 먹으니 얼마나 좋은지 몰라요!"

그는 말없이 먹고 있었지만 마음은 온통 빠르게 흘러가는 시간에 가 있는 것 같았다. 그 모습에 그녀는 정신을 차렸다.

"아, 당신과 함께 여기서 살 수 있다면, 그리고 래그비는 백만 킬로미터쯤 떨어져 있다면 얼마나 좋을까요? 사실 나는 래그비로부터 떠나려는 거예요. 당신도 알죠?"

"그래요!"

"그럼 우리가 함께 살 거고, 당신과 내가 함께 삶을 꾸려나 갈 거라고 내게 약속해줘요! 약속해줘요, 그럴 거죠?"

"그래요! 우리가 그럴 수 있게 되었을 때요."

"그럴 수 있어요! 그리고 우리는 그렇게 **할 거예요. 꼭 그렇 게 할 거예요**, 그렇죠?" 그녀가 몸을 앞으로 기울여 그의 손목 을 잡는 바람에 차가 엎질러졌다.

"그래요!" 그가 차를 닦아내며 말했다.

"우리가 함께 살지 **않는다는 건** 이제 불가능해요, 그럴 수 있을까요?" 그녀가 호소하듯 말했다.

그가 스치듯 싱긋 웃으며 그녀를 쳐다보았다.

"그럴 수 없어요!" 그가 말했다. "그런데 당신은 이십오 분 뒤에는 출발해야 해요."

"그런가요?" 그녀가 소리쳤다. 갑자기 그가 손가락을 입에 갖다 대며 아무 소리도 내지 말라고 주의를 주고는 벌떡 일어 섰다.

플로시가 짧게 한 번 짖고는 이어서 경고하듯 크고 날카 롭게 세 번 짖었다. 그는 소리 나지 않게 쟁반 위에 접시를 내 려놓고 아래층으로 갔다. 콘스턴스는 그가 뜰에 난 길로 걸어나가는 소리를 들었다. 자전거 벨소리가 바깥에서 따르릉 울렸다.

"안녕하세요, 멜러즈 씨! 등기우편이요!"

"아, 네! 연필 있습니까?"

"여기요."

잠시 아무 말도 없었다.

"캐나다에서 왔네요." 낯선 목소리가 말했다.

"네! 브리티시컬럼비아*에 사는 친구가 보낸 거로군요. 등기로 뭘 보냈는지 모르겠네요."

"돈이라도 보냈는지 모르죠."

"그보다는 뭔가 필요한 걸 부탁하는 걸 거예요."

또 잠깐 조용했다.

"그나저나 오늘도 날씨가 참 좋네요!"

"그러네요!"

"안녕히 계세요!"

"안녕히 가세요!"

얼마 후 그가 약간 화가 난 모습으로 다시 위층으로 올라왔다.

---

* 캐나다 서해안에 있는 주.

"우체부였어요." 그가 말했다.

"매우 이른 시각에 오는군요!" 그녀가 대답했다.

"시골을 도는 거라 그래요. 배달할 게 있으면 대개 일곱 시쯤 여기 오지요."

"친구가 돈을 보냈나요?"

"아니요! 브리티시컬럼비아에 있는 어떤 곳의 사진 몇 장과 서류들이에요."

"그곳으로 갈 거예요?"

"혹시 우리가 갈 수 있을지 생각해봤어요."

"아, 그래요! 좋은 생각이군요."

하지만 그는 우체부의 방문에 화가 나 있었다.

"망할 자전거들 같으니라고. 미처 알아차리기도 전에 불쑥불쑥 나타나는군. 그가 아무것도 눈치채지 못했길 바랄 뿐이에요."

"어떻게 눈치를 챘겠어요?"

"당신은 이제 일어나 준비해야 해요. 난 나가서 좀 둘러볼게요."

그녀는 그가 총을 메고 개와 함께 오솔길로 정찰 나가는 것을 보았다. 그녀는 아래층으로 내려가 세수를 하고 작은 비단 가방에 몇 가지 물건들을 챙겨 넣고서 그가 돌아올 때까지 떠날 준비를 마쳤다.

　문을 잠그고 나서 그들은 출발했다. 그러나 오솔길로 가지 않고 숲을 통과해 갔다. 그는 조심하며 주의 깊게 행동했다.

　"사람은 바로 어젯밤 같은 때를 위해 산다고 생각하지 않아요?" 그녀가 말했다.

　"그래요! 하지만 나머지 다른 때도 생각해야 해요." 그가 퉁명스레 대답했다.

　그들은 풀이 우거진 길을 따라 터벅터벅 걸었고, 앞장선 그는 말이 없었다.

　"우리는 함께 살 거고 삶을 함께 꾸려나갈 거예요. 그렇죠?" 그녀가 간절하게 말했다.

　"그래요!" 그가 돌아보지도 않고 성큼성큼 걸으며 대답했다. "때가 되면요! 지금은 당신이 베네치아인지 어딘지로 떠나잖아요."

　그녀는 마음이 무겁게 내려앉아 벙어리처럼 그의 뒤를 따라갔다. 아, 이제 그녀는 떠나는 것이 **뼈저리게** 슬펐다.

　마침내 그가 멈춰 섰다.

　"잠깐 이쪽으로 건너갔다 올게요." 그가 오른쪽을 가리키며 말했다.

　그러나 그녀는 그의 목에 두 팔을 감고 꼭 붙어 매달렸다.

"그래도 나에 대한 애정을 지키고 있을 거죠, 그렇죠?" 그녀가 속삭였다. "어젯밤에 난 진정한 사랑을 했어요. 당신도 나에 대한 애정을 간직할 거죠, 그럴 거죠?"

그는 그녀에게 키스를 하고 한동안 그녀를 꼭 끌어안았다. 그러고 나서 한숨을 내쉬고는 다시 그녀에게 키스했다.

"나는 가서 차가 와 있는지 봐야겠어요."

그는 낮게 우거진 가시나무와 고사리 덤불을 넘어 성큼성큼 걸어갔고 고사리 덤불에 그가 지나간 흔적이 남았다. 그는 일이 분 정도 사라졌다가 다시 큰 걸음으로 성큼성큼 돌아왔다.

"차는 아직 오지 않았어요." 그가 말했다. "그런데 길에 빵집 마차가 서 있군요."

걱정스러운 듯 곤란한 표정이었다.

"들어봐요!"

그들은 자동차가 가까이 다가오면서 조그맣게 내는 경적 소리를 들었다. 차는 다리 위에서 속도를 늦추었다.

"저기 왔군! 가봐요!" 그가 말했다. "나는 가지 않겠어요. 가요! 저기에 차가 오래 서 있게 하지 말아요."

그녀는 완전히 슬픔에 잠긴 채 고사리 덤불을 뚫고 그가 낸 자국으로 뛰어 들어갔고, 커다란 호랑가시나무 산울타리에 이르렀다. 그가 바로 그녀 뒤에 와 있었다.

"이쪽이에요! 저 사이로 나가도록 해요!" 그가 틈이 벌어진 한 곳을 가리키며 말했다. "난 나가지 않겠어요."

그녀는 절망적으로 그를 바라보았다. 그러나 그는 키스를 하고 그녀를 보냈다. 그녀는 완전히 비참한 마음으로 호랑가시나무 사이와 나무 울타리 사이를 기어갔고, 작은 도랑으로 비틀거리며 내려갔다가 오솔길로 올라섰다. 그곳에서는 짜증이 난 힐더가 차에서 막 내려서고 있었다.

"아니, 거기 있었구나!" 힐더가 말했다. "**그 사람은** 어디 있어?"

"그이는 안 와."

작은 가방을 들고 차에 타면서 코니의 얼굴에서 눈물이 흘러내렸다. 힐더가 볼썽사나운 보안경이 달린 자동차용 헬멧을 낚아채듯이 집어 들었다.

"이걸 써!" 그녀가 말했다. 코니는 위장용 헬멧과 보안경을 잡아당겨 쓰고는 긴 자동차용 외투까지 걸쳤다. 그리고 보안경을 쓴 비인간적인, 정체 모를 생명체의 모습으로 자리에 앉았다. 힐더가 사무적인 딱딱한 태도로 차를 출발시켰다. 차는 오솔길을 빠져나가 도로를 따라 달렸다. 코니는 주위를 둘러보았지만 그의 모습은 보이지 않았다. 그로부터 점점 더 멀어져가고 있었다! 그녀는 앉아서 애타게 눈물만 흘렸다. 이별은 너무나 갑자기, 너무도 예기치 않게 들이닥쳤다. 마치 죽음과 같았다.

"네가 얼마 동안이라도 그와 떨어져 있게 되어 정말 다행이다!" 크로스힐 마을을 피해 차를 돌리며 힐더가 말했다.

17장

　"언니, 내 얘기 좀 들어봐." 점심식사를 하고 난 뒤 런던에 가까워졌을 때 코니가 말했다. "언니는 진짜 애정이 뭔지 혹은 진짜 관능이 뭔지 몰라서 그래. 만약 그 두 가지를 같은 사람에게서 알게 된다면 언니도 굉장히 많이 달라질 거야."

　"제발 부탁인데, 네 경험에 대한 이야기는 그만 좀 떠들어!" 힐더가 말했다. "난 여자에게 자신을 다 내주고도 친밀한 관계를 맺을 수 있는 남자는 아직까지 만나본 적이 없어. 나는 바로 그런 남자를 원했는데. 남자들의 자기만족적인 애정과 관능에는 관심 없단다. 난 어떤 남자든 그 남자의 귀여운 장난감이나 그의 **쾌락을 채워주는 살덩어리가** 되는 것으로는 만족하지 않아. 난 완전히 친밀한 관계를 원했는데 얻지 못했어. 그만하면 충분해."

코니는 이 말을 곰곰이 생각해보았다. 완전히 친밀한 관계라고! 그녀는 그것이 한 사람이 자신에 관한 모든 것을 다른 사람에게 숨김없이 보이고, 그 상대방 또한 그 자신에 관한 모든 것을 상대에게 보이는 것을 의미한다고 여겼다. 그러나 그것은 지루한 일이었다. 남자와 여자 사이의 그 모든 지긋지긋한 자의식이란! 일종의 병이었다!

"내 생각에 언니는 항상 모든 사람과의 관계에서 자의식이 지나친 것 같아." 그녀가 말했다.

"적어도 나는 나한테 노예근성은 없다고 믿어." 힐더가 말했다.

"하지만 있을지도 모르지! 언니는 자기 자신의 생각에 묶여 있는 노예인지도 몰라."

힐더는 전에 들어본 적 없는 이 무례한 말을 건방진 동생으로부터 듣고서 한동안 아무 말 없이 차를 몰았다.

"나는 적어도 다른 사람이 나에 대해 품고 있는 생각의 노예는 아니야. 그리고 그 다른 사람이 내 남편의 하인도 아니고." 그녀는 마침내 그대로 화를 내며 쏘아붙였다.

"그렇지 않다는 건 언니도 알잖아." 코니가 침착하게 말했다.

그녀는 언니가 자신을 지배하도록 늘 내버려두었다. 그러나 이제 그녀는 비록 마음 한구석에서는 슬피 울고 있었지만, **다른 여자들의 지배**로부터는 자유로웠다. 아! 그것은 그 자체로 새로운 생명을 얻은 것과 같이 위안이 되었다. **다른 여자들**의 이상한 지배와 집착에서 벗어나는 것만으로 말이다! 여자들은 얼마나 끔찍한지!

그녀는 아버지와 함께 있게 되어 기뻤다. 그녀는 언제나 아버지가 남달리 귀여워하는 딸이었다. 그녀와 힐더는 펠맬에서 약간 떨어진 작은 호텔에 묵었고, 맬컴 경은 그의 클럽에서 묵었다. 그러나 저녁이면 그는 딸들을 데리고 나왔고, 딸들은 아버지와 함께 다니는 것을 좋아했다.

맬컴 경은 여전히 보기 좋은 외모에 힘이 넘쳤다. 주변에 갑자기 새롭게 나타난 세상을 아주 조금 두려워하긴 했지만 말이다. 그는 스코틀랜드에서 자신보다 더 젊고 더 부유한 여자를 두 번째 아내로 맞아들였다. 그러나 그는 첫 번째 아내에게 그랬던 것과 마찬가지로 가능한 한 자주 그녀의 곁을 떠나 휴가를 보냈다.

코니는 오페라를 관람할 때 아버지 옆에 앉았다. 그는 적당히 살집이 있었고 허벅지에도 살이 붙어 있었다. 여전히 힘 있고 건장했으며, 인생을 충분히 즐기며 살아온 건강한 남자의 허벅지를 지니고 있었다. 코니는 그의 명랑한 이기심과 완고할 정도로 고집하는 독립성, 그리고 후회하지 않는 관능성과 같은 모든 것들이 바로 그 반듯한 근육질의 허벅지에서 보이는 것 같았다. 그야말로 남자였다! 그런데 이제 아버지가 노인이 되어가는 모습을 보니 서글펐다. 튼튼하고 굵은 남자다운 다리에 애정에 대한 기민한 민감성과 힘이 없었기 때문이다. 애정의 기민한 민감성과 힘이란 젊음의 정수이고, 일단 거기에 한번 생기면 결코 죽지 않는 것인데 말이다.

코니는 두 다리의 존재감에 눈뜨게 되었다. 다리는 더 이상 그다지 진정성을 띠지 않는 얼굴보다 그녀에게 더 중요한 것이 되었다. 살아 있는 민첩한 다리를 가진 사람을 찾기가 얼마나 힘든지! 그녀는 무대 앞 특별석에 앉아 있는 남자들을 보았다. 푸딩을 찌는 검은색 천에 싸인 것 같은 푸딩처럼 흐물흐물한 커다란 허벅지들. 아니면 검은색 장례용 천을 걸치고 있는 것 같은 나무 막대기처럼 비쩍 마른 다리들. 아니면 잘빠지긴 했지만 관능 혹은 부드러운 애정, 민감성 중 어느 하나 갖추지 못하고 그저 다리라고 뻐기며 돌아다니는 평범한 젊은 다리들. 그녀 아버지의 허벅지만큼의 관능성조차 찾아볼 수 없는 다리들이었다. 그것들은 모두 기가 꺾이고 또 꺾여서 존재감이 사라져버렸다.

그러나 여자들은 기가 꺾여 있진 않았다. 많은 여자들의 방앗간 기둥 같은 끔찍한 다리들! 정말로 충격적이어서 살인이 난다 해도 납득할 수 있을 정도였다! 아니면 불쌍하게 꼬챙이처럼 말라빠진 다리들! 아니면 실크 스타킹에 싸인 늘씬하고 말쑥하긴 하지만 생기라고는 전혀 찾아볼 수 없는 다리들! 끔찍하게도 수백만 개의 무의미한 다리들이 무의미하게 뻐기며 돌아다니고 있었다!

그녀는 런던에서 행복하지 않았다. 사람들은 너무나 유령 같았고 표정은 공허했다. 아무리 바쁘게 움직이고 보기 좋은 모습을 하고 있어도 그들에게는 살아 있는 행복이 없었다. 그것들은 모두 메말라 있었다. 그런데 코니는 여자로서 맹목적으로 행복을 갈망했고, 행복을 보장받고 싶어했다.

파리에는 어쨌든 여전히 약간의 관능이 남아 있는 것 같았다. 그러나 너무나 지치고 피로하고 지쳐빠진 관능이었다. 애정 결핍으로 힘을 쓰지 못하는 관능이었다. 아, 파리는 슬픈 곳이었다. 가장 슬픈 도시 중 하나였다. 이제 기계적인 관능에 지쳐 있었고, 돈, 돈, 돈만 추구하는 긴장에 지쳐 있었으며, 분개하고 자만하는 것에조차 지쳐 있었고, 그저 죽을 것처럼 지쳐 있었다. 그리고 그 지친 모습을 기계적으로 추고, 추고 또 추는 지그*로 감추기에는 아직 미국화나 런던화가 충분히 되어 있지 않았던 것이다! 아, 남자다움을 뽐내는 이 건장한 사내들, 빈둥거리는 놈팡이들, 추파를 던져대는 사내들, 훌륭한 만찬을 즐기는 먹보들! 그들은 얼마나 지쳐 있는지! 서로 주고받는 약간의 애정조차 결핍되어 힘이 다 빠져 있었다. 유능하며 때로 매력 있는 여자들은 관능의 실체에 대해 한두 가지쯤은 알고 있었다. 그들은 지그를 춰대는 영국 여자들보다는 나았다. 그러나 그들은 부드러운 애정에 대해서는 오히려 더 모르고 있었다. 의지에서 끝없이 생겨나는 긴장으로 메말라버린 채 그들 역시 힘이 다 빠져나가고 있었다. 인간 세상은 그저 힘이 다 빠져나가고 있을 따름이었다. 아마 이 세상은 완전히 파괴적인 상태가 되고 말 것이다. 일종의 무정부 상태가 될지도 모른다! 클리퍼드와 그의 보수적인 무질서 상태로! 어쩌면 세상은 그리 오랫동안 보수적인 상태로 있지는 않을 것이다. 아주 급진적인 무정부 상태로 발전할 것이다.

코니는 자신이 위축되어 세상을 두려워하고 있다는 걸 깨달았다. 가끔씩 잠시나마 넓은 가로수길이나 불로뉴 숲에서, 혹은 뤽상부르 공원에서 행복해하기도 했다. 그러나 파리는 이미 미국인과 영국인들로, 이상하기 이를 데 없는 제복을 입

---

* 속도가 빠르고 경쾌한 3박자의 춤.

은 낯선 미국인들과 아무 희망 없이 외국에 나와 있는, 흔히 볼 수 있는 음울한 영국인들로 가득했다.

그녀는 자동차로 여행을 계속하게 되자 기뻤다. 갑자기 더워진 날씨 탓에 힐더는 스위스를 통과해 브렌네르 고개*를 넘은 뒤 돌로미티**를 지나 베네치아로 내려갔다. 힐더는 여러 가지 일을 처리하고, 운전을 하고, 주도적인 역할을 하는 것을 좋아했다. 코니는 조용히 지내는 것으로 만족했다.

여행은 정말이지 꽤 근사했다. 그러나 코니는 속으로 이렇게 혼잣말만 하고 있었다. '난 왜 이런 경치들에 별로 마음이 가지 않을까? 왜 진짜로 신이 나지 않는 걸까? 좋은 경치를 봐도 마음이 가질 않으니 얼마나 끔찍한 일인가! 전혀 마음이 쓰이질 않는걸. 끔찍한 일이야. 루체른 호수***를 배를 타고 지나면서도 산과 호수가 있다는 것조차 알아보지 못했던 성 베르나르처럼 돼버렸어. 경치 따위는 이제 아무래도 좋아. 왜 그걸 그렇게 뚫어져라 봐야 하지? 왜 그래야 해? 나는 그러지 않을래.'

아무것도, 그녀는 프랑스나 스위스, 티롤 지방이나 이탈리

---

* 오스트리아와 이탈리아 국경이 만나는 알프스 산맥의 고개.
** 이탈리아 북동부에 위치한 산맥.
*** 아름다운 경치로 유명한 스위스 중부 지방에 있는 호수.

아에서 생명력 넘치는 것은 아무것도 보지 못했다. 그녀는 그저 차에 몸을 싣고 그 모든 곳을 지나쳐갔다. 그리고 그 모든 곳은 래그비보다 훨씬 비현실적이었다. 저 끔찍한 래그비보다도 더 비현실적이었다! 그녀는 프랑스나 스위스 혹은 이탈리아를 다시 보지 못한다 해도 상관없다고 느꼈다. 그곳들은 그렇게 계속 있을 것이다. 래그비가 차라리 더 현실적이었다.

사람들은 또 어떤가! 그들은 서로 다른 점을 찾기 힘들 정도로 모두 똑같았다. 그들은 다른 사람에게 돈을 뜯어내는 데에만 관심이 있었다. 그리고 한편 여행자들은 또 어떤가. 즐거움을 얻기 위해서라면 돌에서 피라도 짜낼 태세였다. 짜릿한 흥분과 여흥을 제공하기 위해 쥐어짜이고, 짜이고, 또 짜이고 있는 산과 풍경들이 불쌍했다! 그저 즐기겠다고 **작정한** 이 사람들은 도대체 뭘 어쩌자는 것일까?

'싫어!' 코니는 혼잣말을 했다. '차라리 래그비에 있는 편이 낫지. 그곳에서는 이리저리 거닐어도 되고, 가만히 있어도 되고, 뭔가를 열심히 쳐다보지 않아도 되고, 어떤 식으로든 연기할 필요가 없어. 이렇게 여행을 즐기는 관광객으로 행세하기 위해 연기하는 건 절망적일 만큼 너무나 굴욕스러워. 이건 정말 낭패군.'

그녀는 래그비로, 차라리 클리퍼드에게로, 차라리 그 불쌍한 불구의 클리퍼드에게로 돌아가고 싶었다. 그는 어쨌든 이렇게 떼 지어 몰려다니는 휴가철 여행객들 같은 바보는 아니었다.

그러나 그녀는 내면의 의식 속에서 다른 남자와 계속 맞닿아 있었다. 그녀는 그와 이어진 줄을 놓으면 안 되었다. 아, 그걸 놓으면 안 되었다. 그 줄을 놓치면 그녀는 돈을 펑펑 쓰는 쓰레기들과 쾌락을 좇는 돼지들의 세계에서 완전히 길을 잃고 말 것이다. 아, 돼지처럼 쾌락을 좇는 사람들! 아, '실컷 즐기자'는 생각! 현대에 새로 등장한 질병이었다.

그들은 메스트레*에서 차를 차고에 맡긴 뒤 정기 여객선으로 베네치아에 갔다. 아름다운 여름날 오후였다. 수심이 깊지 않은 석호에 잔물결이 일었고, 쏟아지는 햇살에 호수 건너편에서 등을 돌리고 있는 베네치아의 모습이 어렴풋이 보였다.

부두에서 그들은 곤돌라로 바꿔 탔고, 사공에게 주소를 일러주었다. 그는 정식 곤돌라 사공이었는데 하얀색과 파란색이 들어간 옷을 입고 있었고 그리 잘생긴 용모는 아니었으며 인상적인 구석도 없었다.

"네! 에스메랄다 별장 말씀이군요! 네! 잘 알아요! 거기 머

---

* 이탈리아 북동부에 있는 도시.

무는 어떤 신사분을 위해 곤돌라를 몬 적이 있지요. 그런데 거리가 꽤 되는데요!"

사공은 좀 어린애같이 성급해 보였다. 그는 과장된 몸짓으로 급히 노를 저으며 기분 나쁘게 끈적끈적한 녹색 이끼가 긴 담이 늘어선 어두운 골목 운하들을 지나갔다. 가난한 지역의 운하를 지날 때에는 높이 매달린 줄에 빨래가 걸려 있는 모습이 보였고, 약하거나 강하게 하수도 냄새가 풍겨왔다.

마침내 곤돌라가 탁 트인 운하로 나왔다. 운하 양쪽으로 포장된 인도가 있었고, 그 사이를 반달 모양 다리들이 잇고 있었으며, 곧바로 나아가면 직각으로 대운하와 만나게 되어 있었다. 두 여자는 배 위의 작은 차양 아래 앉아 있었고, 남자는 그들 뒤편으로 약간 올라간 곳에 자리 잡고 서 있었다.

"아가씨들은 에스메랄다 별장에 오래 머무시나요?" 사공이 천천히 노를 젓다가 파란 줄무늬가 있는 하얀 손수건으로 땀이 흐르는 얼굴을 닦으며 물었다.

"한 20일 정도요. 우린 둘 다 결혼한 부인이에요." 힐더가 특유의 나직한 목소리로 말했다. 목소리 때문에 그녀가 말하는 이탈리아어는 더 외국인 투로 들렸다.

"아! 20일이요!" 남자가 말했다. 잠시 침묵이 흘렀다. 그러다 그가 물었다. "그럼 부인들께서는 에스메랄다 별장에 계시는 20일 동안 곤돌라가 필요하시겠군요? 하루 단위로든 일주일 단위로든 말이지요?"

코니와 힐더는 생각해보았다. 육지에서 자가용을 선호하듯 베네치아에서는 전용 곤돌라가 있는 편이 더 좋을 법했다.

"별장에는 뭐가 있나요? 어떤 배들이 있죠?"

"모터 달린 배가 한 척 있고 곤돌라도 하나 있긴 합니다만……." 이 '**있긴 합니다만**'은 그녀들 마음대로 그 배를 쓰지는 못할 것이라는 의미였다.

"요금이 얼마죠?"

하루 단위로 약 30실링씩 내거나 주 단위로 10파운드를 내야 했다.

"그게 일반적인 가격인가요?" 힐더가 물었다.

"더 저렴하죠, 부인. 더 저렴한 겁니다. 일반적으로는……."

두 자매는 따져보았다.

"글쎄요." 힐더가 말했다. "내일 아침에 와요. 그때 정하도록 하죠. 이름이 뭐예요?"

그의 이름은 지오반니였고, 몇 시까지 가면 되는지 누구를 기다린다고 하면 되는지 물었다. 힐더는 명함이 없어서 코니가 자기 명함을 그에게 주었다. 사공은 남국인의 강렬한 푸른 눈으로 재빨리 흘끗 보고 나서 다시 한 번 흘끗 살폈다.

"아!" 그가 얼굴빛이 환해져 말했다. "귀부인이시군요! 귀부인! 맞지요?"

"콘스탄차 부인이에요!" 코니가 말했다.

사공이 고개를 끄덕이며 한 번 더 되뇌었다. "콘스탄차 부인!" 그러고는 명함을 웃옷 속에 조심스럽게 넣었다.

에스메랄다 별장은 꽤 멀리 가야 했는데 석호 가장자리에 키오자* 쪽을 바라보고 있었다. 아주 오래된 집은 아니어서 쾌적했고 바다 쪽을 향한 테라스들이 있었다. 그 아래에는 나무가 짙게 우거진 꽤 큰 정원이 있었는데 바깥에 석호를 두고 담이 둘러싸고 있었다.

집주인은 육중한 몸에 좀 상스러운 데가 있는 스코틀랜드인으로 전쟁 전 이탈리아에서 많은 재산을 모았고, 전쟁 중에 엄청난 애국심을 발휘한 공로로 기사 작위를 받았다. 그의 아내는 마르고 창백한 얼굴에 성격이 날카로운 여자로, 자기 재산이 따로 없었고 남편의 꽤나 지저분한 애정 행각을 단속하며 살아야 하는 불행을 짊어지고 있었다. 남편은 심할 정도로 하인들을 볶아댔다. 그러나 지난겨울에 가벼운 뇌졸중으로 쓰러진 뒤로는 시중들기가 한결 수월해졌다.

---

* 베네치아 남쪽에 있는 항구.

저택은 사람들로 거의 꽉 차 있었다. 맬컴 경과 두 딸 외에
도 일곱 명이 더 있었는데, 역시 두 딸을 데리고 온 스코틀랜
드인 부부와 미망인인 젊은 이탈리아인 백작 부인, 그루지야
의 젊은 왕자, 꽤 젊은 편인 영국인 목사가 있었다. 목사는 폐
렴을 앓고 나서 건강을 위해 알렉산더 경의 전속으로 이곳에
와 있었다. 무일푼이고 얼굴이 잘생긴 왕자는 건방진 태도며
언행이 자가용 운전사나 하면 그만일 것 같은 인물이었다. 백
작 부인은 어딘가에 사냥감을 숨겨둔 얌전한 작은 고양이 같
은 여자였다. 목사는 버킹엄 주의 한 교구 목사로 있다 온 소
박하고 단순한 사람으로, 다행히 아내와 두 아이를 영국에 두
고 왔다. 그리고 거스리 가족 네 명은 훌륭하고 건실한 에든
버러 중산층으로 건실한 방식으로 즐길 것은 다 즐기고 시도
해보긴 하지만 위험을 무릅쓰는 일은 없는 사람들이었다.

코니와 힐다는 교제 대상에서 왕자를 즉시 빼버렸다. 거스
리 가족은 어느 정도 그들과 같은 부류였고 실질적인 사람들
이었다. 하지만 따분했다. 그리고 딸들은 남편감을 찾고 있었
다. 목사는 나쁜 사람은 아니었지만 지나치게 깍듯했다. 알렉
산더 경은 가벼운 뇌졸중을 앓고 나서 쾌활함을 거의 잃었지
만 용모가 빼어난 젊은 여자들이 곁에 많이 있으니 여전히 흥
분을 감추지 못했다. 아내인 쿠퍼 부인은 조용하면서도 심술

굿은 여자로, 불쌍하게도 남편의 여자 문제로 너무나 많은 어려움을 겪어서 다른 모든 여자들을 싸늘한 시선으로 경계했는데 이것이 제2의 천성이 되어버리고 말았다. 그녀는 자신이 모든 인간의 본성을 얼마나 형편없이 낮게 평가하고 있는지를 보여주는 냉혹하고 지독한 말들을 해댔다. 코니는 또한 그녀가 상당히 악의에 찬 고압적인 태도로 하인들을 대한다는 것을 알게 되었다. 그런데 그 방식은 아주 조용했다. 그녀가 교묘하게 행동했기 때문에 알렉산더 경은 자신이 집안 전체의 지배자이자 왕이라고 생각했고, 자칭 박력 있어 보인다는 살찐 배를 내밀고 지루하기 짝이 없는 농담을 해댔다. 힐더는 그것을 익살병이라고 불렀다.

맬컴 경은 그림을 그렸다. 그는 여전히 이따금씩 예전에 자신이 그렸던 스코틀랜드 풍경화와 대조를 이루는 베네치아의 석호 풍경을 그리곤 했다. 그래서 아침이면 커다란 캔버스를 가지고 배를 타고 그의 '자리'로 나갔다. 그러고 나서 조금 있다가는 쿠퍼 부인이 스케치북과 물감을 들고선 배를 타고 도시 중심부로 나가곤 했다. 그녀에게 수채화 그리기는 끊기 힘든 습관 같은 것이어서 집에는 장밋빛 궁전과 어두운 운하, 높이 솟은 다리, 중세 양식 건축물의 정면 등을 그린 수채화들이 넘쳐났다. 그리고 잠시 후에는 거스리 가족과 왕자, 백작 부인, 알렉산더 경, 그리고 때로는 린드 목사까지 리도*에 가서 해수욕을 즐기고 한 시 반쯤 늦은 점심을 먹으러 집으로 돌아오곤 했다.

별장 식구들이 한 집에서 함께 지내기에 따분한 사람들이라는 점은 명백했다. 그러나 두 자매에게는 별로 문제될 게 없었다. 그들은 늘 나가 있었다. 아버지는 그들을 끝도 없이 지루하게 그림이 이어지는 전시회에 데리고 갔다. 그는 두 사람을 루케세 별장에 있는 자기 옛 친구들에게 데려가 인사시키기도 하고, 덥지 않은 저녁에는 딸들과 함께 광장에 있는 카페 플로리안에 자리 잡고 앉아 있기도 했다. 또 그는 그들을 극장에 데려가 골도니의 연극을 보기도 했다. 환하게 조명을 밝힌 수상 축제가 벌어졌고 무도회도 열렸다. 이곳은 휴양지 중의 휴양지였다. 햇볕에 살갗이 타 분홍빛이 된 사람들과 파자마를 입은 사람들의 몸뚱이로 온통 뒤덮인 리도는, 마치 짝짓기를 하려고 올라온 바다표범 떼들이 끝없이 뒤덮여 있는 해안 같았다. 광장에 나와 있는 너무나 많은 사람들, 리도 해변 위의 너무나 많은 인간의 팔다리와 몸뚱이들, 너무나 많은 곤돌라, 너무나 많은 모터보트, 너무나 많은 증기 여객선,

———

* 베네치아 호수에 있는 섬.

너무나 많은 비둘기, 너무나 많은 얼음, 너무나 많은 칵테일, 팁을 받고 싶어하는 너무나 많은 남자 하인들, 여기저기서 떠들어대는 너무나 많은 나라의 말들, 너무나, 너무나, 너무나 많은 햇볕, 너무나 많은 베네치아의 냄새, 너무나 많은 딸기 더미들, 너무나 많은 비단 숄, 시뻘건 생고기처럼 커다랗게 썰어서 가판대 위에 내놓은 너무나 많은 수박 조각, 이 모든 너무나 많은 향락, 지나칠 정도로 너무나 많은 향락이었다!

코니와 힐더는 가벼운 여름 드레스를 입고 돌아다녔다. 아는 사람이 많았고 또 그들을 아는 사람들도 많았다. 반가울 것 없는 마이클리스가 나타났다. "안녕하세요! 어디 머물고 있어요? 와서 아이스크림이나 뭘 좀 드시죠! 내 곤돌라로 함께 어딘가 놀러 갑시다." 마이클리스까지도 햇볕에 그을린 모습이었다. 그러나 이곳 많은 사람들의 살덩어리는 햇볕에 바싹 구워졌다는 게 더 적합한 표현일 듯싶었다.

어떤 면에서는 즐거웠다. 그것은 거의 향락이라고 할 만했다. 그러나 어쨌든 그 모든 칵테일, 뜨거운 태양 아래 따뜻한 물속에 눕거나 뜨거운 모래밭 위에서 하는 일광욕, 따뜻한 밤에 남자와 배를 맞대고 추는 재즈, 얼음으로 몸 식히기 등은 모두 완전히 마취제였다. 그것은 모든 사람들이 원하는 일종의 마약이었다. 천천히 흐르는 물도 마약이었고, 태양도 마약이었으며, 재즈도 마약이었다. 담배도, 칵테일도, 얼음도, 베르무트도 마약이었다. 마약에 취하기! 향락! 향락뿐이었다!

힐더는 반쯤은 그렇게 취하는 것을 즐겼다. 그녀는 그 모든 여자들을 바라보며 그들에 관한 여러 가지를 추측해보는 것을 좋아했다. 여자들은 여자들에게 빠져들듯이 관심을 가졌다. 저 여자는 어때 보여? 저 여자는 어떤 남자를 홀렸을까? 저 여자는 거기서 어떤 재미를 보고 있을까? 남자들은 하얀 플란넬 바지를 입은 커다란 개처럼 툭툭 쓰다듬어주기를, 뒹굴기를 기다렸으며 재즈를 추면서 어떤 여자의 배에 자기 배가 찰싹 붙기를 기다렸다.

힐더는 재즈를 좋아했다. 왜냐하면 소위 남자라고 불리는 어떤 상대의 배에 자기 배를 찰싹 붙이고 그가 본능에 따라 그녀의 움직임을 이끌며 이리저리 무도장을 춤추고 돌아다니게 한 다음, 떨치고 나와서는 '그 녀석'을 무시해버릴 수 있기 때문이었다. 남자는 그저 이용 대상일 뿐이었다.

불쌍하게도 코니는 별로 즐겁지 않았다. 그녀는 재즈를 추려 하지 않았는데 그것은 그저 단순히 자기 배를 어떤 '녀석'의 배에 찰싹 달라붙게 할 수 없기 때문이었다. 그녀는 리도 해변에 밀집해 있는 홀딱 벗은 살덩어리 무리들이 싫었다. 그 살들을 모두 적시기에는 해변의 물이 모자랄 것 같았다. 그녀

는 알렉산더 경과 쿠퍼 부인도 마음에 들지 않았다. 또 마이
클리스든 그 밖의 다른 누구든 자기 뒤를 졸졸 따라다니는 것
들도 원하지 않았다.

제일 행복한 시간은 힐더를 설득해 함께 석호 건너편으로
꽤 멀리 나가서 자갈이 깔려 있는 사람 없고 조용한 해변으로
갈 때였는데, 그곳에서는 모래톱 안쪽 기슭에 곤돌라를 머무
르게 하고 그들끼리만 호젓하게 해수욕을 즐길 수 있었다.

그럴 때 지오반니는 그를 도울 곤돌라 사공을 한 명 더 데
려왔다. 거기까지는 먼 길인 데다 햇볕이 뜨거우면 엄청나게
땀을 흘리기 때문이었다. 지오반니는 이탈리아인들이 으레
그렇듯 살갑게 굴었고 매우 친절했다. 하지만 열정이 결여되
어 있었다. 이탈리아인들은 열정적이지 않다. 열정이란 마음
속 깊은 곳에 비축된 감정이다. 이탈리아인들은 쉽게 감동하
고 흔히 살가운 태도를 보이지만, 어떤 종류의 열정이든 변치
않고 간직하는 일은 거의 없다.

지오반니도 마찬가지였다. 과거에 뱃짐으로 몇 궤짝이 나
올 만큼 많은 수의 귀부인들에게 그랬듯이 이 두 귀부인에게
도 이미 헌신적으로 봉사하고 있었다. 그들이 원하기만 하면
언제든 자신의 몸도 팔 태세였다. 그는 내심 귀부인들이 자신
을 원하길 바랐다. 그들은 두둑한 선물을 줄 것이고, 곧 결혼

chair à plaisir

flâneurs

할 예정인 그에게는 매우 도움이 될 것이었다. 그는 두 귀부인에게 결혼 이야기를 했고, 그들은 그에 대해 적당히 관심을 보였다.

그는 석호를 건너 어느 외딴 모래톱으로 가는 이번 뱃놀이에 어쩌면 **연애** 사업까지 포함될지 모른다고 생각했다. 그래서 도와줄 친구 한 사람을 데려왔다. 정말로 **먼** 길이었고, 어찌 되었든 귀부인도 두 명이기 때문이었다. 두 명의 귀부인과 두 마리의 고등어! 훌륭한 계산이었다! 게다가 아름다운 귀부인들이었다! 그는 당연히 그들이 자랑스러웠다. 그리고 돈을 지불하고 지시하는 사람은 언니였지만 **연애** 상대로 자신을 선택하는 사람은 내심 젊은 귀부인이었으면 했다. 그녀가 돈도 더 많이 줄 것 같았다.

데려온 친구의 이름은 다니엘레였다. 정식 곤돌라 사공은 아니었고, 그래서 돈을 조르거나 몸을 파는 기질은 전혀 없었다. 그는 산돌라 사공이었는데, 산돌라는 인근 섬에서 과일과 작물을 실어오는 큰 배였다.

다니엘레는 미남이고 큰 키에 균형 잡힌 몸매를 갖고 있었다. 머리 모양이 살짝 둥그스름했으며, 옅은 금발에 가까운 곱슬머리에 얼굴이 약간 사자와 닮았는데, 남자답게 잘생겼으며 먼 곳을 응시하는 듯한 파란 눈을 지녔다. 그는 지오반니처럼 야단스럽거나 수다스럽지 않았고 술을 좋아하지도 않았다. 그는 조용했고, 바다 위에 홀로 있는 사람처럼 힘차고 수월하게 노를 저었다. 귀부인들은 귀부인들이었고 자기와는 거리가 먼 사람들이었다. 그는 그들에게 시선조차 주지 않고 앞만 바라보았다.

그는 진짜 남자였다. 지오반니가 와인을 과음하고 야단스럽고 거친 동작으로 큰 노를 밀쳐대며 꼴사납게 노를 젓자 약간 화를 냈다. 그는 멜러즈만큼 남자다웠으며 몸은 팔지 않았다. 코니는 여기저기 쉽게 감정을 흘리고 다니는 지오반니의 아내가 될 여자를 동정했다. 그러나 다니엘레의 아내는 미로처럼 얽힌 도시 뒤편 골목에서 지금도 아직 눈에 띄는, 꽃같이 어여쁘고 정숙하고 참한 베네치아 여자일 것이다.

아, 얼마나 슬픈 일인가! 처음에는 남자가 여자에게 몸을 팔게 했고, 이제는 여자가 남자에게 몸을 팔게 시키다니. 지오반니는 자신의 몸을 팔기를 갈망하여 개처럼 침을 흘리면서 여자에게 자기를 바치고 싶어했다. 그것도 돈을 위해서! 코니는 멀리 떨어져 있는, 장밋빛으로 물든 채 바다 위에 낮게 떠 있는 베네치아를 바라보았다. 돈으로 세워졌고, 돈으로 전성기를 꽃피웠으며, 돈 때문에 죽어버린 곳. 돈으로 죽은 상태! 돈, 돈, 돈, 매춘 그리고 죽음.

그러나 여전히 남자다움을 잃지 않은 다니엘레는 스스로 남자의 충절을 지킬 수 있는 사람이었다. 그는 곤돌라 사공이 입는 웃옷을 입지 않고 파란색 저지 셔츠만 입고 있었다. 그는 야성적이고 거칠었으며 자존심이 강했다. 그래서 그는 두 여자에게 고용되어 있는 개 같은 남자 지오반니에게 고용된 것이다. 일은 그렇게 돌아갔다! 예수가 악마의 돈을 거절했을 때* 유대인 금융업자 같은 악마가 모든 상황을 지배하도록 내버려두었기 때문이다.

코니가 햇빛이 작열하는 석호에서 멍한 상태가 되어 별장으로 돌아오면 집에서 편지가 와 있곤 했다. 클리퍼드는 규칙적으로 편지를 보내왔다. 그는 편지를 매우 잘 썼다. 그 편지들을 모두 엮어 책으로 출판해도 손색이 없을 것 같았다. 그리고 코니는 바로 그런 점 때문에 그 편지들이 그다지 재밌지 않았다.

그녀는 석호의 강렬한 햇빛, 철썩이는 바닷물의 짠맛, 드넓은 공간, 비어 있음, 무(無)에 취해 의식이 무뎌진 채 지냈다. 하지만 건강은 양호했다. 건강하다 못해 아무 생각 없이 의식이 멍할 정도로 건강했다. 그런 상태가 만족스러웠으며, 그렇

---

* 〈마태복음〉 4장 8~11절, 〈누가복음〉 4장 5~8절.

게 아무것도 신경 쓰지 않으면서 마음이 잠잠해졌다. 게다가 그녀는 임신 중이었다. 그것은 이제 분명했다. 그래서 햇빛과 석호의 소금기, 해수욕하기, 조약돌 해변에 누워 있기, 조개껍질 줍기, 곤돌라를 타고 멀리멀리 떠다니기를 통해 얻은 무뎌진 상태가 임신까지 더해지면서 그녀 내면에서 완성되었다. 그것은 만족감을 주는 한편 의식은 무뎌지게 하는 또 다른 종류의 충만한 건강이었다.

그녀가 베네치아에 온 지 2주가 되었고 열흘이나 2주쯤 더 머물 예정이었다. 어느 시간이건 관계없이 햇볕이 늘 이글거렸고, 육체적으로 충만한 건강 상태는 모든 것을 완전히 잊게 해주었다. 그녀는 일종의 멍한 행복감에 빠졌다.

그런데 클리퍼드에게서 온 편지는 이런 그녀를 깨워버렸다.

'우리도 마을에서 대단치는 않지만 소동을 겪었어. 사냥터지기 멜러즈의 도망간 아내가 불쑥 그의 집에 나타났다가 문전박대를 당한 모양이야. 멜러즈가 바로 쫓아내고 문을 잠가버렸다는군. 그런데 소문에 따르면 숲에서 돌아온 멜러즈는, 더 이상 예쁘다고 할 수 없는 그 여자가 침대에 **순수한 나체**로, 혹자는 **불결한 나체**라고도 할 수 있는 모습으로 자리 잡고 누워 있는 것을 다시 발견했다고 해. 그 여자가 창문을 깨고 들어갔다는 거야. 이 다소 거친 비너스를 아무리 해도 자기 침대에서 쫓아낼 수가 없어서, 멜러즈는 거기서 나와 테버셜에 있는 어머니 집으로 가버렸다는군. 한편 스택스게이트에서 온 비너스는 그 집에 아예 자리를 틀고 그곳이 자기 집이라고 주장하고 있고, 그래서 아폴로*는 필시 테버셜에 거주하는 것 같아.

멜러즈가 내게 와서 직접 이야기한 건 아니고, 소문으로 들은 것을 당신에게 옮기는 거요. 특히나 쓰레기 같은 이 마을 이야기는 볼턴 부인한테 들었어. 그녀는 우리에게 추문을 물어다 들려주는 새 같아. 따오기나 굶주린 독수리 같은 사람이지. 만약 그녀가 이렇게 외치지 않았으면 당신에게 이 이야기를 쓰지도 않았을 거요. **'그런 여자가** 얼쩡대면 마님은 더 이상 숲에 가려 하지 않으실 거예요!'

당신이 맬컴 경을 그린 그림이 좋더군. 맬컴 경이 휘날리는 백발에 분홍빛 살을 빛내며 바닷속으로 성큼성큼 들어가는 모습을 그린 것 말이야. 그런 햇빛을 쬘 수 있다니 부럽군. 여기는 비가 내리고 있어. 하지만 난 맬컴 경이 지닌, 결국 죽음과 함께 소멸될 운명인 그 고질적인 육욕은 부럽지 않아. 그러나 어쨌든 그것이 또 그분의 연세에 어울리기는 하지. 사

---

* 로마신화에서 태양의 신.

람은 나이가 들수록 더 육욕적이 되고, 죽음의 한계성을 더 보이는 것 같아. 오직 젊음만이 불멸성을 띠지.'

이 소식을 받고 코니는 반쯤 얼이 빠진 듯했던 행복감에서 깨어나 속상해하다가 거의 격분하기에 이르렀다. 이제 그녀는 그 짐승 같은 여자 때문에 괴로워해야 했다! 이제 그녀는 깜짝 놀라고 가슴 졸이며 지내야 했다!

멜러즈에게서는 아무런 편지도 없었다. 서로 편지는 쓰지 않기로 이야기해두었다. 그러나 지금은 그에게서 직접 소식을 듣고 싶었다. 어찌 되었든 앞으로 태어날 아기의 아버지였다. 그에게 편지를 쓰게 하자!

그런데 이 얼마나 끔찍하게 싫은 일인가! 이제는 모든 것이 엉망진창이 되었다. 저 하층민들은 얼마나 더러운지! 음울한 진흙탕 상태인 영국 중부 지방에 비하면 햇살 속에 유유자적할 수 있는 이곳이 얼마나 좋은가! 결국 맑은 하늘이야말로 삶에서 가장 중요하다고 할 수 있었다.

그녀는 임신 사실을 입 밖에 내지 않았다. 힐더에게조차 말하지 않았다. 그녀는 사실을 정확히 알아보려고 볼턴 부인에게 편지를 보냈다.

자매의 친구인 던컨 포브스라는 화가가 로마에 있다가 올라와 에스메랄다 별장에 묵고 있었다. 그는 이제 곤돌라의 세

번째 손님이 되었고, 자매와 함께 석호 건너편에 가서 해수욕을 하면서 그들을 에스코트했다. 조용하고 거의 무뚝뚝해 보일 정도로 말수가 적은 젊은이였는데 자신의 일인 그림에 있어서는 매우 앞서가는 화가였다.

볼턴 부인이 편지를 보내왔다.

'마님, 클리퍼드 경을 보시게 되면 틀림없이 기뻐하실 거예요. 나리는 아주 활짝 피어나신 것 같아요. 그리고 일을 아주 열심히 하고 계세요. 매우 희망에 차 계시고요. 물론 나리는 마님이 다시 돌아오셔서 저희와 함께 지내기를 고대하십니다. 마님이 안 계시니 집 안에 생기가 돌지 않네요. 저희 모두 마님이 다시 돌아오시면 아주 반가이 맞이할 겁니다.

클리퍼드 경이 멜러즈 씨에 관한 이야기를 마님께 얼마나 하셨는지 모르겠습니다. 어느 날 오후에 갑자기 그의 아내가 돌아왔나봐요. 그가 숲에서 돌아왔을 때 문간에 앉아 있는 그녀를 발견했답니다. 그녀는 자기가 법적인 그의 아내이므로 돌아와서 그와 살고 싶다고, 자기와 이혼하지는 못할 거라고 말했답니다. 아마도 멜러즈 씨가 이혼하려는 중이었나봅니다. 어쨌든 그는 그녀와 어떤 식으로든 얽히고 싶지 않았고, 집에 들여놓으려 하지도 않았으며 자기 자신도 집에 들어가지 않았답니다. 문도 열지 않고 숲으로 되돌아갔대요.

그러나 날이 어두워져 돌아와보니 집을 부수고 들어간 흔적이 있더랍니다. 그래서 그 여자가 무슨 짓을 했는지 살펴려고 위층에 올라갔는데 넝마 조각 하나 걸치지 않은 그 여자가 침대에 누워 있더랍니다. 돈을 주겠다고 했는데도 그녀는 자신이 그의 아내이니까 다시 받아들여야 한다고 했대요. 그들이 얼마나 소동을 피웠는지는 저도 모르겠습니다. 멜러즈 씨 어머니가 제게 그 일을 얘기해줬는데 굉장히 속상해하고 계세요. 글쎄, 그가 어머니에게 그 여자와 다시 함께 사느니 죽는 게 낫다고 했대요. 그래서 그는 자기 물건을 챙겨서는 곧장 테버셜 언덕에 있는 어머니의 집으로 간 거지요. 거기서 밤을 지내고 다음 날 수렵장을 통해 숲으로 가면서도 자기 집 근처에는 얼씬도 하지 않았답니다. 그날은 자기 아내를 한 번도 보지 못한 것 같아요. 그런데 그다음 날 그 여자가 베거리에 있는 자기 오빠 댄의 집에 가서는 욕을 하고 추태를 부리면서, 자기가 법적인 아내인데 그가 집에 여자들을 끌어들여 지냈다고 말하더래요. 그의 서랍에서 향수병을 찾아냈고 잿더미에서는 금박 필터가 붙은 담배꽁초를 발견했다는데, 저는 그게 다 무슨 소린지 모르겠어요. 그러고 나서 우체부인 프레드 커크가 어느 날 아침 일찍 누군가 멜러즈의 침실에서 이야기하는 소리를 들었는데 오솔길에 자동차가 있었다고 떠들었나봐요. 멜러즈 씨는 계속 어머니 집에 머물면서 수렵장을 통해 숲으로 다니고 있고, 그 여자는 그의 집에 머무는 것 같아요. 그러니 뭐, 말들이 끝도 없지요. 그래서 결국 멜러즈 씨와 톰 필립스가 그의 집으로 가서 가구와 침구를 대부분 가져오고 펌프의 손잡이도 떼어버리자 그 여자도 어쩔 수 없이 떠났다고 합니다. 그러나 스택스게이트로 돌아가지 않고, 베거리의 스웨인 부인 집에서 하숙을 합니다. 오빠 댄의 아내가 절대 그녀를 받아주지 않기 때문이래요. 그리고 그녀는 계속 늙은 멜러즈 부인의 집에 가서 그를 붙잡으려 하고, 그의 집에서 그가 자기와 잠자리를 같이했다고 주장하기 시작했어요. 그리고 그에게 생활비를 받아내려고 변호사를 찾아갔답니다. 그녀는 육중하게 살이 찌고 전보다 더 천박해진 데다 기운이 황소 같답니다. 그리고 그에 대해 아주 끔찍한 말들을 하고 돌아다니는데, 그가 어떻게 집에 여자들을 들였는지, 결혼해서 그가 그녀에게 어떤 행동을 했는지와 자기에게 했다는 저속하고 짐승 같은 일들에 대해 떠들어대는 모양이에요. 모두 다 무슨 소린지 모르겠어요. 여자가 일단 입을 벌리기 시작하면 얼마나 악독하게 굴 수 있는지 정말 끔찍해요. 그리고 그 여자가 아무리 비열하다고 해도 그 말을 믿는 사람들이 있게 마련이고 어느 정도는 오점이 남겠지요. 멜러즈 씨가 여자들과 천하고 짐승 같은 행동을 하는 그런 남자 중 하나라고 떠벌리고 다니는 그 여자의 태도야말로 그저 충격 그 자체예요. 게다가 사람들은 너무나 쉽게 다른 사람에 대한 얘기를 믿어버리죠. 더욱이 그런 종류의 험담은요. 그녀는 그가 살아 있는 한 절대로 그냥 놔두지 않을 거라고 큰소리치고 다닌답니다. 그렇지만 제 말은요, 자기한테 그렇게 짐승같이 대한 남자라면서 왜 그에게 돌아가지 못해 안절부절못하느냐는 거예요. 물론 그 여자가 폐경기에 가까워지긴 했어요. 멜러즈 씨보다 나이가 몇 살 많으니까요. 그리고 이런 천박하고 거친 여자들은 폐경기가 닥치면 항상 정신이 좀 이상해지게 마련이거든요.'

이 일은 코니에게 끔찍한 충격을 주었다. 이제 그녀는 불가피하게 자신에게 닥칠 천하고 지저분한 일을 감내해야 할 판이었다. 그녀는 그가 버사 쿠츠 같은 여자와 깨끗이 정리하지 않고 살아온 것에 화가 났다. 아니, 그런 여자와 결혼했다는 것 자체에 화가 났다. 어쩌면 그는 저급함에 대한 어떤 갈망을 지닌 사람인지도 몰랐다. 그와 보냈던 마지막 밤을 기억하고 몸을 떨었다. 그는 이미 버사 쿠츠 같은 여자를 상대하며 그 모든 관능을 알고 있었다! 정말로 구역질나는 일이었다. 그에게서 벗어나 관계를 깨끗이 정리하는 편이 좋을 것 같았다. 어쩌면 정말로 그는 상스럽고 저급한 사람인지도 몰랐다.

그녀는 이제까지 겪은 모든 일들에 대해 혐오감이 들었고 거스리 집안 딸들의 물정 모르는 어수룩함과 미숙한 처녀다움이 거의 부러울 지경이었다. 그리고 이제 자신과 사냥터지기의 관계에 대해 아는 사람이 생길까봐 두려웠다. 말로 다 할 수 없이 굴욕적일 것이다! 그녀는 불안하고 두려웠으며, 자신이 온전히 품위를 유지할 수 있게 되기를 갈망했다. 거스리 집안 딸들의 속되고 생명력 없는 품위라도 좋았다. 만약 클리퍼드가 그녀의 정사에 대해 알게 된다면 그 얼마나 말로 다 할 수 없이 굴욕적이겠는가? 그녀는 사교계가 두려웠고, 그들이 자신을 지저분하게 물어뜯을까봐 겁났다. 배 속의 아기를 없앨 수 있다면, 깨끗해질 수 있다면 좋겠다는 생각이 들 지경이었다. 한마디로 그녀는 공황 상태에 빠졌다.

향수병에 대해서는 그녀가 어리석었다. 그녀는 서랍에 들어 있는 그의 손수건 한두 장과 셔츠에 향수를 뿌려주고 싶은 마음을 참을 수 없었다. 그저 아이들 같은 유치한 마음에서였다. 그래서 반쯤 들어 있는 코티 산제비꽃 향 향수병을 그의 옷가지 속에 남겨두었던 것이다. 그가 향수 냄새를 통해 자신을 기억했으면 했다. 담배꽁초는 힐더가 버린 것이었다.

그녀는 던컨 포브스에게 자기 얘기를 조금은 털어놓지 않을 수 없었다. 그녀는 자신이 사냥터지기의 연인이라고는 밝히지 않고, 그저 좋아하는 사람이 있다고 하면서 그 남자에 대한 얘기라고 했다.

"아." 포브스가 말했다. "당신도 알게 될 테지만 사람들은 그 남자를 끌어내리고 그를 끝장낼 때까지 결코 멈추지 않을 거예요. 기회가 있었을 때 중류계급으로 올라가기를 거부한 사람이라면, 또 자신의 섹스를 옹호하는 사람이라면, 사람들은 그를 끝장내려 할 겁니다. 세상 사람들이 결코 그냥 놔두려 하지 않는 한 가지가 바로 섹스에 대해 솔직하고 개방적인 거거든요. 지저분하게 말하는 건 아무리 해도 괜찮아요. 사실 섹스에 대한 지저분한 말은 심하면 심할수록 더 좋아하지요. 그러나 자신의 섹스를 가치 있게 여기고 더럽히려 하지 않는다면 어떻게든 쓰러뜨릴 겁니다. 그것이 여전히 잔재하는 단한 가지 정신 나간 금기 사항이라고 할 수 있습니다. 섹스를 자연스럽고 생명력 넘치는 것으로 여기는 건 금기시되죠. 사람들은 그것을 결코 받아들이려 하지 않고, 당신이 그걸 누리게 두느니 당신을 죽이려 들 거예요. 두고 보세요. 사람들은 그 남자를 따라다니며 괴롭힐 겁니다. 그런데 결국 그가 했다는 일이 뭡니까? 설사 자기 아내와 내키는 대로 실컷 사랑을 나눴다 해도 그에겐 그럴 권리가 있지 않습니까? 그녀는 그걸 자랑스럽게 여겨야 하죠. 그렇지만 보세요. 그런 지저분한 암캐 같은 여자조차 그에게 달려들어서는 섹스에 대한 군중의 하이에나 같은 본능을 이용해 그를 무너뜨리려 하죠. 눈물을 훌쩍대며 섹스에 대한 죄의식이나 끔찍한 기분을 느껴야만 조금이라도 그것을 누릴 수 있는 겁니다. 아, 사람들은 그 불쌍한 남자를 따라다니며 괴롭힐 거예요."

코니는 이제 반대쪽에 혐오감을 갖게 되었다. 결국 그가 무슨 일을 했단 말인가? 그가 자신에게 무슨 일을 했던가? 강렬한 쾌락을 안겨주고 자유롭게 살아 있다는 감각을 되살려준 것밖에 없지 않은가? 그는 그녀의 성적 본능이 따뜻하고 자연스럽게 흐를 수 있도록 물길을 터주었다. 그리고 그것 때문에 사람들이 그를 쫓아다니며 괴롭힐 것이다.

아니야. 안 돼. 그래서는 안 돼. 코니는 그의 모습을 눈앞에 떠올렸다. 햇볕에 그을린 얼굴과 두 손만 빼고는 하얀 벌거벗은 몸, 발기한 자신의 페니스를 내려다보며 마치 그것이 살아 있는 별개의 존재인 양 말을 걸던 모습, 얼굴에 슬쩍슬쩍 비치던 묘한 미소. 그리고 그의 목소리가 다시 들리는 것 같았다. '당신은 어떤 여자보다 더 훌륭한 엉덩이를 가졌어요!' 그리고 그의 손이 따뜻하고 부드럽게 그녀의 엉덩이를, 은밀한 부분을 축복의 손길처럼 감싸며 쓰다듬는 것을 다시 느꼈다. 그러자 더운 온기가 자궁 속으로 퍼졌고 무릎 언저리에서는 작은 불꽃들이 일렁이는 것 같았다. '아, 안 돼! 안 돼! 이걸 저버려서는 안 돼! 그이를 저버려서는 안 돼! 무슨 일이 있어도 그이 곁에 남아서 그가 내게 준 것을 지켜야 해. 그이가 그것을 선사해주기 전까지 내 삶에서 온기와 불꽃이라고는 찾아볼 수 없었어. 그러니 그것을 저버리지 않을 거야.'

그녀는 무모한 일을 감행했다. 아이비 볼턴에게 편지를 보내면서 사냥터지기에게 보내는 글을 동봉하고 그에게 전하라고 부탁한 것이다. 거기에는 이렇게 썼다. '당신 아내가 당신을 곤란하게 괴롭히고 있다는 소식에 너무나 속상했어요. 하지만 너무 마음 쓰지 마세요. 그저 일종의 히스테리일 뿐이에요. 갑자기 들이닥쳤던 것처럼 갑자기 사그라질 테니까요. 하지만 그런 일이 일어나다니 나도 정말로 몹시 안타까워요. 당신이 너무 많이 걱정하지 않았으면 해요. 결국 그럴 만한 가치도 없는 일이잖아요. 그녀는 그저 당신을 괴롭히고 싶어하는 히스테리 환자예요. 열흘 뒤에는 집으로 돌아갈 거예요. 별 탈 없이 다 괜찮아지길 빌어요.'

며칠 뒤에 클리퍼드로부터 편지가 왔다. 그는 분명 흥분해 있었다.

'당신이 16일에 베네치아를 떠날 준비가 되었다니 기쁘군. 하지만 거기서 즐겁게 지내고 있는 거라면 서둘러 오지는 말아요. 모두들 당신을 보고 싶어하고 래그비에도 당신이 필요해. 하지만 무엇보다도 중요한 건 당신이 햇볕을 충분히 실컷 쬐고 와야 한다는 거야. 리도의 광고지에 나온 대로 파자마를 입고 햇볕을 실컷 쬐는 거요. 그러니 제발 조금 더 머물러요. 이곳의 끔찍한 겨울을 날 수 있을 만큼 당신이 충분히 기운을 차릴 때까지. 오늘도 비가 내리는군.

볼턴 부인이 나를 아주 부지런히, 그것도 아주 훌륭하게 돌봐주고 있어. 그녀는 묘하게 별난 사람이야. 더 살면 살수록 인간이 얼마나 이상한 생물인지 깨닫게 되는군. 차라리 지네처럼 다리가 백 개이거나 바닷가재처럼 다리가 여섯 개 있는 게 낫겠다 싶은 사람들도 있어. 동료 인간들에게 기대하도록 우리가 교육받아온 인간다운 일관성과 품위는 실제로는 존재하지 않나봐. 우리 자신에게조차 그것들이 아주 조금이라도 존재하고 있을지 의심스러워.

사냥터지기에 관한 추문은 계속되면서 눈덩이처럼 점점 더 불어나고 있어. 볼턴 부인이 계속 전해주고 있지. 그녀를 보면, 말은 못해도 살아 있는 한 아가미를 통해 소문을 조용히 들이마시고 내뱉는 물고기가 연상된다오. 모든 소문이 그녀의 아가미로 들어가 걸러지기 때문인지 그녀는 무엇에도 놀라지 않아. 다른 사람들의 삶에서 일어나는 사건들이 마치 그녀가 살아가는 데 꼭 필요한 산소인 듯하더군.

볼턴 부인은 멜러즈에 관한 추문에 온통 정신이 팔려 있어서 그에 대해 말을 걸면 아주 밑바닥 얘기까지 자세히 풀어놓는다오. 그녀는 몹시 분개하면서 이야기를 하는데, 그 모습이 꼭 그런 역할을 연기하고 있는 여배우 같아. 크게 분개하는 대상은 멜러즈의 아내인데 볼턴 부인은 그녀를 끝까지 버사 쿠츠라고만 부르지. 볼턴 부인의 이야기를 들으며 나는 이 세상에 존재하는 버사 쿠츠 같은 여자들의 진흙탕 같은 삶을 밑바닥까지 들여다보게 돼. 그리고 소문의 조류에서 풀려나 서서히 수면 위로 다시 올라왔을 때는 도대체 어떻게 그럴 수 있나 의아해하며 환한 햇살을 마주 보게 되는 거요.

나에겐 틀림없는 진실처럼 보이는 것들이 있어. 모든 사물의 표면처럼 보이는 우리의 세계가 사실은 깊은 대양의 **밑바닥**이라는 거요. 이 세상 나무들은 모두 해저에서 자라는 식물이고, 우리는 비늘 옷을 입은 기괴한 해저 동물군으로 새우처럼 죽은 생선 찌꺼기를 먹으며 살고 있소. 다만 이따금 숨이 막힌 영혼이 우리가 살고 있는 그 깊이를 알 수 없는 심연을 헤치고 올라가 진짜 공기가 있는 대기의 표면까지 솟구치는 거요. 난 우리가 보통 숨 쉬는 공기는 일종의 물이고, 남자와 여자는 물고기의 한 종류인 게 틀림없다고 봐.

하지만 가끔씩 영혼은 위로 올라와 갈매기처럼 빛 속으로 황홀하게 솟구치곤 해. 해저의 심연에서 먹이를 잡아먹은 뒤에 말이야. 내 생각에 우리의 도덕적 운명은 인류라는 바닷속 정글에서 동료 인간의 끔찍한 해저 생활을 뜯어먹으며 사는 것인 듯해. 그러나 우리의 불멸의 운명은 일단 헤엄쳐 잡은 먹이를 삼킨 뒤 거기서 도망쳐 나와, 빛나는 대기 속으로 다시 올라가는 거요. 늙은 대양의 수면 위로 뛰쳐나와 진정한 빛 속으로 들어가는 거라오. 그때 우리는 자신의 영원한 본성을 깨닫게 되지.

볼턴 부인의 이야기를 들을 때면 나 자신이 인간의 비밀을 지닌 물고기들이 꿈틀거리고 헤엄치는 저 깊은 곳까지 뛰어들어 아래로, 아래로 내려간 것처럼 느껴져. 육식을 탐하는 자는 한입 가득 먹이를 잡아 물고 나서, 위로 다시 올라와 밀도 짙은 바다를 벗어나 가벼운 대기 속으로, 축축한 바다를 벗어나 마른하늘로 솟아오르지. 당신에게는 그런 모든 과정을 이야기해줄 수 있어. 하지만 볼턴 부인과 있으면 나는 그저 아래로 뛰어들어, 끔찍하게 아래로. 해저 밑바닥의 해초들과 창백한 괴물들 사이로 가라앉은 것 같은 기분이야.

아무래도 우리는 사냥터지기를 잃게 될 것 같군. 도망갔던 그의 아내가 일으킨 추문이 가라앉기는커녕 오히려 점점 더 부풀어 사방으로 퍼지고 있어. 그는 입에 올릴 수 없는 온갖 일들을 했다고 비난받고 있고, 묘하게도 어떻게 구워삶았는지 수많은 광부의 아내들이 그 소름 끼치는 생선 같은 여자의 편이 되었고, 마을은 지저분한 얘기들로 썩고 있어.

들리는 말로는 이 버사 쿠츠라는 여자가 멜러즈의 어머니 집에 가서 진을 치고 멜러즈를 괴롭힌다고 해. 멜러즈의 집과 오두막을 샅샅이 뒤지고 나서 말이야. 그 여자는 어느 날 자기를 빼다 박은 딸을 붙잡았는데, 학교에서 돌아오는 길이었다고 해. 그런데 그 아이는 사랑하는 어미의 손에 키스 대신 이빨 자국을 남겼고, 그러자 어미가 다른 손으로 아이의 얼굴을 한 대 갈겨버리는 바람에 아이가 비틀거리다 도랑에 빠졌다고 하더군. 그렇지 않아도 시달림을 받아온 할머니가 분개하면서 거기서 아이를 구해냈다는군.

그 여자는 놀라울 정도로 엄청난 독가스를 내뿜고 있어. 결혼 생활의 온갖 사건들을 시시콜콜 떠벌리고 다니는데, 그건 보통 결혼한 부부간에서는 암묵적으로 깊이 묻어두기 마련인 내용들이더군. 10년 동안이나 묻어두다가 이제 와서 그것들을 파헤치겠다고 작정하고 괴상한 이야기만 줄줄이 하고

Auto Da Fé

nostalgie de la boue

있어. 그 자세한 이야기는 린리와 의사에게서 듣고 있는데 의사는 재미있어하고 있어. 물론 그 내용은 사실 별것도 없어. 인간에게는 늘 색다른 체위에 대한 이상한 갈망이 있어왔고, 어떤 남자가 자기 아내를 벤베누토 첼리니가 말한 것처럼 '이탈리아식으로'* 대하고 싶어한다면, 글쎄, 그건 취향의 문제지. 하지만 우리 사냥터지기가 그렇게 많은 기교를 터득했을 거라고는 거의 생각지도 못했어. 틀림없이 버사 쿠츠 자신이 먼저 그에게 그런 것들을 해보자고 했겠지. 어쨌거나 그건 개인적인 지저분함의 문제지 다른 사람과는 전혀 상관없는 일이야.

그럼에도 모두가 귀를 기울이고 있어. 내가 그렇듯이 말이야. 10여 년 전이라면 사람들이 체면 때문에라도 쉬쉬하며 그 일을 덮어버렸을 거야. 하지만 이제는 최소한의 체면이라는 것도 존재하지 않나보군. 광부의 아내들이 온통 들고일어나 부끄러운 기색도 없이 떠들어대고 있어. 그 떠들어대는 소리를 들으면 지난 50년 동안 테버셜에서 태어난 아이들은 모두 흠 없이 잉태되었고, 우리의 비국교도 여자들은 한명한명 모

---

* 《벤베누토 첼리니의 회고록(The Memoirs of Benvenutto Cellini)》에 나오는 항문 성교를 가리킴.

두가 영광의 잔 다르크라고 생각될 정도야. 존경할 만한 우리 사냥터지기에게 위대한 라블레*의 기미가 좀 있다고 해서, 크리픈**보다도 더 극악무도하고 충격적인 존재가 되어버린 것 같아. 하지만 이곳 테버셜 사람들이 나사가 빠진 거요. 이런 얘기들을 다 믿는다면 말이야.

어쨌거나 문제는 그 혐오스러운 버사 쿠츠가 자신의 경험과 고통을 떠벌리는 것으로 그치지 않는다는 거요. 그 여자가 악을 쓰면서 자기 남편이 집에 여자들을 '들이고' 살았다는 증거를 발견했다고 외치고, 여자 몇 명의 이름을 아무렇게나 들먹였다고 해. 이 때문에 몇몇 점잖은 사람들의 이름이 줄줄이 진흙탕 속으로 들어가고, 사태가 상당히 크게 번졌어. 그 여자에게는 금지 명령이 내려졌고 말이야.

그 여자를 숲에 얼씬거리지 못하게 하는 것이 불가능하니 그 문제로 멜러즈와 면담을 했어. 그는 보통 때와 다름없이 '디의 물방앗간 주인'***처럼 '난 아무도 신경 쓰지 않아. 그래, 아무도 내게 신경 쓰지 않는다면 나도 신경 쓰지 않아!'

---

* 프랑스의 풍자소설 작가. 작품에 저속하고 우스꽝스러운 내용이 많이 포함되어 있었다.
** Hawley Harvey Crippen, 1862~1910. 미국의 의사. 아내를 독살하고 지하실에 암매장하여 살인죄로 교수형을 당했다.
*** 아일랜드 극작가 아이작 비커스태프(Isaac Bickerstaffe)의 민요풍 오페라 〈어느 마을의 사랑(Love in a Village)〉의 주인공.

하는 태도로 돌아다니고 있어. 그렇지만 내 예리한 짐작에 따르면 속마음은 꼬리에 깡통을 매단 개와 같을 거요. 겉으로는 거기에 깡통이 매달려 있지 않은 척 잘 꾸미고 있지만 말이야. 하지만 내가 듣기로 마을에서는 여자들이 그가 지나가면 마치 사드 후작이라도 되는 양 아이들을 불러들여 피하게 한다더군. 그는 상당히 뻔뻔스럽게 지내고 있지만, 아무래도 그의 꼬리에 달린 깡통은 단단히 묶여 있는 것 같아. 그도 마음속으로는 스페인 민요의 돈 로드리고처럼 '아, 그것은 이제 나의 가장 죄 많은 곳을 물어뜯는구나!'라는 말을 되뇌고 있을 거요.

그에게 숲을 지키는 임무를 계속할 수 있다고 생각하는지 물었어. 그러자 그는 자신이 임무를 소홀히 했다고 생각지는 않는다고 하더군. 그 여자가 숲에 무단 침입하는 게 성가신 골칫거리라고 했더니, 자기에게는 그 여자를 체포할 권한이 없다고 대답하더군. 그래서 난 추문과 그 불쾌한 진행 과정을 넌지시 언급했어. 그러자 그는 "글쎄요."라고 하더니 이렇게 말하는 게 아니겠어. "자기네 성교에나 신경 써야 해요. 그럼 다른 사람의 성교에 대한 헛소문에는 귀도 기울이지 않을 텐데요."

그의 말에는 씁쓸함이 배어 있었고, 틀림없이 그 말에는 일리가 있어. 하지만 그 말을 내뱉는 방식은 거칠었고 공손하지도 않았어. 내가 그런 눈치를 주었더니 깡통이 다시 요란하게 울리더군. "나리 같은 처지에 계신 분이 이런 일을 꾸짖는 건 어울리지 않습니다, 클리퍼드 경. 제 다리 사이에 음낭이 달린 걸 가지고요."

이런 얘기를 가리지 않고 누구한테나 내뱉는 것이 그에게는 전혀 도움이 될 리 없어. 교구 목사와 린리, 버로즈 모두 그가 이곳을 떠나는 편이 낫다고 생각해.

내가 그에게 귀부인들을 집에 들여 즐긴 게 사실이냐고 물었어. 그랬더니 그가 한다는 말은 이게 전부였어. "아니 그게 나리와 무슨 상관입니까, 클리퍼드 경?" 난 내 영지에서는 합당한 품위가 지켜져야 한다고 말했어. 그러자 그는 "그럼 여자들 입에 단추를 채우셔야겠군요."라고 대답하더군. 그 집에서의 행동에 대해 계속 압박해 물으니 이렇게 말하더군. "나리는 저와 플로시 사이에서도 추문을 만들어내실 수 있을 텐데요. 그걸 빠뜨리셨네요." 사실 무례한 행동의 본보기로 그를 능가할 사람은 찾기 어려울 거요.

그에게 다른 일을 쉽게 찾을 수 있겠느냐고 물어보았어. 그가 말하더군. "이 자리에서 절 내쫓고 싶다는 말씀이라면, 일자리 얻는 거야 눈 한 번 깜짝이는 것처럼 쉽지요." 그래서 그는 전혀 문제를 일으키지 않고 다음 주말에 떠나기로 했어. 그리고 겉보기에는 기꺼이 조 체임버스라는 젊은 친구에게 자기 일의 비법을 가능한 한 많이 전수해주려고 하더군. 그에게 떠날 때 한 달 치 임금을 더 주겠다고 했어. 그랬더니 그는 돈을 그냥 넣어두라면서 내 양심의 가책을 덜어야 할 이유가 전혀 없다고 하더군. 내가 무슨 뜻이냐고 묻자 이렇게 말하는 거요. "나리께서는 저한테 추가로 빚진 것이 없습니다, 클리퍼드 경. 그러니 추가로 아무것도 더 지불하지 마십시오. 제 셔츠가 빠져나와 너풀거린다 싶으시면 그저 말씀만 하십시오."

글쎄, 당분간 더 이상 할 얘기는 없을 거요. 그 여자는 사라졌어. 어디로 갔는지는 모르지만 테버셜에 다시 나타나면 아마 체포될 거요. 그리고 들리는 말로는 그녀가 감옥을 대단히 무서워한다는데 감옥에 갈 만한 짓을 했으니 그렇겠지. 멜러즈는 다음 주 토요일에 떠나기로 했어. 그러니 여기도 곧 다시 정상으로 돌아올 거요.

그건 그렇고, 여보. 당신이 8월 초까지 베네치아나 스위스에 더 머물면서 휴가를 즐기겠다고 하면, 이 지저분한 소문에서 완전히 떨어져 있는 것이니 내가 기쁠 것 같군. 이달 말이면 다 잠잠해질 거요.

그러니 봐요. 우리는 깊은 바다에 사는 괴물들이고 바닷가재 한 마리가 진흙 위를 걸어다니며 물을 휘저으면 모두에게 흙탕물이 튀는 거요. 우리는 부득이하게 철학적으로 그걸 받아들일 수밖에 없어요.'

클리퍼드의 편지에서는 노여움이 느껴졌고, 코니는 그가 어느 쪽에도 일말의 연민조차 보이지 않았기 때문에 기분이 나빴다. 그러나 멜러즈로부터 다음과 같은 편지를 받고 상황을 좀더 잘 이해하게 되었다.

'고양이가 다른 온갖 고양이들과 함께 자루에서 뛰쳐나갔어요. 당신도 들었다시피 아내인 버사가 사랑 없는 내 품으로 돌아와서는 내 집에 자리를 틀고 눌러앉았어요. 좀 불손한 표현이지만, 거기서 고양이는 작은 코티 향수병이라는 쥐새끼 냄새를 맡았지요. 그리고 적어도 며칠 동안은 다른 증거를 발견하지 못했어요. 그러다 태워버린 사진에 대해 악을 쓰기 시작하더군요. 그녀가 위층 다른 침실에서 유리와 뒤판을 찾아냈는데 불행하게도 뒤판에 누군가가 조그만 스케치들을 끼적거리고 C. S. R이라는 이름의 첫 글자를 여러 번 반복해서 적어놓은 거예요. 하지만 이것만으로는 아무것도 눈치채지 못했고, 그러다 오두막을 부수고 들어가서 당신의 책을 발견한 거요. 여배우 주디스의 자서전이었는데 당신 이름인 콘스턴스 스튜어트 리드가 맨 앞 장에 적혀 있었어요. 그 뒤로 며칠 동안 그 여자는 내 정부가 다름 아닌 채털리 부인이라고 떠들고 다녔지요. 이 소문이 마침내 교구 목사 버로즈 씨와 클리퍼드 경의 귀에까지 들어갔어요. 그러자 그들이 귀하신 내 마누라님에 대한 법적 조치에 들어갔고, 경찰이라면 늘 끔찍이도 두려워하던 그 여자는 사라져버렸어요.

클리퍼드 경이 보자고 해서 갔었어요. 그가 여러 가지를 빙빙 돌려서 말했는데 나한테 화가 나 있는 것 같더군요. 그러더니 나한테 묻는 거였어요. 마님 이름까지 오르내리고 있는 것을 아느냐고요. 난 그런 추문에는 결코 귀를 기울이지 않는다고 하고 클리퍼드 경으로부터 직접 그런 이야기를 듣게 되다니 놀랍다고 말했지요. 그는 그것이 대단한 모욕이라고 했고, 그래서 난 우리 집 부엌방에 걸린 달력에 메리 왕비님* 사진이 있으니 틀림없이 왕비님도 내 후궁 중 한 명일 거라고 했어요. 하지만 그는 그런 비아냥을 썩 반기지 않더군요. 그가 나를 바지 단추를 풀어놓고 돌아다니는 평판 나쁜 놈이라는 식으로 말하기에 그는 단추를 풀어도 어쨌든 내놓을 게 전혀 없지 않느냐는 식으로 응수했더니 나를 해고하더군요. 나는 다음 주 토요일에 떠날 예정이고, 그곳에서는 더

---

* 조지 5세의 왕비.

이상 나를 볼 수 없을 거예요.

런던으로 가려 해요. 코버그 광장 17번지에 있는 내 옛날 하숙집의 주인인 잉거 부인이 방을 하나 내주거나 다른 곳을 소개해줄 거예요.

너희 죄가 정녕 너희를 찾아낼 줄 알라.* 특히 네가 결혼을 했으며 아내 이름이 버사라면……'

편지에 그녀에 대한 얘기나 그녀에게 이르는 말은 하나도 없었다. 코니는 이것이 원망스러웠다. 위로하거나 안심시켜 주는 말 몇 마디 정도는 할 수 있었을 텐데. 하지만 그가 그녀를 자유롭게 놓아주고 있음을, 래그비와 클리퍼드에게 돌아 갈 자유를 주고 있음을 깨달았다. 그녀는 그것 또한 원망스러 웠다. 그가 그렇게까지 거짓된 기사도를 발휘할 필요는 없었 다. 차라리 그가 클리퍼드에게 "그렇습니다, 그녀가 내 연인 이고 정부입니다. 그것이 자랑스럽습니다."라고 말했더라면 좋았을 텐데. 그러나 그렇게까지 용기를 내기는 어려웠을 것 이다.

그러니까 테버셜 사람들 입에서 그녀의 이름과 그의 이름 이 함께 오르내리고 있었다! 상황이 엉망으로 꼬여버렸다. 하

---

* 〈민수기〉 32장 23절.

지만 곧 잠잠해질 것이다.

그녀는 복잡하고 혼란스러운 분노를 느끼며 아무것도 할 수 없었다. 어떻게 해야 할지, 무슨 말을 해야 할지 몰랐다. 그 래서 그녀는 아무 말도 하지 않고 아무 행동도 취하지 않았다. 그녀는 베네치아에서 그저 전과 똑같이 곤돌라를 타고 던 컨 포브스와 함께 멀리 나가 해수욕을 하면서 하루하루를 보 냈다. 10년 전 그녀에게 다소 우울한 연정을 품은 적이 있는 던컨은 다시 사랑에 빠졌다. 하지만 그녀는 그에게 이렇게 말 했다. "남자들에게 바라는 딱 한 가지가 있다면, 바로 나를 혼 자 놔두는 거예요."

그래서 던컨은 그녀를 혼자 있게 두었고, 자신이 그렇게 할 수 있다는 것에 정말로 꽤나 흡족해했다. 그러면서도 여전 히 부드럽지만 다소 기묘하고 비정상적인 사랑을 그녀에게 바쳤다. 그는 그녀와 함께 있고 싶어했다.

어느 날 그가 말했다. "서로 마음으로 연결된 사람들이 얼 마나 적은지 생각해본 적이 있어요? 다니엘레를 좀 봐요! 태 양의 아들만큼 잘생겼죠. 하지만 그렇게 잘생겼는데도 얼마 나 외로워 보입니까? 틀림없이 아내와 가족이 있을 테고 그 들을 버리고 떠날 수 없을 사람인데요."

"한번 물어봐요." 코니가 말했다.

던컨이 코니 말대로 물어보았다. 다니엘레가 말하길, 결혼은 했고 아이가 둘인데 일곱 살과 아홉 살로 모두 남자아이라고 했다. 하지만 그는 그 얘기를 하면서 전혀 감정을 드러내지 않았다.

"진정으로 함께할 수 있는 능력을 가진 사람들만이 저렇게 우주 속에 홀로인 듯한 표정을 지닐 수 있는지도 모르죠." 코니가 말했다. "그 외의 사람들에게는 어떤 들러붙는 성질 같은 것이 있어서 지오반니처럼 누구한테든 붙는 거고요."

'그리고,' 코니는 속으로 생각했다. '던컨, 당신처럼요.'

18장

코니는 어떻게 할지 마음을 정해야 했다. 멜러즈가 래그비를 떠난다고 했던 다음 토요일, 즉 앞으로 엿새 뒤에 그녀도 베네치아를 떠나기로 했다. 그러면 런던에는 다음 월요일에 도착하게 될 것이고 그때 그를 만날 수 있을 것이다. 그녀는 편지를 써서 그가 말한 런던 주소로 부쳤다. 그에게 답장은 하틀랜드 호텔로 보내라고 하고, 월요일 저녁 일곱 시에 와달라는 부탁도 했다.

속마음은 묘하고 복잡하게 얽혀 화가 나 있었는데, 겉으로 드러나는 사람들에 대한 반응은 마비 상태였다. 그녀는 힐더에게조차 마음을 털어놓지 않았고, 이런 침묵이 계속되자 기분이 상한 힐더는 어떤 네덜란드 여자와 친해졌다. 코니는 여자들 사이의 이런 숨 막힐 정도로 친밀한 관계를 싫어했는데, 힐더는 답답할 정도로 늘 그런 관계를 맺곤 했다.

맬컴 경이 코니와 함께 가겠다고 결정했고, 던컨은 힐더와 함께 차를 타고 가기로 했다. 나이 든 화가는 늘 사치스럽게 지내는 편이어서 **오리엔트 특급열차**의 침대칸을 잡았다. 코니가 호화 열차와 당시 그런 열차에 감도는 천박한 타락의 분위기를 싫어했음에도 말이다. 그러나 그 기차를 타면 파리까지 가는 시간을 단축할 수 있었다.

맬컴 경은 아내에게 돌아갈 때면 늘 마음이 좀 불편했다. 그것은 첫 번째 아내 때부터 이어져온 버릇 같은 것이었다. 그러나 뇌조 사냥을 축하하기 위해 사람들을 초대하고 연회를 벌일 예정이어서 그는 그 전에 여유 있게 도착하고 싶었다. 코니는 볕에 그을린 보기 좋은 얼굴로 경치 같은 것은 모두 잊어버린 채 조용히 앉아 있었다.

"래그비로 돌아가는 게 따분한 모양이로구나." 딸이 시무룩해 있는 것을 보고 아버지가 말했다.

"래그비로 돌아갈지 확실하지 않아요." 그녀는 놀랄 정도로 불쑥 말을 꺼내고선 크고 푸른 눈으로 아버지를 쳐다보았다. 그녀처럼 크고 푸른 아버지의 눈에 깜짝 놀란 기색이 어렸다. 그것은 사회적 양심이 그리 깨끗하지 못한 남자의 표정이었다.

"그러니까 네 말은 파리에 잠시 머물겠다는 거냐?"

"아니요! 래그비로는 결코 돌아가지 않겠다는 뜻이에요."

그는 자신의 자잘한 문제들로도 골치가 아팠기 때문에 딸의 문제까지 떠맡지 않길 진심으로 바랐다.

"갑자기 왜?" 그가 물었다.

"아이를 가졌어요."

이 말을 입 밖에 내어 누군가에게 이야기한 것은 이번이 처음이었고, 바로 이 순간 그녀는 삶에서 한 분기점을 맞는 것 같았다.

"그걸 어떻게 아니?" 아버지가 말했다.

그녀는 미소 지었다.

"어떻게 알겠어요!"

"하지만…… 하지만……. 클리퍼드의 아이는 물론 아니겠지?"

"네! 다른 남자의 아이예요."

그녀는 아버지를 괴롭히는 것이 좀 즐거웠다.

"내가 아는 남자냐?" 맬컴 경이 물었다.

"아니에요! 아버지는 본 적이 없으세요."

긴 침묵이 흘렀다.

"그럼 어떻게 할 계획이냐?"

"모르겠어요. 그게 문제죠."

"클리퍼드의 아이라고 하면 안 되겠니?"

"클리퍼드는 받아들일 거예요." 코니가 말했다. "지난번에 아버지가 그 사람에게 말씀하시고 난 뒤에 저한테 그러더라고요. 제가 아이를 가져도 상관하지 않겠다고요. 다만 신중하게 처리하기만 하면요."

"그가 놓인 처지에서 할 수 있는 분별 있는 말이구나. 그럼 다 잘된 일인 것 같구나."

"어떤 점이요?" 코니가 아버지의 눈을 들여다보며 말했다. 아버지의 눈은 그녀처럼 크고 파랬지만 어떤 불안감이 깔려 있어, 어떤 때에는 불안한 어린 소년처럼 보이고 어떤 때에는 시무룩하고 이기적으로 보였지만 대개는 쾌활하고 신중해 보였다.

"네가 클리퍼드에게 채털리 가문 전체의 상속자를 선사할 거고, 래그비에 또 한 명의 준남작이 생길 테니 말이다."

맬컴 경이 약간 관능적인 미소를 지었다.

"그런데 전 그걸 바라지 않아요." 그녀가 말했다.

"아니, 왜 바라지 않니? 다른 남자에 대한 감정 때문에 그러느냐? 글쎄! 나한테서 진실을 듣고 싶다면 말이다, 얘야, 이런 거란다. 세상은 계속 굴러가는 거야. 래그비는 지금도 건재하고 앞으로도 계속 건재할 거야. 세상은 어느 정도 고정된 것이고, 외면적으로는 우리가 그에 적응해 살아야만 한단다. 개인적인 내 생각을 말한다면, 우리는 마음껏 즐기며 살 수 있어. 감정은 변하기 마련이니까. 올해는 이 남자를 좋아하고 내년에는 다른 남자를 좋아할 수 있어. 그러나 어쨌건 래그비는 여전히 건재할 거다. 그러니 래그비가 네 곁을 지키는 한 너도 래그비에 충실하렴. 그런 다음에 즐겨라. 하지만 네가 그런 관계를 깨면 얻을 수 있는 게 없을 거야. 네가 정 원한다면 깨고 나올 수는 있지. 너는 독립된 수입이 있고, 그건 절대 널 실망시키지 않을 유일한 것이지. 그러나 그렇게 해서 네가 얻는 건 별로 없을 게다. 래그비에 꼬마 준남작을 들여놓아라. 그건 정말 즐거운 일이 될 게야."

그리고 맬컴 경은 뒤로 기대앉아 다시 미소를 지었다. 코니는 대답하지 않았다.

"마침내 네가 진짜 남자를 차지한 거라면 좋겠구나." 조금 있다가 그가 관능적인 쪽으로 관심을 보이며 말했다.

"네, 차지했죠. 그런데 그게 문제예요. 그런 남자가 많지 않거든요." 그녀가 말했다.

"그래, 맙소사!" 그가 생각에 잠겼다. "많지 않다고! 글쎄,

애야, 널 보니 그 사람이 행운아인 것 같구나. 물론 널 귀찮게 할 문제를 일으킬 사람은 아니겠지?"

"아, 그럼요! 그는 완전히 제 의사대로 자유롭게 행동하게 놔둬요."

"그래! 그래! 진짜 남자라면 그렇게 하겠지."

맬컴 경은 기뻤다. 코니는 그가 누구보다 귀여워하고 아끼는 딸이었고, 그녀가 지닌 여성스러운 면이 늘 마음에 들었다. 그녀는 힐더만큼 어머니를 많이 닮지 않았다. 그리고 그는 클리퍼드를 항상 싫어했다. 그래서 그는 기쁜 마음이 들었고, 아직 태어나지 않은 아이가 자기 자식이라도 되는 것처럼 딸을 아주 상냥하게 대했다.

그는 하틀랜드 호텔까지 코니와 함께 차를 타고 가서, 딸이 수속을 하고 방에 자리 잡는 것을 보고는 클럽으로 갔다. 그녀는 저녁 시간에 함께 있어주겠다는 아버지의 제안을 사양했다.

그녀 앞으로 멜러즈의 편지가 와 있었다. '당신이 지내는 호텔에 들르지 않고, 애덤 가에 있는 골든 콕 앞에서 일곱 시에 기다리겠어요.'

거기에 훤칠하고 호리호리한 그가 서 있었다. 얇은 천으로 된 어두운 색 정장을 입고 있어서 완전히 딴사람 같았다. 그에게는 타고난 기품이 있었지만 그녀가 속한 계급 사람들처럼 판에 박힌 듯한 모습은 없었다. 하지만 그녀는 그가 어디에 내놓아도 손색없는 사람이라는 것을 알아차렸다. 그가 타고난 성품은 판에 박힌 계급 어쩌고 하는 것보다 훨씬 훌륭한 것이었다.

"아, 왔군요! 모습이 아주 보기 좋아요!"

"그래요! 그런데 당신은 그렇지 않군요."

그녀는 그의 얼굴을 걱정스럽게 들여다보았다. 광대뼈가 드러나 보일 정도로 야위어 있었다. 그러나 두 눈은 그녀에게 미소 짓고 있었고, 그녀는 그와 함께 있으니 집에 온 듯 마음이 편안했다. 정말 그랬다. 갑자기 그녀의 겉모습을 지탱하고 있던 긴장감이 허물어졌다. 그에게서 육체적으로 무언가가 흘러나와 그것이 그녀의 마음을 집에 온 듯 편안하고 행복하게 해주었다. 행복에 대한 여자의 본능이 이제 막 기민하게 활동을 시작했고, 그녀는 즉시 그것을 마음에 새겨두었다. '그이가 여기 있으니 행복해!' 베네치아의 환한 햇빛도 그녀의 마음속에 이런 충만함과 따스함을 불어넣어주지 못했었다.

"아주 끔찍한 일이었죠?" 그녀가 테이블 건너편에 앉으며 물었다. 그가 너무나 야윈 것이 이제야 똑똑히 눈에 들어왔다. 그의 손은 그녀가 익히 알고 있듯이 자고 있는 동물처럼 묘하게 느긋하며 모든 것을 잊은 듯한 태평한 모습으로 놓여 있었다. 그 손을 잡고 키스하고 싶은 마음이 간절했다. 그러나 감히 그러지는 못했다.

"사람들이란 늘 끔찍하지요." 그가 말했다.

"많이 걱정했죠?"

"항상 하는 만큼만 걱정했어요. 걱정해봐야 손해라는 걸 아니까."

"꼬리에 깡통을 매단 강아지 같은 기분이었나요? 클리퍼드가 당신 기분이 그럴 거라고 하더군요."

그가 그녀를 바라보았다. 그 순간 그런 말을 하는 건 잔인했다. 그의 자존심은 이미 고통받을 대로 고통받았던 것이다.

"그랬던 것 같군요." 그가 말했다.

그녀는 모욕을 받을 때 그가 얼마나 분개하며 쓰디쓴 감정을 느끼는지 전혀 알지 못했다.

긴 침묵이 흘렀다.

"나 보고 싶었어요?" 그녀가 물었다.

"당신이 멀리 가 있어서 다행이었어요."

다시 침묵이 흘렀다.

"사람들이 당신과 나에 대한 얘기를 정말 믿던가요?" 그녀가 물었다.

"아니! 조금도 그런 것 같지는 않아요."

"클리퍼드는요?"

"믿지 않았다고 해야 할 거예요. 깊이 생각해보지도 않고 바로 무시해버리더군요. 하지만 그 소문 때문에 당연히 다시는 날 보고 싶어하지 않게 되었지요."

"아이를 가졌어요."

그의 얼굴과 온몸에서 표정이 싹 사라졌다. 그는 어두운 눈으로 그녀를 쳐다보았는데 그녀는 그 표정을 전혀 이해할 수가 없었다. 어두운 불꽃이 타오르는 어떤 영혼이 그녀를 쳐다보고 있는 것 같았다.

"기쁘다고 말해봐요!" 그녀가 그의 손을 더듬어 잡고서 애원했다. 그러자 그에게서 어떤 환희가 솟아오르는 것이 보였다. 그러나 그것은 이내 그녀가 이해할 수 없는 일들로 그물에 걸린 듯 가라앉았다.

"그건 미래의 일이에요." 그가 말했다.

"그래도 기쁘지 않아요?" 그녀가 끈질기게 물었다.

"나는 미래가 몹시 염려스러워요."

"그렇지만 당신은 어떤 책임감에도 구애받을 필요가 없어요. 클리퍼드는 자기 자식으로 받아들일 거예요. 그는 기뻐할 거예요."

이 말에 그가 움찔하며 창백해졌다. 그는 대답하지 않았다.

"클리퍼드에게 돌아가 래그비에 꼬마 준남작을 들이게 할까요?" 그녀가 물었다.

그는 창백하고 냉담한 얼굴로 그녀를 바라보았다. 그의 얼굴에 조금 심술궂은 미소가 스쳤다.

"당신이 아이 아버지를 그에게 꼭 알려야 할 필요는 없을 거예요."

"아!" 그녀가 말했다. "알려도 그는 받아들일 거예요. 내가 원한다면요."

그는 한동안 생각에 잠겼다.

"그렇군!" 그가 마침내 혼잣말처럼 입을 열었다. "내 생각에도 받아들일 것 같군요."

침묵이 흘렀다. 두 사람 사이에 깊은 심연이 가로놓여 있었다.

"하지만 당신은 내가 클리퍼드에게 돌아가는 걸 원하지 않아요, 그렇죠?" 그녀가 물었다.

"당신은 어떻게 하고 싶어요?" 그가 물었다.

"당신과 함께 살고 싶어요." 그녀는 간단히 대답했다.

그 말을 들으면서 그는 자기도 모르게 배 위에 작은 불꽃들이 빠르게 지나가는 것을 느끼곤 고개를 떨어트렸다. 그러다 그는 다시 고개를 들어 그녀를 보았다. 홀린 듯한 눈빛이었다.

"그것이 당신에게 그럴 만한 가치가 있다고 해도 말이죠." 그가 말했다. "난 가진 게 아무것도 없어요."

"당신은 다른 남자들보다 많은 걸 갖고 있어요. 당신도 알잖아요." 그녀가 말했다.

"어떤 면에서는 그런 점이 있다는 걸 나도 알고 있어요." 그가 생각에 잠겨 잠시 입을 다물었다. 그리고 다시 말을 이었다. "나는 여성적인 면이 많다는 말을 자주 들었어요. 하지만 그건 아니에요. 총으로 새를 쏘는 걸 좋아하지 않는다고 해서, 돈을 벌거나 출세하려 하지 않는다고 해서 내가 여자 같다고 할 수는 없어요. 난 군에서 쉽게 출세할 수도 있었어요. 하지만 군대가 마음에 들지 않았지요. 병사들은 잘 다룰 수 있었어요. 그들은 날 좋아했고 내가 아주 화가 났을 때는 꽤 무서워했지요. 그래요. 그 멍청하고 구속하기 좋아하는 높으신 분들이 군대를 죽은 곳으로 만든 거요. 나는 병사들을 좋아하고 그들도 날 좋아하지요. 하지만 나는 이 세상을 지배하는 사람들이 허튼소리를 하고 잘난 체나 하면서 뻔뻔스럽게 구는 걸 견딜 수가 없어요. 바로 그것 때문에 출세를 할 수 없는 거예요. 돈의 뻔뻔스러움을 증오하고 계급의 뻔뻔스러움을 증오하지요. 그러니 지금과 같은 세상에서 내가 여자에게 뭘 줄 수 있 겠어요?"

"그런데 왜 꼭 뭘 줘야 해요? 이건 거래가 아니에요. 그저 우리가 서로 사랑하는 거죠." 그녀가 말했다.

"아니, 아니에요! 그 이상이에요. 삶이란 움직이는 것이고 계속 나아가는 거요. 내 삶은 제대로 된 배수관을 타고 흘러 내려가지 못할 거요. 그러지 못할 거예요. 그래서 어찌 보면 나는 혼자 떨어져 조금씩 흐르는 폐수와 같아요. 그리고 난 내 삶에 여자를 끌어들일 자격이 없어요. 그렇게 하려면 뭔가를 하고 이뤄내 적어도 내적으로 우리 두 사람 모두를 싱싱하게 유지시킬 수 있어야 하는데, 지금 난 그렇지 못해요. 남자는 자기 삶에서 어떤 의미 있는 것을 여자에게 주어야 해요. 앞으 로 고립된 삶을 함께 살아가야 하고, 그 여자가 진정한 여자라 면 말이에요. 내가 그저 당신의 남자 첩이 될 수는 없어요."

"왜 그럴 수 없어요?" 그녀가 말했다.

"왜냐하면 그럴 수 없기 때문이에요. 그리고 당신도 곧 그 런 생활이 지긋지긋해질 거예요."

"날 믿을 수 없다는 얘기 같군요." 그녀가 말했다.

그가 얼굴에 싱긋 웃음을 지었다.

"돈도 당신 것이요, 신분도 당신이 높으니 결정도 당신이 내리게 될 거예요. 어찌 되었든 난 그저 마님의 잠자리 상대나 해주는 사람은 아니에요."

"그러면 그 밖에 어떤 사람인가요?"

"그렇게 묻는 게 당연해요. 그건 눈에 분명하게 보이는 건 아니에요. 하지만 난, 적어도 나 자신에게는 특별한 존재예요. 나는 내 존재의 의미를 알고 있어요. 물론 나 말고는 아무도 그걸 알지 못한다는 것도 충분히 이해할 수 있고요."

"그럼 나와 함께 살면 당신 존재의 의미가 덜해지나요?"

그가 한참 동안 잠자코 있다가 대답했다.

"그럴지도 모르지요."

그녀도 그에 대해 말없이 생각해보았다.

"그러면 당신 존재의 그 의미는 뭔가요?"

"말했듯이 그건 눈에 보이지 않는 거요. 난 세상을 믿지 않아요. 돈도 출세도, 우리 문명의 미래도 믿지 않아요. 인류에게 미래라는 것이 있으려면 세상이 지금과는 아주 크게 달라져야 할 거예요."

"그러면 진정한 미래는 어떤 모습이 되어야 하는데요?"

"누가 알겠어요! 내면에서 뭔가를 느끼지만 거기에는 많은 분노가 섞여 있어요. 그러나 그게 정말로 무엇에 이르렀는지는 나도 모르겠어요."

"내가 말해볼까요?" 그녀가 그의 얼굴을 들여다보며 말했다. "다른 남자들에게는 없지만 당신에게는 있는 거요. 그게 미래를 만들 거예요. 그게 뭔지 말해줄까요?"

"말해봐요." 그가 대답했다.

"당신이 품고 있는 애정과 거기서 나오는 용기요. 바로 그거예요. 손으로 내 엉덩이를 쓰다듬으면서 엉덩이가 예쁘다고 말할 때처럼 말이에요."

그의 얼굴에 싱긋 미소가 스쳤다.

"그거 말이군!"

그러더니 그는 생각에 잠겼다.

"그래!" 그가 말했다. "당신 말이 맞아요. 바로 그거요. 처음부터 끝까지 바로 그거예요. 병사들과의 관계에서 그걸 알게 되었지. 나는 몸을 맞대고 그들과 일을 해야 했고, 그건 어길 수 없는 일이었어요. 그들을 내 몸처럼 느끼고 움직일 수 있어야 했고, 어느 정도 부드러운 애정으로 대해야 했어요. 그들에게 지옥 같은 고생을 시킬 때조차 말이에요. 부처의 말대로 그건 깨달음의 문제예요. 하지만 부처조차 육체를 통한 깨달음과 자연스러운 육체적 애정을 피했지요. 사실 그건 심지어 남자들 사이에서도 남자다운 방식으로 합당하게 생긴다면 아주 바람직한 것인데 말이에요. 그건 남자들을 진짜로 남자답게 만들어요. 원숭이 같은 그런 존재로 만들지 않지. 그래요! 그건 바로 부드러운 애정이에요. 그건 정말로 진정한 섹스에 대한 깨달음이에요. 섹스란 사실 접촉, 모든 접촉 중에서 가장 친밀한 접촉에 불과해요. 그리고 우리가 두려워하는 건 접촉이에요. 우리는 그저 반만 깨어 있고 반만 살아 있어요. 우리는 다시 완전히 살아서 깨어 있는 존재가 되어야 해요. 특히 영국인들은 서로 접촉을 시작해야 해요. 어느 정도 섬세하고 부드럽게 말이에요. 그게 당장 우리에게 절실한 거요."

그녀가 그를 바라보았다.

"그렇다면 당신은 왜 나를 두려워하죠?" 그녀가 말했다.

그가 그녀를 한참 동안 바라보다가 대답했다.

"사실 그건 돈 때문이고, 또 신분 때문이지요. 그것이 당신 안에 있는 세상이니까."

"그렇지만 내 안에는 애정이란 것도 있지 않나요?" 그녀가 안타까운 듯이 말했다.

그는 어둡고 흐린 시선으로 그녀를 내려다보았다.

"있어요! 하지만 그건 나타났다 사라졌다 해요. 내 안에서도 그러는 것처럼."

"그래도 당신과 나 사이에 있는 그 애정을 믿지 못하겠어요?" 그녀기 열망하는 눈으로 그를 응시하며 물었다.

그녀는 그의 얼굴에서 방어막 같은 것이 사라지며 표정이 부드럽게 풀리는 것을 보았다.

"믿을 수도 있겠지!" 그가 말했다.

두 사람 모두 아무 말도 하지 않았다.

"두 팔로 날 꼭 안아줬으면 좋겠어요." 그녀가 말했다. "우리가 아이를 갖게 되어 기쁘다고 해주면 좋겠어요."

그녀가 너무나 사랑스럽고 따뜻하고 간절해 보였기에 그의 창자가 그녀를 향해 꿈틀거리는 것 같았다.

"내가 묵고 있는 방으로 같이 갈 수도 있어요." 그가 말했다. "또 추문 거리가 되겠지만."

하지만 그녀는 그가 세상에 대해서는 다시 다 잊어버리고, 부드러운 열정을 담은 온화하고 순수한 표정이 된 것을 보았다.

그들은 멀리 돌아가는 길을 택해 코버그 광장으로 갔다. 그는 그곳에 있는 집 맨 위층 다락방을 한 칸 얻었는데, 간단한 가스 조리 기구를 이용해 음식도 자기 손으로 직접 만들었다. 방은 작았지만 부끄럽지 않게 잘 정돈되어 있었다.

그녀는 옷을 벗었고 그도 벗게 했다. 임신 초기라 부드러운 홍조를 띠고 있는 그녀의 모습은 사랑스러웠다.

"당신을 그냥 가만히 두어야겠어요." 그가 말했다.

"안 돼요!" 그녀가 말했다. "나를 사랑해줘요! 사랑하면서 날 곁에 두겠다고 말해줘요. 곁에 두겠다고 해줘요! 세상으로도 그 누구에게도 절대 보내지 않을 거라고 해줘요."

그녀는 그에게 바싹 파고들어, 야위었지만 강한 그의 벌거벗은 몸에 꼭 매달려 안겼다. 그곳이 그녀가 알고 있는 유일한 안식처였다.

"그럼 그대 곁을 지키겠어요." 그가 말했다. "원한다면 그대 곁에 있겠어요."

그가 그녀를 꽉 껴안았다.

"그리고 아이가 생겨 기쁘다고 말해줘요." 그녀가 되풀이해 말했다. "아기에게 키스해줘요! 내 자궁에 키스하고, 아이가 거기에 있어서 기쁘다고 해줘요."

그러나 그것은 그에게 어려운 일이었다.

"난 세상에 아이들을 내놓는 게 끔찍하게 두려워요." 그가 말했다. "그 아이들의 미래가 너무 두려워요."

"하지만 당신이 그 아이를 내 몸 안에 넣었어요. 그 아이를 다정하게 대해줘요. 그러면 그게 벌써 그 아이의 미래예요. 아이에게 키스해요! 키스해요!"

그 말이 사실이었으므로 그의 몸에 전율이 왔다. '그 애에게 다정하게 대해줘요. 그리고 그것이 그 아이의 미래예요.'

그 순간 그는 여자에 대한 순수한 사랑을 느꼈다. 그는 그녀의 배에, 그리고 비너스의 둔덕에 키스하고, 계속 키스하며 내려가 자궁에, 그리고 자궁 안에 있는 태아에게 키스했다.

"아, 당신은 나를 사랑하는군요! 당신은 나를 사랑해요!" 알아들을 수 없이 맹목적으로 질러대는 사랑의 비명처럼, 그녀가 조그맣게 외쳤다. 그리고 그는 그녀의 몸 안으로 부드럽게 들어갔다. 그의 창자에서 애정의 물줄기가 풀려나 그녀의 창자로 흘러들어가 둘 사이에서 공감이 불붙는 것을 느꼈다.

그리고 그는 그녀의 몸 안으로 들어가면서 바로 이것이 그가 해야 하는 일이라는 것을 깨달았다. 남자로서의 자긍심이나 품위 혹은 고결함을 잃지 않고서 애정 어린 접촉을 하는 것이야말로 자신이 해야 하는 일이었던 것이다. 그녀에게 돈과 재산이 있고 자신에겐 아무것도 없다 해도, 그 때문에 그녀에 대한 애정을 누르려 한다면 결국 자신은 오만하고 명예만 아는 사람일 뿐이었다. '난 인간들 사이에 육체적인 깨달음을 주는 접촉을 위해 싸우고 있다.' 그는 자기 자신에게 말했다. '그리고 난 애정 어린 접촉을 위해 싸우고 있다. 그녀는 내 동지다. 이것은 돈과 기계와 세상의 비정하며 관념적인 원숭이 같은 짓거리와의 싸움이다. 그리고 그녀는 내 뒤를 지켜줄 것이다. 나에게 한 여자가 있다니 얼마나 감사한 일인가!

나와 함께 있어주고 애정을 품고 나를 알아봐주는 여자가 있다니 얼마나 감사한 일인가! 그 여자가 난폭하지도 멍청하지도 않으니 얼마나 감사한가! 그 여자가 애정이 넘치고 의식이 깨어 있으니 얼마나 감사한가!' 그리고 정액이 그녀의 몸 안에서 솟구칠 때 그의 영혼도 그녀를 향해 솟구치는 듯했다. 그것은 생식 행위를 훨씬 뛰어넘는 창조적 행위였다.

그녀는 이제 두 사람이 헤어져서는 안 된다고 단단히 마음먹었다. 그러나 그 방법과 수단에 대해서는 아직 결정하지 못했다.

"버사 쿠츠를 미워했나요?" 그녀가 물었다.

"그 여자 이야기는 꺼내지 말아요." 그가 말했다.

"아니요! 그 여자 얘기를 꺼내는 걸 허락해줘요. 한때 당신이 좋아했던 여자니까요. 그리고 지금 나와 가까운 관계인 것처럼 그 여자와도 그런 때가 있었잖아요. 그러니 내게 말해줘야 해요. 한때는 가까웠던 여자를 그토록 미워하게 되다니 끔찍한 일 아닌가요? 어떻게 된 거예요?"

"나도 모르겠어요. 그녀는 늘, 그렇게 늘 나에게 반대하는 자기 의지를 내보이고 싸울 태세였어요. 그녀가 지니고 있는 여자로서의 의지는 무서울 정도로 대단했어요. 그게 소위 말하는 그녀의 자유였어요! 결국 짐승처럼 포악을 부리는 것으

로 끝나곤 하는, 한 여자의 끔찍스러운 자유 말이에요! 아, 그
녀는 언제나 자신의 자유로 내게 맞서 싸웠어요. 내 얼굴에
황산이라도 끼얹을 기세로요."

"하지만 그녀는 지금도 당신으로부터 자유롭지 않은 것 같
아요. 그녀는 여전히 당신을 사랑하고 있나요?"

"아니, 전혀 그렇지 않아요! 만약 그 여자가 내게서 자유롭
지 않다면, 그건 그녀가 미치광이처럼 분노에 사로잡혀 있어
서예요. 날 괴롭히지 않고는 못 견디는 거예요."

"하지만 그녀는 분명 당신을 사랑했어요."

"그렇지 않아! 그래…… 눈곱만큼은 사랑했지. 나한테 마
음이 있기는 했어요. 그런데 내 생각에 그녀는 그것조차 증
오했던 것 같더군요. 그녀가 날 사랑했던 순간들도 있긴 했
어요. 하지만 항상 다시 거둬들이고 날 괴롭히기 시작했어요.
날 못살게 굴고 괴롭히고자 하는 그녀의 욕망은 아주 깊숙이
자리 잡고 있어서 그걸 고치는 건 불가능했어요. 그녀의 의지
가 잘못된 거였어요. 처음부터 그랬지요."

"하지만 어쩌면 당신이 자신을 진정으로 사랑하는 게 아니
라고 느껴서 자신을 사랑하게 만들려고 했던 건지도 몰라요."

"맙소사, 그건 고문이었어요."

"하지만 그녀를 진정으로 사랑하지 않았어요, 그렇죠? 그

건 그녀에게 잘못한 거예요."

"어떻게 사랑할 수 있었겠어요? 시작은 했었지. 그녀를 사랑하기 시작했어요. 그런데 어찌 된 일인지 그녀는 늘 나를 갈기갈기 찢어버렸어요. 아니, 그 얘기는 그만합시다. 그건 그저 그럴 운명이었던 거요. 그리고 그녀는 악운을 몰고 다니는 여자였고. 이번에만 해도 정말 그럴 수만 있다면 담비를 쏘듯이 그 여자를 총으로 쏴버리고 싶었어요. 여자의 모습을 하고서 나를 늘 깊은 구렁텅이에 빠트리려 하는 그 미쳐 날뛰는 존재를! 그 여자를 쏴버리고 그 모든 불행을 끝낼 수 있었더라면 좋았을 텐데! 그런 일은 허락해줘야 해요. 여자가 자기 의지에만 완전히 사로잡혀 모든 것에 맞서 싸우려는 자기 의지를 내세우면 상당히 무시무시하지. 그러면 결국 그 여자는 총을 맞아야 해요."

"그럼 남자들도 자기 의지에만 사로잡혀 있으면 총을 맞아야 하지 않나요?"

"그래요! 마찬가지지! 하지만 난 그녀로부터 완전히 자유로워져야 해요. 그러지 않으면 다시 덤벼들 거요. 당신에게 말하고 싶었어요. 불가능한 게 아니라면 반드시 이혼할 거예요. 그래서 조심해야만 해요. 당신과 나, 우리 둘이 함께 있는 모습이 눈에 띄어서는 안 돼요. 그녀가 우리 둘 앞에 나타나

달려들면 난 절대, **절대로** 참을 수 없을 거예요."

코니는 이 말을 듣고 생각에 잠겼다.

"그럼 함께 있을 수 없겠네요?" 그녀가 말했다.

"여섯 달 정도는 그래요. 하지만 이혼 수속이 9월에는 다 끝날 거요. 그러니 3월까지는……."

"그렇지만 아기는 아마 2월 말에 태어날 거예요." 그녀가 말했다.

그는 잠시 말이 없었다.

"클리퍼드와 버사 같은 인간들은 다 죽어버렸으면 좋겠군." 그가 말했다.

"그다지 친절한 말은 아니네요." 그녀가 말했다.

"그들에게 친절하라고? 그렇다면 그들에게 해줄 수 있는 가장 친절한 일이란 죽음을 베푸는 일이에요. 그들은 살아선 안 돼요! 그들은 삶을 좌절시키는 존재들이에요. 그들 내면에 들어 있는 영혼은 끔찍해요. 그들에게는 죽음이 달콤할 거요. 그러니 내가 그런 인간들을 쏘아버리는 게 허용돼야 해요."

"하지만 당신은 그러지 않을 거예요." 그녀가 말했다.

"그렇게 할 거요! 족제비를 쏠 때보다도 양심의 가책이 덜 느껴질 거요! 족제비는 꽤 귀엽고 외로워 보이기라도 하지. 그런데 그런 인간들은 떼거지로 있어요. 아, 난 그런 인간들은 쏘아버릴 거요."

"그렇게 많다면 아마도 그냥 놔두는 편이 낫겠지요."

"글쎄……."

코니는 이제 생각할 것이 한두 가지가 아니었다. 그가 버사 쿠츠로부터 완전히 자유로워지고 싶어하는 건 분명했다. 그리고 그녀는 그가 하는 일이 옳다고 느꼈다. 최근에 그 여자한테 당한 일은 정말 너무나 가혹했다. 이것은 그녀가 봄까지 혼자 지내야 한다는 걸 의미했다. 그녀도 클리퍼드와 이혼하기 위해 노력할 것이다. 그런데 어떤 방법으로? 만약 멜러즈의 이름이 나온다면 그의 이혼이 힘들어진다. 얼마나 역겨운 상황인가! 그저 당장 먼 지구 끝으로 떠나 그 모든 것에서 벗어날 수는 없을까?

그럴 수는 없었다. 이제는 지구 끝이라고 해봐야 채링크로스*에서 오 분도 되지 않는 거리에 있다. 라디오가 나오는 한 지구의 끝이란 없다. 다호메**의 국왕 같은 사람들과 티베트의 달라이 라마 같은 사람들도 런던과 뉴욕의 소식을 듣는다.

인내! 인내하는 수밖에 없다! 세상은 거대하고 무시무시할

---

* 런던 트라팔가 광장에 있는 기차역.
** 아프리카 중서부 해안에 있었던 왕국. 현재 베냉공화국.

정도로 정교한 기계처럼 돌아가고 있으며, 거기에 난도질당
하지 않기 위해서는 매우 조심해야 한다.

코니는 아버지에게 모든 얘기를 털어놓았다.

"아버지, 아시다시피 그이는 클리퍼드의 사냥터지기였어
요. 하지만 인도에서는 군에서 장교로 있었어요. 그이는 C. E.
플로렌스 대령*처럼 다시 사병이 되길 택한 것뿐이에요."

그러나 맬컴 경은 유명한 C. E. 플로렌스가 어설프게 신비
화되었다고 여겼고 거기에 별로 공감하고 있지 않았다. 그는
모든 겸손함 뒤에 있는 너무나 많은 자기선전을 보아왔다. 그
것은 바로 훈작사(勳爵士) 맬컴 경이 가장 혐오하는 종류의 자
만심으로, 그는 그것을 겸손한 체하는 자만이라 여겼다.

"너의 그 사냥터지기는 어디 출신이냐?" 맬컴 경이 짜증
내며 물었다.

"테버셜 광부의 아들이에요. 하지만 어디 내놓아도 절대
부끄럽지 않은 사람이에요."

작위가 있는 예술가 어르신은 더욱 화가 났다.

"돈을 보고 여자를 호리는 놈이로구나." 그가 말했다. "그리

---

* 〈아라비아의 로렌스〉로 알려진 로렌스(Thomas Edward Lawrence, 1888~1935) 대령을
  다른 이름으로 지칭한 것이다.

고 딱 봐도 넌 상황이 상황이니만큼 호리기 쉬운 상대이고."

"아니에요, 아버지. 그런 게 아니에요. 아버지도 그를 보면 아실 거예요. 그이는 진짜 남자예요. 클리퍼드가 겸손하게 굴지 않는다고 늘 그를 못마땅해했지요."

"이번만은 그의 육감이 제대로 발휘됐구나."

맬컴 경이 참을 수 없는 것은 자기 딸이 사냥터지기와 은밀한 관계라는 추문이었다. 그 관계 자체에는 별로 개의치 않았다. 그가 걱정하는 것은 추문이었다.

"그 친구에게는 아무런 관심도 없다. 널 자기한테 제대로 넘어오게 할 능력이 있었던 것만은 분명하구나. 하지만 말이다! 여기저기서 떠들어댈 온갖 소문을 생각해보렴. 네 새어머니를 생각해봐. 이 일을 새어머니가 어떻게 받아들이겠니?"

"알아요." 코니가 말했다. "소문은 추하고 잔인하죠. 특히나 사교계에 몸담은 사람이라면 더하죠. 지금 그이는 이혼을 간절히 원하고 있어요. 그래서 제 생각에 아이 아버지는 다른 사람이라고 하고 멜러즈의 이름은 아예 언급하지 않는 게 좋을 것 같아요."

"다른 남자의 아이라고 하겠다고! 그럴 만한 남자가 있니?"

"던컨 포브스요. 오래전부터 알던 친구였고 꽤 유명한 화가예요. 그리고 저를 좋아하고 있어요."

"글쎄, 이거 원! 던컨이 안됐구나! 그럼 그가 이렇게 해서 얻는 건 뭐냐?"

"저도 모르겠어요. 하지만 어쩌면 그는 이 일을 반길 수도 있어요."

"반길 수도 있다고? 그럴까? 글쎄, 그렇다면 그야말로 웃기는 친구로구나. 그런데 그와 연애 사건을 벌인 적은 없었지? 그런 일이 있었냐?"

"아니요! 하지만 그런 것은 정말로 원하지 않는 사람이에요. 그는 그저 제가 가까이 있는 것에 만족할 뿐 그를 만지는 것을 좋아하진 않아요."

"맙소사, 놀라운 세대로군!"

"그는 무엇보다도 제가 자기 그림의 모델이 되어주었으면 했죠. 저는 한 번도 그러고 싶지 않았고요."

"허, 가엾은 친구군! 그는 이미 충분히 밟힐 대로 밟힌 것 같은데."

"그래도 그와 소문이 나는 건 크게 개의치 않으실 거죠?"

"아, 코니! 이런 끔찍한 모의까지 해야 하다니!"

"저도 알아요! 역겨운 일이죠! 하지만 어쩌겠어요?"

"계략을 짜고 눈감아주고. 눈감아주고 계략을 짜야 하다니! 내가 너무 오래 살았다는 생각이 드는구나."

"그만하세요, 아버지. 아버지가 이제까지 계략을 짜고 눈감아주는 일을 많이 하지 않으셨다면 그렇게 말씀하셔도 돼요."

"그러나 분명히 말해서 그건 이번과는 경우가 달랐어."

"경우야 늘 다른 법이지요."

힐더가 도착했다. 그녀는 일의 새로운 진행 상황을 듣고 또 크게 화를 냈다. 그녀도 그저 단순히 동생과 사냥터지기에 대한 추문이 공공연히 퍼질 거라는 생각에 견딜 수 없었던 것이다. 정말 너무나 수치스러웠다!

"두 사람이 각자 브리티시컬럼비아로 떠나 그저 사람들 눈앞에서 사라지면 어떨까요? 추문이 안 생기겠죠?" 코니가 말했다.

그러나 소용없는 생각이었다. 그래도 추문은 피할 수 없을 것이다. 그러니 코니가 그 남자와 함께 떠날 거라면 차라리 그와 결혼하는 편이 더 낫다는 것이 힐더의 의견이었다. 맬컴 경은 그렇게 확신이 서지는 않았다. 아직은 이 사건을 조용히 넘어가게 할 수 있을지도 몰랐다.

"그런데 그 사람을 만나보시겠어요, 아버지?"

불쌍한 맬컴 경! 그는 조금도 내키지 않았다. 그리고 불쌍한 멜러즈. 그는 더더욱 내키지 않았다. 하지만 만나는 자리가 마련되었다. 맬컴 경의 클럽에 있는 별실에서 두 남자만 따로 점심식사를 하면서 상대방을 서로 훑어보았다. 맬컴 경은 위스키를 꽤 많이 마셨고 멜러즈도 함께 마셨다. 그리고 그들은 줄곧 인도에 대한 이야기를 나눴는데, 멜러즈는 그곳에 대해 아는 게 많았다.

식사하는 동안에는 계속 그런 대화만 오갔다. 커피가 나오고 웨이터가 나가고 나서야 맬컴 경이 여송연에 불을 붙이며 속에 있는 말을 꺼냈다.

"자, 젊은이. 내 딸을 어쩔 셈인가?"

멜러즈의 얼굴에 싱긋 미소가 스쳤다.

"글쎄요. 훈작님 생각은 어떠신지요?"

"자네 아이가 그 애 배 속에 있다고 하더군."

"제게 영광이지요!" 멜러즈가 싱긋 웃었다.

"영광이라, 그렇겠지!" 맬컴 경이 짧게 껄껄 웃음을 터뜨렸다. 그리고 스코틀랜드 사람 특유의 호색한 같은 태도로 물었다. "영광이고말고! 그 일은 어땠나, 응? 좋았나? 어땠나, 여보게?"

"좋았습니다!"

"나도 그랬을 거라고 장담하네! 하하! 내 딸은 이 아비를 꼭 빼닮았어, 그렇고말고! 나도 조금이라도 좋은 기회가 있으면 결코 마다한 적이 없네. 비록 그 애 어머니는……. 오, 거룩

694

하신 성자님들이여!" 그가 하늘을 향해 눈알을 굴렸다. "하지만 자네가 그 애를 따끈하게 달궈놓았지. 그래, 자네가 그 애를 달궈놓았어. 그게 눈에 보인다네. 하하! 내 피가 그 애 몸에 흐르고 있으니까! 자네가 그 애의 짚 더미에 제대로 불을 놓았어. 하하하! 난 무척이나 기뻤다네, 분명히 말할 수 있네. 그 애에게는 그게 필요했어. 그래, 그 애는 훌륭하지, 훌륭해. 어떤 망할 놈이 그 애의 짚단에 불을 지피기만 하면 그 애가 잘해낼 거라는 걸 내 알았지! 하하하! 사냥터지기라고 했지, 응? 여보게! 나한테 묻는다면 지독하게 솜씨 좋은 밀렵꾼이라고 하겠는데? 하하! 그런데 자, 이보게. 진지하게 이야기하세. 이 일을 어떻게 하면 좋겠는가? 알다시피 진지하게 얘기해야 하네!"

진지하게 얘기하자고 하면서도 이야기에는 별로 진전이 없었다. 멜러즈도 얼큰히 취하긴 했지만 맬컴 경보다는 훨씬 말짱했다. 그는 어떻게든 대화를 조리 있게 이끌어가려 애썼다. 그러려다 보니 말수가 적어졌다.

"그러니까 자네가 사냥터지기로군! 그래, 자네 말이 맞아! 그런 예쁘장한 사냥감은 사내가 한동안 공을 들일 만하지. 응, 뭐? 좋은 여자인지 알아보고 싶으면 엉덩이를 꼬집어보게. 여자 엉덩이만 만져봐도 제대로 달아오를 수 있는지 없는

지 알 수 있다고. 하하! 자네가 부럽구먼. 나이가 몇인가?"

"서른아홉입니다!"

훈작사가 눈썹을 치켜떴다.

"그렇게 많은가! 뭐, 겉모습만 보면 앞으로 20년은 끄떡없을 것 같군. 아, 자네가 사냥터지기든 아니든 관계없이 자네는 싸움닭이야. 척보면 알 수 있지. 그 빌어먹을 클리퍼드와는 딴판이야. 사내다운 능력도 없고 제대로 사내구실도 못해본 겁쟁이 사냥개 같은 녀석 말이네. 여보게, 난 자네가 마음에 들어. 자네 불알이 쓸 만할 거라고 내 장담하지. 그래, 자네는 싸움닭이야, 다 보인다고. 자네는 싸움꾼이지. 사냥터지기라고! 하하! 아이고, 내 사냥감은 자네한테 절대 맡기지 않겠네! 그런데 여기 좀 보게, 진지하게 말일세. 이 일을 어떻게 하면 좋겠는가? 세상은 빌어먹을 꽉 막힌 구식 여자들 천지야……."

두 사람은 남성적 관능에 대한 그 오랜 암묵적 공감대를 쌓는 것 외에 정작 그 일에 대해서는 어떤 진지한 이야기도 나누지 못했다.

"그리고 이보게, 내가 해줄 수 있는 게 있다면 나한테 의지하게. 사냥터지기라! 맙소사, 그래도 재미있군! 마음에 들어! 아, 마음에 들고말고! 내 딸한테 용기가 있다는 걸 보여주는 거지. 뭐라고? 어찌 되었든 알다시피 그 애는 따로 자기 수입이 있네. 그저 얼마 안 되는 거지만 굶을 정도는 아닐세. 그리고 내가 가진 것을 물려주려고 하네. 맹세코 그리할 거네. 그애는 받을 자격이 있어. 구식 여자들이 판을 치는 세상에서 보기 드문 용기를 보여주었으니. 나는 70년 동안이나 그런 여자들 치마폭에서 벗어나보려고 안간힘을 썼지만 아직도 못하고 있네. 그런데 자네는 벗어날 수 있는 남자로군! 자네가 바로 그런 남자야. 내 눈은 못 속이지."

"그렇게 생각해주셔서 기쁘군요. 보통은 대개 빙 돌려서 저를 원숭이 같은 놈이라고들 하는데요."

"아, 그럴 걸세! 이보게, 자네가 그 구식 여자들한테 원숭이가 아니면 또 뭐로 보이겠는가?"

그들은 화기애애하게 헤어졌고, 멜러즈는 나머지 하루를 보내면서도 내내 속으로 웃었다.

다음 날에는 코니, 힐더와 함께 점심식사를 했다. 신중하게 고른 장소에서였다.

"정말 대단히 유감이에요. 상황이 모두 이렇게 볼썽사납게 돼버려서요." 힐더가 말했다.

"전 꽤 재미있었는데요." 그가 말했다.

"둘 다 결혼할 수 있는 자유의 몸이 될 때까지 아이를 세상에 내놓는 일은 피했어야지요."

"하느님이 불씨에 바람을 너무 일찍 불어넣으셨어요." 그가 말했다.

"하느님은 이 일과는 아무 상관이 없는 것 같군요. 물론 코니에게 두 사람의 생계를 꾸려갈 수 있는 돈이 있다고는 하지만 이런 상황은 정말 참기 힘들어요."

"하지만 당신은 이 일에서 작은 한 귀퉁이 정도만 참으면 됩니다, 그렇지 않습니까?" 그가 말했다.

"당신이 코니와 같은 계급이었다면 좋았을 텐데……."

"아니면 동물원 우리에 감금되어 있거나 말이죠."

침묵이 흘렀다.

"내 생각에는요." 힐더가 말했다. "코니와 공동 피고인으로 전혀 다른 남자 이름을 대고, 당신은 이 일에서 완전히 빠져 있는 게 최선이에요."

"하지만 전 이미 여기에 발을 깊숙이 담그고 있는 것 같은데요……."

"내 말뜻은 이혼을 진행할 경우에 말이죠."

그가 놀라서 그녀를 빤히 바라보았다. 코니는 그 대신 던컨의 이름을 대겠다는 계획을 감히 그 앞에서 꺼내지 못한 상태였다.

"무슨 말인지 모르겠군요." 그가 말했다.

"공동 피고인으로 이름을 빌려주겠다고 할 만한 친구가 있어요. 그러면 당신 이름이 드러나지 않아도 되죠." 힐더가 말했다.

"그런 남자가 있단 말인가요?"

"물론이죠!"

"하지만 코니에게 다른 남자는 없지 않⋯⋯?"

그는 놀라서 코니를 보았다.

"네, 없어요!" 그녀가 다급히 말했다. "오랜 친구일 뿐이에요. 아주 단순히 우정을 나누는 친구요. 사랑이 아니고요."

"그렇다면 왜 그 친구가 그런 책임을 짊어지겠어요? 당신한테 얻는 것이 아무것도 없는데요."

"어떤 남자들에게는 기사도 정신 같은 게 남아 있죠. 여자에게서 뭘 얻을 수 있을지를 따지고 있지만은 않아요." 힐더가 말했다.

"날 대신할 사람이라고? 그럼 그 주인공은 누군가요?"

"스코틀랜드에서 어린 시절부터 알고 지냈던 친구인데 화가예요."

"던컨 포브스로군!" 그가 바로 말했다. 코니가 전에 그에 대해 말한 적이 있었기 때문이다. "그런데 어떻게 그에게 책임을 전가할 수 있다는 거요?"

"두 사람이 같이 호텔에 머물거나 코니가 그의 아파트에서 지내거나 할 수 있죠."

"괜히 번거로운 짓을 하는 것 같군요." 그가 말했다.

"다른 좋은 생각이 있어요?" 힐더가 말했다. "당신 이름이 나오면 당신이 이혼하는 게 불가능해지잖아요. 정말이지 얽히는 것조차 참기 힘든 당신 아내와 말이에요."

"다 그것 때문이군!" 그가 매몰차게 말했다.

긴 침묵이 흘렀다.

"지금 당장 어디론가 떠나버릴 수도 있어요." 그가 말했다.

"코니는 그렇게 간단히 사라져버리는 게 불가능해요." 힐더가 말했다. "클리퍼드가 너무 알려진 사람이어서."

또다시 좌절감이 감도는 침묵이 흘렀다.

"세상이란 지금 모습대로예요. 박해받지 않고 함께 살기를 원한다면 결혼을 해야 해요. 결혼하려면 두 사람 다 이혼부터 해야 하고요. 그러니 두 사람은 이 일을 어떻게 해결할 건가요?"

그는 한참 동안 입을 다물고 있었다.

"당신이라면 어떻게 해결하겠습니까?" 그가 말했다.

"먼저 던컨이 정을 통한 상대 역할을 해주겠다고 동의할지 알아볼 거예요. 그런 다음에는 클리퍼드가 코니와의 이혼을 받아들이게 해야지요. 당신은 계속 이혼 절차를 밟아야 하고요. 그리고 둘 다 자유의 몸이 될 때까지 떨어져 지내야 해요."

"정신병원에서나 하는 얘기처럼 들리는군요."

"그렇죠! 세상 사람들도 두 사람을 정신병자로 여기거나 그보다 더 심하게 생각할 거예요."

"더 심한 게 뭔데요?"

"범죄자로 보는 거겠죠."

"아직은 단도를 몇 번 더 찌를 수 있기를 바라고 있습니다." 그가 쓴웃음을 지으며 말했다. 그러고는 침묵을 지켰다. 화가 난 것이다.

"글쎄요!" 마침내 그가 말했다. "뭐든 동의하겠습니다. 세상이 미쳐 날뛰는 백치 같다면 어떤 사람도 그걸 죽여 없애지 못해요. 그래도 난 최선을 다할 겁니다. 당신 말이 옳아요. 우린 최선을 다해 자신을 구해내야 하죠."

그는 굴욕감과 분노, 피곤함과 참담함을 느끼며 코니를 쳐다봤다.

"내 아가씨!" 그가 말했다. "세상이 당신을 붙잡으려 하는군요."

"우리가 그러지 못하게 하면 되죠." 그녀가 말했다.

그녀는 이렇게 세상에 맞서서 계략을 꾸미고 모의하는 것에 대한 거부감이 멜러즈만큼 심하지 않았다.

던컨 역시 제안을 받고는 일을 저지른 사냥터지기를 꼭 만나봐야겠다고 고집했다. 그래서 이번에는 그의 아파트에서 저녁식사를 함께 하기로 하고 네 사람이 모였다. 던컨은 좀 작은 키에 어깨가 넓고 피부색이 짙었으며 머리카락은 검은색이었고, 켈트족으로서의 묘한 자부심을 지닌 과묵한 햄릿 같았다. 그의 작품은 온통 관과 밸브, 나선형으로 이루어져 있고 이상한 색채가 입혀져 있어, 초현대적이었지만 어떤 힘이 느껴졌고 형태와 색조의 순수함도 지니고 있었다. 멜러즈만이 그것을 잔인하고 불쾌하다고 여겼다. 그러나 그는 그렇게 말할 엄두를 내지는 못했다. 던컨이 자기 작품에 관해서는 거의 광적이었기 때문이었다. 그것은 개인적인 숭배의 대상, 그러니까 그가 개인적으로 갖고 있는 종교 같은 것이었다.

그들이 스튜디오에서 그림들을 구경하는 동안 던컨은 줄곧 조그만 갈색 눈으로 다른 남자를 지켜보았다. 그는 사냥터지기가 자기 그림에 대해 뭐라고 할지 듣고 싶어했다. 코니의 의견과 힐더의 의견은 이미 들어서 알고 있었다.

"이건 정말 순수한 살인 같군요." 마침내 멜러즈가 말했다. 그것은 던컨이 한낱 사냥터지기의 입에서 나오리라고는 전혀 예상치 못했던 말이었다.

"그럼 살해당한 사람은 누구죠?" 힐더가 쌀쌀맞게 조롱하듯 물었다.

"바로 나예요! 이 그림들은 사람이 마음속에 품고 있는 연민을 전부 죽이고 있어요."

화가에게서 순수한 증오의 물결이 흘러나왔다. 그는 다른 남자의 목소리에 혐오가 실려 있음을 느꼈고 경멸의 어조 또한 감지할 수 있었다. 게다가 그는 마음속에 품고 있는 연민을 운운하는 것이 메스꺼웠다. 역겨운 감상이었다! 멜러즈는 다소 큰 키에 야위고 수척해 보이는 모습으로 서서, 나방이 춤추듯 날아다니는 것과 같은 초연한 표정을 언뜻언뜻 보이며 그림들을 응시했다.

"아마도 어리석음이 살해당했을 겁니다. 감상적인 어리석음이요." 화가가 조롱하듯 말했다.

"그렇게 생각하시나요? 난 이 모든 관과 주름 같은 것들이 충분히 어리석고 상당히 감상적이라고 생각합니다. 이것들은 자기 연민과 엄청난 신경과민성 자기 과대평가를 잔뜩 보여주고 있어요. 내가 보기에는 그렇군요."

또 다른 증오의 물결로 화가의 얼굴이 노랗게 변했다. 그러나 그는 아무 말 없이 거만한 태도로 그림들을 벽 쪽으로 돌려놓았다.

"이제 식당으로 가셔도 될 것 같군요." 그가 말했다.

그리고 그들은 침울하게 줄지어 방을 빠져나갔다.

커피를 마신 뒤 던컨이 말했다.

"코니가 가진 아이의 아버지인 체하는 것은 전혀 어렵지 않습니다. 그런데 단 한 가지 조건이 있어요. 코니가 여기 와서 모델을 서줘야 해요. 몇 년 전부터 부탁해왔지만 그녀는 늘 거절했지요." 그는 마치 종교재판관이 화형 선고라도 내리듯 음울하고 단호하게 말했다.

"아!" 멜러즈가 말했다. "그렇다면 그 조건하에서만 이 일을 하겠다는 건가요?"

"맞아요! 내 조건이 지켜질 때에만 그 일을 하겠어요." 화가는 자기 말에서 상대에 대한 경멸이 최대한 드러나도록 애쓰며 말했다. 그러나 그건 좀 지나쳤다.

"동시에 나도 모델로 쓰는 게 더 좋을 것 같군요." 멜러즈가 말했다. "우리를 한데 묶어 '예술의 그물에 잡힌 불카누스*와 비너스'로 그리면 좋겠군요. 난 사냥터지기로 일하기 전에 대장장이였지요."

—

* 로마신화에서 불의 신으로 대장장이들의 수호신이다. 아내인 비너스와 그녀의 연인 마르스를 그물로 붙잡았다.

"고맙군요." 화가가 말했다. "하지만 불카누스에게는 내 흥미를 자극할 만한 모습이 없군요."

"그것을 관 모양으로 만들어서 멋을 좀 내도 안 될까요?"

화가는 대답하지 않았다. 그의 오만한 자존심이 더 이상의 말을 허락지 않았다.

음울하게 가라앉은 자리였다. 화가는 이후로 계속 다른 남자의 존재를 무시하고 여자들에게만 짤막하게 말을 건네고 대꾸했다. 마치 그의 우울한 거만함의 심연에서 억지로 그 말들을 쥐어짜내고 있는 것 같았다.

"당신은 그가 마음에 들지 않았군요. 하지만 그보다는 더 좋은 사람이에요. 정말 친절한 사람이에요." 던컨의 집을 나오면서 코니가 변명하듯 말했다.

"그는 디스템퍼에 걸려 쪼글쪼글 주름진 까만 강아지 같더군." 멜러즈가 말했다.

"그래요. 오늘 그가 잘 처신했다고는 할 수 없어요."

"그래서 당신은 그에게 모델이 되어줄 거요?"

"아, 이제는 정말 상관없어요. 그가 나를 만지거나 하지는 않을 거예요. 그리고 난 당신과 내가 함께 살 수 있도록 길을 열어준다면 그 어떤 것도 상관하지 않아요."

"하지만 당신을 캔버스 위에 엉망으로 그려놓을 텐데."

"그러라고 하죠. 그는 그저 나에 대한 자신의 감정이나 그리고 있을 테고, 그건 아무 상관 없으니까요. 무슨 일이 있어도 몸에는 손대지 못하게 할 거예요. 하지만 예술가인 체하는 올빼미 눈으로 뚫어지게 쳐다보면서 자기가 뭐든지 할 수 있다고 생각한다면 그냥 실컷 쳐다보라고 하겠어요. 날 가지고 만들고 싶은 만큼 텅 빈 관이나 주름을 만들라고 해요. 그건 내 알 바 아니니까요. 당신이 한 말 때문에 그가 당신에게 반감을 보였던 거예요. 관들이 그려진 그의 작품이 감상적이고 잘난 체하고 있다고 한 것 때문에 그런 거죠. 하지만 물론 당신 말이 맞아요……."

19장

'클리퍼드에게. 유감이지만 당신이 예견했던 일이 일어나고 말았어요. 난 다른 남자를 정말로 사랑하게 되었어요. 그래서 당신이 나와 이혼해주기를 바라고 있어요. 지금 던컨의 아파트에 머물면서 함께 지내고 있어요. 그 사람이 베네치아에서 우리와 함께 에스메랄다 별장에 있었다고 내가 얘기했었죠. 당신을 생각하면 너무나 속상하지만, 그래도 이 일을 조용히 받아들였으면 해요. 당신에게는 사실 내가 더 이상 필요 없고, 나는 래그비로 돌아가는 것을 견딜 수가 없어요. 너무나 미안해요. 부디 날 용서하고 나와 이혼해줘요. 그리고 더 좋은 사람을 찾으세요. 난 정말이지 당신에게 맞는 여자가 아니에요. 인내심도 너무나 부족하고 이기적이에요. 그런데 다시 돌아가서 당신과 살 수는 없어요. 당신을 생각하면 이 모든 일이 그저 몹시 미안할 따름이에요. 하지만 속상하고 흥분되는 마음을 자제하고 생각해보면 이 일이 그렇게 끔찍하게 괴로운 일은 아니라는 걸 당신도 알게 될 거예요. 당신은 사실 인간적으로 나한테 별로 관심이 없었으니까요. 그러니 용서하고 날 놓아주세요.'

클리퍼드는 **내심** 이 편지를 받고도 놀라지 않았다. 마음속으로는 그녀가 자신을 떠날 거라는 사실을 이미 오래전부터 알고 있었던 것이다. 하지만 표면적으로는 절대 인정하려 하지 않았다. 따라서 표면적으로 이 일은 엄청난 타격과 충격으로 여겨졌다. 겉으로는 그녀에 대한 믿음을 아무 일 없는 듯이 잠잠히 지켜왔기 때문이었다.

그리고 그것이 바로 우리의 존재 방식이다. 우리는 내면의 직관적인 깨달음이 표면에 있는 의식으로 가는 것을 의지력으로 단절시킨다. 이것이 두려움이나 불안 상태의 원인이 되어, 충격이 닥치면 그보다 열 배는 더 심한 타격을 입게 된다.

클리퍼드는 신경 발작을 일으킨 아이처럼 되어버렸다. 하얗게 질리고 넋이 나가 침대에 앉아 있는 그의 모습을 보고 볼턴 부인은 깜짝 놀랐다.

"아니, 클리퍼드 경. 무슨 일이세요?"

대답이 없었다! 그녀는 혹시 그가 뇌졸중을 일으킨 건 아닌지 두려웠다. 서둘러 얼굴을 만져보고 맥박을 짚어보았다.

"통증이 있으신가요? 어디가 아프신지 말씀 좀 해보세요. 말씀해주셔야 해요!"

그래도 대답이 없었다!

"아, 이런, 이런! 셰필드에 전화해 캐링턴 선생님을 부르겠습니다. 그리고 레키 선생님도 바로 달려오시라고 하는 게 좋겠군요."

그녀가 문 쪽으로 가고 있을 때 그의 공허한 목소리가 들려왔다.

"아니!"

그녀가 멈춰 서서 그를 쳐다보았다. 노래진 얼굴은 넋이 나가서 정말로 백치의 얼굴 같았다.

"의사를 데려오지 않는 편이 좋겠단 말씀이세요?"

"그래! 의사는 필요 없어요." 그가 무덤 속에서 나오는 것 같은 음산한 목소리로 말했다.

"아, 하지만, 클리퍼드 경. 나리는 지금 편찮으시고, 저 혼자서는 감히 감당할 수가 없어요. 의사 선생님을 불러오라고 해야겠어요. 그러지 않으면 나중에 제가 혼이 납니다."

한순간 조용했다가 그의 공허한 목소리가 들려왔다.

"아픈 게 아니야. 아내가 돌아오지 않는다고 하는군." 마치 허깨비가 말을 하는 것 같았다.

"돌아오시지 않는다고요? 마님께서요?" 볼턴 부인이 침대 쪽으로 조금 더 다가섰다. "아, 그런 말은 믿지 마세요. 마님께서는 돌아오십니다."

침대 위의 허깨비 같은 형상이 자세도 바꾸지 않은 채 이불 위로 편지를 밀어냈다.

"읽어봐요!" 무덤 속에서 나오는 듯한 목소리가 말했다.

"아니, 마님께서 보내신 편지라면, 마님은 나리께 보낸 편지를 제가 읽는 걸 원치 않으실 겁니다, 클리퍼드 경. 원하신다면 마님이 뭐라고 하셨는지 그냥 이야기해주세요."

그러나 튀어나온 파란 눈은 움직임 없이 고정되어 있었고 얼굴 표정에도 변화가 없었다.

"읽어봐요!" 목소리가 반복해 말했다.

"꼭 그래야 한다고 하시면 분부에 따르기 위해 읽겠습니다, 클리퍼드 경." 그녀가 말했다.

그리고 그녀는 편지를 읽었다.

"글쎄요, 마님께 놀랐습니다." 그녀가 말했다. "돌아오겠다고 굳게 약속하셨는데!"

침대 위에 있는 사람의 얼굴에서 겉으로 움직임은 없지만 격렬한 정신착란의 징후가 보였고, 그것은 점점 깊어지는 듯했다. 볼턴 부인은 그 모습을 보고 걱정했다. 그녀는 지금 닥친 일이 무엇인지 알고 있었다. 바로 남성 히스테리였다. 군인들을 간호하던 시절, 그녀는 매우 불쾌한 이 병에 대해 어느 정도 배울 수밖에 없었다.

그녀는 클리퍼드 경을 참고 대하기가 좀 힘들었다. 정신이 올바로 박힌 남자라면 자기 아내가 다른 사람과 사랑에 빠져 자기를 떠나려 한다는 사실을 진작 **눈치챘을** 것이다. 그녀는 클리퍼드 경조차 마음속으로는 분명히 알아차렸지만, 단지 스스로 그 사실을 인정하려 들지 않은 것이라고 확신했다. 만약 그가 그 사실을 인정하고 대비했더라면, 아니면 그가 그 사실을 인정하고 적극적으로 맞서서 아내와 싸웠더라면, 그것이야말로 남자다운 행동이었을 것이다. 그러나 그는 그러지 않았다! 그 사실을 알고 있으면서도 줄곧 그렇지 않다고 자신을 속이려 했다. 그는 악마가 자신의 꼬리를 비틀고 있음을 느끼면서도 천사들이 자신에게 미소 짓고 있다고 자신을 속였다. 이런 기만 상태가 이제 기만과 착란과 히스테리라는 위기를 가져왔다. 또 그 위기는 바로 정신이상의 한 형태였다. '히스테리는 저 사람이 항상 자신만 생각하기 때문에 오는 거야.' 그녀는 속으로 이런 생각을 하며 그가 미워지기까지 했다. '저 사람은 자기 불멸의 자아에 너무나 깊이 싸여 있다가 충격을 받자 감싸고 있던 붕대에 뒤엉킨 미라 꼴이 된 거야. 저 꼴을 좀 봐.'

그러나 히스테리는 위험했다. 그리고 그녀는 그 상태로부터 그를 끌어내는 것이 의무인 간호사였다. 그의 남자다움이나 자존심을 불러일으키려는 시도는 상태를 더욱 악화시키기만 할 것이다. 왜냐하면 그의 남자다움은 완전히는 아니어도 일시적으로 죽어 있었기 때문이다. 그는 점점 더 물렁물렁해져 벌레처럼 꿈틀거리기만 하다가 더욱더 혼란 상태에 빠질 것이다.

할 수 있는 유일한 방법은 자기 연민을 쏟아내도록 하는 것이었다. 테니슨*의 시에 나오는 여인처럼 그는 눈물을 흘리든지 아니면 죽든지 해야 하는 상황이었다.

그래서 볼턴 부인이 먼저 울기 시작했다. 그녀는 두 손으로 얼굴을 가리고 격하게 흐느끼며 작은 소리로 울음을 터뜨렸다. "마님이 그러신다는 게 도무지 믿기질 않네요. 정말로 믿기질 않네요. 믿을 수가 없어요!" 그녀는 갑자기 온갖 묵은 슬픔과 비통한 느낌을 떠올렸고, 자신의 쓰라리고 아픈 기억

---

* Alfred Tennyson, 1809~1892. 영국 빅토리아 시대의 계관 시인.

에 눈물을 뚝뚝 흘리며 슬피 울었다. 일단 눈물이 흐르기 시작하자 울음은 진심에서 우러났다. 왜냐하면 그녀에게도 슬피 흐느껴 울 만큼 살아오면서 쌓인 한이 많았기 때문이다.

클리퍼드는 코니라는 여자에게 자신이 어떤 식으로 배신당해왔는지 생각했고, 곧 슬픔이 전염되어 눈에 눈물이 고이더니 두 뺨으로 흘러내리기 시작했다. 그는 자신을 위해 울고 있었다. 볼턴 부인은 그의 멍한 얼굴에 눈물이 흘러내리는 것을 보자마자 황급히 작은 손수건으로 자신의 젖은 뺨을 훔치고 그에게 몸을 기울였다.

"자, 너무 상심하지 마세요, 클리퍼드 경." 그녀가 감정을 한껏 불어넣어 말했다. "자, 너무 상심하지 마세요. 그러지 마세요. 나리 몸을 해칠 뿐이에요!"

그는 소리 없이 흐느끼며 숨을 들이쉬다가 갑자기 몸을 부르르 떨었고, 얼굴에서는 더 빠르게 눈물이 흘러내렸다. 그의 팔에 손을 얹은 그녀의 눈에도 다시 눈물이 솟았다. 그가 다시 한 번 경련처럼 몸서리를 쳤고, 그녀는 한쪽 팔을 그의 어깨에 두르며 말했다. "자, 자! 자, 자! 이제 그만 상심하세요. 그만 상심하세요. 이제 그만요!" 탄식하듯 말하는 그녀의 얼굴에서도 눈물이 뚝뚝 떨어지고 있었다. 그녀는 그를 자기 몸 쪽으로 끌어당겨 두 팔로 그의 커다란 어깨를 감싸 안았다.

그러자 그는 그녀의 가슴에 얼굴을 파묻고 커다란 어깨를 들썩이고 흔들면서 흐느꼈다. 그러는 동안에도 그녀는 그의 짙은 금발을 부드럽게 쓰다듬으며 달래듯 말하고 있었다. "자, 자, 자! 그만하세요! 그만하세요! 마음 쓰실 것 없어요! 마음 쓰지 마세요!"

그러자 그는 그녀의 몸을 두 팔로 안고 아이처럼 매달리며 그녀의 풀 먹인 하얀 앞치마와 담청색 면 드레스의 가슴 부분을 눈물로 적셨다. 마침내 그는 자기 자신을 모두 놓고 내맡겼다.

그래서 볼턴 부인은 잠시 뒤에는 그에게 키스를 해주고, 그를 품에 안고 흔들어 달래기에 이르렀는데 그러면서 속으로 혼잣말을 했다. '오, 클리퍼드 경이여! 오, 지체 높고 권세 있는 채털리 가문이여! 결국 이런 꼴이 되었군요!' 그러다 마침내 그는 아이처럼 잠들었다. 그녀는 완전히 기진맥진해져 자기 방으로 돌아갔고, 이제는 자신이 히스테리에 빠져서 웃고 울었다. 너무나 말도 안 되는 일이었다. 너무나 끔찍했다. 그렇게 무너져 내리다니! 너무나 부끄러운 일이었다! 그리고 또한 **너무나** 속상한 일이었다.

이 사건 뒤로 볼턴 부인과 함께 있을 때면 클리퍼드는 아이가 되었다. 그녀의 손을 잡고 그녀의 가슴에 머리를 기대곤 했으며, 한번은 그녀가 가볍게 키스해주자 이렇게 말했다. "응! 키스해줘요! 키스해줘!" 그리고 그녀가 그의 커다랗고 하얀 몸을 스펀지로 닦아줄 때도 똑같이 말하곤 했다. "키스 해줘!" 그러면 그녀는 놀리듯이 아무 곳에나 가볍게 키스를 해주었다. 그러면 그는 아이처럼 어리둥절하게 놀란 표정으로, 어린애같이 묘하고 멍한 얼굴로 누워 있었다. 또 그는 어린아이처럼 눈을 크게 뜨고 마치 성모 마리아를 경배하듯 모든 긴장을 풀고서 물끄러미 그녀를 바라보곤 했다. 그것은 그가 남자다움을 모두 놓아버리고 정말로 도착적인 어린애 같은 단계로 퇴행함으로써 긴장을 완전히 풀어놓는 상태였다. 그런 다음 그는 그녀의 품속에 손을 넣어 젖가슴을 만지고 거기에 키스했다. 그는 어른이 다시 어린아이가 되면서 느끼는 도착적 황홀함에 빠졌다.

볼턴 부인은 뭔가 짜릿했지만 부끄럽기도 했다. 그가 그러는 것이 좋기도 했지만 무척 싫기도 했다. 그러나 그녀는 한번도 그를 거절하거나 비난하지 않았다. 두 사람은 더 가까운 육체적 친밀함 속으로, 도착적인 친밀함 속으로 끌려들어갔다. 그가 솔직함과 경탄을 얼굴에 모두 숨김없이 드러내는 어린아이가 되어 있을 때 그에게서는 거의 종교적인 환희의 모습이 보였다. 그 모습은 말 그대로 '너희가 돌이켜 어린이와 같이 되지 않으면'*이라는 구절을 도착적으로 표현한 것이었다. 한편 그녀는 힘과 능력이 넘치는 '위대한 어머니'**로서, 커다랗고 살결이 하얀 아이 같은 어른을 자기 의지와 손길 아래 장악하고 있었다.

흥미로운 점은 클리퍼드가 몇 년 동안이나 그렇게 되어가는 과정을 거치다가 이제 드디어 아이 같은 어른이 되어 세상에 등장하자, 예전에 진짜 어른이었을 때보다 더 날카롭고 예리해졌다는 사실이다. 이 도착된 아이 같은 어른은 이제 진정한 사업가가 되었고, 사업 문제에 관해서라면 송곳처럼 날카롭고 강철같이 단단하며 인정사정없는 완전히 사내다운 사내가 되었다. 밖에 나가 사람들 사이에서 자신의 목적을 추구하고 탄광 작업장을 '개선'하는 일을 할 때면, 그는 거의 무서울 정도로 기민하고 냉혹했으며 돌리지 않고 가차 없이 날카롭게 공격해 들어갔다. 그것은 마치 그가 '위대한 어머니'에게 수동적으로 응하여 몸을 파는 대가로, 물질적인 사업 문제에 대하여 통찰력을 얻고 어떤 놀라운 비인간적 힘을 빌려온 것 같았다. 내밀한 사적 감정에 탐닉하고 남자로서의 자아를 바

---

* 〈마태복음〉 18장 3절.
** Magna Mater. 고대 소아시아의 프리지아에서 숭배한 자연의 여신. 그리스신화에서는 레아 여신에 해당한다.

닥으로 완전히 깎아내림으로써 냉정하고 선견지명 있는 사업 상의 명민함을 제2의 천성으로 빌려온 듯했다. 사업에 있어 서 그는 매우 비인간적이었다.

그리고 이런 점에서 볼턴 부인은 성공을 거둔 것이었다. "그는 아주 잘해나가고 있어!" 그녀는 이렇게 혼잣말하며 자 랑스러워하곤 했다. "내가 그를 저렇게 만들었지! 채털리 마 님하고 있었다면 결코 이런 성공은 거두지 못했을걸. 그녀는 남자를 뒤에서 밀어주는 여자가 아니었어. 자신을 위해 원하 는 게 너무 많았으니까."

그러나 동시에 여성으로서의 영혼 한구석에서는 그를 얼 마나 경멸하고 증오하고 있었는지! 그는 그녀에게 쓰러진 짐 승이자 꿈틀거리는 괴물이었다. 그녀가 온 힘을 다해 그를 돕 고 부추기고 있는 한편에서, 그녀의 가장 깊은 구석에 숨어 태곳적부터 내려오는 건강한 여성다움은 그를 가차 없이 경 멸하고 한없이 멸시했다. 세상에서 가장 하잘것없는 떠돌이 도 그보다는 나았다.

코니에 대해 그가 취하는 태도는 묘했다. 그녀를 다시 직 접 만나야겠다고 고집했다. 그뿐 아니라 래그비에서 만나야 한다고 우겼다. 이 점에 대해서는 입장이 매우 확고했다. 코 니가 래그비에 돌아오겠다고 굳게 약속했다는 것이다.

Magna Mater

"하지만 그게 무슨 소용이 있나요?" 볼턴 부인이 말했다. "그냥 놓아주고 지워버리는 게 어떠세요?"

"그럴 수는 없어! 자기 말로 돌아오겠다고 했으니 돌아와 야 해."

볼턴 부인은 더 이상 반대하지 않았다. 자신이 어떤 사람 을 상대하고 있는지 알고 있었기 때문이었다.

'당신 편지가 내게 미친 영향이 어떠했는지는 굳이 말하지 않아도 될 거요.' 그는 런던에 있는 코니에게 편지를 썼다. '아 마 조금만 노력해도 쉽게 상상할 수 있을 테니 말이야. 그러 나 분명 당신은 날 위해 그런 수고조차 하지 않겠지.

대답할 수 있는 건 오직 한 가지뿐이야. 내가 어떤 태도를 취하든 그 전에 당신을 직접 여기 래그비에서 만나야겠어. 당 신이 래그비에 돌아오겠다고 굳게 약속했으니 그 약속을 지 켰으면 해. 당신을 직접 여기서, 정상적인 상황에서 만나기 전까지는 아무것도 믿지 않고 아무것도 이해하려 하지 않겠 어. 여기 있는 누구도 눈치채지 못하고 있으니 당신이 돌아온 다 해도 이상해 보일 건 없어. 여기 와서 여러 가지 문제에 대 해 이야기를 나눠보고 그러고 나서도 마음이 바뀌지 않는다 면, 그때는 당연히 타협을 할 수 있을 거요.'

코니는 이 편지를 멜러즈에게 보여주었다.

"당신에게 복수를 하고 싶어하는 거요." 그가 편지를 다시 건네주며 말했다.

코니는 아무 말도 하지 않았다. 자신이 클리퍼드를 두려워 하고 있다는 걸 깨닫고 좀 놀랐다. 그의 곁으로 가기가 무서 웠다. 그녀는 마치 그가 악하고 위험한 존재라도 되는 것처럼 무서웠다.

"어떻게 할까요?" 그녀가 말했다.

"내키지 않는다면 아무것도 하지 말아요."

그녀는 클리퍼드를 단념시키려는 편지를 썼다. 그가 답장 을 보냈다. '지금 래그비에 돌아오지 않는다 해도 당신이 언젠 가는 돌아올 거라고 여기고 그에 따라 행동할 거요. 50년을 기 다린다 해도 전과 똑같이 살면서 여기서 당신을 기다릴 거요.'

그녀는 오싹했다. 그는 음흉하게 협박하고 있었다. 그의 말 이 진심인 것은 분명했다. 그는 결코 이혼하려 하지 않을 것 이고, 아이가 사생아라는 것을 확증할 방도를 찾지 못하면 그 의 자식이 되고 말 것이다.

한참을 걱정하고 고민한 끝에 그녀는 래그비에 가기로 결 정했다. 힐더와 함께 가기로 했다. 그녀는 클리퍼드에게 편지 로 그 사실을 알렸고, 그는 이렇게 답장을 보내왔다. '당신 언 니는 환영하지 않을 거요. 하지만 문 앞에서 돌려보내지는 않겠어. 당신이 의무와 책임을 저버리는 일에 필시 그녀도 가담했겠지. 그러니 그녀 얼굴을 보고 내가 반길 거라고 기대하진 말아요.'

그들은 래그비로 갔다. 그들이 도착했을 때 클리퍼드는 나가고 집에 없었다. 볼턴 부인이 그들을 맞았다.

"아, 마님, 저희가 바라던 행복한 귀가가 아니로군요. 그렇죠?" 그녀가 말했다.

"그런가요!" 코니가 말했다.

그러니까 이 여자는 알고 있었다! 다른 하인들은 얼마나 알고 또 얼마나 눈치채고 있을까?

그녀는 이제 몸속 세포 하나하나가 모두 증오해마지않는 저택으로 들어갔다. 산만하게 뻗어 있는 덩치 큰 이 집은 사악해 보였고, 그녀를 짓누르듯 위협하는 장소로 느껴졌다. 그녀는 이제 이 집의 안주인이 아니라 이 집의 희생자였다.

"난 여기 오래 있지 못하겠어." 그녀가 공포에 질린 듯 힐더에게 속삭였다.

그리고 그녀는 자기 침실로 가서 아무 일도 없었던 것처럼 다시 그곳을 차지하고 있는 것이 고통스러웠다. 래그비 저택 안에서 머무는 매분 매초가 견디기 힘들 정도로 싫었다.

저녁식사를 하기 위해 내려가서야 비로소 클리퍼드를 만

날 수 있었다. 그는 검정 넥타이에 정장을 차려입고 있었다. 그는 말을 아끼면서 훌륭한 신사처럼 굴었다. 식사 중에는 흠 잡을 데 없이 정중하게 행동하며 예의 바르게 대화도 이끌었 다. 그러나 그 모든 것에 광기의 손길이 닿아 있는 듯했다.

"하인들이 얼마나 알고 있죠?" 하녀가 방에서 나가자 코니 가 물었다.

"당신이 하고자 하는 일 말인가? 뭐든 아무것도 몰라."

"볼턴 부인은 알던데요."

그의 안색이 바뀌었다.

"볼턴 부인은 엄밀히 따지면 하인이라고 할 수 없어." 그가 말했다.

"아, 상관없어요."

커피가 나온 뒤에도 팽팽한 긴장감이 떠나지 않았고, 힐더 는 자기 방으로 올라가겠다고 했다.

힐더가 자리를 뜨고 나서도 클리퍼드와 코니는 아무 말 없 이 앉아 있었다. 코니는 그가 동정심을 자극하려 들지 않는 것이 반가웠고, 그래서 가능한 한 그가 거만한 태도를 지키도 록 놔두었다. 그녀는 그저 말없이 앉아서 자기 손을 내려다보 고 있었다.

"당신은 약속을 거스르고도 마음에 전혀 거리끼는 게 없는 것 같군." 마침내 그가 말했다.

"나도 어쩔 수 없군요." 그녀가 중얼거리듯 말했다.

"하지만 당신이 어쩔 수 없다면 어쩔 수 있는 사람이 누구지?"

"아무도 없겠죠."

그는 묘하게 냉혹한 분노가 담긴 시선으로 그녀를 쳐다보았다. 그는 그녀에게 익숙해져 있었다. 그녀는 말하자면 그의 의지 속에 깊이 새겨진 존재였다. 그런데 그런 그녀가 감히 지금 그에게 등을 돌리고 그의 잘 짜인 일상의 기반을 파괴하려 들다니! 감히 그의 존재를 이런 혼란에 밀어넣으려 들다니!

"그렇다면 도대체 **무엇** 때문에 다 저버리려는 거요?" 그가 고집스레 물었다.

"사랑이죠!" 그녀가 말했다. 진부하게 나가는 수밖에 없었다.

"던컨 포브스에 대한 사랑 말인가? 그런데 나를 만났을 당시에 당신은 그를 별로 높이 평가하지 않았어. 그런데 이제 와서 인생의 그 무엇보다도 더 그를 사랑하게 되었단 거요?"

"사람은 변해요." 그녀가 말했다.

"변할 수 있지! 어쩌면 당신도 일시적인 기분에 변덕을 부리는 것일지도 몰라. 난 아직도 그 변화가 진지한 거라고 확

신할 수 없어. 난 그저 던컨 포브스를 사랑한다는 사실 자체
가 믿기질 않는군."

"하지만 그걸 꼭 믿어야 할 필요가 있을까요? 당신은 그냥
나와 이혼해주면 돼요. 내 감정이 진지하다고 믿을 필요는 없
어요."

"그럼 왜 내가 당신과 이혼해야 하지?"

"왜냐하면 난 더 이상 여기서 살고 싶지 않아요. 그리고 당
신도 진정으로 날 원하지 않고요."

"무슨 소리요! 난 변하지 않았어. 나로서는 당신이 내 아내
이므로 품위를 지키며 내 지붕 밑에서 조용히 지내는 편이 좋
겠다는 거요. 개인적인 감정은 제쳐두고, 분명히 말하지만 나
는 사실 아주 많이 제쳐두고 있어. 당신 변덕 때문에 이곳 래
그비에서 질서가 깨지고 품위 있게 돌아가던 일상생활이 산
산조각 나는 건 내게는 죽음만큼이나 쓰라린 일이야."

한동안 침묵을 지키다 그녀가 말했다.

"나도 어쩔 수 없어요. 떠나야만 해요. 아이를 가졌어요."

그도 한동안 말이 없었다.

"그렇다면 아이를 위해 떠나야 한다는 거요?" 그가 마침내
물었다.

그녀는 고개를 끄덕였다.

"아니 왜 그래야 하지? 던컨 포브스가 자기 새끼를 그렇게 나 소중히 생각하는 건가?"

"틀림없이 당신보다는 더 그럴 거예요." 그녀가 말했다.

"정말 그럴까? 난 내 아내를 원하고 있고, 그녀를 놓아줘야 하는 이유도 모르겠어. 만약 아내가 내 집에서 아이를 낳고 싶다고 하면 기꺼이 환영하고, 아이도 환영할 거야. 품위 있고 질서 있는 생활이 유지되기만 한다면 말이야. 던컨 포브스가 당신에게 나보다 더 큰 지배권을 갖고 있단 얘기요? 그건 믿을 수 없어."

침묵이 흘렀다.

"하지만 정말 모르겠어요?" 코니가 말했다. "난 당신을 **떠나야만 하고** 내가 사랑하는 남자와 살아야만 해요."

"그래, 모르겠어! 당신의 사랑이나 당신이 사랑하는 남자 따위에는 조금도 관심 없어. 그런 헛소리는 믿을 수 없어."

"하지만 나는 믿어요."

"믿는다고? 이거 봐요, 부인. 내 분명히 말하는데 당신은 자신이 던컨 포브스를 사랑한다고 믿기에는 너무나 똑똑한 사람이야. 내 말을 믿어요. 당신은 지금 이 순간조차 사실 나에게 더 마음을 쓰고 있다고. 그러니 왜 내가 그런 말도 안 되는 소리에 속아 넘어가겠어?"

그녀는 그의 말에 일리가 있다고 느꼈다. 그래서 더 이상 숨길 수 없다고 생각했다.

"왜냐하면 던컨은 **내가 정말로** 사랑하는 사람이 아니니까요." 그녀가 그를 쳐다보며 말했다. "던컨이라고 말했던 건 당신 감정을 상하게 하고 싶지 않아서였어요."

"내 감정을 상하게 하고 싶지 않았다고?"

"네! 왜냐하면 내가 정말 사랑하는 사람은…… 당신이 나를 끔찍이 미워하게 될 테지만…… 바로 멜러즈 씨예요. 우리 사냥터지기였죠."

그가 의자를 박차고 일어날 수만 있었다면 분명 그렇게 했을 것이다. 그의 얼굴은 노래졌고 두 눈은 재난이라도 당한 듯 툭 튀어나올 것만 같았다. 그런 눈으로 그녀를 노려보다가 의자 뒤로 몸을 털썩 기댔다. 그리고 숨을 헉헉 몰아쉬면서 천장을 올려다보았다.

마침내 그가 몸을 다시 일으켜 세워 앉았다.

"지금 당신이 말하는 게 진실이라는 거요?" 그가 섬뜩한 모습으로 물었다.

"네! 알다시피 내가 말한 건 진실이에요."

"그럼 그와 만나기 시작한 건 언제부터요?"

"봄이요."

그는 덫에 걸린 짐승 같은 꼴로 말을 잇지 못했다.

"그렇다면 사냥터지기의 침실에 있었다는 사람이 바로 당신이었군?"

그도 마음속으로는 사실 오래전부터 알고 있었던 사실이었다.

"네!"

그는 여전히 몸을 앞으로 기울이고 앉아 궁지에 몰린 짐승처럼 그녀를 노려봤다.

"맙소사! 당신들 같은 존재는 이 지구상에서 싹 쓸어버려야 해!"

"왜요?" 그녀의 입에서 외치는 듯한 말소리가 희미하게 터져 나왔다.

그러나 그는 그녀의 소리를 듣지 못한 것 같았다.

"그 쓰레기 같은 놈! 그 건방진 시골뜨기 자식! 그 비열한 상놈! 줄곧 그런 놈하고 놀아났다고! 당신이 래그비에 있고 그놈은 내 하인 노릇을 하는 동안에! 맙소사! 여자들의 짐승 같은 추잡함에는 끝이 없군!"

그는 분노로 제정신이 아니었다. 그녀가 예상했던 대로였다.

"그런데 지금 그런 상놈의 자식을 낳고 싶다는 얘기요?"

"네! 낳을 거예요."

"낳을 거라고! 그러니까 임신이 확실한 거요? 언제 알게 된 거요?"

"6월부터요."

그는 말문이 막혀버렸고, 얼굴에 다시 아이같이 멍한 그 이상한 표정이 비쳤다.

"놀라울 따름이군." 마침내 그가 입을 열었다. "도대체 그런 인간들이 세상에 태어나도록 허락되다니."

"그런 인간이 어떤 인간인데요?" 그녀가 물었다.

그는 기묘한 표정으로 그녀를 쳐다볼 뿐 대답이 없었다. 멜러즈라는 존재가 자기 삶과 어떤 관련을 갖게 되었다는 사실조차 용납하지 못하는 게 분명했다. 그것은 이루 말할 수 없을 정도로 대단하지만 무력한 증오였다.

"그러니까 그놈과 결혼하겠다는 얘기요? 그리고 그자의 더러운 이름을 달고 다니겠단 거야?" 그가 마침내 입을 열고 물었다.

"네! 그게 내가 바라는 바예요."

그가 다시 어이가 없어 말이 안 나온다는 표정을 지었다.

"그렇군!" 잠시 후 그가 입을 열었다. "당신에 대해 내가 늘 품어왔던 생각이 맞았다는 걸 증명해주는군. 당신은 정상이 아니야. 제정신이 아니야. 당신은 반쯤 정신이 나간 변태적인 여자, 타락을 좋고 '진흙탕에 대한 갈망'을 지닌 그런 여자 중 하나요."

갑자기 그는 거의 못내 도덕적인 태도를 취하면서 자신을 선의 화신으로, 코니와 멜러즈 같은 사람들은 진흙탕의 화신, 악의 화신으로 몰았다. 그의 모습이 후광 속에 점점 희미해지는 듯했다.

"그러니 나와 이혼해버리고 끝내는 게 더 낫겠다는 생각이 들지 않아요?" 그녀가 말했다.

"아니, 전혀! 당신은 당신 좋을 대로 어디든 가도 되지만 이혼은 절대 하지 않겠어." 그가 바보 같은 표정으로 말했다.

"왜요?"

그는 바보 천치같이 고집스럽게 침묵을 지키며 가만히 있었다.

"그럼 아이가 법적으로 당신 자식이 되고 상속자가 되도록 놔둘 거예요?" 그녀가 말했다.

"아이는 전혀 상관하지 않아."

"그러나 그 애가 사내아이라면 법적으로 당신 자식이 될 거고, 그러면 작위를 물려받고 래그비를 갖게 될 거예요."

"그런 건 전혀 상관없어." 그가 말했다.

"그렇지만 **상관해야 해요**! 난 이 아이가 법적으로 당신 자식이 되지 못하게 막을 거예요. 내가 할 수만 있으면요. 당신 자식으로 만드느니 차라리 이 아이를 사생아로 만들어 내 자식으로 키울 거예요. 멜러즈의 자식이 될 수 없다면 말이죠."

"그에 대해서는 좋을 대로 해."

그는 도무지 요지부동이었다.

"나와 이혼하지 않을 거예요?" 그녀가 말했다. "던컨을 구실로 삼으면 돼요. 진짜 이름을 댈 필요는 없으니까요. 던컨은 괜찮다고 했어요."

"난 결코 당신과 이혼하지 않을 거요." 그가 못 박듯이 말했다.

"하지만 왜요? 내가 그래주길 원해서요?"

"난 내 기분 내키는 대로 행동하는데, 내키지 않아서요."

아무 소용이 없었다. 위층으로 올라가 힐더에게 결과를 얘기했다.

"내일 떠나고 그가 제정신을 찾을 때까지 기다려보는 게 좋겠구나." 힐더가 말했다.

그래서 코니는 정말로 자기 것이라고 할 수 있는 사적이고 개인적인 물건들을 짐으로 꾸리며 그날 밤의 절반을 보냈다. 아침이 되자 클리퍼드에게는 알리지 않고 역으로 트렁크를 보냈다. 그리고 점심식사 전에 그를 만나 작별 인사만 하기로 결심했다.

그러나 볼턴 부인에게는 미리 얘기했다.

"작별 인사를 해야겠군요, 볼턴 부인. 떠나는 이유에 대해서는 알고 있겠지요. 하지만 다른 사람에게는 말하지 않을 거라고 믿어요."

"오, 믿으셔도 됩니다, 마님. 물론 이렇게 떠나시다니 여기 있는 저희는 슬픔으로 타격이 크지만요. 그렇지만 마님께서 다른 신사분과 행복하게 사시길 빌어요."

"다른 신사분이라고요! 바로 멜러즈 씨예요. 그리고 난 그이를 사랑해요. 클리퍼드 경도 알고 있어요. 하지만 누구에게도 말하지 말아줘요. 그리고 어느 날 클리퍼드 경이 이혼할 의향이 생기면 알려줘요. 그래줄 거죠? 난 사랑하는 남자와 정식으로 결혼하고 싶어요."

"꼭 그렇게 되실 거예요, 마님! 아, 절 믿으셔도 됩니다. 전 클리퍼드 경을 충실하게 모실 거고 마님께도 충실할 거예요. 두 분 다 나름대로 옳다고 생각하거든요."

"고마워요! 그리고 보세요! 당신에게 이걸 주고 싶은데 괜찮죠?"

그리하여 코니는 다시 한 번 래그비를 떠나 힐더와 스코틀랜드로 갔다.

멜러즈는 시골로 가서 한 농장에서 일자리를 얻었다. 그의 생각은 이랬다. 코니의 이혼과 관계없이 자신은 가능한 한 반드시 이혼을 할 것이다. 그리고 여섯 달 동안은 농장에서 일을 하여 마침내는 코니와 함께 그들만의 작은 농장을 마련할 수 있도록 할 것이고, 그 농장에 자신의 모든 힘을 쏟아부을 것이다. 왜냐하면 아무리 힘든 일이라도 그에게는 할 일이 있어야 했고, 설령 코니의 자본으로 일을 시작하게 된다 해도 앞으로는 그 스스로 생계를 책임져야 하기 때문이었다.

그렇게 그들은 봄이 되고, 아기가 태어나고, 다시 초여름이 돌아올 때까지 기다려야 했다.

…

올드 히너의 그레인지 농장에서, 9월 29일

이런저런 궁리 끝에 이곳으로 오게 되었어요. 군대에서 알고 지내던 리처즈라는 사람이 이 농장을 소유하고 있는 회사의 기술자예요. 농장은 버틀러와 스미섬 탄광 회사의 소유이고, 석탄 운반용 조랑말들에게 먹일 건초와 귀리를 기르기 위한 용도로 운영되고 있어요. 개인을 위해 운영되는 곳이 아니지요. 하지만 소와 돼지를 비롯해 그 외의 것들도 대부분 갖추고 있어요. 나는 여기서 주급 30실링을 받고 일꾼으로 일해요. 농부인 롤리가 굉장히 많은 일감을 맡기고 있기 때문에 지금부터 다음 부활절까지는 내 능력껏 많은 일을 배울 수 있을 거예요. 버사에 대한 소식은 조금도 들리질 않는군요. 그녀가 왜 이혼 법정에 모습을 드러내지 않았는지, 어디에 있는지, 무슨 일을 꾸미고 있는지 전혀 아는 바가 없어요. 그렇지만 3월까지만 조용히 지내면 난 자유의 몸이 될 거요. 그리고 클리퍼드 경 문제로 너무 걱정하지 말아요. 머지않아 당신과 관계를 정리하고 싶어할 거요. 그가 당신을 그냥 내버려두고 있다면 그것만으로도 다행이에요.

엔진 로에 있는 좀 낡은 집에서 하숙을 하고 있어요. 상당히 점잖은 곳이지요. 주인 남자는 하이 파크의 철도 기관사로, 키가 크고 턱수염을 기른 독실한 비국교도예요. 주인 여자는 고상한 거라면 뭐든지 좋아하는 약간 별난 사람이에요. 그래서 나도 고상한 사람처럼 표준어를 쓰고 '실례지만'을 입에 달고 지내요. 그런데 이들은 전쟁에서 하나밖에 없는 아들을 잃고 가슴에 구멍이 나버렸어요. 어색하게 키만 자란 수줍음을 타는 딸은 학교 선생이 되려고 준비 중이라 내가 가끔 공부를 도와주고 있어요. 그래서 가족이나 다름없이 지내고 있어요. 그들은 매우 점잖은 사람들이고 내게 무척이나 친절해요. 어쩌면 당신보다도 내가 더 애지중지 대접받으며 지내는 것 같군요.

농장 일은 그런대로 좋아요. 설레거나 신이 난다거나 할 정도는 아니지만. 이 일에 그런 건 바라지도 않아요. 말에는 이미 익숙한 편이고, 젖소들은 매우 여성적인 동물이긴 해도 내 마음을 차분히 진정시켜주는군요. 젖소 옆구리에 머리를 대고 앉아 우유를 짜고 있노라면 위안을 받는 것 같아요. 이곳에는 꽤 훌륭한 헤리퍼드종 젖소가 여섯 마리 있어요. 귀리 추수가 막 끝났는데, 손이 아프고 비가 많이 오긴 했어도 즐겁게 일했지요. 사람들에게 그다지 관심이 있는 건 아니지만 그런대로 잘 어울려 지내고 있어요. 대부분의 것들은 그냥 무시해버리면 돼요.

탄광은 사정이 나쁘게 돌아가고 있어요. 이곳도 테버셜처럼 탄광 지대인데 외관상으로만 좀더 그럴듯해 보일 뿐이에요. 가끔 웰링턴 술집에 앉아 광부들과 얘기를 해요. 그들은 불평은 많지만 어느 것도 변화시키려 하지 않아요. 흔히들 말하듯이 노팅엄과 더비 주의 광부들은 심장을 제자리에 달고 있어요. 하지만 나머지 장기들은 잘못된 곳에, 그러니까 그것들이 아무 소용도 없는 세상에 있는 게 틀림없어요. 그

들을 좋아하긴 하지만 기운을 북돋워주는 사람들은 아니에
요. 그들 안에는 예전의 그 싸움닭 기질이 별로 없어요. 국유
화에 대해 얘기들이 많은데, 광산 채굴권을 국유화해야 한다
느니 산업 전체를 국유화해야 한다느니 하고들 있어요. 그렇
지만 다른 모든 산업은 지금처럼 내버려두고 광산만 국유화
할 수는 없는 일이지요. 그들은 새로운 방법으로 석탄을 이용
하는 것에 대해 이야기해요. 클리퍼드 경이 노력하고 있는 것
과 같은 얘기지요. 하지만 나는 그것이 한두 곳에서는 성공
을 거둘 수도 있겠지만 일반적인 사례가 되지는 못할 거라고
생각해요. 뭐든 만들어내면 그것은 팔아야 하는 법이니까. 광
부들은 이 문제에 있어서는 아주 냉담해요. 그들은 빌어먹을
그 탄광 산업 전체가 망할 운명이라고 여기고 있고, 나도 그
럴 거라고 믿고 있어요. 그들도 탄광 산업을 따라서 망할 운
명이지요. 일부 젊은이들은 소비에트 체제에 대해 지껄여대
지만 그들은 신념도 별로 없어요. 사실 어떤 것에 대한 어떤
종류의 신념도 존재하지 않는 것 같아요. 온통 뒤죽박죽이고
궁지에 처해 있는 것을 제외하면 말이오. 소비에트 체제하에
서조차 여전히 석탄은 팔아야 하고, 바로 그 점이 어려운 거
요. 이렇게 엄청난 수의 산업 인구가 있고, 그들이 다 먹고살
아야 하니 이 빌어먹을 일은 어떻게든 계속될 수밖에 없어요.

요즘에는 여자들이 남자들보다 더 말이 많더군요. 그리고 꼴 사납게 더 자신만만하고. 남자들은 축 처져서는, 어딘가에 파멸의 운명이 있다고 느끼며 할 수 있는 일이 아무것도 없다는 듯이 어슬렁대고 있어요. 어쨌든 뭘 해야 할지 아는 사람은 아무도 없어요. 얘기들은 그렇게 많은데 말이오. 젊은이들은 쓸 돈이 없다고 미치려 해요. 그들의 삶 전체가 돈 쓰는 일에 의존하고 있는데 지금 그들에게는 그럴 돈이 전혀 없어요. 그것이 바로 우리의 문명이고 우리의 교육이지. 대중을 돈 쓰는 일에 완전히 의존하도록 길러냈어요. 그러고 나서 돈이 바닥난 거요. 탄광은 일주일에 이틀이나 이틀 반만 가동되고 있고, 심지어 겨울이 와도 나아질 기미가 보이지 않아요. 그건 광부 한 사람이 25실링이나 30실링으로 가족을 부양해야 한다는 얘기지요. 가장 미치려고 하는 건 여자들이에요. 요즘은 그들이 가장 돈 쓰는 데 미쳐 있으니까.

　사는 일과 돈 쓰는 일은 같은 게 아니라고 그들에게 말해 줄 수만 있다면! 하지만 그래봐야 소용없어요. 돈을 벌고 쓰는 것 대신 그들이 **사는 법**을 배우기만 했더라면 25실링을 가지고도 아주 행복하게 꾸려갈 수 있었을 테지요. 전에도 말했듯이, 남자들이 진홍색 바지를 입고 다니면 돈에 대한 생각은 그리 많이 하지 않게 될 거요. 그들이 춤을 추고 한 발로 뛰고

깡충거리며 노래하고 활보하면서 멋지게 보인다면 돈이 거의 없더라도 잘 지낼 수 있을 거요. 그리고 여자들을 즐겁게 해줄 수 있고 또한 여자들에게서 즐거움을 얻을 수 있을 거요. 그들은 벌거벗고도 당당하고 아름답게 보이는 법을 배워야 해요. 그들 모두 말이오. 그리고 당당하고 아름답게 움직이는 법과 여럿이서 합창하고 옛 군무를 추는 법, 그들이 앉을 등받이 없는 의자를 조각하고 자신의 문장(紋章)을 수놓는 법을 배워야 해요. 그러면 그들은 돈이 필요치 않을 거요. 그리고 이것이야말로 산업 문제를 해결할 유일한 길이에요. 돈 쓸 필요를 느끼지 않으며 살 수 있고, 당당하고 아름답게 살 수 있도록 사람들을 훈련시켜야 해요. 하지만 그렇게 하지를 못해요. 요즘 사람들은 모두들 한 가지밖에 생각할 줄 모르더군요. 하지만 또 한편으로는 굳이 생각하려고 애쓸 필요조차 없는 사람들도 너무나 많아요. 왜냐하면 그들은 생각이란 걸 아예 할 줄 모르기 때문이에요. 그들은 생기 넘치고 쾌활하게 살면서 위대한 목양신 판*을 받아들여야 해요. 목양신인 판이야말로 언제까지나 대중을 위하는 유일한 신이지요. 드물겠지만 몇몇 사람들은 원한다면 더 고상한 숭배에 참여해도 되

---

* 그리스신화에 등장하는 반인반수의 모습을 한 풍요의 신.

지요. 하지만 대중은 언제까지나 판을 숭배하는 이교도가 되도록 놔둡시다.

그러나 광부들은 이교도가 아니에요. 그것과는 아주 거리가 멀지. 그들은 한심한 무리, 다 죽어가는 남자들의 무리요. 그들의 여자들에 대해 죽어 있고, 삶에 대해서도 죽어 있는 무리요. 젊은이들은 오토바이를 타고 여자들과 여기저기 돌아다니고, 기회만 있으면 재즈 음악에 맞춰 춤을 추곤 해요. 하지만 그들은 완전히 죽어 있는 존재예요. 그리고 그런 생활을 위해서는 돈이 필요해요. 돈이라는 건 있으면 독이고 없으면 사람을 굶어 죽게 해요.

틀림없이 이런 이야기는 지겨울 거요. 하지만 지루하게 내 얘기만 계속 읊어대고 싶지는 않고, 특별히 나한테 일어나는 일도 없군요. 머릿속으로 당신에 대해 너무 많이 생각하고 싶지 않아요. 그건 우리 두 사람 일을 망치기만 할 거요. 그러나 물론 내가 지금 사는 이유는 당신과 내가 함께 살기 위해서예요. 사실 나는 정말로 겁을 집어먹고 있어요. 허공에서 악마가 느껴져요. 그리고 그 악마가 우리를 덮치려고 해요. 어쩌면 그것은 악마가 아니라 마몬*일 거요. 내 생각에 그것은 결

---

* 부와 탐욕의 신.

국 사람들의 집단 의지일 뿐이에요. 돈을 원하고 삶을 증오하는 집단 의지인 거요. 어찌 되었든 커다랗고 하얀 손들이 허공에서 이곳저곳 더듬고 다니면서 살려고 애쓰는 사람, 즉 돈을 초월해 살고자 하는 사람이면 누구든 목을 졸라 숨통을 끊어놓으려 하는 게 느껴져요. 힘든 시간이 다가오고 있어요. 정말로 힘든 시간이 다가오고 있어요. 아, 진정 고난의 시기가 다가오고 있어요! 세상일이 지금과 같은 모습으로 계속 돌아가면 미래에 이 산업 대중에게는 오직 죽음과 파괴밖에 없을 거요. 때때로 내 몸속이 물로 바뀌는 것처럼 느껴져요. 그런데 당신은 내 아이를 낳으려 하고 있군요. 그러나 걱정하지는 말아요. 지금까지 있었던 그 모든 힘든 시간들은 크로커스 꽃을 날려버리지 못했고, 여자들의 사랑까지도 불어 꺼버리지 못했어요. 그러므로 그 힘든 시간들이 간절히 당신을 원하는 내 마음도 불어서 꺼버리지 못할 것이고, 당신과 나 사이에 있는 작은 불꽃도 꺼뜨리지 못할 거요. 내년이면 우리는 함께 있을 거고, 비록 내가 두려워하고는 있지만 당신과 함께 지내게 될 것을 믿어요. 남자라면 최선의 상태를 만들어내기 위해 노력해야 하고, 그런 다음에는 자신을 초월하는 어떤 것을 믿어야 해요. 미래를 안전하게 지켜주는 것은 우리가 지닌 가장 좋은 것을 진정으로 믿고, 그것을 초월한 힘을 믿는 거요. 그래서 난 당신과 나 사이에 있는 그 작은 불꽃을 믿어요. 지금 내게는 그것이 세상에서 유일한 거요. 나는 친구가 없어요. 마음이 통하는 친구가 없어요. 오직 당신뿐이에요. 그리고 지금 그 작은 불꽃이 삶에서 내가 가장 마음을 쏟고 있는 거요. 아기는 그다음 문제예요. 그 불꽃은 내 오순절 불꽃, 즉 당신과 나 사이를 이어주는 갈라진 불꽃*이에요. 원래의 오순절 불꽃 얘기는 내게는 썩 맞는 것 같지 않아요. 하느님과 나 사이를 운운한다는 게 어쩐지 좀 건방진 것 같군요. 하지만 그 갈라진 작은 불꽃이 당신과 나 사이에는 분명 존재해요. 그래, 바로 거기 있는 거요! 바로 그것이 지금 내가 지키고 있는 것이고, 앞으로도 지키며 살아나갈 것이오. 클리퍼드 같은 사람들과 버사 같은 사람들, 탄광 회사들과 정부, 돈에 눈이 먼 대중, 그런 모든 것에 굴하지 않고 말이오.

사실 그래서 당신 생각을 시작하고 싶지 않은 거요. 괜히 나만 괴로울 뿐이고, 당신에게 도움이 되는 것도 아니니. 당신이 나와 멀리 떨어져 있는 건 원하지 않아요. 그렇지만 내가 조바심치는 건 다 쓸데없는 짓이지. 인내심, 늘 인내심으

---

* 〈사도행전〉 2장 1~4절을 보면 오순절에 성령이 사도들에게 불의 혀같이 갈라지는 형상으로 강림했다는 내용이 있다.

로 기다리고 있어요. 이제 곧 내 마흔 번째 겨울이 돌아와요. 지금까지 지내온 겨울들은 어쩔 수 없지요. 하지만 이번 겨울에는 내 작은 오순절 불꽃 곁에 꼭 붙어서 평화로운 시간을 보낼 거요. 그리고 사람들의 입김으로 그 불꽃이 꺼지는 일은 결코 생기지 않게 할 거요. 난 초월적인 신비를 믿는데, 그것은 크로커스조차 뽑혀 날아가지 않도록 해주는 거요. 그리고 비록 당신은 스코틀랜드에 있고 난 여기 중부 지방에 있어서 당신을 두 팔로 안을 수 없고 다리로 당신 몸을 감을 수는 없지만 당신의 일부가 내 곁에 있어요. 내 영혼이 당신과 함께인 그 작은 오순절 불꽃 속에서 부드럽게 일렁이며 날갯짓하고 있어요. 섹스의 평화로움과 비슷하군요. 우리는 섹스로 하나의 불꽃을 태어나게 했어요. 꽃들조차 태양과 대지 사이의 성교를 통해 태어나지요. 그러나 그것은 섬세하면서 까다로운 일이고, 인내심을 갖고 오래 기다려야 하는 일이에요.

그래서 난 지금 정결하게 혼자 지내는 것이 좋군요. 그것은 이 평화가 섹스에서 나온 평화이기 때문이지요. 난 지금 이 정숙한 생활을 사랑하고 있어요. 스노드롭*이 눈을 사랑하듯 그것을 사랑해요. 난 이 정숙함을 사랑해요. 이것은 우리

---

* snowdrop. 이른 봄에 피는 수선화과의 식물. 아래로 드리워진 종 모양으로 하얀 꽃이 핀다.

가 섹스를 잠시 멈추고 있는 데서 온 평화이며, 갈라진 하얀 불꽃 모양을 한 스노드롭처럼 지금 우리 둘 사이에 놓여 있어요. 그리고 진정한 봄이 오고 한데 합치는 때가 왔을 때, 우리는 섹스를 하면서 이 작은 불꽃이 환한 금빛으로 눈부시게 타오르게 할 수 있을 거예요. 그러나 지금은 아니에요. 아직은 때가 아니지요. 지금은 정숙하게 혼자 지내야 할 때이고, 이렇게 지내는 것은 내 영혼 속에 마치 시원한 강물이 흐르는 것 같아서 정말 좋아요. 난 지금 우리 두 사람 사이에 흐르고 있는 정숙함을 사랑해요. 신선한 물이나 비 같아요. 어떻게 남자들이 지치지도 않고 여자들 뒤를 졸졸 쫓아다니며 수작을 걸고 싶어하는지 모르겠군요. 돈 주앙처럼 되는 건 정말 불쌍한 일이에요. 홀로 지내면서 평화로움을 느끼고 작은 불꽃을 밝힐 능력이 없다는 것, 강가에 이따금씩 시원한 바람이 불어오듯 때로는 정숙하게 지낼 수 있는 능력이 없다는 건 정말 불쌍한 일이 아닐 수 없어요.

글쎄, 말이 너무 많았군요. 당신을 만질 수 없으니 이렇게 될 수밖에. 당신을 팔에 안고 잠들 수 있다면 잉크는 병에 그대로 있었을 거요. 함께 섹스를 할 수 있는 것과 마찬가지로 우린 함께 있으면서 정숙하게 지낼 수도 있을 거요. 하지만 지금 우리는 잠시 떨어져 있어야만 하고, 그게 정말로 더 현명한 길인 것 같군요. 확신만 있다면 말이오.

걱정 말고 너무 마음 쓰지 말아요. 우리가 속상해할 일은 생기지 않을 거요. 우리는 진정으로 그 작은 불꽃을 믿으며, 그것을 꺼지지 않게 보호해주는 그 이름 없는 신을 믿으니까 말이오. 정말로 당신의 아주 많은 부분이 지금 여기에 나와 함께 있지만, 당신 전부가 여기에 없는 것은 유감이군요.

클리퍼드 경에 대해서는 염려하지 말아요. 그에게서 아무런 소식을 듣지 못해도 염려하지 말아요. 그는 사실 당신에게 아무 짓도 하지 못해요. 기다리면 언젠가는 반드시 그가 당신을 지우고 떨쳐버리려 할 날이 올 거요. 그리고 만약 그렇게 하지 않으면 우리가 그를 정리할 방법을 어떻게든 찾을 수 있을 거요. 그러나 그는 당신을 떨쳐버리려고 할 거요. 마침내는 혐오스러운 것이라도 되는 양 당신을 뱉어내려 하는 날이 올 거요.

이제는 편지 쓰는 것을 멈추기조차 어렵군요.

그러나 우리의 아주 많은 부분이 함께 있으니 우리는 그것을 지켜나가기만 하면 돼요. 그리고 각자의 진로를 조종해나가다 보면 곧 만나게 될 거요. 존 토머스가 제인 부인에게 잘 자라고 인사하는군. 좀 늘어진 모습이긴 하지만 희망에 찬 가슴으로……

옮긴이
유혜영

책을 읽는 시간은 작가의 생각과 나의 생각이 만나 대화를 나누는 시간이며, 현재의 나와 잊고 있던 내면의 또 다른 내가 만나는 시간이기도 하다. 충실한 번역으로 이런 소중한 시간의 징검다리가 되고자 한다. 글밥아카데미 수료 후 현재 바른번역에서 전문 번역가로 활동하고 있다.

채털리 부인의 연인

초판 1쇄 인쇄 | 2016년 5월 2일
초판 1쇄 발행 | 2016년 5월 9일

지은이 | 데이비드 허버트 로렌스
옮긴이 | 유혜영
발행인 | 노승권

편집 | 김영주, 김승규, 박나래
일러스트레이션 | 최광렬
디자인 | ★규

사업운영단장 | 김현오
마케팅기획 | 임현석, 김도현, 소재범, 정완교
경영지원 | 차동현, 김보연

임프린트 | 책읽는수요일
주소 | 서울시 중구 무교로 32 효령빌딩 11층
전화 | 02 - 3789 - 0269(편집), 02 - 728 - 0270(마케팅)
팩스 | 02 - 774 - 7216

발행처 | (사)한국물가정보
등록 | 1980년 3월 29일
이메일 | booksonwed@gmail.com
홈페이지 | kpibook.co.kr

● 책읽는수요일, 라이프맵, 비즈니스맵, 사흘, 생각연구소, 스타일북스, 지식갤러리, 피플트리는 KPI출판그룹의 임프린트입니다.